ALLAN COLE & CHRIS BUNCH
Die Sten-Chroniken 7
Vortex – Zone der Verräter

Autoren

Allan Cole und Chris Bunch, Freunde seit über dreißig Jahren, sind hierzulande mit der Fantasy-Saga um die *Fernen Königreiche* bekannt geworden. Ihre achtteilige Sten-Saga gehört zu den erfolgreichsten amerikanischen Science-fiction-Serien und wird komplett im Goldmann Verlag erscheinen. Chris Bunch lebt im Staat Washington, Allan Cole in New Mexico.

Allan Cole & Chris Bunch im Goldmann Verlag

Die Fernen Königreiche. Fantasy-Roman (24608)
Das Reich der Kriegerinnen. Fantasy-Roman (24609)
Das Reich der Finsternis. Fantasy-Roman (24610)
Die Rückkehr der Kriegerin. Fantasy-Roman (24686)

Die Sten-Chroniken 1: Stern der Rebellen (25000)
Die Sten-Chroniken 2: Kreuzfeuer (25001)
Die Sten-Chroniken 3: Das Tahn-Kommando (25002)
Die Sten-Chroniken 4: Division der Verlorenen (25003)
Die Sten-Chroniken 5: Feindgebiet (25004)
Die Sten-Chroniken 6: Morituri – Die Todgeweihten (25005)
Die Sten-Chroniken 7: Vortex – Zone der Verräter (25006)
Die Sten-Chroniken 8: Tod eines Unsterblichen (25007)

Weitere Serien beider Autoren in Vorbereitung.

ALLAN COLE 7 CHRIS BUNCH

DIE STEN-CHRONIKEN

VORTEX
—
ZONE DER VERRÄTER

Aus dem Amerikanischen
von Gerald Jung

GOLDMANN

Die amerikanische Originalausgabe erschien 1992
unter dem Titel »Vortex«
bei Del Rey Books, New York

Umwelthinweis:
Alle bedruckten Materialien dieses Taschenbuches
sind chlorfrei und umweltschonend.
Das Papier enthält Recycling-Anteile.

Der Goldmann Verlag
ist ein Unternehmen der Verlagsgruppe Bertelsmann

Deutsche Erstveröffentlichung 8/97
Copyright © der amerikanischen Originalausgabe 1992
by Allan Cole and Christopher Bunch
Published in agreement with the authors and Baror
International, Inc., Bedford Hills, New York, U.S.A.
Copyright © der deutschsprachigen Ausgabe 1997
by Wilhelm Goldmann Verlag, München
Umschlaggestaltung: Design Team München
Umschlagillustration: Schlück/Harris/Arena (Worlds)
Satz: deutsch-türkischer fotosatz, Berlin
Druck: Elsnerdruck, Berlin
Verlagsnummer: 25006
Redaktion: Gerd Rottenecker
V. B. Herstellung: Peter Papenbrok
Made in Germany
ISBN 3-442-25006-4

3 5 7 9 10 8 6 4 2

*Für
Andy AFFA Anderson
und Harry Harrison*

Zwei rostfreie
Stahlratten

*»Wenn über euch kommt
wie ein Sturm, was ihr fürchtet,
und euer Unglück wie ein Wetter;
wenn über euch Angst und Not kommt.«*

Buch der Sprichwörter 1, 27

Buch I

KONVEKTION

Kapitel I

Der rechteckige Platz der Khaqans brütete unter düsteren Gewitterwolken, die sich wie drohende Fäuste am Himmel ballten. Die schwache Sonne brach nur hin und wieder durch die aufgetürmten Wolkenmassen und entlockte den Kuppeln der hochaufragenden Türme goldene, grüne und rote Reflexionen.

Die Ausmaße des Platzes waren gewaltig: Auf jeder Seite säumten ihn auf einer Strecke von fünfundzwanzig Kilometern mächtige, prunkvolle Gebäude. Er war das offizielle Herzstück des Altai-Clusters. An seiner Westseite befand sich der mit verschnörkelten Ornamenten reichverzierte Palast der Khaqans – der Sitz des alten und verbitterten Jochianers, der den Cluster schon seit mehr als einhundertundfünfzig Jahren regierte. Fünfundsiebzig Jahre davon hatte er darauf verwendet, diesen Platz zu gestalten, und dabei Milliarden von Credits und Arbeitsstunden verbraucht, um mit seiner Vollendung sich und seinen Taten – den tatsächlichen und den eingebildeten – ein Monument zu errichten. Wie ein beinahe vergessener Nachsatz lag in einer abgeschiedenen Ecke des Platzes ein kleiner Schrein, eine heilige Stätte zur Erinnerung an seinen Vater, den ersten Khaqan.

Der Platz befand sich im Zentrum von Rurik, der Hauptstadt des Planeten Jochi. Alles an dieser Stadt war gewaltig. Im Vergleich zu den gigantischen architektonischen Visionen des Khaqans kamen sich ihre Bewohner, die im Schatten dieser Gebäude umherhuschten, sowohl körperlich als auch geistig geradezu ameisenhaft vor.

An diesem Tag war es sehr still in Rurik. Die vor feuchter Hitze stickigen Straßen waren wie leergefegt. Alle Bewohner hockten in ihren Behausungen und verfolgten pflichtgemäß die Ereignisse, die auf ihren Bildschirmen übertragen wurden. Das war überall auf Jochi so, ohne Ausnahme.

Tatsächlich hatte man die Straßen sämtlicher Siedlungen auf allen bewohnten Planeten des Altai-Clusters per Anweisungen aus Lautsprecherfahrzeugen räumen lassen und die Einwohner zum Einschalten der Livie-Sendung nach Hause geschickt. Kleine rote Kameraaugen am unteren Rand der Schirme überwachten die ungebrochene Aufmerksamkeit der Zuschauer. In jedem Wohnviertel waren Sicherheitskräfte stationiert. Sie standen bereit, sofort in die Wohnungen unaufmerksamer Bürger einzudringen und die Ungehorsamen mitzunehmen.

Auf dem Platz der Khaqans selbst hatte man dreihunderttausend Einwohner Ruriks als Augenzeugen zusammengetrieben. Ihre Leiber wirkten wie ein schwarzer Schmutzstreifen an den Rändern des gewaltigen Platzes. Die Wärme der Menge stieg in dampfenden Wellen empor und mischte sich in die drohenden Wolkenmassen. Die einzige wahrnehmbare Bewegung bestand in einem unablässigen nervösen Hin- und Herwogen. Kein Laut drang aus der Menge. Weder das Weinen eines Kindes noch das Husten eines Alten.

Hitzegewitter entluden sich über den vier vergoldeten Säulen, die an jeder Ecke des Platzes hoch in den Himmel hinaufragten und gewaltige Statuen zu Ehren altaianischer Helden und ihrer Taten trugen. Donner grollte und brach sich unter den Wolken. Trotzdem verhielt sich die Menge nach wie vor ruhig.

In der Mitte des Platzes hatten sich Truppen mit schußbereiten Waffen aufgestellt. Die Blicke der Uniformierten wanderten auf der Suche nach Anzeichen von Unruhe unablässig über die dichtgedrängten Massen.

Hinter den Soldaten erhob sich die Todeswand.

Ein Sergeant bellte seine Befehle, und das Exekutionskommando setzte sich mit schweren Schritten scheppernd in Bewegung. Die Soldaten schleppten wuchtige, auf den Rücken festgeschnallte Zwillingstanks, von denen ein gewundener Schlauch nach vorne verlief und in einem zwei Meter langen Rohr endete, das jeder Soldat des Exekutionskommandos in den Händen hielt.

Nach einem weiteren Befehl legten sich die Finger in den dicken, feuerfesten Handschuhen um die Auslöser der Flammenwerfer. Flüssiges Feuer tropfte aus den Mündungen der Rohre. Die behandschuhten Finger zogen sich zusammen, und ein Heulen durchfuhr die Luft, als die Flammen herausschossen und gegen die Todeswand klatschten.

Die Soldaten drückten die Auslöser einen schrecklichen Moment voller Hitze und beißendem Rauch. Die Flammen hämmerten in heftigen Wellen gegen die Wand. Auf ein Zeichen des Sergeanten hin erstarb das Feuer.

Die Todeswand war bis auf das dunkelrote Glühen des hocherhitzten Metalls unversehrt. Der Sergeant spuckte darauf. Der Speicheltropfen explodierte, kaum daß er die Wand berührte. Der Sergeant wandte sich zufrieden lächelnd um.

Das Exekutionskommando war bereit.

Ein plötzlicher Schauer ergoß sich über die Menge und stieg in zischenden Dampfwolken von der Wand wieder auf. Der Regen ließ so rasch nach, wie er eingesetzt hatte. Die durchnäßte Menge blieb in der feuchtheißen Atmosphäre zurück.

Hier und da konnte man nervöses Gemurmel vernehmen. Selbst die Angst ließ so viele Lebewesen nur eine begrenzte Zeit lang stillhalten.

»Das ist schon das vierte Mal in vier Zyklen«, japste ein junger Suzdal seiner Rudelgefährtin zu. »Jedesmal, wenn die Jochi-Polizei an die Tür hämmert und uns auf den Platz hinausruft, denke ich, diesmal sind wir dran.« Seine kleine, ängstlich zurückgezogene Schnauze entblößte eine Reihe scharfer, klappernder Zähne.

»Aber nein, das hat nichts mit uns zu tun, mein Lieber«, erwiderte seine Rudelgefährtin. Sie rieb den dicken, pelzigen Wulst, der über ihrer Schnauze aufragte, an dem jungen Männchen und entließ daraus Beruhigungshormone. »Sie sind doch nur hinter den Schwarzmarktleuten her.«

»Aber das sind wir letztendlich doch alle«, japste der ängstliche Suzdal. »Anders kommen wir doch schon gar nicht mehr über die Runden. Ohne den Schwarzmarkt wären wir längst verhungert.«

»Sei still, sonst hört dich noch jemand«, warnte ihn seine Rudelgefährtin. »Das ist Sache der Menschen. Solange sie ihre eigenen Jochianer und Tork umbringen, müssen wir uns keine Gedanken machen.«

»Ich kann nicht dagegen an. Mir kommt das alles vor wie das, was die Menschen den Jüngsten Tag nennen. Als wären wir alle dem Untergang geweiht. Sieh dir nur das Wetter an. Alle reden darüber. So etwas hat noch keiner erlebt. Sogar die Alten sagen, daß es auf Jochi noch nie zuvor so gewesen ist. Bittere Kälte an einem Tag, am nächsten sengende Hitze. Schneestürme. Dann Überflutungen und Wirbelstürme. Als ich heute früh aufwachte, roch es nach Frühling. Und jetzt – sieh dir das an.« Er zeigte nach oben auf die sich ballenden Gewitterwolken.

»Jetzt reg dich nur nicht auf«, sagte seine Rudelgefährtin. »Nicht einmal der Khaqan kann das Wetter beeinflussen.«

»Am Ende kriegt er uns doch noch am Wickel. Und dann ...« Der junge Suzdal zitterte. »Kennst du ein einziges Wesen, das hingerichtet wurde und tatsächlich *schuldig* war? Ich meine ... eines richtigen Verbrechens?«

»Natürlich nicht, mein Lieber. Aber jetzt sei still. Die Sache wird ... bald vorbei sein.« Sie rubbelte noch mehr von dem Hormon in sein Fell hinein. Kurz darauf hörte er auf, mit den Zähnen zu klappern.

Aus den großen Lautsprechern ertönte ein Knacken, dann ein Dröhnen, und dann kreischte dermaßen laute Musik los, daß sogar die Blätter an den Bäumen in den kleinen Parks auf dem Platz im Rhythmus erbebten. Die in goldene Roben gekleidete Khaqan-Garde kam in Speerformation aus dem Palast herausmarschiert. An der Spitze dieses Speeres schwebte eine Plattform, auf der der Khaqan auf seinem vergoldeten Thron mit der hohen Rückenlehne saß.

Die gesamte Gruppe nahm nicht weit von der Todeswand Aufstellung. Die Plattform senkte sich.

Der alte Khaqan blickte mit mißtrauischen, wäßrigen Augen in die Runde. Als er den Geruch der unangenehm nahen Menge wahrnahm, rümpfte er die Nase. Ein aufmerksamer Bediensteter registrierte das Mienenspiel sofort und umnebelte den Khaqan mit seinem süßlichen Lieblingsräucherwerk. Der alte Mann zog ein verziertes Fläschchen mit Methquill unter seinem Gürtel hervor, entkorkte es und nahm einen kräftigen Schluck. Sofort durchzuckte das Feuer seine Adern. Sein Herz raste, und seine Augen blitzen vor Begeisterung.

»Bringt sie heraus«, grunzte er. Der Klang seiner Stimme war brüchig und schrill, doch in den Seelen seiner Diener erweckte er die Angst vor den feigen Göttern, die diesen Ort beherrschten.

Flüsternd wurden Befehle weitergegeben. Vor der Todeswand fauchte Metall in geölten Scharnieren, und plötzlich gähnte ein dunkles Loch im Boden. Das Summen eines versteckten Mechanismus ertönte, dann schob sich eine große Plattform nach oben, bis sie das Loch ausfüllte.

Ein langes, hörbares Schaudern durchlief die Menge, als sie auf der Plattform die aneinandergeketteten Gefangenen erblickte, die verunsichert in das trübe Licht blinzelten. Soldaten traten herbei und drängten die fünfundvierzig Gefangenen in Richtung der Wand. Metallbänder schoben sich aus der Wand hervor und hielten die Gefangenen fest.

Die Gefangenen blickten den Khaqan mit staunenden Augen an. Er nahm einen weiteren Schluck aus seiner Flasche und kicherte vor Freude über die befeuernde Wirkung des Methquill.

»Weiter«, sagte er.

Der schwarzgewandete Inquisitor trat vor und fing an, Namen, Beruf und Konfession eines jeden einzelnen der hier versammelten Verbrecher vorzulesen. Die Liste ihrer Vergehen dröhnte aus allen Lautsprechern: Verschwörung zur Bereicherung ... Anhäufung rationierter Ware ... Diebstahl von den Märkten der Elite von Jochi ... Amtsmißbrauch zur persönlichen Bereicherung ... So ging es weiter und weiter, endlos.

Der alte Khaqan runzelte bei jeder Anklage die Stirn, nickte und lächelte bei jeder neuen Schuldzuweisung.

Schließlich war es vorüber. Der Inquisitor schob die Anklageschrift in seinen Ärmel zurück und erwartete schweigend die Entscheidung des Khaqans.

Der alte Mann nippte an seinem Stärkungstrunk und schaltete das Kehlkopfmikro ein. Seine schrille, kratzige Stimme erfüllte den Platz und schnarrte aus den Geräten der Milliarden von Zuschauern im gesamten Altai-Cluster.

»Wenn ich in eure Gesichter blicke, wird mir das Herz vor Mitleid schwer«, sagte er. »Doch es füllt sich auch mit Scham. Ihr alle seid Jochianer ... ebenso wie ich einer bin. Als der Hauptrasse dieses Clusters fällt den Jochianern die Aufgabe zu, den richtigen Weg zu weisen. Und mit gutem Beispiel voranzugehen. Was sollen unsere Mitmenschen, die Tork, von uns halten, wenn sie von euren schändlichen Taten erfahren? Ganz abgesehen von unseren nonhumanoiden Untertanen, deren

Wille zur Moral weniger stark entwickelt ist? Ach ja ... Was sollen die Suzdal und die Bogazi denken, wenn ihr Jochianer – meine geschätztesten Untertanen – das Gesetz mit Füßen tretet und unsere Gemeinschaft durch schnöde Gier in Gefahr bringt?

Wir leben in schrecklichen Zeiten, das weiß ich. All die langen Jahre des Krieges gegen die elenden Tahn. Wir haben gelitten, viele Opfer gebracht, und, jawohl, wir sind auch gestorben in diesem Krieg. Aber egal, wie schwer unsere Last auch war, wir standen fest zum Ewigen Imperator.

Und später, als wir glauben mußten, daß ihn seine Feinde erschlagen haben, kämpften wir weiter, trotz der ungerechten Belastungen, die uns diese Elenden auferlegten, die seine Ermordung geplant hatten und an seiner Statt regierten.

Während all dieser schlimmen Zeiten habe ich euch um eure Hilfe und euer Opfer gebeten, damit wir unseren herrlichen Cluster sicher und unbeschadet bis zur Rückkehr des Imperators durch die Zeiten bringen. Denn ich glaubte stets fest daran, daß er eines Tages wiederkehren würde.

Schließlich war es soweit. Er entledigte sich des niederträchtigen Privatkabinetts. Dann blickte er sich um, um zu sehen, wer während seiner Abwesenheit zu ihm gestanden hatte. Er fand mich – euern Khaqan. Einen starken und loyalen Untertan, seit beinahe zwei Jahrhunderten. Und er sah euch – meine Kinder. Und er lächelte. Von diesem Augenblick an begann auch die Antimaterie Zwei wieder zu fließen. Unsere Fabriken füllten sich wieder mit Leben. Unsere Raumschiffe schwärmten wieder zu den großen Umschlagplätzen des Imperiums aus.

Aber noch ist nicht alles zum Besten bestellt. Die Tahn-Kriege und die Machenschaften des verräterischen Kabinetts haben die Ressourcen des Ewigen Imperators auf eine schwere

Probe gestellt. Ebenso wie die unseren. Noch viele Jahre harter Arbeit liegen vor uns, bevor unser Leben wieder in den Bahnen des gewohnten Wohlstands verlaufen kann.

Bis dahin müssen wir alle weiterhin den Luxus der Gegenwart einer herrlichen Zukunft opfern. Momentan leiden wir alle Hunger. Aber wenigstens gibt es genug Nahrung, um jeden einzelnen von uns durchzubringen. Unsere AM_2-Zuteilung beläuft sich dank meiner persönlichen Freundschaft mit dem Imperator höher als die der meisten anderen Cluster. Trotzdem reicht sie kaum aus, um den Bedarf unserer Wirtschaft zu decken.«

Der Khaqan legte eine kleine Pause ein, um sich die Kehle erneut mit dem Schluck Methquill zu benetzen. »Momentan ist die Gier, die persönliche Raffsucht, das größte Verbrechen in unserem kleinen Königreich. Denn bedeutet in diesen Zeiten Gier etwas anderes als Mord – vielfältigen Mord?

Jedes Gramm, das ihr stehlt, jeden Tropfen, den ihr illegal auf dem Schwarzmarkt verkauft, raubt ihr direkt von den Lippen unschuldiger Kinder, die mit Sicherheit sterben werden, wenn dieser Gier kein Riegel vorgeschoben wird. Das gleiche gilt für unsere wertvollen AM_2-Vorräte. Oder die Rohstoffe für Werkzeuge, mit deren Hilfe wir unsere Industrie wiederaufbauen müssen, oder die synthetischen Stoffe, die uns Schutz vor den Elementen gewähren.

Deshalb muß ich euch schweren Herzens verurteilen. Ich habe die Briefe eurer Freunde und eurer lieben Verwandten, die um Gnade für euch bitten, gelesen. Ich habe bei jedem einzelnen dieser Briefe geweint, das dürft ihr mir glauben. Sie alle wußten traurige Geschichten von fehlgeleiteten Geschöpfen zu berichten. Von Geschöpfen, die den Lügen unserer Feinde Glauben geschenkt haben oder in schlechte Gesellschaft geraten sind.«

Der Khaqan wischte sich eine nichtexistente Träne von den randlosen Augenlidern. »Ich spüre genug Gnade für euch alle in mir. Doch ich muß diese Gnade mit aller Kraft zurückhalten, denn andernfalls würde ich auf kriminelle Weise selbstsüchtig handeln.

Deshalb sehe ich mich gezwungen, euch zum schändlichsten aller bekannten Tode zu verurteilen – zur Abschreckung anderer, die dumm genug sind, sich von den Versuchungen der Gier anfechten zu lassen.

Nur ein einziges kleines Zugeständnis darf ich meiner Schwäche erlauben. Und ich hoffe, daß meine Untertanen es mir verzeihen mögen, denn ich bin schon sehr alt und leicht zum Mitleid zu erregen.«

Er beugte sich auf seinem Thron nach vorne, und die Livie-Kameras fuhren dichter heran, bis sein Gesicht eine Hälfte des Bildschirms in den Wohnungen der Zuschauer ausfüllte. Es war eine Maske des Mitleids. Auf der anderen Hälfte des Schirms waren die fünfundvierzig Verurteilten zu sehen.

Die flüsternde Stimme des Khaqans klang heiser: »Ich meine jeden einzelnen von euch, wenn ich jetzt sage ... Es tut mir leid.«

Er schaltete das Kehlkopfmikro aus und wandte sich an seinen Adjutanten. »Und jetzt bring die Sache rasch über die Bühne. Ich habe keine Lust, hier draußen herumzusitzen, wenn das Gewitter losbricht.« Dann entspannte er seine alten Knochen und lehnte sich in Erwartung des Spektakels in den Thron zurück.

Befehle ertönten, und das Exekutionskommando nahm Aufstellung. Die Mündungen der Flammenwerfer wurden angehoben. Die Menge hielt den Atem an. Die Gefangenen hingen matt in ihren Fesseln. In den Wolken über ihren Köpfen krachte der Donner.

»Jetzt«, schnarrte der Khaqan.

Die Flammenwerfer fauchten auf und spien Feuerbälle gegen die Todeswand.

Einige Zuschauer in der Menge wandten sich ab.

Eine Rudelführerin der Suzdal namens Youtang bellte angewidert auf. »Am schlimmsten ist dieser Gestank«, kläffte sie. »Ich kann hinterher meine Rationen kaum noch anrühren. Alles schmeckt nach gebratenen Jochianern.«

»Menschen riechen ohnehin übel genug, auch wenn sie nicht geröstet werden«, pflichtete ihr ihre Unterrudelführerin bei.

»Als der Khaqan mit diesen Säuberungen anfing«, sagte Youtang, »dachte ich noch, was soll's? Es gibt mehr als genug Jochianer, vielleicht werden ihre Reihen auf diese Weise ein wenig ausgedünnt. Um so mehr bleibt für die Suzdal übrig. Aber er machte immer weiter. Inzwischen mache ich mir Sorgen. Wenn das so weitergeht, muß er sich bald nach anderen abschreckenden Beispielen umsehen.«

»Er hält die Bogazi für die dümmsten, also kommen sie wohl als letzte dran«, sagte ihre Assistentin. »Wir kommen noch vor ihnen an die Reihe. Die Tork sind Menschen. Wenn er seiner Logik – oder dem, was er dafür hält – folgt, sind sie die nächsten.«

»Wo du gerade von Tork redest«, sagte Youtang. »Da drüben sehe ich einen Freund, und er macht ebenfalls einen sehr besorgten Eindruck.« Den »Freund« betonte sie dabei so, daß ihr Widerwille nicht zu überhören war. »Dort drüben! Es ist Baron Menynder. Er quatscht gerade einen anderen Menschen voll, einen Jochianer, jedenfalls der Kleidung nach zu urteilen.«

»Das ist General Douw«, kläffte ihre Assistentin aufgeregt.

Die Rudelführerin überlegte einen Augenblick. Der Mensch, den sie beobachtete, war ein untersetztes, quadratisches Geschöpf mit einem lupenreinen Glatzkopf. Das fleischige, häßliche Gesicht hätte gut zu einem gedrungenen Mörder gepaßt, doch Baron Menynders affektierte Brille ließ seine braunen Augen groß, rund und unschuldig erscheinen.

»Sieh mal einer an, was hat denn Menynder mit dem Verteidigungsminister des Khaqans zu bereden? Er wird ihm doch wohl keinen professionellen Rat geben, wo er früher den gleichen Job innehatte? Doch das ist lange her. Menynders Zeit liegt schon vier oder fünf Verteidigungsminister zurück. Die anderen hat der Khaqan entlassen oder getötet. Verflucht, dieser Menynder ist ein gerissener alter Bursche«, murmelte Youtang halblaut vor sich hin. »Er hat gerade rechtzeitig die Kurve gekratzt. Jetzt kümmert er sich um seine eigenen Angelegenheiten und hält sich bedeckt.«

Sie beobachtete die Szene noch einige Augenblicke länger und betrachtete General Douw etwas genauer. Der Jochianer sah mit seinen gut zweieinhalb Metern Körpergröße wie ein Bilderbuchgeneral aus. Er war schlank und athletisch gebaut, vor allem im Kontrast zu dem kurzgeratenen Menynder. Seine schiefergrauen Locken umgaben seinen Kopf wie ein enger Helm, auch das ein starker Gegensatz zu Menynders kahler Platte.

»Douw gefällt offensichtlich, was er zu hören bekommt«, sagte die Rudelführerin schließlich. »Seit wir zusehen, quasselt Menynder ohne Unterbrechung.«

»Vielleicht fühlt sich der alte Tork in den letzten Tagen besonders sterblich«, sagte ihre Assistentin. »Vielleicht hat er einen Plan. Vielleicht geht es bei den beiden ja darum.«

Die Arbeit an der Todeswand war erledigt. Dort, wo die Verurteilten gestanden hatten, befanden sich nur noch Aschehäufchen. Die Suzdal sahen den Khaqan und seine Garde am westlichen Ende des Platzes hinter den verzierten Mauern des Palastes verschwinden. Die Soldaten formierten sich mitten auf dem Platz und marschierten davon.

Youtang beobachtete nach wie vor die beiden ins Gespräch vertieften Menschen. »Ich glaube, wir sollten uns ihnen anschließen«, sagte sie. »Man kann Menynder viel nachsagen, aber er weiß immer, wie man mit heiler Haut davonkommt. Komm mit. Wenn es eine Möglichkeit gibt, hier lebend herauszukommen, dann möchte ich nicht, daß die Suzdal zurückbleiben.«

Die beiden Geschöpfe schoben sich durch die Menge.

In diesem Augenblick brach das Gewitter los. Als kurz darauf dicke Hagelkörner aus den Wolken niederprasselten und wie Granaten auf dem Pflaster zersprangen, hallten angsterfüllte Schreie über den ganzen Platz.

Die Lautsprecher entließen die Menge mit quäkenden Anweisungen.

Menynder und General Douw eilten gemeinsam davon. Als sie das Haupttor erreicht hatten, schlossen die beiden Suzdal zu ihnen auf. Die vier suchten Schutz hinter einer gewaltigen Statue des Khaqans, die sich auf einer Seite des Tores erhob. Man wechselte einige Worte und nickte sich zustimmend zu. Einen Augenblick später eilten die vier gemeinsam weiter.

Damit war die Verschwörung aus der Taufe gehoben.

Kapitel 2

»Einen Aperitif, Milord?« schnurrte eine Stimme in Stens Ohr.

Sten kehrte in die Wirklichkeit zurück und bemerkte, daß er wie ein Pfau von der alten Erde vor einem in Eiche gerahmten Wandspiegel posierte. Sofort lief er rot an.

Die Stimme gehörte einer Frau, einer schwarzhaarigen, verlockend gebauten und gekleideten Frau, die ein Tablett mit flötenförmigen Gläsern in der Hand hielt. Die Glasflöten enthielten eine schwarze, leicht sprudelnde Flüssigkeit. »Black Velvet«, sagte sie. ›Das bist du allerdings‹, dachte Sten. Aber er sagte nichts, sondern hob kaum wahrnehmbar eine Augenbraue.

»Eine Mischung aus zwei alten alkoholischen Getränken von der Erde«, fuhr sie fort. »Erd-Champagner – Taittinger Blanc de Blancs – und ein kaum noch gebrautes Stout von der Insel Irland. Man nennt es Guinness.«

Sie lächelte. Das Lächeln sah sehr persönlich aus. »Sie sollten Ihren Aufenthalt hier auf der Erstwelt genießen, Sr. Botschafter Sten. Als Angehörige der Hausangestellten wäre ich sehr enttäuscht, wenn Sie uns ... unbefriedigt verlassen würden.«

Sten nahm ein Glas entgegen, trank einen Schluck und bedankte sich. Die Frau wartete, fand nichts mehr zu sagen, lächelte erneut – jetzt etwas förmlicher – und ging weiter.

›Du wirst alt‹, dachte Sten. ›Früher hättest du sie bewundert, hättest gefragt und dann entweder eine Abfuhr oder eine Vertröstung auf später erhalten. Dann hättest du sechs Gläser gekippt, um dich für diese idiotische Zeremonie zu stärken. Aber jetzt bist du erwachsen. Du betrinkst dich nicht, nur weil du Paraden für idiotisch hältst. Und du springst nicht mehr die erstbeste hübsche Frau an, die sich dir anbietet.‹

Abgesehen davon ... dieses lächelnde Dienstmädchen war bestimmt eine Agentin des Mercury Corps, die Admiral (ruhende Reserve) Sten (ohne Vornamen) höchstwahrscheinlich an Rang übertrumpfte.

Und schließlich war er auch nicht in Stimmung für eine schnelle Geschichte. Warum nicht? Während ein Teil seines Gehirns noch an dem Problem herumwerkelte, schmeckte er dem Getränk nach. Eigenartige Kombination. Er hatte schon zuvor fermentierten und moussierenden sprudelnden Traubensaft probiert, doch noch nie war er so trocken gewesen. Die andere Flüssigkeit – Guinness? – fügte dem Geschmack einen scharfen, kräftigen Schlag hinzu, einem Fausthieb gegen den Kopf nicht unähnlich. Er beschloß, vor seiner Abreise von der Erstwelt noch mehr von diesem Zeug zu trinken.

Sten rückte nach hinten, bis seine Schultern die Wand berührten – die alte Gewohnheit eines abgebrühten Imperialen Killers –, und blickte sich in dem monströsen Gemach um.

Schloß Arundel erhob sich triumphierend über seinen Ruinen. Es war einst als grandioser Wohnsitz des Ewigen Imperators auf der Imperialen Erstwelt errichtet und infolge der typischen Art der Tahn, einen Krieg ohne viel Vorgeplänkel vom Zaun zu brechen, von einem taktischen Nuklearsprengkörper zerstört worden. Während der darauffolgenden Kämpfe, die das gesamte Imperium in Mitleidenschaft gezogen hatten, war Arundel als symbolische Ruine unverändert geblieben; der Imperator selbst hatte sich in dem ausgedehnten Labyrinth unterhalb des verwüsteten Gebäudes einquartiert.

Nachdem der Imperator einem Attentat zum Opfer gefallen war, hatten seine Mörder Arundel als Gedenkstätte beibehalten. Erst bei der Rückkehr des Imperators war es wieder aufgebaut worden, sogar noch erhabener und himmelstürmender als zuvor.

Sten befand sich in einem der vielen Vorzimmer des Schlosses. Ein Warteraum. Ein Warteraum, der einem Flottenzerstörer bequem als Hangar dienen konnte.

Der Raum war mit hohen Tieren vollgestopft, sowohl militärischen als auch zivilen, humanoiden als auch andersartigen. Sten warf noch einen Blick in den Spiegel und zuckte zusammen. ›»Fette Tiere« wäre passender. Jetzt, nachdem du den letzten Auftrag des Imperators erledigt hast‹, dachte er, ›mußt du unbedingt wieder in Form kommen. Diese Schärpe mit all ihren Auszeichnungen, die du noch vor einer Minute bewundert hast... Deutet sich dahinter nicht unübersehbar ein kleiner Wanst an. Und der Stehkragen verhilft dir zu einem ausgewachsenen Doppelkinn. Dabei hoffst du insgeheim, daß es nur am Kragen liegt...

Zum Teufel mit dir‹, fuhr Sten seinen schweifenden Gedanken in die Parade. ›Ich bin momentan sehr zufrieden. Zufrieden mit mir, zufrieden mit der Welt, zufrieden damit, daß ich mich gerade jetzt hier aufhalte.‹

Trotzdem blickte er ein drittes Mal in den Spiegel und kehrte zu dem Gedankengang zurück, der von der Hausangestellten unterbrochen worden war. ›Verdammt. Ich habe mich immer noch nicht daran gewöhnt, anstelle irgendeiner Uniform oder wenigstens einer Verkleidung in diesen Diplomatenklamotten herumzulaufen. Diese Staffage, dieses altertümliche Hemd; und der Mantel mit dem gegabelten Rückenteil reicht mir fast bis an die Knöchel; diese Hosen, die in glänzenden Stiefeln mit niedrigem Schaft enden ... das ist alles immer noch höchst eigenartig.‹

Er fragte sich, was wohl der Sten, der er einmal gewesen war – dieser arme unwissende Waisenknabe aus der Welt einer Sklaven-Company, der ein bißchen Glück hatte und schnell mit dem Messer war –, sagen würde, wenn er in diesen Spiegel blickte und dieser sich in seine Lieblingsphantasie, einen Zeitspiegel, verwandelte? Was würde dieser junge Sten wohl dabei denken, wenn ihm bewußt wäre, daß er sich dort selbst erblickte, so wie er in einigen Jahren aussehen würde?

Jahre? Viel mehr als ihm lieb waren. Er wollte sie nicht einmal zusammenrechnen.

Was für eine eigenartige Vorstellung. Besonders hier, wo er auf Wunsch des Imperators wartete, damit dieser ihn beglückwünschen und für seine Dienste auf allerhöchster Ebene auszeichnen konnte.

Ja. Was würde dieser jüngere Sten wohl denken? Oder sagen?

Sten grinste. Abgesehen von: »Warum bist du verdammt noch mal nicht Black Velvet gefolgt?« hätte er wahrscheinlich erleichtert gegrunzt. ›Aha. Wir sind also noch am Leben. Hätte ich nicht gedacht.‹ Beinahe automatisch legte sich seine rechte Hand auf den Ärmel und befühlte die kostbare Seide des Mantels.

Darunter – und unter dem diamantenbesetzten Hemdsärmel

– befand sich noch immer das Messer, chirurgisch *in* seinem Arm versteckt. Sten hatte es einst geschaffen – es wachsen lassen und dann in einer Biofräse bearbeitet –, damals, als Sklavenarbeiter auf Vulcan. Sein allererstes Eigentum. Das Messer war kaum mehr als ein schmaler, doppelschneidiger Splitter und so geformt, daß es in keine andere als in seine Hand paßte. Es war mit einer Nadelspitze versehen und konnte allein durch das Eigengewicht der Klinge einen Erd-Diamanten zerteilen. Es war höchstwahrscheinlich das tödlichste Messer, das die Menschheit in ihrer unendlichen Begeisterung für Tod und Zerstörung je geschaffen hatte. Es wurde von einem chirurgisch versetzten Muskel an Ort und Stelle gehalten.

Mehr als ein Jahr, beinahe schon zwei Jahre waren jedoch vergangen, seit es zum letzten Mal ernsthaft gezückt worden war. Vier wunderbare Jahre des Friedens nach einem Leben voller Krieg. Frieden ... und in Sten ein wachsendes Bewußtsein dafür, daß er endlich die Aufgabe erfüllte, die zu ihm paßte. Etwas, das nicht immer wieder auf –

»Wie korrekt«, sagte eine flache, tödlich monotone Stimme. »Du hast mich schon immer ein bißchen an einen Zuhälter erinnert. Wie ich sehe, bist du jetzt einer geworden. Zumindest ziehst du dich so an.«

Sten kam knurrend in die Wirklichkeit zurück, ließ den Arm fallen und krümmte die Finger, wobei das Messer wie ein Reflex in seine Hand rutschte. Er trat von der Wand weg, nahm den linken Fuß nach hinten, tarierte sein Gleichgewicht aus, duckte sich leicht ...

›Dieser verdammte Mason.

Halt. Dieser verdammte Flottenadmiral Rohber Mason.‹ In weißer Paradeuniform, die Brust voller bunter Auszeichnungen, jede einzelne davon hochverdient. Dabei waren es wahrscheinlich kaum ein Drittel der Heldenknöpfe, die Mason zustanden.

Er hatte sich nie darum gekümmert, diese bläuliche Narbe zu entfernen, die sich quer über sein Gesicht zog. Sten hatte den Eindruck, daß er sich mit ihr wahrscheinlich für noch charmanter hielt.

»Admiral«, sagte Sten. »Wie gehen die Geschäfte beim Kinderabschlachten?«

»Kann nicht klagen«, gab Mason zurück. »Wenn man erst einmal gelernt hat, die Leine kurz und sich selbst aus dem Gröbsten herauszuhalten, ist es ganz einfach.«

Mason und Sten haßten sich aus unerfindlichen Gründen seit jeher. Mason war in der Pilotenausbildung einer von Stens Ausbildern gewesen und hatte alles daran gesetzt, daß Sten seinen Abschluß nicht erreichte. Bei seinen Schülern war Mason uneingeschränkt als Drecksack verschrien gewesen. Die Schüler hatten recht gehabt. Und, ganz anders als in den Livies, hatte sich Masons Herz aus Stein nach bestandener Prüfung keinesfalls als blanke Pose erwiesen. Unter der Oberfläche aus Granit lag nichts als gehärteter Stahl.

Im Verlauf des Krieges mit den Tahn war Mason zum Admiral aufgestiegen. Er hatte viele Qualitäten: Er war brillant. Ein Tyrann. Ein meisterhafter Stratege. Ein Killer. Ein brutaler Disziplinhengst. Eine Führerpersönlichkeit, die sich bis ins Grab und darüber hinaus hinter seine Untergebenen stellte. Als er beispielsweise keinen richtigen Grund fand, um Sten aus der Fliegerschule auszusieben, stellte er ihm die besten Noten aus. Mason war wahrscheinlich der beste Kampfpilot der gesamten Imperialen Streitmacht. ›Der zweitbeste‹, brummte Stens Pilotenego.

Er war dem Imperator mit Leib und Seele ergeben und hatte die Säuberungen des Privatkabinetts mit viel Glück und Niedertracht überstanden. Auch jetzt führte er, wie schon in der Vergangenheit, die Imperialen Befehle zweifellos wirkungsvoll und ohne Rücksicht auf Verluste aus. ›Richtig‹, dachte Sten, ›es herrscht zwar Frieden, aber nur im Vergleich zu diesem Alptraum des Tahn-Kriegs. Nach wie vor müssen viel zu viele Lebewesen sterben.‹

»Habe gehört, daß du jetzt der Laufbursche des Imperators geworden bist«, sagte Mason. »Ich habe nie verstanden, wie ein *richtiges* Wesen es in einer Welt aushält, in der alles grau ist und es keine Wahrheit gibt.«

»Inzwischen gefällt mir Farbe ganz gut«, antwortete Sten. »Jedenfalls besudelt sie einem nicht so die Hände wie zum Beispiel Rot. Und sie läßt sich wieder abwaschen.«

Eine dröhnende Stimme unterbrach ihre Sticheleien. »Verehrte Anwesende, ich bitte um Ihre Aufmerksamkeit.« Das Gesumm höflichen diplomatischen Geschnatters verstummte.

»Ich bin Großkämmerer Bleick.« Der Sprecher war ein lächerlich kostümiertes, etwas zu kurz geratenes Geschöpf, das mit der lautesten, kriecherischsten Zwitscherstimme redete, die Sten jemals gehört hatte. Natürlich hatte er ein Kehlkopfmikro und einen tragbaren Verstärker dabei.

»Wir möchten sichergehen, daß Sie alle die Ihnen als hochgestellte Persönlichkeiten zustehende Behandlung erfahren und diese Zeremonie so wie geplant abläuft. Deshalb müssen wir uns an folgende Regeln halten. Die Auszeichnungen werden in absteigender Reihenfolge der Verdienste verliehen. Ein Palastdiener wird jede Kategorie ankündigen.

Wenn Ihre Auszeichnung ausgerufen wird, stellen Sie sich bitte in einer Reihe hier am Eingang auf. Wenn der Redner« – Bleick zeigte auf eine rotgekleidete Person – »Ihren Namen aufruft, treten Sie in das Hauptgemach ein. Sie werden nur geradeaus gehen und dann siebzehn Stufen hinaufsteigen, wo Sie eine im Boden eingravierte Linie erkennen werden.

Am anderen Ende dieser Linie wird der Imperator stehen.

Sind Sie der einzige Empfänger der entsprechenden Auszeichnung, treten Sie direkt vor den Ewigen Imperator. Gehören Sie zu einer Gruppe, schreiten Sie entlang der Linie und bleiben neben dem nächsten Wesen zu Ihrer Linken stehen.

Dort nehmen Sie bitte Haltung an.

Eine Imperiale Adjutantin wird die Begründung für Ihre Auszeichnung vortragen. Eine zweite Adjutantin wird sie Ihnen überreichen, entweder auf einer Schärpe, oder sie wird sie Ihnen direkt an die Uniform heften. Sollte sich ein Irrtum einschleichen, vermeiden Sie bitte jede gekränkte Reaktion. Die Zeremonie wird selbstverständlich mitgeschnitten und später auf Ihrem Heimatplaneten ausgestrahlt.

Ich darf hinzufügen, daß zusätzliche Kopien zu einem vernünftigen Preis in meinem Büro zu erwerben sind.

Heute sind keine Auszeichnungsempfänger aus dem Imperialen Haushalt vorgesehen. Als Rangnächste folgen vererbbare Auszeichnungen: Grafen, Baronets und dergleichen ...«

»Vererbbar«, entfuhr es Sten voller Staunen. Seine Lipen bewegten sich nicht, seine Worte erreichten gerade mal Masons Ohr. Diese Fertigkeit gewöhnte man sich beim Militär und im Gefängnis an.

Auch Mason war darin bewandert: »Der Ewige Imperator erweist sich als sehr erfinderisch, wenn es darum geht, diejenigen zu belohnen, die ihm zu Diensten sind.« Seiner Stimme fehlte jede Spur von Ironie.

»Aber –«

»Das erfreut nicht nur diese pedantischen Drecksäcke«, sagte Mason, »sondern auch ihre bürokratischen Bosse.«

Der Mißmut der beiden Männer zeigte sich nicht einmal als kleinste Regung auf ihren Gesichtern. Nur wenige Meter entfernt nahmen starke Gefühlsregungen jedoch Gestalt an.

Der Mann war riesenhaft und sehr weiß, von seiner wallenden

Mähne über die wuchernden breiten Koteletten bis hin zu seiner vorschriftsmäßigen Hofkleidung. Er sah ein wenig betrunken aus.

»Was für'n Haufen verrückter Idioten«, sagte er mit einer Stimme, die wie Donner grollte. »Bei diesen blöden Titeln denkt schon ein Grünschnabel, er sei ganz automatisch ein Vollblut. Unerfahrene Welpen kriegen Flöhe ins Ohr gesetzt, sonst nichts! So einen Quatsch hab' ich ja noch nie gehört!

Gütiger Himmel, das Imperium geht noch vor die Hunde, wenn der Imperator dieser ganzen Bande sackloser Idioten derartige Kapriolen erlaubt! Das fehlte noch, daß ich bei diesem Affentheater mitmache! Schönen Gruß an den Imperator, wenn er will, daß –«

Was auch immer der Kotelettenmann dem Imperator vorschlagen wollte, es wurde rasch von vier sehr, sehr großen Menschenwesen abgewürgt, die aus dem Nichts aufzutauchen schienen und ein Minispalier um den Mann bildeten.

Sten hörte einige Proteste, doch der Mann wurde rasch unter Kontrolle gebracht und einen nahe gelegenen Ausgang hinausgeführt – zum Fortschleppen war er etwas zu massig.

Die vier Männer trugen neue, an Polizisten erinnernde graue Uniformen, die Sten bisher weder auf der Erstwelt noch direkt im Palast irgendwo gesehen hatte. Er sah eines der Schulterabzeichen, einen runden gelbschwarzen Aufnäher mit einem goldenen *I*, um das sich der Buchstabe *S* wand.

»Wer waren denn die Rausschmeißer?« murmelte er Mason monoton zu.

»Neue Sicherheitskräfte. Innere Sicherheit. Mehr weiß ich nicht. Geht mich auch nichts an.«

»Unter wessen Kontrolle stehen sie? Mercury? Mantis?« Stens Neugier entsprang seiner ehemaligen – zumindest offiziell – Zugehörigkeit zu beiden Organisationen.

»Ich muß mich wiederholen ...« Masons Stimme war jetzt lauter und frostiger. »Schlägertrupps, Gestaposchergen und Spitzel haben mich nie sonderlich interessiert.«

Sten fand es im Rahmen der Höflichkeit für angemessen, sich dem Strom der Auszeichnungsempfänger anzuschließen, der durch die Tür marschierte und verschwand.

Vererbte Auszeichnungen ... Verdienstorden ... Auszeichnungen (Militärs) ... Auszeichnungen (Zivilisten) ...

Sten blieb vor dem Kämmerer stehen, der seine Liste durchsah. »Sr ... Bevollmächtigter Sten, Sie sind der einzige, dem heute diese Auszeichnung verliehen wird. Sie dürfen eintreten.«

Sten ging auf die klaffende Öffnung der hohen Tür zu, und zwei Gestalten in roten Anzügen und mit – wie Sten fand – sehr künstlich aussehendem graumeliertem Haar öffneten die Türflügel.

Eine Stimme plärrte: »Der Höchst Ehrenwerte Sten ... von Smallbridge.«

Das Auszeichnungszimmer hinter den nun gähnend weit offenstehenden Türflügeln war inzwischen mit denjenigen gefüllt, die vor ihm an der Reihe gewesen waren. Sten bewegte sich in diesem »Etwas-langsamer-als-normal-Schritt« weiter, von dem jeder Diplomat weiß, daß er sich am besten in den Livies macht. Dazu setzte er eine würdevolle Miene auf.

›Höchst Ehrenwert‹, dachte er. ›Höchst interessant. Soweit ich mich erinnere, war ich beim letzten Mal, als ich bei Hof erschien, nur Sehr Ehrenwert. Gibt es bei Höchst Ehrenwert etwa mehr Geld?‹

»Der Bevollmächtigte Botschafter Sten erfüllte bei seiner jüngsten Mission als Mittler zwischen Thorvaldianern und den Bewohnern von Markel Bat die höchsten Erwartungen des Imperialen Dienstes unter beträchtlichem Risiko für seine eigene persönliche Sicherheit. Nicht nur wurde der Frieden bewahrt, sondern der gesamte Cluster sieht jetzt einer neuen Ära der Befriedung und Ruhe entgegen. Sten wird damit geehrt, daß er zu einem neuen Rang ernannt wird, zum Gefährten des Imperators.«

›Und das bedeutet alles, was der Imperator möchte, daß es bedeutet‹, dachte Sten. Und das wiederum war alles außer einem Mitglied des Imperialen Haushalts – was auch immer *die* sein mochten. Zumindest hatten es diese abscheulichen Idioten noch nicht so weit getrieben, sich gegenseitig umzubringen, und auch er sah sich noch nicht genötigt, einen von ihnen umzubringen, so verlockend es hin und wieder auch gewesen war.

Keiner dieser Gedanken spiegelte sich in Stens Miene. Auch als er die besagte Linie entlangschritt und die Blicke im Raum umherschweifen ließ, veränderte sich sein Gesichtsausdruck nicht.

Dort oben ... die Iris im Kronleuchter ... da saß das Türmchen eines schwenkbaren Gewehrs. Dieses riesenhafte Porträt – höchstwahrscheinlich ein einseitiger Spiegel mit einer Eingreiftruppe dahinter. Da und dort und dort. Auf Hüfthöhe. Links und rechts von der Linie ... versteckte Laserprojektoren.

Ein Doppelposten Gurkhas flankierte jede Tür zum Auszeichnungszimmer. Schweigsame kleine braune Männer mit ausdruckslosen Gesichtern in Paradeuniform, die Kinnriemen ihrer Schlapphüte knapp unterhalb der Unterlippe befestigt. Außerdem hatte jeder an der Hüfte eine Mini-Willygun im Koppel stecken. An der anderen Hüfte saß der tödliche Kukri, der dazu beitrug, daß die Gurkhas zu den am meisten gefürchteten und respektierten Soldaten des gesamten Imperiums zählten. Zusätzlich zu den Gurkhas hielten sich im ganzen Raum verteilt ungefähr zehn weitere graugekleidete IS-Typen auf.

›Na und? Würdest du nicht auch ein bißchen mehr Wert auf Sicherheit legen, wenn vor ein paar Jahren ein Irrer versucht hätte, dich umzubringen?‹

Direkt jenseits der Linie stand ein einzelner Mann. Allein.
Der Ewige Imperator.
Dunkles Haar. Blaue Augen. Sehr muskulös. Er sah aus wie höchstens Mitte Dreißig. Nein. Sten mußte sich korrigieren. Seine Augen ließen ihn ein wenig älter erscheinen.

Aber sicherlich nicht alt genug, um das zu sein, was er war: der Mann, der über ein Jahrtausend lang dieses Imperium in Alleinregie aufgebaut hatte; das Imperium, das sich bis jenseits aller Vorstellungen eines einzelnen Wesens erstreckte; das Imperium, das beinahe vernichtet worden wäre und nun langsam wieder zusammenwuchs.

Sten nahm die offizielle Habachtstellung ein. Der Imperator betrachtete seinen persönlichen Botschafter von oben bis unten und nickte dann in offiziellem Einvernehmen.

Die beiden Imperialen Adjutantinnen – diejenige, die die Ernennung vorgetragen hatte, und die andere, die eine Art Medaille in einer offenen Samtschatulle trug – schritten auf Sten zu.

In diesem Augenblick brach der Imperator mit der Tradition. Er wandte sich an die Adjutantin und nahm die Auszeichnung aus ihrer Schachtel.

Er kam nahe heran, legte die Auszeichnung am Band um Stens Hals. »In fünfundvierzig Minuten«, quetschte der Imperator mit einem Gefängnisflüstern, das dem von Sten in nichts nachstand, zwischen den Zähnen hervor. »Hinter der Bühne ... meine Gemächer ... wir brauchen einen guten Schluck.«

Kapitel 3

Sten trat in den Bereich des Sicherheitsgitters. Bei dem Signal des Offiziers der Internen Sicherheit hielt er seine Handfläche in den Identifizierungsstrahl. Das Gitter erwachte summend zum Leben, und Sten wurde in einen farbigen Schein getaucht. Irgendwo tief unten im Bauch von Arundel wurde ein ganzes Bündel Fakten zusammengesucht: Sten wurde von dem am höchsten entwickelten Schnüffelsystem des Imperiums abgeklopft.

Auf der ersten Stufe ging es um die ID. Sobald Stens Handflächenabdruck überprüft und gegengeprüft war, wurde seine Bio auf eventuelle potentielle Feindseligkeiten gegenüber dem Imperator durchforstet. Diese Information wurde ein drittes Mal mit den letzten Einträgen des Mercury Corps gegengecheckt, die bis auf die letzten vierundzwanzig Stunden aktuell auf dem laufenden waren.

Die zweite Stufe war organisch. Sein gesamter Organismus wurde auf jede mögliche bakterielle oder virologische Bedrohung für seinen Boß untersucht. Schon seit langer Zeit war es möglich, eine Bombe aus lebenden Bazillen zu basteln.

Die letzte Stufe kümmerte sich um Waffen, angefangen von der üblichen versteckten Kanone oder Klinge bis hin zu nicht ganz so augenscheinlichen implantierten Sprengstoffen. Oder, in Stens Fall, dem Messer im Arm. Er wußte, daß seine Befugnis, eine solche Waffe in der Gegenwart des Imperators zu tragen, jeden Alarm aushebelte, auch wenn die Scanner sie entdeckten.

Sten erhielt seine Erlaubnis, stieg vom Gitter herunter und ging den Korridor in Richtung der Privatgemächer des Ewigen Imperators hinab. Er fühlte sich angesichts der bevorstehenden Zusammenkunft mit seinem Boß ein wenig nervös. Es war schon sehr lange her, seit sie sich zum letzten Mal unter vier Augen unterhalten hatten. Es mußte etwas sehr Ungewöhnliches anliegen.

Aber nicht darüber machte er sich Sorgen. Es waren vielmehr die knallharten Sicherheitsvorkehrungen, die ihn nervös machten – ein seltsamer Gedanke für einen Mann, der einst Chef der persönlichen Leibwache des Imperators gewesen war. Damals hatte er jede Lücke im System rigoros bemängelt, sich um die Neigung des Imperators gesorgt, sich hin und wieder in die Menge zu mischen oder zu einem privaten Abenteuer aus der Hintertür zu schlüpfen.

Sten konnte es dem Ewigen Imperator nicht verdenken, wenn er nach dem, was geschehen war, die Zügel straffer anzog. Doch jetzt, nachdem er selbst jede Menge Erfahrung als Mann der Öffentlichkeit hatte machen dürfen, wußte Sten auch, daß es für jedes machtausübende Wesen gefährlich war, eine Bunkermentalität zu entwickeln. Zugegeben: je enger die Abschirmung, desto schwerer die Aufgabe für die Schurken. Aber es konnte die Sache auch für die Kerle mit den weißen Hüten schwerer machen.

Und was das Personal der Inneren Sicherheit anging, das Sten bislang zu Gesicht bekommen hatte, so löste es bei ihm eine gehörige Gänsehaut aus. Er konnte selbst nicht genau sagen, warum. Je näher er an den Imperator herankam, desto mehr ging ihm das IS-Personal auf die Nerven. Sie waren alle so ... irgendwie vertraut.

Als er den hochgewachsenen blonden jungen Mann an der Tür erblickte, kam Sten die Erleuchtung. Dieser Kerl war ein Zwilling des Imperators – ebenso wie alle anderen Männer, denen er seit dem Betreten der privaten Gemächer des Imperators begegnet war! Der grundsätzliche körperliche Unterschied bestand darin, daß sie größer waren.

Er mußte widerstrebend zugeben, daß diese Vorkehrung nicht ungerechtfertigt war. Jeder einzelne der IS-Wachen glich dem

Imperator genug, um das Feuer eines Attentäters auf sich zu lenken. Und als Gruppe bildeten sie um ihn herum einen lebenden Schild.

Als Sten näher kam, knallte der IS-Offizier die Hacken zusammen. »Sie werden erwartet, Botschafter Sten«, sagte er in ruhigem Ton, der in eigenartigem Kontrast zu seinem versteinerten Gesicht stand. Er musterte Sten mit skeptischen Blicken. Sten war ein wenig verletzt, als er sah, daß sich das Mißtrauen in Selbstgefälligkeit verwandelte. Der Blödmann dachte wohl, er könnte es leicht mit Sten aufnehmen.

»Sie können gleich hinein«, sagte der IS-Offizier.

Stens Muskeln spannten sich; er wußte noch genau, wie man diese Einschätzungsspielchen spielte. Die Augen des Mannes verengten sich. Auch er wußte genau, was hier vor sich ging.

Sten lachte. »Vielen Dank«, war alles, was er sagte. Die Tür zischte zur Seite, und er trat ein. Er sah den überraschten Ausdruck auf dem Gesicht des Mannes, dem bewußt wurde, daß er als eine Nummer zu klein befunden worden war. Sten konnte es mit Leichtigkeit mit ihm aufnehmen. Klar, er war etwas langsamer geworden. Außer Übung. Aber so ein Kerl würde überhaupt kein Problem für ihn darstellen.

Der Stregg traf auf den Black Velvet, wollte zunächst Ärger machen, wurde dann jedoch von der umfassenden Sanftheit geradezu verführt. Sten spürte, wie sich ein wohltuendes Glühen in seinem Magen ausbreitete.

Der Ewige Imperator strahlte ihn entwaffnend an und füllte dann die Schnapsgläser erneut mit dem feurigen Trank, den die Bhor nach ihrem früheren Erzfeind genannt hatten. »Wie unser alter irischer Freund Ian Mahoney sagt: ›Noch einen, damit unser gütiger Herr weiß, daß wir es ernst meinen.‹« Der Imperator kippte sein zweites Glas.

Sten folgte seinem Beispiel. Wenn der Boß die Sitzung alkoholisieren wollte, dann mußte er sich wohl oder übel anschließen – mit viel Gefühl. Außerdem hatte der Ewige Imperator recht gehabt. Wie gewöhnlich. Sten brauchte wirklich einen kräftigen Schluck.

»Mal sehen, was aus dem Essen geworden ist, das ich dir versprochen habe«, sagte der Imperator. »Bis zu anderslautenden Befehlen, Herr Botschafter, unterliegt es Ihrer Verantwortung, die Gläser gefüllt zu halten.«

Dann fing er an, in diesem Wunder aus Low-Tech-Qualität in Vermählung mit High-Tech-Geschwindigkeit herumzuwerkeln, das er seine Küche nannte.

»Ein schwieriges Amt, Sir«, sagte Sten, »aber ich werde mein Allerbestes geben.« Er lachte, füllte die Gläser nach, trug sie zum Eßplatz hinüber und nahm seine übliche Position auf einem der hohen Küchenhocker ein.

Dort reckte er die Nase anerkennend witternd in die Luft. Eine Mischung aus dunkel vertrauten Gerüchen, aber mit einem verführerischen Geheimnis. Der Ewige Imperator hätte einem Meisterkoch Unterricht erteilen können. Sogar Marr und Senn, die beiden hervorragendsten Genießer des Imperiums, gaben das widerwillig zu.

Am liebsten spürte der Imperator uralten Rezepten von der Erde nach. ›Obwohl diese Rezepte aus der Perspektive des Imperators nicht ganz so alt sind‹, dachte Sten. Schließlich regierte er schon seit dreitausend Jahren.

Sten schnüffelte noch einmal. »Asiatisch?« vermutete er. Er war selbst kein schlechter Koch, denn er hatte dieses Hobby – vielleicht von seinem Boß inspiriert – während endlos langer Stunden auf langweiligen Militärposten entwickelt, auf denen das Essen sogar noch dröger als die Gesellschaft war.

»Das denkst du nur, weil es so komplex ist«, sagte der Imperator. »Es sind auch tatsächlich einige Einflüsse dabei, glaube ich. Aber umgekehrt. Die Chinesen *waren* zwar die besten Köche, aber diese Leute haben ihnen erst gezeigt, wo es langgeht. So mancher behauptet sogar, sie seien noch besser als die Chinesen gewesen. Ich bin mir noch nicht ganz schlüssig.«

Er drückte auf eine Stelle an der Kante der Arbeitsplatte. Ein Kühlfach glitt heraus, in dem sich eine ganze Ansammlung von Tiegeln und Töpfen mit herrlichem Inhalt verbarg. Er stellte alles nebeneinander auf die Arbeitsplatte.

»Das Thema des heutigen Abends ist Indien«, sagte der Ewige Imperator. »Hat gewissermaßen etwas mit dem Auftrag zu tun, den ich mir für dich ausgedacht habe.« Er lächelte. Sten hatte seinen Boß schon öfter gutgelaunt erlebt, aber noch nie so aufgekratzt. Auch das noch! Schon wieder ein unmöglicher Auftrag. Sten war nur leicht beunruhigt. Schon verlockten ihn die noch ungenannten Probleme. Aber er durfte nicht so schnell klein beigeben.

»Ich möchte Ihnen nicht widersprechen, Sir«, sagte Sten und nahm einen Schluck Stregg, »aber ich hatte mich eigentlich auf einen kleinen Urlaub eingestellt.« Das kurze irritierte Zucken im Gesicht seines Bosses entging ihm nicht. Gut.

»Treibe es nicht zu weit«, fuhr ihn der Ewige Imperator an. Sten war sofort alarmiert, als er sah, wie schnell die Irritation sich in Zorn verwandelte. »Ich habe den Kanal gestrichen voll von negativen Reaktionen. Kapiert ihr das denn nicht? Ich halte dieses ganze Ding mit Geduld und Spucke zusammen ...« Die Stimme des Imperators verebbte.

Sten konnte beobachten, wie er seinen Zorn niederkämpfte. Es war ein deutlicher Kampf. Der Imperator schüttelte den Kopf und grinste Sten unsicher an.

»Tut mir leid«, sagte er. »Ich habe viel Druck momentan, der Job und so. Manchmal vergesse ich sogar, wer meine alten Freunde sind. Meine *echten* Freunde.« Er prostete Sten zu und trank von seinem Stregg.

»Es war mein Fehler, Sir«, sagte Sten. Sein Instinkt sagte ihm, daß es wichtig war, die Schuld auf sich zu nehmen. »Der Geruch dieser leckeren Sachen hat wohl seine Wirkung auf meine faule Seite nicht verfehlt.«

Das gefiel dem Imperator. Er nickte knapp, aber bestimmt und machte sich wieder an die Arbeit – und an das abgebrochene Thema.

»Was mir zur Zeit am meisten Kopfzerbrechen bereitet«, sagte der Imperator, »erinnert ein wenig an den Ort, von dem dieses Essen stammt. Innerhalb der Grenzen Indiens gab es mehr Leute mit unterschiedlichen Auffassungen als irgendwo sonst auf der Erde. Es war ein einziges Durcheinander von verfeindeten Gruppierungen, die einander schon so lange gegenseitig an die Kehle gingen, daß sie vergessen hatten, warum sie sich eigentlich so haßten. Nein, das nehme ich zurück. Eigentlich erinnerten sie sich nur zu genau daran.

Ein Hindu oder Sikh konnte einem genau den Tag und die Farbe des Himmels an diesem Tag benennen, an dem der Ururgroßvater des anderen Kerls seine Greueltat verübt hatte.«

Er schob eine Schüssel herüber, die mit einer grünlich aussehenden Masse gefüllt war. »Das ist Dhal«, sagte der Imperator. »Eine Art Bohnen- oder, wie in diesem Fall, Erbsengericht. Es ist absichtlich fade. Um dem Rest eine gewisse Balance zu geben. Putzt nach jedem Biß oder so den Gaumen. Ich habe es schon gestern vorbereitet. Wir müssen es nur aufwärmen.«

»Was dieses Problemkind angeht ...«, hakte Sten nach.

»Genau.« Der Imperator kippte seinen Stregg. »Ich hätte auch ein anderes Beispiel als Indien nehmen können. Aber das Essen dort bestand hauptsächlich aus Kartoffeln – und Schweinen, wenn sie welche hatten. Jedenfalls stellten sie eine Wahnsinnswurst her. In Mehl paniert und dann gebraten. Aber es kam einem nicht wie Wurst vor.«

Sten roch die Zutaten, die der Imperator in einer bestimmten Reihenfolge hinzufügte. »Indien ist doch hervorragend, Sir«, sagte er.

»Bei dem Ort, an den ich dich schicken will, handelt es sich um den Altai-Cluster«, brummte der Imperator.

Sten runzelte die Stirn. Er war nur so ungefähr auf dem laufenden, was diesen Cluster betraf. »Die Jochianer, unter anderem, stimmt's, Sir? Aber ich dachte immer, sie gehören zu den treuesten Verbündeten, die wir an Bord haben.«

»Das ist richtig«, erwiderte der Imperator nachdrücklich. »Und ich möchte, daß das so bleibt. Das Problem besteht jedoch darin, daß der Khaqan – so nennt sich der Bursche, der die Bude dort leitet – bis zum Arsch im Alligatorenteich steht.«

Der Imperator hielt einen Haufen in Würfel geschnittenes Fleisch hoch.

›Ungefähr zwei Pfund‹, schätzte Sten.

»Das hier ist Ziege«, sagte der Imperator. »Ich habe für sie und ihre Brüder und Schwestern ein Gehege bauen lassen und auf dem Feld das gleiche Zeug angebaut, das ihre Vorfahren damals in Indien zu fressen gekriegt haben – Minze, wilde Zwiebeln, was auch immer.« Er schob die Masse in eine backofentaugliche Kasserolle.

»Der Khaqan wird allmählich alt und ein wenig daneben«, fuhr der Imperator fort. Dieses Hin- und Herspringen zwischen den Themen war typisch für ihn. Mit den Jahren hatte Sten jedoch festgestellt, daß er überhaupt nicht sprang; jedes Thema hatte unmittelbar mit dem anderen zu tun.

»Wie auch immer«, sagte der Imperator, »er hat sich seinen Ärger größtenteils selbst zuzuschreiben ... Trotzdem kann ich es mir nicht leisten, ihn zu verlieren.«

Sten nickte zustimmend. Wer auch immer dieser Khaqan sein mochte, der Altai-Cluster war ein wichtiger Verbündeter. Weitaus schwerer wog die Tatsache, daß der Sternhaufen verdammt nahe an der Erstwelt lag. »Was bedrückt den Herrscher, Sir?«

»So ziemlich alles und jeder«, antwortete der Imperator, der jetzt anfing, Gewürze auf der Ziege zu verteilen. »Ein wenig Ingwer«, sagte er und beugte sich erneut über das Rezept. »Gewürznelken, Kardamom, Chili, Kümmel ... kräftiger als der andere ... ein paar zerquetschte Knoblauchzehen und natürlich Salz und Pfeffer.«

Er gab etwas Joghurt und Zitronensaft dazu, rührte alles kräftig um und stellte es zur Seite. Dann fing er an, Zwiebeln in Erdnußöl zu rösten.

»Im Altai-Cluster gibt es drei verschiedene Spezies«, sagte der Imperator. »Aufgespalten in vier verschiedene Gruppierungen. Elende Drecksäcke, eine wie die andere. Zunächst einmal die Jochianer. Menschen. Die Hauptrasse. Der Khaqan ist Jochianer, klar.«

»Genau«, erwiderte Sten. So funktionierte es normalerweise, wenn ein Wesen allein regierte. Anwesende ausgeschlossen. Es gab weitaus weniger Menschen als andere Spezies im Imperium.

»Ihre Hauptwelt ist Jochi, dort schwingt auch der Khaqan sein Zepter. Sie ist das Zentrum des Clusters. Egal ... Für die anderen Schurken in diesem Stück ...«

Er schüttete die Hälfte der Zwiebeln über die Ziege und rührte erneut um. Dann zog er den Reis vom Ofen. Das Wasser kochte seit fünf Minuten. Er kippte das Wasser ab, vermischte den Reis mit den Zwiebeln und verteilte ihn über der Ziege.

»Ein wenig Butter darübertröpfeln«, sagte der Imperator, »und ... voilà! Ich nenne es Bombay Birani, aber grundsätzlich ist es alter geschmorter Ziegeneintopf.« Er knallte einen fest schließenden Deckel darauf, schob die Kasserolle in den Backofen und stellte ihn auf Braten.

»Jetzt werde ich ein bißchen schummeln«, sagte der Imperator. »Eigentlich müßte man es auf 200 Grad stellen, eine Stunde braten lassen, dann auf 160 herunterdrehen und noch mal vier Stunden braten lassen.«

Sten steckte diese Zahlen so weg wie den Rest des Rezeptes.

»Aber Marr und Senn, sie seien gesegnet, haben einen neuen Ofen erfunden, mit dem sich die echte Backzeit um die Hälfte oder noch mehr verringern läßt. Und ich kann wirklich keinen Unterschied feststellen.«

»Und diese anderen Schurken, Sir?«

»Ach ja. Gut, wir haben also die Joachianer, Menschen, wie schon gesagt. Abgesehen davon, daß sie die Hauptrasse darstellen, verfügen sie über einen meiner alten Handelsfreibriefe. Den habe ich ihnen vor ungefähr 500 Jahren verliehen. Damals war das dort wildes und undurchsichtiges Grenzland.

Was mich auf die Tork bringt. Auch sie sind Menschen, vom Schlag der alten Goldgräber.«

Sten wußte nicht genau, was der Imperator damit meinte, erahnte aber so ungefähr die Zielrichtung.

»Die Tork kamen schon sehr früh in den Cluster, damals, als in dieser Region das Imperium X entdeckt wurde«, fuhr der Imperator fort. »Minenarbeiter, Raumfahrer, die nicht mehr auf ihre Schiffe zurückkehrten, Händler, Joyboys und Joygirls, so dieser Schlag. Mit dem Unterschied, daß sie, nachdem das Vorkommen an Imperium X erschöpft war, nicht zum nächsten gewinnversprechenden Loch weiterzogen, sondern dortblieben.«

Imperium X war das einzige Element, das AM_2-Partikel abschirmen konnte. AM_2 war der Stoff, auf den das gesamte Imperium aufgebaut war. Er unterlag der Kontrolle des Ewigen Imperators, und zwar so ausschließlich, daß sämtliche Vorräte an AM$_2$ automatisch rapide zur Neige gegangen waren, nachdem das Privatkabinett ihn ermordet hatte. Sechs Jahre lang hatte das Kabinett vergeblich nach dem Ursprung von AM$_2$ geforscht. In der Zwischenzeit war das Imperium unaufhaltsam auf seinen Ruin zugesteuert – ein Zustand, mit dessen Behebung Sten zur Zeit fast ausschließlich beschäftigt war. Dabei zweifelte er manchmal daran, ob er die komplette Umkehr noch erleben würde.

»Natürlich waren die Tork nicht begeistert, als die Jochianer auftauchten. Doch diese Händler-Abenteurer knallten einige Köpfe aneinander, zeigten den Tork meinen Freibrief, und das war's dann.

Die Zeit verging, und die Jochianer verzweigten sich ein wenig, bildeten viele nur lose miteinander in Verbindung stehende Welten – Stadtstaaten. Der Vater des gegenwärtigen Khaqans führte alles vor ungefähr dreihundert Jahren wieder einigermaßen zusammen.«

Sten sagte nichts dazu. So war nun mal das Recht der Pioniere. Er selbst hatte einige dieser alten Praktiken eingesetzt, um das Privatkabinett zu Fall zu bringen. »Was ist mit den beiden anderen Spezies? Vermutlich Ureinwohner des Clusters?«

»Genau. Sie nennen sich Suzdal und Bogazi. Viel weiß ich von denen auch nicht. Wahrscheinlich haben sie die gleichen empfindlichen Punkte wie alle anderen Wesen auch. Wie es aussieht, waren sie gerade dabei, ihre Heimatplaneten zu verlassen und sich gegenseitig zu entdecken, als die Tork auftauchten.

Die Suzdal und Bogazi hatten lächerliche Raumschiffe. Doch sie stellten es recht geschickt an, einander das Leben schwerzumachen; und dann kamen die Tork. Sie hatten keine große Mühe mit ihnen. Mit Stardrive kann man so ziemlich jeden Hinterwäldler zum Staunen bringen.«

Sten konnte sich den Schock vorstellen. Da hat man es gerade mal geschafft und die technologische Leiter von der Steinzeit bis ins Weltall erklommen, blickt zu den wartenden Sternen hinauf und kommt sich richtig gut vor. Man steht ganz oben auf den Stufen der Geschichte. Niemand, der es vor einem versucht hat, ist so weit gekommen.

Und dann: Zack! Plötzlich kommen Aliens – in diesem Falle Menschen – daher, mit ihrer tollen Ausrüstung und hochmodernen Waffen, mit denen sie dich und dein ganzes Volk wieder in dumpfe Steinzeitlinge verwandeln. Plus, Wunder über Wunder, sie können von einem Stern zum nächsten, von Sonnensystem zu Sonnensystem hüpfen. Sie können sogar mit Leichtigkeit quer durch die ganze Galaxis fliegen. AM_2-Antrieb. Die größte Errungenschaft der Geschichte.

Zum ersten Mal konnte sich Sten vorstellen, wie es vor vielen Jahrhunderten gewesen sein mußte, als der Imperator mit seinem AM_2 unter dem Arm ankam. Es hätte jede bestehende Zivilisation erschüttert, alle wären sie auf die Knie gefallen und hätten darum gebeten, ebenfalls das Licht sehen zu dürfen.

Der Ewige Imperator sinnierte über eine halbvergessene Zutat. »Cilantro«, sagte er. »Das war's.« Er bröselte ein paar Blätter in eine Schüssel mit kleingehackter Gurke und Joghurt.

›Richtig‹, dachte Sten. ›AM_2 plus das Geheimnis des ewigen Lebens ... Das muß wirklich ein Knüller gewesen sein.‹

Es war ein unglaubliches Abendessen. Unvergeßlich. Wie immer.

Überall auf dem Tisch standen Berge von Essen. Dhal und Gurkendip; drei Sorten Chutney: grüne Mango, Bengal und scharfe Limone. Echte scharfe Limone. Kleine Schüsseln mit besonders scharfen Soßen und winzigen Pfefferschoten. Und frisch gebackene Fladenbrote. Chapaties, wie sie der Imperator nannte. Außerdem das Bombay Birani. Dampfende Wohlgerüche stiegen aus der Kasserolle auf.

»Hau rein«, sagte der Imperator.

Sten haute rein.

Viele Minuten aßen sie schweigend, genossen jeden Bissen und spülten mit einem Getränk nach, von dem der Imperator behauptete, es sei echtes Thai-Bier.

Nachdem der gröbste Hunger gestillt war, spießte der Imperator ein Stück Ziege mit der Gabel auf und hielt es in die Höhe, um es genauer zu betrachten.

»Was meinen alten Kumpel angeht, den Khaqan«, sagte er. Er schob das Fleischstück in den Mund und kaute. »Er ist ein Tyrann allererster Güte, ich streite es nicht ab. Als Tyrann hat man jedoch immer das Problem, daß man ständig auf der Hut sein muß. Man darf den Deckel keinen Spalt aufmachen und ein wenig Dampf ablassen. Sobald das geschieht, werten es deine Feinde als Zeichen der Schwäche. Und schon steckst du bis zur Halskrause in Problemen.

Du darfst auch nicht nachlässig werden. Oder senil. Nach allem, was ich gehört habe, befürchte ich, daß der Khaqan nachlässig wird, vielleicht sogar senil. Ich weiß, daß er jedes erdenkliche Lebensrettungsgerät ständig in seiner Nähe hat. Ständiger Blut- und Organaustausch, Hormonimplantationen, die ganze Palette. Mit ein bißchen Glück lebt er noch lange genug, bis ich mir im klaren darüber bin, was als nächstes zu tun ist. Momentan habe ich zu viele andere Dinge um die Ohren.«

Sten nickte. Er konnte sich nur annähernd vorstellen, wieviel der Imperator momentan zu tun hatte. Sten war nicht in das Gesamtgeschehen eingeweiht, aber seine Aufträge – samt und sonders die Bekämpfung diplomatischer Buschbrände – und sein Kreis unterrichteter Freunde vermittelten ihm eine ungefähre Ahnung davon.

Bei der Rückkehr des Imperators war das Imperium im Zerfall begriffen gewesen. Ganze Regionen hatten schon seit geraumer Zeit ohne AM2 auskommen müssen. Mit dem Verschwinden der billigen Energie waren ganze Industriezweige zusammengebrochen; Rebellionen waren aufgeflammt. Die Bevölkerung war gezwungen gewesen, sich auf jede erdenkliche Weise durchs Leben zu schlagen.

Seither hatte der Ewige Imperator versucht, die Löcher zu stopfen, wo er nur konnte. Und dabei einige Regionen völlig vernachlässigt. Er hatte Systeme unter rigider wirtschaftlicher und militärischer Kontrolle an sich gebunden und sich an ihnen festgeklammert. In den Reihen seiner Verbündeten gab es viele neue Gesichter. Gestalten, mit denen er keine gemeinsame Geschichte hatte. Fragwürdige Gestalten. Verängstigte Wesen, die auf das Elend ihrer Untertanen blickten und sich ständig gegen Verschwörungen und Staatsstreiche absichern mußten.

»Ich habe dem Khaqan viel mehr AM2 gegeben, als er verdient«, sagte der Imperator. »Er aber hat es vergeudet. Hat es dafür verwendet, sich riesige Monumente erbauen zu lassen, anstelle es dafür einzusetzen, sein Volk zu ernähren. Seine Leute haben die Schnauze voll.

Ich habe ihn sogar wegen seines Verhaltens verwarnt. Vor ungefähr einem Jahr ist unser Botschafter im Altai-Cluster abberufen worden. Reine Routinesache. Keineswegs Routine ist jedoch, daß ich bislang noch keinen Ersatz für ihn bestimmt habe.«

›Gegen den Khaqan anzutreten ist allerdings eine ziemlich schwierige Aufgabe‹, dachte Sten. »Ich wundere mich nur, daß er inzwischen nicht aufgewacht ist«, sagte er.

»Ich auch. Aber wie gesagt, er ist alt, seine Wege sind fest eingefahren. Aber wenn er untergeht, haben plötzlich sämtliche ungläubigen Thomasse unter meinen Verbündeten die Hosen voll. Sie werden mehr AM$_2$ verlangen. Das wiederum bringt die Wirtschaft in unübersehbare Schwierigkeiten.«

Sten verstand. Sämtliches Geld war an den Wert der zugrundeliegenden Energieeinheit des Imperiums gebunden. Wurde mehr davon produziert, setzte eine inflationäre Geldentwicklung ein. Produzierte man weniger, resultierte daraus eine Deflation. Es war also ein Doppelknaller: Da es wenig Energie gab, gab es auf dem Markt weniger Güter. Infolgedessen schossen die Preise nach oben, was zu noch größerer Verknappung führte, zu Schwarzmärkten und unruhigen Bevölkerungen.

Der Imperator vollführte einen gewaltigen Drahtseilakt.

»Wer soll denn Nachfolger des Khaqans werden?« erkundigte sich Sten.

Der Imperator seufzte. »Niemand. Er hat keinen lebenden Erben. Außerdem ist er ein Kleinklein-Krämer. Mischt sich in jede Kleinigkeit ein, angefangen von wieviel Wasser im Schwimmbecken des Hauptpalastes sein soll bis hin zu den Preisen, die ein A-Grav-Taxi verlangen darf. Er würgt jede Initiative ab. Als Kapitalist ist der Khaqan so la-la. Als Manager hingegen ist er unmöglich.«

Der Imperator stürzte mehr Bier hinunter. »Trotzdem wird er jetzt immer verzweifelter. Er bittet mich um ein Zeichen meiner Unterstützung. Etwas, das seinen Leuten zeigt, daß ich auf seiner Seite stehe. Zusammen mit dem AM$_2$, natürlich.«

»Und Sie möchten, daß ich dieses Zeichen sein soll«, sagte Sten.

»Genau. Veranstalte eine große Show für ihn. Du bist einer meiner Top-Helden. Medaillen. Auszeichnungen. Siege. Sowohl auf dem Schlachtfeld als auch auf diplomatischem Parkett und der ganze Schamott. Ich lasse meine Medienleute ein ganz großes Ding damit aufziehen. Was nicht heißen soll, daß du viel Unterstützung notwendig hättest.« Er blickte Sten an. Doch jetzt lächelte er nicht mehr; er sah besorgt aus. Sten kam zu dem Schluß, daß er nicht unbedingt wissen mußte, was sein Boß gerade dachte.

Der Imperator riß sich aus seinen Gedanken heraus und grinste. »Nimm dir mit, wen du willst – deine Bhor-Kumpane, irgendwelche Einzelkämpfer, deine übliche Expertenmannschaft, wen auch immer. Sorge nur dafür, daß sie alle wie aus dem Ei gepellt aussehen. Und damit die ganze Angelegenheit auch wirklich eine Flaggenparade wird, sollst du mein privates Schiff dafür benutzen. Die *Victory*.«

Das wiederum zauberte ein Grinsen auf Stens Gesicht.

Der Imperator lachte. »Ich dachte mir schon, daß du dafür zu haben bist.«

Die *Victory* war ein Wirklichkeit gewordenes Traumschiff. Ein Schlachtschiff/Einsatzschiff-Träger der neuen Klasse, aber nach den Sonderwünschen des Imperators umgebaut. Fürstlich von oben bis unten. Um die Eingeborenen zu beeindrucken, wie der Imperator zu sagen pflegte. Absolut alles an diesem Schiff war ultraluxuriös, von den Mannschaftsunterkünften bis hin zur Imperialen Suite.

»Na, das nenne ich wirklich eine gelungene Stellenausschreibung«, sagte Sten und prostete seinem Boß zu. »Aber wenn ich den Khaqan schon in der Öffentlichkeit umarmen und abküssen muß – wie soll ich mich ihm gegenüber verhalten, wenn wir allein sind?«

»Unterkühlte Höflichkeit«, sagte der Imperator. »Eindeutig reserviert. So gruselig, wie nur möglich. Ich will, daß er meine Augen in deinen sieht. Sag ihm, daß ich versprochen habe, sofort einen neuen Botschafter einzusetzen. Außerdem ... Ich brauche auch ein paar Informationen darüber, wer denn sein Nachfolger sein wird, wenn er den Löffel abgibt. Auf diese Art kann ich mit *dem* Kerl schon mal ein paar Worte wechseln. Vielleicht trägt es ja dazu bei, das Leben im Altai-Cluster ein wenig netter – und stabiler – zu gestalten, wenn der alte Knabe nicht mehr ist.«

Sten nickte. Er hatte die Anweisungen verstanden. Ihm war auch klar, daß der Imperator seine Meinung darüber hören wollte, wer nun wirklich der Nachfolger werden sollte.

»Noch etwas«, sagte der Imperator. »Sag ihm, ich setze ihn auf meine persönliche Einladungsliste. Die kurze Liste. Ich erwarte seinen Besuch in ungefähr einem Jahr.«

»Das wird ihm gefallen«, entgegnete Sten. »Mehr Propaganda an der Heimatfront.«

»Allerdings wird ihm das gefallen«, stimmte ihm der Ewige Imperator zu. »Aber nicht das, was ich ihm zu sagen habe. Unter vier Augen.«

Er spießte das letzte Stück Ziege auf und riß es mit scharfen weißen Zähnen von der Gabel.

Sten tat der Khaqan kein bißchen leid. Es hörte sich ganz so an, als sei er, mit Kilgour gesprochen, ein »ausgesprochener Drecksack«.

Kapitel 4

»Na schön, zugegeben, vielleicht hast du mich gerettet«, brummte Alex. »Ach was, alter Knabe, diese Runde geht auf mich.«

Er erhob sich, stiefelte zur Bar, bezahlte den Barmann und kam mit einem Tablett zurück. Vier Bierkrüge und vier einzelne Schnapsgläser, die mit einer klaren Flüssigkeit gefüllt waren. Sten zeigte mit einer fragenden Geste auf die Schnapsgläser.

»Quill. Kein Stregg. Den gibt's außerhalb der Bhor-Welten

oder außerhalb der Imperialen Palastmauern nicht; hier und jetzt erfüllt auch das Zeug seinen Zweck.«

Sten war von seiner Marathon-Dinner-Marschbefehl-Verschwörungs-Sitzung mit dem Imperator vor einigen Tagen noch immer etwas angeschlagen. Gehorsam kippte er sich den Schnaps in die Kehle, hielt höflich die Luft an und jagte ein Bier hinterher.

»Ist dir bestimmt schon aufgefallen. Ich tu' mein Bestes, um mich anständig zu benehmen und dir Gesellschaft zu leisten«, sagte Alex, nachdem er es Sten gleichgetan hatte. »Dabei hatte ich schon so einen leisen Verdacht, ich könnte ein halber Alkie sein. Hab' das Zeug aufgegeben. Tatsache.«

Die beiden saßen in anonymen grauen Raumanzügen im hinteren Teil einer Raumhafenkneipe in der Nähe von Sowards weitläufigem Landefeld. In der Kneipe herrschte das geschäftige Gebrabbel der Raumfahrer, die betrunken genug waren, um endlich an Bord zu gehen, oder betrunken genug, um sich darüber bewußt zu werden, daß sie in einem Hafen ausgestiegen waren; die üblichen Huren und Bauernfänger halfen beiden Fraktionen bei ihren Vorhaben.

»Ich habe dich wirklich gerettet?«

»Oh, klar doch«, sagte Alex. »Sie war süß, sie war klug, sie war umwerfend – und sie hatte sogar eigenes Geld.«

»Vielleicht hättest du sie doch heiraten sollen?«

»Hätt' ich auch um's Verrecken getan. Das Aufgebot stand schon, die Halle war gemietet. Ich hatte sogar schon einen Gottesmann an der Hand, der die gesamte Zeremonie ohne Kichern durchgezogen hätte. Ich hab' sie sogar meiner guten Mama vorgestellt.«

»Was meinte sie dazu?«

»Sie meinte, wenn ich schon unbedingt heiraten müsse, so jung noch und kaum der Wiege entsprungen, dann könnte sie wohl mit dem Mädel auskommen.«

»Ich sage es noch einmal: Vielleicht solltest du dich wirklich häuslich niederlassen und anfangen, über den kommenden Laird Kilgour of Kilgour nachzudenken.«

Alex schüttelte sich ein wenig. »Ich weiß nicht, alter Knabe. Es gab mal so einen Moment ... aber dann stellte ich mir vor, wie ich so dasitze, die Jahre sind dahin, das Gehirn auch, falls ich jemals eins hatte, alle Zähne sind rausgefallen, ich stopfe irgendeine Pampe in mich rein, schütte Milch in meinen Brandy, um mich herum purzeln die Blagen durcheinander und das alles. Ich stellte mir vor, wie ich so über die gute alte Zeit vor mich hin knarze, daß die moderne Zeit der glorreichen alten nicht das Wasser reichen kann, daß die alten Zeiten zwar vergangen sind, aber damals immerhin ein Mann noch ein Mann war und die Schafe laufen konnten wie der Teufel.

Widerlich. Verdammt widerliche Vorstellung. Und so hab' ich mir gedacht ... rasch einen Blick auf dein Signal geworfen ... hab' eine hervorragende Entschuldigung aufgeschrieben und bin dann noch vor dem Morgengrauen aus der Hintertür raus.«

»Mr. Kilgour«, sagte Sten. »Welch schnöder Akt der Feigheit! Du hättest es ihnen zumindest erklären müssen!«

»Stell dir das mal vor, alter Knabe. Das Mädel hat meine Mama damit beeindruckt, daß sie sie im Armdrücken besiegt hat. Ich bin zwar verrückt, aber ich bin doch nicht völlig durchgeknallt.«

Sten schaute auf die Uhr. »Wir müssen in zehn Minuten auf der *Victory* sein. Laß uns austrinken, und dann gehen wir.«

Kilgour kam in Bewegung, alte Kampfreflexe stellten sich wieder ein. Das Bier und der Alk auf dem Tisch verschwanden. Er rülpste höflich, erhob sich und bahnte sich seinen Weg zwischen den Tischen hindurch auf den Ausgang zu, dicht gefolgt von Sten.

Plötzlich versperrte ein sehr großer Vierfüßler, dessen graue Haut aussah, als könnte man einen akzeptablen gepanzerten

Schutzanzug daraus herstellen, Alex den Weg. Das Wesen leerte den riesigen Kunststoffballon, an dem es geschnüffelt hatte, und schleuderte ihn in eine Ecke. Jedes seiner – oder ihrer? – drei Augen schielten in eine andere Richtung, bevor sie sich schließlich auf Kilgour konzentrierten. Das herumfuchtelnde Armpaar des Wesens krümmte sich.

»Menschen! Menschen mag ich nicht!«

»Ich auch nicht«, entgegnete Alex gelassen.

»Du Mensch.«

»Nein.«

»Was du?«

»Ich bin ein Pinguin. Von der Erde. Ein kleiner glitschiger ängstlicher Vogel, der sich von Heringen ernährt.«

Sten ging im Geiste sämtliche NH-Handbücher durch und versuchte das Wesen zu identifizieren. In seinem Gedächtnis hatte nichts vier Beine, drei Augen, zwei Arme, ein beschränktes Hirn – es sei denn, was nicht ganz abwegig schien, das Geschöpf war benebelt –, war zweieinhalb Meter groß, wog mehrere Trillionen Kilo und hatte eine furchtbar schlechte Einstellung seiner Umwelt gegenüber.

Ach ja. Und verkümmerte Klauen am Ende der Arme.

Das Wesen tat Sten sogar ein wenig leid.

»Du nicht Pinguin.«

»Und woher willst du das wissen, Kumpel? Du siehst nicht gerade wie ein leidenschaftlicher Pinguin-Sexperte aus.«

»Du Mensch.«

»Hör mal zu, mein Sohn. Du bist müde. Du hast ein bißchen zuviel ... geschnüffelt, geschnorchelt, geschluckt oder von mir aus auch gesaugt. Setz dich brav hin, und ich spendier' dir noch einen schönen neuen Ballon.«

»Kann Menschen nicht leiden! Mach kurzen Prozeß mit denen! Erst mit dir, dann mit ihm!«

»Na schön«, sagte Kilgour. »Sten, du bist mein Zeuge und erzählst es meiner guten Mama, daß ich es nicht drauf angelegt habe, wie früher, als ich noch ein junger Springinsfeld war.«

»Ich sage es ihr.«

»Ich wußte, daß ich mich auf dich verlassen kann.«

Das Wesen wollte Kilgour am Hals packen, sowenig Hals der untersetzte Mann auch zu bieten hatte.

Kilgours Hände legten sich um die Arme des Wesens, ungefähr dort, wo bei einem Humanoiden die Handgelenke wären. Dann drückte er nach unten. Das Wesen quakte vor Schmerzen auf und ging – ungefähr so unelegant wie ein Kamel von der Erde – auf das nieder, was möglicherweise seine Knie waren. Kilgour, der noch immer die ›Handgelenke‹ des Wesens gepackt hielt, machte einen Schritt nach vorne, und der Vierfüßler rutschte nach hinten in eine ziemlich platte Sitzposition.

»So«, sagte Alex. »Jetzt hast du mal gesehen, wie weit man mit Pazifismus kommt, wenn man dabei sein Köpfchen ein bißchen anstrengt.«

»Sind Sie endlich fertig mit Spielen, Mr. Kilgour?«

»Ich bin soweit, Admiral. Aber erst muß ich meinem Freund seine Runde spendieren. Versprochen ist versprochen.«

Kilgour, ein aufrechter und ehrenhafter Mensch von der Schwerwelt Edinburgh, Stens langjähriger treuer Freund und Komplize sowie einer der am besten ausgebildeten Elitekämpfer des Imperiums, hielt sein Wort und spendierte dem jetzt ruhiggestellten Monster einen Ballon, bevor sie sich auf den Weg machten. Sie hatten noch einen Inspektionsgang an Bord des Imperialen Schlachtkreuzers *Victory* vor sich.

»Es liegt nur am Hebel«, war alles, was Kilgour Sten dazu zu sagen hatte. »Das gleiche, wie wenn man ein Telefonbuch zerreißt.«

»Was ist denn ein Telefonbuch?«

»Das ist schon ein mordstolles Schiff«, sagte Alex drei Stunden später.

»Jawoll«, pflichtete Sten ihm bei. Er nahm die Sensorenhaube ab und unterbrach seine Überprüfung der tertiären und der Reserve-Zielerfassungs-Systeme der *Victory.*

Bevor er wieder zu sprechen anfing, ließ Alex seinen Blick durch den Raum schweifen. Es befanden sich keine Besatzungsmitglieder in Hörweite, und das Bordkom war nicht eingeschaltet.

»Vielleicht werde ich ja alt und tattrig«, setzte er dann vorsichtig an, »aber so wie dieser Kahn hier aufgedonnert ist, das sieht verdammt nicht so aus wie – in der guten alten Zeit.«

»Du meinst vor dem Attentat auf den Imperator?«

»Genau«, erwiderte Kilgour. »Das ist für den *alten* Imp alles eine Spur zu protzig und flitterig. Oder ist mir einfach nur die Vergangenheit besser in Erinnerung, als sie wirklich war?«

»Ich habe das gleiche gedacht«, sagte Sten. Er drückte einige Tasten, und der Computer baute gehorsam über dem Tisch, an dem sie saßen, ein drei Meter großes Hologramm der *Victory* auf. Nach einer weiteren Tastenkombination fing der Computer an, das Hologramm aufzublättern und den neuen Schlachtkreuzer aus jedem Winkel darzustellen, Deck für Deck.

»Ich hab' schon gehört, daß das hier so 'ne Art Zwittergerät sein soll«, sagte Alex. »Es kommt mir allerdings eher vor wie in drei bis vier Richtungen ausgerichtet.«

Sten nickte zustimmend. Er fühlte sich in mehrfacher Hinsicht nicht sehr wohl. Da war zunächst einmal die eigentliche Bestimmung der *Victory* als Kriegsschiff. Sten hatte einige Erfahrungen mit Geräten, Fahrzeugen und Raumschiffen gesammelt, die einen doppelten oder gleich mehrere Zwecke erfüllen sollten. Fast ausnahmslos lief es darauf hinaus, daß das jeweilige Objekt eine ganze Reihe seiner Aufgaben schlecht erfüllte – und keine einzige davon richtig.

Schlachtkreuzer basierten beispielsweise auf äonenalten Entwürfen für Schiffe, die genug Saft hatten, um so gut wie alles wegzuputzen – bis auf die größten Schlachtschiffe und Monitore – und genug Schub, um den ganz Großen zu entwischen. In der Praxis geschah es jedoch oft, daß diese Klasse zu langsam war, um kleinere Schiffe zu jagen und zu zerstören, andererseits aber ihre liebe Not hatte, den Ungetümen zu entkommen. War ein solches Schiff einmal eingeholt, erwies sich seine Bewaffnung, die für einen vereinzelten Zerstörer allemal ausreichte, als nicht stark genug, um ein großes Schlachtschiff ernsthaft zu beschädigen, und seine Verteidigungssysteme – ob aktiv oder passiv – waren zu schwach.

Sten war sämtliche von den Konstrukteuren versprochenen Besonderheiten der *Victory* durchgegangen und hatte sie mit der tatsächlichen Leistung verglichen, die der Schlachtkreuzer bei seinen Tests an den Tag gelegt hatte. Falls sich die Imperialen Beschaffungsleute nicht kräftig hatten schmieren lassen, was nicht unmöglich, aber doch recht unwahrscheinlich war, dann sah es ganz so aus, als sei die *Victory* eine höchst effektive Waffe.

Das Problem lag in den Einsatzschiffqualitäten, auf die der Imperator offensichtlich sehr viel Wert legte. Das hintere Drittel der *Victory* bestand aus Hangars, Waffendepots und Mannschaftsunterkünften für eine komplette Flottille von Einsatzschiffen – drei Geschwader zu je vier Schiffen. Die Schiffe gehörten zur Baureihe der *Bulkeley-II*-Klasse, die während des Krieges mit den Tahn entwickelt und verbessert worden war. Es handelte sich um etwas über einhundert Meter lange Nadeln, deren einziger Zweck in Zerstörung bestand. Sie waren entwickelt und gebaut worden, um mit großer Geschwindigkeit anzugreifen, zuzuschlagen und wieder zu verschwinden. Alles weitere – Komfort für die Besatzung, Verteidigungsvorrichtungen, Panzerung – war sekundär oder fehlte gleich ganz. Geistig gesunde Piloten haßten Einsatzschiffe, denn sie erforderten ständigen Kontakt des Piloten mit dem Schiff, und sie sahen nicht den kleinsten Fehler nach – mit meist tödlicher Konsequenz. Sten liebte sie.

Deshalb hielt er diese zusätzlichen Qualitäten der *Victory* einerseits für etwas Positives. Andererseits hieß das aber auch, daß das Hinterteil der *Victory* eine fliegende Zeitbombe war, vollgepackt mit empfindlichen Sprengstoffen, Treibstoff und Waffenarsenalen. Die gewaltigen Hangar- und Instandsetzungsbereiche bedeuteten, daß jeder Treffer in diesem Abschnitt den Schlachtkreuzer vernichten konnte. Außerdem war die *Victory* dadurch um das Heck herum mehr als nur ein wenig blind und wehrlos. »Das wird ein Problem«, hatte Kilgour klar erkannt. »Falls wir also nicht rechtzeitig vom Acker sind, müssen wir uns im Rückwärtsgang zurückziehen, die Röcke bauschen und mit unserem damenhaften Schirmchen um uns schlagen.«

Dieses Bild aus den alten viktorianischen Tagen betonte die letzte Eigenart der *Victory:* ihren vollendeten Luxus. Sten wußte bereits, daß das Schiff auf Luxus ausgerichtet worden war – selbst der letzte Putzlappenschwinger hatte seinen eigenen Wohnbereich. Die Küche war mühelos dazu in der Lage, Imperiale Konferenzbanketts zuzubereiten und aufzutischen.

Bis zu einem gewissen Grad war Sten das nicht unangenehm. Eine schlanke, spartanische Kampfmaschine mochte zwar in den Livies einiges hermachen, aber Sten wußte aus seinen Tagen als Einsatzschiffkommandant noch sehr genau, daß man nach drei oder vier Wochen im Einsatz eine Sache besonders hassen lernte: eine Naßzelle, in die man sich zwängen mußte, wenn man endlich einmal Zeit und Gelegenheit dazu fand, sich zu waschen. Besonders dann, wenn diese Naßzelle gerade dort, wo sich Ellbogen und Knie befanden, mit scharfen Kanten ausgestattet war.

Schließlich war da noch die Imperiale Suite, zu der private Gemächer gehörten, die ganz den Eindruck machten, als könnten sie dem gesamten Imperialen Hofstaat Platz bieten, plus Gästebereich und zusätzliche Truppenbereiche, in denen auch Waffenkammern und Sporthallen zu finden waren. Sten freute sich besonders über letzteres. Er hatte die kleinen Hüftringe kürzlich im Imperialen Spiegel nicht übersehen.

Die Imperiale Suite – falls das die korrekte Bezeichnung für ein derart ausgedehntes Areal war – erstreckte sich über das gesamte obere Viertel der *Victory*, von den Einsatzschiff-Decks bis zu den Kommandoräumen des Schlachtkreuzers im vorderen Teil. Ein frontaler Querschnitt würde den Imperialen Bereich als T anzeigen, wobei der Fuß des Buchstaben bis weit in die Schiffsmitte hineinragte. Wie alle Flaggschiffe war auch die *Victory* so angelegt, daß die Imperialen oder Stabsquartiere unabhängig von den eigentlichen Kampfstationen des Kriegsschiffes funktionierten. Seit Jahrtausenden schon war jeder Admiral davon überzeugt, ein weitaus besserer Captain als der eigentliche Kommandant des Flaggschiffs zu sein, und vergaß nur zu gerne seine eigentlichen Aufgaben, nur um wieder einmal wenigstens einen Tag lang den Skipper zu spielen.

Doch, Sten mußte Alex zustimmen, wenn er meinte, diese Imperiale Suite sei ein bißchen heftig ausgefallen. Die Armaturen waren vergoldet, die Becken aus echtem Marmor. Die Schlafräume komplett ausgepolstert. Was die Betten, besonders diejenigen – der Plural war durchaus korrekt – in den Privaträumen des Imperators anging, fragte sich Sten, wie wohl ihre Beschreibung in der Inventarliste lauten mochte:

Vielleicht *BETT, Mark 24. Mehrzweckgebrauch. Zur grenzenlosen Kreativitätsentfaltung der Benutzer strukturverstärkt. Das Bett läßt sich während der Benutzung hydraulisch verstellen; dazu gehört auch eine komplette Einstellung von polyhedron über zircular bis konventionell; vertikale Höhenjustierung jedes Abschnittes individuell gewährleistet. Interne und externe Mul-*

tifunktionsmöglichkeiten, darunter – aber nicht ausschließlich – interne Beleuchtung, externe Beleuchtung, holographische Projektion, holographische Aufnahme. Dazu kommen ein Kühl- und Erfrischungsbereich sowie eine komplette Kommunikationsausstattung. Hochetage kann bis zu drei Personen aufnehmen. Ausgestattet für – aber nicht begrenzt auf – stroboskopische oder holographische Bildeffekte.

›Der Eigentümer eines solchen Bettes‹, folgerte Sten, ›dürfte wohl als orgientauglich und -erfahren gelten.‹

Der Imperator?

Sten scherte sich nicht besonders darum; er fand es nur eigenartig, daß ihm der Ewige Imperator während seiner Zeit als Captain der Imperialen Gurkha-Leibwache keinesfalls als besonders sexbesessen vorgekommen war. Er hatte noch nicht länger darüber nachgedacht, jedoch vermutet, daß nach einigen tausend Jahren Praxis wohl sämtliche Möglichkeiten restlos ausgeschöpft waren.

Und jetzt?

Herrje, Sten konnte sich nicht einmal sicher sein, schließlich hatte er keineswegs höchstpersönlich jede Ecke von Schloß Arundel kontrolliert, die als Lagerraum ausgewiesen war, um herauszufinden, ob es sich dabei eventuell um ein Imperiales Bordell handelte.

Das eigentliche Problem bestand darin, überlegte Sten, wie er selbst in diesem Bett schlafen sollte. ›Du kleiner puritanischer Holzkopf‹, verhöhnte ihn sein Bewußtsein. Es gab Zeiten, da war er dafür bekannt gewesen, sich gemeinsam mit einem Haufen Freunden zu amüsieren. ›Und wenn du gerade von ihnen sprichst‹, führten seine Gedanken weiter aus, ›wer von ihnen sieht dich denn schon in diesem gewaltigen Bett? Du könntest ebensogut einer dieser altertümlichen Kastraten sein.‹

Sten konzentrierte sich wieder auf die naheliegenden Angelegenheiten. »Mr. Kilgour«, sagte er. »Ich habe nicht die geringste Vorstellung davon, wie es uns in diesem Zoo, der sich Altai-Cluster nennt, ergehen wird. Aber ich habe so einen Verdacht, daß uns der Boß nicht nur deswegen seine Spielsachen ausleiht, weil ihm meine Beine so gut gefallen.«

»Prognose: neunzig Prozent«, stimmte ihm Alex zu.

»Was bedeutet, daß ich sämtliche Hilfe brauche, die ich kriegen kann. Glauben Sie also, Mr. Kilgour, daß dieses goldene Hurenhaus das geeignete Umfeld für Ihre Talente als Skipper darstellt?«

Kilgour schien leicht aus der Fassung zu geraten: »Ich? Aber das ist'n Job für einen Admiral! Zwei Sterne, glatt! Der letzte Rang, den ich bekleidet habe, wenn ich mich recht entsinne, war Technischer Offizier ohne Kommandofunktion.«

»Ich wüßte nicht, warum das ein Problem sein sollte«, erwiderte Sten. »Außerdem habe ich danach überhaupt nicht gefragt.«

Alex überlegte einen Moment. Dann schüttelte er langsam den Kopf: »Nein, das glaub' ich nicht, alter Knabe. Doch die Vorstellung rührt mich. Bis jetzt ist noch kein Kilgour Admiral gewesen. Mit Ausnahme der Piraten natürlich.

Meine Mama würde sich sehr freuen – und ich auch.

Aber ... nein danke. Einfach Soldaten hin und her hetzen und dann auch noch diesen Haufen Metall durch die Gegend chauffieren ... das ist nicht mein Ding. Mich interessieren mehr diese Knallköpfe, die wir wieder geradebiegen sollen. Ich glaube, darin liegt mein eigentliches Talent, Skipper.«

Sten war ziemlich erleichtert. Abgesehen davon, daß er Kilgours Freundschaft und seine buchstäbliche Fähigkeit, ihm den Rücken zu decken, nicht hoch genug schätzen konnte, wußte er, daß der Mann, den der Imperator Stens persönlichen Schläger nannte, über außergewöhnliches Talent verfügte, was Diplomatie, Situationsanalyse und Lösungsstrategien betraf.

Dann kam ihm etwas anderes in den Sinn. Sten grinste. Es war fast ein wenig absurd. Aber es verdiente eine Erwägung.

Er stellte den Computer aus und stand auf. »Komm mit, Lord Kilgour. Wir gehen noch mal in die Bar. Vielleicht ist ja dieses Nilpferd jetzt in der Lage, uns eine Runde zu spendieren.«

Auch Alex erhob sich, runzelte dann jedoch die Stirn und inspizierte die Wandfarbe. »Gute Idee, Boß. Aber das können wir nicht. Wir erwarten Besuch in unserem Quartier.«

»Besuch? Spielst du schon wieder Spielchen mit mir, Kilgour?«

»Ach was, alter Knabe. Hab' ich dir schon jemals ein Streichholz unter die Eier gehalten, nur um zu sehen, wie hoch du springst?«

Sten machte sich nicht die Mühe, darauf zu antworten oder seinem »diplomatischen Ratgeber« dafür in die Rippen zu treten.

»Ich werde mit Haut und Haaren zur Hölle fahren«, sagte Sten.

»Ist das alles, was du dazu zu sagen hast? Kein: ›Dieser verdammte Kilgour hat es schon wieder getan?‹ Kein: ›Die Pflicht ruft, meine Dame, und ich muß folgen?‹«

»Nein.«

Sten ging von der Tür seiner Suite in Arundel zur Anrichte hinüber. »Das Beste, was ich tun kann«, sagte er, »ist, dir zu sagen, daß ich gerade aus einem Raum komme, den ich dir gerne irgendwann einmal zeigen würde.«

»Krieg' ich keine Erklärung?«

»Nein.«

»Krieg' ich diesen Raum zu sehen?«

Sten antwortete nicht. Er nahm eine Karaffe in die Hand und überprüfte ihren Inhalt.

»Stregg?«

»Ja ... Stregg.«

»Es ist zwar noch früh – aber wenn *du* trinkst, genehmige ich mir auch einen.«

Sten fand zwei korrosionsgeschützte Schnapsgläser, füllte sie und nahm eins davon mit zu Cind hinüber, die entspannt zurückgelehnt auf einer der vielen Couches des Zimmers saß.

Sten hatte Cind vor vielen Jahren unter Umständen kennengelernt, die beiden nicht besonders angenehm waren. Cind war eine Humanoide, Abkömmling einer Kriegerelite, die einst die religiösen Fanatiker im Lupus-Cluster, den sogenannten Wolfswelten, verteidigt hatte. Sten hatte damals als Agent der Sektion Mantis das korrupte und militante Kirchenregime gestürzt.

Nachdem das Gröbste getan war, hatte Sten die Bhor, betont nichtmenschliche, ausgeprägt barbarische, hartnäckig alkoholisierte Gorillas und die Eingeborenen dieses Clusters, zu Siegern und den neuen Herren der Wolfswelten erkoren – und damit den Ewigen Imperator vor vollendete Tatsachen gestellt, denen er nur noch, wenn auch widerwillig, zustimmen konnte.

Cind wuchs in einer entmachteten Kriegerkaste auf. Sie studierte den Krieg. Sie studierte ihn, bis er ihre Liebe und ihre Leidenschaft wurde. Sie schloß sich den Bhor an und wurde Kriegerin. Scharfschießen und Schiff-zu-Schiff-Kaperaktionen gehörten zu ihren Spezialitäten.

Zu ihrer jugendlichen Besessenheit gehörte auch die Schwärmerei für den Superhelden, der ihre eigene Jannissar-Kultur zerstört hatte. Ein geradezu mythischer Mann namens Sten. Dann lernte sie ihn persönlich kennen und war erstaunt darüber, daß er mitnichten der bärtige Greis war, den sie sich vorgestellt hatte, sondern ein noch immer junger, lebenssprühender Soldat.

Aus Heldenverehrung fand sie ihren Weg in sein Bett. Sten stand jedoch noch immer unter Schock, nachdem sein ganzes Team bei einer Mission getötet worden war, und zeigte keinerlei

Interesse an erotischen Verstrickungen, schon gar nicht mit einer naiven Siebzehnjährigen. Trotzdem war es ihm irgendwie gelungen, Cind nicht wie eine Närrin und sich selbst nicht wie einen kompletten Idioten dastehen zu lassen.

Während der Auseinandersetzungen mit dem Privatkabinett waren sie sich immer wieder einmal über den Weg gelaufen, jedoch stets auf professioneller Basis. Schließlich waren sie Freunde geworden.

Nachdem das Privatkabinett vernichtet und der Imperator zurückgekehrt war, reiste Cind mit Sten zu ihrem Heimatplaneten in den Lupus-Cluster. In jener Zeit hatten sie gelernt, einander mit anderen Augen zu sehen. Trotzdem war noch immer nicht mehr zwischen ihnen vorgefallen.

Als Sten weg mußte, um seinen neuen Aufgaben als Bevollmächtigter Botschafter nachzukommen, ging auch Cind wieder ihrer Berufung nach, diesmal jedoch mit weniger Interesse an konkreten Kampfhandlungen, sondern eher am Studium der Ursprünge und Resultate von Kriegen.

Und nun nippten beide Soldaten an ihrem Stregg, schüttelten sich und nahmen noch einen Schluck.

»Ich nehme an«, sagte Sten, »daß du als Teil meines ›Imperialen Zirkus‹ und meiner diplomatischen Mission zum Altai-Cluster hier eingetroffen bist.«

»Dahin geht die Reise also? Alex meinte, der Marschbefehl sei geheim.«

»Ist er auch. Du kannst die entsprechenden Fiches bei Alex einsehen.«

Schweigen erfüllte den Raum. Die alte erotische Spannung zwischen ihnen erwärmte dieses Schweigen ein wenig.

»Du siehst gut aus«, sagte Sten.

»Vielen Dank. Seit unserer letzten Begegnung habe ich mich schon etwas an die Zivilkleidung gewöhnt.«

›Sie hat ihre Hausaufgaben gemacht‹, mußte Sten bewundernd zugeben. In dem konservativen Vierteiler und mit dem kurzgeschnittenen Haar und dem Make-up, das nur soviel unterstrich, um nicht aufzufallen, wäre die gerade Zwanzigjährige bei den meisten als Führungskraft einer der wichtigsten Multiworld Corporations durchgegangen.

Niemand hätte gesehen – und abgesehen von Sten hätten es nur wenige vermutet –, daß der Absatz ihrer eleganten Schuhe das Heft eines verborgenen Messers war, daß ihre Handtasche eine Miniwillygun enthielt und daß ihre Halskette auch als Garrotte eingesetzt werden konnte.

Cind beobachtete ihn. »Erinnerst du dich noch an unsere erste Begegnung?«

Sten schoß der Stregg in die Nasenhöhle, ein äußerst unangenehmes Gefühl.

Diese Reaktion brachte Cind zum Lachen. »Nein, nicht diese ... Vorher, bei dem Bankett. Ich stand in der Reihe der Gratulanten.«

»Äh ...« Stens Gedanken wanderten zurück. Die Frau, nein, damals war sie noch ein Mädchen, hatte eine ... ja, es kam ihm so vor, als habe sie damals eine Art Uniform getragen. Aber er hatte den Eindruck, daß er ein ziemlicher Esel sei, wenn er das jetzt sagte.

»Ich trug eine Ausgeh-Uniform«, sagte sie. »Aber zuerst hatte ich mir etwas anderes ausgesucht.«

Jetzt war es an Cind, wegzusehen und errötend das funkelnde, sexy Teil zu beschreiben, für das sie beinahe einen gesamten Einsatzbonus ausgegeben, das sie dann jedoch wieder ausgezogen und weggeworfen hatte.

»Ich sah darin aus wie ein Joygirl«, sagte sie. »Und ... und später fand ich heraus, daß ich eigentlich nur wußte, wie man als Soldat auszusehen und wie man sich als Soldat zu verhalten hatte. Was wahrscheinlich auch bedeutete, wie eine Soldatenhure.«

Da war es wieder, dachte Sten. Aus irgendeinem Grund gelang es Cind immer wieder, ihm Dinge zu sagen, die andere Frauen ihm nur in den intimsten Momenten – und nachdem er sie schon lange Zeit kannte – sagten. Dabei ging es ihm selbst ganz ähnlich, fiel ihm jetzt auf.

Außerdem fiel ihm auf, daß er gerne das Thema gewechselt hätte. »Darf ich offiziell werden?« fragte er.

»Das dürfen Sie, Admiral.«

»Nicht Admiral. Diesmal bin ich Zivilist.«

»Sehr gut.«

»Warum das denn?«

Cind lächelte erneut. ›Oh‹, dachte Sten, ›nicht schon wieder dieser Befehlskettendreck! Nicht schon wieder: »Es ist unprofessionell, mit einem ranghöheren (oder rangniedrigeren) Offizier Händchen zu halten.«‹

»Ich befinde mich in einer höchst unangenehmen Lage«, sagte Cind und streckte sich in eine bequemere Lage aus, was Sten wiederum in eine leicht unbequeme Lage brachte. »Ich bin jetzt Major.«

»Glückwunsch.«

»Vielleicht. Möchtest du den mir zugeteilten Gefreiten kennenlernen?«

Sten schwieg erwartungsvoll. Cind erhob sich, ging auf eine Verbindungstür zu und öffnete sie. »Gefreiter? Eintreten!«

Draußen klatschte Leder an Leder, dann schleppte sich ein seltsames Wesen in das Gemach herein. Es war nur anderthalb Meter groß, mußte aber an die 150 Kilogramm wiegen – 20 mehr, seit Sten diesen Horror zum letzten Mal gesehen hatte. Die knotigen behaarten Pfoten des Wesens schleiften über den Boden, ebenso wie sein enormer buschiger Bart. Dann reckte sich das Monster zu halber Höhe auf und dröhnte los.

»Beim Bart meiner Mutter!« brüllte es. »Hier sitzen sie, ein

Botschafter und Major, saufen Stregg und lassen einen armen durstigen Gefreiten, der euch wie ein Bruder liebt, einfach verdursten, einsam und verlassen in schlimmster Dunkelheit.«

»Was hast du denn hier verloren, bei den gefrorenen Arschbacken meines Vaters, oder deines, ach was – Cinds Vaters, Otho?« sagte Sten.

»Ich bin nur ein einfacher Soldat, der den Weg des Kriegers geht, so wie die großen Götter Sarla, Laraz und – wie heißt doch gleich der andere nichtsnutzige Kerl? Ach ja – Kholeric es mir befehlen.«

»Er hat schon Stregg getankt«, bemerkte Sten.

»Er hat schon Stregg getankt«, pflichtete ihm Cind bei.

»Dann bring den Rest der traurigen Truppe herein«, meinte Sten. »Und gib Kilgour unten Bescheid. Die Küche soll sich für ein Buffet auf dem Zimmer bereit halten. Außerdem soll Alex mehr Stregg heraufschicken, und mehr von dem schrecklichen Zeugs, das der Imperator Scotch nennt, und, ja doch, klar, eine Kiste von ... was auch immer in einen Black Velvet hineingehört. Dann soll er seinen Hintern und seine durstige Kehle heraufbewegen. Und jetzt, Otho, verrate mir doch, mit wie vielen gottverdammten Bhor habe ich es zu tun?«

»Nur mit einhundertfünfzig.«

»Großer Gott«, entfuhr es Sten. »Dabei heben wir erst in einigen Wochen ab. Major Cind, haben Sie Quartiere für Ihre Geschöpfe arrangiert?«

»Habe ich. Ein ganzer Flügel wurde für sie in einer neuen Offiziersunterkunft frei gemacht, direkt innerhalb des Imperialen Bereichs. Alles bereit für saubere und nicht ganz so saubere Arbeit.«

»Die Bhor können also nicht hinaus und auf der Erstwelt herumwüten, -toben oder -plündern?«

»Mit etwas Glück, nein.«

»Gut. Und nun, Gefreiter Otho, gieß uns allen ein Gläschen ein und erkläre dich dann. Rasch.«

Sten bedurfte einer Erklärung. Als er sich zum letzten Mal in Othos lärmender Gesellschaft befunden hatte, war der Bhor ein Anführer gewesen, der Regent des gesamten Lupus-Clusters – falls ein Bhor überhaupt etwas regieren konnte, es sei denn durch lautes Brüllen.

Jetzt stand er als Krieger der untersten Rangstufe vor ihm, wie ein junger Bhor, dessen Bart erst noch sprießen mußte.

»Das wußte ich nicht«, sagte Sten nach dem dritten Stregg, doch noch bevor Kilgour und der Rest der Bhor auf ihn niedergingen und die Nüchternheit sich in der dunklen Nacht verflüchtigte. »Ich wußte nicht, daß ihr eine zweite Kindheit habt.«

»Sei kein Sack«, brummte Otho und füllte sein Horn erneut. »Zunächst mal – auf den Lupuswelten herrscht Frieden. Daran tun sie auch gut, wenn sie nicht alle abgemurkst werden wollen.

Ich finde das auch gar nicht schlecht. Aber es ist wie ein Gericht ohne Fleisch, mein Freund. Damals, in der alten Zeit, als uns die Jann fast ausgerottet hätten, hätte ich mir nicht träumen lassen, wie langweilig Frieden sein kann. Also bin ich davongelaufen, um mich dem Zirkus anzuschließen.«

Er seufzte. Jedenfalls interpretierte Sten die alk- und streggeschwängerte Gasexplosion, die aus Othos Innerem drang und wie ein Wirbelsturm über den Tisch fegte, als »Seufzen«. »Außerdem werde ich allmählich zivilisiert.«

»Mach keine Sachen«, rief ihm Alex, der gerade eintrat, entgegen, und Othos Geschichte wurde von dem üblichen Grölen und Brüllen, den Umarmungen und feuchten Küssen und Trinksprüchen abgewürgt, die eine Begrüßung der Bhor in die Nähe eines tätlichen Angriffs rückten.

Dann kamen der Taittinger und das Guinness an. Sten wurde genötigt, seinen Gästen zu demonstrieren, wie man Black Velvet herstellte. Otho meinte, das Zeug sei eine schlappe Mischung für Säuglinge. Alex zog es vor, sein Guinness direkt aus dem Zapfhahn und in Irland zu trinken. Cind und Sten stießen mit ihren Sektkelchen an. Sie tranken, und ihre Augen sogen den Augenblick auf.

Dann lenkte Sten die Unterhaltung wieder in einigermaßen geordnete Bahnen. »Otho, du hast gesagt, daß deine Anwesenheit hier etwas damit zu tun hat, daß du zivilisiert wirst.«

»Beim eisigen Arsch meines Vaters, allerdings. Sogar nach menschlichem Standard gemessen. Wenn ich zivilisiert bin ... und ein großer Anführer – wenn man bedenkt, daß mein Bart noch ungeschnitten ist, kann das durchaus sein –, dann verbringe ich jetzt meine wilden Jahre. Und die muß man, soweit ich das verstanden habe, unter primitiven Wesen verbringen.

Vor kurzem habe ich ein Fiche gefunden, offenbar die Biographie eines großen Wesens der Menschheit. Sein Name war Illchurch oder so ähnlich. Jetzt ratet mal, wo er seine wilden Jahre verbrachte, nachdem er sich die ersten Sporen als Anführer verdient hatte?«

Otho fuchtelte mit seinem Glas herum, aus dem es bereits herausschwappte. »Ich will es euch verraten. Bei den Eingeborenen eines primitiven Stammes auf der Erde, die sich Amerikaner nannten. Da ich keine Überreste dieses Stammes mehr finden konnte, muß ich mich mit den Wilden zweiter Wahl begnügen ...« Otho hob das Glas zu einem Toast. »Auf die menschliche Rasse!«

Kapitel 5

»Ich ersuche Sie hiermit, mir heute abend die Ehre Ihrer Gesellschaft zu erweisen«, sagte Sten förmlich.

»Die Ehre ist ganz meinerseits, Sir. Wie viele Truppen soll ich zur Verstärkung mitbringen?«

»Zum letzten Mal: Darf ich Sie zum Essen einladen, meine Dame?«

»Oh. Einen Moment, ich muß erst einmal meine Termine überprüfen ... jawohl. Es wäre mir eine große Freude, Sten. Wie offiziell geht es dabei zu?«

»Pistolen dürften nichts schaden, aber bitte farblich abgestimmt. Um ... neunzehndreißig?«

»Also um halb acht«, sagte Cind und unterbrach die Verbindung.

»Heute abend sehen wir aber blendend aus, alter Knabe. Willst du Eindruck schinden oder abschrecken?«

»Ein bißchen von beidem.«

»Ach so.« Alex bürstete unsichtbare Fussel von Stens Anzugjacke aus Rohseide. »Jedenfalls hast du, glaube ich, deinen Anzug falsch herum an. Soll ich einen chirurgischen Eingriff einleiten, oder möchtest du lieber so bleiben?«

»Meine Güte«, sagte Sten. »Mir ist noch nie bewußt geworden, welche Vorteile es doch hat, ein Waisenkind zu sein. Mutter Kilgour, ich habe nicht die leiseste Ahnung, ob ich irgendwo über Nacht bleibe, ob ich überhaupt geküßt werde, und außerdem: Was geht dich das überhaupt an?«

»Ich erinnere dich nur daran, daß du morgen um elffünfzehn mit dem Imp verabredet bist, um dir die letzten Anweisungen abzuholen.«

»Ich werde dort sein. Sonst noch etwas?«

»Nein ... ja. Dein Schal ist völlig zerknittert.« Kilgour rückte ihn zurecht. »Und wie meine Mama mir immer sagte: Tu nichts, was du nicht in der Kirche dem Dekan erzählen kannst.«

»Das hat sie wirklich gesagt?«

»Jawohl. Und jetzt weißt du auch, warum wir Kilgours noch nie die eifrigsten Kirchgänger gewesen sind.«

Kilgour verschwand nach draußen. Sten warf noch einen letzten Blick auf seine Erscheinung – ›verdammt, in letzter Zeit verbringe ich ziemlich viel Zeit vor dem Spiegel‹ –, dann war er soweit. Er schob eine Willygun in ein hirschledernes Knöchelholster, krümmte zweimal die Finger – das Messer rutschte problemlos aus der Armscheide –, und jetzt war er wirklich ausgehbereit.

Es klopfte an der Tür.

»Ist offen.« Er fragte sich, mit welcher neuen Nerverei Kilgour wohl jetzt in letzter Minute noch ankam. Es trat jedoch niemand ein. Statt dessen klopfte es erneut.

Sten verzog mürrisch das Gesicht, ging zur Tür hinüber und öffnete sie.

Drei kleine muskulöse junge Männer standen davor. Sie trugen Zivilkleidung, doch ihre Anzüge sahen so aus, als wären sie ihnen von einer Zentralbehörde ausgegeben worden.

Es waren Gurkhas. Sie standen stramm und salutierten. Sten wollte den Gruß schon erwidern, riß sich aber doch zusammen.

»Verzeihung, ehrenwerte Soldaten, aber ich bin kein Soldat mehr.«

»Sie sind immer noch Soldat. Sie sind Sten. Sie sind immer noch Subadar.«

»Ich danke Ihnen noch einmal«, sagte Sten. »Möchten Sie hereinkommen? Ich brauche noch einen Moment.«

Sten winkte sie herein. Die drei stellten sich neben die Tür und scherten sich nicht um das peinliche Schweigen.

»Soll ich Tee bringen lassen?« erkundigte sich Sten. »Oder Whiskey, wenn Sie außer Dienst sind? Ich muß mich für mein schlechtes Ghurkali entschuldigen, aber meine Zunge ist leicht eingerostet.«

»Danke. Wir möchten nichts«, sagte einer von ihnen. Die beiden anderen sahen ihn an und nickten. Er war jetzt ihr Sprecher.

»Ich bin Lalbahadur Thapa«, sagte er. »Dieser Mann ist Chittahang Limbu. Und der dort drüben ist Mahkhajiri Gurung. Er glaubt, er sei aus einer höheren Kaste, aber seine Arroganz muß Sie nicht weiter stören. Er ist trotzdem ein guter Soldat. Jeder von uns bekleidet den Rang eines Naik.«

»Lalbahadur... Chittahang... Sie tragen ehrenvolle Namen.«

»Sie sind – sie waren unsere Väter. Der Vater dieses Mahkhajiri führt das Rekrutierungsbüro auf der Erde. In Pokhara.«

Havildar-Major Lalbahadur Thapa war vor einigen Jahren gefallen, als er dem Imperator das Leben rettete. Schon vor langer Zeit hatte Subadar-Major Chittahang Limbu Sten als Kommandeur der Gurkhas abgelöst – auf Stens Empfehlung hin. Chittahang war der erste Gurkha gewesen, der eine Einheit kommandierte; er legte damit den Grundstein für eine neue Tradition.

Abgesehen von ihren anderen Tugenden verfügten die Gurkhas über eine weit zurückreichende Erinnerung, zumindest was ihre Freunde und ihre Feinde betraf.

»Was kann ich für Sie tun?« erkundigte sich Sten.

»Im Verwaltungsbüro hing ein Anschlag, der besagte, daß Sie Freiwillige für einen Spezialauftrag suchten und daß sich jeder aus der Imperialen Hofhaltung melden könne.«

»Sie?«

»Wir sind noch vierundzwanzig mehr.«

»Aber ...« Sten setzte sich. Er kam sich vor, als hätte ihm jemand einen unvorhergesehenen Schlag ins seelische Zwerchfell verpaßt. Langsam fand er sein Gleichgewicht wieder. »Gurkhas dienen nur dem Imperator.«

»Das war richtig.«

»War?«

»Nur Kühe und Berge ändern sich nie. Wir haben die Angelegenheit mit unserem Captain besprochen. Er fand ebenfalls, wenn wir dem Imperator dienen, indem wir Ihnen bei Ihrem Auftrag helfen, egal, worum es sich handelt, dann ist das *sabash* – in Ordnung.«

»Und diese Meldung als Freiwillige? Geschieht das mit Imperialer Einwilligung?« erkundigte sich Sten vorsichtig.

»Wie sonst? Der Anschlag endete mit: ›Im Namen des Imperators.‹«

Gurkhas konnten in mancher Hinsicht ziemlich naiv sein. Es gab Leute, die behaupteten, sie seien absichtlich so und setzten ihre Unwissenheit dergestalt ein, daß sie am Ende genau das tun konnten, was sie von Anfang an vorgehabt hatten.

Falls der Imperator nichts davon wußte und ihrer Bewerbung auch nicht zustimmte, konnte ziemlich bald die Hölle los sein. Schließlich rühmte sich der Imperator nicht zuletzt damit, daß die Gurkhas nach dem Attentat eine Zusammenarbeit mit dem Privatkabinett abgelehnt hatten, zur Erde zurückgekehrt waren und auf die Rückkehr des Imperators gewartet hatten.

Sten ließ sich dieses eventuelle Egoproblem weder im Gesicht noch in seinen Worten anmerken. Statt dessen strahlte er: »Ich fühle mich sehr geehrt, meine Herren. Ich werde mich mit Ihrem Befehlshabenden Offizier und Ihrem *bahun* in Verbindung setzen und entsprechende Schritte einleiten.«

Glücklicherweise waren die Gurkhas nicht sehr an langen Zeremonien interessiert, und so sah sich Sten in der Lage, die drei

Männer schon einige Augenblicke später hinauszukomplimentieren, ohne ihre Würde zu verletzen. Dann gönnte er sich ein paar Minuten Ruhe und einen Stregg.

›Verdammt‹, dachte er. ›Warum ich? Warum so etwas? Ich glaube, ich muß sehr vorsichtig sein, wenn ich das dem Imperator vorbringe.‹ Dann machten seine Gedanken einen Sprung: ›Wenn es aber dennoch klappt und ich einige Gurkhas mitnehmen darf, kann der Imperator sicher sein, daß er auf den Welten des Altai-Clusters den erwünschten Eindruck macht. Außerdem‹, frohlockte es aus seinem Hinterkopf, ›habe ich auf diese Weise keine Probleme, mir den Rücken freizuhalten.‹

Cind hatte keine Vorstellung davon, was überhaupt vor sich ging.

Zuerst hatte Sten sie zu einem offiziellen Dinner eingeladen. Dann hatte er die eigenartige Bemerkung über die farblich abgestimmten Pistolen gemacht.

Also rief sie zuallererst Kilgour an, den Mann, von dem sie glaubte, er sei auf »ihrer« Seite. Wahrscheinlich. Allerdings konnte sie selbst nicht genau sagen, welche eigentlich »ihre« Seite war.

Natürlich war ihr der Schotte keine besonders große Hilfe.

»Vielleicht erinnern Sie sich noch an unser Gespräch vor nicht allzu langer Zeit, Mr. Kilgour«, fing Cind an. »Als Sie sagten, ich sei zu jung und zu, äh, atemberaubend, um die Spionin zu spielen.«

Alex dachte nach. »Ich erinnere mich.« Sehr vage.

»Sten hat mich für heute abend zum Essen eingeladen. Mir kommt es vor, als würde es sich dabei ... mindestens zur Hälfte um eine professionelle Angelegenheit handeln.«

»Das ist schon mal ein guter Ausgangspunkt, Mädel. Der arme Heimatlose tut nämlich nix, was überhaupt nix mit der Arbeit zu tun hat. Das bringt ihn noch mal in ein frühes Grab, fürchte ich.«

»Wohin geht die Reise?«

»Meinst du moralisch, gesellschaftlich oder historisch?«

»Ich meine, wohin führt mich Sten zum Abendessen aus? Und was soll ich anziehen?«

»Ach so. Kleines Mißverständnis. Der Ort ist geheim, und du solltest dich lässig kleiden. Bequeme Kleidung. Waffen nach Belieben. Ich würde welche mitnehmen. Du bist dort aber sicher.«

»Mehr kriege ich wohl nicht zu hören.«

»Natürlich nicht, Cind. Es kommt mir ganz so vor – ich sage ehrlich die Wahrheit –, als hättest du heute abend noch so einiges vor, abgesehen davon, daß du gewachsen bist, seit wir uns das letzte Mal gesehen haben. Glaubst du denn, ich würde dich nicht selbst mit nach Hause nehmen, um dich meiner Mama vorzustellen, wenn du nicht so jung wärst und du und Sten nicht so ineinander verliebt? Warum sollte ich dich anschwärzen und dir irgend etwas erzählen, wo du doch selber weißt, tief in deinem Innersten, was hier vor sich geht?«

Ohne eine Entgegnung abzuwarten, unterbrach Kilgour die Verbindung.

›Verdammte Männer‹, dachte Cind.

›Verdammt ...‹, doch dann dechiffrierte sie Kilgours schottischen Redefluß. Liebe? Sie und Sten, mit Betonung auf Sten? Selbstverständlich war sie wahrscheinlich in ihn verliebt, wenn man davon ausging, daß Liebe etwas war, das einen nachts nicht schlafen ließ, einen ganze Komplexe aus Luftschlössern bauen und sofort dort einziehen ließ und einen ganz allgemein zu einem Benehmen verleitete, als stünde man unter schweren Opiaten.

Aber ...

Aber Sten? Liebe?

Dann beschloß sie, daß »Verdammte Männer« ein weitaus ungefährlicherer und produktiverer Gedankengang war.

Wenigstens wußte sie jetzt, was sie anziehen mußte.

Cinds Garderobe war ein Hauch von Sinnlichkeit, ein einfaches kragenloses Gewand mit einem tief ausgeschnittenen V im Nacken, das in der Taille eng anlag und kurz über dem Knie ein wenig aufgebauscht war. Es hatte weder Knöpfe noch Reißverschlüsse noch Klettverschlüsse, an denen man ablesen konnte, wie es zusammengehalten wurde. Um die Hüfte war ein einfaches Gürteltuch geschlungen. Natürlich hatte sie das Ding, wie jedes andere »einfache, schnörkellose und gutgeschnittene« Etwas ein Viertel ihres letzten Leistungsbonus gekostet.

Was es, abgesehen vom Schnitt, zu etwas Besonderem machte, war der Stoff selbst. Sektion Mantis – die operationale Abteilung der Superelite des Imperialen Geheimdienstes – war mit dem Nonplusultra von Tarnuniformen ausgestattet: Sie waren phototropisch, das hieß, sie wechselten die Farbe entsprechend dem Hintergrund, vor dem sich der Soldat bewegte.

Ein Zivilist hatte sich die Vermarktungsrechte an diesem Stoff gesichert und ihn dann etwas abgewandelt. Das Material blieb zwar phototropisch, doch jetzt reflektierte es den Hintergrund, vor dem man vor fünf Minuten gestanden hatte. Farbdecoder und Zeitverzögerung gehörten zu dem Kleidungsstück dazu – beispielsweise der Gürtel an Cinds Kleid. Er enthielt außerdem einen Streifencomputer mit einem simplen Farbrad, mit dem man die phototropischen Vorgaben übergehen konnte, damit man nicht plötzlich in einem rosafarbenen Kleid vor einem orangefarbenen Hintergrund stand. Ebenfalls im Gürtel enthalten waren Sensoren, die die Farbintensität entsprechend der aktuellen Lichtintensität regulierten. Auf einer Zufallsbasis sandte der Computer stroboskopische Bilder an bestimmte Bereiche aus, und um sicherzugehen, daß das Publikum des Kleidungsstücks nicht das Interesse verlor, gelegentliche Echtzeit-Blitze dessen, was sich darunter befand. Diese Transparenzphasen dauerten jeweils nur einen Sekundenbruchteil, konnten aber auch ganz nach den Bedürfnissen des Trägers oder der Trägerin programmiert werden. Oder, wie in Cinds Fall, so, daß sie nie das Messer zeigten, das in einer Scheide an ihrem Rückgrat steckte, und auch nicht die über dem Gesäß verborgene Willygun.

Als Sten Cind abholte, war sie in mehrfacher Hinsicht mörderisch gut angezogen.

Und wenigstens diesmal versaute das Männchen den Auftritt nicht. Nicht nur, daß Sten das neue Kleid auffiel und er ihr deswegen ein Kompliment machte, er stellte ihr sogar intelligente Fragen über die Funktionsweise des Kleidungsstücks, gerade so, als würde es ihn wirklich interessieren.

Besser noch: Er brachte sogar eine passende Blume mit.

Blume war nicht ganz der treffende Ausdruck. Vor vielen Zeitaltern hatte ein Orchideenzüchter von der Erde, weit weg vom Tropengebiet ihres Ursprungs, die ultimative *Oncidium* Orchidee entwickelt – viele, viele winzige kleine Blüten auf einem einzelnen Stengel, und das Ganze mit einer einheimischen chamäleonartigen und höchst anpassungsfähigen Pflanzenform gekreuzt. Das Resultat war ein lebendes Bukett – eine Halskette, die sich exakt der Kleidung ihres Trägers anpaßte.

Cind gab Sten einen angemessenen Kuß und dankte ihm mit einer Umarmung. Und als sie sich von ihm löste, ließ sie den Nagel ihres kleinen Fingers von seinem Hals bis zu seiner Brust hinabfahren.

Schließlich wollte sie nicht, daß er sie für eine absolute Jungfrau hielt ...

Das Bar-Restaurant lag in einer Sackgasse des Industrieviertels versteckt, nicht weit vom Botschaftsgelände der Erstwelt entfernt. Sten verpaßte die Einfahrt, wendete seinen gemieteten A-Grav-Gleiter und näherte sich der Straße jetzt von der anderen Seite. Den prunkvollen offiziellen Gleiter des Abholdienstes hatte er höflich abgelehnt.

Das Gebäude stand ganz frei und war in der Dunkelheit kaum zu sehen. Doch als der A-Grav-Gleiter sich senkte, gingen helle Lichter an.

Cind blinzelte in den grellen Schein. Die Lampen schienen weniger dafür da zu sein, den Weg zu beleuchten, als denjenigen drinnen zu zeigen, wer gerade angekommen war. Auf halber Höhe des gewölbten Bürgersteigs stand ein sehr kleines Schild:

The Western Eating Parlor. Number Two.

»Kein besonders ausgefallener Name«, fand Cind.

Sten grinste. »Das ist ziemlich verzwickt. Höchstwahrscheinlich gab es diese Bude hier bereits auf der Erde, vor langer, langer Zeit. Ich meine, sogar noch vor der Zeit des Imperiums. Außerhalb einer Stadt namens Langley. Man erzählt sich, daß das Restaurant eine exklusive Klientel belieferte. Daran hat sich also in all den Jahrhunderten nicht viel geändert.«

»Na schön, ich kaufe dir die Geschichte ab. Aber wer sind die Kunden hier?« Sie hob die Hand, bevor Sten antworten konnte. »Sag's mir nicht, aber gib mir einen kleinen Hinweis.«

»Von mir aus. Nimm den ersten Buchstaben jedes Wortes in dem Namen: T-W-E-P.«

»Twep«, sagte Cind.

»Kurzes E«, sagte Sten.

Ach so. Wie in dem uralten Ausdruck »Töten wie echte Profis«. Cind hatte den Ausdruck schon bei älteren Geheimdiensttypen gehört. Offiziell sanktionierter Mord.

Drinnen präsentierte sich das Restaurant als die Ruhe echten Leders, gedämpfter Unterhaltung und umsichtiger Bedienung.

Der Oberkellner war der reinste Horror.

Die Hälfte seines Gesichtes fehlte und war durch eine Synthoplastmaske ersetzt. Cind fragte sich, wie lange er wohl ohne medizinische Hilfe zugebracht hatte; zumindest in den Regionen, die sich als Zivilisation bezeichneten, begegnete man nur höchst selten jemandem, bei dem rekonstruktive Chirurgie nicht anschlug. Zunächst reagierte er nicht einmal auf Sten und Cind. Er beaufsichtigte zwei Kellnerlehrlinge, die gerade dabei waren, ein großes Explosionsloch in der Wandverkleidung abzudecken. Dann begrüßte er die Neuankömmlinge, als handelte es sich um Fremde. »Kann ich Ihnen helfen, Sir?«

»Sie ist sauber, Delaney.«

Delaney grinste mit der Hälfte, die ihm von seinem Gesicht geblieben war. »Allerdings, das ist sie wirklich. Ich habe oben ein kleines Séparée vorbereitet, Captain. Ihr Freund befindet sich an der Bar dort drüben. Ich bringe Sie hinauf.«

»Du bist schon mal hier gewesen?« flüsterte Cind, als Delaney sie durch den stillen Luxus führte.

»Nein. Delaney und ich hatten früher miteinander zu tun.«

Delaneys Ohren waren sehr scharf. Er blieb stehen. »Zu Ihrer Information: Der Captain hat mich mal von einem Berg heruntergeschleppt; von einem ziemlich hohen Berg. Unter ziemlich miesen Umständen, als ich nicht mehr ganz richtig tickte.« Seine Finger berührten den Rest seines Gesichts.

»Ich mußte ja«, erwiderte Sten. »Du hast mir noch Geld geschuldet.« Ein wenig beschämt wechselte er das Thema. »Was ist denn mit der Wand passiert?«

»Haben Sie schon jemals mit einem Kraken mit dem Decknamen Quebec Niner Three Mike zusammengearbeitet? Sie selbst nannte sich Crazy Daisy. Ziemlich hübsch, wenn man auf Kopffüßler steht.«

Sten überlegte kurz und schüttelte den Kopf.

»Sie verließ Mantis 365 im Rang eines leitenden Offiziers«, half ihm Delaney auf die Sprünge. »War die meiste Zeit über in NGC 1300 Central.«

»Das muß vor meiner Zeit gewesen sein – Augenblick mal. War drei-sechs-fünf nicht die Truppe, die den Sportplatz geklaut hat?«

»Genau die.«

»Alles klar. Die Leutchen kenne ich. Sie habe ich jedoch nie kennengelernt. Aber steht sie denn nicht auf der Verräterliste?«

Delaney hob die Schultern. »Sie müssen sie mit jemandem verwechseln. Hier ist sie jedenfalls mit allen im reinen.«

»Entschuldigung. Ich wollte dich nicht unterbrechen.«

»Jedenfalls war sie heute nachmittag hier, hat irgend etwas gefeiert. Dabei ist sie immer wieder aus ihrem Tank herausgeklettert und hat sich an der Bar herumgetrieben. Ist ausfällig geworden. Hat ein Glas Genever mit Trockeneis nach dem anderen in sich reingekippt. Außerdem hatte sie sich gerade ein neues Spielzeug zugelegt, eine alte Projektilwaffe. Sie meinte, das Ding hieße Gänseflinte. Jedenfalls wollte sie es überall herumzeigen. Vielleicht hätte ich ja etwas sagen sollen, aber ...

Wie auch immer, sie hat auch gleich gezeigt, wie man das Ding lädt und hatte ein paar eigens dafür angefertigte Patronen dabei, und dann sagte sie, damit ließe sich ein Loch in die Wand pusten, durch das man einen ausgewachsenen Menschen werfen könnte.

Ein Typ von dort hinten, ein Ex-Mercury-Schreibstubenhengst – er hätte besser die Klappe gehalten –, wollte es nicht glauben. Also schoß Daisy ein Loch in die Wand und machte sich daran, den Typen durch das Loch zu schmeißen. Er hatte recht, das Loch war nicht groß genug. Aber Daisy probierte es immer wieder. Nach drei oder vier Versuchen mußte ich ihr sagen, sie soll es mal gut sein lassen und nach Hause gehen.«

Cind verbiß sich ein Kichern. Delaney führte sie in einen kleinen Raum und wies ihnen ihre Plätze.

»Was darf ich Ihnen bringen, Skipper? Scotch? Oder wird heute abend gestreggt?«

Sten beschloß, vernünftig zu bleiben. »Scotch. Es ist ja noch früh.«

»Schenken Sie Black Velvet aus?« erkundigte sich Cind.

»Wir schenken *alles* aus. Und wenn es sich nicht ausschenken läßt, stellen wir Ihnen Spritzen, Inhalierer oder Zäpfchen zur Verfügung. Ich sage Aretha – den Namen benutzt sie am liebsten –, daß sie heraufkommen soll.« Dann verließ er sie.

»Das hier ist eine Kneipe für Geheimagenten, stimmt's?« fragte Cind.

»Stimmt. Hauptsächlich Mantis.«

Jeder Berufszweig hat seine eigenen Tränken, von Politikern bis zu Päderasten. Und jede Tränke erfüllt die speziellen Ansprüche ihrer Klientel. Das *Western Eating Parlor* war eine fast perfekte Bar für Geheimagenten. Mitten in einer Hauptstadt gelegen, *der* Hauptstadt sogar, dabei völlig unauffällig. Sie versorgte ihre Kunden, ob aktive Agenten oder solche, die sich bereits zur Ruhe gesetzt hatten, mit sämtlichen Exotika, die sie auf Abertausenden von Welten schätzen gelernt hatten. Sämtliche Angestellten kamen aus der gleichen Branche, angefangen von Delaney, dem Oberkellner, über den Barkeeper, der der Sohn eines kürzlich verstorbenen Planungstypen war und auf seinen Ruf an die richtige Universität wartete, bis hin zu den Pikkolos, die vielleicht in ihrer Vergangenheit einfach nur ein paar blutige Handlangerdienste verrichtet hatten. Das *Parlor* war absolut wanzenfrei und wurde ständig mit den allerneuesten Geräten überprüft. Die Presse traute sich nicht herein, bis auf diejenigen

Journalisten, die echt an Hintergrundinformation interessiert waren und niemals eine derartige Quelle preisgeben würden.

Wie Dutzende anderer Agentenbars verschaffte das *Parlor* seinen Kunden die Gelegenheit, sich richtig gehenzulassen, aber auch die Möglichkeit, die letzten Neuigkeiten darüber zu erfahren, welche Aufträge demjenigen elenden Agenten drohten, der nicht in jeder Situation sorgfältig mit den Tatsachen umging.

Genau aus diesem Grund hatte Sten Alex gebeten, Plätze im *Parlor* zu reservieren. Der Imperator zeigte sich viel zu großzügig, als daß es sich bei diesem Auftrag um etwas anderes als um den absoluten Alptraum handeln könnte.

Aretha tänzelte herein und ringelte sich auf einer überdimensionalen Ottomane zusammen; die Hufe legte sie unter sich. Man hätte sie (sie?) angesichts der nach hinten weisenden, nadelspitzen Hörner, des braunweiß gestreiften Fells und der Hufe an den vorderen und den beiden hinteren Beinen für einen sechsfüßigen Pflanzenfresser halten können. Doch wenn sie den Kopf nach hinten riß und vor Vergnügen wieherte, sprachen ihre vorstehenden Reißzähne und die kräftigen Backenzähne eine andere Sprache. Sie bestellte Mineralwasser – Sten und Cind stellten ihren Alkoholkonsum sofort auf »nippen« um – und eine Scheibe Tiergewebe, geklopft, aber roh. Sten wählte geräucherten Lachs von der Erde, ein relativ neues Gericht, mit Butter und Dillsoße. Auch Cind nahm Lachs. Roh.

Aretha faßte ihnen die Sachlage zusammen, wie es nur ein Mantis-Außendienstler konnte. Sten war dankbar dafür, daß sie nach den ersten Begrüßungsfloskeln durch eine Synthbox sprach. Eine fremde Sprache zu übersetzen, selbst wenn es in die eigene ist, konnte recht mühsam sein, besonders dann, wenn der Sprecher ein doppeltes Zwerchfell besaß und sich einer Sprache mit unüberhörbar vielen Knack- und Zischlauten bediente.

Sie hatte von Sten und seinem Ruf gehört und wollte ihn so

gut sie konnte unterstützen. Sie ging davon aus, daß auch seine Begleiterin eingeweiht war. Den besten Dienst würde sie ihm jedoch dadurch erweisen, fuhr sie fort, wenn sie Sten in die Genitalien trat und ihn damit davon abhielt, diesen Job überhaupt anzunehmen.

Aretha war vor drei Jahren stellvertretender Militärattaché der Imperialen Botschaft auf Jochi gewesen, sagte sie. Momentan erholte sie sich noch von einem kleineren Fall von Hü, weil nämlich damals Hott angesagt war. Sten schätzte ihren Rang auf Lieutenant Colonel.

»Ein Alptraum«, fuhr sie fort. »Der reinste Alptraum. Ich erzähle Ihnen zunächst etwas über die menschliche Lebensform, mein lieber zukünftiger Botschafter. Entsetzlich. Entsetzlich. Entsetzlich. Ehemalige Minenarbeiter, die sämtliche Vorurteile bestätigen, die mit dieser Vorstellung verbunden sind. Sie versuchen alles, um eine Reglementierung von vornherein zu verhindern, aber wenn ihnen das Material in ihren Minen ausgeht, jaulen sie auf wie kranke Hunde.

Als Kulturnation verfügen die Tork über genug Vorstellungskraft, alles zu wollen, aber nicht über annähernd genug Grips, das auch zu erreichen. Das wiederum bedeutet, daß sie nach Kräften verhindern, daß jemand anderes diese hauptsächlich in der Phantasie existierenden Schätze bekommt. Dabei kann der Altai-Cluster eigentlich nur dem als Schatztruhe erscheinen, der eine Möglichkeit findet, Haß und Ethnozentrismus abzupacken und zu exportieren.

Die Jochianer. Vielleicht wußten Sie nicht, daß sie einst eine selbsternannte Gesellschaft von Abenteurern waren, mit einem Freibrief von unserem Ewigen Imperator, lange möge er uns erhalten bleiben, der ihnen erlaubte, alles auszuplündern, was ihnen in die Finger kam.«

»Doch, das ist mir bekannt.« Sten hielt es nicht für notwendig,

Aretha darüber aufzukären, daß seine Information vom Imperator persönlich kam.

»Abenteurer, früher einmal sogar Piraten. Dann schafften sie es, ihre Kultur in die Anarchie hinabzuwirtschaften, in Sonnensysteme mit Stadtstaaten; bis zur Ankunft des Khaqans. Des ersten. Bisher hat es nur zwei gegeben.

Der Khaqan war auch ein Lügner und Dieb und hinterhältiger Messerstecher, aber er war schneller und besser als alle anderen Jochianer. Also stieg er rasch nach oben. Wie Abschaum in einem Teich.

Er ist entweder einfach so gestorben oder von seinem Sohn ermordet worden, dem gegenwärtigen Khaqan. Der hat seines Vaters Talent für Schikanen geerbt und zusätzlich eine Vorliebe dafür entwickelt, sich selbst Monumente errichten zu lassen. Dabei schert er sich weder um Logik noch um den Bedarf an öffentlichen Aufträgen oder um soziale Belange. Und solange ich dort war, unternahm das Imperium nicht das geringste gegen seine Exzesse. Wahrscheinlich hatte der Imperator andere Probleme. Ganz bestimmt ist ihm nicht zu Ohren gekommen, wie ernsthaft sich die Lage dort zugespitzt hat.

Unglücklicherweise hat unser geliebter Imperator einen Botschafter bestellt, dessen Talente ... Ich darf eigentlich nur das Beste von ihm berichten, doch es sei mir erlaubt zu sagen, daß ich nach zwei E-Jahren intensivster Beobachtung zu dem Schluß gekommen bin, daß Botschafter Nallas größtes Talent im Essen bestand.«

»Was ist mit den anderen Lebensformen des Clusters?« hakte Sten nach.

»Gnädige Wolken, eigentlich schaffen sie es, sich recht gut mit den Menschen zu arrangieren. Da haben wir zunächst die Bogazi. Haben Sie jemals ein Livie über den Planeten Erde gesehen?«

»Ich bin selbst dort gewesen.«

»Richtig. Habe ich vergessen. Denken Sie an Hühner.«

»Was?«

»Bösartige Hühner.«

Sten prustete los und hätte dabei fast Cind mit Scotch vollgesprüht.

»Ich habe noch nicht einmal angefangen, Späßchen zu machen. Vogelähnlich. Groß. Zweieinhalb Meter groß. Zwei Füße. Hammerschnabel. Innen mit Zähnen versehen. Zwei Arme, deren Hände durchaus dazu in der Lage sind, Waffen zu führen oder jemanden zu erwürgen. Ausfahrbare Sporen. Trotzdem kein Hühnertemperament. Außer zu Zeiten extremer Anspannung, wenn Panik die richtige Maßnahme zu sein scheint, dann springen sie hin und her und auf und ab und schlagen mit diesen wunderbaren Waffen um sich, die ihnen die Evolution zur Verfügung gestellt hat.

Sie scheinen sich aus einer Wasservogelart entwickelt zu haben. Soweit ich weiß, haben sie mit Hühnern noch gemein, daß ihre Schlegel sehr lecker schmecken. Leider erlaubten unsere Umstände damals keinen netten kleinen Hühnerschmaus.

Sie leben wie katzenartige Raubtiere zusammen: ein Männchen mit fünf oder sechs Weibchen. Diese Gruppen nennen sie – und das habe ich mir auch nicht ausgedacht – einen Brutkorb.

Das Männchen ist kleiner und schwächer und einem Beuteltier ähnlich; die Jungen kommen, nebenbei bemerkt, lebend zur Welt. Sie sind extrem farbenprächtig. Die Weibchen jagen, deshalb sind sie unauffälliger gefärbt – nicht gerade phototropisch, wie Ihre schweigsame Begleiterin, aber beinahe ebenso wirkungsvoll. Sie sind sehr demokratisch organisiert, aber Sie sollten einmal einer Diskussion lauschen, bis endlich eine Entscheidung gefallen ist. Der reinste Hühnerstall. Die werden Ihnen bestimmt viel Freude bereiten.«

Sten hatte bereits viel Freude an Arethas Gesellschaft und ihren Beschreibungen. Dann kam das Essen. Sie machten sich darüber her.

»Sten hat mir alle Fiches gegeben«, sagte Cind, als sie halbwegs durch ihr Sushi hindurch war. »Was ist mit der vierten Sorte von Bewohnern, den Suzdal?«

»Man könnte sich – jedenfalls ich könnte mich – fast an sie gewöhnen. Stellen Sie sich ein entwickeltes Ursäugetier vor. Ursprünglich ein in Rudeln lebendes Raubtier. Klein. Anderthalb bis zwei Meter. Sechs Wesen in einer Gruppe. Sehr hübsch anzusehende Geschöpf, fast goldfarben.«

»Welche Probleme haben Sie mit ihnen gehabt?«

»Wenn ich an kollektive Erinnerung glauben würde, was ich nicht tue, und wenn es auf meinem Heimatplaneten kleine, in Meuten jagende Aasfresser gegeben hätte, was nicht der Fall war, dann würde ich mit dieser Erklärung aufwarten.

Das kann ich jedoch nicht. Vielleicht liegt es an ihrer Sprache, einem unaufhörlichen Japsen und Kläffen, daß sie mir so auf die Nerven gehen. Ganz sicher wirkt ihre Gewalttätigkeit erschreckend. Die Suzdal töten gern. Ein besonders beliebter gesellschaftlicher Zeitvertreib besteht darin, ein Tier im Freien loszulassen und es zu erjagen. In Rudeln. Fast erscheint es so, als verfügten sie über eine Ur-Erinnerung.

Wie auch immer, die Suzdal passen jedenfalls hervorragend zu den anderen im Altai-Cluster: Lebewesen, die einander hassen und sich schon so lange hassen, daß sie den Grund dafür längst vergessen haben, was sie jedoch nicht davon abhält, bei jeder sich bietenden Gelegenheit einen kleinen Völkermord auszuhecken.«

»Na prima«, sagte Sten. Seine nächste Frage formulierte er überaus vorsichtig: »Mir sind Berichte zu Ohren gekommen, die die Vermutung nahelegen, daß die Imperialen Energielieferungen ... umgelenkt werden.«

»Sie meinen, jemand klaut das AM$_2$«, konterte Aretha. »Allerdings, das tun sie. Besser gesagt, der Khaqan tut es.«

»Wohin verschiebt er es?«

»Ist nicht ganz sicher. Ich wollte es herausfinden, bis sich unser geschätzter Botschafter selbst als größtes Hindernis erwies. Ein Teil davon, glaube ich wenigstens, fließt zu guten alten Freunden des Khaqans innerhalb des Clusters. Ein anderer Teil jedoch wird weitertransportiert, und mit den Profiten finanziert er seine Monumente. Noch mehr verschwindet einfach.«

Aretha beendete ihre Mahlzeit und nahm einen letzten Schluck Mineralwasser. »Man hat Ihnen zweifellos von der Begeisterung des Khaqans für riesige Ornamente berichtet. Man kann sich aber erst dann richtig vorstellen, wie gigantisch sein Strukturkomplex sein muß, wenn man es mit eigenen Augen gesehen hat.«

»Ich danke Ihnen, Aretha. Mir scheint es ganz so, das muß allerdings unter uns bleiben, daß die logischste Art, den Deckel auf dem Altai-Cluster zu halten, diejenige ist, jede der vier Lebensformen in ihrem eigenen Sektor unter Quarantäne zu stellen. Wenn sie weit genug voneinander entfernt sind, kommen sie wenigstens nicht mehr in Versuchung, einmal pro Woche ein Pogrom zu veranstalten.«

Aretha wieherte vor Lachen. »Man hat es Ihnen nicht gesagt.«

»Offensichtlich hat man mir so einiges nicht gesagt«, erwiderte Sten.

»Vor vielen vielen Jahren beschloß der Khaqan, dieses Problem ein für allemal zu lösen. Also vermischte er diese Lebewesen miteinander.«

»Wie bitte?«

»Er befahl ganz willkürliche Umsiedlungen. Eine Nation von Suzdal beispielsweise, die sich gegen ihn erhob, wurde nach Niederschlagung der Rebellion umgesiedelt. Oft befand sich ihre neue Heimat inmitten der Welten der Bogazi.«

»Ach du Schande!« entfuhr es Sten. Er goß sich einen Drink ein – unverdünnt. Er wollte ihn schon herunterstürzen, bot dann jedoch Cind die Karaffe an. Sie schüttelte den Kopf.

»Noch lustiger ist die Tatsache«, fuhr Aretha fort, »daß der Khaqan unterschiedliche Milizen ins Leben rief, die jeweils aus nur einer Gruppe von Lebewesen bestehen.«

»Das ergibt überhaupt keinen Sinn«, sagte Cind.

»Doch, doch. Wenn man jeweils die Miliz gegen ihre traditionellen Feinde einsetzt, konzentriert sich die Wut auf alles und jeden – nur nicht auf einen selbst, in diesem Fall auf den Khaqan. Ein weiterer Vorteil besteht darin, daß diese Milizen, die Lichtjahre und viele Welten von ihren Ursprungssektoren entfernt stationiert sind, nicht nur potentielle Geiseln ergeben, sondern auch ihre Heimatplaneten davon abhalten, eine Revolution oder einen Bürgerkrieg vom Zaun zu brechen.«

Plötzlich ertönte von unten ein lautes Krachen, das sich wie Gewehrschüsse anhörte, gefolgt von grölendem Gelächter. Aretha warf einen sehnsüchtigen Blick zur Tür des Séparées.

Sten lächelte. »Vielen Dank, Colonel. Ich stehe in Ihrer Schuld. Würden Sie jetzt Delaney bitten, die Rechnung heraufzubringen?«

»Erlauben Sie, daß ich Sie unten zu einem Drink einlade?«

»Ich glaube, das geht nicht«, erwiderte Sten. »Ich muß morgen früh raus, und der ... Gentleman, mit dem ich mich treffe, ist bestimmt nicht begeistert davon, wenn sein Lieblingsbotschafter ein paar rosa Elefanten mitbringt.«

Mit einem fröhlichen Wiehern verließ Aretha den Raum und machte sich auf den Weg nach unten. Eine Sekunde später vernahmen Sten und Cind ein sogar noch lauteres Krachen.

»Ich hoffe, daß diese Bude einen Hinterausgang hat«, sagte Cind.

»Hat sie«, beruhigte sie Sten. »Hast du schon jemals von einer Geheimagentenspelunke ohne Hinterausgang gehört?«

Stens Zunge fuhr zärtlich über Cinds Nacken hinab und folgte dem Ausschnitt ihres Kleides. Cind seufzte kehlig ... beinahe hätte sie geschnurrt. Seine Hand streichelte die Innenseite ihres Oberschenkels.

Der gemietete A-Grav-Gleiter war auf Autopilot gestellt und hielt eine Geschwindigkeit von fünfzig km/h Richtung Westen und eine Höhe von fast sechstausend Metern, außerhalb jeglicher Verkehrsrouten.

Stens Hand fand ihre Gürtelschnalle und nestelte daran herum. Nichts passierte. »Ich komme mir vor wie ein Teenager«, sagte er.

»Das solltest du auch«, murmelte Cind. »Erst erzählst du mir alles über dieses gewaltige Imperiale Bett, und dann schmeißt du mich auf den Rücksitz dieser Mietschüssel, als wären wir überschäumende Halbwüchsige. Würde dir ganz recht geschehen, wenn ein Streifengleiter vorbeikäme. Ich sehe es direkt vor mir«, murmelte sie ihm ins Ohr. »Heldenhafter Botschafter mit nackter Leibwächterin erwischt.«

»Aber du bist nicht ...«

Seine Finger wurden endlich fündig.

»Doch, das bin ich«, sagte sie mit vor Erregung heiserer Stimme, als ihr Kleid von ihr abfiel und ihre Brustwarzen dunkel im Mondlicht schimmerten.

Ihre Lippen fanden sich, ihre Zungen spielten miteinander, als wäre es nicht zum ersten Mal, sondern lange vorher geprobt, und dann umschlang ihn ihre Wärme und zog ihn zu sich hinab und hinein für die Ewigkeit.

Kapitel 6

Die Atmosphäre im Imperialen Arbeitszimmer war sehr herbstlich. Nirgendwo war Alk oder Stregg zu sehen. Sten kam sich wie im Trockenkurs vor, als er zum Ende der Einsatzbesprechung hinsichtlich seiner Mission im Altai-Cluster kam und rasch die letzten Punkte abhakte.

»Kodierung ... SOI ... Notvorkehrungen ... steht alles hier im Fiche. Wir sind bereit. Die *Victory* kann innerhalb von drei E-Tagen abheben, sobald Proviant und militärische Ausrüstung an Bord sind.«

Sten legte zwei Kopien seines Fiche auf den Schreibtisch des Imperators. Sie waren kodiert und mit einem Vermerk der höchsten Sicherheitsstufe versehen. Der Imperator ignorierte sie.

»Mir scheint auch, als hättest du bei der Wahl deines Personals für diesen Auftrag ganze Arbeit geleistet«, sagte er. »Dein langjähriger Helfer, dieser Schwerweltler. Die Bhor. Ihr Kommandant. Sehr fotogen. Und ein hervorragendes Mittel, um ... fremder Einmischung aus dem Weg zu gehen.«

Wer auch immer vor Sten eine Unterredung mit dem Imperator gehabt hatte, mußte ihn wirklich ziemlich vergrätzt haben. Aber Sten war an üble Laune seitens seiner Vorgesetzten gewöhnt und ließ sich davon nicht einschüchtern. »Eine Sache noch, Sir. Es dreht sich dabei auch um das Personal.«

»Was möchtest du noch?«

»Einen Skipper für die *Victory*. Ich glaube, Sie haben alles so arrangiert, daß ich auf Jochi ziemlich beschäftigt sein werde.«

»Hast du jemanden im Auge?«

»Flottenadmiral Rohber Mason. Er wartet zur Zeit hier auf der Erstwelt auf einen Einsatz.«

Zunächst war Sten die Idee fast wie ein Witz vorgekommen.

Als er jedoch näher darüber nachgedacht hatte, fand er sie immer besser. Mason würde zwar einen tyrannischen Kurs auf der *Victory* fahren, doch um die Moral auf dem Schiff machte sich Sten keine Sorgen; eher darum, am Leben zu bleiben, und vom Leuteschinder Mason wußte Sten, daß er dazu mehr als jeder andere in der Lage war. Außerdem wußte er, daß der Admiral Befehle befolgte. Er war auch einigermaßen gespannt darauf, ob es Mason etwas ausmachte, unter einem Mann zu dienen, den er nicht leiden konnte. Wahrscheinlich nicht – Mason empfand allen empfindsamen Lebewesen gegenüber etwa das gleiche. Sten selbst hatte zunächst als Delinq und dann als Soldat gelernt, daß man nicht mit jedem gut Freund sein mußte, um mit ihm zusammenzuarbeiten.

»Hmm. Na schön. Du gewöhnst dir allmählich an, meine allerbesten Leute anzufordern.«

Der Imperator hatte also bereits von der Sache mit Stens Gurkha-Rekruten gehört. »Jawohl, Sir. Das bringt mich zu einem anderen Punkt. Bei mir haben sich siebenundzwanzig Gurkha-Freiwillige für diese Mission gemeldet.«

»Und was hast du ihnen gesagt?«

»Ich habe ihnen gesagt, wenn die ganze Geschichte mit Imperialer Gutheißung abläuft, seien sie mir höchst willkommen. Sie schienen den Eindruck zu haben, Ihre Zustimmung sei stillschweigend gewährt.«

Der Imperator drehte sich mitsamt dem Sessel um 180 Grad und blickte zum Fenster auf die ausgedehnten Gartenanlagen des Schlosses hinaus. Er sagte etwas, das Sten nicht verstand.

»Wie bitte, Sir?«

»Nichts.«

Schweigen. Dann kreiselte der Imperator wieder zurück. Er lächelte. Er lachte einmal kurz auf.

»Wenn du eine Handvoll Nepalesen dabei hast, merken die Altai-Burschen bestimmt schneller, daß wir es mit deinem Auftrag sehr ernst meinen – und daß du Zugang zu den allerhöchsten Ebenen hast, was?«

Sten antwortete nicht.

»Nimm sie mit«, sagte der Ewige Imperator. »Es wird ihnen guttun. Vielleicht sollten wir ein Programm einrichten, bei dem die Gurkhas immer abwechselnd im Außendienst eingesetzt werden, ein bißchen Erfahrung sammeln. Damit sie nicht einrosten.«

»Jawohl, Sir.«

»Ich glaube, damit habe ich meine Aufgabe, dich und dein Team auf eure Aufgabe vorzubereiten, hervorragend erfüllt«, meinte der Imperator dann. »Ich wünsche dir viel Erfolg ... und viel Glück.«

Er erhob sich und streckte Sten eine Hand entgegen. Sten schüttelte sie und salutierte – obwohl er eigentlich in Zivilkleidung war. Dann machte er zackig und elegant kehrt und ging auf den Ausgang zu. ›Kein Abschiedstrunk‹, schoß es ihm durch den Kopf. Aber seine Gedanken kreisten mehr um das, was der Imperator womöglich gesagt hatte, als er ihm den Rücken zugekehrt hatte: »Also ändert sich doch alles ...«

Der Imperator behielt sein offizielles Lächeln auf den Lippen, bis die Türen wieder verschlossen waren. Dann ließ er es wegsacken. Er stand einen langen Augenblick da und blickte auf die Tür, durch die Sten gerade gegangen war, bevor er sich wieder hinsetzte und seinen Kämmerer per Tastendruck anwies, ihm die nächste Katastrophe hereinzuschicken.

Sten machte im Verwaltungszentrum von Arundel halt, um Masons Marschbefehl zur *Victory* sofort loszuwerden und dem befehlshabenden Offizier der Gurkhas mitzuteilen, daß der Anfrage der Freiwilligen stattgegeben worden war und sie sich marschbereit machen und am nächsten Tag an Bord melden sollten. Dann ging er in ziemlich säuerlicher Stimmung zu seinem A-Grav-Gleiter zurück. Zum Teufel noch mal. Er hätte Lalpahadur Thapa sagen sollen, er solle sich auf einen von Nepals Achttausendern setzen, bis ihm die Schamhaare abfroren, und seine sechsundzwanzig Freunde gleich mitnehmen.

Auch den Gedanken, daß jemand herumschlich und herausfand, daß er und Cind nicht solo schliefen, fand er nicht sehr berauschend, obwohl ihnen nicht besonders daran gelegen war, ihre junge Beziehung geheimzuhalten.

Sten wußte, daß der Imperator so lange überlebt hatte, weil er stets alles daran gesetzt hatte, den allerbesten Geheimdienst zu haben. Er wußte, daß jeder Gefolgsmann am Imperialen Hof zumindest eine geheimdienstliche Grundausbildung genossen hatte; die meisten waren sogar ehemalige Spezialisten. Und vermutlich war es sogar sinnvoll zu wissen, ob dein Bevollmächtigter Botschafter ungebunden oder in festen Händen war oder ausgiebig seiner Lust frönte.

Trotzdem gefiel es ihm nicht besonders.

Als er die breite Treppe zum Paradeplatz hinunterging, wanderte seine Hand automatisch zur Stirn und erwiderte den Gruß der dort aufgestellten Wachtposten. ›Es gibt viel zu viele neugierige Menschen auf der Welt‹, dachte er mit leichtem Bedauern. Dann mußte er plötzlich kichern. Vermutlich waren Geheimdienstler ganz besonders allergisch dagegen, wenn jemand seine Nase in ihre Angelegenheiten steckte.

Neben seinem A-Grav-Gleiter stand ein zweiter, fast eine exakte Kopie. Das war eigenartig ... Stens Fahrzeug war ein glänzendes, langgezogenes, strahlend weißes Luxusgefährt, das von vorne bis hinten nach Dienstwagen roch, angefangen von dem ihm zugewiesenen Fahrer und dem Leibwächter – einem von Cinds Bhor – bis hin zu den kleinen Botschafterfähnchen an jeder Ecke des Fahrzeugs und dem phototropischen Haubendach. Nicht ungewöhnlich für die Erstwelt. Doch auf Stens Diplomaten-Yacht prangte links und rechts auf den Türen auf einem kräftigen roten Untergrund das Imperiale Wappen.

Dem anderen Gleiter fehlten nur die Zeichen des Botschafters, um als Klon von Stens Fahrzeug durchzugehen. Die Tür öffnete sich ... und Ian Mahoney trat heraus.

Mahoney war der ehemalige Chef des Mercury Corps, der ehemalige Chef der Sektion Mantis, der Mann, der Sten aus seiner Fabrikwelt namens Vulcan mitgenommen und zum Dienst in der Imperialen Armee rekrutiert hatte. Mahoney war später Kommandant der elitären 1. Imperialen Gardedivision geworden und schließlich Oberster Kommandeur des letzten Angriffs auf die Tahn. Als der Imperator kurz darauf ermordet worden war, hatte Mahoney die Gegenkräfte zur Vernichtung der Attentäter, des Privatkabinetts, organisiert.

Nachdem das Imperium wieder zurückgewonnen war, hatte Mahoney einen ähnlichen Job wie Sten aufgenommen: Er war einer derjenigen, die überall, mit den höchsten Vollmachten ausgestattet, für den Imperator die Kastanien aus dem Feuer holten.

Die Aufgabe, das zerrüttete Imperium wieder zusammenzusetzen, war gewaltig. Nicht zuletzt deshalb hatten Sten und Mahoney sich während der vergangenen Jahre nur zweimal gesehen, und auch diese beiden Gelegenheiten waren nur ganz kurze Momente gewesen.

Mahoney bedachte Stens Schultern mit einem gespielt spöttischen Blick. »Wo sind denn deine Epauletten?« fragte er. »Diesmal weiß ich gar nicht, ob du im Rang über mir stehst, oder ob du *meinen* Ring küssen mußt.«

Sten lachte und wunderte sich sogleich darüber, weshalb er plötzlich so gut gelaunt war. Er wußte, daß es nur wenige Leute gab, mit denen er sich ungeschminkt unterhalten konnte, geschweige denn solche, die er als Mentor für sich gelten ließ, obwohl er Mahoney mindestens genausooft den Arsch gerettet hatte wie Mahoney ihm.

»Wunderbar«, sagte Sten. »Ich weiß aber selbst noch nicht, in welcher Gehaltsstufe ich diesmal gehandelt werde. Bleiben wir doch dabei, daß ich *dich* ›Sir‹ nenne – da muß ich mich wenigstens nicht der alten Gewohnheiten wegen entschuldigen. Hast du Zeit für einen Drink?«

Mahoney schüttelte den Kopf. »Leider nein, die Pflicht ruft, und sie ruft mit unangenehmer Stimme. Ich soll schon bald eine noch sinnlosere Rede als sonst vor dem Parlament halten. Und so liebend gerne ich auch zum Podium stapfen, einen ordentlichen Streggrülpser loslassen und die nichtexistenten Seelen sämtlicher Politiker in die finsterste Hölle verwünschen würde – ich glaube, der Boß will vorher mit mir noch ein Wörtchen reden.« Mahoney zeigte mit dem Daumen zur Wohnung des Imperators hinauf.

»Verdammt«, sagte Sten. »Du und ich haben den Krieg ausgefochten, der alle Kriege beenden sollte, und immer noch wollen sie uns nicht die kleinste Verschnaufpause gönnen!«

Mahoney runzelte die Stirn, anscheinend tief in Gedanken. »Laß uns ein paar Minuten vor meiner Sitzung abknapsen. Immerhin haben wir eine Chance zum Reden und ein wenig Übung, was wir beide gut gebrauchen können. Laß uns doch ein bißchen dort hinübergehen – falls du ein wenig Zeit hast.«

»Ich habe ein wenig Zeit.«

»Hatte der Imperator nicht hier irgendwo seine Werkstatt?« sagte Mahoney. »Wo er immer diese ... was bastelte er damals?«

»Gitarren«, antwortete Sten.

»Ich habe mich schon gefragt, warum er die Werkstatt nicht wieder aufgebaut hat. Nach ... seiner Rückkehr.«

Sten zuckte mit den Achseln. Er hatte eigentlich vorgehabt, etwas Dampf abzulassen, doch bislang hatte Mahoney die Unterhaltung erbarmungslos trivial gehalten.

»Das waren schon tolle Tage damals, was ...?« Plötzlich veränderte sich Mahoneys Ton. »Aber es dauert verdammt lange, bis man sich an sie zurückerinnert, mein Junge. Hör jetzt nicht auf zu lächeln. Wir sind hier zwar außer Reichweite der parabolischen Mikros, aber dort oben auf dem Mauerkranz ist ein Teleauge, das von den Lippen lesen kann.«

Stens Ausrutscher dauerte nur eine Mikrosekunde. Dann war er wieder der absolute Profi. »Woher weißt du, daß es hier sauber ist?«

»Ich habe Kopien sämtlicher Sicherheitspläne von Arundel – und ihrer Änderungen. Eine Frau in der Tech-Abteilung schuldet mir noch einen kleinen Gefallen.«

»Was geht hier vor sich?«

»Verdammt noch mal, Sten, wenn ich dir das nur so einfach beantworten könnte. Oder wenn wir mehr als zwei Minuten hätten, bevor wir im Bereich der nächsten Überwachungseinrichtung sind. Ich bin mir nämlich nicht ganz sicher. Aber gewisse Dinge ... laufen schief. Und das, soweit ich das beurteilen kann, schon seit er zurückgekehrt ist.« Mahoney grunzte. »Vielleicht verwandle ich mich ja auch nur in einen senilen paranoiden alten Mann. Meiner Meinung nach ist die faule Stelle jedoch – der Imperator selbst.«

Sten wäre vor Erleichterung fast zusammengeklappt. Da war es also: Es gab noch jemanden, dem etwas aufgefallen war.

»Wenn ich dir Details liefern soll, denkst du sicherlich, ich hab' sie nicht mehr alle«, fuhr Mahoney fort. »Weil ... Es sind lauter Kleinigkeiten. Kleinigkeiten, die zu großen Dingen führen.«

»Zum Beispiel diese neuen Kerle in Grau«, überlegte Sten laut. »Diese interne Sicherheit?«

»Das ist schon eine größere Sache. Noch größer ist, daß sie weder Mercury noch Mantis unterstehen. Außerdem ist es seltsam, daß sie, je näher sie dem Imperator selbst kommen, um so mehr aussehen, als wären sie seine verdammten Söhne, oder was weiß ich. Zeit!«

»Du hast recht. Ich werde auch schon müde. In letzter Zeit erscheint mir der Gedanke, mich nach Smallbridge zurückzuziehen, immer verlockender.« Sten hatte die Bemerkung sofort verstanden. »Dort kann man die Welt einfach vorüberziehen lassen und all so was.«

»Ich habe schon immer gesagt: Dir fehlt der rechte Ehrgeiz«, sagte Mahoney.

»Und das immer mehr, je älter ich werde.«

»Verstehe. Hast du dich länger hier am Hof aufgehalten?«

»Eigentlich nicht.«

»In letzter Zeit wird da sehr viel Wert drauf gelegt«, sagte Ian. »Früher mußte der Imperator sein Schloß mit reichen und einflußreichen Leuten vollstopfen. Verpaß ihnen einen Titel, bring sie hier auf der Erstwelt unter, und schon richten sie zu Hause keinen Schaden mehr an. Die meisten von ihnen sind heute immer noch angeberische Pfauen. Es sieht jedoch ganz so aus, als verbrächte der Imperator immer mehr Zeit in ihrer Gesellschaft. Außerdem laufen hier immer mehr Leute herum, die keineswegs nur eitle Gecken sind.«

»Was soll das heißen?«

»Keine Ahnung«, sagte Mahoney.

»Ist dir aufgefallen, daß der Imperator in der letzten Zeit ziemlich gereizt ist?« fragte Sten.

»Siehst du«, antwortete Mahoney und wollte schon hilflos die Hände spreizen, überlegte es sich aber doch anders, »derlei Dinge, ob er schlecht gelaunt ist oder nicht – ich weiß nicht einmal, ob das eine Rolle spielt. Vielleicht war er schon immer so. Vielleicht hat er sich nur zuviel auf einmal vorgenommen, wenn er dieses zerfallene Imperium wieder zusammensetzen will. Ich ... ich habe wirklich keine Ahnung«, sagte Mahoney erneut.

»Das ist die andere Frage«, entgegnete Sten. »Vielleicht die richtige Frage. Jedenfalls das, was mich beschäftigt. *Kann* dieses verfluchte Imperium überhaupt gerettet werden? Oder ist es durch die Kombination Tahn-Krieg plus Privatkabinett zu sehr erschüttert worden?«

»Das alles ins Lot zu kriegen ... drei, zwo, jetzt ... Noch einmal, Sten, die einzige Antwort die ich habe, ist – unzureichende Daten.«

Sie spazierten weiter. Der Weg schlängelte sich auf den künstlichen Berg zu, den der Imperator angeblich hatte aufschütten lassen, damit er die Dummköpfe im Parlament nicht ständig sehen mußte. Sten und Mahoney unterhielten sich über Belanglosigkeiten, bis Mahoney wieder grünes Licht gab und sich nach Stens neuem Auftrag erkundigte.

»Wir haben jetzt zehn Minuten, du kannst es mir also genauer erzählen.«

Was Sten auch tat. Bis auf ein gelegentliches Kopfschütteln oder Brummen äußerte sich Mahoney nicht dazu.

»Das ist wieder ein herrliches Beispiel für das, was mir soviel Kopfzerbrechen bereitet«, sagte er dann. »Der Altai-Cluster. Gute Analyse vom Boß. Trotzdem fragt man sich, warum er es erst soweit kommen ließ. Er entschuldigt sich damit, daß er mit größeren Katastrophen beschäftigt war.

Ganz schlecht dabei ist, daß er dich damit beauftragt hat, dem Khaqan seinen Segen zu erteilen und seine Schweinereien gutzuheißen. Er hätte dich ebensogut – was wahrscheinlich klüger wäre – hinschicken können, um erst einmal ein Gespür für die Lage zu bekommen und *dann* zu entscheiden, ob er den alten Häuptling unterstützen oder doch lieber gleich Mantis losschicken soll, um ihm die Kehle durchzuschneiden.

Das ist natürlich ein Punkt, den ich mir eben erst überlegt habe, wenn ich schon mal laut denken darf. Mir kommt es vor, als verfüge er nicht mehr über die Geduld und auch nicht mehr über den Scharfsinn von früher.

»Oje«, sagte er. »Oje.«

»Das Problem dabei ist«, meinte Sten, »daß der Imperator, soweit ich es sehe, unsere einzige Option ist.«

Mahoney antwortete nichts darauf. »Ich bin sicher, daß sich alles aufklären wird«, sagte er schließlich ohne rechte Überzeugung. »Aber jetzt kommen wir wieder in die Reichweite der großen Ohren. Ich muß mich um *meine* Probleme kümmern. Ich habe doch diesen ganzen Mist nicht durchgemacht, um mich mit deinen verfahrenen persönlichen Problemen herumzuärgern. Für derartigen Kram gibt es schließlich Priester.«

Sten lachte und fühlte sich sogleich wesentlich besser. Mahoney bewies das alte rauhbeinige Mitgefühl von Mantis, so in der Art: »Tut mir leid, daß du gerade verblutest, aber könntest du es nicht in einer anderen Farbe tun, du weißt doch, daß ich Rot hasse.«

»Zunächst das hier.« Mahoneys Hand strich über die von Sten, und ein kleines rechteckiges Stückchen Kunststoff wechselte den Besitzer. »Es reagiert auf Körpertemperatur. Bewahre es nah an deinem Körper auf. Wenn du es fallen läßt, löst es sich auf.«

»Was ist darauf?«

»Ein sehr ausgeklügeltes, höchst kompliziertes Computerprogramm und seine beiden Brüder. Geh damit zu irgendeinem Terminal, das für alle Einheiten zugelassen ist, und gib die Codes ein. Der erste löscht sämtliche Referenzen in allen Imperialen Verzeichnissen bezüglich eines gewissen Ian Mahoney, inklusive der Mantis-Akten und der ›Nur für den Imperator‹-Berichte. Der zweite tut das gleiche mit Sten, kein Vorname; der dritte für einen Knaben namens Kilgour. Nach dem Löschen mutieren sie in alle Richtungen und zerstören unterwegs alles andere.«

»Wozu soll denn das gut sein?« fragte Sten schockiert.

Mahoney antwortete nicht. »Noch etwas. Und hör genau zu, denn ich werde es nur einmal sagen, und ich will, daß du es ganz hinten in deinem Hirn verstaust.

Wenn die Scheiße über uns zusammenschwappt – ich meine *wirklich* zusammenschwappt, und du wirst genau wissen, was ich damit meine, wenn es soweit ist –, dann geh als erstes nach Hause. Dort wartet etwas auf dich.«

»Small-«

»Denk nach, verdammt«, knurrte Mahoney. »Du trägst den Kopf hoch, als wärst du ein steifbeiniger Rekrut. Das ist alles. Vier Hinweise, wenn überhaupt. Oder nur vier Anzeichen für den Abstieg eines alten Mannes in die Senilität?«

Mahoney kicherte plötzlich auf. »... wie schon gesagt, du Schwachkopf, es heißt: ›*Hoffnung* liegt in ihrer *Seele*.‹«

Mahoney lachte. Sten, dem Situationen, in denen Frohsinn angesagt war, auch wenn es nichts zu lachen gab, mehr als vertraut waren, stimmte in Mahoneys Lachen ein. »Na schön, Ian. Wenn wir hier schon alte Kracher loslassen, dann habe ich noch einen von Kilgour auf Lager, bei dem ich mich aber nicht erst an seinem scheußlichen Redestil versuchen werde.«

Während sein Mund anfing, die Worte eines halbvergessenen Witzes zu formulieren, untersagte sich Sten einen schuldbewußten Blick zurück auf Schloß Arundel ... und dann konzentrierte er sich auf Scherze, Flüche, Schotten und anderes dummes Zeug.

Einige Tage später stand Ian Mahoney in der Dunkelheit verborgen in der Nähe eines Raumhafenhangars. In weiter Entfernung bauschte sich am Nachthimmel eine violette Flamme über dem Landefeld.

Die *Victory* stieg langsam mit Hilfe ihrer Yukawa-Triebwerke, bis sie eine Höhe von eintausend Metern über der Erstwelt erreicht hatte, und plötzlich erfüllte den dunklen Himmel nichts mehr außer einer großen Stille.

Mahoney stand noch lange da und starrte in das Nichts hinauf.

Viel Glück, mein Junge. Hoffentlich hast du mehr als ich. Denn so langsam glaube ich, daß mich das meine im Stich läßt.

Und hoffentlich merkst du recht bald, daß womöglich die Zeit gekommen ist, sich nach einer anderen Option umzusehen – und daß du herausfinden mußt, welche Option das sein könnte.

Kapitel 7

Etwa zwanzig Lebewesen waren in dem Raum zusammengepfercht. Die Atmosphäre mit ihrem Geraune und den vermischten Ausdünstungen roch förmlich nach Verschwörung. Der süßliche Moschusgeruch der Suzdal; der Minze-Fischgeruch der Bogazi und das Methan-Ammoniakgemisch der Menschen.

»Genau wie Kloaken riechen«, schnalzte das Bogazimännchen. »Eigene Kloaken.«

»Psst. Sonst hören sie es noch«, warnte ihn eines seiner Weibchen. Sie machte sich an ihm zu schaffen und schob eine herausgerutschte Feder in sein herrliches Schwanzfederarrangement zurück. Sein Name war Hoatzin.

Er schlug den großen Hammer seines Schnabels gegen den ihren, womit er seine Freude kundtat. »Menschen habe ich nur in

Büchern studiert«, sagte Hoatzin. »Und ein paar in der Schule gesehen, aber sie waren nie so nahe.«

Er zeigte mit einem zierlichen Greifarm auf die Menschen im Raum. »So schrecklich nahe. Anders. Ohne Geruch. Nur aus dem Schulbuch.« Hoatzin war Lehrer, wie die meisten Männchen in seiner Kultur. Die Männchen zogen die Jungen auf. Ihre Domäne waren das Nest und das Buch. Die Domäne der Weibchen war die Jagd.

Hoatzin sah voller Stolz zu dem Haupttisch hinüber. Dort verständigten sich die Anführer jeder Gruppe darüber, einen gemeinsamen Weg zu finden, oder zumindest eine Übereinkunft darüber, miteinander übereinkommen zu wollen. Diatry, seine Hauptfrau, war auch dabei. Sie hatte gerade das Wort ergriffen.

»Wir reden im Kreis herum«, sagte sie. »In einem großen Eierkreis. Aber in dem Ei selbst ist ein großes Nichts. Das kann so die ganze Nacht weitergehen. Reden und reden. Und das Ei wird nicht ausgebrütet.« Sie blickte an ihrem Hammerschnabel vorbei auf die viel kleineren Gestalten herab, die um sie herumstanden. Sogar für eine Bogazi war sie mit drei Metern sehr groß.

Die Rudelführerin der Suzdal entblößte ihr Gebiß. Das trübe Licht glitzerte auf den scharfen Zähnen. »Zusammengefaßt wie ein echter Bogazi«, sagte Youtang. »Vergiß das Fleisch drumherum. Laß uns endlich zum Kern der Sache kommen.« Die Schmeichelei einem ehemaligen Feind gegenüber war nicht beabsichtigt. Youtang hatte von dieser Spiegelfechterei allmählich die Schnauze voll. Wahrscheinlich wäre sie erstaunt gewesen, hätte sie gewußt, daß sie mit den Bogazi noch etwas anderes gemein hatte: ihren Haß auf den Gestank der Menschen.

Der General seufzte. Er wußte noch immer nicht, ob er sich allzuleicht zu diesem Treffen hatte überreden lassen. Abgesehen davon, daß Menynder, der Tork, erschreckend überzeugend war. Douw hatte Angst. Was als unverbindlicher Informationsbesuch begonnen hatte, entwickelte sich zu einem bedingungslosen Engagement. Das gegenwärtige Meckern gefiel ihm nicht. Schließlich hatte er als Jochianischer Verteidigungsminister am meisten zu verlieren.

»Was soll ich denn *noch* sagen?« Douw zuckte ratlos mit den Schultern. »Daß die Bedingungen unannehmbar sind? Selbstverständlich sind sie das.« Er blickte sich nervös um. »Ich meine ... *einige* dieser Bedingungen sind sehr kraß. Andererseits ...«

»Sieht es wieder anders aus«, unterbrach ihn Menynder.

»Wie bitte?« Douws machte ein verdattertes Gesicht.

›Wie eine Kuh‹, dachte Menynder. ›Eine Kuh mit silbernem Haar.‹ »Wir sind hier nicht auf einer Stabssitzung, General«, sagte er. »Jedes Wesen hier setzt sein Leben aufs Spiel. Wir müssen allmählich anfangen, mit offenen Karten zu spielen. Sonst ist die ganze Sache das Risiko nicht wert.«

Seine Handbewegung umfaßte den ganzen Raum. »Ich sagte Ihnen bereits, daß dieser Raum sauber ist. Ich selbst habe ihn Stein für Stein nach Wanzen abgesucht. Soweit habe ich also einen sicheren Ort für eine Zusammenkunft besorgt. Inmitten von einem der saubersten Torkviertel von Jochi.« Er zählte die anderen an seinen Fingern ab. »Youtang hat den Kopf in die Schlinge gelegt und Kontakt mit den Bogazi aufgenommen. Und Diatry hier steht wahrscheinlich auf der Verdächtigenliste des Khaqans ganz oben, für sie ist es schon gefährlich, überhaupt ihr Gehege zu verlassen.«

Der Tork verlagerte sein massiges Gewicht auf dem Stuhl. »Blicken Sie der Sache ins Auge, General. Wenn er wüßte, daß wir hier sind, wären wir bereits tot. Also machen wir uns an die Arbeit.«

Douw saugte die Worte auf und filterte sie langsam durch seinen konservativen Soldatenverstand. Menynder hatte recht.

»Nach genauer Beobachtung des Khaqans«, sagte er in ziemlich offiziellem Ton, »bin ich zu dem Schluß gekommen, daß er verrückt ist.«

Niemand lachte. Jeder einzelne im Raum war sich darüber im klaren, was für einen Schritt Douw soeben getan hatte. Es war fast so, als wären die Worte in einem Gerichtssaal ausgesprochen worden.

»Des weiteren bin ich davon überzeugt, daß er nicht nur zu einer Gefahr für sich selbst, sondern für alle Lebewesen im Altai-Cluster geworden ist.« Der General holte tief Luft und ließ sie wie bei einem Seufzer auf einmal entströmen. Es war vollbracht.

Jetzt brach der Tumult los.

»Natürlich ist er verrückt«, kläffte Youtang. »Hat er nicht alle seine Nachkommen umgebracht?«

»Ein Küken bedeutete Ärger für ihn«, sagte Diatry. »Mit Rebellen hat er gemeinsame Sache gemacht.«

»Klar. Aber was ist mit den anderen? Drei Töchter und ein Sohn. Er hat sie alle getötet. Er hatte Angst, sie würden mit der Machtübernahme nicht bis zu seinem Tod warten.« Youtang zürnte besonders über diese Sünde. Bei den Suzdal wurden Schutz und Pflege der Jungen ganz groß geschrieben.

»Er lebt im Überfluß«, sagte Diatry. »Essen. Trinken. Sex. Geld. Macht. Er hat zuviel von allem. Im ganzen Cluster sind die Gehege kalt. Die Märkte sind leer. Wir stehen vor den Läden Schlange. Stundenlang. Was ist das für ein Leben?«

»Ein Dreckslebsen ist es«, knurrte Youtang.

»Was sollen wir dagegen tun?« drängte Menynder.

»Tun? Was kann man dagegen tun?« fragte Douw.

Menynder brach in schallendes Gelächter aus. »Na, der Stimmung hier im Raum nach zu urteilen, sind wir alle ziemlich der Meinung, daß der alte Drecksack sich verabschieden muß.«

»Vorher müssen wir drei Fragen beantworten«, sagte Diatry. »Erstens: Sind wir bereit zu töten? Zweitens: wenn ja, wie? Drittens: Wenn wir Erfolg haben – wer soll dann regieren? Damit liege ich doch richtig, oder?«

Niemand widersprach ihr.

»Fangen wir mit dem letzten Teil an«, schlug Menynder vor. »Als Tork habe ich die Nase voll davon, daß wir ständig das Nachsehen haben, nur weil wir eine Minderheit sind. Wer auch immer den Platz des Khaqans einnimmt, wird sich damit auseinandersetzen müssen.«

»Dem stimme ich zu«, sagte Youtang.

»Gilt auch für die Bogazi«, meinte Diatry.

»Sollten wir vielleicht Dr. Iskra um Rat fragen?« warf Menynder ein. »Er wird im ganzen Cluster respektiert. Außerdem heißt es, er betrachte ein Problem von allen Seiten.«

Iskra gehörte der jochianischen Mehrheit an, doch zugleich war er ein berühmter Professor, der sogar schon in Imperialen Kreisen aufgefallen war. Ein weiteres Plus bestand darin, daß er gegenwärtig der vom Imperator eingesetzte Territorialgouverneur einer der eroberten Tahnregionen war.

Ein lang anhaltendes Schweigen breitete sich aus. Die Anwesenden dachten über den Vorschlag nach.

»Ich weiß nicht«, sagte Youtang schließlich. »Ich sehe da nur viel Rauch. Nicht viel Substanz. Ich meine: Wer weiß schon, wie er wirklich darüber denkt?«

Alle drehten sich voller Spannung um und wollten wissen, was General Douw dazu zu sagen hatte. Der General runzelte nachdenklich die Augenbrauen. »Glauben Sie wirklich, daß wir den Khaqan töten müssen?« fragte er.

Frustriertes Gemurmel erhob sich im Raum, doch bevor jemand etwas sagen konnte, flog krachend die Tür auf.

Jedes einzelne Wesen im Raum wurde um ein ganzes Leben älter, als alle gemeinsam aufblickten und ihrem schlimmsten Alptraum ins Gesicht sahen: dem Khaqan! Da stand er auf der

Schwelle, umgeben von Soldaten in goldenen Gewändern, die Straßenkampfgewehre im Anschlag.

»Verräter!« brüllte der Khaqan. »Meine Ermordung zu planen!«

Er schritt heran, das Gesicht eine blutleere Totenmaske, den knochigen Finger drohend erhoben wie ein Geist, der damit jedes Herz einzeln aufspießen, die Lungen durchbohren und sämtliche Organe aus den Körpern seiner Feinde reißen wollte.

»Ich werde euch bei lebendigem Leibe rösten!« kreischte der Khaqan. Er war jetzt am Tisch angelangt und ergoß seinen Zorn über sie. »Aber zuerst nehme ich euch auseinander, in ganz kleinen Stückchen, und diese Stückchen verfüttere ich an eure Kinder. Und eure Kinder verfüttere ich an eure Freunde, und die werden dann an der Todeswand stehen.«

Er sammelte seinen geballten Zorn in seiner Brust, die schier bersten wollte, und schrie: »Bringt sie in mein –«

Plötzlich wurde es still. Alle starrten den Khaqan an. Sein Mund war weit aufgerissen und bildete ein O. Seine Augen traten aus den Höhlen hervor. Die Totenmaske war jetzt rot und angeschwollen. Sogar die Soldaten starrten ihn an.

Der Khaqan fiel mit dem Gesicht auf den Tisch. Kleine Knochen knackten. Blut schoß aus seinem Mund. Dann rutschte der Körper langsam zu Boden.

Menynder kniete sich neben ihn und legte eine geübte Hand an den Hals des Herrschers.

Er erhob sich wieder. Nahm seine Brille ab. Reinigte sie. Setzte sie wieder auf.

»Und?« Eigenartigerweise kam die Frage vom Captain der Leibgarde.

»Er ist tot«, verkündete Menynder.

»Gott sei Dank«, sagte der Soldat und senkte die Waffe. »Der alte Schurke war nämlich schon ziemlich bekloppt.«

Kapitel 8

Der Botschafter und die Kriegerin lagen eng umschlungen im Bett und schliefen. Nackte Glieder wanden sich umeinander, bis die beiden an ein chinesisches Knotenpuzzle erinnerten, eines von der erotischen Sorte.

Die Schirmkappe der Soldatin bedeckte die Lenden des Botschafters.

Durch die dick isolierten Wände der Botschaftersuite konnte man die entfernten Geräusche eines Schichtwechsels hören. Irgendwo im Bauch der *Victory* erwachte stotternd eine Pumpe zum Leben und fing an, die Flüssigkeit in den hydroponischen Behältern zu filtern.

Die blonden Locken der Kriegerin bewegten sich zuerst. Von langen Wimpern umgebene Augen blinzelten. Die Kriegerin blickte in das Gesicht des schlafenden Botschafters. Die Augen der Kriegerin wanderten hinunter zur Schirmkappe und funkelten dann vor Hinterhältigkeit. Kleine Zähne blitzten in einem schiefen Grinsen.

Vorsichtig löste Cind ihren Anteil an dem Knoten. Sie zog ihre reizenden Glieder aus Stens Umarmung und kniete sich auf das gewaltige Bett des Ewigen Imperators. Auf dieser seidigen Flauschigkeit war Platz genug für eine ganze Division von Liebespaaren. Für das, was Cind vorhatte, war das uferlose Spielfeld die reinste Verschwendung.

Vorsichtig hob sie die Kappe zur Seite. Ihre schlanken Finger bewegten sich auf ihr Ziel zu. Der blonde Schopf und die weichen Lippen tauchten hinab.

Sten träumte von Smallbridge. Er war durch die Schneefelder gestreift, die sich vom Wald bis zu seiner Hütte am See erstreckten. Aus irgendeinem Grund steckte er in einem Kampfanzug –

einem engen, festgezurrten Kampfanzug. Trotzdem war er immer noch nackt, und etwas Wunderbares spielte sich ab. Dann wurde ihm klar, daß er schlief. Und träumte. Nein, nicht alles war nur Traum. Nicht die Sache mit der Nacktheit. Oder das, was sich da an Wunderbarem abspielte. Dann prasselte das Feuer lauter.

»Herr Botschafter, Ihre Anwesenheit wird auf der Brücke verlangt!« Das Feuer redete.

»Was?« Er brachte kaum ein Murmeln hervor.

»Herr Botschafter! Hören Sie mich?«

»Verschwinde, Feuer. Ich bin beschäftigt.«

»Botschafter Sten. Hier spricht Admiral Mason. Ich brauche Sie dringend hier auf der Brücke!«

Das Wunderbare hörte abrupt auf. Sten öffnete die Augen und war ganz plötzlich schlecht gelaunt. Seine Stimmung verschlechterte sich noch, als er Cinds runde Formen und die Enttäuschung in ihrem Gesicht erblickte.

Sten schaltete die am Bett eingebaute Kom-Einheit ein. »In Ordnung, Mason«, sagte er und versuchte nicht allzu verstimmt zu klingen, allerdings nicht sehr erfolgreich. »Bin gleich da.«

Cind fing an zu lachen. Stens Blick verdüsterte sich noch mehr. Dieser verdammte Mason.

»Du mußt mir nur den Befehl geben«, sagte Cind, »dann schnappe ich mir ein paar Mann und lasse ihn erschießen.«

Jetzt konnte auch Sten der Situation eine komische Seite abgewinnen und stimmte in ihr Lachen ein. »Darf ich ihn zuerst ein bißchen foltern?« knurrte er. »Ich weiß auch schon genau, wo ich anfangen würde.« Er kletterte aus dem Bett und kleidete sich rasch an.

»Ich habe noch zwei Stunden frei«, sagte Cind. »Solltest du zurückkommen, bevor ich unter die Dusche muß ...« Der Rest verebbte in verheißungsvollen Blicken.

»Ich beeile mich«, sagte Sten.

Zwei Stunden später sah er auf die Uhr, dachte sehnsüchtig an Cind und wandte sich wieder Mason zu.

»Vielleicht übertönen wir unsere eigenen Sensoren«, vermutete Sten. »Die *Victory* ist noch ziemlich neu. Ihre Maschinen haben noch nicht allzuviel drauf. Schadhafte Dämpfer womöglich?«

Die Narbe in Masons Gesicht lief dunkelrot an. Er hatte die Scans höchstpersönlich überprüft, Niete für Niete und Schweißnaht für Schweißnaht. Er wollte es nicht erleben, daß ihn ein dummes Mißgeschick vor diesem Sohn eines Xypaca bloßstellte. Lieber würde er jeden Tag in der Kantine Dreck essen.

»So etwas ist mir bei meinem ersten Einsatzschiff passiert«, log Sten versöhnlich, da er wußte, was in Mason vorging. Er hatte nicht vor, den Mann zu piesacken, schließlich war Mason der Kommandant. Sten war einzig und allein daran interessiert, das Problem aus der Welt zu schaffen. »Es war brandneu und kaum eingefahren, als Mr. Kilgour und ich es ausgehändigt bekamen.«

Sten brachte seinen Freund von der Schwerwelt ins Spiel, dessen technisches Wissen von Masons Nachrichtenoffizier in Beschlag genommen worden war. Die beiden steckten bereits die Köpfe zusammen, und Fachausdrücke schwirrten nur so durch die Gegend.

»Die Konstrukteure hatten den Effekt von eingefahrenen Maschinen auf die Dämpfer nicht berücksichtigt«, sagte Sten. »Unser gesamter Empfang war lahmgelegt. Auch die Übertragung nach draußen.«

Masons Narbe nahm wieder eine normale Färbung an. »Guter Gedanke«, sagte er. »Ich überprüfe das.« Er erteilte seinem Chefingenieur einige Befehle und rügte sich insgeheim dafür, daß er nicht selbst daran gedacht hatte.

Einige Minuten später kam die Antwort. »Das hat nichts gebracht«, sagte Mason. Er war zu professionell, um jetzt zu feixen. Auch der Admiral wollte das Problem möglichst schnell gelöst sehen. »Sie hatten recht mit dem Leck. Aber es ist nur minimal. Nicht groß genug, um solche Störungen hervorzurufen.«

Sten nickte. Er hatte ohnehin nur vage darauf gehofft. Sein Blick wanderte zu Kilgour und dem Nachrichtenoffizier; er hätte gerne gefragt, wie sie vorankamen, doch seine Lippen blieben versiegelt. Das war nicht seine Aufgabe.

»Gibt es etwas zu berichten?« hörte Sten den Admiral seinen Nachrichtenoffizier fragen.

Der Offizier und Kilgour wechselten einen Blick. »Es ist besser, wenn er es Ihnen sagt, Sir«, meinte der Offizier.

»Ich habe gerade auch ein wenig an den Dämpfern herumgebastelt, Sir«, sagte Kilgour. »Aber das hätte lediglich die Übertragung beeinflußt. Nicht das, was von draußen reinkommt.«

»Mit Ausnahme einiger versprengter Radioechos, Sir«, berichtete der Nachrichtenoffizier an Masons Adresse, »wird auf dem ganzen Planeten auch nicht das Allergeringste gesendet. Jochi schweigt, Sir. Nicht einmal Livie-Futter. Und wissen Sie, was für eine Bandbreite *diese* Wellen haben? Ich habe jede erdenkliche Art von Funk losgeschickt, Sir, und Sr. Kilgour hat noch ein paar Ideen beigesteuert, aber dort unten rührt sich nichts. Ich habe die *Victory* zweimal identifiziert. Ich habe sogar betont, daß sich der persönliche Gesandte seiner Majestät an Bord befindet.« Er nickte Sten besorgt zu. »Trotzdem keine Antwort.«

»Gibt es Nachrichten von den anderen Planeten des Systems?« fragte Mason.

»Negativ, Sir. Überall die gleiche Funkstille wie auf Jochi. Das Komische daran ist ...« Seine Stimme erstarb.

»Ja? Reden Sie, Mann!«

Der Nachrichtenoffizier warf Kilgour einen Blick zu und fuhr sich mit der Zunge über die Lippen. Kilgour nickte ihm ermutigend zu.

»Die ganze Geschichte ist irgendwie unheimlich, wenn ich das so ausdrücken darf, Sir. Es gibt keine Funksprüche, wie ich bereits gesagt habe. Aber jeder Scanner, den wir ausgerichtet haben, zeigt geringe Lebensimpulse. Als hätten alle auf Jochi zur gleichen Zeit auf Empfang gestellt. Als würden sie alle zuhören, aber keiner sagt etwas.«

»Das Schweigen hat ein kleines Echo, Sir«, sagte Alex. »Wie der Geist, den mein alter Großvater immer heraufbeschwor, um uns Kinder damit zu erschrecken.«

Mason bedachte Kilgour mit einem sengenden Blick und wandte sich wieder seinem Nachrichtenoffizier zu. »Senden Sie weiter«, sagte er.

»Jawohl, Sir.«

Der Nachrichtenoffizier schaltete ein Mikro ein: »Hier ist das Schlachtschiff seiner Imperialen Majestät, die *Victory*. Alle Stationen, die uns empfangen, werden aufgefordert zu antworten.«

Er schaltete wieder ab. Wartete. Und empfing nichts als Schweigen. Er versuchte es erneut: »Hier ist das Schlachtschiff …«

Mason winkte Sten zu sich und ging mit ihm ein paar Schritte zur Seite.

»Ich verstehe nicht, was hier vor sich geht«, sagte Mason. »Ich habe schon einen halben Planeten mit einem Bombenteppich bedeckt, und sogar aus den rauchenden Ruinen gelang es irgendeinem armen Schlucker, seine Signale abzusetzen. Bruchstückhafte Übertragungen, von mir aus. Aber absolute Funkstille – niemals!«

»Um eine Antwort auf diese Frage zu bekommen, fällt mir nur eine einzige Taktik ein«, sagte Sten.

»Sie meinen – trotzdem landen?«

»Genau daran habe ich gedacht.«

»Aber der Imperator wollte eine Riesenveranstaltung. Mit Ehrengarde. Ich in weißer Galauniform, Sie im Frack, und die Musik schmettert in die aufgeregte Menge hinein, während Sie und der Khaqan sich herzlich begrüßen.«

»Ich werde etwas für später arrangieren«, gab Sten zurück. »Der Imperator macht sich Sorgen um diesen Flecken seines Imperiums. Es ist wohl besser, wenn ich die Show vergesse und herausfinde, was da vor sich geht.« Um des Effektes willen schüttelte er dramatisch den Kopf. »Ich kann mir nicht vorstellen, wie er reagiert, wenn ich zurückkomme und ihm sage: ›Tut mir leid, Sir. Auftrag abgebrochen. Sieht so aus, als hätten die Bewohner von Jochi die Rachenpest oder so was.‹«

»Ich werde landen«, sagte Mason. »Aber ich gehe auf Nummer Sicher und halte mich bereit, alles in Stücke zu schießen.«

»Ich begebe mich in Ihre sachkundigen Hände, Admiral«, erwiderte Sten.

Mason knurrte und ging in den Nachrichtenraum zurück. Sten verließ unauffällig die Brücke.

»Ein schöner Geist, Kilgour«, sagte Sten. Er wischte sich den Schweiß von der Stirn und schlug den Kragen hoch, um seinen Nacken vor der stechenden Sonne Jochis zu schützen.

»Vielleicht hat dieser kleine Geist eine Bombe bei sich«, entgegnete Alex.

Sten ließ erneut den Blick über den Raumhafen von Rurik wandern. Abgesehen von seiner Truppe war kein einziges Wesen zu sehen. Jedenfalls kein lebendes. Einmal glaubte er, einen verkohlten Rumpf neben einem riesigen Bombenkrater liegen zu sehen. Vielleicht war es auch nur eine optische Täuschung infolge der sengenden Hitze und der schwer auf die Lungen drückenden Luftfeuchtigkeit.

Überall auf dem Raumhafen gab es ähnliche Krater, außerdem brandgeschwärzte Hüllen dessen, was einmal eine Handvoll geparkter Einsatzschiffe und jede Menge Kampfwagen gewesen sein mußten.

Plötzlich ein lautes Heulen aus der Luft. Ein kleiner Wirbelwind senkte sich herab und saugte auf seiner Bahn quer über das Landefeld kleine Trümmerteile auf. Mit dem eigenartigen Verhalten von Zyklonen, egal ob klein oder groß, wirbelte er rings um den Rand des immensen Kraters in der Mitte des Feldes. Noch ein Bombenloch. Von einer verdammt großen Bombe. Das Loch befand sich dort, wo früher der Kontrollturm gestanden hatte.

Der Wirbelsturm stieg wieder auf und war verschwunden.

»Jetzt kennen wir die Antwort auf die Frage, weshalb uns niemand antwortet«, sagte Sten. »Sie haben alle viel zuviel Angst. Sie wollen nicht auf sich aufmerksam machen.«

»Trotzdem hören sie alle zu«, erwiderte Alex.

Sten nickte. »Sie warten ab, bis sie wissen, wer gewonnen hat.«

Ein Hitzeblitz leuchtete auf. Kurz darauf erfolgte ein schweres Donnergrollen.

Die Gurkhas hoben plötzlich die Willyguns. Etwas – oder jemand – näherte sich. Sten sichtete eine kleine Gestalt, die sich an der Ruine des Kontrollturms entlangdrückte. Cind und ihre Kundschafter? Nein. Sie waren in die andere Richtung aufgebrochen.

»Da haben wir wenigstens einen von ihnen«, sagte Kilgour.

»Vielleicht ist das die Empfangskapelle«, meinte Sten trocken.

Allmählich wurde die kleine Gestalt größer. Sten erkannte jetzt einen Menschen – vierschrötig männlich, mit gewölbtem Brustkorb –, der in der Hitze ordentlich schwitzte. Der Mann setzte seinen Weg unbeirrt fort und zupfte dabei angewidert an seiner Kleidung. Seine linke Hand winkte müde mit einer taschentuchgroßen weißen Fahne.

»Laßt ihn durch«, befahl Sten den Gurkhas.

Sie bildeten eine Lücke in ihrer Formation, und der Mann blieb wankend und dankbar vor Sten stehen. Er nahm ein altertümlich wirkendes Brillengestell von der Nase. Hauchte auf die Gläser. Wischte sie mit der Fahne ab. Setzte sie wieder auf. Blickte Sten mit seinen seltsam vergrößerten Augen an.

»Ich hoffe, Sie sind Botschafter Sten«, sagte er. »Und falls ja, möchte ich mich für den miesen Empfang entschuldigen.« Er blickte sich um und sah den Bombenkrater. »Au weia. Sieht aus, als hätten sie hier richtig Ernst gemacht.«

Er drehte sich wieder um. »Sie sind doch Botschafter Sten, oder nicht?«

»Der bin ich.« Sten verhielt sich abwartend.

»Oh. Entschuldigen Sie bitte. Mir steigt die Hitze in meinen alten Torkschädel. Mein Name ist Menynder. So ziemlich der einzige, den Sie hier finden werden, der im Namen meines Volkes sprechen wird.«

Er wischte sich die verschwitzte Hand an der feuchten Kleidung ab und streckte sie Sten mit einer verlegenen Grimasse entgegen.

Sten schüttelte sie. Dann wies er auf die Zeichen der Verwüstung ringsum. »Was ist geschehen?«

Menynder seufzte. »Es ist mir wirklich zuwider, daß ausgerechnet ich Ihnen die Neuigkeiten überbringen muß, aber ... der Khaqan ist tot.«

Sten mußte tief in seine diplomatische Trickkiste greifen, um den Ausdruck der Fassungslosigkeit, der sich auf seinem Gesicht ausbreiten wollte, in professionelle Überraschung zu verwandeln.

»Verflucht noch mal – was?« entfuhr es Kilgour. »Und wer hat den alten –«

»Er ist eines natürlichen Todes gestorben«, versicherte ihm

Menynder und zog sich den Kragen ein Stück vom Hals weg. »Ich war selbst dabei. Habe alles gesehen.

Es war ein schreckliches Erlebnis. Wir wollten uns gerade alle zum ... Essen hinsetzen, da kippte der Khaqan um und knallte auf den Tisch. Tot. Einfach so.« Er schnippte mit den Fingern.

»Wurde eine Autopsie vorgenommen?« fragte Sten sachlich.

»Und was für eine«, erwiderte Menynder. »Schließlich wollte niemand, daß ... Ich meine, unter diesen Umständen hielten wir es für klüger. Zwei Teams haben an ihm gearbeitet. Und die Berichte haben wir eingehend studiert. Nur um absolut sicherzugehen.« Er fingerte wieder an seinem Kragen herum. »Es war eindeutig ein natürlicher Tod.«

»Wann findet das Begräbnis statt?« wollte Sten wissen. Die Nachricht stellte alles auf den Kopf. Der Imperator würde nicht sehr begeistert sein.

»Äh ... das ist schwer zu sagen. Wissen Sie, wir hatten uns darauf geeinigt, daß wir uns darüber verständigen, sobald der letzte Bericht von der Gerichtsmedizin kommt. Aber dann brach alles auseinander, bevor wir uns über das Begräbnis verständigen konnten.« Menynder wies kurz auf die Bombenkrater. »Da sehen Sie, was ich meine.«

Sten sah es allerdings.

»Ich will nicht direkt mit dem Finger auf jemanden zeigen«, sagte Menynder, »aber es waren die Jochianer, die damit anfingen. Sie stritten untereinander, wer der neue Khaqan werden soll. Der Rest von uns wurde gar nicht erst um Rat gefragt. Obwohl wir ihnen noch *vor* den Schießereien deutlich gemacht hatten, daß wir ein paar interessante Ideen entwickelt haben.«

»Selbstverständlich«, entgegnete Sten.

»Als den Jochianern die heißen Worte ausgingen, fingen sie jedenfalls zu kämpfen an. Wir anderen haben die Köpfe eingezogen. Dann landete eine verirrte Bombe mitten in einem Wohngebiet der Tork. Es war ... sehr schlimm. Mein Heimatplanet hielt es für das beste, eine Miliz zu entsenden.«

»Ach?« meinte Sten.

»Nur zum Schutz meiner Leute. Nicht um gegen die Jochianer anzutreten.«

»Wie ging das aus?«

»Nicht sehr gut«, seufzte Menynder. »Ich hatte gleich meine Bedenken. Es gab einige, äh ... scharfe Wortwechsel, wenn Sie wissen, was ich meine.«

Sten konnte es sich plastisch vorstellen.

»Sobald unsere Miliz auf der Bildfläche erschien, fanden die Bogazi und die Suzdal natürlich, daß ihre Leute ebenfalls Schutz brauchten.«

»Dachte ich mir schon«, sagte Sten. Die Sache wurde immer schlimmer.

»Schön. Jetzt sind Sie im Bilde. Aber jetzt habe ich einige wirklich schlechte Nachrichten für Sie«, sagte Menynder, blickte auf seinen Zeitanzeiger und schaute sich nervös um.

»Ach so, das eben waren die guten Nachrichten, was?« knurrte Kilgour, dem die Sache sogar noch weniger gefiel als Sten, falls das überhaupt möglich war.

»Sehen Sie, alle kleben an den Notruffrequenzen und warten darauf, daß die Kavallerie auftaucht. Wir alle haben Ihre Funksprüche gehört. Wahrscheinlich haben die Leute das Fiche von *Jane's* total blockiert, um Einzelheiten über die *Victory* herauszukriegen.« Er zeigte auf das Schiff hinter Sten. »Ich persönlich wußte bereits Bescheid. Habe so meinen Stolz, mich in meinem alten Beruf auf dem laufenden zu halten. Aber von Ihnen habe ich noch kaum etwas gehört.« Er nickte in Stens Richtung.

Sten fluchte in sich hinein, als ihm einfiel, daß der Nachrichtenoffizier behauptet hatte, er hätte alles versucht.

»Dann ... bin ich also die Kavallerie«, sagte Sten.

»Richtig, Herr Botschafter«, pflichtete ihm Menynder bei. »Ich habe im Imperialen *Who's Who* nachgeschlagen. Sehr eindrucksvoll. Kriegsheld. Heldendiplomat. *Der* Mann des Ewigen Imperators. So sieht man es jedenfalls auf Jochi.«

Sten konnte es sich vorstellen. Es sah nicht gut aus. Jedenfalls nicht so, wie er diesen elenden Tag geplant hatte.

»Inzwischen sind alle unterwegs«, sagte Menynder. »Ich habe mich mörderisch angestrengt, um vor den anderen hier zu sein. Gleich werden sie auftauchen und um Ihre Aufmerksamkeit bitten. Um sie zu erlangen, würden sie sich gegenseitig die Innereien aus dem Leib reißen, sollte das nötig sein.«

Menynder wartete einen Moment, bis sich seine Worte gesetzt hatten, bevor er fortfuhr: »Verstehen Sie, wer auch immer Ihre Aufmerksamkeit erlangt, ist sofort Rudelführer.« Er zuckte zusammen. »Ich muß auf meine Ausdrucksweise achten. Einige meiner besten Freunde sind Suzdal.«

»Ich vermute, Sie haben so etwas wie einen Plan«, sagte Sten. »Sonst wären Sie wohl nicht hier.«

»Aber sicher«, antwortete Menynder. »Obwohl ich vielleicht Probleme damit kriege, Sie von meinen guten Absichten zu überzeugen.«

»Aha, verstehe«, meinte Sten. »Sie haben sich vorgestellt, daß wir uns in aller Ruhe in einem ruhigen Torkviertel ein wenig unterhalten. Habe ich recht?«

Menynder grinste. »Was soll's? Es war immerhin einen Versuch wert. Wenn nicht, dann sollten Sie lieber von hier verschwinden. Und zwar schnell.«

Sten ignorierte die letzte Bemerkung. Er bekam allmählich eine Ahnung von dem, was hier vor sich ging.

»Wie weit ist es bis zur Botschaft?« Neutraler Boden. Niemand würde wagen, auf die Botschaft des Imperators oder auch nur in ihrer Nähe zu feuern.

»Sie liegt genau auf der anderen Seite der Stadt«, sagte Menynder. »Das schaffen Sie nie.«

Jetzt war ein Knirschen und das schwere Rasseln von Panzerketten zu hören. Sten sprang auf und sah, wie sich ein gepanzertes Bodenfahrzeug einen Weg durch die Trümmer bahnte. Direkt neben den Schnellfeuerkanonen des Panzers flatterte eine kleine Fahne an einer Standarte. Sten mußte nicht eigens fragen. Es war die jochianische.

Von der anderen Seite des Landefeldes ertönte ein Ruf. Sten drehte sich um und erblickte Cind, die wie der Wind rannte, dicht gefolgt von ihren Bhor-Kundschaftern. Sie schrie so etwas wie eine Warnung und gestikulierte in Richtung auf ein niedriges Gebäude hinter ihr.

Plötzlich spritzte von Granaten aufgewirbelter Staub von dem Gebäude auf. Die gesamte Frontseite fiel in sich zusammen. In einem Regen aus Metall und Steinstaub tauchte ein weiteres Kettenfahrzeug auf. Auch dieses Gefährt war schwer gepanzert.

Cind kam keuchend bei Sten an. »Das ist längst nicht alles«, sagte sie und zeigte auf das Kettenfahrzeug. »Da hinten sind noch mehr davon. Plus Soldaten. Und so, wie es sich anhört, ist außerdem ein riesiger Mob hierher unterwegs.«

Der Hauptgefechtsturm des anderen Panzers schwenkte plötzlich herum. Sie hatten einander im Visier. Die Kanonen feuerten gleichzeitig. Die leeren Uran-AP-Hülsen wurden seitlich ausgestoßen.

Admiral Masons Stimme kam knackend über die Außenlautsprecher der *Victory:* »Schlage vor, wir verschwinden von hier«, sagte er.

Sten stimmte ihm zu. Er wandte sich an Menynder. »Sie verdünnisieren sich wohl besser«, sagte er. »Viel Glück.«

»Wir werden mehr brauchen als nur Glück«, erwiderte Menynder. Dann rannte er schnaufend in Deckung. Sten und seine Gruppe eilten im Laufschritt zum Schiff und polterten die Rampe hinauf.

Hinter ihnen explodierte zuerst einer der Panzer, dann der andere. Eine Granate schlug ein. Mehr Panzer tauchten auf. Geschütze blitzten.

In der erhöhten Schwerkraft des Blitzstarts der *Victory* gefangen, betrachtete Sten, wie die Kampfszene auf dem Hauptmonitor der Brücke unter ihm verschwand.

›Schöner Empfang‹, dachte er. Wie sollte er diesen verfluchten Schlamassel aufdröseln?

Sten saß mit Mason in der Admiralskabine zusammen. Die beiden versuchten herauszufinden, was als nächstes zu tun war. Während sie mehrere Möglichkeiten durchspielten – die Bandbreite reichte von nicht sehr überzeugend bis einfach nur dumm –, kamen die Berichte hereingeflutet. Jochi schwieg nicht länger.

Stens Blick wanderte über ein Blatt mit Transkriptionen, die ihm der Nachrichtenoffizier soeben hereingegeben hatte. »Die sind durchgedreht«, faßte er zusammen. »Jeder beschimpft alle anderen mit den unflätigsten Ausdrücken und fordert sie auf, endlich herauszukommen und wie echte Wesen zu kämpfen.« Er las weiter, pfiff dann leise vor sich hin und hob den Blick. »Und das tun sie jetzt auch.« Er klopfte auf den Bericht. »Eine Jochi-Miliz hat einige Tork in einem Gebäude eingekesselt. Sie wollten nicht herauskommen und sich abschlachten lassen. Also haben die Jochianer einfach alles abgefackelt.«

»Wunderbar«, meinte Mason. »Dazu toben überall derart viele Straßenschlachten, daß unserem Algocomputer bei dem Versuch einer Prognose, wie weit sie sich noch ausweiten könnten, sämtliche Chips durchgeschmort sind.« Er schnaubte verächtlich. »Soviel zum Thema Diplomatie. Bestätigt wieder einmal meine persönliche Theorie zum Verhalten des durchschnittlichen Bürgers. Das einzige, was die verstehen, ist ein guter Warnschuß, ziemlich dicht am Kopf abgefeuert.«

»Ich glaube nicht, daß wir mit solchen Methoden hier sehr weit kommen«, sagte Sten trocken. »Der Imperator möchte ihre Herzen und ihre Gedanken für sich gewinnen. Ihre Skalps bringen ihm nicht allzuviel.«

»Trotzdem ...«, meinte Mason.

»Ich weiß«, sagte Sten. »Bei diesen Leuten kommt man leicht in Versuchung. Leider ist das, was sich dort unten gerade abspielt, durch unsere Ankunft ausgelöst worden.«

»Die Schuld dafür lasse ich mir nicht in die Schuhe schieben«, protestierte Mason ein wenig überhitzt.

Sten seufzte. »Das verlangt auch niemand, Admiral. Es ist mein Arsch, den der Imperator auf Toast serviert haben will. Andererseits – wenn es hier noch schlimmer wird, gibt er sich wahrscheinlich nicht nur mit meinem zufrieden.«

Mason klappte den Mund auf und wollte antworten, doch Sten brachte ihn mit der erhobenen Hand zum Schweigen. Ihm war etwas eingefallen. »Mein Vater hat mir immer von diesem Tier erzählt«, sagte Sten. »Ich glaube, er nannte es Maultier. Es war eine Art Sport. Ein dummer, sturer Sport. Er sagte, der einzige Weg, seine Aufmerksamkeit zu erlangen, sei der, ihm zuallererst einen kräftigen Hieb mit einem Brett zu versetzen.«

»Ich habe vorhin bereits etwas in dieser Richtung vorgeschlagen«, gab Mason zu bedenken.

»Ja, weiß ich doch. Aber in diesem Fall wäre ein Schlag auf den Kopf vielleicht zu subtil ... Na schön. Versuchen wir es mit diesem Vorschlag in der Größenordnung von ...«

Mason beugte sich näher zu Sten, der ihm seinen Plan in groben Zügen umriß.

Der Jochianer-Mob drängte energisch gegen die Barrikade der Bogazi und überzog die kleine Gruppe, die ihr Wohngebiet verteidigte, mit einem Hagel aus Steinen, Trümmerstücken und Schmähungen. Die Ladenfronten auf beiden Seiten der breiten Hauptstraße von Rurik waren nur noch leere Höhlen mit zersplitterten Glasrändern. Aus vielen loderten Flammen heraus.

Der schwarze Mittagshimmel darüber kündigte ein Gewitter an. Schwere Wolken jagten hintereinander her und lösten dicke blaue Bögen elektrischer Entladungen aus.

Ein großer Jochianer erstürmte die Barrikade, die aus übereinandergetürmten Möbeln und Gebälktrümmern bestand. Er schleuderte eine Granate, drehte sich um und rannte wieder zurück.

Ein Feuerstoß streckte ihn nieder. Im selben Augenblick detonierte die Granate. Die Explosion verwandelte das Lager der Bogazi in einen Ort der Schreie, ausgestoßen aus Schmerz und Wut.

Eine große weibliche Bogazi drängte sich durch die Lücke, die die Granate gerissen hatte. Aus ihren Vorderarmen schnellten Sporen hervor, mit denen sie sich zwei Jochianer krallte. Dann sauste ihr Hammerschnabel nieder, einmal, zweimal. Schädel barsten wie papierdünne Eierschalen.

Sie ließ die Leichen fallen und wandte sich dem nächsten Opfer zu. Eine schwere Brechstange krachte gegen ihre Kehle. Die Bogazi sank neben die beiden Leichname.

Weitere Bogazi kamen durch die Bresche herausgestürmt. Einen Moment später würden die Regenrinnen und Gullys der Hauptstraße in Blut getaucht sein.

Plötzlich ertönte von oben ein gespenstisches Heulen. Ein heftiger Wind fegte durch die Straße, hüllte die Meute in Staub und Schuttpartikel ein. Der Mob verharrte inmitten seines schändlichen Tuns – und starrte staunend nach oben.

Die schimmernde weiße Hülle der *Victory* kam entlang des Boulevards auf sie zugerast. Sie rauschte nur knapp über den Dächern der Wolkenkratzer dahin, die die Straße säumten, eine gigantische Erscheinung, die für alles mögliche gedacht war – aber sicher nicht für einen Tiefflug über ein Stadtzentrum.

Kurz vor den Barrikaden wurde das Geheul immer lauter, und das Kriegsschiff schaltete auf Schwebeflug im McLean-Antrieb um, tief genug, damit der Mob das Imperiale Emblem an seinen Unterseiten klar und deutlich erkennen konnte.

Das war die Imperiale Präsenz – eine geharnischte Faust und ein übermächtiger Herrscher in einem.

»Großer Gott, seht euch das an«, keuchte ein jochianischer Chemiearbeiter.

»Vielleicht widerfährt uns jetzt endlich Gerechtigkeit«, sagte ein Bogazi.

»Wartet! Was tun die da?« fragte ein anderer Jochianer voller Ehrfurcht und zog einen Bogazi am Ärmel.

Die *Victory* senkte sich noch weiter, bis sie kaum noch zwanzig Meter über ihren Köpfen schwebte. Die Meute kauerte sich unter der dunklen Wolke ihres massigen Rumpfes zusammen. Maschinen summten, dann bewegte sich das Schiff langsam vorwärts, immer weiter die breite Straße hinunter.

Die verfeindeten Parteien sahen ihm einen oder zwei Augenblicke fassungslos nach. Dann starrten sie einander an. Die behelfsmäßigen Waffen fielen aus Händen und Greifklauen zu Boden.

Der dunkle Himmel über ihnen war plötzlich hellblau. Die Sonne malte bunte Farben auf zarte Wolken. Die Luft war frisch und schmeckte nach Frühling.

»Wir sind errettet worden«, sagte ein Jochianer.

»Ich wußte, daß uns der Imperator nicht im Stich läßt«, murmelte ein anderer.

»Das Schiff fliegt auf die Imperiale Botschaft zu«, rief jemand von einem Dach herunter.

Der böse Zauber war gebrochen, und der vor Erleichterung lachende und schreiende Mob eilte hinter dem Schiff her.

Die *Victory* segelte langsam über dem Pflaster dahin. Unter ihr war die Straße plötzlich von einer Seite zur anderen mit einem Meer von Leuten vollgepackt. Bogazi und Jochianer und Suzdals und Tork, alle durcheinandergemischt, ausgelassen und einander auf die Schultern klopfend.

Tausende von anderen Bewohnern lehnten sich aus den Fenstern der hohen Gebäude und jubelten der *Victory* und ihrem majestätischen Flug zu.

Auf ganz Jochi – tatsächlich sogar im ganzen Cluster – hörten die Einwohner mit dem auf, was sie gerade taten, und beeilten sich, die Ankunft des Abgesandten des Imperators mitzuerleben.

Bis das Schiff die Imperiale Botschaft erreicht hatte, versammelten sich buchstäblich Millionen von Lebewesen vor dem breiten, durch Tore abgesperrten Areal. Milliarden weitere verfolgten das Geschehen an ihren Livies.

Sämtliche Feindseligkeiten waren beendet.

Im Innern der *Victory* strich Sten eilig mit der Bürste über seine Kleider. Cind fuhr ihm mit den Fingern durch das Haar, ordnete hier und da eine Strähne.

Alex blickte auf einen Livieschirm, der die gewaltige Menge da draußen zeigte. »Du bist ein verfluchter Rattenfänger, Freund Sten«, sagte er.

»Sag nicht so was«, antwortete Sten. »Der wurde in Ratten ausgezahlt. Oder Hausaffen; ich weiß nicht, was schlimmer ist.«

Ein Besatzungsmitglied ließ die Rampen ausfahren. Sten spürte die frische Brise auf dem Gesicht. Er hörte, wie die Rampe mit einem dumpfen Knirschen aufsetzte.

»Also gut«, sagte er. »Jetzt laßt die Saubande zu mir kommen.«

Er trat in einen Sturm aufbrausender Jubelrufe hinaus.

Buch II

KATZENKRALLE

Kapitel 9

»Ich habe noch nie zu denen gehört, die den Überbringer einer schlechten Nachricht hinrichten lassen«, sagte der Ewige Imperator.

»Jawohl, Sir«, antwortete Sten.

»In diesem Fall jedoch«, fuhr der Imperator fort, »kannst du froh sein, daß ich dich schon so lange kenne.«

»Jawohl, Sir«, sagte Sten.

»Du bist dir aber hoffentlich der Tatsache bewußt, daß ich nicht gerade hocherfreut bin?«

»Durchaus, Euer Majestät«, sagte Sten. »Völlig klar ..., Sir.«

Als Stens Boß in seinem Arbeitszimmer zu dem antiken Tablett mit den Getränken hinüberging und sich zwei Fingerbreit Scotch eingoß, flimmerte das Holobild leicht.

»Hast du dort etwas zu trinken?« fragte der Imperator ein wenig abwesend.

»Jawohl, Sir«, sagte Sten. »Ich hielt es für das beste, meinen eigenen Vorrat mitzunehmen.« Er verstand die Anspielung, nahm eine Flasche Scotch vom Schreibtisch des vorhergehenden Botschafters und goß sich ebenfalls einen Schluck ein.

Der Imperator prostete ihm ironisch zu: »Ich würde ja sagen: ›Verwirrung allen meinen Feinden‹, aber wenn sie noch verwirrter werden, dann sind wir die ersten, die kopfüber im Dreck landen.«

Er trank trotzdem. Sten folgte seinem Beispiel.

»Ich weiß nicht, wie ich verhindern kann, daß diese Geschichte nach außen dringt«, sagte der Imperator. Sten antwortete nicht. Es war auch keine echte Frage gewesen.

»Schon jetzt gibt es vereinzelte Berichte in den Medien, die darauf anspielen, daß sich auf den Welten des Altai-Clusters etwas zusammenbraut. Was meinst du, was die anstellen, wenn sie erst herauskriegen, wie schlimm es dort wirklich aussieht?« Der Imperator goß noch einmal nach und überlegte. »Am meisten schmerzt mich, daß ich einige grundlegende Vereinbarungen in petto habe. Vereinbarungen, die auf einem sehr tiefen Vertrauen in das Imperium fußen. Das kleinste Loch in dieser Struktur, die ich mühsam wieder aufgebaut habe, führt dazu, daß diese Vereinbarungen sich in nichts auflösen. Und ... wenn erst ein Teil des Ganzen nicht mehr funktioniert ... dann werden auch viele andere Dinge in Zweifel gezogen.«

Sten seufzte. »Ich wünschte, ich könnte ein etwas hoffnungsvolleres Bild zeichnen, Euer Majestät«, sagte er. »Aber das hier sieht nach dem vertracktesten Auftrag aus, den ich jemals für Sie erledigen durfte. Dabei haben wir noch nicht einmal richtig angefangen.«

»Dessen bin ich mir durchaus bewußt, Sten«, erwiderte der Imperator. »Der Khaqan hat sich die dümmste Zeit zum Sterben ausgesucht.« Er setzte das Glas an. »Bist du sicher, daß da niemand nachgeholfen hat?«

»Ich bin sämtliche Berichte durchgegangen«, antwortete Sten. »Es ist ziemlich klar, wie und warum er starb. Es war ein Aneurysma. Die Verstopfung einer Arterie löste sich plötzlich wie ein Korken. Das einzige, worüber ich mir nicht sicher bin, sind die näheren Umstände.« Sten dachte an Menynders Behauptung, es habe ein Essen zu Ehren des Khaqans gegeben. »Persönlich glaube ich aber, daß sie keine große Rolle spielen. Falls dabei eine Art Verschwörung mit im Spiel war ... also danach zu urteilen, was ich gesehen habe, würde es mich nicht wundern.«

»Dem pflichte ich bei«, sagte der Imperator. »Eigentlich wäre ich eher mißtrauisch, wenn es keinerlei Anzeichen für eine Verschwörung gäbe. Gut. Lassen wir die näheren Umstände also beiseite – zumindest einstweilen.«

»Jawohl, Sir«, sagte Sten.

»Jetzt liegt uns viel mehr daran, diese Sache unter Kontrolle zu bringen«, fuhr der Imperator fort. »Wenn demnächst das gesamte Imperium zuschaut, möchte ich bei niemandem den geringsten Zweifel aufkommen lassen, ich sei nicht entschlossen genug. Es wird mehr als einen geben, der behauptet, ich hätte es vermasselt. Andere werden sagen, ich hätte meinen Instinkt verloren, seit ich ... zurückgekehrt bin. Und dann sind da noch diejenigen, die hoffen, daß ich nachlässig geworden bin, damit sie in aller Ruhe für neuen Ärger sorgen können. Ich möchte, daß wir das im Hinterkopf behalten, wenn wir uns überlegen, wie wir die Sache angehen wollen ...

Und zwar folgendermaßen: Muckt irgendwer auf, der uns nicht paßt, wird er kaltgestellt. Wir setzen eine neue Regierung ein. Sofort. Mit meiner uneingeschränkten Unterstützung. Sobald das getan ist, gibt es absolut *keine* Widerrede mehr. Jedenfalls nicht in meiner Hörweite. Und falls es im Altai-Cluster zu lautstarken oder gewalttätigen Auseinandersetzungen über meine Entscheidung kommt, möchte ich sie sofort zum Schweigen gebracht sehen. Rasch. Egal mit welchen Mitteln. Ich werde mich von dieser Geschichte nicht erniedrigen lassen!« Die Hand des Imperators fiel krachend auf seinen Schreibtisch. Sogar durch die Hololautsprecher klang es wie ein Schuß.

Der Imperator riß sich jäh aus seinem Zorn und schenkte Sten ein dünnes, aufgesetztes Lächeln. »Ich will verdammt noch mal sichergehen, daß sowohl meine Feinde als auch meine Freunde wissen, daß mit mir nicht zu spaßen ist.«

»Jawohl, Sir. Ich ... stimme Ihnen zu, Sir ...«

»Höre ich aus deiner Zustimmung ein leises ›aber‹ heraus?«

»Nicht hinsichtlich Ihrer allgemeinen Ansicht, Sir. Überhaupt nicht. In diesen Zeiten dürfen wir uns keine Zimperlichkeiten erlauben. Aber als Sie mich über diesen Cluster informierten, haben Sie mich nicht darauf hingewiesen, wie verschieden seine Bewohner sind. Selbst wenn wir alles mit einem großen Hammer zusammennageln wollten, müßten wir meiner Meinung nach immer noch sorgfältig darüber nachdenken, wie es zusammenpaßt.«

Sten zögerte einen Moment und versuchte, im Gesicht des Imperators zu lesen. Es war ausdruckslos. Aber nicht unbedingt verärgert ausdruckslos.

»Weiter«, sagte der Imperator.

»Wie Sie wissen, Sir, habe ich mit den Anführern geredet; jedenfalls mit den Personen, die sich als ihre Anführer bezeichnen. Bis mir eine genauere, auf Agentenberichten basierende Einschätzung der Lage vorliegt, vertraue ich auf meine Instinkte: Diese Geschichte kann in weitaus mehr als nur vier Teile zerbrechen – nein, eigentlich ist das sogar bereits geschehen. Als ich ankam, beschossen sich gerade zwei Jochi-Fraktionen auf dem Raumhafen.«

»Folge deinen Instinkten«, sagte der Imperator.

»Sobald ich auftauchte«, fuhr Sten fort, »drängten sich die Anführer sämtlicher Fraktionen, egal ob menschlich oder nonhumanoid, zur Botschaft, und jeder von ihnen flehte mich an, ihn zum neuen Oberguru zu machen. Ich vertröstete sie auf eine offizielle Einladung und knöpfte sie mir einen nach dem anderen vor.«

»Und damit hast du dir reichlich Zeit gelassen«, sagte der Imperator. »Du hast sie warten lassen und ihnen Zeit gegeben darüber nachzudenken, inwieweit und wie oft sie sich gegen mich versündigt haben. Gefällt mir, wie du die Sache gedeichselt hast.«

»Danke, Sir«, sagte Sten. »Aber offen gesagt hege ich so meine

Zweifel darüber, ob man die ganze Sache hier, nachdem alles bereits auseinandergebrochen ist, wieder zusammensetzen kann. Jedenfalls nicht so, wie es vorher war.

Momentan verharren alle in ihren eigenen Stadtvierteln. Und auf ihren Heimatplaneten ebenfalls, wo sie im eigenen Saft schmoren und sich ihre Wunden lecken. Und sie überlegen, wie man alles ganz anders machen könnte. In diesem Fall, Sir, kann allein der Gedanke daran ausschlaggebend sein. Natürlich schwebt jedem dieser Wesen eine Art persönlicher Vision des Paradieses für die eigene Gruppe vor. Wenn Sie mich fragen, Sir, so sehe ich hier noch sehr lange die reinste Hölle brodeln.«

»Es sei denn, wir bringen alles in Ordnung«, sagte der Imperator.

»Es sei denn, wir bringen alles in Ordnung«, stimmte ihm Sten zu.

»Zunächst schicke ich dir ein Bataillon der Imperialen Garde«, sagte der Imperator. »Damit ist schon einiges gewonnen.«

Sten zuckte zusammen. »Soviel ..., Sir? Ich hatte auf, sagen wir, eine Abteilung der Sektion Mantis gehofft. Wenn wir uns nicht ganz so weit aus dem Fenster lehnen, und falls die Dinge sich nicht so wie geplant entwickeln ... dann blamieren wir uns nicht so sehr. Abgesehen davon, Sir, glaube ich wirklich, daß ich besser mit dem Skalpell umgehen kann als mit dem Hammer.«

»Ich kann dieses Risiko nicht eingehen«, widersprach ihm der Imperator. »Du kriegst ein Bataillon. Ich bin schon jetzt zur Zielscheibe des Gespötts geworden. Na schön. Dann werde ich also eine verflucht große Zielscheibe abgeben. Ich habe aber noch einen anderen Grund dafür.«

»Jawohl, Sir«, sagte Sten.

»Hast du zu diesem Thema noch weitere Gedanken entwickelt?« fragte der Imperator.

»Ja, Sir. In diesem ganzen traurigen Haufen habe ich einen

Kandidaten gefunden, der die Sache wirklich übernehmen könnte, zumindest zeitweise.«

»Wer?« Das einzelne Wort offenbarte eine unterschwellige Schärfe, doch das wurde Sten erst später klar.

»Menynder, Sir, der Tork. Ein gerissener alter Fuchs. Aber er ist auch eine der wenigen Persönlichkeiten hier, die von allen Parteien respektiert werden. Die Liste seiner Feinde ist relativ kurz. Ich glaube auch, daß ihm die Leute lange genug zuhören werden, bis sich alles ein wenig beruhigt hat. Bis alles wieder in geregelten Bahnen verläuft.«

»Gute Wahl«, sagte der Imperator. »Außer ... wie du schon sagtest, wahrscheinlich ist er nur eine Zwischenlösung. Ich habe einen dauerhaften Kandidaten in der Hinterhand.« Er nahm beiläufig einen Schluck Scotch. »Der Mann heißt Iskra. Dr. Iskra. Ein Jochianer.«

Sten hob die Braue. Er hatte den Namen bereits gehört. Vage nur, doch er wußte immerhin so viel, daß Iskra sehr viel Respekt entgegengebracht wurde. Aber Sten war so neu im Spiel, daß er den Imperator hinsichtlich seiner Einschätzung von Dr. Iskras Vertrauenswürdigkeit einfach beim Wort nehmen mußte.

»Ich habe bereits mit ihm gesprochen«, sagte der Imperator. »Eines meiner Schiffe holt ihn gerade ab. Er müßte in einigen Zyklen bei dir sein. Das ist der andere Grund, weshalb ich dir ein Bataillon Gardisten schicke. Dr. Iskra hat sie sich erbeten. Er wird sie als persönlichen Sicherheitsdienst einsetzen. Zunächst einmal.«

»Sehr gut, Sir«, sagte Sten. Seine Problemwahrnehmungsfühler zitterten leicht, als er von Iskras Truppenanforderung hörte, noch bevor der Mann überhaupt einen Fuß in den Altai-Cluster gesetzt und sich ein Bild von der gegenwärtigen Situation gemacht hatte. Er schob seine Besorgnis weit nach hinten. Aber er verstieß sie nicht ganz.

Außerdem war nur wichtig, daß die ganze Sache funktionierte. Sten hatte bisher noch keine der traditionellen schlechten Angewohnheiten des Imperialen Außendienstes übernommen, wie beispielsweise einer vernünftigen Lösung mit dem eigenen Ego im Weg zu stehen.

»Noch etwas?« erkundigte sich der Imperator. Er wirkte jetzt ruhelos, in Gedanken bereits mit anderen Dingen beschäftigt.

»Nein, Sir.«

»Dann also ... bis zu deinem nächsten Bericht ...« Der Imperator beugte sich nach vorne, um einen Knopf auf seinem Schreibtisch zu berühren.

Doch kurz bevor Stens Holobild aus dem Botschaftszimmer auf Jochi verblaßte, warf der Imperator noch einen unerwarteten Blick in Stens Gesicht. Sein Ausdruck war angemessen respektvoll. Dann war Sten weg.

Gedankenverloren nahm der Ewige Imperator seinen Drink und nippte daran. Ungeteilte Konzentration war eine der Fähigkeiten, die er sich über all die vielen Jahrhunderte antrainiert hatte. Dem Thema Sten widmete er jetzt volle fünf Sekunden dieser Konzentration.

War er loyal? Keine Frage. Während der Abwesenheit des Imperators war Sten der Architekt des Plans gewesen, mit dem letztendlich das Privatkabinett ausgehebelt wurde. Der Grundstein der Allianz, die er geschaffen hatte, war die absolute Hingabe an die Erinnerung an den Imperator.

Doch, Sten war loyal. Der Imperator hatte ihm viele Orden und Auszeichnungen verliehen. Aber nur ganz wenige wußten, was für ein großer Held Sten tatsächlich war.

Vielleicht zum ersten Mal wurde dem Imperator klar, daß er froh war, Sten auf seiner Seite zu wissen. In gewisser Hinsicht war dieser Gedanke nicht ausschließlich beruhigend.

Der Imperator schob dieses Körnchen Beunruhigung weit

von sich. Später einmal würde er es in ein größeres Puzzle einfügen. Dann wandte er seine Aufmerksamkeit von diesem Problem ab.

Es gab noch einen Mann, dessen Hilfe er benötigte. Eine Hilfe der höchst verschwiegenen und tödlichen Art. Er durfte bei dieser Geschichte im Altai-Cluster kein Risiko eingehen. Nicht das allergeringste.

Kapitel 10

Die Livie-Übertragungen waren voll mit Berichten über Stens dramatischen Auftritt mit der *Victory*. Des Imperators Experten für Öffentlichkeitsarbeit überschwemmten die Medien mit dramatischen Bildern seines Triumphzugs über die vor Ehrfurcht erstarrten Massen von Jochi und des Heldenempfangs, der Sten bei seiner Landung vor der Botschaft bereitet worden war.

Immer wieder wurde der beruhigende Einfluß der Flagge des Imperators auf die armen hysterischen Wesen des Altai-Clusters hervorgehoben. Der Tod des Khaqans wurde beinahe als Nebensache mitgeliefert, verbrämt mit den angemessenen Trauerworten des Imperators, der den Abschied von einem »lieben Freund und Vertrauten« bedauerte.

Es gab die üblichen Verlautbarungen der Sprecher des Imperialen Hofes, daß die Ordnung wiederhergestellt sei und die Beauftragten des Imperators »eng mit den örtlichen Führungskräften zusammenarbeiten, um die geordnete Übergabe der Regierungsgeschäfte zu gewährleisten«.

Sten stöhnte leise und schaltete den Nachrichtensprecher inmitten seines zähnebleckenden Grinsens ab. Er hatte diese übliche Schadensbegrenzungskampagne des Imperators erwartet, die zweifellos höchst effektiv war. Leider gaben die Teams des Imperators den Vorfällen einen derartig optimistischen Anstrich, daß Sten fürchtete, irgendwann einmal würde der kleinste Schluckauf als totale Katastrophe empfunden werden.

Eine Situation, die er mit allen Mitteln zu verhindern suchte. Sten widmete sich wieder seiner Aufgabe und ignorierte das geschäftige Schwirren der Techs, die nach Alex' Anweisungen in der Nachrichtenzentrale der Botschaft arbeiteten. Er nahm bereits den zehnten Anlauf für seine diplomatische Mitteilung. Das Problem bestand darin, wie er General Douw, Menynder, Youtang, Diatry und den anderen Anführern von Jochi erklären sollte, daß sie aus dem Rennen waren. Daß der neue Khaqan bereits gewählt war, und zwar ohne sie zu konsultieren.

Dr. Iskra war bereits unterwegs. Und Sten mußte es der Gruppe sehr bald mitteilen, sonst manövrierte er sich in eine noch peinlichere Situation.

Er sah es förmlich vor sich: »Guten Tag, verehrte Wesen«, würde Sten sagen. »Ich möchte Ihnen Ihren neuen Despoten vorstellen. Von höchster Stelle empfohlen. Wahrscheinlich kennen Sie diesen Gentleman bereits. Tut mir leid, daß ich die Sache nicht schon früher erwähnt habe. Aber der Imperator traut keinem von Ihnen über den Weg, es ist ihm eigentlich auch scheißegal, ob Sie leben oder sterben – solange Sie es tun, ohne dabei viel Staub aufzuwirbeln. Wenn Sie mich jetzt bitte entschuldigen ... Ich muß nur rasch die Barrikaden reparieren, und Sie, meine verehrten Wesen, werden die Sache unter sich auskämpfen.« Dann würde er sich so rasch wie ein Wirbelsturm von Jochi entfernen.

Herrje, es war so gut wie unmöglich, diese Angelegenheit in ein positives Licht zu rücken. Trotzdem konnte er sich nicht davor drücken. Die Mitteilung mußte verfaßt werden, das schon, aber die eigentliche Tat mußte er persönlich vollbringen.

Stens Gedanken wirbelten. Er blickte auf, um zu sehen, wie Alex mit seinem kleinen Spionageauftrag vorankam. Nicht zum ersten Mal wunderte sich Sten darüber, wie viele ihrer eigentlich hinterhältigen und häßlichen Fertigkeiten sie auch für ihre friedliche Arbeit einsetzen konnten.

Sein Blick wanderte über die langen Reihen von Bildschirmen, die eine ganze Wand des Nachrichtenraums bedeckten. »Komm schon, du elender Frick & Frack«, scherzte Alex, der an den Reglern herumfummelte. »Sei eine gute Fledermaus.«

Kilgour hatte sich einen vorläufigen Überblick über die Botschaft verschafft, um herauszufinden, welche Bonbons der vorhergehende Botschafter ihnen zurückgelassen hatte. Der erste Rundgang war überaus erfolgreich verlaufen. In den Vorratsräumen im Kellergeschoß hatte er einige hundert winzige automatische Beobachter entdeckt. Sie waren mit Flügeln versehen und ähnelten tatsächlich Fledermäusen. Alex nannte sie Frick & Frack Eins bis Tausend oder so, zu Ehren der echten fledermausähnlichen Wesen, die bei Mantisoperationen als Kundschafter eingesetzt wurden. Er hatte die Energiesysteme der Beobachter aufgeladen, sich mit seinem Team aus Techs und Experten für die Jochi-Kultur beratschlagt, diverse Patrouillensektoren einprogrammiert und die Fledermäuse zum Spionieren losgeschickt.

Inzwischen übertrugen sie jede Menge Bilder aus ganz Rurik auf die Bildschirme. Und diese Bilder erzählten von einer anderen Wirklichkeit als die Livie-Sendungen des Imperators.

Zugegeben, die Ruhe war wiederhergestellt. Aber nur im Vergleich mit dem Durcheinander, das bei Stens Ankunft hier geherrscht hatte. Der Bildschirm in der oberen linken Ecke zeigte eine Szene vor einem Militärkomplex. Friedlich ... von außen betrachtet.

Doch als Alex seinen kleinen Schnüffler näher heran dirigierte, erkannte Sten mehrere gepanzerte Kettenfahrzeuge. Sie bewegten sich nicht, waren jedoch jederzeit einsatzbereit. An anderen Panzern arbeiteten Instandsetzungsmannschaften in fieberhafter Eile. Er erblickte einige A-Grav-Stapler, die Munition und Nachschub herbeischafften.

Der Bildschirm darunter zeigte eine Einheit von Jochi-Rebellen, die einem intensiven Ausbildungsdrill unterzogen wurden. Auf einem anderen war ein Lager der Tork zu sehen, in dem gleichermaßen Waffen und wütende Reden aufblitzten.

Auch auf den anderen Monitoren spielten sich vergleichbare Szenen ab: Überall wurden die Barrikaden der Suzdal und der Bogazi wieder aufgebaut und verstärkt; Milizen patrouillierten durch die Straßen der Wohnviertel; in einem Fall ignorierten sie bewußt eine Gruppe Halbwüchsiger, die Glasflaschen mit geklautem, leicht entflammbarem Treibstoff füllten.

Die Gegend rund um das Stadtzentrum von Rurik war wie leergefegt. Die Läden waren verrammelt, vor einigen standen sogar eigens dafür angeheuerte Schlägertypen Wache. Sten sah mehrere Jugendbanden auf der Suche nach Zoff und Plündereien durch die Straßen ziehen. Eine von Alex' Fledermäusen schoß an einer gesprengten Ladenfront vorbei, aus der mehrere Gestalten armweise Waren herausschleppten. In diesem Fall handelte es sich bei den Plünderern um Soldaten, auch der eine oder andere Polizist befand sich darunter.

»Kuck mal, Freund Sten«, sagte Kilgour. »Hier ist das Mädel, von dem ich dir erzählt habe.« Er schaltete das Bild auf einen der größeren Zentralschirme um. Sten sah ein Joygirl, das gerade aus einer Seitenstraße herausschlenderte. Der eingeblendete Stadtplan zeigte, daß sie sich in der Nähe eines Militärgeländes der Jochianer befand. Ein anerkennendes Pfeifen aus einem der Lautsprecher sagte ihm, wie nah sie bereits war.

Der Blickwinkel änderte sich, und Sten erkannte einige Soldaten, die auf die spärlich bekleidete Frau reagierten. Das Joygirl blieb stehen und posierte vor ihnen mit in die Hüfte gestemmter Hand, wobei sie ihren Busen und andere runde Körperteile herausstreckte. Ein Soldat rief ihr etwas zu. Das Joygirl hob schnippisch den Kopf, drehte sich auf hohen Absätzen um und stöckelte in die Gasse zurück.

Die Soldaten sahen sich an und lachten. Zwei lösten sich aus der Gruppe und folgten dem Mädchen.

»Jetzt sieh dir genau an, wie dieses Mädel arbeitet«, sagte Alex, die Hand an einem winzigen Joystick, mit dem er die Fledermaus über der schmalen Straße kreisen ließ. Die Soldaten hatten das Mädchen eingeholt. Man verhandelte. Schließlich hatte man sich über den Preis verständigt, und das Joygirl lehnte sich an die Hauswand. Der erste Soldat näherte sich ihr, wobei er an seinen Kleidern zerrte und seinem Kumpel eine scherzhafte Bemerkung über die Schulter zuwarf.

Als er das Joygirl hochhob, war da plötzlich eine Bewegung, so rasch, daß Sten sie beinahe übersehen hätte.

Das Joygirl hatte ein paar stämmige Freunde. Sie knüppelten die Soldaten zu Boden. Bis das Mädchen ihr knappes Kleid glattgestrichen hatte, waren die beiden bewußtlosen Soldaten bereits Waffen, Uniformen und Kennkarten los.

Sten sah, wie das Joygirl und ihre Gruppe davoneilten, um die nächste Falle aufzubauen. »Wie viele sind das jetzt schon?«

»An die zwanzig. Aber erst, seit ich mitzähle. Sie ist sehr schnell. Sie hat noch ein paar andere Jungs, die das Zeug sofort zu den Rebellen schaffen.«

»Straßenräuber für ein Freies Jochi, hm?« sagte Sten. »Das wäre fast lustig, wenn ich nicht befürchten müßte, daß der Deckel jeden Augenblick hochgeht.

Das schlimmste daran ist, daß wir nicht viel daran ändern können. Außer uns ruhig verhalten, auf eine glückliche Wendung hoffen und die Bewohner zur Geduld ermahnen. Und auf Dr. Iskras Ankunft warten.«

»Als wir uns kennenlernten, Freund Sten«, sagte Kilgour, »warst du noch kein so verlogener Schönredner. Ich freue mich, daß du so rasch Fortschritte machst.«

»Vielen Dank ... oder auch nicht«, erwiderte Sten. »Das Problem liegt aber darin, daß ich jetzt wirklich kreativ werden muß.« Er tippte auf die diplomatische Mitteilung, die ihm soviel Kopfzerbrechen bereitete. »Wenn Iskra hier ankommt, wird es ein paar ziemlich lange Gesichter geben.«

»Du schaffst das schon, alter Junge. Lügner wie wir werden geschaffen, nicht geboren. Sonst hätten uns unsere guten Mütter schon als Kinder kaltgemacht.«

Sten stöhnte zustimmend. Doch welche Wahl blieb ihm noch? Er wußte, daß der restliche Cluster sich solange »friedlich« verhielt, wie es auf Jochi einigermaßen ruhig blieb.

Die überschwengliche Freude, mit der seine Ankunft begrüßt worden war, hatte ungefähr so lange angehalten wie das plötzliche Frühlingswetter, und das war sofort wieder umgekippt. Mit der Schwüle stieg die Reizbarkeit. Unter dieser Feuchtigkeit ballten sich schwarze Wolken. Die Stimmung wechselte von Euphorie zu wütender Hoffnungslosigkeit, ein Zustand, der, wie Sten recht bald erkannte, sämtliche Spezies auf Jochi recht gut charakterisierte.

Am zweiten Tag baute sich hinter der Skyline von Rurik einige Stunden vor Sonnenuntergang ein ganzes Schlangennest voller Wirbelstürme auf, die kurz darauf mit dem unlogischen Verhalten des Unbeseelten herantosten, auf die Stadt zuhielten, alle zu Tode erschreckten und sich wieder verzogen, wobei sie pausenlos Bäume entwurzelten und Erde und Gebäudeteile durch die Luft wirbelten, was den Schrecken nicht gerade milderte. So plötzlich, wie sie gekommen waren, rasten sie wieder davon und verschwanden.

Seitdem richteten die Einwohner von Rurik immer wieder nervöse Blicke auf den Horizont – und aufeinander.

Und dann war, gleich am nächsten Tag, der Winter mit einer Frostwelle zurückgekehrt, gerade so, als hätte es den Frühling und die Schwüle und die Hitze niemals gegeben. Auch das gehörte zu den vielen Wundern von Jochi.

Sten widmete sich wieder seinem verlogenen Geschreibsel. »... Wohingegen der Ewige Imperator ... in seinem tiefen Mitgefühl für alle Wesen des Altai-Cluster ...«

»Heiliges Kanonenrohr! Sieh dir das an!«

Stens Kopf schnellte hoch. Sein Blick folgte Alex' ausgestrecktem Finger. Auf dem Zentralmonitor ging es drunter und drüber. Sten eilte hinüber, um eine bessere Sicht zu bekommen.

Vor einigen offiziell aussehenden Gebäuden paradierte eine gewaltige Menge auf und ab; die Architektur wirkte kolossal und eintönig, offensichtlich hatte sie der verstorbene Khaqan errichten lassen. Sten kamen die Gebäude wie gigantische Bienenkörbe vor, aneinandergekettet durch himmelhohe Brücken und Förderstraßen.

»Das ist die Pooshkan-Universität«, sagte eine ernst wirkende junge Tech. Sten fiel ein, daß sie Naomi hieß.

Er stöhnte. »Studenten? Oh, nein!«

»Genau. Wir haben Hormonprobleme, junger Freund«, sagte Alex. Er fummelte an den Reglern, und plötzlich sprangen ein Dutzend Ansichten der Universität auf den Hauptschirm.

Auf einem Bild wurden uniformierte Universitätspolizisten von jungen Leuten zum Ausgang gezerrt und durch den Bogen des Haupttors hinausgestoßen. In einem anderen Abschnitt des Uni-Geländes sah Sten, wie sich Studenten durch die Glasfront einer Cafeteria – zumindest glaubte Sten, es könnte eine sein – Zugang verschafften. Innerhalb einer halben Sekunde entbrannte ein wilder Kampf um die Nahrungsmittel.

Lehrpersonal suchte fluchtartig nach Deckung und konnte sich nur unvollkommen vor durch die Gegend geschleuderten Nahrungsmitteln und anderen Gegenständen in Sicherheit bringen. Überall auf dem Gelände loderten Freudenfeuer auf. Sten war sich sicher, daß sie hauptsächlich mit den Unterlagen über diejenigen Studenten gefüttert wurden, die durchzufallen drohten.

Außerdem sah er hier und da nacktes Fleisch durch die Büsche blitzen und hörte gelegentlich die Lustschreie der Studenten, die ihrem Protest auf eine leidenschaftlichere Art Ausdruck verliehen.

Vor dem Haupttor der Pooshkan-Universität wurde eine riesige Barrikade errichtet. Der ganze Müll war so klug aufgetürmt, daß Sten sofort die Beteiligung einiger Studenten des Ingenieurwesens vermutete.

Ein weiterer Beweis für eine sorgfältige Vorbereitung waren die sauber gedruckten Fahnen, die jetzt enrollt wurden. Die Spruchbänder forderten so mancherlei, am häufigsten jedoch: »Demokratie. Jetzt!«

»Wunderbar«, sagte Sten. »Genau das, was keiner hier in absehbarer Zeit kriegen wird.«

Er warf einen genaueren Blick auf die Nahaufnahmen von den Studenten. Erst jetzt fiel ihm das Besondere an diesen Studenten auf. Zunächst einmal handelte es sich um eine gemischte Gruppe. Ebenso viele jugendliche Suzdal und Bogazi wie Jochianer und Tork. Außerdem arbeiteten sie bei diesem Krawallmachen einträglich zusammen. Etwas Derartiges geschah so gut wie nirgendwo auf Jochi, schon gar nicht im restlichen Cluster, wo die strikte Trennung der Spezies die grundlegende Garantie des Status quo der Gesellschaft war.

»Was geht da vor sich?« fragte Sten, wobei ihm auffiel, wie gut genährt und gekleidet diese jungen Leute wirkten.

»Halt uns mal schnell 'ne Vorlesung«, forderte Alex die junge Tech auf.

Naomi schüttelte den Kopf. »Da muß ich nicht nachschlagen. Pooshkan ist die Vorzeige-Universität des ganzen Clusters. Hierhin schicken die Spitzen der altaiischen Gesellschaft ihre Söhne, Töchter, Küken und Würfe.«

»Reiche Kinder«, stöhnte Sten. »Es wird immer besser.« Dann zuckte er die Achseln. »Von mir aus. Sieht mir eher wie ein Problem für die örtlichen Kräfte aus. Die Bullen kriegen das schon in den Griff.«

»Oh-oh«, sagte Kilgour.

»Was heißt oh-oh?« Sten fragte nur äußerst ungern.

»Kaum hast du deinen Wunsch ausgesprochen, schon wird er erfüllt«, entgegnete Alex. »Die Bullen kommen angerannt. Und wie sie laufen!«

Sten sah, wie sich eine Phalanx von Polizisten auf das Haupttor zubewegte, voll ausgerüstet mit Helmen, Krawallschilden, Elektroknüppeln und – schon zog die erste Granate ihre Spur hinter sich her – Tränengas.

»Verdammt!« Mehr sagte Sten nicht dazu.

»Und da kommen auch schon die Schlachtenbummler«, setzte Kilgour noch einen drauf und zeigte auf mehrere Gruppierungen von Erwachsenen, die am Rande des Unigeländes zusammenliefen. Einige beschimpften die Polizisten, andere die Studenten. Wieder andere schrien sich gegenseitig an. Die Zuschauer unterteilten sich in mehrere homogene Gruppen aufgebrachter Spezies.

»Zum Teufel damit«, sagte Sten. »Trotzdem ist es immer noch ein Problem der Einheimischen. Wir werden uns auf keinen Fall einmischen.«

Noch während er redete, blinkte die Konsole mit den hereinkommenden Anrufen auf. Alex' Leute nahmen sie entgegen.

»... Imperiale Botschaft. Ja, wir haben von den Unruhen in der Universität gehört. Nein, der Botschafter gibt dazu keinen Kommentar ab ... Imperiale Botschaft ... Der Pooshkan-Krawall? Ja, Sir. Nein, Sir ... Imperiale Botschaft ...«

Völlig angewidert schnappte sich Sten seine Aufzeichnungen und ging auf die Tür zu. »Stör mich nicht, es sei denn, es wird schlimmer«, rief er über die Schulter zurück. »Besser noch – stör mich auch dann nicht –«

»Diese Anfrage beantwortest du besser gleich, alter Junge«, sagte Alex und streckte ihm ein Com Set entgegen.

»Wer ist dran?« fragte Sten beinahe knurrend.

»Ein kleines Kind aus Pooshkan«, sagte Alex. »Genauer gesagt, es ist das hier.« Er zeigte auf einen Bildschirm, der die Nahaufnahme eines herrischen jungen Jochianers zeigte. Ein gutaussehender Junge, trotz der sich schon früh abzeichnenden Fettpolster um die Kinnpartie. Sten sah, daß er in ein Funkgerät sprach, das offensichtlich mit dem Empfänger der Botschaft verbunden war.

»Der Rädelsführer, wie mir scheint«, fuhr Alex fort. »Milhouz ist sein Name – angeblich.«

Naomi stieß einen leisen Pfiff aus. »Der Präsident des Studentenparlaments«, sagte sie. »Seine Eltern sitzen im Aufsichtsrat der Bank von Jochi.«

Sten dämmerte, was für ein heikler Ort diese Pooshkan-Universität war. In einigen Lagern würde man eine blutige Nase als glatten Mord auslegen.

»Ich höre, Sr. Milhouz«, sagte Sten aalglatt in das Mikro des Sets. »Hier spricht Botschafter Sten. Wie kann ich Ihnen helfen?«

Während er der brabbelnden Stimme an seinem Ohr lauschte und das gerötete, aufgeregte Gesicht auf dem Monitor betrachtete, wußte Sten, daß er die erste Regel brechen mußte, die er sich selbst für die erste Phase dieser Operation aufgestellt hatte. Sie lautete: Verlasse niemals die Botschaft. Laß die anderen zu dir kommen.

»Wir sind in ungefähr fünf Minuten bei Ihnen, junger Mann«, sagte er und unterbrach die Verbindung. Als er sich umwandte, sah er, daß Cind den Raum betreten hatte. Ihrem Gesichtsausdruck nach zu urteilen, wußte sie genau, was hier vor sich ging.

Einer der Bildschirme zeigte eine Gruppe Studenten, die die Polizisten mit Trümmern bewarfen.

»Diese verdammte Sache könnte der Funke sein, der die ganze Chose in Brand setzt«, erklärte er Cind. »Ich brauche sofort ungefähr zehn Gurkhas. Vielleicht fünfzig Bhor. Wir wollen uns aber trotzdem, soweit es geht, bedeckt halten. Verborgene Waffen. Keine Uniformen. Wir wollen nicht wie die Sturmtruppen auftreten.«

»Eine ziemliche Herausforderung für die Bhor«, sagte Cind. »Besonders für Otho.«

»Wenn die Sache richtig funktioniert«, sagte Sten, »dann sind alle so neugierig auf Otho und die anderen, daß sie vor lauter Staunen nicht mehr zum Krawallmachen kommen.«

»Ich bin soweit, wenn du soweit bist, alter Junge«, sagte Kilgour.

»Jungs und Mädels«, sagte Sten. »Gehen wir also wieder zur Schule.«

Kapitel 11

Es war ein klarer, bitterkalter Tag. Sten und seine Mannschaft bewegten sich auf den Platz der Khaqans zu. Ungläubig bestaunten sie die Monumente, die über ihnen bis in den Himmel hinaufragten. Sten kam sich vor wie ein Insekt, das im Land der Riesen spazierenging.

»Ich warte nur darauf, daß einer von denen auf mich trampelt«, sagte Cind wie ein eigenartiges Echo seiner Gedanken.

»Beim langen und knotigen Bart meiner Mutter«, knurrte Otho. »Der Mann hatte genug Ego für eine ganze Flotte von unseren Leuten.«

Otho hob eine haarige Pfote, um die Augen vor den schimmernden Kuppeln abzuschirmen, und blieb an einem besonders abscheulichen Beispiel des schlechten Geschmacks hängen. Es erhob sich zu einer Plattform, die auf den Schultern von einem Dutzend Statuen ruhte. Die Statuen – sie waren mindestens zwanzig Meter hoch – stellten perfekt geformte menschliche Männer und Frauen dar, wahrscheinlich Jochianer. Sie waren splitternackt. Auf der Plattform war eine Statue des Khaqans selbst plaziert, der allerdings in goldene Gewänder gehüllt war. Seine Hand reckte eine Fackel empor, komplett mit ewig lodernden Flammen.

»Ich könnte den Mann ja noch verstehen, wenn er Trinkhallen gebaut hätte«, sagte Otho schließlich. »Das ist einem angeberischen Wesen doch eher angemessen. Abgesehen davon – wenn man gutes Essen bietet und auch mit dem Stregg nicht knauserig ist, hat niemand was gegen einen alten Angeber.« Er warf Sten aus blutunterlaufenen Augen einen Blick zu. »Soll nicht heißen, daß ich mich dieser Praktiken bediene. Ich persönlich ziehe es vor, wenn meine Gäste meine Heldentaten preisen.«

Sten deutete auf die Inschrift an einer Ecke des Ensembles. Sie lautete: IHM, DER DEN ALTAI-CLUSTER MIT SEINEM GLANZ ERHELLTE. Darunter in kleineren Buchstaben: Von Seinem Dankbaren Volk.

»Vielleicht hatte er eine ähnliche Idee«, sagte Sten. »Außer daß er sich ein für allemal von den guten Zeiten verabschiedet hat.«

Othos wuchtige Braue wölbte sich. »Deshalb sagte ich ja, es ist klüger, eine Trinkhalle zu bauen. Für jemanden, der so lange am Ruder war, hatte dieser Khaqan keine Ahnung von Führerschaft.«

Sten lachte zustimmend und gab seiner Gruppe ein Zeichen zum Weitergehen. Er hielt es für besser, zu Fuß zur Pooshkan-Universität zu gehen. Sie lag nicht weit von der Botschaft entfernt, und zu Fuß waren sie mit Sicherheit weniger auffällig als mit einer Armada gepanzerter A-Grav-Gleiter.

Außerdem besagte die erste Regel, die Sten im diplomatischen Dienst gelernt hatte, daß man sich niemals isolieren sollte. Er kannte viele Botschafter, die nie richtigen Boden unter die Füße bekommen hatten. Sie wurden von der Treppe der Botschaft zum Bankett in Staatsgemächer geführt und anschließend wieder zurück. Darin erschöpfte sich ihr Dienst am Staat. Ihm war auch nicht entgangen, daß ihre Ratschläge ausnahmslos unbrauchbar waren.

In diesem Fall fand er die Situation auf der Straße nicht anders vor, als sie die Bildschirme in der Nachrichtenzentrale abgebildet hatten. Abgesehen davon, daß es in natura wesentlich leerer war. Und es war ein anderes Gefühl, wenn man im grellen Sonnenlicht und der schneidenden Kälte stand. Sein Atem dampfte. Schemenhafte Gestalten duckten sich zur Seite, als sein Trupp heranmarschierte; Hände und Pfoten hielten sich jederzeit einsatzbereit in der Nähe der Waffengürtel auf.

Wohin Stens Blick auch fiel, überall sah er gigantische Statuen des Khaqans auf die gewöhnlichen Sterblichen herabstarren, die zu ihren unaufschiebbaren Verabredungen durch die Straßen trippelten.

Besonders nervenaufreibend war das laute Grollen des Donners, der unablässig hinter den fernen Bergen polterte und die Stimmung unbestreitbar anheizte.

Sten behielt das im Hinterkopf, als er sich geistig auf den jungen Milhouz und die anderen studentischen Agitatoren vorbereitete.

Sämtliche Gedanken waren jedoch wie weggeblasen, als sie den Platz der Khaqans betraten. Allein seine Ausmaße sprengten die Vorstellungskraft eines normalen Lebewesens. Ebenso wie die blendenden Farben die Sinne verwirrten. Man tat sich schwer daran, überhaupt einen vertrauten Blickwinkel zu finden. Wandte man sich von einer grellbunten Säule ab, schienen die Augen wieder ihren klaren Blick zu finden, bis sie sich mit dem nächsten Monument von schwindelerregender Größe konfrontiert sahen.

Trotz der gewaltigen Ausmaße des Platzes kam sich Sten auf bedrohliche Weise eingeschlossen vor. Aus gutem Grund. Sein professioneller Blick erkannte sofort, daß der Platz zur optimalen Kontrolle großer Menschenmassen angelegt worden war. Dann sah er die Todeswand. Er mußte nicht eigens fragen, worum es sich dabei handelte, als er ihre schwarze Glätte betrachtete. Ein Monument des Hasses, ein Symbol durchgedrehter Machtgelüste.

Eine unerwartete Hilflosigkeit erfaßte ihn. Er kam sich viel zu klein für die Aufgabe vor, die vor ihm lag. Sein Bewußtsein sagte ihm, daß das kindisch sei. Der Platz war eigens dazu erbaut worden, um solche Reaktionen hervorzurufen. Trotzdem ließ sich das Gefühl nicht so einfach abschütteln.

Endlich erreichten sie den Ausgang auf der gegenüberliegenden Seite. Gleich dahinter lag die Pooshkan-Universität. Als Sten leise den Singsang der zornigen Studenten vernahm, hob sich seine Stimmung sofort wieder, und seine Schritte wurden elastischer. Damit konnte man sich wenigstens auseinandersetzen und das Problem vielleicht sogar lösen.

»Die Polizei bringt sich gerade in Stimmung«, sagte Alex, der mit einem Trupp Gurkhas als Kundschafter vorausgegangen war. »Die Transporter müssen jeden Moment hier ankommen. Mit Verstärkung. Die hohen Tiere haben sich ziemlich weit zurückgezogen, falls der Pöbel doch noch durchbricht.«

»Tolle Krieger sind das, einer wie der andere«, schnaubte Otho. »Aus der dritten Reihe kommandieren, um Kinder anzugreifen. Ich sage dir eins, mein Freund: An diesem Ort hier gibt es keine Ehre. Ich schwöre dir, es wird mir keinen besonderen Spaß machen, ihnen die Köpfe einzuschlagen.«

»Langsam, Otho«, beschwichtigte Sten. »Köpfe einschlagen gehört nicht zu deiner Arbeitsplatzbeschreibung. Ist dir entfallen, daß wir eine diplomatische Mission zu erfüllen haben?«

Am Ende der Straße konnten sie alle die bedrohliche Konkretisierung ihrer Mission sehen und hören. Sten schätzte mit geübtem Blick, daß dort ungefähr eine Zillion Wesen drauf und dran waren, mit Zähnen, Nägeln, Tränengas und Schußwaffen übereinander herzufallen. Auf die Schilde der Polizisten ging ein donnernder Steinhagel nieder, darunter auch dickere Brocken.

»Ich verspreche, daß ich nicht mehr als das hier benutze«, sagte Otho und schüttelte seine geballte, hinterschinkengroße Faust. Die anderen Bhor brummten zustimmend.

»Eure Befehle lauten«, fuhr Cind Otho an, »lediglich die offenen Hände zu benutzen, im Höchstfall Ellbogen und Knie. Leichte Tritte sind ebenso erlaubt.«

Als Otho dieses kleine Ding betrachtete, das ihm da Befehle erteilte, breitete sich eine tiefe Stille aus. Cind wich seinem Blick nicht aus. »Habe ich mich deutlich genug ausgedrückt ... Gefreiter?« fragte sie.

Otho stieß ein dröhnendes Lachen aus. »Bei den gefrorenen Arschbacken meines Vaters«, sagte er. »Alles klar, nur offene Hände.« Dann sah er Sten an und wischte sich die feuchten

Winkel seiner blutunterlaufenen Augen. »Sie macht mich sehr stolz«, sagte er. »Sie erweist sich der Ausbildung und der Ideale der Bhor mehr als würdig.«

Während Otho noch mit seinen Gefühlen kämpfte, wurde das Geschrei am Ende der Straße immer lauter. Eine Polizeisirene stieß einen Warnton aus, auf den ein weiterer Steinhagel folgte.

»Ich will ja nich' drängeln, mein großer haariger Freund«, meinte Alex. »Aber wir haben uns um einen Krawall zu kümmern, oder hast du das vergessen?«

»Zunächst müssen wir näher heran«, wandte Cind ein und zeigte auf die konfuse Masse, die die Straße und den Torbogen zur Universität verstopfte.

Dann hörte Sten eine bekannte Stimme. »Bewohner von Jochi«, dröhnte es aus einem tragbaren Verstärker, »hört auf die Forderungen eurer Kinder ...«

Das war der junge Milhouz. Sten sah ihn hoch oben auf der Bodenplatte einer weiteren heroischen Statue des verstorbenen, nicht ganz so großen Khaqan stehen.

»Wir überbringen euch eine Botschaft der Hoffnung und Lie ...« Die Stimme brach ab, als eine Gruppe mit Schilden bewehrter Polizisten die Studenten angriff. Wut- und Schmerzensschreie erschallten, die jedoch sofort von dem Gebrüll der Meute der erwachsenen Zuschauer übertönt wurden.

Dann war Jubel und sogar Gelächter zu hören, als die angreifenden Polizisten ihren Kurs änderten und sich überhastet zurückzogen. Milhouz spreizte die Finger zum Siegeszeichen.

Sten konnte jedoch erkennen, daß dieser Sieg nur von kurzer Dauer sein würde. Die Polizisten waren jetzt gedemütigt und sogar noch verängstigter als zuvor. Er sah, daß sie kurz davor standen, einen neuerlichen Angriff zu starten, diesmal jedoch mit größerer und tödlicherer Wucht.

Er nickte Cind zu. »Du kennst den Einsatzplan.«

Sie bewegten sich näher heran. Alex übernahm die Flanke und schlich sich mit den Gurkhas seitlich um die Polizisten herum. Cind nahm einige Bhor mit, um zwischen Alex und die wütenden Zivilisten zu gelangen. Sten, Otho und ungefähr zwanzig Bhor gingen einfach drauflos, mitten durch die Polizisten.

»Hoppla! Entschuldigung«, sagte Cind, nachdem sie einen Ellbogen in einen untersetzten Tork, offensichtlich einen Hafenarbeiter, gestoßen hatte. »Wie unvorsichtig von mir«, entschuldigte sie sich bei einem Suzdal, den sie sauber aufs Kinn getroffen hatte.

»Tut mir aufrichtig leid«, stieß Lalbahadur Thapa aus, als er eine scharfe Stiefelspitze gegen das Schienbein eines hochaufragenden Bogazi trat. Er quetschte seine schlanke Gestalt zwischen zwei weiteren Bogazi hindurch und trat kräftig auf die Zehen eines massigen Jochianers, der ihm im Weg stand.

»Meine Schuld«, meinte Alex, als er einen Polizisten anrempelte, der daraufhin gegen seine Kollegen prallte. Alex' Arm fuhr erschrocken über die eigene Ungeschicklichkeit zurück und schleuderte noch einen Polizisten zur Seite. »Oje, das hat bestimmt weh getan! Verzeih mir, mein Freund.«

»Wir gehen durch«, rief Sten. Sein Knie kam hoch und erwischte einen sich duckenden Polizisten so geschickt am Hinterteil, daß er mit dem Visier über den Boden schrammte. »Tut mir sehr leid. Imperiale Dringlichkeit, müssen Sie wissen.«

Ein kräftiger Polizistenarm wand sich um Othos Hals. Zwei weitere Gesetzeshüter kamen mit erhobenen Knüppeln auf ihn zu. »Beim Barte meiner Mutter«, sagte der Bhor, »mein Stiefel ist schon wieder aufgegangen.« Er beugte sich hinunter, um das Mißgeschick zu beheben, und der Polizist segelte in hohem Bogen über seinen Kopf – direkt in seine angreifenden Kollegen hinein.

Jemand hielt Cind am Hemd fest. Ein ziemlich großer Jemand. Sie stieß ihm einen Finger ins Auge. Der große Jemand heulte vor Schmerzen auf und ließ sofort los. »Ich weiß nicht, was heute mit mir los ist«, sagte Cind. »Ich bin so ungeschickt.«

Ein Suzdal schnappte nach Chittahang Limbu. Der kleine Gurkha packte ihn am Ohr, kurz bevor die Kiefer sich um seine Gurgel schließen konnten. Dann drehte er das Ohr herum. Der Suzdal folgte dem Dreh und taumelte nach hinten in seine Rudelgefährten. »Ich bin heute so kindisch drauf«, wunderte sich Chittahang. Dann flüsterte er fast unhörbar: »Schamhaar eines Yak!«

»Aus dem Weg! Imperiale Geschäfte! Aus dem Weg!« rief Sten. Sonderbarerweise funktionierte das. Die meisten Polizisten machten Platz, um sie durchzulassen. Diejenigen, die noch zögerten, bekamen einen Ellbogen oder einen kräftigen Klaps der Bhor zu spüren.

Alex stieß auf zwei Polizisten, die einem kleinen Studenten die Seele aus dem Leib prügelten. Ohne zu Zaudern hob er sie hoch in die Luft und knallte sie gegeneinander. Dann ließ er los. Sie fielen besinnungslos zu Boden.

»Ach nein, ich hoffe doch, daß ich euch nicht ernsthaft wehgetan habe, sonst rückt mir Sten auf die Pelle«, meinte er und ging weiter.

Otho und vier Bhor brachen zu der Statue durch. Sie wandten sich um und fegten wie lebendige Panzerfahrzeuge ein weites Areal um sich herum frei. Einige Sekunden später stand Sten im Zentrum dieses Platzes. Wieder einige Sekunden später hatte sich seine ganze Truppe hinter ihm aufgestellt.

Sten sah hinauf zu Milhouz. Die dicken Backen des jungen Jochianers röteten sich vor Erstaunen.

»Tut mir leid, ich habe mich ein bißchen verspätet«, sagte Sten. »Aber wenn Sie mir dieses Ding jetzt übergeben würden, kann ich mich ein wenig mit den guten Leuten hier unterhalten.«

Er zeigte auf das Megaphon in Milhouz' Hand. Der junge Jochianer starrte ihn mit offenem Mund an. Dann nickte er und übergab den Verstärker an Sten.

»Ich kann nicht glauben, daß Sie das getan haben«, sagte er.

»Ich auch nicht«, erwiderte Sten. Dann wandte er sich zu seinem Publikum um.

»Als allererstes ... verlangen wir Respekt vor der Würde aller Spezies im Altai-Cluster«, sagte Milhouz und stieß mit dem Zeigefinger auf das Dokument, das er und seine Kommilitonen aufgesetzt hatten.

»Ich glaube nicht, daß jemand etwas dagegen einzuwenden hat«, entgegnete Sten und ließ seinen Blick um den Tisch der Cafeteria wandern, an dem auch die übrigen Studentenführer saßen. Sie waren alle sehr jung und blickten sehr ernst drein.

›Seltsam‹, dachte Sten, ›wie sehr sich doch alle jugendlichen Lebewesen ähneln.‹ Ob Suzdal, Bogazi oder Mensch, sie alle hatten diese großen, aufgerissenen Augen und runden, hilflosen Gesichter. ›Auf begrenzte Zeit nett anzusehen‹, dachte Sten. ›Wenn man näher darüber nachdenkt, ist das ein eigenartiges Merkmal universeller genetischer Programmierung. Und wahrscheinlich der Grund dafür, weshalb Eltern ihre Kinder nicht gleich nach der Geburt töten.‹

»Zweitens«, fuhr Milhouz fort. Seine Wangen und sein Doppelkinn wackelten wie bei einem kleinen, höhlenbauenden Nagetier. »Die Gleichheit aller Spezies muß der Grundpfeiler der zukünftigen Regierung sein.«

»Die Bestimmungen des Imperators lassen daran keine Zweifel aufkommen«, sagte Sten trocken. »Er ist bekannt dafür, daß er sich überall für Gleichberechtigung einsetzt.«

»Trotzdem muß es gesagt werden«, mischte sich die Bogazistudentin ein. Ihr Name war Nirsky, wie sich Sten gemerkt hatte. So wie sich die Bogazimännchen vor ihr aufplusterten, mußte sie sehr attraktiv sein.

»Dann sagen Sie, was zu sagen ist«, meinte Sten.

Milhouz räusperte sich, um Aufmerksamkeit zu erlangen. »Drittens müssen alle Milizen auf ihre Heimatplaneten zurückkehren. Sofort.«

»Das dürfte jede neue Autorität auf ihrer Liste stehen haben«, sagte Sten.

»Sie machen sich über uns lustig«, beschwerte sich Milhouz.

»Überhaupt nicht«, antwortete Sten. »Ich verdeutliche Ihnen lediglich bestehende Tatsachen.« Sein Gesichtsausdruck blieb nichtssagend.

»Niemand hört uns zu«, japste der Suzdal. Er hatte sich Sten als Tehrand vorgestellt.

»Ja, das stimmt. Wir haben diese Forderungen schon die ganze Nacht hinausgerufen.« Die Sprecherin war eine Tork. Eine sehr nett aussehende Tork, die offensichtlich für den jungen Milhouz schwärmte. Ihr Name war Riehl.

»Ich höre zu«, sagte Sten. »Es hat mich einige Mühe gekostet, hierherzukommen, falls Sie das vergessen haben. Warum machen Sie nicht einfach weiter?«

»Viertens«, fuhr Milhouz fort, »verlangen wir Amnestie für alle Studenten von Pooshkan, die an diesem Freiheitskampf beteiligt waren. Dazu gehören auch wir – die Mitglieder des Aktionskomitees.«

»Ich werde mein Bestes tun«, sagte Sten und meinte, was er sagte.

»Das reicht uns nicht«, entgegnete Nirsky. »Sie müssen es versprechen.«

»Versprechen sind leicht gegeben«, entgegnete Sten, »aber oft schwer zu halten. Noch einmal – ich werde mein Bestes tun.«

Milhouz' Gesicht nahm den Ausdruck heiliger Reinheit an. »Ich bin bereit, das Risiko einzugehen«, sagte er. »Ich gebe mein Leben mit Freuden für meine Ideale hin.«

»Übertreiben wir mal nicht«, beschwichtigte Sten. »Niemandes Leben steht hier auf dem Spiel. Ich sage lediglich, daß eine neue Regierung, wie immer sie auch aussehen mag, womöglich über den Schaden, den Sie hier angerichtet haben, nicht gerade begeistert sein wird.

Es wird also vielleicht einige Bußgelder geben. Zur Strafe. Allerhöchstens ein paar Tage im Gefängnis. Das werde ich jedoch nach Möglichkeit zu verhindern versuchen. Möglicherweise hören sie aber nicht auf mich. Seien Sie also vorbereitet.«

Jetzt brach überall Gerede los. Sten lehnte sich auf seinem Stuhl zurück, während die Studenten seine Bemerkungen diskutierten. Tehrand warf ihm einen drohenden Blick zu, ließ sein Raubtiergebiß blitzen. Sten achtete nicht sonderlich darauf, ebenso wie er die übrigen dreißig oder mehr Studenten im Raum ignorierte, von denen ihn die meisten ebenfalls sehr argwöhnisch betrachteten.

Obwohl es sein Vorschlag gewesen war, sich allein mit der Gruppe zu treffen, bezweifelte er, daß sie viel unternehmen konnten, dessen er sich nicht zu wehren gewußt hätte, falls die Situation wirklich kippte.

»Tut mir leid«, sagte Milhouz schließlich, »aber wir lassen über diese Forderungen nicht mit uns handeln.«

»Was ist, wenn sie abgelehnt werden?«

»Dann brennen wir die Universität nieder«, sagte Riehl mit vor Entschlossenheit roten Wangen.

»Das würde ich Ihnen nicht raten«, erwiderte Sten. »Um ehrlich zu sein, wäre es mir lieber, wenn Sie Ihre Drohungen überhaupt unterließen. Das verschafft mir mehr Spielraum für die Verhandlungen mit der Polizei.«

»Nur eine Woche«, sagte Nirsky. »Dann müssen wir niederbrennen.«

»Wir sind uns alle einig«, sagte Tehrand. »Wir haben abgestimmt.«

»Dann stimmen Sie noch einmal ab«, schlug Sten vor. »Sie können ja sagen, daß es im Licht der neuen Faktoren, die Sr. Sten gebracht hat, nötig geworden ist.«

»So funktioniert Demokratie nicht. Alle Abstimmungen sind endgültig«, sagte Milhouz pompös. »Was uns zur nächsten und wichtigsten Forderung bringt ...

Die Regentschaft der Khaqans muß ein Ende haben. Jede Form der Tyrannei muß ein Ende haben. Wir fordern eine neue Ordnung. Nur mit Hilfe der Demokratie können die Probleme des Altai-Clusters endgültig beseitigt werden!«

»Um dieses Ziel zu fördern«, wandte Riehl ein, »haben wir eine Liste von Kandidaten zusammengestellt, die vom Pooshkan-Aktionskomitee akzeptiert werden.«

»Mal halblang«, sagte Sten. »Ich wüßte gern mehr über diese Liste. Sehr demokratisch kommt mir das nicht vor.«

»Ist es aber«, widersprach ihm Milhouz. »Im reinsten Sinne.«

»Er meint damit nicht die primitive Theorie, nach der jedes Wesen eine Stimme bekommt, egal ob ... ob es dieses Recht verdient oder nicht.« Riehl warf Milhouz einen schmelzenden Blick zu. Sten malte sich aus, daß Milhouz wohl auf der Liste derjenigen stand, die es verdienten.

»Verstehe«, sagte Sten und gab diplomatische Hmmm-Geräusche von sich. »Interessant, daß Sie die Sache so betrachten.«

»Gut. Sie verstehen also meinen Standpunkt«, sagte Milhouz, der den Punkt als akzeptiert ansah. »Lassen Sie uns offen sein. Die meisten Wesen – ich meine, die, ähm, ungebildeten Klassen – lassen sich am liebsten sagen, was sie tun sollen.« Er beugte sich voller Leidenschaft nach vorne. »Sie fühlen sich ... unwohl, wenn sie gewichtige Entscheidungen treffen sollen. Sie brauchen Strukturen in ihrem Leben. Erst dann fühlen sie sich ...«

»Wohl«, half ihm Sten aus.

»Wie scharfsinnig, Herr Botschafter. Doch, das ist genau das richtige Wort. Sie fühlen sich wohler und obendrein glücklicher dabei.«

»Die Gebildeten wissen am besten Bescheid«, sagte Nirsky.

»Eine seit langem bekannte Tatsache«, kläffte Tehrand.

»Milhouz sagt, mit einer gebildeten Elite kann unmöglich eine Tyrannei entstehen. Stimmt doch, Lie – ähh ..., stimmt doch, oder?« Riehl errötete, weil sie fast ihre Gefühle offenbart hätte.

Milhouz klopfte ihr herzlich auf den Schenkel und ließ die Hand darauf liegen. »Richtig. Ich habe ... etwas in der Art gesagt. Aber ich bin kein Genie. Andere beackern das gleiche Feld.« Er warf Sten einen feierlichen Blick zu. »Der Gedanke ist nicht ganz originell.«

»Wie bescheiden von Ihnen«, sagte Sten.

»Vielen Dank, Herr Botschafter. Wie auch immer ... zurück zu unserem ... Manifest. Wir finden, daß die neuen Führungspersönlichkeiten der Altaiwelten von allen wichtigen Familien des Clusters gewählt werden sollten. Die gebildetsten Suzdal, Tork, Bogazi und Jochianer – so wie ich einer bin.«

»Könnte ein erfolgreicher Abschluß an dieser Universität der Qualifikation dienlich sein?« erkundigte sich Sten.

»Es gibt kein größeres Laboratorium der Lehre als die Pooshkan-Universität. Das versteht sich also ... von selbst.«

»Hätte ich mir denken können. Wie dumm von mir«, sagte Sten.

»Obwohl wir auch hier sehr viel Bedarf an Verbesserungen sehen«, warf Riehl ein. »Viele unserer Veranstaltungen sind ... von ihrer Grundeinstellung her inkorrekt.«

»Ich vermute, daß die Erneuerung der Universität ebenfalls auf Ihrem Programm steht«, sagte Sten.

»Absolut!«

»Und wenn nicht, dann brennen Sie die Universität nieder?«

»Genau. Wer soll uns davon abhalten?« antwortete die Bogazi. »Meine Brut ist am wichtigsten. Wenn mich jemand verletzt – gibt es viel Ärger.«

»Das gleiche gilt für uns alle«, sagte Riehl. »Die Bullen haben Glück gehabt, daß Sie gekommen sind. Wenn sie sich zu Dummheiten hätten hinreißen lassen ... na, dann hätten unsere Familien sie hart dafür büßen lassen. Glauben Sie mir.«

Milhouz händigte Sten das Papier mit dem Manifest des Aktionskomitees aus. »Hier sind unsere Forderungen. Nehmen Sie sie ... oder lassen Sie es bleiben.«

Sten zog den Moment absichtlich in die Länge. »Dann ... werde ich lieber gehen«, sagte er schließlich. Und erhob sich.

Panik machte sich im Raum breit.

»Warten Sie«, sagte Milhouz. »Wohin wollen Sie?«

»Zurück zur Botschaft«, klärte ihn Sten auf. »Ich habe hier nichts verloren, abgesehen davon, daß es wirklich nichts mit meiner Arbeit zu tun hat. Es ist eindeutig ein Problem der örtlichen Behörden. Also ... wenn Sie mich entschuldigen würden ... Ich werde mir das, was weiter mit Ihnen geschieht, lieber auf dem Bildschirm betrachten. Mit einem schönen steifen Getränk, das mir den Magen wärmt.«

»Aber ... Sie können nicht gehen!« rief Riehl, den Tränen nahe.

»Dann passen Sie genau auf«, empfahl ihr Sten.

»Aber die Polizei wird –«

»Euch alle töten«, sagte Sten. »Die sind ziemlich sauer. Ich glaube nicht, daß es viel braucht, um sie hochgehen zu lassen. Eure Stammbäume machen sie bestimmt noch wütender. Wißt ihr, wie sich Polizisten manchmal aufführen? Empfindlich. Sehr empfindlich.

Komisch, was? Eure Leute denken, ihr macht hier Krawall. Statt dessen laufen die Bullen Amok. So geht das jedesmal.«

»Was wollen Sie von uns?« heulte Milhouz. Seine Hängebakken waren weiß vor Angst.

Sten wandte sich der Tür zu. »Ich habe eine bessere Frage: Was wollt ihr wirklich? Und erspart mir diesen Manifestkram!«

Sofort herrschte absolute Stille.

»Ich sage euch was«, lenkte Sten ein. »Ich sehe zu, ob ich jemanden finde, der mit euch reden will. Der sich eure Ansichten vorurteilsfrei anhört.«

»Jemand ... Wichtiges?« fragte Milhouz.

»Ja. Jemand Wichtiges.«

»Eine öffentliche Anhörung?«

»Das weiß ich nicht. Vielleicht.«

»Wir wollen Zeugen haben«, japste Tehrand.

»Ich erkundige mich, ob das möglich ist«, sagte Sten. »Ist das soweit in Ordnung? Eine faire Anhörung aller eurer Ansichten von seiten wichtiger Leute mit Entscheidungsbefugnis. In Ordnung?«

Milhouz blickte sich um und sah hier und da leichtes Kopfnikken. »Einverstanden«, sagte er.

»Gut.« Sten ging zur Tür.

»Aber ... wenn sie nicht wenigstens zuhören ...« Milhouz versuchte ein wenig Selbstbewußtsein für die Gruppe zu retten.

»Dann brennt ihr die Universität bis auf die Grundmauern nieder«, beendete Sten den Satz für ihn.

»In einer Woche!« blaffte Milhouz.

»Ich versuche daran zu denken.« Dann war Sten weg.

Kapitel 12

Als Sten zur Botschaft zurückkehrte, hätte sich seine Stimmung nur durch einige Axtmorde aufbessern lassen.

Er warf einen Blick auf die verlogene halbfertige diplomatische Mitteilung und schleuderte den Notizblock quer durch den Raum.

Unglaublich unreif. Und außerdem nicht annähernd befriedigend.

Er spielte mit dem Gedanken, den Schreibtisch umzutreten, hielt sich jedoch rechtzeitig zurück, indem er an die enorme Masse dieses Holzblocks ganz nach dem Geschmack des Khaqans dachte. Hinzu kam der Anblick der verschrammten Beine, die beredtes Zeugnis von früheren botschafterlichen Selbstverstümmelungen ablegten, die zweifellos aus dem Kontakt mit den charmanten, altruistischen, visionären Einwohnern des Altai-Clusters herrührten.

Sten zog kurz in Erwägung, Admiral Mason in sein Quartier zu bestellen, in der Hoffnung, einen inoffiziellen Schlagabtausch provozieren zu können, begnügte sich dann jedoch mit einem lauten barbarischen Grunzen, das er durch die Scheibe des versiegelten Fensters in den prasselnden Regen des gerade über Rurik niedergehenden Gewitters ausstieß.

Daraufhin ertönte ein Röcheln.

Dann ein unterdrücktes Kichern.

Sten drehte sich nicht um.

»Muß man nicht einfach Mitleid mit diesem Burschen haben?« säuselte Alex. »Jetzt, wo er gerade entdeckt hat, daß er die Imperiale Hoheit über einen ganzen *Cluster* voller Campbells aufgedrückt bekommen hat?«

»Da haben wir ihn«, sagte Cind mit ähnlich ernster Stimme,

»den mutigen Sten. Den großen Krieger, den ich seit frühester Jugend anbete. Den Mann, von dem die Legende berichtet, er habe allen Wesen im gesamten Lupus-Cluster Frieden und Wohlstand gebracht und dabei nie das Lächeln auf den Lippen und das Lied in seinem Herzen verloren.«

Sten drehte sich noch immer nicht um.

»Gibt es ein einziges Wesen in diesem ganzen verdammten Cluster, das nicht unterwegs ist, um alle anderen verdammten Wesen umzubringen?« fragte er. »Gibt es verdammt noch mal irgend jemanden, angefangen bei diesen verdammten Apparatschikidioten, die sich für Innerlecktschuelle und Studenten halten, bis hin zu den Schwachköpfen, die mit ihren verdammten Privatarmeen umherziehen, und den verdammten Blödmännern, die Abzählreime aufsagen, um herauszufinden, wer diesem verdammten Idioten Iskra diesen verdammten Thron überreichen wird, dem unser Ewiger Verdammter –« Er hielt inne und bemerkte erst jetzt, daß seine Lungen völlig leer waren, holte Luft und setzte seine Tirade mit Rücksicht auf Cinds Anwesenheit ein wenig umsichtiger fort: »… dem wir die verdammten Schlüssel zu diesem verdammten Königreich überreichen sollen? Gibt es auch nur ein einziges Lebewesen, das über einen Milliliter der Milch der frommen Denkungsart verfügt, irgendwo tief drinnen in seiner oder ihrer oder was auch immer für einer Persönlichkeit versteckt?«

»Ts-ts-ts«, zischte Alex bedauernd. »Verdammt unflätige Ausdrucksweise. Und das vor einem verdammten Lord und alles.«

»Könnte mir jemand einen Drink eingießen?«

»Noch nicht, Skipper. Vielleicht ist es dir auch lieber, wenn kein Alk durch dein System rauscht.«

Jetzt endlich drehte sich Sten um. Sowohl Kilgour als auch Cind trugen jochianische Zivilkleidung. Die Kleidung armer Leute. In dunklen Farben gehalten.

Unter den Armen waren jochianische Mäntel zusammengerollt.

Interessanter erschien ihm jedoch, daß beide Kampfwesten trugen. Jede Weste war komplett mit Funkverbindung, einer Willygun mit abgesägtem Lauf und ausziehbarem Kolben in einer Unterarmschlaufe, zwei Reservemagazinen der verheerenden AM_2-Munition und einem Kampfmesser plus Scheide ausgestattet. Unter den Mänteln würden die Westen nicht zu sehen sein.

Kilgour hatte obendrein ein recht großes Päckchen unter dem Arm, ein Päckchen, das in einen dritten Mantel gewickelt war.

»Zwischen Dunkelheit und Zwielicht
Tief in der finsteren Nacht
Haben die Geschäfte des Tages Pause,
Wenn der Schurke seine Runde macht.«

Noch während er das Gedicht rezitierte, entrollte Alex das Päckchen und enthüllte das, was Sten sich bereits erhofft hatte: eine aus Zivilkleidung, einer bestückten Kampfweste und einem phototropischen Overall bestehende dritte Ausrüstung.

Kilgour fuhr fort:

»Ganz deutlich hör' ich es dicht unter mir
Das Getrippel auf Zehenspitzen gehender Füße
Das stumpfe Geräusch eines eindringenden Dolches
Und das Todesröcheln, das leise und süße.«

»Ihr zwei Scherzkekse wollt ausgehen und im Schutze der Nacht ›Fang mich‹ spielen – und ich soll wohl allein hier bei der Büroarbeit zurückbleiben?«

»Ein ordentlicher und gewissenhafter Botschafter«, sagte Cind, »treibt sich nicht bei Wind und Regen draußen herum und gibt sich auch nicht mit gemeinen Messerstechern ab.«

»Du hast recht. Ich muß mich an meinen neuen Posten gewöhnen. Kilgour, hast du an meinen Kukri gedacht?« Sten legte seinen Botschafterumhang ab und fühlte sich gleich wesentlich besser.

»Zieh lieber die Mantis-Tarnung drunter, Boß. Falls wir auffliegen.«

»Worum geht's denn?«

»Du hast mir doch erzählt, daß sich der Imperator unter anderem darüber Sorgen macht, daß der Khaqan sein AM2 auf den Schwarzmarkt schafft und es nach außerhalb des Systems verkauft, um seinen Gebäudetick zu finanzieren, stimmt's?«

»Und?«

»Wenn wir davon ausgehen, daß sich die Schurken und ihr schurkisches Treiben niemals ändern, dann suchen sie jetzt nach neuen Bossen, und da meinte ich, es wäre eine prima Sache und obendrein sehr produktiv, wenn wir uns mal umschauen und herausfinden, wie der Schwarzmarkt hier so abläuft.«

»Sehr gut. Hervorragend«, stimmte ihm Sten zu. »Wenigstens einer fängt an zu denken, wenn schon nicht ich. Wer also ist der liebenswerte Mitbürger, der die Führerschaft seines Clusters am Straßenrand feilbietet?«

Alex erklärte es ihm. Der hiesige Chef des Mercury Corps für den Altai-Cluster, ein relativ junger und unerfahrener Agent namens Hynds, der in der üblichen Tarnung als Kulturattaché auftrat, hatte einen seiner besseren Jochi-Agenten in Bewegung gesetzt.

Sten wollte wissen, wie gut der Mann war. Kilgour zuckte mit den Achseln.

»Unser kleiner Schnüffler meint: erstklassig. Seinen Berichten und der einen Befragung, an der ich teilnahm, nach zu urteilen, ist der Agent nicht besser als zweite Reihe. Wir müssen jedoch mit dem Werkzeug arbeiten, das uns zur Verfügung steht, Boß. Ich hab' noch nicht genug Zeit gehabt, um Walshingham zu spielen und eigene Leute anzuwerben.

Jedenfalls behauptet Hynds Agent, er habe einen dieser Schmuggler an der Hand, der ums Verrecken aus der Geschichte raus will.«

»Hast du irgendeine Bestätigung oder eine zweite Quelle, daß dieser Kanarienvogel, der uns einfach so zuflattert und lauthals singen will, mehr wert ist als jemand, der sich mit einer kreativen Lüge ein paar Imperiale Credits abgreifen will?«

Kilgour sah ein wenig verletzt aus, daß Sten ihn der Leichtgläubigkeit verdächtigte, führte aber seine Erklärungen weiter aus.

Der Mann, mit dem sie sich treffen sollten, behauptete, Eigentümer und Captain einer kleinen Transportfirma zu sein, die der Khaqan benutzte, um das AM_2 zu verschieben. Hynds Agent hatte die Kopie eines Fiches aus dem Logbuch eines dieser Schiffe sowie zwei Ladungsfiches von dem Mann erhalten.

»Natürlich wurde die Ladung als Birnen, Pflaumen, Klatschmohn oder sonstwas ausgewiesen, interessanter jedoch ist das Ziel der Reise. Es ging zu den Honjo, die sich noch nie geziert haben, AM_2 aufzukaufen, ohne viel zu fragen, woher das Zeug kommt.«

»Dünn«, lautete Stens Beurteilung.

»Stimmt schon«, pflichtete ihm Kilgour bei. »Plus das Treffen heute nacht in einem schrecklichen Stadtviertel. Wir dürfen nicht viel Verstärkung mitnehmen. Deshalb die Knarren. Und ich habe so den Eindruck, daß Cind einen guten Teil bei dieser Diskussion beisteuern könnte. Außerdem du, vorausgesetzt, du hast noch genug Puste, um mit uns Schritt zu halten.«

»Auf geht's«, sagte Sten grinsend. Die Aussicht auf ein wenig Action, selbst wenn es sich mit ziemlicher Wahrscheinlichkeit um das Treffen mit einem elenden Lügner handelte, der ihnen in einer dunklen Gasse Märchen erzählen wollte, wirkte wie eine Frischzellenkur.

»Ihnen ist aber klar, Captain Cind«, sagte er, »daß ein gewisser Gefreiter Otho uns dazu zwingen wird, unsere Bärte abzuschneiden, weil wir ihn von einer Aktion ausgeschlossen haben, die zumindest eine geringe Aussicht auf Selbstverstümmelung bietet?«

Dann fiel ihm noch etwas anderes ein. »Wie kommen wir dorthin? Schließlich bin ich der Botschafter und kann mich nicht einfach von der Bühne verabschieden, ohne daß es jemandem auffällt.«

Cind setzte ein verschlagenes Gesicht auf. »Während du da draußen warst und mit der Dumpfbackenbrigade ›Diplomatie‹ gespielt hast, habe ich überprüft, wie sicher unser Schlafzimmer ist. Inzwischen muß ich den vorherigen Botschafter eines nicht ganz alltäglichen Geschmacks verdächtigen.«

Cind ging zu den Lichtschaltern und drückte einen Auf-Ab-Schalter zur Seite. Eine der Wandverschalungen glitt auf.

»Ah«, sagte Sten. »Was wäre das Leben ohne Geheimgänge?«

»Er führt von hier an unserem Schlafzimmer vorbei«, erklärte Cind. »Dann hinten herum durch den Flügel, in dem das Kanzleipersonal und die jungen Angestellten einquartiert sind. Dann geht es unterirdisch weiter bis in die Nähe der Küche, glaube ich, und schließlich kommt er als Teil der hinteren Mauer wieder an die Oberfläche.«

»Komplett mit Gucklöchern und Türen, direkt in die Betten der Dienerinnen. Der Bursche war ein echter Romantiker«, ergänzte Alex.

»Ein Perverser«, korrigierte ihn Cind.

»Wo liegt da der Unterschied?« erkundigte sich Kilgour. »Nach dir, Skipper. Captain, wenn Sie gleich den Anschluß machen würden, dann bilde ich die Nachhut. Nebenbei bemerkt mußt du dir keine Sorgen wegen Wanzen oder dergleichen machen. Außer mir und Cind kennt niemand diesen Gang.«

In diesem Punkt allerdings täuschte sich Kilgour gewaltig ...

Der Treffpunkt lag fast vier Kilometer von der Botschaft entfernt. Die Straßen waren beinahe verlassen, nur gelegentlich rauschte ein A-Grav-Gleiter langsam durch das Gewitter, und ein- oder zweimal sahen sie irgendwo eine Gestalt entlanghuschen, zweifellos unterwegs zu frevelhaftem Tun.

Ihr Weg führte sie zu Ruriks gewaltigem Zentralbahnhof für den öffentlichen Nahverkehr. Als sie den Bahnhof erreichten, fragte sich Sten, warum diese Terminals in allen Städten in Slumgegenden angesiedelt waren. Was kam zuerst? Oder zog das ständige Kommen und Gehen die Obdachlosen an?

Die Doppelstreife gleich hinter dem Eingang beäugte sie mißtrauisch, schätzte das Trio als verstädterten Bauer, seine Frau und seinen Freund oder entfernten Verwandten und damit als uninteressant ein. Kilgour führte Sten und Cind auf einem kleinen Umweg durch das riesige Gebäude. Auf den Bänken saßen Gestalten, die dort schon seit Ewigkeiten zu warten schienen. Einige schliefen, andere aßen, einige lasen. Wieder andere starrten auf die Bildschirme mit den verschwommenen Fahrplanhinweisen oder Unterhaltungsprogrammen. Viele glotzten einfach nur vor sich hin. Auf Rurik war die Fähigkeit, Schlange zu stehen, ohne von der brüllenden Langeweile in den Wahnsinn getrieben zu werden, mehr als eine Kunstform. Es war blanke Notwendigkeit.

Vor einem Erfrischungsstand blieben sie stehen. Heiße Getränke gab es nicht, dafür aber drei Varianten eisgekühlter Sommergetränke. Das einzige Essen, das Sten sehen konnte, war eine dünne Brühe aus einer Art von Pilzen, obendrein waren die Terrinen dreckig. Auf der Suppe schwamm ranziges Fett.

Cind, die sich noch immer als Spionin zur Ausbildung sah, beobachtete die beiden anderen dabei, wie sie unauffällig die Leute ringsum beobachteten.

Bis jetzt war die Sache gut verlaufen, obwohl Sten wußte, daß es so gut wie unmöglich war, einen ernsthaften Versuch, ihnen zu folgen, zu erkennen, wenn jeder Verfolger sie nur über eine kurze Strecke verfolgte, bevor er sie an den nächsten Agenten übergab.

Schließlich zuckte Kilgour hilflos mit den Schultern und zeigte auf eine Zeile der Anzeigetafel, die gerade blinkte: FAHRDIENST AUFGRUND DES WETTERS BIS AUF WEITERES EINGESTELLT. Er führte sie zum nächsten Ausgang, wobei er wie ein zünftiger Landbewohner, dem man gerade gesagt hatte, er könne nicht mehr nach Hause fahren, leise vor sich hin fluchte.

Sie kamen an einer Tür vorüber, auf der NUR FÜR PERSONAL stand, als Alex mit einem Kopfnicken das Zeichen gab und seitlich durch die Tür flitzte. Cind war völlig überrascht, doch Sten hatte sie bereits an der Schulter gepackt, und gemeinsam folgten sie Kilgour. Die Tür schloß sich hinter ihnen wieder. Alex schob mit dem Stiefel einen Keil in den Spalt, und schon befanden sie sich auf einer hallenden feuchten Treppenflucht, an deren unterem Ende ein offenes Tor und dahinter Regen zu sehen waren.

Handsignale von Kilgour. Du, Cind, vorneweg. Die Treppe runter, raus, den Ausgang sichern.

Cind glitt geräuschlos wie Quecksilber die Stufen hinab; der Mantel öffnete sich ein wenig, die Schußhand legte sich auf den Griff der Waffe, ein Finger vorsichtig in die Nähe, aber nicht auf den Abzug, bereit, die Pistole in Feuerposition herauszuziehen. Sie schob sich in die Nacht hinaus und preßte sich sofort dicht an die Wand.

Sie fand einen Augenblick, um Sten und Kilgour zu bewundern. Wieder lernte sie etwas von den beiden. Sie war noch nie Teil eines Kampfteams gewesen, bei dem derjenige, der die Befehle gab, nicht der Ranghöchste war, sondern derjenige, der mit den Verhältnissen und dem Problem am besten vertraut war.

Sten kam aus der Tür und drückte sich auf der anderen Seite mit dem Rücken gegen die Wand. Alex folgte ihm.

Auch er fand Platz in seinem Hirn, um eine Personalbeurteilung abzuspeichern: ›Das Mädel ist richtig, was? Sie weiß es zwar nicht, aber sie ist inzwischen soweit, es mit den besten Mantisleuten aufzunehmen. Ich muß Sten unbedingt sagen, daß er meinen Segen hat.‹

Dann war auch er draußen im Nieselregen, und sie bewegten sich im Laufschritt eine Versorgungszufahrt hinab, bis sie in die Straßen der Slums hinter dem Terminal eintauchten. Einen Block weiter suchten sie Schutz in einem Hauseingang und überprüften, ob sie verfolgt wurden.

Die Straße blieb so regendunkel und leer wie zuvor. Kilgour nickte zufrieden. Er zog einen Wanzendetektor aus der Weste und fuhr damit rasch über sie alle drei hinweg. Niemand hatte ihnen auf dem Weg durch das Terminal etwas angehängt.

»Woher wußtest du, daß diese Tür im Terminal nicht verschlossen war?« fragte Cind.

»Ach, Mädel«, erwiderte Kilgour. »Ich hätte dich für klüger gehalten. Was meinst du denn, wer die aufgeschlossen hat? Was glaubst du denn, wer das PERSONAL-Schild dort hingehängt hat? Du denkst wohl, ich verstehe nichts von meinem Handwerk?«

Er wartete nicht auf eine Antwort. »So. Jetzt ist es an der Zeit, daß wir unseren neuen Freund kennenlernen.«

Sie gingen weiter, immer dicht an den Gebäuden entlang, was niemandem großartig auffiel, da sich hier jeder so bewegte, als hätte er ein Geheimnis oder sonst etwas zu verbergen oder wäre ein Straßenräuber.

Der Slum erstreckte sich auch in die Vertikale, denn wie alles andere auf Jochi war dieses Viertel monströs, gewaltig und himmelstürmend gebaut. Die Gebäude waren vor über einhundert

E-Jahren als Hochhauswohnungen für Verwaltungsangestellte errichtet und mit genügend Annehmlichkeiten und Luxus ausgestattet worden, um denjenigen, die das Räderwerk des Khaqans fleißig schmierten, das Leben nicht allzu unangenehm zu machen. Inzwischen war einige Zeit vergangen. Die Gebäude verfielen. Die Regierungsangestellten suchten sich sauberere, sicherere und neuere Quartiere. Die Armen zogen ein. Bald blieben die McLean-Lifts stehen, und es gab viele, viele Treppen zu ersteigen. Die Hausverwalter hatten Angst oder waren korrupt. Schließlich schlug einer der Flüche zu, mit denen Jochi geschlagen war: Die Jochianer waren sehr gut, wenn es darum ging, Gebäude zu errichten, aber sie schienen sich noch nie Gedanken darüber gemacht zu haben, daß Gebäude, Straßen und Monumente instand gehalten werden müssen.

Jetzt waren die Fensterscheiben eingeschlagen, die leeren Höhlen mit Brettern vernagelt. Die oberen Stockwerke der Gebäude lagen meist im Dunkeln. Nur hier und da flackerte die Fettlampe eines Hausbesetzers oder der Lichtschein einer Räuberhöhle.

Die Fassaden der Häuser hatten einmal wie Stein aussehen sollen. Jetzt lösten oder schälten sie sich ab oder lagen in großen, glitschigen Flächen auf dem geborstenen Pflaster. Überall lag Müll auf den Straßen und stapelte sich in den Versorgungszufahrten der Gebäude.

Ihre Route führte sie in die Nähe eines der Flüsse, die Rurik durchzogen. Es war weniger ein Fluß als ein beweglicher Pfuhl, flach und voller Abfall und alter Fahrzeuge, die man einfach von der sich hoch über seinem Bett spannenden Brücke hinuntergestoßen hatte.

Wahrscheinlich war das Ufer vor vielen Jahren ein reizvoller Streifen gewesen, wo man die Feiertage oder Sommerabende verbringen konnte. Jetzt nicht mehr. Sten fand, daß er mit dieser Situation keinesfalls zufrieden sein konnte, denn er vermutete, daß sie sich hier mit dem Agenten treffen sollten. Die Brücke da oben war wie geschaffen für eine Falle. Und *unter* der Brücke, in der Nähe des Flusses? Sten erschauerte. Nicht einmal Alex mit seinem überentwickelten und normalerweise gerechtfertigten Selbstvertrauen und Wagemut, seinen Schwerweltlermuskeln und seiner Erfahrung würde sich in diesen mitternächtlichen Alptraum wagen.

Das hoffte Sten jedenfalls.

»Hier ist unser Plan«, erläuterte Kilgour. »Ich hab' diesem Agenten gesagt, ich bin kein Blödmann, ich bring' mir Verstärkung mit. Das bist du, Cind. Ich kann dir nicht sagen, wo du dich aufhalten sollst, würde es aber begrüßen, wenn du dich unsichtbar machen und mir unauffällig folgen würdest.

Ich soll dort unten am Flußufer langgehen, wo mich unser Vögelchen treffen wird. Mir gefällt der Plan auch nicht besonders gut, aber der Kerl war ziemlich nervös. Wenn du nix dagegen hast, Boß, dann spiele ich die sichtbare Fliege im Eintopf. Du kannst über diese Mauer hüpfen und mir Deckung geben, und zwar von vorne, wenn's genehm ist.«

»Vielen Dank, Kilgour. Ich darf also durch den Flußschlamm waten und muß obendrein schneller sein als du?«

»Genau. Und geräuschloser. Deshalb bist du ja auch Admiral und ich nur ein popeliger Dienstbote.«

Sten überprüfte seine Pistole. Alles klar.

»Wenn du ein wenig in der Weste herumsuchst, findest du eine kleine Sammlung von Granaten: Bester, Leucht, Splitter und Spreng.«

»Wie lautet die Prognose – kriegen wir Ärger?« flüsterte Cind.

»Wahrscheinlich nicht. Sonst hätte ich Sten eine Haubitze mitgegeben. Nicht mehr als siebzig Prozent. Genug geredet. Los jetzt.«

Bei genauem Hinsehen hätte man auf dem Uferstreifen einen Schatten wahrnehmen können. Einen Schatten, der sich bewegte. Doch es war wohl nur ein Spiel des Lichts von der Brücke, Licht, das man durch den rauschenden Regen kaum erkennen konnte. Der Schatten war Sten. Er glitt über die Ufermauer auf den »Strand« des Flusses hinunter.

Der reinste Schlamm. Stens Fuß versank in etwas, das womöglich kürzlich noch etwas lebendiger gewesen war als der Matsch, in dem es steckte. Er zog die Nase kraus. Du wirst weich, mein Junge. Erinnere dich wieder an dein Mantistraining, als sie dich einen halben Kilometer durch einen offenen Kanalabfluß kriechen ließen – und dir dann bei der Rückkehr deiner Ausbildungsgruppe im Basislager erklärten, der Zugang zu den Naßzellen sei absolut verboten. Einen Würger nannte man das damals korrekt im Mantis-Slang.

Sten fiel auf, daß er etwas steif war, etwas aus der Übung, was die Schnüffelei betraf, doch er schlich weiter, eine Kanalratte auf der Suche nach Aas. Hinter sich hörte er durch das Rauschen des Regens Alex' absichtlich fest auftretende Stiefelabsätze auf dem Pflaster der Uferbefestigung.

Cind hielt sich in der Nähe der verwahrlosten Gebäude auf der anderen Seite des Uferstreifens auf, glitt von Schatten zu Schatten, immer ungefähr fünfzig Meter hinter Alex, dem Köder.

Kilgour schüttelte sich, aber nicht der kalten Regenschleier wegen. Wie oft hatte er sich schon einem Treffpunkt mit einem örtlichen Agenten genähert? ›Unzählige Male, Lord Kilgour‹, dachte er. ›Und hast du jemals dieses Kribbeln zwischen den Schulterblättern gespürt und dir vorgestellt, wie sich das Fadenkreuz scharfstellt und der Schuß auf sein Ziel zurast?‹

Vor ihm tauchte ein kleines Gebäude auf, direkt neben einer kaputten Straßenlaterne. Es mochte sich früher einmal um eine Haltestelle oder das Wachhäuschen eines Polizisten gehandelt haben.

Bewegung. Alex' Finger versicherten sich der Pistole in seiner Weste, hielten dann jedoch die Miniwillygun, die in einem Holster an seinem Rücken steckte, für angebrachter. Er schob behutsam den Sicherungshebel der Maschinenpistole zurück, obwohl im Krach des Gewitters ohnehin niemand das Klicken gehört hätte. Die Fingerkuppe berührte den Abzug, und er hielt die Waffe mit der Mündung direkt hinter seinem Mantel bereit. Ohne sich dessen bewußt zu sein, suchte Alex sein optimales Gleichgewicht und ging leicht geduckt weiter; ein Fuß löste sich vom Boden, drehte sich leicht nach innen, berührte beinahe den anderen Knöchel, drehte sich wieder nach außen, setzte auf dem Fußballen auf, dann bewegte sich das andere Bein vorwärts.

Der Schatten war ungefähr mannsgroß. Er bewegte sich wieder. Blitze zuckten hinter ihm auf, und Kilgours Finger legte sich um den Abzug. Dann entspannte er sich. Der Schatten verwandelte sich in einen Mann, der einen knöchellangen Regenmantel mit Kapuze trug. Im Flackern des Blitzes hatte Kilgour gesehen, daß der Mann seine leeren Hände außerhalb der Manteltaschen hielt.

Kontakt.

»Und die Sonne bricht durch die dunkelsten Wolken«, sagte er und verwünschte sich selbst für die blödsinnigen Parolen, die sich in seinem warmen Büro ganz passabel angehört hatten.

Die Gegenpartei – der Schiffscaptain – hätte mit »So offenbart sich Ehre in der übelsten Gewohnheit« antworten sollen.

Nichts als das Heulen des Sturms.

Auf der anderen Seite der Mauer ging Sten einige Meter jenseits des Wachhäuschens auf Alarmstufe Rot. Er riß die Verschlüsse des Mantels auf; der Mantel fiel in den Matsch; Stens Hand zog die stupsnasige Willygun aus dem Koppel, und sein Daumen schob den Wahlschalter weg von SAFE über FEUER, EINZEL auf AUTO; die andere Hand zog den Kolben ganz heraus. Er klemmte ihn unter den Arm und kniete sich mit einem Bein in den Schleim, wobei seine Augen ruhelos nach Zielen suchten.

Vielleicht hatte er etwas gesehen. Vielleicht war da eine winzige Reflexion etwas oberhalb des Mannes, ein glänzender Draht, oder vielleicht war dort auch nichts.

Kilgour durchzuckte höchster Alarm, sein Bewußtsein erteilte Befehle an seine Reflexe. ›Nein, nein, nicht hinschmeißen und dich flachmachen, Körper. Du befindest dich in der Todeszone. Du hast ein paar Sekunden, mein Junge. Mehr Zeit als nötig.‹

Der Kontakt hatte nicht geantwortet, weil der Kontakt sehr tot war. In Kilgours und Stens Schattenwelt war es fast normal, wenn man erfahren mußte, daß die Gegenspieler deinen Agenten geschnappt haben und man ihn irgendwo mit einem zusätzlichen Grinsen auffand. Und jemanden mit einer Drahtschlinge an einem Laternenmast aufzuhängen war auch nicht gerade eine der ungewöhnlichsten Hinrichtungsarten. Aber wenn die Leiche zurechtgemacht war, um auf dich am vereinbarten Treffpunkt zu warten ...

Hinterhalt.

Alex riß eine Granate aus der Tasche, drückte den Auslöser mit dem Daumen ein und schleuderte die winzige Bombe seitlich über den eigenen Kopf von sich; im selben Augenblick setzte er sich in Bewegung, machte drei lange Sätze und sprang kopfüber nach vorne, flog ein paar Meter und knallte dann auf das regennasse Pflaster, auf dessen schmierigem Film er noch einige Meter weiterrutschte. ›Ich muß einfach mehr trainieren‹, dachte er. ›Morgen habe ich garantiert die ganze Quetschkommode zerschrammt.

Falls es noch ein Morgen gibt‹, fügte er hinzu, als rings um das Wachhäuschen Geschosse in den Dreck klatschten.

›Ein Dreieck‹, erkannte Sten sofort. ›Sie haben uns von drei

Seiten. Das ist ein dickes Ding‹ ... und schon zog er den Abzug zurück und schoß einen potentiellen Attentäter in zwei Hälften.

Cind hatte eine Mikrosekunde auf die Stelle gestarrt, an der Kilgour soeben noch gewesen war.

Dann traf Kilgours mit Schwerweltmuskeln in die Höhe katapultierte Granate sechzig Meter über und einige Meter vor ihr die Ziegelwand – und detonierte.

Die Front des Gebäudes stürzte ein, Steine donnerten auf den zweiten Mörder herab, gerade als Cinds AM_2-Salve die Kaskade von Alex' Selbstverteidigung in ein ordentliches Begräbnis verwandelte.

Der dritte im Bunde zog gerade den Abzug zu seinem zweiten Schuß durch, als Kilgour ihn ins Visier bekam und einen Schuß auf ihn abgab. Der Schuß schlug hinter dem dritten Mann wie eine Peitsche ein; Kilgours Bewußtsein murmelte etwas von verdammten Pistolen und ihren geringen Reichweiten, und seine linke Hand umschloß den Griff der Pistole, um sie zu stabilisieren, zwei Schuß lösten sich kurz hintereinander, und dann war auch der dritte Mann tot.

Das Team bewegte sich weiter – Sten nach oben auf die Ufermauer zu, Kilgour rollte sich wie ein Strandball quer über die Straße auf einen Haufen Schutt zu, und Cind kauerte sich zunächst in einen Hauseingang, dann in einen anderen. Kilgour stieß die Pistole in ihr Holster zurück und stellte seine Willygun auf Feuer.

Der Donner des letzten Blitzes krachte um sie herum, und Sten bemerkte, daß er unbewußt mitgezählt hatte: Der Blitzschlag war nur zwei Kilometer entfernt, und etwas mehr als sechs Sekunden waren vergangen, seit er erkannt hatte, daß es sich bei dem Schatten um einen Mann handelte.

Ein Hinterhalt. Warum? Nur um Kilgour zu zeigen, daß eine andere Geheimtruppe ihn beobachtete? Eine melodramatische

Art, das zu verkünden. Dieser Kontakt, selbst wenn es sich wirklich um einen echten Schmuggler gehandelt hatte, hatte ihnen zumindest nichts verraten. Das deutete nicht unbedingt auf eine professionelle Organisation hin. Profis gingen nie aufeinander los. Das war nicht mehr nötig, sobald man das Leck oder das potentielle Leck abgedichtet hatte.

Was auch immer, sie konnten das Wer, Was und Warum später ausführlich analysieren. Jetzt war es höchste Zeit, sich davonzumachen. Die Füße in die Hand zu nehmen. Sten machte sich keine Sorgen darum, daß vielleicht Jochi-Polizisten auftauchen könnten; er zweifelte stark daran, daß sie es mit ihrer eigentlichen Polizeiarbeit ernst nahmen, und er wußte verdammt genau, daß sie in einer Gegend wie dieser hier höchstens mit einer ganzen Kompanie patrouillieren würden. Doch es wäre peinlich genug für den Imperialen Botschafter, bei einer derartig vulgären Auseinandersetzung ertappt zu werden.

Sten rannte los und übernahm instinktiv das Kommando, auch wenn der Einsatz bislang unter Kilgours Führung gelaufen war.

Sein Bewußtsein hatte Zeit, das *Klang* zu absorbieren, seine Augen hatten Zeit, das Aufblitzen hinter und über ihnen auf dieser Brücke zu sehen, und schon grub sich die Granate schmatzend in den Flußschlamm; Dreck spritzte auf, doch der Schmadder dämpfte die tödlichen Splitter.

Dann eröffneten die automatischen Waffen das Feuer. Direkt hinter ihm fauchten Hochgeschwindigkeits-Projektile in den Dreck, und Sten wälzte sich wieder über die Mauer, rollte hinüber und landete auf einer Schulter; dann sah er das Mündungsfeuer aus dem Fenster im dritten Stock des Hauses schräg gegenüber. Er riß die Willygun hoch, fluchte über den kurzen Lauf, die miese Treffsicherheit, hatte keine Zeit, genau zu zielen, sondern schickte eine lange Salve genau in das Mündungsfeuer hinein, doch die

Waffe feuerte trotzdem weiter, eine tote Hand am Abzug, bis der Schütze zu Boden ging und das Gewehr mitriß; der Rest des Magazins entleerte sich in den Himmel. Zwei weitere Gewehre ratterten unablässig weiter.

Sten war plötzlich dicht neben Kilgour und versuchte wie jener, sich ganz innig mit diesem wunderbar schützenden Trümmerhaufen zu vermählen, einem Haufen, der immer kleiner wurde, nachdem der Granatschütze sein Ziel korrigiert hatte und eine zweite Packung auf dem Pflaster detonierte.

»Die Saukerle meinen's ernst, Boß.«

Die Aussage traf ins Schwarze, denn diese Aktion ging weit über das hinaus, was man gemeinhin unter Ausschaltung eines problematischen Geheimdienstspezialisten verstand. Nachdem der erste Angriff fehlgeschlagen war, hätte man sich sofort aus den Verstecken zurückziehen müssen. Wer auch immer diese Wesen waren, sie zogen einen beinharten militärischen Hinterhalt durch; sie hatten es auf Imperiale Beute abgesehen, koste es, was es wolle.

›Die Armee‹, überlegte Sten. Nein. Die war noch nicht im Spiel – zumindest glaubte er das. Jedenfalls momentan noch.

Wo zum Henker war Cind? Seine Frage wurde dadurch beantwortet, daß eine Granate ein seit langem vernageltes Fenster aufriß und Cind gellte: »Ich halte euch den Rücken frei! Los!«

Sten schlug Alex auf den Hintern, und Kilgour war schon auf den Beinen, warf sich nach vorne und hechtete in den verlassenen Laden. Sten schickte eine Salve in die ungefähre Richtung des Todes; dann übernahmen seine Infanteristenmuskeln, und er rannte los, erreichte die Deckung, während Alex ihm Feuerschutz gab, und kauerte sich sofort hinter dem Fenster in eine Ecke. Cind kam durch die Öffnung wie ein Erdmarder, der durch den Schnee hüpft, begleitet von einer prasselnden Salve.

Ihre derzeitige Deckung würde sich schon bald als Todesfalle erweisen, das erkannte Sten sofort. Zumindest mußten sie sich keine Sorgen darum machen, daß ihnen die Munition ausging. Jedenfalls einen ganzen Tag lang nicht, denn das Magazin jeder Willygun enthielt 1400 ummantelte Einmillimeter-Geschosse AM_2.

Wieder korrigierte der Granatwerferschütze sein Ziel, und eine weitere Bombe rauschte mit einem *Klank* aus dem Rohr und flog in einem perfekten Bogen auf sie zu; Sten schmiegte sich so dicht an den Boden, wie es schon so viele Ratten vor ihm getan hatten.

Der Schütze hatte die Entfernung zu weit berechnet; die Granate detonierte weit über ihnen an der Fassade des Gebäudes. Eine Backsteinlawine regnete herab, genau wie nach Kilgours Granate.

»Beim Barte meiner Mutter«, sagte Cind unwillkürlich, »aber das ist die erste positive Sache, seit die Party hier losging.«

Sie hatte recht: Die Gegenseite hatte ihnen soeben zu einer standesgemäßen Brustwehr verholfen. Doch Sten gluckste vor Lachen. »Was hat deine Mutter?«

»Halt die Klappe«, erwiderte Cind. »Da siehst du mal, was passieren kann, wenn man von zu Hause wegläuft und von Bhor aufgezogen wird.«

»Apropos Bhor«, meinte Kilgour. »Ich hätte nichts dagegen, wenn ein paar dieser Gorillas demnächst hier auftauchen würden, was?«

»Ja. Genau. Du wünschst dir ein paar Bhor, ich wünsche mir einen Hinterausgang. Was ist deiner Meinung nach wahrscheinlicher?« fragte Sten.

Sie standen auf und schoben sich vorsichtig in den hinteren Teil des Gebäudes, von dem in der Finsternis kaum etwas zu sehen war. Sie stolperten über umgestürzte Mülltonnen.

»Habt ihr eine Ahnung, wem hier unsere Frisuren nicht genehm sind?« fragte Cind. Keiner der Männer konnte mit einer

Antwort dienen. So wie man in diesem Cluster dachte, konnte es fast jeder sein.

Sten fand die Hintertür im letzten Raum des Ladens. Sie war mit einem Kreuz aus zwei schweren Balken vernagelt. ›Kein Problem‹, dachte Sten, ›mit Kilgours erprobtem Grunz- und Stöhn-Talent.‹

Ungefähr eine Sekunde später nahmen die Feinde auch die Hintertür unter Beschuß. Eine Granate explodierte direkt vor ihr und durchsiebte den Verschlag. Sten sah durch die Detonationslöcher draußen Bewegung, schickte eine Salve hinaus und eine Bester-Granate hinterher. Schreie ertönten, die sofort verstummten, nachdem die Granate hochgegangen war. Eine Bester-Granate schaltete für jeden, der sich in ihrem Wirkungskreis aufhielt, die Zeit aus; nach ungefähr zwei Stunden tiefster Bewußtlosigkeit hatte das Opfer noch nicht einmal einen Schimmer davon, daß mehr als nur eine einzige Sekunde vergangen war.

»Du bist zu gnädig, Skipper.«

»Von wegen«, knurrte Sten. »Ich habe die falsche Granate erwischt. Seit du uns in diesen Schlamassel gerittet hast, geht ja sowieso alles drunter und drüber.«

»Ach«, meinte Kilgour, »es gibt Tage – und Nächte –, da will der Zauber einfach nicht wirken.«

Er packte einen der Balken mit einer Hand und zog daran. Die schwere Planke gab nach, und der Rest der Tür gleich mit.

»Den Rest des Gebäudes kannst du ruhig stehen lassen«, sagte Sten.

Die drei schoben sich durch den Spalt hinaus. Sten warf einen Blick auf die vier Männer, die nicht weit von der Tür auf dem Boden lagen. Es waren Menschen – also Tork oder Jochianer. Douws Fraktion? Oder womöglich diese andere Gruppe Jochianer, von deren Zielen und Anführern Sten erst noch hören sollte?

Ungenügende Daten. Alle vier trugen Uniformen ohne Abzeichen.

»Dann laßt uns die Sache beenden. Es wird weder sportlicher noch spaßiger, und es sind noch jede Menge Schurken übrig.«

Sten übernahm die Führung, und schon rannten sie im Laufschritt die schmale Straße hinab, wobei sie sich so schnell wie möglich fortbewegten, ohne dabei auch nur das geringste Geräusch zu verursachen.

Ihr Glück verließ sie in zwei unterschiedlichen Katastrophen. Der Sturm hörte jäh auf, beinahe so plötzlich, wie er eingesetzt hatte. Schlimmer noch: Der Himmel klarte auf, und zwei von Jochis Monden sorgten für viel zuviel Helligkeit.

»Haben die Bhor einen Wettergott, Cind?« erkundigte sich Sten.

»Schind. Er befehligt die Eisstürme.«

»Mist!«

Dann traf sie ihr zweites Desaster. Der Kegel eines Suchscheinwerfers spießte sie wie Insekten auf. Sten stellte sich sie drei vor dem Hintergrund eines alten Fotonegativs vor, dann ratterten ihre Waffen gleichzeitig los, das Licht zerbarst, zischte und verlosch, und sie fanden sich flach auf dem Bauch hinter dem ausgeweideten, ausgebrannten und verlassenen Wrack eines A-Grav-Gleiters wieder.

»Ich hab' ihn gesehen«, ertönte ein überraschter Ruf. »Den Kleinen. Das is' der Imperiale, den wir in der Glotze gesehen haben!«

Sten fluchte. Das würde ihn einige Erklärungen kosten.

Zunächst diesen Möchtegern-Machtgierhälsen auf Jochi gegenüber. Sten dachte auch daran, daß sein Ewiger Imperator von dem Zwischenfall hören könnte und ihm einige Fragen darüber stellen würde, was sein Bevollmächtigter Botschafter bei einem völlig unnötigen Agentenstückchen zu suchen hatte.

Nun denn, zumindest würden sie jetzt nicht umgebracht. Und vielleicht fiel ihm ja etwas ein, um der Geißelung durch den Imperator zu entkommen.

Dann: »Den verdammten Botschafter?«

»Genau den.«

»Leg den Sack um! Sofort!«

»Ich kann mir nicht vorstellen, wer hier soviel Mut im Bauch hat, den Gesandten des Imperators umzulegen«, sagte Alex, »aber diesen Schurken können wir uns später vorknöpfen. Zurück. Auf dem gleichen Weg.«

Eine kleine Infanterierakete explodierte in der Wand über ihnen und verbaute ihnen damit auch diesen Weg.

»Wir sitzen in der Klemme«, verkündete Cind. »Kann einer von euch fliegen?«

»Hör auf zu scherzen. Ich kann jetzt nicht mal mehr kichern, geschweige denn fliegen.«

Sie saßen eindeutig und ziemlich tief in der Falle.

Geschoß-Salven nagten an dem A-Grav-Gleiter über ihnen.

»Wie kommt es nur«, fragte Sten in die Runde, »daß in den Livies, wenn sich der Held hinter einen blöden A-Grav-Gleiter duckt, die Kugeln immer jaulend abprallen, wohingegen sie in Wirklichkeit einfach durchsausen?«

Niemand erklärte es ihm.

Das Feuer wurde abrupt eingestellt. Sie hörten, wie sich schlurfende Schritte näherten. Cind hob ihre Pistole. Sten schüttelte den Kopf, und sie sah, wie die Kukriklinge im Mondlicht aufblitzte.

Cinds Kampfmesser glitt aus der Scheide.

Es waren vier Angreifer.

Nummer Eins sah nichts – Cinds Messer war stumpfschwarz eloxiert, und es gab nicht die geringste Reflexion, bevor sich die Klinge durch seinen Brustkorb mitten ins Herz bohrte; der

Schwung des Mannes trug ihn noch ein paar Schritte weiter, bevor er zusammenbrach.

Nummer Zwei hörte nichts, als die beiden Fäßchen, die Kilgour Fäuste nannte, von links und rechts gegen seinen Kopf donnerten und sein Schädel wie eine Eierschale zerplatzte.

Nummer Drei nahm noch einen winzigen Augenblick etwas wahr, bevor ihn das Kurzschwert der Gurkhas spaltete, ihm das Schulterblatt durchtrennte, einige Rippen zerschnitt und sich in seinem Bauch festbiß.

Nummer Vier hatte zuviel Zeit. Er hatte Zeit genug, sein Gewehr zur Seite zu reißen, in Sten hinein, was ihn nach hinten taumeln ließ, wobei seine Hand vom blutverschmierten Griff des Kukri rutschte, und dann zielte der Gewehrlauf auf ihn.

Sten ließ sich in den Kniegelenken einknicken, die Finger der rechten Hand krümmten sich, und der todbringende Splitter glitt aus seiner Unterarmscheide.

Er stieß sich mit der linken Hand ab und schlug beinahe blindlings mit der Klinge zu – bei einer Messerstecherei sollte man alles tun, nur nicht nachdenken.

Zuviel Zeit ... und Nummer Vier sah, wie sein Gewehrlauf in der Mitte zerschnitten wurde.

Zuviel Zeit ... und Sten kam wieder hoch, seine Klinge fuhr nieder, stieß blitzend in Nummer Viers Solar Plexus, schlitzte den Mann wie einen Fisch auf; Eingeweide quollen hervor.

Sten wischte sein Messer in einem Reflex am Overall des Leichnams ab und schob es in seinen Arm zurück.

Er zog den Kukri aus dem Körper von Nummer Drei, wobei er vermied, sich den Mann, den er so säuberlich ausgenommen hatte, genauer anzusehen. ›Wieder einer, Sten. Der nächste auf einer langen Liste.‹

Cind und Alex warteten auf Befehle.

Sten zog seine Pistole und klopfte kurz auf den Kolben. Die

beiden anderen nickten. Es dauerte zehn Minuten, bis die Feinde begriffen, daß die vier, die sie losgeschickt hatten, nicht mehr zurückkehrten, obwohl weder Schüsse noch Schreie zu hören gewesen waren.

Als nächstes schickten sie sieben Mann los.

Sten ließ sie bis auf vier Meter an den Gleiter herankommen, bevor er den anderen das Zeichen gab. Die Maschinenpistolen blitzten auf, und sieben zerfetzte Leichen lagen auf dem Pflaster.

Die dritte Welle kam weniger als zwei Minuten später.

Granaten leiteten den Vormarsch ein, überall an den Mauern in der schmalen Straße erfolgten ihre Detonationen.

»Unter Fair Play verstehe ich etwas anderes«, maulte Alex.

»Ich habe nicht vor, mich von denen erwischen zu lassen«, sagte Cind.

»Ich auch nicht«, meinte Sten. »Aber Selbstmord ist auch keine Lösung.«

»Wir warten ab, alter Junge. Vielleicht fällt uns ja noch was anderes ein«, erwiderte Alex.

Sten überlegte ... und noch während er damit beschäftigt war, grollte der Donner wieder, und auch der Sturm setzte erneut mit voller Wucht ein. Er fluchte. Fünf Minuten früher, und ...

›Na gut‹, dachte er. ›Benutze das, was dir zur Verfügung steht. Bring noch mehr Verwirrung ins Spiel.‹

»Kilgour. Kannst du eine Granate zwischen sie werfen?«

Alex peilte die Lage. »Ziemlich dicht ran.«

»Wenn sie hochgeht, machen wir uns auf den Weg. Fünfzehn Meter, hinwerfen, noch eine Granate, und dann gehen wir auf sie los.«

Cind und Alex sahen ihn an. Auf keinem der Gesichter ließ sich etwas ablesen.

»Dabei ist niemand hier, um unsere Seelen zur Hölle zu trinken«, seufzte Cind, hakte eine Granate von ihrer Kampfweste los und ging in die Hocke.

»Ach was, das geht schon klar«, meinte Alex beruhigend. »Wenigstens sterben wir nicht im Bett.«

Er legte seine Willygun zur Seite, machte eine Granate fertig und richtete sich halb auf; die klassische Wurfposition. ›Jetzt ein toller Wurf‹, dachte er, drückte auf den Knopf und schleuderte das Ding weg.

Die Granate prallte auf, sprang noch ein Stück über das Pflaster und explodierte knapp einen Meter vor der feindlichen Position; schon waren die drei aufgesprungen, gerade als ein Blitz die Tore der Hölle für sie aufriß und der Donner wie Pauken dröhnte. Cind stieß einen Kriegsschrei der Bhor aus; sie griffen an, drei gegen – gegen wie viele, das wußten sie selbst nicht.

Sten brüllte, gleichermaßen aus Bluff und vor Zorn: »Ayo ... Gurkhali!« Ein Kampfschrei, der sich so gut wie jeder andere zum Sterben eignete.

Der Schrei brach sich an den Ziegelmauern.

Und die Gurkhas hörten ihn.

Und griffen sofort an.

Eine braune Welle ergoß sich aus der Nacht, Gewehre blitzten auf, dann waren sie über dem Feind, der sich bei dieser unvermuteten Attacke von hinten verdutzt umdrehte, doch da hatten die Gurkhas ihre Feuerwaffen bereits gegen die Kukris ausgetauscht.

Zwei Geschützmannschaften der Gurkhas rannten an Sten und den anderen vorüber, jede mit einem leichten Maschinengewehr ausgerüstet. Sie bewegten sich so, wie sie es gelernt hatten, suchten sich eine Deckung und ließen ihr Feuer sofort durch die Gasse brüllen, um das andere Ende dichtzumachen.

Als Sten erkannte, daß er am Leben bleiben würde – oder zumindest diese stinkende Gasse verlassen würde –, konnte keiner seiner Angreifer mehr das gleiche von sich behaupten.

Der Regen auf seinem Gesicht fühlte sich herrlich an. Er preßte Cinds Schultern an sich, und die waren das Tröstlichste, das er sich vorstellen konnte, Alex' Grinsen der freundlichste Ausdruck, den er jemals gesehen hatte.

In der ehemaligen Stellung des Feindes glommen tragbare Fakkeln auf. Die drei stolperten darauf zu.

Mahkhajiri Gurung erwartete sie bereits. »Sie waren wirklich nicht leicht zu finden, Sir. Außerdem fanden wir dieses Viertel ziemlich verwirrend. Sie hätten uns früher rufen sollen. Und wenn Sie das nächste Mal alleine ausgehen – nehmen sie doch bitte einen Locator mit.«

»Woher wußten Sie überhaupt, daß ich die Botschaft verlassen habe?«

Mahkhajiri zuckte die Achseln. »Wir haben den Geheimgang kurz nach Mr. Kilgour entdeckt.

Wir sind aber nicht so gut wie Mr. Kilgour, der noch im Tiefschlaf spürt, wenn sich ein Mörder durch diesen Gang heranschleicht. Wir Gurkhas brauchen alle Hilfsmittel, die uns zur Verfügung stehen.«

Sten, Cind und Alex blickten einander an.

»Na schön«, sagte Sten schließlich. »Dann sind Sie ja wohl ausreichend informiert. Jetzt würde ich nur noch gerne wissen, wo die Bhor eigentlich sind.«

»Oben auf der Brücke. Und draußen auf der Uferanlage. Dort trieben sich viele Gestalten mit Gewehren herum, um die wir uns dringend kümmern mußten.

Die Bhor wollten sich unbedingt die Ehre geben. Da sie im Bereich der internationalen Diplomatie wesentlich beschlagener sind, hatten wir nichts dagegen.«

Das bedeutete, daß es dort draußen auch keine Gefangenen gab.

»Ich möchte jetzt einen A-Grav-Gleiter, zurück zur Botschaft und mich betrinken«, sagte Sten.

»Wartet bereits«, erwiderte Mahkhajiri Gurung. »Vorne auf der Straße.«

Als sie auf das Ende der Seitenstraße zugingen, zog Kilgour Sten mit einem Kopfnicken zur Seite. »Alter Knabe, das war eindeutig knapper, als mir lieb ist. Haben wir mittlerweile nicht schon genug Krieg gespielt?«

»Allerdings.«

»Weißt du, was ich am interessantesten an diesem Abend fand?«

Sten wußte es. Jemand hatte wissentlich versucht, den Bevollmächtigten Botschafter des Ewigen Imperators umzubringen. Nicht im Kampfgetümmel, sondern auf einen direkten Befehl hin.

Jedes Wesen, das mit einem Minimum an Verstand ausgestattet war, mußte wissen, daß solch ein Mord eine sofortige und unerbittliche Reaktion von seiten des Imperators hervorrufen würde.

Sten wurde klar, daß es hier auf Jochi Leute gab, zumindest einzelne Fraktionen, gegen die sich all die Irren, mit denen er es bislang zu tun gehat hatte, wie gesunde, friedliche Lebewesen ausnahmen.

Die Frage lautete also: Wem gehörte diese Pseudoarmee? Granatwerfer ... schwere Maschinengewehre ... Männer, die wie ausgebildete, zumindest halbausgebildete Soldaten angriffen? Sie mußen zu jemandem gehören.

Sten blieb nichts anderes übrig, als das wütende Geheul abzuwarten. Er war bereits auf die Geschichte gespannt, die sich jemand zum blutigen Tod zweier Kompanien von Banditen ausdenken würde.

Doch während der nächsten Tage wurde der Zwischenfall kein einziges Mal erwähnt.

Von niemandem.

Nicht einmal von Ruriks Polizei.

Kapitel 13

Das Angebot war sehr kurz gehalten. Es war handgeschrieben, auf drei Seiten offensichtlich echt antikem Papier. Der blutlose Mann, der dem Ewigen Imperator gegenübersaß, las es durch und legte die Seiten wieder auf den Schreibtisch.

»Ihr Kommentar«, fragte der Imperator.

»Interessant, Sir.« Sehr neutral.

Das kam jedoch nicht überraschend, da alles an Poyndex neutral zu sein schien. Er war zuvor, in den letzten Tagen des Krieges gegen die Tahn, Chef des Mercury Corps, des Imperialen Geheimdienstes, gewesen. Als ergebener, leidenschaftsloser Soldat hatte er danach auch dem Privatkabinett gedient. Im Zuge eines Schachzugs der internen Politik hatte man ihn später zum jüngsten Mitglied dieses Kabinetts gemacht.

Als der Imperator zurückkehrte, verriet Poyndex jedoch das Kabinett. Er wußte genau, daß er sich dafür nicht mehr als sein Leben erbitten konnte.

Mit dem Attentat auf den Imperator hatte er nicht das geringste zu tun gehabt, und auch sonst war er öffentlich nie als Mittäter der vielfältigen Säuberungsaktionen und anderen Grausamkeiten, die im Namen des Kabinetts verübt worden waren, in Erscheinung getreten.

Der Imperator nahm sein Angebot an – und bald darauf war dem Privatkabinett das Rückgrat gebrochen; Poyndex verschwand irgendwo im Hinterland des Imperiums.

»Sie scheinen sich nicht darüber zu wundern«, sagte der Imperator.

»Sir ... Darf ich offen reden?«

Jetzt schwieg sich der Imperator aus. Polyndex interpretierte das Schweigen als Erlaubnis.

»Ich wundere mich nur, daß ich noch am Leben bin, Euer Majestät. Als Sie meine Rückkehr zur Erstwelt befahlen, war ich mir sicher, daß ...«

»Nein«, unterbrach ihn der Imperator. »Hätte ich Sie ausschalten wollen, dann wäre das in aller Verschwiegenheit geschehen und zu einem Zeitpunkt, an dem der allgemeine Zorn noch hohe Wellen schlug. Ich befand jedoch, daß das Interregnum nicht durch Schauprozesse noch länger in Erinnerung bleiben sollte. Außerdem sind Sie mir als fähiger Geheimdienstchef sehr gut in Erinnerung.

Jetzt brauche ich Ihre Dienste. Ich möchte, daß Sie diese neugeschaffene Einheit übernehmen, die Interne Sicherheit. Sie muß etwas anders als das Mercury Corps geführt werden, denn ihr Personal wurde aus nichtmilitärischen Kanälen rekrutiert, und das wird auch so bleiben. Die Leute müssen einen Treueeid auf mich schwören, nicht auf das Imperium, sondern auf mich persönlich.

Ihre Aufgaben und Pflichten kenne ich allein. Die einzige Pflicht, die sie zu erfüllen haben, sowohl in den Augen der Öffentlichkeit als auch in den internen Berichten, ist mein persönlicher Schutz. Dieser Aufgabe werde ich die größtmögliche Interpretation zukommen lassen.

Sämtliche IS-Missionen werden von mir erteilt, ihre Ausführung wird mir direkt berichtet. Es gibt keine weiteren Stationen in der Befehlskette. Bei ihren Missionen genießt die Einheit höchste Priorität. Sämtliche Berichte werden mündlich oder in nur einer Kopie an mich erstattet. Das Imperiale Archiv wird darüber keine Akten führen. Also: Wie lautet Ihre Antwort?«

»Da ist keine große Wahl zu treffen, Euer Majestät«, sagte Poyndex. »Allein das Wissen um die Existenz dieser Einheit könnte ... bedenklich sein. Und ...« Er tippte mit dem Finger auf den Vorschlag auf dem Schreibtisch. »Dieser Plan und das

Problem, das er lösen soll, sind mit Sicherheit Dinge, die niemals an die Öffentlichkeit dringen dürfen.«

»Ihre Überlegungen sind korrekt. Tatsächlich sind Sie, außer mir, der einzige, dem sowohl das Problem als auch mein Lösungsvorschlag bekannt sind«, sagte der Imperator. »Bevor Sie annehmen, habe ich nur noch eine Frage.

Was hält Sie davon ab, mich ebenso zu verraten, wie Sie das Kabinett verraten haben?«

Eisiges Schweigen. Poyndex erhob sich langsam und ging auf und ab.

»Das werde ich Ihnen beantworten, Sir«, sagte er, »obwohl ich meine persönlichen Wehwehchen eigentlich nie mit anderen diskutiere. Ich finde das Thema ... peinlich. Vielleicht, wenn Sie diesen Kunstgriff erlauben, darf ich mir mit einer Geschichte, einer Parabel aushelfen ...«

Poyndex holte tief Luft. »In der Agentenschule Eins erzählt man sich die Geschichte von einem berühmten Meisterspion, der vor langer Zeit einem Imperator auf der Erde diente. Man schreibt ihm sogar die Erfindung der modernen Spionage zu – bei der jeder seinen Mitbürger bespitzelt und von anderen bespitzelt wird. Sein Regent war überaus beeindruckt und wollte ihn belohnen. Der Mann wünschte sich nur eine Sache: den Stab eines Generalfeldmarschalls.

Sein Imperator war von der Bitte schockiert und lehnte sie rundweg ab. Spionen verleiht man nicht die Auszeichnungen ehrenwerter Soldaten. Außerdem – aber das fügte er nicht hinzu – sollten sie nicht in aller Öffentlichkeit für ihre Verdienste ausgezeichnet werden.«

»Der Name des Mannes war Fouché, und sein Imperator ein gewisser Diktator namens Napoleon«, sagte der Imperator.

»Sie kennen den Vorfall, Sir. Nun, sie wird den jungen Geheimdienstspezialisten erzählt, um ihnen klarzumachen, daß sie weder Ruhm noch öffentliche Anerkennung erwarten dürfen. Ich war davon überzeugt, daß ich es mir zu Herzen genommen und gelernt hätte, alle Bedürfnisse zu unterdrücken, in den Schlagzeilen zu erscheinen, zusammen mit anderen Gefühlen, die die Effektivität eines denkenden Wesens einschränken. Doch als der verstorbene Sr. Kyes mir anbot, mich in das Privatkabinett aufzunehmen, ein Angebot, das, wie ich erst später erfuhr, hauptsächlich zu Kyes' eigenem Nutzen erfolgte, mußte ich entdecken, daß ich trotz allem noch sehr ehrgeizig war. Nach dem Niedergang des Privatkabinetts – und damit meinem eigenen – korrigierte ich diese Schwäche.«

»Wirklich?« staunte der Imperator. »Ehrgeiz ist eine Hydra.«

»Spielt das eine Rolle, Sir?« fragte Poyndex. »Denn ich bezweifle, daß Sie mir, anders als diese Schwachköpfe vom Kabinett, jemals den Rücken zukehren würden.«

Der Imperator nickte. Aufgeklärter – oder auch aus Angst motivierter – Eigennutz war eine akzeptable Motivation. Besonders für die Aufgaben, mit denen er Poyndex betrauen wollte.

»Ich nehme Ihren Vorschlag an, Euer Majestät. Selbstverständlich nehme ich ihn an. Ich fühle mich sehr geehrt.«

»Gut. Ihnen werden noch einige andere Leute zugeteilt. Einige von ihnen haben einen ... besonders undurchsichtigen Hintergrund. Andere sind mit Aufgaben betraut, von denen Sie nicht unbedingt etwas wissen müssen.«

»Verstehe, Sir.«

»Genau wie diese hier.« Der Imperator deutete auf das Angebot. »Ich habe drei Fragen zu meinem Vorschlag«, fuhr er fort. »Müssen Sie noch mehr über dieses Instrument wissen?«

»Nein, Sir. Und ich würde mich weigern, zuzuhören, wenn das der Fall wäre. Allein meine Kenntnis hiervon ist riskant genug, um mein Überleben zu gefährden.«

»Glauben Sie, daß die Aufgabe erledigt werden kann?«

»Ja«, sagte Poyndex einfach. »Wir haben schon weitaus komplizierte Arbeiten an Doppel- und Dreifachagenten sowie an Umgedrehten durchgeführt, Euer Majestät.«

»Gut. Sehr gut«, sagte der Imperator.

»Es wird ungefähr einen Monat dauern, bis wir das Personal zusammenhaben, Sir. Ungefähr zwei Zyklen für die Arbeit selbst, und, natürlich, absolute Abgeschiedenheit«, sagte Poyndex.

»Daran habe ich bereits gedacht.« Der Imperator langte über den Schreibtisch und hob die Blätter auf, zog ein Zündholz aus einer Schublade, rieb es an und hielt es an das Papier. Die Blätter flammten sofort auf und verwandelten sich im Nu in graue Asche.

»Der Ort befindet sich auf der Erde.«

Poyndex erhob sich, salutierte und ging hinaus.

Der Imperator schaute ihm nach. Es war schade, daß er Poyndex niemals einen Drink zur Feier des Tages anbieten oder ihm ein Essen kochen würde, wenn ein Plan geschmiedet war, so wie er es mit Ian Mahoney oder Sten getan hatte.

Doch das war schon lange her, und jetzt war eine andere Zeit angebrochen.

Kapitel 14

»Dein Gesicht zieht sich in die Länge wie bei einem Basset, Freund Sten. Dabei weiß ich nich' mal, welche Laus dir über die Leber gelaufen ist«, sagte Alex. »Du hast bei dieser Geschichte doch keine andere Wahl. Es ist ein Befehl des Imperators.«

»Das macht es mir auch nicht gerade leichter«, erwiderte Sten.

»Ich stimme Alex zu«, sagte Cind, im Grunde ihres Herzens

eine Bhor-Faschistin. »Ich weiß, wie schwer es dir fällt, diesen Leuten hier kaltschnäuzig zu verkünden, daß über ihr Schicksal bereits verfügt worden ist. Ein neuer Anführer ist unterwegs, und damit müssen sie sich eben abfinden. Ich sehe keine Möglichkeit, wie man ihnen das schmackhafter verkaufen kann. So sind nun einmal die Tatsachen, und sie müssen damit leben.«

»Ich versuche nicht, die Sache schmackhafter zu verkaufen«, sagte Sten.

»Entscheide dich, und zwar rasch, alter Junge«, riet Alex. »Unser freundliches Quartett kann jede Minute hier eintreffen.«

»Ich sehe die ganze Geschichte folgendermaßen«, sagte Sten. »Ich weiß noch immer nicht genau, wann Dr. Iskra eintrifft, aber wenn er ankommt und das Kommando übernimmt, kann hier alles ziemlich schnell furchtbar in die Hose gehen. Was geschieht, wenn alle dem Imperator nahelegen, sich seinen neuen furchtlosen Anführer dorthin zu stecken, wo die Sonne niemals scheint?«

»Der Imperator würde sie zermalmen«, sagte Cind nüchtern.

»Höchstwahrscheinlich«, stimmte ihr Sten zu. »Trotzdem. Es gab schon Lebewesen, die eigenartigere Dinge getan haben. Bis hin zu und inklusive Massenselbstmord. Vermutlich rechnen sie nicht wirklich damit, daß man ihnen so etwas antun könnte.«

Sten dachte an die Millionen Toten und die schreckliche Verwüstung, die die Tahn über ihre Völker gebracht hatten.

»Ich möchte es richtig machen«, sagte er. »Andernfalls haben wir es am Ende mit einem sechsfachen Bürgerkrieg zu tun. Ich möchte, daß die Wahl des Imperators auch als solche anerkannt wird. Sie müssen sich darum sorgen, was geschieht, wenn sie nicht mit Dr. Iskra zusammenarbeiten.«

Cind verstand ihn nicht ganz. »Wenn sie wirklich dermaßen verrückt sind – und nach dem, was ich hier gesehen habe, sind sämtliche Spezies in diesem sarlaverlassenen Cluster einwandfrei verrückt –, dann könnte alles noch viel schlimmer werden, wenn sie sich über etwas Sorgen machen.«

Alex dachte einen Moment nach. »Nicht so schnell, Mädel. Unser Sten schärft gerade seinen Mantis-Geist.« Er wandte sich an Sten. »Könnten wir es nicht persönlich machen, alter Junge? Angst allein kann einen Mann mutig machen. Wenn man aber der Angst noch Schuldbewußtsein hinzufügt, findet sich oft ein versteckter Feigling.«

Sten warf Alex einen skeptischen Blick zu. Dann ging ihm ein Licht auf. »Küssen Sie mich, Dr. Rykor«, lachte er.

Alex rümpfte die Nase: »Ich bin nicht so speckig.«

Doch Sten hörte nicht mehr zu. Er stellte in aller Eile eine Strategie zusammen. Gerade als sie in groben Umrissen Form annahm, summte das Funkgerät.

Es war Zeit.

»Bevor wir anfangen, Herr Botschafter«, sagte General Douw, »möchten wir vier Ihnen unseren Dank für Ihre ähem, für Ihre Gastfreundschaft aussprechen.« Der silberhaarige Jochianer blickte sich nervös in dem sterilen Raum um, den Sten für das Treffen ausgewählt hatte.

Sten blickte demonstrativ auf die Zeitanzeige, die an der gegenüberliegenden Wand tickte, doch sie diente lediglich Dekorationszwecken. »Das Vergnügen ist ganz meinerseits«, sagte er mit leicht gelangweiltem Unterton. Er trommelte mit den Fingern auf die Tischplatte.

»Wir wissen, daß Sie ein vielbeschäftigter Mann sind, Sr. Sten«, sagte Menynder und sah ihn freundschaftlich durch sein antikes Brillengestell an. »Deshalb haben wir sofort, nachdem wir Ihre Einladung erhalten haben, eine kleine Präsentation zusammengestellt.«

»Ach?« war alles, was Sten dazu sagte.

»Wir sind sehr stolz auf diese Leistung«, mischte sich der General wieder ein. »Ich persönlich sehe unsere Anstrengungen als historischen Moment.« Er schob einen Stapel Dokumente über den Tisch. »Hierin finden Sie unseren Plan für eine neue Regierung. Wir haben alle vier bereits unterschrieben. Ich bin sicher, daß Sie von unserer Leistung beeindruckt sein werden.«

»Muß nur noch mit den Heimatwelten abgeklärt werden«, sagte Diatry, die Anführerin der Bogazi.

»Ich kann für die Suzdal garantieren«, bellte Youtang.

Sten bedachte die Dokumente mit einem düsteren Blick und pochte mißtrauisch mit dem Finger darauf.

»Stimmt etwas nicht?« erkundigte sich Menynder. Sämtliche Alarmglocken des alten Tork schrillten. Schon als er diesen blendend weißen Raum betreten hatte, hatten sie leise gebimmelt. Er war zweifellos unfreundlich und erinnerte ihn fatal an ein Befragungszimmer. Ihm war auch nicht entgangen, daß die Wände dick genug waren, um kein Geräusch durchzulassen. Der lange, leere Tisch, an dem sie Platz nehmen sollten, war das einzige Möbelstück. Plus fünf harte Stühle.

»Sind Sie sicher, daß Sie mir das hier übergeben möchten?« fragte Sten und stieß noch immer mit dem Finger auf die anstößigen Dokumente.

»Selbstverständlich sind wir sicher«, sagte Genral Douw. »Das hier ist, wie ich bereits sagte, die Blaupause für unsere Zukunft.«

Sten sah ihn nur an.

Dem General wurde leicht unbehaglich. Er wandte sich an Menynder. »Das haben *Sie* doch gesagt, oder nicht?«

»Still, General«, warnte ihn Menynder.

»Warum soll ich still sein? Wir sind hierhergekommen, um unsere Ansichten darzulegen, richtig? Wir wollen entschlossen vorgehen, aber fair. Darüber waren wir uns doch einig, nicht?«

»Sie reden, reden, reden«, sagte Diatry und prüfte, aus welcher Richtung der Wind wehte. Jedenfalls roch er gewaltig nach Unrat.

Douw blieb jedoch auf seinem Selbstverteidigungskurs. »Ich werde nicht die ganze Schuld auf mich nehmen«, heulte er auf. »Es ist nicht mein Fehler! Herr Botschafter, ich bitte Sie ...«

»Möchten Sie das hier wieder mitnehmen?« fragte Sten, wechselte in einen freundlicheren Tonfall und schob dem General die Dokumente wieder zu. »Ich werde so tun, als hätte ich sie nie gesehen.«

»Selbstverständlich, kein Problem. Ist sowieso nur ein Haufen Mist«, blubberte der General vor sich hin und nahm den Stapel Papier wieder an sich.

»Was ist Ihr Anliegen, Herr Botschafter?« sagte Menynder. »Wie können wir unsere Mission leichter machen?«

»Zwei Dinge. Das eine ist eine reine Frage der Neugier. Der Neugier des Imperators, wenn ich das hinzufügen darf.«

»Und zwar?« fragte Menynder.

»Das Essen, das Sie für den Khaqan gegeben haben, an jenem tragischen Abend ...«

Jetzt herrschte Totenstille im Raum. ›Erwischt‹, dachte Sten. Er ließ die Stille eine ganze Weile wirken.

»Sie vier waren alle anwesend, habe ich recht?« fragte er schließlich.

»Hm ... äh..., ich bin erst ziemlich spät dazugekommen«, stammelte General Douw.

»Dann waren Sie also dabei«, sagte Sten.

»Natürlich war ich dort. Da ist doch nichts Verdächtiges dabei, oder?«

»Wer sagte denn etwas von verdächtig?« Sten warf Douw einen »Warum-benehmen-Sie-sich-denn-so-schuldbewußt«-Blick zu.

»Genau«, sagte Douw. »Ich meine, Sie haben ja nicht ... Ich meine ...«

»Jawohl, Sr. Sten«, mischte sich Menynder ein. »Wir waren alle anwesend.«

»Komisch«, meinte Sten.

»Es war eine rein freundschaftliche Zusammenkunft«, sagte Diatry. »Ist es dort, wo Sie herkommen, nicht üblich, sich freundschaftlich zusammenzusetzen?«

Sten ignorierte ihre Frage. »Und der Khaqan wies keinerlei Anzeichen auf, daß er krank war?« fragte er. »War er nicht ein bißchen schwach und blaß? Oder ... vielleicht war er besonders gereizt?«

»Warum hätte er gereizt sein sollen?« japste Youtang. »Es war einfach nur ein gesellschaftliches Zusammentreffen.«

»Ich glaube, er war sehr glücklich, bevor er starb«, sagte Diatry. »Nicht wütend. Er hat einen großartigen Witz erzählt. Wir haben alle gelacht. Ha. Ha. Dann starb er. Wir sind alle sehr traurig, daß das geschehen ist. Alle weinen. Buhuu-huu.«

Sten wechselte erneut den Kurs. »Ich habe mir seinen Terminkalender durchgesehen«, sagte er. »Da stand kein Abendessen vermerkt.«

»Es handelte sich ja um eine sehr kurzfristige Angelegenheit.«

»Damit ist dieses kleine Geheimnis wohl aufgeklärt«, sagte Sten.

»Und das hat Ihnen Sorgen bereitet«, fragte Menynder. »Sein Terminkalender?«

»Nicht mir«, korrigierte Sten. »Dem Ewigen Imperator.«

»Ja. Natürlich«, sagte Menynder. Er nahm die Brille ab und putzte sie mit einem Taschentuch aus seiner Hosentasche. »Können wir noch ein paar kleine Geheimnisse aufklären?«

»Nein, ich glaube nicht. Doch, halt! Eine Sache noch. Der Ort, an dem dieses berühmte Abendessen stattfand. Wem gehört er?«

»Einem Freund von mir«, erwiderte Menynder. »Der Khaqan verlangte strengste Abgeschiedenheit. Ich habe alles arrangiert.«

»In einem Wohnviertel der Tork?«

»Warum nicht?«

Sten blickte Menynder an. Er ließ den Blick so lange auf ihm ruhen, bis Menynder zu schwitzen anfing. Dann wanderte sein Blick von einem Gesicht zum anderen und betrachtete jedes von ihnen ganz genau. Er ließ die Energie sich aufstauen, bis sie eine supermassive Energiekugel war, die nur darauf wartete, freigelassen zu werden.

Dann ließ er sie frei: »Richtig, warum eigentlich nicht?«

Er tat so, als bemerkte er nicht, wie vier sehr beunruhigte Gestalten erleichtert ausatmeten.

»Jetzt aber zu dem eigentlichen Grund, weshalb ich Sie alle hier zusammengerufen habe«, sagte Sten.

Douw, Menynder und die beiden anderen beugten sich näher heran, um Stens Worte zu hören. Er besaß ihre ungeteilte Aufmerksamkeit.

»Nach eingängiger Analyse der Situation und langem Abwägen des Für und Wider hat der Ewige Imperator eine Lösung für Ihr Dilemma gefunden. Und ich glaube, daß Sie mir alle zustimmen werden, daß Sie, was seinen Beitrag angeht, schlicht genial ist.«

»Dessen bin ich mir sicher«, sagte Douw, dem momentan alles egal war.

Menynder wischte sich den Schweiß von der Stirn, während Diatry und Youtang damit beschäftigt waren, vor ihrem geistigen Auge die Sünden Revue passieren zu lassen, die Sten nicht ausgeschnüffelt hatte.

»Meine verehrten Anwesenden«, sagte Sten, »ich bin hocherfreut, Ihnen den Namen der Persönlichkeit verkünden zu dürfen, die Sie in ein neues, glücklicheres Zeitalter führen wird ...

Sein Name, verehrte Anwesende, ist Iskra. Dr. Iskra.« Sten blickte milde in die Runde. Sein Plan hatte funktioniert. Nicht der kleinste Widerspruch regte sich.

»Eine gute Wahl«, meinte Menynder. »Ich erinnere mich sogar daran, daß sein Name bei dem Abendessen fiel, von dem wir vorhin gesprochen haben. Erinnern Sie sich auch, General Douw?«

Douw lief es eiskalt über den Rücken. Schon wieder dieses verfluchte Abendessen! »Richtig, so war es! Und wir fühlen uns sehr geehrt, daß sich der Imperator persönlich um unsere nichtigen Angelegenheiten kümmert.«

»Wann wird er hier eintreffen?« wollte Menynder wissen.

In diesem Augenblick senkte sich ein großes Raumschiff donnernd in die Atmosphäre und schwebte auf den Raumhafen hinab. Der Überschallknall erschütterte die Botschaft. ›Meine Fresse‹, dachte Sten. ›Gerade rechtzeitig.‹ Er antwortete jedoch, ohne aus dem Takt zu kommen:

»Noch während wir uns hier unterhalten, meine verehrten Anwesenden. Noch während wir uns hier unterhalten.«

Kapitel 15

Dr. Iskra kam mit beeindruckendem Pomp auf Jochi an, auch wenn es unter diesen Umständen ein wenig verfrüht war. Sten hätte es vorgezogen, wenn dieses Konstrukt des Ewigen Imperators, dieser Diktator in Lauerstellung, einige Zyklen später eingetroffen wäre, nachdem die diversen Strippenzieher vor Ort sich damit abgefunden hatten, daß keiner von ihnen die vakante Stelle übernehmen würde – und Zeit genug hatten, sich zu überlegen, wie sie die neugemischten Karten ausspielen wollten.

Doch schon vor Äonen, sehr früh in seiner Imperialen Dienstzeit, hatte Sten gelernt, daß es eine sehr wertvolle Lektion für das richtige Leben war, wenn man in eine Hand einen Wunsch sprach und in die andere schiß, und dann zuschaute, welche sich zuerst füllte.

Das Getöse, mit dem sich Dr. Iskras Ankunft ankündigte, war glücklicherweise nur ein Überflug. Sten hatte noch genug Zeit, Alex und die Gurkhas zusammenzutrommeln und Cind zu beauftragen, genug streggfreie Bhor aufzutreiben, um am Raumhafen einen angemessenen Eindruck zu machen. Außerdem sorgte er dafür, daß zwei Livie-Teams aus der Botschaft mitkamen, falls sonst niemand daran dachte, das historische Ereignis zu dokumentieren.

Zwei schwere Kreuzer hingen mit summenden McLean-Generatoren über dem Landefeld; um sie herum flitzten ihre Zerstörer und Einsatzschiffe. Vier Flottentransporter gingen auf dem Feld nieder. Rampen klappten auf, Mannschaftsgleiter schwebten heraus und entließen einen Ring aus Sicherheitstruppen. Weitere Soldaten formten eine innere Abschirmung innerhalb des Quadrats, das von den Transportern gebildet wurde.

Sten, Alex und Cind verfolgten alles mit kritischen Blicken.

»Die Garde«, sagte Alex, »hat sich noch immer nich' richtig vom Krieg und von den Demütigungen des Kabinetts erholt.«

»Alex«, bemerkte Sten mit salbungsvoller Stimme, »ist dir schon mal aufgefallen, daß *keine* Einheit, bei der wir je gedient haben, jetzt noch dafür in Frage kommt, auch nur den allerletzten Gefreitenarsch aufzunehmen, den wir damals kannten? Zumindest so, wie wir es in Erinnerung haben?«

»Na und – ist das vielleicht falsch?« fragte Kilgour verletzt. »Was wahr ist, muß auch wahr bleiben, oder nicht?«

»Aaargh.« Als der größte Kreuzer in der Mitte des von den Transportern gebildeten Quadrats zur Landung ansetzte, marschierte auch Sten los, flankiert von einer eindrucksvollen Formation aus Gurkhas und Bhor.

Eine steife Ehrenwache kam im Laufschritt aus dem Kreuzer und stand bereits in Reih und Glied, als Sten an der Rampe eintraf. Der Kommandant des Kreuzers und der Kommandeur des Imperialen Gardebataillons salutierten vor Sten. Das Bataillon gehörte der 3. Gardedivision an, einer Einheit, mit der Sten noch nie etwas zu tun gehabt hatte, und von der er auch nicht viel wußte. Einmal, vor langer Zeit, hatte er bei einer Mantisoperation als Tarnung die Identität eines unehrenhaft aus der 3. Garde entlassenen Offiziers angenommen; er fragte sich amüsiert, ob diese Entlassung noch irgendwo in den Annalen der Einheit vermerkt war. Sten hoffte es nicht, denn er verspürte nicht die geringste Lust, dem Colonel der Garde, einem recht fähig klingenden, wenn auch etwas dicklichen Individuum namens T'm Jerety erklären zu müssen, weshalb der Bevollmächtigte Botschafter des Imperiums in seiner dunklen Vergangenheit aufgrund unvorstellbarer Abscheulichkeiten, Wankelmütigkeit, Feigheit und sonstiger Verbrechen, die seiner Deckidentität dienlich gewesen waren, mit Schimpf und Schande entlassen worden war.

Ein heißer trockener Wind fegte über das Feld, als Dr. Iskra die vordere Rampe des Kreuzers hinunterschritt.

Keiner der Anwesenden zeigte eine Regung. Was die soeben eingetroffenen Imperialen Kräfte betraf, so kam es durch die Vertrautheit. Sten war trotz allem von der Professionalität seiner eigenen Truppe beeindruckt. Bis auf einen unterdrückten Seufzer von Kilgour, ein leises, nasales Stöhnen von Otho und eine hinter den Zähnen gemurmelte Bemerkung von Cind vernahm er nichts. Besagte Bemerkung bewies allerdings, daß die Freibeuteransichten der Bhor bei ihr auf fruchtbaren Boden gefallen waren – und daß sie ihre lose Zunge noch immer nicht im Zaum halten konnte.

»Verflucht«, flüsterte sie. »Der sieht aus wie ein Scharfrichter, der Gummihöschen unter seinem Gewand trägt. Gummi und rosa Spitze.«

Ihre Beschreibung traf recht genau zu.

Aus einer Entfernung von zwanzig Metern war Dr. Iskra nicht sehr beeindruckend. Er war nicht groß. Er war dünn. Er trug unauffällige weite Zivilkleider, in die jede miese Livie-Produktion ihren zerstreuten Professor gesteckt hätte. ›Einen *Professor der Unterströmungen der Unterbewußten Gedanken und der Priapischen Bildhaftigkeit Bei Landwirtschaftlichen Poeten Von Denen Noch Niemals Jemand Etwas Gehört Hatte*‹, dachte Sten. Er trug eine Fastglatze, und das in einem Zeitalter, in dem natürliche Körperbehaarung jederzeit mit Hilfe der Kosmetik hinzugefügt oder entfernt werden konnte. Die wenigen Haare, die er noch besaß, waren so über seine Platte gekämmt, als wolle er sie verbergen.

Auf zwanzig Meter Entfernung war er eine Witzfigur, zumindest eine mitleiderregende Erscheinung.

›Ab drei Metern‹, dachte Sten, ›verändert sich der Eindruck radikal.‹

Dr. Iskra wirkte bedrohlich. Sten konnte nicht sagen, weshalb. Es mochte an dem starren Blick aus seinen harten grauen Augen liegen, die weder zu blinzeln noch sich exakt auf etwas zu konzentrieren schienen; sie schauten einem direkt in den Körper hinein. Vielleicht lag es auch an den winzigen, von Nähten herrührenden Narben rings um seinen lippenlosen Mund. Oder daran, daß keine der Falten in seinem Gesicht sich zu einem Lächeln verzog.

Iskra wurde von den üblichen zivil gekleideten Helfern oder Jüngern begleitet, die jeder Exilpolitiker um sich schart.

Sten verneigte sich zur Begrüßung. Iskra erwiderte den Gruß nicht.

»Sie sind Sten, ja? Sehr schön. Genug von dieser Zeremonie. Wir haben viel Arbeit vor uns. Ich möchte sofort zum Palast gebracht werden, ja?«

»Ich habe einen A-Grav-Gleiter von der Botschaft dabei«, sagte Sten.

»Nein. Nein.« Iskra wandte sich an Colonel Jerety. »Ich will sechs schwere A-Grav-Gleiter. Ich fahre im zweiten. Der erste soll zur Tarnung beflaggt sein. Eine Kompanie Ihres Bataillons soll die Route sichern. Ich erwarte eine zweite Kompanie zur Sicherung des Areals bei meiner Ankunft auf dem Platz der Khaqans. Eine dritte Kompanie wird den Palast selbst sichern. Als Privaträume benutze ich natürlich diejenigen, die der verstorbene Usurpator bewohnt hat. Sehen Sie zu, daß sie gesäubert sind. Und ich will pro Diener einen Gardisten, bis ich die Möglichkeit hatte, jeden einzelnen Diener zu durchleuchten.«

Colonel Jerety salutierte und brüllte seine Befehle; offensichtlich war ihm nicht klar, daß die meisten Staatsmänner entweder nichts von Sicherheit verstanden oder nur den allernötigsten Puffer zwischen sich und ihrer sie anbetenden Bevölkerung haben wollten. Vielleicht war Jerety inzwischen ja auch nur an Iskras Wünsche gewöhnt. Sten fragte sich, ob Iskra auch einen Vorkoster in seiner Truppe mitbrachte.

Iskra wandte sich wieder an Sten. »Wie ich schon sagte, vor uns liegt viel Arbeit. Bitte begleiten Sie mich zum Palast, damit wir über die richtige Methode diskutieren können, mit der wir meinen Anspruch auf Autorität einfordern werden, so daß nicht mehr als ein Minimum an Ordnung verlorengeht.«

Sten verbeugte sich noch einmal. Sein Gesicht war ebenso nichtssagend wie die von Alex, Otho und Cind.

Auf dem Platz der Khaqans erwartete sie eine Menge von Claqueuren. Da sie ausschließlich aus Menschen bestand, mußte sie entweder von Douw oder von Menynder ausgesucht worden sein. Wenn man in Betracht zog, wie lange der Verteidigungsminister brauchte, um etwas in die Wege zu leiten, handelte es sich höchstwahrscheinlich um eine von Menynders jubelnden Abteilungen.

Iskra schritt langsam die weit ausladenden Treppen zum Haupteingang des Palastes empor; er wußte genau, daß er von den Livie-Teams aufgenommen wurde. Vor dem Eingang drehte er sich um und wandte sich der jubelnden Mini-Menge zu. Sten fragte sich, ob er eine Rede halten wollte. Doch Iskra nickte nur ruckend, als nehme er lediglich das entgegen, was ihm zustand, dann drehte er sich wieder zu den wartenden Offiziellen um, zu denen die versammelte Mannschaft der Jochi-Anführer gehörte, außerdem die Repräsentanten der Bogazi und der Suzdal.

Sein Blick schwenkte unbestechlich wie eine Kamera über sie. Und genauso emotionslos. Wieder nickte er.

»Vielen Dank für den Empfang zu Hause«, sagte er. »Wir werden uns morgen zusammensetzen und besprechen, wie diejenigen von Ihnen, die dazu qualifiziert sind, mir dabei helfen können, die Neue Ordnung im Cluster durchzusetzen.

Jetzt bin ich müde. Ich möchte essen, mich ausruhen und dann meine Aufzeichnungen durchgehen. Jemand aus meinem Stab wird Sie darüber informieren, wo und wann genau unsere Konferenz stattfinden wird.«

Ohne auf eine Antwort zu warten, rauschte er durch die offenen, zwei Stockwerke hohen Torflügel, die ins Innere des Palastes führten. Sten folgte ihm.

Drinnen standen mehrere Gardeoffiziere und ein verschreckter jochianischer Höfling.

»Ich bin –«, setzte der Höfling an.

»Sie sind Nullimer«, unterbrach ihn Iskra. »Sie waren Haushofmeister des Khaqans. Wie schon Ihr Vater vor Ihnen. Und der

Vater Ihres Vaters diente dem Schwein, das den Khaqan ausbrütete.«

Nullimer sah aus, als würde er gleich in Ohnmacht fallen.

»Sie haben außerdem *meinen* Vater einmal davor gewarnt«, fuhr Iskra fort, »daß der Khaqan schlecht von ihm sprach.«

Nullimer schaute ihn verständnislos an und hüllte sich weiterhin in Schweigen; augenscheinlich erinnerte er sich an diesen Zwischenfall nicht.

»Jawohl«, fuhr Iskra fort. »Dafür werden Sie belohnt werden, auch wenn Ihrer Warnung nicht die nötige Bedeutung beigemessen wurde. Ich hoffe nur, daß Sie mir so ergeben dienen wie jenem schlimmen Herrscher.«

Nullimer sank auf die Knie. Sofort war Iskra neben ihm und zog ihn wieder hoch. »Nein, Mann. In der Neuen Ordnung muß keiner mehr knien.«

Iskra drehte sich um, als wende er sich den Applaudierenden draußen zu oder den Würdenträgern, die noch immer auf der Terrasse herumhuschten. »Seht ihr? Alles ist bekannt. Und alles wird seinen gerechten Lohn bekommen.« Seine Stimme senkte sich. »Oder die gerechte Strafe.«

Und dann, mit mehr Nachdruck: »Alles!«

Er wirbelte wieder zu dem verdutzten Haushofmeister herum. »Sie haben mich gehört. Jetzt bestellen Sie der Küche, daß ich essen möchte. Diesem Offizier hier gebe ich meinen wöchentlichen Speiseplan mit.«

Nullimer, der abwechselnd errötete und strahlend lächelte, gelang es, aus dem Gemach hinauszustolpern.

Iskra sprach mit einem seiner Adjutanten. »Jetzt wird er mir ergeben dienen. Lassen Sie seine Räume trotzdem sorgfältig durchsuchen – falls meine Einschätzung irrig sein sollte.«

Der Adjutant nickte und übergab Iskra eine gedruckte Liste. Iskra reichte sie an einen der Gardeoffiziere weiter.

»Hier ist vermerkt, was ich essen werde«, sagte er. »Machen Sie die Küche bitte darauf aufmerksam. Und informieren Sie sie darüber, daß diese Diät selbstverständlich nicht für Bankette oder andere besondere Anlässe zählt.«

Iskra setzte einen Gesichtsausdruck auf, der einen Augenblick lang als Lächeln durchgegangen wäre; dann rauschte er weiter.

Sten konnte nicht widerstehen. Er blieb hinter dem Imperialen Soldaten stehen und warf einen Blick auf die Liste. Es war der Menüplan für einen Zyklus, mit dem Hinweis darauf, daß die Speisefolge am Ende des Zyklus wiederholt werden sollte. Er hatte genug Zeit, den Plan eines Tages zu sehen:

Morgens
Schwarzbrot
Kräutertee

Mittag
Gemüsesuppe
Mineralwasser

Sonnenuntergang
Lungensuppe
Nußkotelett
Gartensalat, ohne Dressing
Cremetorte
Ein Glas Rurikdoktor Weißwein (Tafelwein)

Vor dem Schlafengehen
Verdauungskekse
Kräutertee

Sten hoffte, daß jede Konferenz mit dem Imperialen Botschafter zur Essenszeit als besonderer Anlaß eingestuft würde. Besonders zur Abendessenszeit. Sten hoffte, daß die Lungensuppe nur dazu diente, Iskra an seine von Armut geprägten Zeiten im Exil zu erinnern, und daß er sie, um Gottes willen, nicht tatsächlich gerne aß.

Aber diese Cremetorte! Vielleicht war das die Schwäche, die sich Iskra erlaubte. Hätte jemand Sten zum Diktator auserkoren, so hätte er sich eher in Richtung Konkubinen, harte Getränke, halluzinatorische Substanzen oder schlechte Gesellschaft orientiert. Aber jeder Tyrann hat seine eigenen Vorlieben.

Iskra wartete mit ungeduldigem Gesichtsausdruck. Sten beeilte sich, zu ihm aufzuschließen.

»Ich vermute, das hier war das Schlafgemach des Khaqans?«

»Ganz richtig«, bestätigte einer der um Iskra herumwieselnden Adjutanten.

»Dann soll es von jetzt an das meine sein. Allerdings möchte ich ein paar Veränderungen vornehmen.«

»Selbstverständlich, Doktor.«

Iskra sah sich nachdenklich in dem riesigen Raum um. »Zu allererst muß diese Obszönität von einem Bett verschwinden. Ich werde mich nicht den sexuellen Praktiken dieses Wurms hingeben. Sie wissen, worauf ich schlafe. Dann diese Bilder. Schaffen Sie sie weg. Schenken Sie sie einem Museum, oder lassen Sie sie verbrennen, ganz egal. Wir werden ohnehin nicht viel Zeit für überflüssige Erinnerungen an die elende Vergangenheit haben.

Installieren Sie statt dessen dort drüben einen Wandschirm und an dieser Wand einen Kartenprojektor. Fichebehälter und Bücherregale an die anderen Wände. Der Kamin wird herausgeschlagen und im angrenzenden Raum aufgebaut; dort wird mein strategisches Zentrum entstehen.

Und jetzt: Gehen Sie, J'Dean, kehren Sie zum Imperialen Schiff zurück. Informieren Sie meinen restlichen Stab darüber, daß er unverzüglich in den Palast überzusiedeln hat. Auf dem Weg hierher sollen die Imperialen ihre Sicherheit gewährleisten.«

Der Adjutant nickte – ebenso ruckend wie Iskra. Vielleicht war es ihre besondere Art zu grüßen. Dann zog er sich zurück. Türen schlossen sich, und Iskra und Sten waren allein.

Iskra kam sofort auf den Punkt. »Sie standen in Verbindung mit dem Ewigen Imperator?«

»Das ist richtig«, antwortete Sten.

»Hat er Ihnen die entsprechenden Anweisungen gegeben? Daß Sie mir volle und uneingeschränkte Unterstützung zukommen lassen, ohne Fragen?«

»Um zukünftige Mißverständnisse zu vermeiden, Doktor, muß ich Sie korrigieren. Der Imperator wies mich an, Ihnen meine volle Unterstützung zukommen zu lassen. Trotzdem stehen weder ich noch ein anderes Mitglied meiner Botschaft unter Ihrem Kommando. Wir sind hier im Altai-Cluster, um den Imperator, das Imperium sowie seine Interessen und seine Bürgerschaft zu vertreten. Wir sind ebenfalls hier, unter Imperialen Anweisungen, um sicherzustellen, daß der Frieden gewahrt und eine stabile Regierung eingesetzt wird.«

»Andere Worte«, sagte Iskra. »Gleiche Bedeutung.«

Sten beschloß, sich nicht dem Debattierclub anzuschließen. »Darf ich fragen, was Sie als erstes zu tun beabsichtigen?«

»Ich beabsichtige, diesem Cluster den Frieden zu bringen, wie Sie vor wenigen Augenblicken selbst sagten. Außerdem beabsichtige ich, die Brutalitäten, Ungerechtigkeiten und Boshaftigkeiten des Khaqans und seiner kriecherischen Untergebenen sofort abzustellen.«

»Bewundernswerte Absichten«, sagte Sten und zwang sich, ein wenig Wärme in seine Stimme zu quetschen.

»Vielen Dank.«

»Sie haben in meiner Gegenwart den Begriff Neue Ordnung mittlerweile zweimal benutzt«, fuhr Sten fort. »Was genau verstehen Sie darunter?«

»Sind Sie mit meinen Schriften nicht vertraut? Mit meinen Analysen?«

»Ich muß mich entschuldigen. Leider war ich in letzter Zeit zu sehr damit beschäftigt, zu verhindern, daß aus kleinen Funken Feuersbrünste wurden. Außerdem habe ich erst kürzlich von Ihrer sofortigen Ankunft erfahren.«

»Sie *müssen* sie lesen«, sagte Iskra ernst. »Ansonsten ist es unmöglich, den Altai-Cluster zu verstehen, geschweige denn, mir dabei zu helfen, ihn zu regieren.«

»Dann werde ich mich sofort daranmachen. Aber, wie Sie soeben sagten, Sie beabsichtigen diesen Cluster zu regieren. Sehen Sie mir bitte meine Unwissenheit nach, aber in welcher Form wird das geschehen? Um genauer zu sein: Wie repräsentativ wird Ihre Regierung sein?«

»Sehr«, erwiderte Iskra mit fester Stimme. »Sie wird auch nicht die geringste Ähnlichkeit mit der Tyrannei des Khaqans aufweisen. Aber eine Sache noch, Botschafter Sten.

Sie stammen von einer zivilisierten Welt. Machen Sie nie den Fehler, bezüglich der Wesen in meinem Cluster anthropomorph zu denken.«

›Zivilisierte Welt?‹ dachte Sten. ›Vulkan? Ein von Menschen geschaffener Planet der Sklavenarbeit und des schnellen Todes?‹ Er verzog keine Miene, als Iskra fortfuhr.

»Sie müssen verstehen, daß keiner von uns, weder Tork, Jochianer, Suzdal oder Bogazi, jemals Bekanntschaft mit der Demokratie gemacht hat. Auch wenn die Leute hier davon herumdröhnen, so ist ihnen dieser Gedanke in Wirklichkeit schrecklich fremd. Ungefähr so, als erwarte man von jemandem, der von Geburt an blind ist, er könne sich einen Sonnenuntergang vorstellen, ja?

Meine Neue Ordnung verheißt eine ungefähre Richtung, eine Anleitung. Das ist für uns der einzige Weg, vielleicht doch noch zur Freiheit zu gelangen. Bestimmt noch nicht in meiner Zeit, und wahrscheinlich auch noch nicht in der Zeit meines noch ungeborenen Sohnes.

Aber die Zeit wird kommen.

Das ist der Eid, den ich am Grab meines Vaters geleistet habe, und dem ich mein Leben gewidmet habe, nachdem der Khaqan meinen Bruder ermordet hatte.

Der Altai-Cluster wird in Frieden leben. Und mein heiliges Vermächtnis wird sich erfüllen – ganz egal, was es die jetzige Generation kosten wird! Es gibt keinen wahren Heroismus und keine wahre Gottheit, ohne daß man ihr auf dem Weg dorthin Opfer darbringt!«

Dr. Iskras Augen funkelten rot. Sie reflektierten die Sonne, die draußen hinter den Fenstern unterging.

Kapitel 16

»Warum hab' ich nur dieses komische Gefühl«, sagte Alex Kilgour, »als hätten wir es da mit einer Schreimöwe zu tun?«

Er deutete auf den Bildschirm, auf dem die Terrasse des Khaqan-Palastes zu sehen war. ›Ich muß mir den korrekten Titel angewöhnen‹, sagte sich Sten. ›Jetzt trägt Iskra die Krone.‹

Auf der Terrasse stand Dr. Iskra mit erhobenen Händen und einem dünnen Lächeln auf den Lippen. Unter ihm toste der Jubel der auf dem riesigen Platz dichtgedrängten Menge.

Hinter Iskra stand der Machtapparat der Altaianer. Zumindest die Menschen zeigten bei dieser Antrittsrede alle den gleichen erfreuten Gesichtsausdruck. Sten kannte sowohl die Bogazi als auch die Suzdal zu wenig, um ihre Körpersprache genauer zu verstehen. Bei dieser großen Versammlung mußte es sich also um die übliche Rede zur Kommandoübergabe handeln, so wie wenn jemand eine neue Einheit übernimmt und von ihm erwartet wird, daß er sich den niedrigeren Offizieren der Einheit vorstellt und gut Wetter macht. Erst später würde Klartext geredet und verkündet werden, daß einige Köpfe rollen würden.

Der Jubel verebbte, und Iskra setzt seine Rede fort.

»... eine Zeit der Heilung. Eine Zeit, in der wir uns alle von der Vergangenheit und den düsteren Schatten der Rache lossagen können und frischen Mutes gemeinsam für eine gesicherte Zukunft für uns und für die kommenden Generationen streiten sollten.

Wir alle sind Altaianer. Wir bewohnen dieselben Sonnensysteme, dieselben Planeten. Doch anstelle sich über unser gemeinsames Schicksal klarzuwerden, vergeuden wir unsere Substanz in sinnlosen Fehden, deren Ursprung uns schon lange entfallen ist. Wir hassen unseren Nachbarn, weil sich sein genetischer Code von dem unseren unterscheidet. Aber wir stammen alle vom selben universellen Plasma ab, egal, welcher Spezies oder Rasse wir angehören, von welchem Planeten wir kommen.

Ihr kennt mich.

Ihr wißt, welche Gerechtigkeit und welche Ehre ich repräsentiere.

Ihr wißt, daß ich lange Jahre im Exil verbracht habe, von wo aus ich auf jede mir mögliche Art dafür gekämpft habe, diese Khaqan genannte Abscheulichkeit zu stürzen. Und es ist mir gelungen.«

»Jawoll. Dir und 'nem kleinen Gehirnschlag. Als nächstes behauptet er noch, er hätte AM_2 und den Scotch erfunden.«

»Jetzt ist die Zeit für unsere nächste Aufgabe gekommen. Jetzt ist die Zeit gekommen, und es ist allerhöchste Zeit ...«

Sten schaltete den Ton weg und ließ Iskra stumm weitergestikulieren. Er und Alex waren allein in dem Wohntrakt der Botschaft, der Sten zugewiesen worden war, einem Trakt, der ständig sicherheitsüberprüft und nach Wanzen abgesucht wurde.

»Du hältst das für eine Schreimöwe, weil es tatsächlich eine ist«, sagte er zu Alex. Er zeigte auf einen großen Stapel Fiches und Abhandlungen.

»Hast du den ganzen Kram, den der Doc von sich gegeben hat, schon durchgeackert?« erkundigte sich Alex mitfühlend.

»Ein paar davon habe ich gelesen. Den Rest habe ich mir zusammenfassen lassen. Iskra ist nicht gerade der kristallklarste Schreiber unter der Sonne. Dabei hält man ihn überall für einen brillanten Redner.«

»Mein Adrenalin hat der Holzkopf jedenfalls nich' zum Rauschen gebracht«, pflichtete ihm Alex bei.

»Meins auch nicht. Soweit ich das einschätzen kann, und ich bin alles andere als ein politischer Philosoph, scheint seine Hauptthese darin zu bestehen, zuerst einmal alles zur Seite zu fegen, was der Khaqan getan hat, und erst hinterher zu überlegen, was als nächstes geschehen soll. Irgendwo sagt er, ›daß diese Neue Ordnung biegsam und beweglich gehalten werden müsse, immer offen für neues Werden, neuen Wandel‹. Er hat es ziemlich mit der Alliteration.«

»Er is' ja auch wirklich 'n Arsch, um nicht noch drastischer zu werden. Und ich hab' noch nich' herausgefunden, ob er ihm womöglich nicht nur alleine gehört. Natürlich ist derjenige, der den neuen Herausforderungen besonders flexibel begegnet, unser guter Dr. Iskra selbst.«

»Natürlich. Er ist weitgereist, er ist studiert. Er hat vergleichende Analysen zu jeder herumschwirrenden politischen

Theorie angestellt, inklusive der des Imperators. Ich wußte nicht, daß ihn der Imp nach dem Krieg als Territorialgouverneur eines Sonnensystems der Tahn eingesetzt hat. Er hat seine Sache gut gemacht; zumindest sagt er das.«

»Wundert mich nich'«, sagte Alex. »Nach dem, was die Tahn vorher kannten, wußten die sowieso nich', ob sie Männchen oder Weibchen waren. Doc Iskra, was sag' ich, sogar jeder Campbell wäre denen wie ein liberaler Gott erschienen.

Aber was ist mit dem tatsächlichen Problem? Alle diese Rassen, die nicht glücklich sind, wenn sie sich nicht gegenseitig die Kehlen aufschlitzen dürfen? Hat Iskra in dieser Richtung einen Plan?«

Sten schüttelte den Kopf. »Er redet viel von Gleichheit. Aber am Schluß kommt immer heraus, daß einige Leute im Altai-Cluster den anderen ein bißchen überlegen sind.«

»Laß mich raten. Da Iskra nun mal Jochianer ist, findet er bestimmt, daß die Jochianer die überlegensten von allen sind.«

»Korrekt.«

»Na wunderbar. ›Hütet euch vor dem neuen Boß – es ist der gleiche wie der alte.‹ Und dabei ist der alte Iskra das große Los, eigenhändig vom Imp gezogen. Ich hab' ja nix dagegen, daß er ein Diktator ist; wir beide haben über die Jahre selbst nicht wenige von diesen Säcken eingesetzt. Was mir nicht paßt, ist die Tatsache, daß der Kerl nicht das kleinste bißchen Subtilität oder Geduld an den Tag legt. Schätze mal, er ist von der Sorte, die die ganze Welt haben wollen, und zwar schon vorgestern.«

»Mit diesem Anspruch kann ich leben«, sagte Sten. Er blickte wieder auf den Bildschirm und die angemessen enthusiastischen Personen hinter Iskra. »Ich würde gerne wissen, was Iskra seinem Rumpfparlament erzählt hat, abgesehen von den üblichen Nettigkeiten ... Siehst du jemanden, den wir vielleicht bestechen könnten?«

Kilgour überlegte. »Alle. Wenn die Zeit reif dafür ist«, sagte er. »Aber wenn du sofort ein Großohr haben willst, würde ich mit Menynder anfangen. Er scheint mehr als alle anderen sein Auge auf das Hauptziel gerichtet zu haben. Und ein kleines bißchen auf das, was danach kommt.«

»Stimmt«, erwiderte Sten. »Sieh zu, ob wir aus ihm eine nette verläßliche Quelle machen können.«

»Kein Problem.« Kilgour schwieg eine Minute. Dann fragte er, scheinbar nebensächlich: »Hast du dir schon mal den gruseligen Luxus erlaubt und einen Gedanken daran verschwendet, ob unser Furchtloser Anführer vielleicht ein kleines bißchen senil geworden ist?«

Sten zuckte zusammen, als hätte ihn ein eisiger Hauch gestreift. Er antwortete nicht, sondern ging zur Bar und goß zwei große Drinks ein. Kein Scotch, auch kein Stregg. Reinen Quillalk, an den er sich als einfacher Soldat gewöhnt hatte. Ein Glas reichte er Kilgour.

»Wenn das wirklich zutrifft«, sagte Sten, nachdem er einen Schluck genommen hatte, »und Dr. Iskra ein Beispiel dafür ist, dann wird die Zukunft allmählich so aussehen.« Er zeigte aus dem Doppelglas-Sicherheitsfenster auf die sich pompös auftürmenden Gewitterwolken, die den nächsten peitschenden Sommersturm auf die Hauptstadt zutrieben.

»Macht nix, alter Knabe«, konterte Alex und kippte seinen Drink mit einem Schluck, wartete, bis Sten seinem Beispiel gefolgt war, und holte dann Nachschub. »Wir sind doch die Speerspitzen des Imperators, oder? Wenn das hier also lediglich ein Vorbote ist, werden wir den Rest ohnehin nicht mehr erleben.«

Sten fühlte sich nicht sonderlich beruhigt. »Und jetzt«, sagte er, folgte Alex' Beispiel und kippte seinen Drink, »haben wir das Vergnügen, dabei zuzusehen, wie Dr. Iskra seine eiserne Faust demonstrieren wird – und was jedem blüht, der sich ihm widersetzt.«

Auch darauf hab' ich schon die passende Antwort«, meinte Kilgour. »Der Schwachkopf ist ein Idealist. Das bedeutet, wir werden schon bald bis zum Sack in Blut waten. In sechs Monaten werden sie alle sehnsüchtig zurückblicken und davon schwärmen, wie nett, gemütlich und reibungslos doch alles beim alten Khaqan zuging. Wart's ab. Oder möchtest du etwa dagegenhalten und behaupten, Iskra sei was anderes als ein verschlagener Wolf im Lammfell?«

Sten schüttelte den Kopf. »Wie du schon sagtest. Ich bin zwar verrückt, aber doch nicht völlig durchgeknallt. Abgesehen davon, daß ich mich überhaupt in diesem Raumsektor aufhalte. Nein, ich glaube ebenfalls nicht, daß man sich an Dr. Iskra seiner Nachsichtigkeit und seiner Erleuchtung wegen erinnern wird.«

»Ihnen, verehrte Anwesende, kann ich die Zukunft ungeschminkt präsentieren«, sagte Dr. Iskra. »Sie sind Profis, vertraut mit der Unvermeidlichkeit historischer Prozesse und ebenso wie ich darum bemüht, den Glanz des Altai-Clusters wiederherzustellen.«

Ein Murmeln erklang. Es konnte ebenso, wie es der Hörer tat, als umfassende Zustimmung gewertet werden.

In dem riesigen Hörsaal befanden sich nur fünfzehn Gestalten. Er gehörte zu einem Komplex mit Unterkünften, den einst die Einheit bewohnt hatte, die überall als des Khaqans »Eigene« bekannt gewesen war, die angebliche Eliteeinheit, deren vornehmste Aufgabe darin bestand, das Leben des Khaqans sowie seinen Besitz, seine Verwandten und seine Freunde zu schützen. Die Wände waren mit neuen Gemälden versehen, auf denen die Soldaten der Eigenen einem außerhalb des abgebildeten Geschehens stehenden, unsichtbaren Herrn dienten, abwartend und mit nobel vorgerecktem Kinn; sie standen auf Barrikaden, stellten sich einem ebenfalls nicht im Bild zu sehenden Feind und halfen unschuldigen Bürgern gegen nicht näher dargestellte Bedrohungen. Alle Soldaten, wie auch sämtliche Zivilisten auf dem Wandbild, waren Jochianer.

Die fünfzehn Anwesenden gehörten zu den ranghöchsten Offizieren der Armee des Khaqans, doch es waren nicht *die* ranghöchsten Stabsoffiziere. Iskra hatte sie sorgfältig ausgewählt.

Jedem von ihnen war mündlich mitgeteilt worden, sich zur Besprechung eines besonderen Auftrags einzufinden. Einer nach dem anderen war, ohne Begleitung oder Adjutanten, von einem Vertreter Iskras abgeholt und zu dem abgesicherten Komplex gebracht worden.

Es handelte sich ausnahmslos um Berufssoldaten. Alle entstammten langgedienten Familien, die der Khaqan stets als »der Staat« bezeichnet hatte. Und alle waren sie Jochianer. Iskra hatte auf die wenigen Tork, Suzdal und Bogazi, die sich ebenfalls ihre Sterne verdient hatten, verzichtet.

Unter den Anwesenden befand sich auch ein hochgewachsener, silberhaariger Mann. General Douw. Er tat sein möglichstes, um nicht besonders aufzufallen, bis er herausgefunden hatte, woher der Wind wehte.

»Wir Altaianer«, fuhr Iskra fort, »sind Wesen, die sich genetisch nach Felsen sehnen, an denen wir uns festhalten können, wenn die Gezeiten der Veränderung über uns hinwegspülen.

Eine dieser festen Traditionen sollte das Militär sein – was leider unter dem Khaqan oder seinem Vater niemals der Fall war. Ich rede von Personen, die allzeit fraglos dazu bereit sind, den Staat mit ihrem Leben zu verteidigen. Und dazu rechne ich nicht nur die gemeinen Soldaten draußen im Feld, sondern die, die ihr gesamtes Leben diesem Dienst widmen und opfern, diesem Dienst und diesem Apparat, der sie bevorzugt.

Es sind die Wesen, denen ich bereits als Kind, als Heranwachsender, ganz instinktiv Liebe und Respekt entgegengebracht habe. Ich muß gestehen – und ich wünsche nicht, daß außerhalb dieses Raums jemals jemand etwas davon erfährt –, daß ich damals geweint habe, als ich erfuhr, daß mir mein gesundheitlicher Zustand nicht erlaubte, als Soldat meine Pflicht zu erfüllen.«

Iskra legte eine Pause ein. Sein Blick huschte über die Gesichter vor ihm. Er blieb einen Moment auf Douw halten, gerade lange genug, um den General zu ängstigen. Douw nickte und versuchte, einen mitfühlenden Gesichtsausdruck aufzusetzen.

Dann fuhr Iskra fort: »Als ich natürlich etwas älter wurde und erkannte, welche monströsen Verbrechen ein Soldat unter dem Khaqan ausüben mußte, und als mein lieber Bruder mich für reif genug befand, die Wahrheit zu erfahren, ohne daß Gefahr bestand, daß ich sie in kindischem Geplapper weitertrug, war ich sehr dankbar für meine Krankheiten.

Aber ich habe versagt.

Uns bleibt nicht viel Zeit. Sie sind meine fünfzehn auserwählten Persönlichkeiten. Ich brauche Sie für meine Neue Ordnung. Sie repräsentieren das Militär. Nicht den Abschaum, den der Khaqan als seine Armee und seine Flotte bezeichnete.

Und Sie alle sind Jochianer.«

Iskra unterbrach sich an dieser Stelle und wartete, bis sich das Schweigen auftürmte und unangenehm wurde.

Niemand, der in welcher Armee auch immer bis in den Kommandostab vorgedrungen war, würde einen Hinweis wie diesen überhören.

»Das ist mir aufgefallen«, sagte eine Frau mit kantigem Gesicht, deren Uniform mit Orden überladen war. »Sollen wir daraus die Schlüsse ziehen, die wir gerne ziehen würden?«

»Als da wären, General F'lahn?« Iskra ermunterte sie wie einen herausragenden Schüler.

»Ich habe Ihre Schriften gelesen, Doktor. Darin stand viel zu lesen von einem Cluster, in dem wir alle, Jochianer, Tork, Suzdal und Bogazi im Kampf um ein gemeinsames Ziel vereint sind. Ein Ziel, das unter der Führung der Besten erreicht werden muß – der Jochianer, die das Banner vorantragen. Oder habe ich da etwas mißverstanden?«

»Sie haben nichts mißverstanden«, erwiderte Iskra. »Deshalb sagte ich, ich kann hier sprechen, ohne ein Blatt vor den Mund zu nehmen.

Heute ist ein neuer Tag. Eine Neue Ordnung bricht an.

Aber sie muß erst entstehen. Die Rückkehr zum Frieden ist unser erstes Ziel. Wir müssen an einem Punkt anfangen, an dem alle Lebewesen sich in Sicherheit wissen. Sicherheit für sich selbst, für ihr Zuhause, ihre Arbeit und ihre Kinder.«

Wieder wurde ein Murmeln hörbar, und diesmal klang es eindeutig zustimmend. General F'lahn würde für ihren Mut, so furchtlos voranzuschreiten, belohnt werden.

»Das wird es niemals geben«, brummte ein Admiral. »Nicht, solange wir es überall mit diesen Westentaschenarmeen zu tun haben, diesen Milizen, die überall ihre Nase hineinstecken und sich Soldaten nennen.«

»Dafür wird sich eine Lösung finden, das verspreche ich Ihnen, Admiral Nel. Entweder werden sie aufgelöst oder dem Kommando ordentlich ausgebildeter Offiziere unterstellt, oder ...«

Er beendete den Satz nicht. Es war auch nicht nötig. Die fünfzehn Offiziere strahlten jetzt ganz unverhohlen.

»Jawohl«, fuhr Iskra fort. »So wie die zukünftige Neue Ordnung anderen Wesen ein Gefühl dafür geben wird, wo sie hingehören ... Dieser Nonsens an der Pooshkan-Universität beispielsweise.«

»Dr. Iskra. Der Khaqan hat einige schreckliche Verbrechen begangen. Und einige Angehörige unseres Militärs, darunter zu meiner unendlichen Scham einige Jochianer, waren seine Handlanger. Haben Sie das in Betracht gezogen?«

Der Fragesteller war Brigadier S!Kt, der rangniedrigste Stabsoffizier im Raum. Außerdem war sie eine Anhängerin Iskras, die man unter dem Khaqan gezwungen hatte, ihren Abschied zu nehmen. Allein die Tatsache, daß sie einer unglaublich reichen Familie angehörte, die traditionellerweise den Khaqan unterstützte, hatte sie davor bewahrt, ganz beseitigt zu werden. Eine der ersten Handlungen Dr. Iskras nach seiner Ankunft in Rurik hatte darin bestanden, ihrer »Bitte« um ihre Wiedereinsetzung in den Stabsdienst stattzugeben.

»Das habe ich. Diese Vergewaltigungen und Morde waren viehisch. Meinen Mitjochianern gegenüber, gegenüber den Tork, den Suzdal und den Bogazi. Schon jetzt werden Befehle ausgegeben, sämtliches Militärpersonal, das daran beteiligt war, festzunehmen und darüber zu befragen.«

Die Versammlung schien zu erstarren. Douw sank in seinem Sessel zusammen.

Doch Iskra setzte wieder sein Lächeln auf. »Sollte jemand von Ihnen hier für eine der Einheiten, die etwas mit diesen Verbrechen zu tun hatten, verantwortlich gewesen sein, so verstehe ich natürlich sehr gut, welchem Druck Sie von seiten des Khaqans ausgesetzt gewesen waren. Keiner von Ihnen, an dieser Stelle darf ich offen sprechen, wird als etwas anderes angesehen als der ehrenhafte Soldat, der er immer gewesen ist. Jeder, der anders darüber denkt, muß mit einer entschiedenen Reaktion meinerseits rechnen.

Andererseits begrüße ich jede Hilfe Ihrerseits in dieser Angelegenheit. Wenn Sie mich heute verlassen, wird man Ihnen Fiches mit den Namen der Einheiten und Offiziere übergeben, über die ich genauere Nachforschungen vorschlage.

Sollten Sie von der Unschuld auch nur einer dieser Personen wissen und meine Informanten sich getäuscht haben, informieren Sie bitte sofort einen Angehörigen meines Mitarbeiterstabs.

Sollten Ihnen kriminelle Individuen oder Einheiten bekannt sein, die *nicht* auf dem Fiche vermerkt sind, bitte ich darum, sie hinzuzufügen.«

Schweigen. Nur wenige Offiziere, unter ihnen General Douw, wagten ein Lächeln. Die *lettres de cachet* standen ihnen offen.

»Ich glaube, wir verstehen uns in diesem Punkt, ja?«

Nicken. Mehr Lächeln.

»Eine letzte Frage noch.«

»Bitte sehr, General F'lahn.«

»Ihre eigene Familie ... wurde auf die abscheulichste Weise mißhandelt.«

Iskras Gesicht versteinerte. »Das steht auf einem anderen Blatt. Das geht Sie nichts an. Das hat nichts mit dem Staat zu tun. Blut ist Blut. Blut muß mit Blut vergolten werden.

Diejenigen, die dem alptraumhaften Wurm, der sich selbst Khaqan nannte, dabei zur Hand gingen, meinen Vater, meine Familie und meinen Bruder zu vernichten, werden ebenfalls vernichtet werden.

Ich kenne sie.

Ich kenne sie schon seit Jahren.

Als ich auf meiner Pritsche lag und von meiner Heimat träumte, die ich niemals wiederzusehen glaubte, sah ich ihre Gesichter, und ich schwor, daß ich Vergeltung üben würde, sollte sich jemals die Gelegenheit dazu ergeben.

Diese Vergeltung steht nun unmittelbar bevor.«

In der Halle herrschte absolute Stille. Dann wurde die Stille durch den Applaus des Altai-Clusters unterbrochen – alle Anwesenden schlugen sich mit dem Unterarm hart gegen die Brust. Am lautesten applaudierte General Douw.

Schließlich hatte jeder von ihnen, hatte jede Familie ihre Feinde.

Und Blut *mußte* nun einmal mit Blut vergolten werden.

»... daß ich Vergeltung üben würde, sollte sich jemals die Gelegenheit dazu ergeben. Diese Vergeltung steht nun –« Der Mann schaltete den Recorder ab.

»Was wird Ihr Imperialer Herrscher wohl davon halten?« fragte Dr. Iskra mit einem herausfordernden Unterton in der Stimme.

»Die Angelegenheit dürfte ihn kaum interessieren«, antwortete der Mann. »Der Imperator erwählte Sie dazu, im Altai-Cluster zu herrschen, weil er davon überzeugt ist, daß Sie die beste Qualifikation dafür mitbringen. Auf welche Weise Sie ihre Macht konsolidieren, steht nicht zur Debatte, schon gar nicht, wenn es um Kleinigkeiten wie die Säuberung der militärischen Hierarchie geht.«

Dr. Iskras Anspannung ließ sichtlich nach. Der Mann erlaubte ihm, sich zu entspannen, während er zu einem Tisch ging und zwei Tassen von Iskras abendlichem Kräutertee eingoß.

»Vorausgesetzt allerdings«, sagte er plötzlich, »daß die Aktion wie geplant durchgeführt wird. Das bedeutet, Sie müssen aufpassen, wie viele private Feinde diese Generäle auf Ihre Liste setzen ... Außerdem muß die Sache sofort erledigt werden.«

»Dafür ist gesorgt«, sagte Iskra. »Genauso, wie Sie es als am effektivsten beschrieben haben. Natürlich muß ich entsprechend den gesellschaftlichen Besonderheiten meines Volkes leichte Abwandlungen vornehmen.«

Der Mann warf Iskra einen Blick zu und beschloß, nicht näher nachzufragen.

Der Mann war die Verbindung zwischen dem Ewigen Imperator und Dr. Iskra; er arbeitete unter höchster Geheimhaltung. Niemand außer dem Imperator selbst wußte von seiner Anwesenheit – vor allem niemand von der Imperialen Mission auf Rurik. Diese Ausnahme betraf ganz besonders Sten, den Imperialen Botschafter.

Sten kannte den Mann.

Es handelte sich um den vollendeten Meisterspion, einen Mann, der niemand anderem diente als sich selbst und seinen momentanen Auftraggebern, die am besten diejenigen waren, die ihm am meisten boten.

Sein Name war Venloe.

Der Mann, der für das Attentat auf den Ewigen Imperator verantwortlich war.

Kapitel 17

Der Wald lag weit im Norden von Rurik. Er fing dort an, wo ein ähnlich großer Sumpf endete, und erstreckte sich über viele Kilometer bis fast zur Küste des beinahe gezeitenlosen Binnenmeeres.

Im Dialekt der ortsansässigen Landbevölkerung hieß der Wald »Der Ort des Rauchs«. Wenn im Sommer die Stürme durch den Wald fegten, stiegen gewaltige Staubwolken bis in die Atmosphäre hinauf. Im Frühjahr und im Herbst kroch feuchter Nebel über das trockene, schweigende Land. Im Winter färbten die Schneestürme den »Rauch« weiß.

In der Nähe des Binnenmeeres hatte sich der Khaqan vor vielen Jahren einen Zufluchtsort errichten lassen wollen. Da alles auf Rurik überdimensional war, und da der Khaqan noch grandioser dachte, als es ihm dieser Planet nahelegte, sollten zu diesem Zufluchtsort Gebäude gehören, in denen sein gesamter Hofstaat untergekommen wäre.

Das Gelände wurde vermessen.

Hier und da waren an Baumstämmen und Stümpfen immer noch farbige Markierungen zu sehen.

Schneisen wurden geschlagen, aber niemals asphaltiert.

Der Khaqan verlor das Interesse an dem Projekt, noch bevor mit dem Bau begonnen wurde, und der Ort des Rauchs kehrte wieder zu seiner Abgeschiedenheit zurück. Jetzt waren die einzigen Besucher des Waldes die illegalen Holzkohlebrenner im Sommer und Herbst, und im Winter die Pelzjäger.

Sie blieben nie lange. Der Wald war zu riesig. Zu still. Zu teilnahmslos.

Die lange Reihe von großen A-Grav-Gleitern kroch über den Resten einer Schneise dahin, tief ins Herz des Waldes hinein.

Die Ladefläche eines jeden Gleiters war mit dichtgedrängten Gestalten bepackt, Menschen und Nonhumanoiden. Einige von ihnen trugen Uniformen, hastig übergezogen, als es an der Tür geklopft hatte, Uniformen, die jetzt zerrissen und zerfleddert aussahen. Andere trugen die Kleider, die sie in der Eile erwischt hatten, als man sie von ihren Wohnungen oder Arbeitsstellen abgeholt hatte.

Die Gestalten, die sie bewachten, trugen die gleichen Uniformen. Aber diese Wachen waren ausnahmslos Menschen.

Die Gefangenen verhielten sich still. Einige von ihnen versorgten ihre Verletzungen.

Die Gleiter bogen in einen kleineren Weg ab, kurz darauf in einen Pfad. Der Pfad verbreiterte sich zu einer ehemaligen Weide.

Die Gleiter landeten.

Befehle wurden gebrüllt. Die Gefangenen stiegen ab.

In den Gleitern befanden sich noch andere Gefangene. Sie lagen bewegungslos und zertrampelt auf den Ladeflächen. Diese Toten oder Halbtoten wurden zunächst von den Wachen ignoriert.

Nach den nächsten Befehlen mußten sich die überlebenden Gefangenen in einer Reihe aufstellen.

Unter den Gefangenen waren Acinhow und N'ern. Die eine

war eine kleine Gefängniswärterin, die andere Mitarbeiterin der Steuerbehörde. Beide hatten bei ihrer Festnahme Zeit genug gehabt, einige Notrationen mitzunehmen, die sie auf der langen Reise nach Norden am Leben erhalten hatten.

»Ich sehe jedenfalls nichts von einem Gefängnis«, flüsterte N'ern. »Sollen wir uns vielleicht unser eigenes Gefängnis aus diesem Wald hier bauen?«

Acinhow schüttelte langsam den Kopf und deutete mit einem Nicken auf eine bestimmte Stelle.

Ungefähr in der Mitte der Wiese waren lange Gräben ausgehoben. Nicht weit davon entfernt standen Maschinen für Erdarbeiten bereit.

Weiter hinten waren schon andere Gräben ausgehoben und wieder zugeschüttet worden. Ihre Reihen waren von leicht gewölbten Erdhügeln bedeckt.

N'erns Gesicht verfärbte sich grau.

Als die anderen Gefangenen die Gräben erblickten, wurde überall aufgeregt geflüstert. Die Wachen brachten sie brüllend zum Schweigen.

N'ern brauchte zwei Anläufe, bevor sie ein Wort herausbrachte.

»Die Kinder ... sie werden niemals –« Sie konnte nicht weiterreden.

Acinhow erschauerte.

N'ern machte noch einen Versuch.

»Wenigstens ... wenigstens«, murmelte sie, »ist es ehrenhaft.«

Kapitel 18

Sten stand die R-O-U-T-I-N-E bis zum Hals. Auf Jochi hieß das nichts anderes, als sich beständig im Grenzbereich zur Panik aufzuhalten. Zwei Drittel der Lämpchen auf der Nachrichtenkonsole blinkten gelb. Die anderen standen auf Rot.

Seine Funkspezialisten, die alle als diplomatische Ombudsmänner ausgebildet waren, bearbeiteten die Anfragen fieberhaft. Sie schaufelten den Mist beiseite; beruhigten dort, wo ein paar tröstende Worte ausreichten; verwiesen die Anrufer an die zuständigen Behörden weiter, wobei sie sehr wohl wußten, daß noch einige Zeit vergehen würde, bevor auch nur eine einzige Regierungsbehörde auf Jochi funktionstüchtig arbeiten würde. Und sie teilten dort, wo es ging, kleine Vergünstigungen der Imperialen Botschaft aus.

Alles, was einigermaßen wichtig schien, wurde zu einer überschaubaren Nachricht eingedampft und an Sten weitergeleitet. So viele dieser Berichte waren hereingekommen, daß Sten den ganzen Morgen im Nachrichtenraum verbracht hatte, wo er über ihnen gebrütet und gleichzeitig den Strom von Anfragen bearbeitet hatte, die nur der Botschafter selbst bearbeiten konnte.

Der erste Anruf des Tages kam von dem jungen Milhouz, der dringend den Botschafter sprechen wollte. Sten packte ihn in seinem mentalen Stapel der Dinge, die dringend zu erledigen waren, nach ganz unten. Ja, er hatte den Pooshkan-Studenten eine Anhörung mit einer entscheidungsbefugten Persönlichkeit versprochen. Nachdem er Dr. Iskras Bekanntschaft gemacht hatte, war sich Sten nicht mehr so sicher, ob er sein Versprechen würde halten können.

Er würde sich später darum kümmern. Er mußte sich etwas einfallen lassen – sobald er sich durch diesen Wust an Berichten über die Unruhen auf ganz Jochi gewühlt hatte. Besonders um die in den Wohnvierteln und den Gettos von Rurik.

Es galt mehr als die übliche Anzahl von Blutfehden zu schlichten. Bislang keine Aufstände. Einige bedeutungslose Zusammenrottungen der Milizen. Aber es wurden keine Schüsse abgegeben – zumindest nicht aus Wut. Hier und da Gewaltausbrüche in Familien.

Sten scrollte weiter. Er fand einen weiteren dringenden Anruf von Milhouz. Der Nachrichtenoffizier hatte die Nachricht folgendermaßen zusammengefaßt: »Habe erfolgreich eine Verlängerung des Ultimatums erreicht. Das Komitee hat der Verlängerung der Deadline um eine Woche zugestimmt.« Sten sah, daß es sich bei dem Nachrichtenoffizier um Freston handelte, seinen erfahrensten und vertrauenswürdigsten Funkveteranen. Leider war der Mann all die Jahre viel zu befähigt gewesen, und erst Sten konnte ihn von der anscheinend unvermeidbaren und mörderisch langweiligen Karriere als Chef des hochrangigen Nachrichtenstabs erlösen.

Unter *Beobachtungen* hatte Freston vermerkt: »Auftreten der Person äußerlich ruhig. Die Kurve der Stimmbox zeigte trotzdem Instabilität an. Sieht Botschafter Sten als Vaterfigur. *Empfohlene Vorgehensweise:* Fortsetzung der harten Linie. Sanftere Umgangsweise wird Instabilität fördern.«

›Na prima‹, dachte Sten. ›Vaterfigur für ein verwöhntes reiches Bürschlein.‹ Dabei mochte er Milhouz noch nicht einmal; er hielt ihn für einen Speichellecker mit einer schrillen Stimme, der eine Gruppe ebenso nichtsnutziger Personen für seine Zwecke ausnutzte. Verdammt noch mal! Er würde ihn zurückrufen, sobald er seine Arbeit erledigt hatte. ›Vaterfigur! Nicht zu fassen …‹

Sten überflog weitere Berichte. Dann traf er auf ein echtes Warnsignal. Panikkäufe hatten eingesetzt. Die Leute fingen an zu hamstern. Auf dem ganzen Planeten waren die Läden mit länger haltbaren Nahrungsmitteln und Getränken ausverkauft. Auch die Brennstoff- und Kochölvorräte gingen zur Neige.

Das gefiel ihm nicht. Es bedeutete, daß Iskra ab jetzt weitaus mehr vorweisen mußte als gutgedrechselte Reden, um die Leute davon zu überzeugen, daß ihnen so etwas wie ein normales Leben in Aussicht stand.

Sten sah zu, wie sich der Mist in seinem Napf höher und höher anhäufte. Das widersprach Kilgours Gesetz des statistischen Mistaufkommens. Alex bestand darauf, daß Katastrophen immer als Dreierpack auftraten. Sten war anderer Ansicht, auch wenn das Axiom von Kilgours über alles geschätzter Mama stammte. Sten war fest davon überzeugt, daß der Ärger stets so lange auf einen einprasselte, bis man weder ein noch aus wußte. Und dann kriegte man noch zwei Tiefschläge extra verpaßt.

Die Tür zum Nachrichtenraum glitt fauchend zur Seite, und Cind stürmte herein. Er war froh, sie zu sehen. Ihr Gesichtsausdruck erfreute ihn jedoch ganz und gar nicht.

»Laß mich raten: Du bist nicht gekommen, um mir mitzuteilen, daß Iskras Vorstellung vom Paradies auf den Straßen von Rurik Wurzeln gefaßt hat?«

»Es sei denn, im Paradies marschieren Sturmtruppen auf, die Massenverhaftungen durchführen«, antwortete Cind.

Sten reagierte so diplomatisch, wie er es vermochte: »Was? Sag das noch einmal!«

»Ich bin den Gerüchten von den vermißten Leuten nachgegangen«, sagte sie. »Es sind keinesfalls nur Gerüchte. Ich habe Augenzeugen. Familienoberhäupter, manchmal sogar ganze Familien, werden ringsum festgenommen und weggebracht. Von Iskras Soldaten.«

»Welches Spiel spielt dieser Mann nur?« fragte Sten. »Ihm

wird die ganze Sache um die Ohren fliegen, bevor er richtig angefangen hat.«

Einer der Nachrichtenoffiziere gab ihm Zeichen. »Ich habe wieder einen Anruf vom jungen Milhouz«, sagte er. »Er ist noch dran. Er sagt, es sei außerordentlich wichtig, ein Notfall.«

»Ganz bestimmt«, sagte Sten. »Lügen Sie ihn an. Sagen Sie ihm, mich hat die Beriberi erwischt oder sonstwas. Und dann besorgen Sie mir Dr. Iskra. Ich muß ihn sprechen. Sofort!«

Einige Minuten später erschien das dünnlippige Gesicht Iskras auf dem zentralen Vid-Schirm.

»Wie ich höre, liegt bei Ihnen etwas Dringendes vor«, sagte Iskra.

»Ich hätte gern eine Erklärung von Ihnen, darum geht es, Doktor.«

»Mir gefällt Ihr Ton nicht, Herr Botschafter.«

»Ich singe nun mal in dieser Tonart«, gab Sten zurück, »wenn ich erfahren muß, daß ein politischer Führer, den ich unterstütze, gefährlich knapp davor steht, den Mann bloßzustellen, dem ich unmittelbar unterstehe. Den Ewigen Imperator.«

»In welcher Hinsicht tue ich das?«

»Dr. Iskra, mir liegen *bestätigte* Berichte vor, daß Ihre Soldaten Massenverhaftungen vornehmen.«

»Hätten Sie mich zuerst gefragt«, konterte Iskra glatt, »dann hätte ich Ihnen diese Tatsache bestätigt. Damit wäre Ihnen ein Haufen Ärger erspart geblieben – und ein Mißverständnis.«

»Schön. Ich höre.«

»Richtig. Es wurden einige Verhaftungen vorgenommen«, sagte Iskra. »Sie als Massenverhaftungen zu bezeichnen, ist meinem Verständnis nach reichlich übertrieben. Die Angeklagten wurden der Einfachheit halber ungefähr zur gleichen Zeit festgenommen, so wie sie auch gemeinsam zur Festung Gatchin gebracht wurden, wo sie jetzt einsitzen. Gatchin ist der Ort, an dem traditionellerweise die Personen inhaftiert werden, die von der Öffentlichkeit angeklagt werden sollen. Ich versichere Ihnen jedoch, daß es sich hierbei lediglich um Routinevorgänge handelt, die einzig dazu dienen, dem Cluster wieder zu einer gewissen Stabilität zu verhelfen. Meine Leute brauchen Beweise dafür, daß im Altai-Cluster wieder die Gerechtigkeit Einzug hält.

Die betreffenden Personen sind unterschiedlicher Verbrechen angeklagt. Einige davon schwerwiegend. Offen gesagt erwarte ich, daß sich viele dieser Anklagen als falsch erweisen werden und daß die Verhafteten die Opfer niederträchtiger und rachsüchtiger Wesen sind.

Wie jedoch bereits erwähnt: Das Volk verlangt nach Prozessen. Deshalb werde ich ihm diese Prozesse geben. Faire Verhandlungen. So daß jeder, der fälschlicherweise angeklagt wird, seinen Namen in aller Öffentlichkeit wieder reinwaschen kann.«

›Was für ein Haufen Dreck‹, dachte Sten. »Was geschieht mit den Schuldigen?« fragte er.

»Mischen Sie sich da nicht sehr heftig in Angelegenheiten ein, die Sie nichts angehen?« fragte Iskra zurück. »Was hat der Imperiale Botschafter mit dem Rechtssystem der Altaianer zu schaffen?«

»Überhaupt nichts«, gab Sten zu. »Ich bin jedoch fest entschlossen, dafür zu sorgen, daß die Befehle des Imperators ausgeführt werden. Das heißt, er erwartet eine Rückkehr zu stabilen Verhältnissen im Altai-Cluster. Es ist diesem Ziel nicht gerade dienlich, Doktor, wenn Sie Anlaß für neue Blutfehden schaffen.«

»Ich verspreche Ihnen, Herr Botschafter, daß die Verhandlungen absolut fair ablaufen werden. Und ich werde mit den Schuldigen so gnädig wie möglich verfahren. Sind Sie damit zufrieden?«

Sten mußte bejahen. Natürlich log Iskra. Aber Sten konnte sich einen offenen Bruch mit diesem Mann nicht leisten. In diesem Fall würde ihm alles aus den Händen gleiten, und seine Mission wäre dem Untergang geweiht.

»Es war mir ein Vergnügen, mich mit Ihnen zu unterhalten, Sr. Sten«, sagte Iskra abschließend. Der Bildschirm wurde wieder schwarz.

»Wir sollten auf jeden Fall unsere Überwachung forcieren«, sagte Sten zu Cind. »Schickt noch mehr von Kilgours Fledermäusen los.«

»Du brauchst mehr als Frick und Frack«, meinte Alex. Sten fuhr erschrocken hoch. Er hatte Alex nicht eintreten gehört. »Wenn mich meine alten Ohren nicht ganz im Stich lassen, schießen sie gerade die Universität zusammen.«

Sten war verblüfft. »Die Studenten? Wo haben die denn die Waffen her?«

»Ich glaube nicht, daß die Kinder die Ballerei eröffnet haben«, antwortete Kilgour.

»Verdammt!« war alles, was Sten herausbrachte. Er rannte zur Tür, dicht gefolgt von Alex und Cind.

Noch während er durch die Botschaft sprintete, die wachhabenden Kompanien der Bhor und Gurkhas zu sich rief, zur Tür hinaus und über das weite Areal stürmte, erstickte das Gespenst einer völligen Katastrophe seine Gedanken. Der kleine Schwachkopf Milhouz hatte zumindest in einer Sache recht: Sollte den verhätschelten Kindern in Pooshkan etwas zustoßen, würde überall im Altai-Cluster die Hölle losbrechen.

Als er das Tor der Botschaft erreicht hatte, hörte Sten das Krachen von Gewehrschüssen aus der Richtung der Universität.

Dann wurde er gebremst. Die breite Prachtstraße vor der Botschaft war von jochianischen Soldaten abgeriegelt. Iskras Männer. Im Hintergrund standen zwei Panzerwagen.

Ein stämmiger Major baute sich vor ihm auf.

»Aus dem Weg«, keuchte Sten.

»Tut mir leid, Herr Botschafter«, sagte der Major, »aber ich darf Ihnen nicht erlauben, die Botschaft zu verlassen.«

»Auf wessen Befehl hin?«

»Auf Dr. Iskras Befehl hin, Sir. Verstehen Sie die Sache bitte nicht falsch. Es geschieht nur zu Ihrem eigenen Schutz. Ich soll Ihnen außerdem eine Entschuldigung für mögliche Unannehmlichkeiten überbringen. Sobald der Ausnahmezustand aufgehoben wird, dürfen Sie sich selbstverständlich wieder frei bewegen.«

Sten hörte immer noch Schüsse aus der Richtung von Pooshkan. »Ist das der Ausnahmezustand?« wollte er wissen.

Der Major zuckte die Schultern. »Da machen ein paar junge Rabauken Krawall. Begehen schreckliche Taten. Zerstören öffentlichen Besitz. Mord. Plünderungen. Sexuelle Ausschreitungen. Eine ziemlich schlimme, widerwärtige Geschichte.«

»Verdammter Lügner!« hörte er Cind murmeln.

»Ich muß mir selbst ein Bild davon machen«, sagte Sten.

Der Major blieb professionell gelassen. Aber Sten sah, daß sich die Soldaten um ihn herum anspannten. Jemand flüsterte etwas, und die Gefechtstürme der Panzerwagen schwenkten ihre Geschützrohre surrend auf die Botschaft.

»Das kann ich wirklich nicht erlauben, Sir«, sagte der Major. »Es geschieht zu Ihrem eigenen Schutz. Sehen Sie das bitte ein und zwingen Sie mich nicht, meine Pflicht zu tun.«

Sten fühlte sich wie ausgehöhlt, als er sich umdrehte. Er hörte noch mehr Schüsse und etwas, das wie entfernte Schreie klang.

Was zum Teufel konnte er jetzt noch tun? Er dachte an Milhouz und all die anderen armen verdammten reichen Kinder. Natürlich konnte er sie nicht brauchen, und wenn es in seiner Macht gestanden hätte, hätte er sie weit weg gewünscht.

Wenn er nur Milhouz' Anruf früher beantwortet hätte. Wenn er nur ...

Ach, verdammt!

Alex und Cind versuchten ihn zu beruhigen, als er sich auf den Rückweg machte.

Jetzt blieb ihnen nichts mehr zu tun – außer sich auf den Rückschlag vorzubereiten.

Kapitel 19

Die Kinder der Altaianer starben nicht kampflos.

Mehr als fünfundzwanzigtausend Studenten waren auf dem Universitätsgelände versammelt, als Iskras Streitmacht zuschlug. Alles hatte mit einem Geplänkel an der Barrikade begonnen. Sechzig keulenschwingende Polizisten hatten den zehn Meter hohen Gerümpelwall angegriffen.

Die überraschten Studenten wurden zurückgeworfen. Ein Trupp Polizisten brach auf die andere Seite durch und prügelte wie wild um sich, ließ Schädel bersten und Knochen brechen.

Ein paar junger Suzdal warfen sich auf sie, duckten sich unter den Hieben hindurch; dann rissen scharfe Zähne an Muskeln und Sehnen. Die Polizisten wurden wieder zurückgetrieben. Sie schienen sich zum nächsten Angriff formieren zu wollen.

Die jungen Verteidiger der Barrikade schrien nach Hilfe. Hunderte kamen zur Rettung herbeigeeilt.

Milhouz und die anderen jungen Anführer hörten ihre Schreie im Hauptquartier des Pooshkan-Aktionskomitees.

»Man hat uns hintergangen!« rief er.

»Kommt alle! Wir müssen helfen!« sagte Riehl, deren Stimme sich vor Aufregung überschlug. Gemeinsam mit Tehrand und Nirsky rannte sie zur Tür.

Milhouz gab ihr keine Antwort. Er hatte gerade aus dem Augenwinkel etwas draußen vor dem Fenster gesehen. Zwischen dem Sprachengebäude und dem Institut für Kulturkünste hatte er die Silhouette eines Panzers erblickt, der die Straße parallel zur Universität hinabfuhr.

»Milhouz!« rief Riehl wieder. »Komm doch. Wir müssen sie aufhalten!«

Milhouz sah einen weiteren Panzerwagen mit großer Geschwindigkeit vorbeifahren. Er beruhigte sich selbst und wandte sich zu Riehl um. Sie stand mit Tehrand und Nirsky zögernd an der Tür.

»Ich versuche ein letztes Mal, Botschafter Sten zu erreichen«, sagte er. »Ich drohe ihm die Hölle an, wenn er das hier nicht sofort unterbindet.«

Er ging auf den Sender zu, den die Ingenieursstudenten installiert hatten, und warf seinen Gefährten noch einen Blick zu.

»Geht schon los«, sagte er. »Ich komme gleich nach.«

Die drei rannten davon.

Milhouz blieb stehen. Er hielt den Kopf wie ein wildes Tier zur Seite geneigt und betrachtete die offene Tür, wartete noch einen Moment und lauschte den Hilfeschreien von der Barrikade.

Dann rannte er zum Fenster, riß es auf, schwang ein Bein über das Fensterbrett – und sprang.

An den Barrikaden zogen sich die Polizisten wieder zurück, diesmal unter einem Hagel aus Steinen und Holz und Drahtstahlgewebe.

Riehl und die beiden anderen Studentenführer kamen im Laufschritt am Schauplatz des Geschehens an und wurden ringsum mit Freudenschreien begrüßt.

Von den Barrikaden herab winkten ihnen junge Leute zu, riefen ihre Namen und forderten sie auf, noch mehr Studenten zur Abwehr des nächsten Angriffs zusammenzutrommeln.

Riehl sah sich verzweifelt nach Milhouz um. Jetzt war Führerschaft gefragt, verdammt!

»Wir müssen rauf«, zwitscherte Nirsky.

»Hoch. Hoch. Hoch«, knurrte Tehrand.

Riehl, die noch immer hoffte, ihr Geliebter würde jeden Augenblick erscheinen, setzte sich in Bewegung. Junge Hände packten sie, zogen sie empor und reichten sie weiter. Und weiter hinauf. Tehrand und Nirsky folgten ihr.

Sie wurde auf die Füße gestellt. Riehl schaute auf die massive Polizeitruppe hinunter. Sie wandte ihr Gesicht den Studenten zu, reckte einen Arm hoch in die Luft und ballte die Faust.

»Freiheit für den Altai-Cluster!« schrie sie.

Die Studenten nahmen ihren Ruf auf. »Freiheit! Freiheit!«

Über dem Gebrüll hörte Riehl das Dröhnen schwerer Motoren. Als sie sich umdrehte, sah sie, wie sich die Reihen der Polizisten teilten und die Sicht auf den ersten Panzer freigaben. Dann kam noch einer.

Die großen Fahrzeuge rollten näher heran. Im Laufschritt dahinter kamen Soldaten. Mit schußbereiten Waffen.

Der erste Panzer blieb stehen. Ein Gefechtsturm schwenkte rasselnd nach oben.

Eine Explosion ... dann noch eine.

Tränengasgranaten flogen in hohem Bogen über die Barrikade und senkten sich mitten in die Studentenmenge. Schreie ertönten, Schmerzensschreie und Schreie des Entsetzens.

Riehl hielt mit tränenden Augen trotzig die Stellung. Sie schüttelte die Fäuste gegen die Panzer.

Fast gleichzeitig setzten sich die beiden Kettenfahrzeuge in Bewegung und griffen an. Sie rasten in die Barrikaden hinein und brachen hindurch, als wären es Papierwände.

Schutt wirbelte auf.

Riehl sah das scharfe Stück Baustahl durch die Luft auf sie zufliegen, wie in Zeitlupe heranwirbeln.

»Milhouz!« schrie sie.

Der Baustahl durchschlug ihre Kehle. Sie fiel wie eine leblose Puppe von der Barrikade herunter.

Die Soldaten eröffneten das Feuer.

Tehrand und Nirsky waren auf der Stelle tot.

Einige Studenten flohen in wilder Panik. Andere blieben in ihren Stellungen, wo sie von den Geschossen der Soldaten zerfetzt oder unter den Ketten der Panzer zermalmt wurden. Und doch ... auf viele dieser Aufwiegler wären ihre Eltern stolz gewesen.

Letztendlich schoben die Soldaten sie jedoch einfach zur Seite und strömten auf das Gelände, wobei sie ein Magazin nach dem anderen in die Menge feuerten. Der letzte Widerstand der Studenten brach zusammen, und die Überlebenden rannen Deckung suchend davon.

Die Soldaten folgten ihnen.

Als sich die Nacht über die Stadt senkte, hörte man noch immer Schüsse von Pooshkan herüberhallen. Aber kein Dauerfeuer mehr. Nur noch vereinzelte Aktionen. Die Soldaten spürten die Kinder von Jochi auf und erschossen sie.

Eins nach dem anderen.

Kapitel 20

Poyndex erlebte einen Augenblick unglaublicher Macht.

Er hatte dem Ewigen Imperator Befehle erteilt – und der Mann hatte sie befolgt.

Dann fing er sich wieder. ›Du bist ein blöder Idiot – schlimmer noch. Ich dachte, du hättest dich geändert, hättest diesen blinden Ehrgeiz wie einen Tumor aus deiner Seele geschnitten.‹

Mit aller Kraft schloß Poyndex seine Hand um den rostigen Stacheldraht. Das gezackte Metall schnitt ihm in Finger und Handfläche. Nach einer Minute lockerte er den Griff und untersuchte seine blutige Hand. ›Wenn es sein muß, dann soll es sich eben infizieren‹, dachte er wild entschlossen. ›Soll sie anschwellen und eitern. Denn diese nagende Begierde auf echte Macht hat dich schon einmal fast vernichtet. Es wird keine zweite Chance geben.‹

Poyndex redete seinem Körper ein, daß er keinen Schmerz in der Hand fühlen und diesen schreienden Nerv abschalten sollte. Er blickte über den Zaun hinweg, hinunter zu den sprudelnden Frühlingsfluten des Umpqua River.

›Jetzt bin ich schon zum zweiten Mal in der Heimat der Menschen‹, dachte er. ›Auf der Erde. Beim ersten Mal diente ich noch dem Privatkabinett, was ich sehr gut gemacht habe. Besonders hier, wo ich den von Sten angeführten Überfall aufgehalten habe. Was wäre wohl geschehen, was wäre jetzt anders, wenn ich besser darauf geachtet hätte, woher der neue Wind wehte, und ihn nicht aufgehalten hätte? Wenn ich das Kabinett hätte sterben lassen?

Dann hättest du nicht deine Pflicht getan.

Stimmt. Aber hätte das nicht ... andere Ereignisse verhindert?

Wer will das schon sagen?‹ dachte er. ›Ich wäre wohl nur Colonel geblieben, nur Chef des Mercury Corps. Vielleicht wäre ich dem Ewigen Imperator bei seiner Rückkehr nicht einmal aufgefallen, obwohl ich auch so nicht gerade im günstigsten Licht stand. Vielleicht hätte man mich in den Ruhestand verbannt, nachdem der Imperator wieder die Fäden in die Hand genommen hätte, wie es schon so vielen anderen ergangen ist.

Du darfst dir nicht erlauben, die Vergangenheit in Frage zu

stellen. Lerne daraus ... aber denke nie, daß sie verändert werden könnte oder sollte. Die Gegenwart und die Zukunft sind weitaus wichtiger, besonders diese Rückkehr zur Erde. Es ist so etwas wie ein Augenblick des Triumphs.‹

Der Vorschlag, den ihm der Imperator unterbreitet hatte, war bei aller Knappheit höchst schwerwiegend:

Der Ewige Imperator mußte sich dringend einem notwendigen chirurgischen Eingriff unterziehen. Etwas Künstliches mußte aus seinem Körper entfernt werden. Doch die Operation mußte geplant und durchgeführt werden, ohne daß der Imperator überhaupt merkte, was da vor sich ging.

Für Poyndex war die Sache einfach. Er hatte, wie er es auch dem Imperator berichtet hatte, schon ziemlich oft mit feindlichen Agenten zu tun gehabt, die einen Selbstmordbefehl einkonditioniert bekommen hatten – angefangen von physischen Gegenständen über programmierte Todestraumata bis zu den am schlechtesten zu entschärfenden, den psychologischen Bomben, die der Persönlichkeit des Agenten den Befehl zur Selbstzerstörung gaben.

Er hatte den Imperator davor gewarnt, daß der Plan durchgeführt würde, ohne daß der Imperator den exakten Moment kannte, je nach der vermuteten Beschaffenheit der Vorrichtung in seinem Körper. Bestimmte Vorkommnisse seien nicht auszuschließen. Der Imperator sollte sie nicht in Frage stellen oder gar alarmiert reagieren. Egal, was geschehen würde, er mußte es akzeptieren, als wäre es völlig normal.

Der Ewige Imperator hatte sich Zeit gelassen, bevor er ihm zustimmte.

Der erste Schritt hatte darin bestanden, das Chirurgenteam zusammenzustellen. Vor vielen Jahren, als Poyndex sich vom Agenten im Einsatz zum Einsatzleiter und später zum Planer qualifiziert hatte, hatte er erfahren, daß er drei grundsätzlichen

Mythen hinsichtlich des Berufs des Mediziners aufgesessen war:
A) Ein Arzt folgt einem ethischen oder moralischen Code, der ihn dazu veranlaßt, an die Heiligkeit des Lebens zu glauben und sie zu bewahren. In Wahrheit waren Ärzte nicht mehr und nicht weniger idealistisch als jedes andere Mitglied der Gesellschaft. Was in Poyndex' Augen hieß, ohne jede Moral jenseits des Eigennutzes, des Profits oder der jeweiligen gierigen Überzeugungen dieser Ärztekammer. Es war ziemlich leicht, Ärzte in Projekte über die Physiologie der Folter einzubinden oder Zwangssterilisationen an unerwünschten Elementen der Gesellschaft vornehmen zu lassen, um nur zwei Beispiele zu nennen, mit denen Poyndex in den letzten Jahren näher zu tun gehabt hatte.

B) Die einzigen Ärzte, die »illegale« Handlungen durchführten, waren schlecht und inkompetent. Tatsächlich war es nie schwierig gewesen, sogar die höchsten Koryphäen zu rekrutieren – vorausgesetzt, man tischte ihnen eine entsprechende Dosis »Patriotismus« oder »Pflicht dem Imperium gegenüber« auf, oder sogar, in ganz extremen Fällen, »Verpflichtung gegenüber dem Leben«.

C) Nachdem ein Arzt die von ihm verlangte Tat durchgeführt hat, würde er sich schuldig fühlen oder zumindest das Bedürfnis äußern, über das, was da geschehen war, zu reden. Die einzigen Schuldgefühle, die Poyndex jemals bei einem Arzt festgestellt hatte, äußerte dieser, nachdem sich ohne sein Wissen die Moral der Gesellschaft verändert hatte und ihm sein Lohn nicht ausgezahlt wurde oder wenn seine schlampige Versicherung seine Untaten nicht deckte. Außerdem schien jeder Arzt alle anderen Ärzte zu hassen, weswegen man keine Bedenken haben mußte, daß irgendwo aus der Schule geplaudert werden könnte.

Es hatte Poyndex weniger als zwei Stunden gekostet, das Team für diese Operation zusammenzustellen. Unter den Spezialisten befanden sich die besten und klügsten Ärzte des ganzen Imperiums – und alle standen sie schon seit Jahren auf Poyndex' Gehaltsliste.

Poyndex hatte ihnen auf die gleiche nebensächliche Art erzählt, wie er es einer Operationsschwester, die eine Mercury-Agentin war, gegenüber erwähnt hätte, daß die Operation an einem Doppelgänger des Imperators vorgenommen würde. Jeder »wußte«, daß es diese Doppelgänger gab, die bei Bedarf hochriskante oder hochlangweilige Aufträge zu erledigen hatten. Offiziell jedoch gab es sie nicht, hatte es sie nie gegeben; eine offensichtliche Dummheit, die Poyndex zu einem früheren Zeitpunkt mit dem Imperator hatte besprechen wollen.

Sobald das Operationsteam zusammengestellt war, wurde es zur Erde gebracht. Der Imperator hatte recht: Die Umgebung war perfekt.

Vor einigen Zeitaltern hatte der Imperator beschlossen, daß er gerne Lachs angelte. Er hatte der Erdregierung und den örtlichen Verwaltungen der Provinz Oregon den gesamten Umpqua River abgekauft, von der Quelle bis zur Mündung im Pazifik. Nach und nach hatte er auch alle Anwohner, die am Fluß oder in seiner Nähe lebten oder arbeiteten, aufgekauft. Nur wenigen Ortsansässigen war es erlaubt, weiterhin in dieser Gegend zu leben und zu arbeiten – vor allem Händler, Naturführer, Wildhüter und so weiter. Dann ging der Imperator angeln, wobei er Stellen bevorzugte, die direkt am Wasser lagen und auf denen man kaum mehr als ein paar Zelte aufstellen konnte.

An diesem Fluß hatte aber auch ein Industrieller namens Tanz Sullamora sein Lager aufgeschlagen. Sullamora fand jedoch bald heraus, daß er weder die Natur noch das Angeln ausstehen konnte, und bald verwandelte er sein Camp in ein luxuriöses Feriendomizil. Sullamora, einst der ergebenste Unterstützer des Imperators, wurde ein erbitterter Feind und der Kopf hinter dem Plan zu seiner Ermordung. Als die Bombe den Imperator zerriß, starb Sullamora gemeinsam mit seinem ehemaligen Idol.

Das zurückgezogene Domizil wurde bald von den restlichen Verschwörern, dem selbsternannten Privatkabinett, als Beratungsort genutzt.

Und jetzt ...

Jetzt zog sich der Imperator hierher zurück, um sich eine langersehnte Erholung von seinen – wie die Livies rühmten – schweren und aufopfernden Pflichten zu gönnen.

Doch dieses Mal wußte der Imperator selbst nicht, daß er zur Erde reiste.

Einige Tage vor dem Abflugtermin war sein Essen vorsichtig mit Schlafmitteln versetzt worden. Der Imperator merkte nicht, daß er allmählich in einem Nebel versank. Er ging weiterhin seinen Pflichten nach und beriet sich mit seinen Beratern über wichtige Angelegenheiten.

Er bemerkte auch nicht, daß diese Berater, die er ohnehin nicht kannte, sorgfältig ausgebildete Agenten des Mercury Corps waren, die ihm immer einfachere und einfachere Probleme vorlegten. Schließlich waren sie so simpel, daß sie sogar eine Amöbe hätte lösen können. Das ganze Szenario war ein recht traditioneller Vorgang, den man einen Reagan/Baker nannte, ein Trick, mit dem man einen senilen Regenten so lange wie möglich im Amt belassen konnte.

Poyndex und seine Experten fuhren den Imperator immer weiter herunter, bis er bewußtlos war. Trotzdem setzten sie die niedrige Dosis nicht ab. Sie wurde ihm nun intravenös in einer Lösung zugeführt, die jeder, der sich um das komatöse Wesen kümmerte, für Nährflüssigkeit hielt.

Poyndex ging kein Risiko ein.

Schließlich gaben seine Experten durch, daß sich der Imperator eine Stufe oberhalb der suspendierten Animation befand, die damals von den ersten Langstreckenraumfahrern benutzt worden war, ein Lebenserhaltungsprogramm, das die meisten Passagiere und Besatzungsmitglieder auf jenen Monsterschiffen getötet hatte, die sich vor der Entdeckung des AM2 und des Stardrive auf den Weg von der Erde zu den nächsten Sternen gemacht hatten.

Poyndex befahl, den Zustand des Imperators zu stabilisieren und ihn auf die *Normandie* zu schaffen, das Schlachtschiff, das dem Imperator als Yacht diente und das offiziell überhaupt nicht existierte.

Der Imperator hielt sich sicher und ohne Zwischenfälle in diesem Stadium. Poyndex empfand sogar ein wenig Stolz.

Als nächstes hätte die Beschaffenheit des im Innern des Körpers des Imperators versteckten Apparats – oder der Apparate – elektronisch untersucht werden müssen. Das konnte Poyndex nicht tun. Er war sich ziemlich sicher, daß sie nicht mit Anti-Untersuchungsminen versehen waren. Schließlich konnte der Imperator durch Sicherheitsschirme gehen, ohne daß etwas geschah.

Aber er war sich nur ziemlich sicher.

Obwohl er sich vorkam, als würde er noch im finstersten Mittelalter leben, befahl er deshalb seinem Chefchirurgen, sofort mit der chirurgischen Suche zu beginnen. Der Chirurg wußte auch, daß die Operation in größter Eile durchgeführt werden mußte, als wäre er in einem Traumacenter und hätte nur Sekunden zur Verfügung, um den Patienten vor dem Tod zu bewahren.

Zum Glück hatte Poyndex diese Anweisungen gegeben. Er hatte sich die Hände abgeschrubbt, einen Kittel angezogen und den Operationssaal betreten; er kannte diese Arena mit ihren steil ansteigenden Sitzreihen recht gut. Der erste Schnitt öffnete die Bauchhöhle, und Poyndex sah die Vorrichtung sofort. Er schob die Hand des Chirurgen beiseite und legte die Rückseite seiner Finger an das Kunststoffei. Es wurde wärmer.

»Holen Sie es heraus!« knurrte er.

»Aber –«

Das Skalpell des Chirurgen vollführte zwei rasche Laserschnitte, und der Gegenstand löste sich. ›Sauding‹, dachte Poyndex. ›Hab' ich dich erwischt, bevor du explodieren konntest!‹

»Da. Noch eins.«

»Aber die Blutung!«

»Egal! Schneiden Sie!«

Ein zweites Gerät.

»Wie sind seine Werte?« fragte Poyndex heiser.

»Stabil.«

»Gut. Öffnen Sie den Brustkorb, Doktor.«

Der schwere Knochenlaser führte den Schnitt aus.

»Da. Noch eins. Nehmen Sie es heraus.«

Die Schnitte wurden ausgeführt. Poyndex schwitzte. Womöglich existierte noch eines, aber er konnte den Patienten schließlich nicht in kleine Stücke schneiden lassen.

»Aufnahme. Untersuchen Sie das Gebiet um das verlängerte Mark.«

»Jawohl, Sir.«

Die Zeit blieb stehen.

»Da scheint ... eine Art von Kurzstreckensender zu sein. Sehr geringe Reichweite. Nur einen drittel Meter. Wenn Sie meine Meinung hören möchten, ich würde sagen, daß es ein sehr ausgeklügelter Enzephalograph war. Aber sonst ist da nichts.«

Poyndex wäre vor Erleichterung beinahe zusammengebrochen.

»Dann wär's das wohl. Sie können sich jetzt mehr Zeit lassen. Stabilisieren Sie ihn. Stoppen Sie die Blutung. Und nähen Sie ihn wieder zu.«

»Was ist mit diesen Dingern?« Der zweite Chirurg zeigte auf die drei künstlichen Objekte, die sie soeben aus dem Körper des Imperators herausgeschnitten hatten.

»Die gehören mir. Sie haben sie nicht einmal gesehen.«

Die drei Synthoplastobjekte wanderten direkt zur Techanalyse.

Der erste Apparat war eine ausgeklügelte Bombe, die konventionelles Material als Zünder benutzte und Antimaterie Zwei als Sprengstoff – genug, um einen Parkplatz von einem achtel Kilometer Radius mit dem OP als Ground Zero zu schaffen. Poyndex grinste angespannt. Jetzt wußte er, woher diese geheimnisvolle Explosion gekommen war, die sich ein paar Mikrosekunden nach den Schüssen des Attentäters auf den Imperator ereignet hatte. Die Bombe sollte zumindest dafür sorgen, daß keine Autopsie mehr vorgenommen werden konnte.

Der zweite Apparat war eine Kombination aus Empfänger und Sprengmine, die im Falle, daß jemand den Imperator aufschnitt, hochgehen sollte. Ihre Programmierung enthielt noch ein paar weitere Bedingungen, die Poyndex einige Stunden Kopfzerbrechen bereiteten. Der Elektroenzephalograph, der sich noch immer im Kopf des Imperators befand, übertrug unablässig die Gedanken des Imperators. Wenn sich diese Gedanken außerhalb der programmierten Bedingungen bewegten, ging die Bombe hoch.

›Interessant‹, dachte er. ›Auch eine Möglichkeit, sich davor zu bewahren, verrückt zu werden. Oder …‹ Er beschloß, nicht näher über weitere Möglichkeiten nachzudenken.

Der dritte Apparat war der interessanteste. Es war ein sehr leistungsfähiger Sender. Sein Auslösemechanismus stand in direkter Verbindung zu den lebenswichtigen Organen des Imperators. ›Aha‹, dachte Poyndex. ›Wenn der Imperator getötet wird, beginnt der Sender zu arbeiten. Oder‹, überlegte er weiter, ›falls der Imperator durch Folter zu etwas gezwungen wird, was er nicht tun sollte, oder wenn er auf bestimmte Weise durch Drogen konditioniert wird, oder wenn er jenseits des zulässigen Rahmens neurotisch oder psychotisch wird – dann geht die Bombe hoch und der Transmitter sendet.

An wen?

Wohin?

Jedenfalls kehrt der Ewige Imperator eine gewisse Zeit später wieder zurück.‹

Poyndex war in Versuchung, seine Untersuchung weiterzuführen.

Dann riß er sich zusammen.

Wie hoch standen die Chancen, daß der Ewige Imperator, wenn er nach dieser Operation wieder das Bewußtsein erlangte, den Tod sämtlicher an diesem Projekt beteiligter Personen befahl?

Hervorragend.

Wie standen die Chancen, daß sie, selbst wenn die an diesem Projekt beteiligten Personen nicht ausgelöscht werden sollten, auf Befehl des Ewigen Imperators einem Gehirnscan unterzogen wurden, um herauszufinden, wieviel sie von diesem unglaublichen Geheimnis wußten?

Besser als hervorragend.

Poyndex wußte plötzlich mit einem Wissen jenseits jeder Erfahrung, Paranoia oder Amoralität, daß seine Überlebenschancen weit unter Null lagen, wenn er herauszufinden versuchte, wohin dieses geheimnisvolle Signal abgestrahlt wurde. Obwohl er den Verlust dieses Wissens verabscheute, andererseits aber lieber noch etwas länger leben wollte, vernichtete er alle drei Apparate eigenhändig.

Er wußte nicht genau, was er da gerade getan hatte. Er kannte auch nicht den Grund, weshalb der Imperator diese Bombe in seinem Körper herumtrug oder weshalb er sie hatte entfernen wollen. Schließlich war es vernünftig, wenn sich der Imperator gegen Kidnapper schützte.

Wenn ... ja, wenn er allerdings ewig war, wofür alles sprach – was geschah dann, wenn die Bombe explodierte? Wie überlebte der Imperator die Detonation?

Psychische Projektion?

Quatsch. Da konnte er sich gleich den gläubigen Idioten vom Kult des Ewigen Imperators anschließen, die fest daran glaubten, daß sich ihr Regent von Zeit zu Zeit zum Zwiegespräch mit den Heiligen Sphären zurückzog.

Zum Teufel damit. Jetzt war es weitaus wichtiger, sich als unzweifelhaft ergebener Diener zu erweisen.

»Sir. Sie bluten.«

Poyndex fand aus seinen kaleidoskopischen Gedankengängen heraus und erwiderte den Gruß der Mantis-Soldatin. »Danke. Ich muß mich wohl geschnitten haben. Ich lasse es gleich behandeln.«

Die Soldatin nickte und setzte ihren Rundgang fort. Ihre Augen suchten unablässig und aufmerksam die Wildnis nach den kleinsten Anzeichen für etwa dort lauernde Feinde des Imperiums ab.

Dankbar für den Schmerz, seine Entscheidung und die Unterbrechung ging Poyndex zur Krankenstation.

Er erlaubte sich eine Sekunde des Stolzes.

Von diesem Augenblick an wurde der Imperator – unterstützt von seinem treuen Diener – nicht länger von der Vergangenheit kontrolliert.

Die Augen des Ewigen Imperators öffneten sich.

Er stellte fest, daß er sich an einem kalten, sterilen Ort befand. Nackt.

War er schon wieder in diesem Raumschiff? Ein Anflug von Panik ergriff ihn. War etwas schiefgelaufen? War er jetzt wieder dieser jämmerliche Quatschkopf, den er allmählich zu hassen gelernt hatte?

Nein. Er verspürte einen Schmerz. Nicht die trägen Muskeln der Wiedergeburt.

Er erinnerte sich ...

Ja.

Er mußte sich auf der Erde befinden. Und Poyndex hatte, wie versprochen, seine Pflicht erfüllt.

Der Imperator lebte noch.

Noch halbbetäubt ließ er seine Gedanken umherwandern. Doch trotz der Benebelung fühlte er, daß er sich nicht mehr beobachtet vorkam. Er hatte nicht mehr das Gefühl, jeden seiner Gedanken überwachen zu müssen.

Die Verbindung war unterbrochen.

Die Augen des Wächters, des Mörders, der Stimme auf dem Schiff waren geschlossen.

Jetzt lebte er.

Jetzt konnte er regieren, wie es sein Schicksal, seine Bestimmung vorsah.

Jetzt war er frei.

Der Ewige Imperator lächelte.

Buch III

WOLKENMAUER

Kapitel 21

Das Massaker in der Pooshkan-Universität erschütterte den gesamten Altai-Cluster. Auf den Straßen von Rurik verbreiteten sich die Gerüchte von der Tragödie wie ein Lauffeuer, *noch während die Truppen das Feuer eröffneten.* Sten verdrängte diese Anomalie erst einmal, während er versuchte, des Chaos, das rings um ihn ausbrach, einigermaßen Herr zu werden.

Umgeben von jochianischen Truppen, deren Befehl angeblich lautete, die Imperiale Botschaft zu schützen, saß Sten im Auge des Sturms und mußte zusehen, wie sich die Dinge rings um ihn herum entfalteten, während er eine wahre Lawine an Berichten mit dem Vermerk »Streng Geheim« abfaßte.

Das Massaker selbst hatte er via zweier Frick-&-Frack-Teams miterlebt, die über den Soldaten schwebten, als diese das Feuer auf die Studenten eröffneten. Er zweifelte nicht eine Sekunde daran, daß Iskra den Befehl dazu erteilt hatte. Trotzdem würde es sehr schwer werden, es zu beweisen. Die Soldaten trugen keine erkennbaren Insignien auf ihren Uniformen. Zwar waren es eindeutig Menschen, aber das allein war noch kein Beweis. Es konnten ebensogut Angehörige einer rebellischen jochianischen Miliz sein. Oder sogar Tork.

Sten war auch aufgefallen, daß das erste Gerücht besagte, der Angriff sei das Werk einer Suzdal-Miliz.

Dieses Informationsdetail erreichte ihn, *während* er sah, wie Riehl von der Barrikade fiel. Anderthalb Sekunden später folgte ein gegenteiliges Gerücht: Es seien die Bogazi, die diese abscheuliche Tat begangen hätten.

Sten, der in seinem Leben schon so manches Blutvergießen miterlebt hatte, mußte sich förmlich dazu zwingen, das ekelhafte Drama weiterzuverfolgen, das sich da vor seinen Augen abspielte. Er hörte, wie mehrere junge Nachrichtenoffiziere bei dem Anblick würgten. Sogar Freston, der Chef der Nachrichtenabteilung, drehte sich weg.

»Der Mann ist nicht ganz dicht …«, murmelte Alex, der das Gemetzel ebenfalls auf dem Bildschirm verfolgte. »Er ist vollkommen irre.«

Sten ging nicht darauf ein und versuchte zum zehnten Mal, Iskra über die Botschaftsverbindung zu erreichen und von ihm zu verlangen, daß er seine Hunde zurückrief. Zum zehnten Mal wurde sein Anruf von einem niedrigen Funktionär abgewiesen, der ihm mitteilte, Iskra »meditiere« gerade und hätte ausdrücklich angewiesen, er wolle nicht gestört werden.

»Dem werde ich bald etwas vormeditieren«, knurrte Sten. An Alex gewandt sagte er: »Schicke ein paar Augen zum Palast.«

Wenige Sekunden später hatte er das Bild eines Frick-&-Frack-Duos, das über den Platz der Khaqans sauste.

Die Nachrichten von dort gaben auch nicht gerade zu Hoffnungen Anlaß. Eine Gruppe von Protestlern, aufgestachelt von den Gerüchten des Pooshkan-Massakers, näherte sich dem Khaqanpalast.

Stens Magen drehte sich um, als er anstatt der erwarteten Konfrontation zwischen der Menschenmenge und den jochianischen Truppen sah, wie ein Kontingent Imperialer Gardisten aus dem Palast eilte und die Stufen hinunterstürmte.

Sie feuerten mitten in die Menge, wie ein Überfallkommando. Die Konfrontation war gewalttätig – und von kurzer Dauer. Innerhalb weniger Augenblicke wurde die Menge zerschlagen und wandte sich in panischer Angst zur Flucht. Zurück blieben ganze Berge von Zivilistenleichen.

Als wäre das nicht schlimm genug, jagten viele der Imperialen Gardisten die fliehenden Protestler durch die Straßen und prügelten mit Schlagstöcken auf sie ein.

»Die benehmen sich wie Bullen und nicht wie Soldaten«, fluchte Cind. »Noch dazu wie ganz miese Bullen.«

Sten sagte nichts dazu. Er hielt seine Emotionen jetzt unter einem eisernen Deckel begraben, doch in seinem Hinterkopf rumorte es unablässig. Wenn diese Sache ausgestanden war, würden viele anklagende Finger in viele unterschiedliche Richtungen zeigen. Gerade eben hatte sich die Imperiale Garde zu einem möglichen Ziel gemacht.

»Ich will die ganze Station auf Alarmstufe Rot haben«, sagte Sten zu Kilgour. »Verständige die Küche, sie sollen literweise Kaff anrollen lassen. Die Hausmeister sollen ein paar Pritschen herbeischaffen. Bis auf weiteres arbeiten wir alle, bis wir umfallen.«

Alex eilte davon, um das Personal auf Overdrive zu schicken. Sten wandte sich wieder den Monitoren zu. Seine Augen waren bereits rotumrändert und juckten. Er spürte, wie sich Cinds zarte Hand in seinen Nacken legte.

Sie sagte kein Wort, doch der leichte Druck verlieh ihm neue Kraft. Sten bereitete sich auf eine eindeutig häßliche Aufgabe vor.

Die Stunden vergingen, und eine Tragödie folgte der anderen.

Eine durch die Gerüchte aufgebrachte Suzdal-Miliz überraschte ein Wohnviertel der Bogazi im Schlaf und zündete es an. Dann traten sie zurück und metzelten die erschrockenen Bogazi ab, die aus ihren Hütten gerannt kamen.

Die Rache folgte fast auf dem Fuße. Als drei erwachsene Suzdal eine Gruppe von über zwanzig Welpen von ihren Häusern zu einer Futterhalle bringen wollten, stellte sich ihnen ein Horde Bogazi in den Weg. Die erwachsenen Suzdal waren binnen weniger Sekunden tot. Dann kamen die Kleinen an die Reihe. Eine Bogazi hob einen kleinen Welpen hoch in die Luft, schlitzte ihn mit ihrem Schnabel auf und schluckte ihn dann ganz hinunter.

»Großmutter hatte recht«, giggelte sie ihren Freunden zu. »Die Suzdal sind zu nichts nütze. Nur zum Fressen.«

Dieser Zwischenfall goß natürlich noch mehr Öl ins Feuer. Die Suzdal gehörten zu den Spezies im gesamten Imperium, die sich am meisten für ihre Kinder aufopferten, und waren genetisch so disponiert, alles und jeden zu töten, der ihre Jungen bedrohte.

Berichte über weitere Zwischenfälle fluteten herein.

Am selben Abend überfiel eine kleine Milizeinheit der Tork einen jochianischen Marktplatz. Doch die Jochianer waren vorbereitet. Soldaten sprangen aus ihren Verstecken und stellten die überraschten Tork, die sich entsetzt umdrehten und flohen. Die Jochianer folgten ihnen. Doch kaum hatten sie ihre Formation zur Verfolgung aufgelöst, erschien eine wesentlich größere Streitmacht der Tork am Schauplatz des Geschehens und schlug aus dem Hinterhalt zu. Mehr als zweihundert Leute starben auf dem Marktplatz, die meisten von ihnen Zivilisten.

So ging es weiter und weiter. Rurik war eine einzige große Blutfehde. Sten konnte kaum mit den Ereignissen Schritt halten. Benommen verfaßte er seine Berichte, versuchte immer wieder Iskra zu erreichen und erhielt keine Antwort. Ähnlich erging es ihm mit dem Ewigen Imperator. Sein Boß war indisponiert, was Sten einigermaßen überraschte. Er hatte noch nie gehört, daß der Imperator krank war.

Am folgenden Tag blickte Sten mit verschwommenen Augen auf den Bildschirm, auf dem – Wunder über Wunder – eine *friedliche* Gruppierung Zivilisten zu sehen war, die auf die Pooshkan-Universität zumarschierte. Es war eine gemischte Menge, die zu gleichen Teilen aus allen vier Rassen des Altai-Clusters bestand.

Sie führten Kränze mit sich, die sie am Ort des Geschehens in Erinnerung an die ermordeten Studenten niederlegen wollten.

Die Gruppe trug auch große handgeschriebene Spruchbänder, auf denen sie um eine Rückkehr zu Frieden und Ordnung auf den altaianischen Welten bat. Einige der Bänder wußten sogar Positives über Iskra zu sagen.

Über das, was dann geschah, wunderte sich Sten schon nicht mehr. Er drehte die Lautstärke ab und drehte sich um, als die Soldaten, die den Schauplatz bewachten, sofort das Feuer eröffneten. Er sah Cind an. Sie stand stramm wie ein Soldat mit emporgerecktem Kinn vor ihm. Aber ihre Augen schimmerten dunkel. Sie erschauerte unwillkürlich, als sie beide die gedämpften Schreie des Entsetzens aus der Richtung der Universität hörten.

Ihr Mund öffnete sich, als wollte sie etwas sagen; doch dann klappte er wieder mit einem lauten Klacken zu.

›Sie möchte, daß ich dem Treiben ein Ende setze‹, dachte er. ›Aber sie weiß, daß ich nichts dagegen tun kann.‹

Sten hatte sich noch nie so mies gefühlt. So unheroisch. Nicht, daß er an solche Dinge geglaubt hätte. Und falls Cind jemals derartige Phantasien genährt hatte, so waren sie im Verlauf der letzten Stunden wohl endgültig zunichte gemacht worden.

Er hörte Freston seinen Namen rufen. Sten drehte sich um.

»Es ist Dr. Iskra, Sir«, sagte der Nachrichtenoffizier. »Er fragt an, ob es genehm sei, sich zu einem Gespräch zu treffen.«

Sten ging geladen zum Treffen mit dem *Ursus horribilis*. Nein, vergiß den Grizzly. Die wie eine Donnerbüchse verpackte diplomatische Note an Iskra konnte sogar einem *Ursus arctos* das Fell abziehen.

Obwohl er Iskra nicht direkt für den Befehl zum Massaker von Pooshkan verantwortlich machte, so rückte er ihm doch ziemlich dicht auf die Pelle. Außerdem hatte er die Attacke auf die Kranzniederleger mit hineingenommen, ebenso den nicht genehmigten Einsatz Imperialer Truppen gegen die Zivilbevölkerung.

Leider war sich Sten schmerzlich der Tatsache bewußt, daß er über zwei Millimeter dickes Eis kroch. Der Altai-Cluster war so wichtig, daß hier die drei Kardinalregeln der Diplomatie absoluten Vorrang hatten. A: Immer zuerst Rücksprache mit dem Boß halten. B: Immer zuerst Rücksprache mit dem Boß halten. Und, die wichtigste Regel von allen ... C: Immer zuerst Rücksprache mit dem Boß halten.

Trotzdem. Obwohl ihm durch seine vergeblichen Versuche, den Imperator zu erreichen, die Hände einigermaßen gebunden waren, marschierte Sten mit dem festen Vorsatz in die Sitzung, seinen Bluff durchzuziehen.

Sobald Sten den Raum betreten hatte, sprang Iskra auf. »Herr Botschafter«, sagte er. »Ich protestiere gegen die mangelnde Unterstützung, die Sie meiner Regierung gewähren!«

Sten unterdrückte gerade noch ein unprofessionelles verdutztes Glotzen und preßte die Lippen fest aufeinander. Er hob lediglich eine Augenbraue. Eisig.

»Außerdem werde ich beim Imperator Ihre Ablösung aus dem diplomatischen Dienst im Altai-Cluster beantragen.«

»Sehr nett von Ihnen, daß Sie mir das persönlich mitteilen«, erwiderte Sten trocken. »Ich nehme an, daß Ihre Bitte –«

»Eine Forderung, Sir. Keine Bitte.«

»Dann eben Forderung, obwohl ich Ihnen rate, diesen Ausdruck aus Ihrem Wortschatz zu streichen, wenn Sie mit dem Imperator sprechen. Zurück zu meiner Frage. Hat diese ... Forderung ... vielleicht etwas mit dem Chaos zu tun, das dort draußen vor den Toren ausgebrochen ist? Oder mißfällt Ihnen lediglich der Schnitt meiner Dienstkleidung?«

»Ich mache Sie für das Leid verantwortlich, das mein armes

Volk momentan erfährt, ja. Oder können Sie abstreiten, daß Sie und Ihr Stab es hinsichtlich meiner Bestrebungen an Enthusiasmus haben fehlen lassen?«

»Das kann ich. Mit Leichtigkeit. Enthusiasmus ist etwas für Amateure. Meine professionelle Aufgabe besteht darin, Sie zu unterstützen. Aber – und es handelt sich hier um ein entscheidendes *aber*, Sir – mein Auftrag lautet, die Ordnung im Altai-Cluster wiederherzustellen. Ein Auftrag, den ich inzwischen als akut gefährdet ansehe, wenn nicht schon in diesem Augenblick dem Untergang geweiht. Und Sie, Sir, tragen die volle Verantwortung dafür, was ich dem Imperator auch unverblümt berichten werde.«

»Dann hatte ich also doch recht«, zischte Iskra. »Sie arbeiten gegen mich.«

»Erwarten Sie etwa Beifall für das, was an der Pooshkan-Universität vorgefallen ist? Soll ich eine Militärkapelle bestellen, die Ihre tolle Leistung überall herumposaunt?«

»Sie wollen diese ... abscheuliche Aktion *mir* in die Schuhe schieben? Mir!« Iskra regte sich, so gut er konnte, auf. Wäre die Auseinandersetzung nicht so bitterernst gewesen, Sten hätte laut gelacht.

»Ich muß Sie darüber informieren, daß ich höchst empört über diesen Zwischenfall bin und genaue Aufklärung befohlen habe. Und zwar geschieht das unter der Leitung eines Mannes, dessen Reputation über jeden Zweifel erhaben ist: General Douw.«

›Ho-ho‹, dachte Sten. ›Daher weht also der Wind! Douw ist also auch schon in Iskras Bannkreis geraten.‹

»Ich werde dem Imperator umfassenden Bericht erstatten«, sagte Sten. »Es wird ihn sehr ... interessieren. Das ist jedoch nicht das richtige Wort dafür, wie er reagieren wird, wenn er von dem Schlamassel erfährt, den Sie hier angerichtet haben.«

»Bah! Alles, was hier vonnöten ist, ist eine stärkere Hand. Das hier ist mein Volk, Herr Botschafter. Sie verstehen diese Leute nicht. Blutfehden sind ein integraler Bestandteil unserer Geschichte. Sie sind eine Tatsache unserer Natur, die ständig unter der Oberfläche brodelt. Aus diesem Grund genügt schon ein kleiner Zwischenfall wie die Tragödie von Pooshkan, um das reinste Chaos auf die Bühne zu zaubern – vor allem, wenn mir die Unterstützung von Ihrer Seite so kläglich versagt wird.«

»Sie haben wirklich ein heilloses Chaos angerichtet, soviel steht fest«, entgegnete Sten. »Wie wollen Sie jetzt damit umgehen?«

»Das ist meine Angelegenheit«, knurrte Iskra. »Die Privatangelegenheit dieses Clusters, vergessen Sie das nicht.«

»Ich werde mich bemühen«, sagte Sten.

Er dachte an die Erklärung in seiner Tasche, die Erklärung, die Iskra ein neues Loch zum Defäkieren reißen würde. Wenn er sie wie geplant ablieferte, erleichterte er sich damit seine zukünftigen Beziehungen zu Iskra nicht gerade.

Er dachte an die jungen Leute, die auf den Barrikaden gestorben waren. ›Scheiß auf die zukünftigen Beziehungen.‹ Sten beschloß in diesem Moment, sich diesen Mann vom Hals zu schaffen. Er würde jedes Molekül an Beweismaterial zusammensuchen und ihm einen Strick daraus drehen. Wenn er mit dem Imperator sprach, würde er genug Beweise haben, um Iskra damit aus dem Altai-Cluster zu prügeln.

Außerdem hatte sich der Mann bereits selbst zum Feind erklärt. An diesem Punkt empfehlen die meisten diplomatischen Handbücher einen kräftigen Schlag – und zwar voll in den Magen.

Sten zog die Erklärung hervor und überreichte sie Iskra. »Ein wenig Bettlektüre«, sagte er. »Wenn Sie mich jetzt entschuldigen ...« Er verließ den Raum und ließ den kollernden Iskra einfach stehen.

Kaum war er draußen, kam Venloe mit großen Schritten hereingestürmt.

»Das war nicht nötig«, blaffte er. »Sie haben sich soeben einen sehr ernstzunehmenden Feind gemacht.«

»Der? Dieser Sten ist doch bloß ein Funktionär!«

»Ein weiterer Fehler, Doktor. Glauben Sie mir, er ist kein Funktionär.« Venloe erinnerte sich mit Gänsehaut an seine Begegnung mit Sten und Mahoney. Nur weil sie ihn damals gebraucht hatten, war er heute noch am Leben. »Außerdem hatte er mit der Universität recht«, sagte Venloe.

»Es war nötig«, erwiderte Iskra. »Wie ich bereits diesem Idioten von Botschafter sagte: Mein Volk braucht eine starke Hand, die es regiert. Es ist das einzige, was sie verstehen. Der Vorfall in der Universität lieferte mir die perfekte Entschuldigung dafür, diese harte Hand einzusetzen. Wenn das hier vorbei ist, wird mein Name noch in Generationen mit Ehrfurcht ausgesprochen werden. Glauben Sie mir. Ich kenne meinen Platz in der Geschichte.«

Er sah Venloe von der Seite an; auf seinen Lippen lag ein kaum wahrnehmbares höhnisches Lächeln. »Sie überraschen mich. Ich dachte nicht, daß Sie von einem bißchen Blut, das für einen guten Zweck vergossen wurde, soviel Aufhebens machen würden. Eigenartig, wie man manchmal glaubt, ein Wesen zu kennen.«

Venloe grunzte nur unwirsch. Er dachte flüchtig daran, wie leicht es wäre, Iskra einfach zu töten, wenn sein Auftrag ein ganz normaler Auftrag wäre. Gleich hier. Ohne eine Spur oder unerwünschte Verdachtsmomente zu hinterlassen.

»Kann ich mir vorstellen, daß Sie überrascht sind«, sagte er.

Iskra blickte ihn an und versuchte ihn in einen kindischen Zweikampf zu verwickeln: Wer kann dem Blick des anderen länger standhalten? Venloes Finger zuckten; am liebsten hätte er Iskra die Augen einfach ausgestoßen. Statt dessen senkte er den Blick.

»Gut«, murmelte Iskra. »Es gibt noch ein paar Dinge, die ich dringend benötige. Ich möche, daß Sie sich diese Anfragen sorgfältig durchlesen. Der Imperator muß meine Forderungen genau verstehen.«

Dann stellte er eine ellenlange Einkaufsliste zusammen, von der Venloe wußte, daß der Ewige Imperator über sie nicht gerade in Begeisterungsstürme ausbrechen würde.

»Ich bin ganz Ohr«, sagte Venloe.

Sten lehnte sich im Sitz des A-Grav-Gleiters zurück. Ein wütender Regensturm klatschte gegen die Scheiben.

Er hatte nicht die geringste Ahnung, wie er weiterhin vorgehen sollte. Iskra gehörte zu den Gestalten, deren Bekanntschaft jeder Diplomat mindestens einmal im Leben machte, ohne hinterher auch nur einen Deut schlauer zu sein.

Wie verfuhr man mit einem Regenten, der fest entschlossen zu sein schien, sich selbst zugrunde zu richten? Die einfache Lösung wäre, sich schleunigst aus dem Staub zu machen. Leider stand diese Lösung so gut wie nie als logische Alternative zur Debatte.

Schwierigkeit Nummer eins: In derartigen Situationen gibt es fast nie einen offensichtlichen Nachfolger – wenn der Regent vernichtet ist, liegt auch das Reich in Scherben. Was allen Parteien außerhalb dieses Reiches recht sein könnte, bis auf:

Schwierigkeit Nummer zwei: Selbstmörderische Regenten werden immer von Wesen von außerhalb unterstützt, deren eigenes Schicksal vom Wohlergehen des bedrohten Königreiches abhängt. Mit anderen Worten: der Natur wird nicht ihr Lauf gelassen. Schlägt der Blitz in einen moralisch ausgetrockneten Busch ein, kommen viele Nationalitäten zum Löschen herbeigeeilt.

Sten begriff, daß ihm Iskra gerade eine wichtige Lektion erteilte. Er verstand jetzt, daß die Altaiwelten von Anfang an zu ihrer gegenwärtigen ungemütlichen Situation verdammt gewesen waren, seit der Ankunft der ersten Jochianer in diesem Cluster, mit dem Freibrief des Imperators in der Hand.

Diese Charta – ein schickes Wort für die rein geschäftlichen Beziehungen zwischen den Jochianern und dem Imperator – machte aus ihnen etwas Besonderes, nämlich über den anderen Wesen stehende Günstlinge. Ihr Recht, über die anderen zu herrschen, wurde so gottgegeben wie bei jedem altertümlichen Monarchen. Schließlich erwuchsen aus dieser Charta die Khaqans, die sich zum Herrscher über eine unwillige Bevölkerung aufschwangen.

Ohne die Unterstützung von außen, durch den Imperator, wären die Altaianer gezwungen gewesen, andere Lösungen zu finden. Es hätte Blutvergießen gegeben, doch am Ende hätten sich die Jochianer, die Tork, die Suzdal und die Bogazi zu irgendeiner Art von Konsens zusammengerauft.

Als er den Auftrag übernommen hatte, hatte Sten sich vorgestellt, in dieser Richtung zu wirken und auf eine Art Regierung des Konsenses hinzuarbeiten. Er hatte gehofft, zumindest ein Gerüst zu bauen, auf das sich andere stellen und ein Gebäude errichten konnten.

Statt dessen ... Statt dessen mußte er sich mit diesem verfluchten Iskra herumschlagen. Was ging nur im Kopf seines Bosses vor?

Sten riß sich aus der drohenden Verwirrung. Es half nichts, die Entscheidungen des Bosses zu verwerfen. Der Imperator mochte zwar ewig sein, doch er hatte nie von sich behauptet, umfehlbar zu sein. Wenn Sten wollte, daß er einen klügeren Kurs einschlug, dann mußte Sten ihm dabei helfen.

Der Fahrer gab ein Zeichen. Sie näherten sich der Botschaft der Suzdal, Stens erstem Anlaufpunkt. Es war der erste Schritt seines Plans in Richtung äußerer Konsens.

Als er aus dem Fenster blickte, ging ein Drittel dieses Planes den Bach hinunter.

Die Suzdal-Botschaft war verlassen. Einige halbstarke Tork durchkämmten die in der Eile haufenweise zurückgelassenen persönlichen Dinge.

Sten stieg aus dem Gleiter. Als ihn die Jugendlichen erblickten, beobachteten sie ihn argwöhnisch, bereit, jederzeit davonzulaufen. Sten winkte seine Sicherheitskräfte, die aus ihren eigenen Gleitern geeilt kamen und sich sofort in Formation aufstellten, ein wenig zur Seite. Dann ging er ganz lässig auf die Jugendlichen zu.

»Gute Beute?« fragte er den größten von ihnen, da er vermutete, daß hier Größe etwas mit Anführertum zu tun hatte.

»Was geht dich das an?« knurrte der kleinste Tork. Soviel zum Thema Vermutungen. Sten hatte nicht seinen besten Tag.

»Eine bessere Frage«, sagte Sten. »Was geht dich das an?«

Er fischte ein paar Credits heraus und zeigte sie den glitzernden kleinen Augen. Der kleine Tork griff danach. Sten schlug seine Hand zurück.

Er nickte in Richtung auf die Botschaft. »Wo sind die hin?«

»Nach Hause, da wo sie hingehören. Was denkst du denn?« Der Bursche starrte auf das Geld, die Lippen fest zusammengepreßt. Sten legte ein paar Credits in die Hand des jungen Tork.

»Erzähl mir mehr davon«, sagte er. »Fang an dem Punkt an, als sie weggingen.«

»Vor drei, vier Stunden war das«, sagte der Bursche. »Wir spielen gerade dort hinten, und plötzlich ist hier die Hölle los. Überall kläffende und jaulende Suzdal, überall A-Grav-Leichter und Suzdal-Soldaten. Ruck, zuck war alles zusammengepackt und weg waren sie.«

Sten fütterte ihn mit ein paar weiteren Credits. »Hat sie jemand verfolgt?«

»Nö. Und später ist auch niemand gekommen. Die Suzdal sind ganz von selbst abgehauen. Hat sich auch nicht so angehört, als hätten sie Angst.«

»Worüber haben sie sich denn unterhalten?« fragte Sten und zeigte sich weiterhin spendabel.

»Davon, daß sie Bogazi umlegen wollen, was denn sonst?« Der junge Tork staunte über Stens bedenkliche Ahnungslosigkeit. »Wir sind gleich anschließend hergekommen. Vielleicht finden wir hier noch was Wertvolles.

Wir haben gehört, was der Rudelführer zu dem Krummbeinigen gesagt hat, der die Miliz kommandiert. Er sagte, es wird bald ein großer Kampf ausbrechen. Mit den Bogazi. Deshalb sind sie nach Hause. Um bei dem Kampf mitzumachen.«

Der Bursche blickte zu Sten auf. Seine Augen waren alt. »Ich glaube, die Suzdal haben keine Chance«, sagte er. »Sie sind gemein. Aber die Hühner sind noch gemeiner. Was meinst du? Suzdal oder Bogazi?«

Sten gab ihm die restlichen Credits. »Willst du es wirklich wissen?«

»Ach was! Wollte nur sehen, wie die Chancen stehen. Bei uns im Viertel setzen die meisten auf die Bogazi. Zehn zu eins. Ich hab' gedacht, vielleicht könntest du mir was erzählen, womit ich sie ordentlich reinlegen kann. Mal richtig absahnen.«

Er wedelte mit seiner Handvoll Bestechungsgeld vor Stens Gesicht herum. »So wie ich die Sache sehe«, sagte der Junge, »muß man sein Glück überall versuchen. Ich meine, man kann den ganzen Tag herumlaufen und Glück haben, ohne daß man es überhaupt bemerkt. Wenn du weißt, was ich meine.«

»Das weiß ich ganz genau«, sagte Sten. Als er den Ort verließ, hielt er seine Chancen noch für deutlich schlechter als zuvor.

»Meine Vision ist ganz einfach, General«, sagte Iskra. »Aber ich denke, daß Sie mit mir übereinstimmen, daß ein Konzept in erster Linie einfach sein muß.«

»Zweifellos«, antwortete General Douw. »Genau das ist eine der Eigenschaften, die ich an Ihnen seit Jahren aus der Ferne bewundere. Sie betrachten sich eine Sache, eine höchst komplexe Sache, und dann stellen Sie ein paar Dinge um, und schon ist sie nicht mehr komplex. Sie ist einfach. Sie ist real. Einfach genial.« Douw hatte nicht die geringste Vorstellung davon, was er da eigentlich redete. Es spielte keine Rolle. Der General war Experte im Schmeicheln. Er nahm einen Schluck von dem Wasser, das ihm Iskra als Erfrischung angeboten hatte, und tat so, als schmecke er Wein.

»Es ist wie dieses Glas Wasser«, sagte er, um eine Analogie bemüht. »Ich sehe Wasser, aber Sie sehen ...« Sein Hirn krampfte sich zusammen. Was zum Henker sah Iskra wohl? Vielleicht sah er nur Wasser. Persönlich sah Douw ein grünhäutiges Amphibienwesen. Eins, das »quak, quak, quak« sagte.

»Ja. Fahren Sie fort«, sagte Iskra. »Was sehe ich, General?«

»Ein Symbol«, stieß Douw hervor. »Das ist es! Symbolismus. Wer außer einem Genie könnte in einem einfachen Glas Wasser Symbolismus erblicken?« Er warf Iskra einen raschen Blick zu, um zu sehen, wie dieser verbale Eiertanz angekommen war. Der Doktor leuchtete förmlich auf und nickte. ›Puh! Gott sei Dank.‹

»Sie gehen den Dingen auf den Grund, so wie immer«, sagte Iskra. »Deshalb hatte ich auch das Gefühl, ich müßte auf Sie zurückgreifen. Ich wußte, daß ich in Ihnen eine verwandte Seele finden würde.«

»Absolut«, sagte Douw und strich seine Silberlocken mit einer nervösen Geste zurück. »Daran besteht kein Zweifel.«

›Was für ein alter Narr‹, dachte Iskra. »Sie sind wohl die Persönlichkeit, die innerhalb des Militärs den größten Respekt genießt, General«, sagte er.

»Oh, danke sehr.«

»Das entspricht nur der Wahrheit. Sie sind für Ihre Loyalität bekannt. Und als entschlossener Verteidiger der Tradition Jochis.«

»Die alten Regeln waren die besten«, sagte Douw. Bei diesem Thema konnte er sich rasch erwärmen. »Manchmal denke ich, daß die alten Werte zu rasch beiseite geschoben wurden.«

»Genau das ist meine Vision«, sagte Iskra.

»Wirklich?«

»Aber natürlich. Es bedarf allerdings harter Maßnahmen, um wieder zu den alten Werten unserer jochianischen Vorfahren zurückzukehren.«

»Stimmt. Das stimmt. Bedauerlicherweise, aber genauso ist es.«

»Wie auch immer, ich möchte bestimmt nicht, daß Sie selbst in die unvermeidlichen Unannehmlichkeiten verwickelt werden. Es gibt Dinge, die erledigt werden müssen und die zu meiner Kümmernis die Reputation eines wahrhaftigen Soldaten Jochis beschädigen könnten. Für diese Aufgaben lasse ich ... Spezialeinheiten ausbilden und ausrüsten. Sie werden allein mir gegenüber verantwortlich sein, ganz außerhalb der üblichen militärischen Befehlskette.«

Douw strahlte. »Wie rücksichtsvoll von Ihnen.«

»Ich möchte jedoch, daß Sie meine herkömmlichen Streitkräfte im Kampf zur Wiedererlangung des Friedens in unserem glorreichen Cluster anführen. Dazu braucht es einen kühlen Kopf und unerschütterlichen Willen.«

»Dann bin ich Ihr Mann«, sagte Douw. »Ich danke Ihnen für die mir erwiesene Ehre.«

«Als unsere Vorfahren in diesen Cluster kamen«, fuhr Iskra

fort, »stießen sie in feindliches Terrain vor, bevölkert von unwissenden Spezies und einer barbarischen Menschenbrut.«

»Schreckliche Zeiten. Ganz schrecklich«, brabbelte Douw.

»Damals gab es noch nicht viele von uns.«

»Wie wahr. Das habe ich mir selbst auch immer gesagt. Damals gab es nicht viele von uns. Doch unsere zahlenmäßige Unterlegenheit haben wir durch Mut wettgemacht.«

»Und durch etwas anderes«, sagte Iskra.

»Genau. Dieses andere. Es war ... äh ...«

»Grips«, sagte Iskra.

»Das war's. Grips. Lag mir auf der Zunge.«

»Wir setzten unseren Grips ein, um diese Tiere im Zaum zu halten – entschuldigen Sie bitte, ich gehöre nicht zu den Modernisten. Aber es sind Tiere, mehr nicht. Um diese Tiere unten zu halten, benutzten unsere Vorfahren eine Taktik, die sich in einer einfachen, eleganten Spruchweisheit zusammenfassen läßt. Dieser Spruch und alles, wofür er steht, ist, glaube ich, ein lebenswichtiger Teil unserer jochianischen Herkunft.«

»Ich kenne die Antwort«, sagte Douw, »aber Ihre Worte sind eleganter als meine. Sprechen Sie sie bitte für uns beide aus.«

»Teile und herrsche«, sprach Iskra. »Durch diesen simplen Trick haben wir die Tiere in die Knie gezwungen. Unsere Vorväter hetzten die Suzdal und die Bogazi auf, ebenso die Tork. Wir hetzten sie sich gegenseitig an die Kehlen. Wir zogen sogar einen bescheidenen Gewinn daraus, indem wir allen Parteien Waffen verkauften. Wir ließen sie sich gegenseitig abschlachten. Und dann übernahmen wir die Herrschaft.«

»Bei Gott, das gleiche sollten wir jetzt wieder tun!« Douw schlug sich mit der Faust in die Handfläche; sein patriotisches Herz flatterte vor Begeisterung. »Teile und herrsche. Die Rückkehr zu unserer heiligen Tradition.«

»Dann ... akzeptieren Sie also den Posten, den ich Ihnen anbiete?«

»Voller Stolz, Sir«, dröhnte Douw. »Voller Stolz.« Er wischte sich eine wackere Träne aus dem Augenwinkel.

Menynder bewohnte ein kleines schäbiges Anwesen mitten in einem Torkviertel.

Stens geübtem Auge fiel sofort auf, daß das schäbige Aussehen sorgfältig kultiviert wurde. Die Wände waren abgestoßen und von Ranken überwuchert. Das große alte Eingangstor hing schief in den Angeln. Der Garten hinter der Mauer war verwildert. Aber der Sicherheitsdraht, der sich an den Wänden entlangzog, war sauber und neu. Das Tor war mit Stahlplatten verstärkt und der Wildwuchs im Garten von dornigen Hecken und scharfzackigen Farnen durchsetzt.

Menynders Akte besagte, daß er über Geld verfügte. Für einen Tork sogar über gewaltige Mengen. Doch er stellte es bewußt nicht zur Schau. So wie er sich auch schnell zurückgezogen hatte, als es richtig ungemütlich wurde.

»Ich trauere«, erklärte Menynder, wobei er die Angelschnur in das grüne Wasser des Teichs warf.

Sten saß neben ihm am Rand des Gewässers. Auf den Regen war sengender Sonnenschein gefolgt. Doch hier unter dem Baum, der den Lieblingsangelplatz des alten Tork überschattete, war es angenehm kühl. Menynder rollte die Schnur wieder ein, überprüfte Haken und Köder und startete den nächsten Versuch.

»Ein Todesfall in der Familie? Tut mir aufrichtig leid«, sagte Sten.

Menynder nahm die Brille ab, tupfte sich ein paar unsichtbare Tränen ab und setzte die Brille wieder auf. »Ein junger Verwandter von mir ... Er starb in der Pooshkan-Universität.«

Sten wollte gerade wiederholen, wie leid es ihm tat, als er das zynische Glitzern in Menynders Augen bemerkte. »Wie nah verwandt war er denn?« fragte er statt dessen.

Menynder grinste. »Weiß nicht genau – ein Cousin siebten oder achten Grades. Wir standen uns nicht sehr nahe. Trotzdem war es ein Schock.«

»Kann ich mir vorstellen«, meinte Sten.

»Ich bin so erschüttert«, fuhr Menynder fort, »daß ich fürchte, mein Gesicht erst nach Ablauf eines Jahres wieder in der Öffentlichkeit präsentieren zu können.«

»Glauben Sie wirklich, daß sich der Altai-Cluster bis dahin beruhigt hat?« fragte Sten.

»Wenn nicht«, antwortete Menynder, »erleide ich einen Rückfall. Trauer ist eine heimtückische Krankheit. Sie kommt und geht. Kommt und geht.« Er rollte seine Schnur auf und warf sie erneut aus.

»Wie ein Fieber«, sagte Sten.

»Richtig. Nur ohne die leidigen Symptome. Man kann leiden und gleichzeitig angeln.«

»Das Komische bei diesem Angeln ist«, meinte Sten, »daß man immer so beschäftigt aussieht. Niemand wagt es, einen Angler beim Angeln zu stören.«

»Ich habe den Eindruck, daß ich nicht der einzige bin, der hier angelt, Herr Botschafter«, erwiderte Menynder und wagte noch einen Versuch im Teich.

»Ich glaube, ich suche noch nach dem richtigen Köder«, sagte Sten.

Menynder schüttelte entschlossen den Kopf. »Vergessen Sie's. Es gibt gar nicht genug Credits und Auszeichnungen, um mich von hier wegzulocken. Ich habe ein langes Leben hinter mir, und ich habe vor, es auf natürliche Weise zu beenden.«

»Dürfte heutzutage ziemlich schwer sein«, warf Sten ein.

»Tatsächlich?« Menynders Schnur verfing sich irgendwo. Er zog kurz die Angel nach hinten und riß die Schnur wieder los. »Offen gesagt glaube ich nicht, daß sich das so schnell ändern wird. Ich werde es jedenfalls nicht mehr erleben.«

»Das Problem wird gelöst werden«, widersprach ihm Sten. »Auf die eine oder auf die andere Weise.«

»Ich nehme an, Sie haben mich in Ihre Problemlösung einbezogen, richtig?«

»Richtig.«

»Wahrscheinlich sind Sie auf diese Idee gekommen, weil ich schon einmal dumm genug war, meinen Hals weit vorzustrekken.«

»Sie haben Leute an einem Tisch zusammengebracht, die sich normalerweise nur bekämpfen würden.«

»Ich hielt mich einmal für ganz geschickt in solchen Angelegenheiten«, sagte Menynder. Er zog die Schnur ein Stück heran.

»Das sind Sie noch immer. Von hier aus gesehen.«

»Ein elendes, nutzloses Talent. Wenn es überhaupt ein Talent sein soll. Insgeheim halte ich mich für einen verdammt guten Lügner.«

»Es gibt ein paar große Dinge, die bald kippen werden«, sagte Sten. »Es gab mal jemanden, vor langer Zeit, dem riet ich unter ganz ähnlichen Umständen, sich aus der Schußlinie herauszuhalten. Ich sagte ihm, das beste wäre es, sich einen chronischen Husten zuzulegen.«

»Hat er auf Ihren Rat gehört?«

»Ja.«

»Hat er überlebt?«

»Ja. Und es ging ihm sogar sehr gut dabei.«

»Aber – von *mir* erwarten Sie, daß ich genau das Gegenteil tue?«

»Ja.«

»Den anderen haben Sie besser beraten.«

»Das war damals. Jetzt ist heute.«

»Ohne Ihnen zu nahe treten zu wollen, Sr. Sten, aber ich kann nicht die ehrfurchtgebietende Hoheit eines Imperialen Auftrags, der mich schützt, vorweisen. Ich habe auch sonst nicht den geringsten Schutz. Und selbst wenn – der Doktor würde seine Bataillone mit den schweren Stiefeln und den Knüppeln zuerst hierherschicken.«

»Glauben Sie nicht, daß sich Iskra in eine andere Richtung entwickeln wird?«

»Ach was! Das einzige, was mich fertigmacht, ist die Tatsache, daß ich seinen Namen sogar selbst einmal erwähnt habe. Positiv. Sagen Sie Ihrem Boß, daß er diese Sache hier gründlich in die Scheiße geritten hat. Aber zitieren Sie mich nicht dabei. Ich bleibe lieber außerhalb der Schußlinie, wenn Sie nichts dagegen haben.«

»Ich möchte nicht lügen und sagen, daß Sie meine einzige Hoffnung sind«, sagte Sten. »Aber Sie könnten eine ganz wichtige sein.«

»Sie finden, ich sollte mein Leben – und das meiner Familie – aufs Spiel setzen, nur um heldenhaft gegen Windmühlen anzureiten? Um den Altai-Cluster zu retten?«

»Ist es das nicht wert?«

Menynder rollte nachdenklich die Schnur auf. Dann seufzte er. »Ich weiß nicht.«

»Werden Sie mir helfen?«

»Vielleicht ein anderes Mal«, sagte Menynder.

Sten erhob sich. Er blickte über das grünliche Gewässer des Teichs und fragte sich, weshalb er nicht einmal den verschwommenen Umriß eines Fisches gesehen hatte.

»Ist da überhaupt etwas drin?« erkundigte er sich.

»Früher mal«, antwortete Menynder. »Ich habe den Bestand jedes Jahr aufgestockt. Doch dann wurde das Wetter wirklich übel. Falls Sie es nicht selbst bemerkt haben sollten. Es hat irgend etwas mit dem Wasser angestellt. Das Gleichgewicht verändert, was auch immer. Alle Fische sind gestorben.«

»Aber Sie angeln immer noch.«

Menynder lachte und warf die Angelschnur wieder hinein. »Klar. Man kann nie wissen, ob man nicht doch etwas fängt.«

Sten traf Kaebak, die Außenministerin der Bogazi, auf dem Gelände ihrer Botschaft an. Sie holte gerade die Flagge ein. Bis auf ihre Sicherheitskräfte war Kaebak allein. Alle anderen waren bereits Richtung Raumhafen unterwegs. Kaebak hatte vor, ihnen zu folgen. So schnell wie möglich.

»Dazu besteht kein Grund«, sagte Sten. »Ich kann für die Sicherheit Ihrer Botschaft garantieren.«

»Bogazi brauchen keine Sicherheit«, sagte Kaebak. »Wir kennen keine Angst. Nur Zorn. Suzdal haben Bogazi-Zorn vergessen. Wird ihnen noch leid tun, daß sie ihn vergessen haben.«

»Warum machen Sie die Suzdal für die Vorkommnisse verantwortlich? Auch ihre Welpen sind in der Pooshkan-Universität gestorben.«

»Bah. Große Lüge. Suzdal machen Propaganda. Wollen Bogazi ihre eigenen schlechten Taten anlasten. Das ist eine Ausrede. Sie wollen Krieg. Gut. Sie bekommen von uns, was sie haben wollen.«

Was Kaebak betraf, war das Gespräch damit beendet. Sie stieg in ihr Transportfahrzeug. Sten machte noch einen letzten Versuch.

»Kommen Sie mit mir zur Imperialen Botschaft«, sagte er. »Ich öffne meine Geheimdienstdokumente. Sie werden sehen, daß die Suzdal ebenso getäuscht wurden wie die Bogazi.«

Der Transporter erwachte summend zum Leben. Sten trat zurück. Kaebak streckte ihren Schnabel zum Fenster heraus.

»Auch Sie werden an der Nase herumgeführt. Ich muß mir diese Lügen der Suzdal nicht ansehen. Ich gehe nach Hause. Helfe meinen Nestkollegen beim Hundeeintopf.«

Stens Pech verfolgte ihn noch den ganzen Tag über und bis in die frühen Morgenstunden des nächsten. Er schickte eine Anfrage nach der anderen an den Ewigen Imperator ab.

Doch jedesmal wurde er mit der ermüdenden Nachricht abgewiesen, der Imperator sei indisponiert. Niemand konnte oder wollte ihm sagen, wie lange sich seine Erkrankung noch hinziehen würde.

Sten befand sich im Blindflug und suchte verzweifelt nach Anhaltspunkten; dabei verschlechterte sich die Lage stündlich.

Er war sich sicher, daß Iskra weg mußte.

Aber es gab nur ein Wesen, das diese Entscheidung treffen konnte. Das Schicksal der Altaianer hing in der Schwebe.

Er versuchte es ein letztes Mal.

»Tut mir sehr leid, Herr Botschafter«, ertönten die tröstenden Worte der Sekretärin am Imperialen Hof. »Ich bin sicher, daß der Imperator Sie zurückrufen wird, sobald er dazu in der Lage ist. Jawohl, ich habe Ihre höchste Dringlichkeit vermerkt. Tut mir leid, daß ich Ihnen nicht mehr helfen kann, Herr Botschafter, aber ich bin sicher, daß Sie die Situation verstehen.«

Sten knirschte mit den Zähnen. Wo zum Teufel steckte der Imperator bloß?

Kapitel 22

»Ich wollte Sie schon seit einiger Zeit aufsuchen«, sagte der Imperator. »Die Verzögerung ist wirklich unverzeihlich. Ich schulde Ihnen und Ihrer Organisation sehr viel.«

Die alte Frau kicherte ihre Antwort: »Es ist unsere Pflicht (kicher) zu dienen, Euer (kicher) Eminenz. Schließlich geht es doch (kicher) beim Kult des Ewigen Imperators (kicher) gerade darum, oder nicht?«

»Trotzdem. Ihr habt mir ... in schwierigen Zeiten schon oft ... auf die Sprünge geholfen.«

»Wie können die Zeiten denn (kicher) jemals schwierig sein«, fragte Zoran, »wenn Ihr immer (kicher) mit uns seid?«

Der Imperator versuchte erst gar nicht zu antworten. Er ließ das Schweigen sich in dem dunklen Raum ausbreiten, in den er die alte Frau geführt hatte. Er hatte für seine Absichten eine bestimmte Atmosphäre schaffen wollen: eine düstere Erhabenheit. Doch Zorans Gekicher hellte das Zwielicht immer wieder auf. Das gefiel ihm nicht.

Ein ziemlich mieser Anfang. Sie war ein eigenartiger alter Vogel. Über hundertfünfzig Jahre alt, aber unter ihren orangefarbenen Gewändern steckte der wohlgeformte Körper einer jungen Frau. Von einer (gewählten) Hohepriesterin des Kults hätte er eigentlich erwartet, daß sie besonders wirr im Kopf wäre. Zu Anfang sah er sich durch ihr ständiges Gekicher in dieser Meinung auch bestätigt; bis er erkannte, daß sie sich mit dem Kichern unbequeme Frager vom Leib hielt. Und in ihren Augen blitzte eher Intelligenz als Ehrfurcht in seiner erhabenen Gegenwart.

»Ist es wahr«, fragte er schließlich, »daß Ihre, äh, Organisation mich für einen Gott hält?«

»Eine Repräsentation der (kicher) Heiligen Sphären wäre eine bessere Beschreibung unserer (kicher) Überzeugungen, Euer Majestät«, sagte Zoran.

»Dann ... betet ihr mich also nicht als einen Gott an?«

»Anbetung ist ein so (kicher) schwammiger Begriff, Euer (kicher) Eminenz. Wir opfern keine (kicher) fetten Lämmer, auch nicht unsere (kicher) Erstgeborenen. Aber wir (kicher) verehren Sie.«

»Als Gottheit?«

»Als ewiges (kicher) Wesen.«

»Verdammt, Frau! Bin ich ein Gott oder bin ich keiner?«

Das Kichern verebbte. Zoran sog vernehmlich den Atem ein. Der Imperator wurde ihr unheimlich. Als sie den Raum betreten hatte, hatte sie nicht gerade einen Heiligenschein um ihn herum erwartet; eigentlich eher einen ganz normal aussehenden Menschen. Das war er auch – obwohl er in Wirklichkeit besser aussah und größer war als in den Livies.

Was sie beunruhigte – abgesehen von der Dunkelheit des Raumes, die sie jedoch eher als zu ihren Gunsten gewählt auslegte –, waren die Augen des Imperators. Sie sahen sie nie direkt an, sondern wanderten ständig hin und her. Unablässig. Es war beinahe ... pathologisch. Daß sie derartige Gedanken hegte, beunruhigte sie noch mehr.

»Entschuldigen Sie meine Heftigkeit«, sagte der Imperator. »Schwierige Staatsprobleme und so.« Er beugte sich näher zu ihr heran und lächelte sein charmantestes Lächeln. Zoran bemerkte, daß seine Augen trotzdem nicht zur Ruhe kamen. »Werden Sie mir meine Grobheit verzeihen?«

»Oh, Euer Majestät.« Zoran erwiderte seinen Charme mit ihrer schönsten Schwärmerei. »Ich bin diejenige, die Euch um Vergebung bitten muß. Ich bin eine dumme alte Frau. Und Ihr seid so nachsichtig mit mir.«

Der Ewige Imperator grunzte zufrieden. Das war schon besser. Jetzt fiel ihm auch auf, daß das Kichern aufgehört hatt. Noch besser.

»Wenn Sie also jetzt die Freundlichkeit besäßen und mir diese Gottgeschichte erklären würden?«

»Aber ja doch, Sir. Wenn meine Worte vielleicht unklar klangen, so geschah das allein aus Gewohnheit. Es gibt so viele unterschiedliche Arten von Lebewesen in unserem Orden. Der Ausdruck ›Gott‹ läßt sich nicht für jedes von ihnen gleichwertig übersetzen.«

»Wie wahr«, sagte der Imperator. Er rühmte sich selbst der profunden Kenntnis obskurer Lehren und Quellen des Wissens.

»Ich nehme an«, fuhr Zoran fort, »daß in menschlichen Begriffen ›Gott‹ eine zutreffende Beschreibung für Eure Heiligkeit sein dürfte.«

Der Imperator lachte. »Das muß man sich mal vorstellen. Ich – ein Gott.«

»Oh, wir stellen es uns oft vor, Euer Eminenz«, sagte Zoran. »Allen Mitgliedern des Kults des Ewigen Imperators ist sogar aufgetragen, es sich zweimal pro Tag vorzustellen. In unseren Gebeten. An Euch.«

»Wie überaus interessant«, wunderte sich der Imperator, dessen Augen sich aufgrund seines breiten Lächelns zu schmalen Schlitzen zusammenzogen ... und immerfort hin und her wanderten. Ohne sich auf einen festen Punkt zu konzentrieren. »Das ist wirklich eine der interessantesten Unterhaltungen, die ich in der letzten Zeit geführt habe.«

»Es ist mir eine Genugtuung, wenn ich Euch damit erfreuen kann«, sagte Zoran.

»Sagen Sie mir doch, wie viele Wesen glauben eigentlich an ... ha-ha ... mich?«

»Tausende und Abertausende, Euer Hoheit. Wahrscheinlich sogar Millionen.«

»Millionen, hmm?«

»Genaue Zahlen lassen sich momentan nur schwer feststellen, Euer Majestät. Ich kann jedoch sagen, daß unsere Mitgliederzahlen während Eurer, äh, Abwesenheit Rekordhöhen erreichten. Und sie sind noch einmal in die Höhe geschossen, als Ihr zurückgekehrt seid. Über eine gewisse Zeit jedenfalls.«

Die Lippen des Imperators strafften sich. »Das heißt ... sie sind wieder rückläufig?«

»Ja, Euer Hoheit. Tut mir leid, daß ich das so berichten muß. Andererseits war es zu erwarten. Lebewesen sind so schwach. Sie gewöhnen sich daran, daß Ihr wieder da seid.«

»So schnell?« zischte der Imperator.

»Das ist ganz normal, Euer Majestät. Auch unsere Schatzkammer ist nicht mehr das, was sie einmal war.«

Dem Imperator war ihre letzte Spendenquelle bekannt. Das Geld war heimlich von Kyes gekommen, dem einzigen intelligenten Mitglied des Fünferkabinetts. Zoran hatte nichts von Kyes' wirklichen Beweggründen erfahren. Der Imperator wollte, daß es auch so blieb.

»Was müßte denn geschehen, um neuen Enthusiasmus in Ihrem Kreis hervorzurufen?«

»Nicht viel, Euer Hoheit. Ich erzähle allen potentiellen Spendern, daß die Mitglieder des Kults die ergebensten Wesen des Imperiums sind. Es sind ganz normale Bürger, die tagsüber ein nützliches und produktives Leben führen. In ihrer Freizeit tauschen sie ihre weltlichen Kostüme gegen unsere Gewänder aus und verbreiten das Wort Eurer Herrlichkeit all jenen, die gewillt sind zuzuhören.«

»Mit anderen Worten: Es gibt keine Mittler, die die Spenden abschöpfen«, sagte der Imperator.

»Genauso ist es, Euer Hoheit. Neunzig Prozent von jedem gespendeten Credit fließen direkt der Sache zu. Nur zehn Prozent müssen für Verwaltung, Transport, Post und dergleichen ausgegeben werden.«

»Bemerkenswert«, sagte der Imperator. Er meinte es auch so. Im Rahmen einer intensiven Beobachtung des Kults hatten auch seine Agenten nichts anderes berichtet.

Er zog ein Fiche aus seinem Schreibtisch und reichte es Zoran. »Meine Leute haben auf meine Veranlassung hin einige ... Erkundigungen eingezogen. Das Ergebnis ist hierauf vermerkt. Alles ist genau aufgeschlüsselt, nach jeder einzelnen Region meines Imperiums. Ebenso ein Profil meiner, sagen wir ... am meisten geschätzten Untertanen.«

Zoran merkte, daß ihre Hände zitterten, als sie das Fiche entgegennahm. Rasch überspielte sie ihre Reaktion. »Wie können wir Euch jemals dafür danken, Euer Majestät?«

»Ach, keine Ursache. Es ist lediglich eine kleine Unterstützung bei Ihrer guten Arbeit. Doch jetzt ... noch einmal zur Finanzierung. Zwischen uns darf keinerlei Beziehung bestehen, verstehen Sie das?«

»Ja, Euer Majestät. Das wäre ... ungebührlich.«

»Ziemlich. Man wird sich in Kürze mit Ihnen in Verbindung setzen. Eine große Spende steht in Aussicht. Setzen Sie sie gut ein. Später wird noch mehr kommen. Wenn es gebraucht wird.«

»Jawohl, Euer Hoheit.«

»Ich freue mich, daß wir uns verstehen«, sagte der Ewige Imperator.

Zoran war nicht ganz so froh. ›Das ist der Beweis dafür‹, dachte sie, ›daß es nicht immer weise ist, zu sehr für eine Sache zu beten. Denn es besteht die große Gefahr, daß deine Gebete erhört werden.‹

Und jetzt wagte sie nicht, diese Erfüllung zurückzuweisen.

Kapitel 23

»Ich hab' da ein kleines Wunder abgecheckt«, bemerkte Alex.

»Lernst du endlich, richtig zu reden?«

»Hab' ich dir kürzlich deinen Riechkolben abgerissen?«

Sten streckte demonstrativ die Zunge heraus, ertastete mit ihr das Vorhandensein seiner Nase und schüttelte den Kopf. Kilgour war eine Frohnatur und wie immer eine Bereicherung des Teams – einer der Gründe, weshalb er ein so wertvolles Mitglied bei Mantis gewesen war.

Abgesehen von seinen anscheinend angeborenen Fähigkeiten als Mörder ...

Alex reichte Sten ein Fiche. Sten schob es sogleich in einen Betrachter. Es war der für die Polizeikommandeure von Jochi bestimmte wöchentliche »Streng-Geheim«-Report. Abgesehen von den üblichen Morden, brutalen Übergriffen und Verbrechen aus Habgier fiel ihm nichts Ungewöhnliches auf.

»Wenn du willst, kannst du alles durchgehen, aber ich bin schon jetzt eine lebende und wandelnde Zusammenfassung.«

»Schieß los.«

»Überall auf Jochi werden Lager geplündert, Freund Sten. Ein paar Polizeidepots darunter, das meiste jedoch Militär. Dort draußen geht es drunter und drüber, ohne die geringste Kontrolle.«

»Irgendwie wundert mich das gar nicht«, sagte Sten trocken. »Unter den gegebenen Umständen würde ich mir als Bürger dieses armseligen Planeten schleunigst einen handlichen Plattmacher zulegen. So etwa in der Größe eines Schlachtschiffs der *Perry*-Klasse. Und auch den nur als Rückendeckung.«

»Trink erst mal was, Skipper. Cind, gieß dem armen Kerl einen Schluck ein. Er ist nicht gut drauf. Er ist verloren und verzweifelt, nein, fix und fertig, weil ihn der brave Imperator nicht zurückruft.

Weißt du, Mädel, solche Probleme bringt nur ein hoher Kommandojob mit sich. Ich erinnere mich noch an Zeiten, da war unser Sten glücklich, tanzte ausgelassen durch die Straßen, nur weil er einen vollen Bauch hatte, einen leeren Darm, einen guten Schluck auf dem Tresen und eine warme Decke, auf der er später ohnmächtig werden konnte.

Jetzt ist er zynisch und spielt den Weitblickenden. Er hat einfach vergessen, daß es kein Morgen gibt – wenn ich es nicht will.«

»*Du*, Alex?« fragte Cind mit betont skeptischem Unterton, während sie ihm die Karaffe zuschob. »Du meinst also, daß du wirklich das Oberste Wesen bist?«

»Aber klar doch«, sagte Alex und goß eine Runde Stregg ein. »Ich kann es sogar beweisen. Wenn dieser Stregg hier vergiftet ist und ich mich gleich in wüsten Zuckungen auf dem Boden rumwälze, als wäre ich Nessie, und dabei herumwürge und krächze, dann gibt es kein Morgen mehr. Hab' ich recht oder nicht?«

»Für dich jedenfalls nicht.«

»Aah. Der Stregg ist nicht vergiftet, also könnt ihr Leichtärsche ihn ohne Bedenken trinken und lebendig bleiben. Und das ist der Beweis. Wenn es für mich kein Morgen gibt, und ich bin der allerwichtigste, dann gibt es überhaupt kein Morgen für niemanden, hab' ich recht?«

Sten und Cind sahen einander an. Kilgour mußte ihnen mindestens zwei Stregg voraus sein.

»Und jetzt«, fuhr Kilgour fort, »zurück zu den ausgeräumten Waffendepots. Alle diese Berichte sind nur für die Augen der Oberbullen bestimmt, und ich hab' dafür gesorgt, daß sie auch sofort bei uns landen, nachdem ich das einheimische Gesöff am eigenen Leib getestet und für wertlos befunden habe – sowohl für Menschen als auch für wilde Tiere und Campbells.

Weißt du, was komisch an diesen Klauereien ist, Boß? Die Waffen werden überall geklaut, wo du willst, aber es gibt keinen einzigen Bericht darüber, daß eine Wache umgelegt wurde.«

»Oha.«

»Was hat dieses ›oha‹ zu bedeuten?« wollte Cind wissen.

»Es ist nicht ganz einfach, in ein Waffenarsenal einzubrechen, das normalerweise von der Armee oder von Reservisten oder sonstwem bewacht wird«, erläuterte Sten.

»Jedenfalls nicht, ohne daß ein patriotischer Dummkopf sich einem in den Weg stellt, und deshalb müßte über kurz oder lang ein ehemaliger Sergeant den Helden spielen und entweder jemanden umnieten oder selbst umgenietet werden.«

»Genau. Die verdammte Armee steckt da tief mit drin«, ergänzte Alex.

»Verflucht«, sagte Cind. »Vielleicht bleibe ich doch lieber eine ganz einfache Soldatin. Dieser Sonderauftragsdreck, auf den ihr beide euch spezialisiert habt, läßt einen schnell zynisch werden.«

»Sagte ich bereits«, meinte Alex. »Schon vor Äonen, damals auf Newton, als du unbedingt Stens Händchen halten wolltest, weil er sich auf den Weg zur Erstwelt machte.«

»Stimmt. Ich hätte auf dich hören sollen.«

Sten hörte ihrem Wortgefecht nicht zu. »Ich hätte nichts gegen ein bißchen unabhängige Action«, sagte er. »Einmal würde es meine Stimmung aufheitern. Zum zweiten wäre es nett, diesen Schwachköpfen einmal klarzumachen, daß die Welt nicht nach ihren hirnrissigen Spielregeln funktioniert. Und drittens gefällt es mir ganz und gar nicht, daß das hiesige Militär denkt, es könnte einfach so eine private Terroristenorganisation aufbauen – oder sich eine verpflichten, die je nach Bedarf zur Verfügung steht. Kommt, wir finden heraus, wohin diese Waffen wandern.«

Cind machte ein skeptisches Gesicht. »Was sollen wir denn

tun? Jedes unversehrte Depot von einem Frick & Frack überwachen lassen? Dazu brauchen wir viel zu viele Sensoren.«

»Nein. Sie haben ein Motiv, und wir bieten ihnen die Gelegenheit. Wir fangen mit der Eröffnung an, die ich, ähem, ähem, den Trick der Singenden Kanone nenne.«

»Das gibt's doch nur in den Livies.«

»Von wegen. Wir brauchen nicht mehr als ...«

»Das hier«, beendete Kilgour den Satz und schob eine Willygun auf Stens Schreibtisch. »Wenn diese Schwachköpfe Waffen suchen, dann reißen sie sich für so eine offizielle Imperiumsknarre ein Bein aus, oder? Ich glaub', ich liege da nicht ganz falsch, denn schon seit ein paar Nächten lungern drei Schurken um das Wachhaus am Seitentor herum.«

»Nie läßt du mich schlau aussehen, Kilgour.«

»Ach, Boß, hab' gar nicht gemerkt, daß du das gleiche vorhattest. Außerdem hast du noch mehr als genug Gelegenheiten zum Schlau-Aussehen. Zum Beispiel: Wer hängt der Katze das Glöckchen an?«

»Wir müssen nur – verdammt und zugenäht!«

»Genau. Ich traue dem Sicherheitspersonal der Botschaft nicht über den Weg. Colonel Jeretys Gardisten haben nicht genug Grips, um zu kapieren, worum es überhaupt geht. Die Bhor schneiden sich höchstwahrscheinlich die Bärte ab, wenn du ihnen davon erzählst. Und ich weiß ziemlich sicher, daß dir die Gurkhas ins Gesicht sagen würden, du sollst dir deinen Hintern in Salz packen und dich verziehen.«

Sten nickte. Kilgour hatte recht. »Ich würde eine Stange Geld drangeben, wenn ich zwei verschlagene, mit allen Wassern gewaschene Mantistypen hätte, die das für mich erledigen würden.«

»Ich bin nicht ganz sicher, was ihr eigentlich vorhabt«, sagte Cind, »aber ich bin dabei.«

»Nein. Der Gegner kennt dich viel zu gut. Glaube ich.«

»Mr. Kilgour. Die werden nicht im Schlaf daran denken, daß die Lieblingsfrau des Botschafters sich zu solch finsteren Taten durch die Nacht schleicht. Schon gar nicht in Felduniform.«

»Ah, Boß, das hab' ich auch schon mal versucht. Funktioniert nicht. Selbst wenn ich verkleidet bin, erkennt man meinen Ranzen.« Alex klopfte sich stolz auf seine kompakte Mittelpartie. »Sie halten mich für einen alten Soldaten und fallen nicht auf solche Tricks herein. Nicht mal in einer so stürmischen Nacht wie dieser.

Aber ein junger Soldat, ein schmächtiger Kerl, der sich in der Kantine einen zuviel hinter die Binde gekippt hat und überzeugend militärisch zu seinem Posten zurückmarschiert oder so ...«

»Kilgour, eine Waffe zu übergeben ist etwas, das man schon bei der Mantis-Grundausbildung lernt. Du willst doch nicht etwa mich, den Botschaftertypen Sten, um ...«

»So ist's recht, alter Knabe. Immer wieder an die Wurzeln zurückdenken. Das lehrt einen Bescheidenheit.«

»Saukerl.«

»Du hat dich wohl mal wieder mit meiner Mama unterhalten?«

»Wartet nicht auf mich. Laßt mir nur ein bißchen Stregg da.«

»Vielleicht brauche ich auch noch den einen oder anderen«, sagte Cind, »während mir Kilgour erklärt, was hier eigentlich vor sich geht.«

»Dann mal los, alter Knabe. Es ist spät, die Ablösung geht in einigen Minuten raus, und ich weiß nicht, wie ernst es die Jungs auf der anderen Straßenseite meinen. Ich setz' einen Frick auf dich an. Ich weiß schon jetzt, daß die Aufzeichnung beim nächsten Mantis-Treffen der Hit sein wird.«

Sten machte eine obszöne Geste, wollte noch einen Stregg, entschied sich jedoch dagegen. Es ist schwierig, den Betrunkenen zu spielen, wenn man wirklich einen im Tee hat. Außerdem mußte er eine passende Uniform der Sicherheitskräfte finden.

Weniger als eine Stunde später machte der Imperiale Sicherheitstrupp in gewohnt routinierter Weise seine Runde. Bei jedem Wachtposten wurde angehalten, woraufhin der Postenkommandant einen Befehl schnarrte. Der abgelöste Wachtposten salutierte, präsentierte das Gewehr und bewegte sich im Laufschritt zum Ende der Formation. Der neue Wächter salutierte ebenfalls und begab sich auf seinen Posten. Dann bewegte sich der Trupp weiter.

Der neue Wachmann paradierte eine Weile nach militärischer Vorschrift auf seinem Posten auf und ab; dann blieb er stehen und erleichterte sich an einer Mauer. Auf der anderen Seite der breiten Straße sahen die beiden Beobachter, wie er seine Waffe abstellte, wobei er sich mit einer Hand an der Mauer abstützen mußte, um das Gleichgewicht nicht zu verlieren.

Der Wachtposten nestelte an seinem Hosenschlitz und drehte sich um. Dann fiel ihm wieder die Willygun ein. Er wandte sich um und schulterte die Waffe. Entgegen der Vorschrift lockerte er jedoch den Gurt und trug die Waffe quer über der Schulter.

Er drehte noch zwei weitere Runden. Einer der Beobachter glaubte das Glitzern eines Flachmanns an den Lippen des Soldaten gesehen zu haben. Auf jeden Fall lief der Mann nicht mehr ganz gerade. Er kehrte zum Tor zurück und kauerte sich einige Meter neben dem Wachhäuschen in eine Mauernische, um sich gegen den rauhen Wind zu schützen. Dort verharrte er einige Minuten regungslos.

Die beiden Männer wechselten einen Blick. Der erste fing an zu flüstern, und kurz darauf summte das Funkgerät im Wachhäuschen. Und summte. Und summte. Der Posten erhob sich, stolperte eilig zum Häuschen und ging ans Funkgerät.

Die Willygun blieb in der Mauernische zurück, der Posten mit dem Rücken zu ihr. Als der Posten seine laute und umständliche Erklärung abgegeben hatte und das Funkgerät abschaltete, war die Willygun verschwunden.

Kilgour, der alles aus der trockenen, warmen und halbbetrunkenen Gemütlichkeit von Stens Büro über einen Frick-Monitor verfolgte, wartete noch einige Minuten, bevor er Phase zwei einleitete, in der der Sergeant der Wache den Posten betrunken und mit fehlender Waffe antraf und ihm sofort eine häßliche Strafe aufbrummte.

Kilgour goß Sten einen Doppelten ein, als er den Posten durch den Korridor kommen hörte.

Jetzt also Phase drei, die jederzeit stattfinden konnte. Im Kolben der Willygun befand sich ein kleiner Sender. Momentan stand er auf EMPFANG. In einer oder zwei Stunden, nachdem die Diebe die Waffe dorthin gebracht hatten, wo sie die gestohlenen Waffen ablieferten, würde Kilgour den Sender anweisen, ein Peilsignal auszusenden. Ob das Gewehr nun von profithungrigen Dieben oder von dem einen oder anderen Mitglied einer Privatarmee gestohlen worden war, es befand sich dann auf jeden Fall an einem höchstwahrscheinlich sehr interessanten Ort.

Erst dann konnten Sten und Alex über den Verlauf von Phase vier entscheiden.

»Sauber, mein Junge. So sauber wie in den alten Tagen«, beglückwünschte er Sten, als dieser das Büro betrat und sich in einen Sessel fallen ließ.

»Scheiß auf die alten Tage. Dieser verdammte Wind bläst einem bis ins Knochenmark. Wo ist Cind?«

»Das Mädel meinte, sie hätte besseres zu tun, als mir hier über die Schulter zu schauen. Ich glaub', sie murmelte was von einem alten Krieger, dem sie die Knochen wärmen muß.«

Sten grinste und schob Kilgour den unangetasteten Stregg hin. »Dann wünsche ich eine gute Nacht, Lord Kilgour. Ich ziehe mich zurück, um an den unerwarteten Wohltaten des Daseins eines alten Soldaten teilzuhaben.«

»Gut so. Und ich denke hier in meinem zölibatären Elend darüber nach, welchen Schritt wir als nächsten unternehmen.«

Die nächste Widerlichkeit ereignete sich – was niemanden sonderlich erstaunte – auf Betreiben der charmanten Wesen des Altai-Clusters und besaß eine völlig andere Dimension als eine präparierte Waffe im Besitz einer Todesschwadron.

Admiral Mason informierte Sten über den Vorfall mit noch unbeweglicherer Miene als sonst. Er und die *Victory* hatten in letzter Zeit nur wenig zu tun gehabt – dank einer gutwilligen kleinen Gottheit, die sich wohl verirrt hatte und in den Altai-Cluster geraten war –, weshalb Sten Mason beauftragt hatte, sein Schiff für diverse Lausch-Aufträge innerhalb des Clusters zur Verfügung zu stellen.

Mason hatte Einspruch erhoben, hauptsächlich, weil der Befehl von Sten kam, war jedoch verstummt, nachdem Sten ihn darauf hingewiesen hatte, daß er hier im Altai-Cluster absolut niemandem vertraute, inklusive des Geheimdienstes und des restlichen Personals der Botschaft, die, würden sie wirklich zuverlässig arbeiten, schon viel früher Vorwarnungen hinsichtlich der Geschehnisse hätten abgeben müssen.

Mason machte ganz offiziell Meldung und verlangte, mit Sten allein zu sprechen. Sten schickte eine Sekretärin, einen Chiffrierspezialisten und seinen Protokollchef hinaus und sicherte das Büro gegen alle Arten von elektronischer Überwachung. Diese Maßnahmen veranlaßten Kilgour, von seinem Nachbarbüro aus durch die offene Tür mitzuhören.

Ohne lange Vorrede baute Mason einen kleinen Betrachter vor sich auf und schaltete ihn an. Auf Stens Schreibtisch bildete sich ein Hologramm. Es zeigte, wie die Barrikaden am Haupteingang zur Pooshkan-Universität errichtet und von den Studenten besetzt wurden, und anschließend, wie die Studenten angegriffen wurden. Die etwas verschwommene und sehr kurze Aufnahme war wahrscheinlich von einem Touristen aus einem anderen System gemacht worden, der mit dem Taxi mitten in dem Aufruhr steckengeblieben war. Natürlich waren die Aufnahmen gefälscht. Sie zeigten keine Panzerfahrzeuge auf seiten des Militärs, und die Angreifer trugen jetzt anstelle von Armeeuniformen schlichte Overalls.

»Haben Sie das gesehen?« fragte Mason.

»Habe ich. Es wurde in der letzten Woche stündlich auf allen privaten Kanälen ausgestrahlt.«

»Version B«, sagte Mason und schob ein anderes Fiche ein.

Die gleiche Szene, mit der Ausnahme, daß diesmal kaum Humanoide auf dem Universitätsgelände zu sehen waren. Jetzt waren die Barrikaden von jungen Suzdal besetzt – und die Angreifer waren Bogazi.

»Na prima«, sagte Sten. »Wo haben Sie diese Version her?«

»Auf Ihren Befehl hin ließ ich die *San Jacinto* zwischen den Welten der Suzdal und der Bogazi hin und her pendeln. Sie fing das hier auf einer offenen Frequenz auf, die von jedem Planeten der Bogazi empfangen werden konnte.«

»Würden Sie dagegen wetten«, meinte Sten, »wenn ich behauptete, daß Sie, wenn Sie nur lange genug gewartet hätten, das gleiche Livie, nur mit den Bogazi als Opfern, hätten auffangen können?«

»Nein, ich würde nicht wetten, Sir.« Die *San Jacinto* war noch einer von Stens geheimen Vorteilen. Der brandneue Zerstörer war nach dem Spionageschiff benannt, das als erstes Imperiales Kriegsschiff im Krieg gegen die Tahn offiziell vernichtet worden war. Der Zerstörer bestand fast nur aus Waffen, Antrieb und Sensoren und war tatsächlich nur geringfügig wohnlicher als ein Einsatzschiff – aber wesentlich größer.

»Also laufen die Propagandamaschinen bereits überall auf

Hochtouren«, sagte Sten. »Wie lange wird es dauern, bis der Kreuzzug anfängt und ... Oh, Sie haben noch mehr.«

Mason hatte noch mehr, doch es war viel zu heikel, als daß man es anders als verbal vom Captain der *San Jacinto* an Mason und dann weiter an Sten hätte leiten können.

Der Djihad war bereits ausgebrochen. Zwei komplette Suzdal-Flotten – die eine war die offizielle Flotte, die der Khaqan zur »lokalen Sicherheit« erlaubt hatte, die zweite ein zusammengeschusterter Haufen aus bewaffneten Transportern, Schmugglerschiffen und Vorpostenpatrouillen – wurden in diesem Moment zusammengestellt.

Aufgrund der Funksprüche zwischen den Schiffen und innerhalb des Systems hatten die Analytiker des Imperialen Schiffs auch das Ziel dieser Flotte feststellen können. Die Suzdal hatten es auf nichts Geringeres als die Vernichtung der Hauptwelt der Bogazi abgesehen. Das Geschwür mußte bei den Wurzeln ausgerissen werden, egal, welche Verluste es auf beiden Seiten kosten würde. Man hatte den Bogazi schon viel zu lange zugestanden ...

»Anzugreifen, zu brandschatzen, niederzumetzeln, auszulöschen, et cetera, et cetera, et cetera«, sagte Sten. »Und natürlich sind die ebenso engstirnigen und pragmatischen Bogazi eifrig dabei, ihre Gebiete zu verteidigen.

Sollte die Verteidigung erfolgreich sein, wird sie in einen Angriff bis zum letzten Vogel auf die fiesen Hunde der Suzdal umschlagen, habe ich recht?«

»Jawohl, Sir.«

»Dieser Auftrag bereitet einem von Minute zu Minute mehr Freude. Kilgour, herein mit dir!«

Ohne sich großartig zu erklären, schob sich Alex durch die Tür.

»Du hältst das Fort. Mason und ich machen uns auf die Socken und verhindern ein Pogrom.«

»Jawohl, Sir.« Kilgour stand stramm. Selbst wenn er wütend

sein sollte, daß er nicht mitdurfte, war Alex zu professionell, als daß er es sich einem Dritten gegenüber hätte anmerken lassen.

Masons Ausdruck zeigte auch nur einen winzigen Moment lang eine Spur von Ungläubigkeit, bevor auch der zu militärischer Aufmerksamkeit gerann. »Übernehmen Sie das Kommando?«

»Das werde ich tun, Admiral.«

»Sehr schön. Ich muß Sie darauf hinweisen, daß wir bis zu dem Zeitpunkt, an dem die Flotten der Suzdal und der Bogazi aller Voraussicht nach aufeinandertreffen werden, unmöglich mit Verstärkung durch weitere Imperiale Verbände rechnen können. Ich habe die Prognosen bereits durchlaufen lassen.«

»Das denke ich auch«, meinte Sten. »Abgesehen davon, daß wir wohl ohnehin keine Verstärkung zugesagt bekommen hätten; unser Imperium ist in letzter Zeit ziemlich dünn bestückt, falls es Ihnen noch nicht aufgefallen ist.

Also laden wir einfach nur ein wenig einheimischen Schrott von hier auf, und dann werden Sie, ich und die *Victory* da draußen einmal kräftig aufräumen.

Sind die Pferde gesattelt, Admiral?«

»Habe ich recht, Alex, wenn ich mich nicht darüber aufrege, daß Sten dich, mich, die Gurkhas und die Bhor zurückgelassen hat, weil er sich offiziell noch immer hier aufhält?«

»Major Cind, Sie fangen an zu denken. Noch ein bis drei Lebensspannen, dann wird Ihnen die Erlaubnis zuteil, ab und zu eine Idee zu haben.«

»Verzieh dich, Kilgour!«

»Das heißt für dich immer noch: Verzieh dich, *Mister* Kilgour. Hast du noch nicht kapiert, daß ich der Vertreter des Botschafters bin und ein bißchen Respekt verdiene?«

»Genau das kriegst du auch. Ein kleines bißchen Respekt ...«

Es sind schon mehr Soldaten durch Langeweile umgekommen als durch Bajonette.

Langeweile brachte auch die Tukungbasi-Brüder um.

Es war nicht nur ihre eigene Langeweile; auch der für ihren Abschnitt zuständige Sergeant war ein wenig nachlässig geworden, ebenso wie der Gruppenführer und der Kommandeur der Kompanie – und sogar Colonel Jerety. Der Schutz Dr. Iskras und des Khaqan-Palastes war zur Routineaufgabe geworden.

Die Tukungbasi-Brüder waren über ihren ersten Einsatz in einer Kampfeinheit nicht sehr glücklich. Sie hatten sich nicht zur Garde gemeldet, um als Ehrenwache oder bei Straßenkrawallen eingesetzt zu werden. Sie wußten nicht, daß niemand in diesem Bataillon des 3. Garderegiments diesen Auftrag besonders mochte, schon gar nicht die Karrieristen. Da sie jedoch Profis bei einem professionellen Auftritt waren – und obwohl Infanteristen *niemals* gute Friedenshüter abgaben –, hielten sie den Mund und befolgten ihre Befehle.

Sie taten ihren Dienst, hielten ihre Unterkünfte und ihre Ausrüstung einwandfrei sauber, tranken das kaum genießbare ortsübliche Bier in der Kasernenkantine und nörgelten herum.

Besonders über die Einschränkungen, die den Soldaten unbegreiflich waren. Sie waren doch auf Jochi willkommen geheißen worden, oder nicht? Warum also mußten sie in ihren streng abgeriegelten und bewachten Quartieren und Freizeiteinrichtungen bleiben?

Jochi mochte ja ein ziemlich rauhes Pflaster sein, aber schließlich waren sie ausgebildete Soldaten, oder nicht? Solange sie gegenseitig auf sich aufpaßten, konnte ihnen doch nichts Ernstliches passieren.

Den Soldaten war nicht bewußt, daß sie viele Minuten lang in den Livies zu sehen waren, in denen sie, wenn auch mit minimalem Gewalteinsatz, ihren notwendigen Auftrag, Dr. Iskra zu schützen, durchführten. Außerdem hatte man sie bei Straßenkämpfen eingesetzt, um zu verhindern, daß sie sich zu echten Aufständen auswuchsen. Vor allem war ihnen der Kommentar nicht bekannt, der die Aufnahmen häufig begleitete, erst recht nicht die Geschichten, die erfunden, ausgeschmückt und aufgeblasen wurden und in den Schnapsbuden und Kaffeeschenken von Rurik die Runde machten.

Langeweile ...

Glücklicherweise hatten die Tukungbasi-Brüder eine Freundin gewonnen. Eine der alten Frauen, die in der Kantine arbeiteten, begrüßte sie immer mit einem Lächeln und einem wüsten Witz. Sie sagte, es täte ihr so leid, daß sie nicht hinaus und mit dem Volk von Jochi Kontakt aufnehmen konnten. Besonders mit ihrer Enkelin.

Sie zeigte ihnen ein Hologramm.

Beide Brüder waren sich darin einig, daß die Einschränkungen mehr als nur bedauerlich waren – sie waren schrecklich ungerecht. Die Frau in dem Hologramm war sehr schön. Die alte Frau fragte, ob sie ihr eine Botschaft schicken wollten. Einer von ihnen schrieb etwas auf. Die Botschaft wurde erwidert. Die junge Frau wollte den Bruder tatsächlich treffen und erwähnte ganz nebenbei, daß sie auch eine Freundin hätte, der es ebenso erging. Beide fanden es sehr schade, daß sie in eine so dumme Welt wie Jochi geboren worden waren und wünschten sich nichts sehnlicher, als echte Menschen von außerhalb des Systems zu treffen. Von Welten, auf denen wirklich etwas los war.

Die Tukungbasi-Brüder, die von einem sehr ländlichen Hinterwäldlerplaneten stammten, fühlten sich geschmeichelt.

Die Nachrichten von der jungen Frau und ihrer Freundin wurden immer interessanter. Die Tukungbasi-Brüder verloren jegliches Interesse an Romanzen oder sexuellen Beziehungen mit ihren weiblichen Kolleginnen. Keine der Frauen im Bataillon –

jedenfalls keine, die nicht schon vergeben war – konnte sich hinsichtlich Schönheit oder gar in bezug auf die angedeuteten Kenntnisse in puncto Liebe mit ihnen vergleichen.

Eines Tages, als sie gerade dienstfrei hatten, erhielten die Tukungbasis eine Nachricht, in der sie aufgefordert wurden, dicht am Zaun entlangzuspazieren. Auf der anderen Seite befanden sich, verführerisch nahe, kaum mehr als hundert Meter entfernt, die beiden Frauen. Sie waren wirklich sehr hübsch. Die jungen Frauen winkten, und die Tukungbasis hätte es fast zerrissen, daß sie ihr Winken nicht erwidern durften.

Sie beschlossen, auf die andere Seite des Zaunes zu gehen.

Sie konnten in der Abenddämmerung verschwinden und bis zum Morgengrauen wieder zurück sein – und in der Zwischenzeit alle ihre Phantasien Wirklichkeit werden lassen. Sie sahen sich nach geeigneten Schlupflöchern um.

Und da die Garde aus Infanteristen, nicht aus Sicherheitsspezialisten bestand und das Lager so angelegt war, daß Eindringlinge von außen daran gehindert wurden, einzudringen, und nicht umgekehrt, fand sich auch ein Schlupfloch.

Sie mußten lediglich einen der Robotschnüffler auf der anderen Seite kurzschließen, abwarten, bis die Patrouille vorübergegangen war, und dann hinausschlüpfen. Natürlich waren auch die Patrouillen inzwischen reine Routine geworden.

Auf der anderen Seite des Drahtes schälten sie sich aus ihren Nachttarnanzügen und versteckten sie in einem Hauseingang. Sie bewunderten einander, wie schick sie in ihren Ausgehuniformen aussahen. In Uniform sah ein Mann einfach blendend aus …

Die Tukungbasis hatten nicht viel Erfahrung in puncto Verführung, doch sie waren übereingekommen, den Mädchen ein kleines Geschenk mitzubringen. Sie hatten in der Verkaufsstelle der Kantine zwei Flaschen Alk besorgt, von einer Sorte, die sich normalerweise keiner von ihnen leisten konnte. Da es jedoch keine Möglichkeit gab, sein Geld sonst irgendwo auszugeben, waren beide Männer momentan ziemlich gut bei Kasse. Außerdem sollte es ein ganz besonderer Abend werden ...

Die alte Frau aus der Kantine hatte ihnen einen Plan überreicht, auf dem der Weg zur Wohnung ihrer Enkelin genau beschrieben wurde. Keiner der Tukungbasis dachte sich etwas dabei, daß die Alte so aktiv bei der Verführung ihrer Enkelin mitwirkte; die Gerüchte, die in den Unterkünften kursierten, besagten ohnehin, daß auf den Welten des Altai-Clusters jeder jedem alles mögliche antat.

Was nicht sehr weit von der Wahrheit entfernt war – doch das war es nicht, was durch die Gerüchte bewirkt werden sollte.

Die junge Frau wohnte im oberen Stockwerk eins der vertikalen Slums. Den Tukungbasis hätte auffallen müssen, daß das Gebäude als einziges in der ganzen Straße mit einer ordentlichen Hausnummer versehen und das Licht über der Eingangstür nicht zerschlagen war.

Sie fanden die Wohnung und klopften an die Tür.

Sie hörten ein weibliches Kichern. Eine lockende Stimme rief: »Die Tür ist offen.«

Der ältere Bruder drehte den Türknauf. Die Tür flog auf. Er erblickte eine schäbige Couch, einen Tisch und zwei flackernde Kerzen. Dann bauten sich links und rechts von der Tür zwei Schatten auf, ein schmutziges Handtuch wurde ihm über den Kopf gestülpt, die Arme an die Seite gepreßt, und er hörte das erstickte Gurgeln seines Bruders.

Mehr sah er nicht.

Gleich zu Anfang brannten sie ihm die Augen aus.

Die drei Wachen, die vor dem Haupteingang zu Iskras Palast auf und ab marschierten, fanden die Tukungbasi-Brüder.

Ihre Körper hingen an zwei eilig zusammengesteckten Dreibeinen, ungefähr fünfzig Meter vor dem Zaun des Militärgebiets.

Sie wurden erst identifiziert, als man ihre Abwesenheit bei einem eilig einberufenen Appell feststellte.

Ihre Folterer hatten sie bis zur Unkenntlichkeit entstellt.

»Es gibt keinen vernünftigen Grund für den Tod dieser beiden jungen Soldaten«, knurrte ein grimmiger Colonel Jerety zu seinem Stab.

Genau das war der Grund, warum sie abgeschlachtet worden waren.

Sie waren die ersten.

»Ich habe eine Frage, Mr. Kilgour.«

»Bitte, Major.« Aus irgendeinem Grund schlug Cind einen offiziellen Ton an, und Alex ging darauf ein.

»Wenn jemand festgenommen wird und bis zu seiner Verhandlung in Haft sitzt, ist es da nicht üblich, daß ihm in irgendeiner Form eine rechtliche Vertretung gewährt wird? Auch wenn die Verhandlung eine Farce ist? Sogar hier auf Jochi?«

»Denke schon.«

»Und ist es nicht normal, daß ein Gefangener mit seinen Angehörigen in Verbindung treten darf? Sogar hier auf Jochi?«

»Diesen logischen Sprung würde ich angesichts der Natur dieses charmanten Völkchens, mit dem wir es hier zu tun haben, nicht unbedingt mitmachen.

Sprechen Sie nicht in Rätseln mit mir, Major.

Was führen Sie im Schilde?«

Bevor Cind fortfahren konnte, fing Alex zu fluchen an. Er war selbst darauf gekommen.

Cind hatte sich Gedanken darüber gemacht, was mit den Personen geschehen war, die Dr. Iskra in der jüngsten Zeit hatte festnehmen lassen. Personen, von denen Iskra behauptet hatte, sie würden vor Gericht gestellt werden.

Ihr war nichts mehr davon zu Ohren gekommen, und eine rasche Suche in den Mediendatenbanken der Botschaft hatte ebenfalls nichts ergeben. Auch Freston, Stens überaus erfahrener Nachrichtenoffizier, konnte sich nicht erinnern, etwas in dieser Richtung gehört zu haben.

Als nächstes setzte sie sich mit Hynds, dem bereits eingetroffenen örtlichen Chef des Mercury Corps, in Verbindung. Nach dem Hinterhalt in den Slums hatte Hynds völlig das Vertrauen in seine spärlichen analytischen Fähigkeiten verloren und stufte alle seine Informanten nur als Grad III: unzuverlässig, Grad IV: womöglich von der Gegenseite umgedreht oder Grad V: Doppelagent, ein.

Er besaß drei Spitzel innerhalb des Militärs, alle von niedrigem Rang und alle außerhalb der wichtigen Kreise. Hynds hatte sie kontaktiert. Sie waren alle verängstigt, keiner von ihnen erklärte sich dazu bereit, irgendwelche Daten zu beschaffen, und keiner von ihnen hatte etwas über den Verbleib der festgenommenen Militärs und Bürokraten gehört.

Bis auf eine Sache: Sie wurden, genau wie es Dr. Iskra Sten erzählt hatte, in der Festung Gatchin, weit im Norden von Rurik, festgehalten.

Kilgour ließ sich Cinds Fakten durch den Kopf gehen. »Mmhmmm.«

»Hast du gerade etwas Unaufschiebbares vor?«

»Ja. Hast du schon nach dem Wetter gesehen?«

»Klar. Pack einen Parka ein.«

Kapitel 24

»Wir haben die vollständige Projektion – mit fünfundsechzigprozentiger Wahrscheinlichkeit – drüben im Strategieraum, falls Sie es sich genauer ansehen wollen, Sir.«

»Nein danke, Admiral«, antwortete Sten. »Ich verfüge mit Sicherheit nicht über Ihre Fähigkeit, diese blinkenden Lichtpunkte zu dechiffrieren – und die Zusammenfassung verrät mir auch so, wie angeschissen wir sind.«

»Ich erwarte Ihre Befehle.«

Sten hatte inzwischen genug von Masons Benehmen. »Admiral? Dürfte ich Sie kurz unter vier Augen sprechen?«

Mason nickte dem Deckoffizier zu, damit er die Brücke übernahm, und folgte Sten in seinen Aufenthaltsraum.

»Admiral«, begann Sten ohne Umschweife, »ich selbst habe Sie für diesen Einsatz angefordert, weil ich Sie für professionell genug hielt, Befehle auszuführen und persönliche Animositäten beiseite zu lassen.

Ich habe mich getäuscht. Seit unserer Ankunft auf Jochi benehmen Sie sich wie ein trotziges Kind, das denkt, seine Streifen am Ärmel machen es zu einer Art Gott.«

»Botschafter –«

»Damit können wir gleich anfangen. Mein Zivilrang ist ohne jede Bedeutung. Ich habe meinen militärischen Rang niemals zurückgegeben und auch nicht darum gebeten, in den Reservistenstatus versetzt zu werden.

Auf Jochi fragten Sie, ob ich das Kommando übernehmen wolle. Ich bestätigte es Ihnen. Deshalb ist es absolut angebracht, mich mit meinem militärischen Rang anzusprechen.

Nein, Sie hören mir jetzt zu, Admiral Mason! Außerdem würde ich es sehr begrüßen, wenn Sie Haltung annähmen. Ich habe weder die Zeit noch die Energie, mich mit Ihnen auf einen Wettbewerb einzulassen, wer hier den längsten Schwanz hat. Das ist auch nicht nötig. Wenn Sie das wünschen, verlassen wir sofort diese Kabine, und ich werde Sie vor Ihrem Stab und den Offizieren der *Victory* von Ihrem Kommando entbinden. Dieser Befehl wird absolut legal sein und in der Folge ebenso legal in ein Verfahren vor dem Kriegsgericht münden.

Wünschen Sie das?«

Mason schwieg.

»Sie werden mich bis auf anderslautenden Befehl hin mit Admiral anreden. Umgekehrt respektiere auch ich Ihren Rang und werde weiterhin meine Befehle an Sie als Vorschläge geben. Ich beabsichtige nicht, Ihre Autorität zu untergraben. Aber ich finde es auch nicht besonders bewundernswert, wenn Sie sich weiterhin auf diese kindische Art aufführen. Sie erniedrigen damit sich und Ihren Rang in den Augen Ihrer Untergebenen.«

Damit hatte er den wunden Punkt getroffen. Mason lief rot an, versteifte sich und brauchte einen Augenblick, um sich wieder einigermaßen unter Kontrolle zu bringen.

»Mehr habe ich nicht zu sagen. Haben Sie dazu Vorschläge oder Einwände vorzubringen?«

»Nein. Nein, Sir.«

»Gut. Dieses Problem wird nie wieder auftauchen. Können wir jetzt hinausgehen und endlich damit anfangen, den Frieden zu erhalten?«

Mason salutierte zackig; er machte kehrt und begab sich wieder auf die Brücke.

Sten gönnte sich ein Grinsen. Herrje, all diese absurden Klischees, die man ihm auf seinem Weg durch die Dienstgrade zugeknurrt hatte, funktionierten noch immer – vorausgesetzt, derjenige, der am anderen Ende stand, glaubte wirklich an diesen ganzen Mist.

Na schön.

Er folgte Mason und schwor sich, daß er, sobald das alles hier vorbei war, diesen Drecksack wirklich einmal in eine dunkle Gasse locken und ihn ordentlich vermöbeln würde.

Stens nächste Handlung bestand darin, »vorzuschlagen«, daß Admiral Mason die vier ranghöchsten Mitglieder seines Stabes und den Ersten Offizier der *Victory* zu einer Konferenz zusammentrommelte und auf einer abhörsicheren Frequenz die Skipper der Eskorte hinzuschaltete.

»Verehrte Damen und Herren«, sagte Sten geradeheraus, »die Situation ist ziemlich offenkundig.«

Die Offiziere nickten.

Die *Victory* raste durch eine Spalte zwischen zwei offenen Sternhaufen. Auf einem Schirm, der dem menschlichen Auge, den menschlichen räumlichen Vorstellungen und der menschlichen Konditionierung angepaßt war, blitzte die winzige Flotte in schwärzester Nacht, mit hochaufragenden Lichtwolken auf jeder Seite. Ein detaillierterer Schirm würde kleinere Nebenflecken aus Licht links und rechts des vorausberechneten Kurses der *Victory* aufweisen. Das war die hastig zusammengestellte Flotte (die Flotten?) der Bogazi, die zur Verteidigung ihrer Heimatwelt und ihres Heimatclusters zur Linken bereitstand; zur Rechten, inmitten der Dunkelheit der Spalte, standen die angreifenden Flotten der Suzdal. Die Projektion im Strategieraum zeigte selbstverständlich jeden Planeten und jedes Schiff bis zu den Grenzen seines vorgegebenen Aktionsradius.

Die *Victory* würde hopplahopp einfach zwischen den feindlichen Flotten hindurchrauschen, und zwar in –

»Countdown bis zum Kontakt«, forderte Sten.

»Nach grober Schätzung etwa zwei Schiffstage, Sir. Genau –«

»Nicht nötig. Vielen Dank, Commander. Gibt es Hinweise darauf, daß sie von unserem Kommen bereits Wind bekommen haben?«

»Negativ, Sir.«

Das war nicht sehr erstaunlich; ein traditioneller Vorteil der Imperialen Schiffe bestand in ihren absolut überlegenen Ortungssystemen. Und einem sehr geheimen Trick: Jedes Quentchen AM$_2$, das an nichtimperiale Käufer ausgegeben wurde, bekam zuvor eine Hülle aus einem Derivat von Imperium X verpaßt. Jedes Schiff, das nicht zur Imperiumsflotte gehörte und im Stardrive flog, produzierte auf den Schirmen der Imperialen Schiffe ein leicht violettes Flackern, ein Flackern, das aus einer weitaus größeren Entfernung aufgefangen werden konnte, als die nicht manipulierte Imperiale Energiefahne. Es war nicht viel – aber es reichte aus, um hier und da einen Krieg zu gewinnen.

»Das Ziel unseres kleinen Spielchens ist klar«, fing Sten an. »Wir wollen unsere Verbündeten, die Suzdal und die Bogazi, davon abhalten, sich gegenseitig abzuschlachten. Nebenbei müssen wir auch verhindern, daß eine der beiden Parteien – oder beide – auf die Idee kommt, daß jeder, der sich in eine Schlägerei unter Freunden mischt, zunächst selbst eins über die Rübe bekommt.«

Ringsum unterdrücktes Grinsen. Admiral Masons Besprechungen verliefen immer ganz anders.

»Schön«, fuhr Sten fort. »Wie es aussieht, erreichen wir dieses Ziel nur mit den schmutzigsten, ausgekochtesten Tricks. Glücklicherweise ist Admiral Mason, wie Sie alle wissen, ein wahrer Meister der Täuschung, einer der besten im gesamten Imperium.«

Eigentlich hatte Sten es noch ganz anders ausdrücken wollen und sagen, daß Mason so voll Dreck war, daß er besser für schmutzige Trickserien qualifiziert war als fast jeder andere Admiral, den er sonst kannte, doch er hielt sich zurück.

»Er und ich haben das Problem diskutiert, und er hat ein paar interessante Pläne. Ich habe einige Ideen, über die man zumindest nachdenken sollte. Unser Plan ist fünfstufig. Stufe eins ist angemessen fies; Stufe zwei ist ehrenhaft; und bei Stufe vier kann sich der eine oder andere bestimmt eine Medaille oder zwei verdienen. Stufe fünf wird der nackte Betrug, das nehme ich selbst in die Hand.«

»Und Stufe drei, Sir?« Die Frage kam vom Captain des Zerstörers *Princeton.*

»Die ist auf meinem eigenen Mist gewachsen«, sagte Sten. »Alle Besatzungsmitglieder an Bord der *Victory* haben bereits ihre Freischichten darauf verwendet, sie umzusetzen.«

Sten spreizte unbewußt die Finger. »Alle Besatzungsmitglieder« war keine Übertreibung. Seine Hände juckten von den Metallfragmenten und Splittern aus echtem Holz in seinen Fingern und Handflächen.

»Dazu kommen wir noch rechtzeitig. Stufe eins setzt sofort ein, noch während unserer Besprechung. Geben Sie Befehl an alle Waffenoffiziere und alle Kali-Mannschaften. Sie sollen ihre Stationen besetzen und sich bereit halten.«

Die Kali-Raketen, inzwischen in der fünften Generation, waren monströse Schiffskiller. Die Kali-V-Klasse war fast dreißig Meter lang und hatte nicht nur an Kosten und Größe, sondern auch an Ausstattung zugelegt; jeder Generation hatte man ausgeklügeltere Verfolgungs- und Zielsuchelektronik verpaßt, weiterhin EAS sowie »Perzeptions«-Anzüge. Die Raketen wurden von AM_2 angetrieben, was sie eigentlich zu Miniaturraumschiffen machte. Nur die Sprengkraft mußte nicht von Generation zu Generation erhöht werden. Sechzig Megatonnen reichten noch immer völlig aus, um jedes Schiff aus jedem beliebigen Militärregister zu vernichten. Sogar die *Forez,* das Flaggschiff der Tahn, nach wie vor das größte jemals gebaute Kriegsschiff, war von Kalis kampfunfähig geschossen worden.

Die Kalis wurden unter der direkten Kontrolle von Waffenoffizieren ins Ziel »geflogen«. Das Kontrollsystem saß in einem Helm und funktionierte mittels direkter Verbindung zum Gehirn. Die tatsächliche Steuerung hatte sich von dem alten manuellen Joystick und einem winzigen Pedal zur bewußten oder unbewußten neuralen Reaktion durch den »Piloten« weiterentwickelt. Man konnte die Kali auch mittels anderer automatischer Zielsuchsysteme einsetzen. Das geschah jedoch nur unter besonderen Umständen – Waffenoffiziere wurden nach ihrem Killerinstinkt ausgewählt, der nur von den Piloten der Einsatzschiffe übertroffen wurde, und dort bevorzugte man verkappte Kamikazeflieger.

Stufe eins war das Abfeuern sämtlicher verfügbarer Kalis.

Sie schossen mit voller Geschwindigkeit aus den Torpedorohren der *Victory* und ihrer Zerstörer heraus und behielten sie dreißig Sekunden lang bei; dann wurde der Schub gedrosselt. Die Sprengköpfe flogen dem Imperialen Gechwader voran.

Direkt hinter ihnen kamen die Einsatzschiffe der *Victory*, die nach den gleichen Befehlen »volle Kraft-Drosselung-Schleichflug« operierten.

Das war Stufe eins – Stens Trümpfe im Ärmel.

Stufe zwei trat erst dann in Kraft, als die Wachoffiziere Alarm von seiten der Bogaziflotte meldeten. Sie hatten das sich nähernde unidentifizierte Schiff – die *Victory* – entdeckt. Da sie auf die Suzdal warteten, waren ihre Sensoren etwas empfindlicher, nicht durch die eigenen Antriebsemissionen gestört. Sten wartete noch einige Schiffsstunden; er hatte angeordnet, nicht auf Anfragen der Suzdal oder der Bogazi zu reagieren. Dann rief er seine menschlichen Schauspieler für den nächsten Akt des Plans zusammen.

Sämtliche Nachrichtenkanäle der Bogazi und der Suzdal wurden von den übermächtigen Sendern der *Victory* blockiert.

Auf allen Bildschirmen war folgendes zu sehen:

Der allen wohlbekannte Imperiale Botschafter Sten. In vollem offiziellem Ornat auf der Brücke eines Kriegsschiffs. Er war flankiert von zwei ebenso grimmig dreinblickenden Offizieren, Mason und seinem Ersten Offizier.

Der Funkspruch war kurz und unmißverständlich. Sten informierte beide Seiten darüber, daß sie gerade drauf und dran waren, seit langen Zeiten bestehende Imperiale und altaianische Verträge zu brechen, ebenso die Allgemeinen Zivilisatorischen Abkommen des Interplanetarischen Rechts. Sie wurden aufgefordert, sofort zu ihren Heimatplaneten zurückzukehren und von jeder weiteren aggressiven Handlung abzusehen.

Jede Nichtbeachtung der Aufforderung zöge die härtesten Maßnahmen nach sich.

Der Funkspruch war nicht darauf angelegt, die Kampfhähne zu überzeugen oder ihnen zu drohen. Er war lediglich eine Nadel auf der Landkarte, zur Legitimation des eigentlichen Knüppels, den Sten hinter seinem Rücken bereithielt.

Den Knüppel, von dem niemand, wie er hoffte, herausfand, daß er eigentlich nur aus Metallfolie und einigen Latten bestand – und das fast im wahrsten Sinne des Wortes.

Die Reaktion fiel wie erwartet aus.

Die Suzdal beantworteten den Funkspruch nicht einmal, weder von ihren Flotten noch von ihren Heimatplaneten aus. Die Bogazi, die ein kleines bißchen schlauer waren, schickten eine Warnung heraus, die besagte, daß sich alle neutralen Schiffe von den genannten Koordinaten fernhalten sollten. Jedes Eindringen in dieses Gebiet würde mit Waffengewalt beantwortet werden. Irrtümer würden bedauert, lägen jedoch im Bereich der akzeptablen Maßnahmen der Selbstverteidigung.

Die *Victory* antwortete darauf nicht.

Sten hoffte, damit beide Seiten zu verunsichern.

Die Zeit verging. Noch vier Schiffsstunden, dann stand die *Victory* direkt »zwischen« den feindlichen Flotten.

Umgekehrt waren sie in fünf Stunden auf Schußweite an die *Victory* heran, innerhalb von zwölf Stunden konnten sie einander beschießen.

Die Situation wurde immer interessanter.

»Drei Stunden, Sir. Die Bogaziflotte hat begonnen zu beschleunigen.«

Sten erhob sich von der Couch im Armierungsraum, die er sich für ein kurzes Nickerchen ausgebeten hatte. Das war natürlich kalkuliertes Heldengebaren, mit dem Sten den jungen Mannschaftsdienstgraden demonstrieren wollte, daß er so voller Selbstvertrauen steckte, daß er sogar unmittelbar vor dem Kampf noch ein bißchen entspannt dösen konnte.

Natürlich hatte er nicht geschlafen.

Was ihn beschäftigte, war vielmehr die Tatsache, daß er in den alten Tagen bei diesem Trick wirklich ab und zu eingenickt war.

Mason kam aus seinem Aufenthaltsraum. »Wir sind bereit, Sir.«

»Sehr schön.«

Mason kam ein Stück näher an Sten heran. »Sie haben doch auch nicht geschlafen, oder?«

Stens Augen weiteten sich. Versuchte Mason jetzt etwa wirklich freundlich zu sein? Hatte diese absurde Unterredung bei dem Admiral etwa tatsächlich eine Überprüfung der eigenen Haltung ausgelöst?

Woher denn. Mason hielt Sten lediglich hin, damit er, wenn die Zeit reif war, selbst derjenige sein konnte, der mit dem Knüppel in der dunklen Seitenstraße wartete.

»Vielleicht sollten wir jetzt mit Stufe drei beginnen«, sagte er. »Ich gebe gleich den Befehl dazu.«

Stufe drei war ein ungeheurer Bluff.

Noch auf Jochi hatte Sten eilig eine Liste der Möglichkeiten zusammengestellt, wie man Leute unglücklich machen konnte. Er erinnerte sich dunkel an eine, die damals beim Mantistraining als Witz kursierte, aber auch zum Gehirntraining eingesetzt wurde. Die Geschichte ging so: Vor vielen Äonen wollte ein junger Guerillaoffizier einen Militärkonvoi aufhalten. Es mußte noch in der finsteren Zeit gewesen sein, denn die Fahrzeuge waren auf ein Fortkommen auf dem Boden angewiesen, auch wurde niemals etwas von einer Deckung aus der Luft erwähnt. Der Konvoi war mit Panzerwagen und schweren Waffen ausgerüstet. Dem Guerillaoffizier standen zwanzig Mann zur Verfügung, von denen nur die Hälfte bewaffnet waren.

Der Guerilla hätte sich nun heldenhaft abschlachten und den Konvoi fünf Minuten aufhalten können – auf Kosten seiner ganzen Gruppe. Statt dessen plünderte er in der Nähe ein Bauernhaus, nahm das ganze Geschirr mit und legte jeden Teller verkehrt herum mitten auf den Fahrweg.

Landminen. Sten hatte damals widersprochen: Der Panzerkommandant mußte ein kompletter Idiot gewesen sein, denn Minen sahen niemals wie Eßgeschirr aus, nicht einmal in jenen mittelalterlichen Zeiten.

Nachdem Sten mit seinen Liegestützen angefangen hatte, die jede Militärschule ihren Rekruten für ihre Vergehen – egal, ob es sich um falsches Atmen oder Sodomie handelte – angedeihen zu lassen schien, wies der Ausbilder darauf hin, daß der Panzerkommandant die Teller selbstverständlich niemals mit den Minen verwechselt hätte, die er bislang kannte. Man konnte allerdings nie sicher sein, ob es sich um etwas Neues handelte. Vielleicht Sprengminen. Und wenn sie echt waren und er darüber hinwegfuhr und dabei die ersten Fahrzeuge verlor, dann war es sein Arsch, der schon bald vor dem Erschießungskommando stehen würde.

Also mußte er ganz sachte und langsam Erkundungsteams vorausschicken, die jeden Teller umdrehen und bestätigen mußten, daß es sich um einen Teller handelte, und sich dann den nächsten vornehmen. Eine weitere Verzögerung erreichte der Guerillaführer dadurch, daß er trotz des Gegenfeuers aus dem Konvoi die Erkundungsteams von Heckenschützen beschießen ließ.

»Der Konvoi wurde zwei volle E-Stunden aufgehalten, hieß es, und das ohne einen einzigen Verlust auf seiten der Guerillas. Denkt immer daran, Leute. Und Mr. Sten, Sie können jetzt mit Ihren Liegestützen aufhören.«

Landminen ... Raumminen. Genau, das war's. Minen – diese tödlichen Apparaturen, die einfach nur auf ihr Opfer warteten und es dann in die Luft sprengten, oder schlimmer noch, irgendwo lauerten, bis ein Objekt in ihre Nähe kam, und es dann jagten – waren zu keiner Zeit sehr beliebte Waffen. Trotz der Tatsache, daß es sich bei ihnen um die zuverlässigsten und billigsten Tötungsmaschinen überhaupt handelte. Irgendwie kamen sie jedem »ehrenhaften« Soldaten widerwärtig vor. Jedenfalls nicht besonders rühmlich.

Sten hatte nie daran geglaubt, daß es rühmliche Methoden gab, mit denen man seine Mitgeschöpfe umbringen konnte. Und wenn er auch nur ein Quentchen dieser Überzeugung in sich verspürt hätte, dann hätte es Sektion Mantis aus ihm herausgebrannt. Er hatte auch erlebt, wie effektiv der Einsatz der Minen bei den Tahn gewirkt hatte. Die Tahn operierten nach dem stichhaltigen, wenn auch unzivilisierten Prinzip, daß Töten gleich Töten war und keiner besonderen moralischen Rechtfertigung bedurfte.

Das konventionelle Militär des Imperiums war »ehrenhaft« und wußte nichts oder sehr wenig über Minen, und deshalb durfte man von jedem, den das Imperium mit Waffen und Ausrüstung versorgte, annehmen, daß er sich in diesem Metier ebensowenig auskannte.

Deshalb hatte sich das Hangardeck seit dem Start von Jochi in eine Tischlerwerkstatt verwandelt. Die Latten, die Sten in Auftrag gegeben hatte, wurden mit Draht so miteinander verflochten, daß sie wie Igel aussahen, und dann mit Metallfolie umwickelt.

Inzwischen stapelten sich mehrere hundert dieser Attrappen auf dem Hangardeck.

Auf Stens Befehl hin wurden sie in kleinen Gruppen hinaus ins All befördert, wo sie einen langen Strom bildeten, der sich zwischen den beiden Flotten hinzog. Natürlich bewegten sie sich weiterhin mit der gleichen Geschwindigkeit wie die *Victory* fort, doch Stens nächster Schritt sollte erfolgen, bevor die »Minen« das Operationsgebiet verlassen hätten.

Sie hatten den gewünschten Erfolg, und zwar sofort.

Sobald die Sensoren der Suzdal und der Bogazi die »Minen« ausgemacht hatten, verfielen die herannahenden Flotten sofort in den modifizierten Panikmodus; ihre Kommandeure versuchten herauszufinden, was es mit diesen seltsamen Objekten auf sich hatte, die sich aus dem Imperialen Schiff wie Bonbons ergossen, die bei einem Umzug in die jubelnde Menge geschleudert wurden. Auf ihren Schirmen sahen sie die *Victory*, die sie begleitenden Zerstörer, womöglich einige Einsatzschiffe, und dann die Minen, die sich quer durch das Bild zogen.

›Sehr gut, sehr gut‹, dachte Sten. ›Sie sind aus dem Häuschen. Jetzt können wir abwarten ...‹

Nach kurzer Zeit schickten beide Flotten Zerstörergeschwader nach vorne.

›Und jetzt zeigen wir ihnen, daß unsere Suppenteller auch knallen können.‹

»Admiral Mason?«

»Jawohl, Sir. An alle Schiffe ... alle Waffenstationen«, ertönten Masons Befehle. »Ziele ... die Zerstörer. Achten Sie auf Ihre Diskriminatoren. Ein Ziel pro Waffe. Jeder junge Offizier, der diesen Befehl nicht befolgt, wird entlassen, vor das Kriegsgericht gestellt und eingekocht.«

Mason, die nette Vaterfigur.

Die Kalis gingen mit halber Geschwindigkeit auf Kurs, falls ihnen ihre Diskriminatoren nicht anzeigten, daß eine andere Rakete rascher am Ziel war. Sie waren heran, bevor die Zerstörer der Suzdal oder der Bogazi sie auf die Schirme bekamen, und dann gingen die Torpedos auf vollen Schub.

Die Kontrollschirme auf der Brücke der *Victory* blitzten auf, als die Kalis ihre Ziele fanden; kurz darauf zeigten sie nur noch leeren Raum, wo sich soeben noch die Zerstörer befunden hatten.

Drei Zerstörer der Suzdal und zwei der Bogazi kamen davon und zogen sich zu ihren Flotten zurück.

Jede Analyse würde ergeben, daß diese Raketen von den seltsam aussehenden »Minen« abgefeuert worden waren.

Sten nickte Mason erneut zu. Jetzt schlugen die Einsatzschiffe aus der Höhe ihrer elliptischen Flugbahn herab zu, die sie bislang eingehalten hatten. Ihr Auftrag lautete: ran an den Feind, feuern und sofort wieder entfernen.

Zwei Kreuzer und fünf Zerstörer wurden vernichtet.

›Sehr gut‹, dachte Sten. ›Es tut mir leid, daß Lebewesen sterben müssen, aber das sind keine Imperialen Wesen. Und es werden weniger getötet, als wenn die Schlacht zwischen den beiden Flotten entbrannt wäre oder gar die Suzdalschiffe durchgebrochen wären und ihren Angriff auf den Heimatplaneten der Bogazi hätten durchführen können.

Und jetzt der Gnadenstoß‹, dachte Sten. ›Dazu müssen wir wieder kurz die Bühne umbauen.‹

Botschafter Sten schickte einen zweiten Funkspruch los, in dem er erneut beiden Flotten befahl, die Kampfhandlungen abzubrechen und sofort zu ihren Heimatplaneten zurückzufliegen.

Offensichtlich war dieser Spruch nur schlecht von anderen Funkverbindungen abgeschirmt. Es handelte sich um Funkverbindungen nach »hinten«, also dorthin, woher die *Victory* gekommen war.

Natürlich waren sie kodiert. Doch sowohl die Computer- als auch die Stabsanalytiker mußten davon ausgehen, daß die *Victory* mit anderen Schiffen in Verbindung stand, die sich noch nicht in Reichweite der Sensoren befanden. Und es sah ganz so aus, als handelte es sich um eine komplette Imperiale Flotte, der die *Victory* lediglich als Vorhut diente – eine ungeheure und gutbewaffnete Vorhut, aber doch eine Vorhut für die eigentlichen großen Brocken, die nicht lange auf sich warten lassen würden. Wenige Minuten später mußte sich ihre Prognose noch verschlechtert haben, als die *Victory* Frequenz und Code wechselte und mit einer weiteren, ebenso »unsichtbaren« Flotte in Kontakt trat.

Die Bogazi und die Suzdal mochten bezüglich ihres Verhältnisses zu Bürgerrechten ziemlich hirnlos sein, doch in militärischer Hinsicht waren sie recht fähige Wesen.

Ohne Stens Befehle zu bestätigen, brachen beide Flotten ihren Kontakt ab und flohen mit Vollschub nach Hause.

Sten atmete erleichtert aus und ließ sich in einen Sessel fallen. »Verdammt noch mal«, sagte er im Brustton der Überzeugung, auch wenn er damit vielleicht seine lässige Kommandantenfassade bröckeln ließ. »Ich hätte nicht gedacht, daß es so gut klappt.«

»Aber es funktioniert nur einmal«, sagte Mason so leise, daß es seine Offiziere nicht hören konnten.

»Einmal ist mehr als genug. Wir schicken ihnen noch ein paar eindeutige Funksprüche hinterher, die keine Wünsche mehr offenlassen, und hoffen, daß sie endlich wieder zu dem zurückfinden, was man im Altai-Cluster unter klarem Verstand versteht. Verflucht noch mal, Admiral, ein gerissener Hund wie Sie müßte doch in der Lage sein, sich stets etwas Neues auszudenken.

Und jetzt Kurs zurück. Wenigstens einmal sind wir ihren blöden Plänen voraus. Mal sehen, ob wir uns auf dieser Position halten können.«

Die Festung Gatchin war zu dem Zweck errichtet worden, zugleich eindrucksvoll und bedrohlich zu wirken. Sie war niemals als echte Festung gedacht gewesen, sondern als letzter Aufenthaltsort für jeden, der eine andere Meinung als der Khaqan äußerte. Sie erhob sich einsam auf einer kleinen Insel fast einen Kilometer vom Land entfernt aus dem Meer. Hohe Steinmauern wuchsen aus den Klippen des Eilands in den Himmel hinauf und ließen außerhalb kein Stückchen flachen Boden mehr übrig. Es gab auch keinen Zugang auf Bodenniveau.

Alex und Cind lagen direkt am Rand der steil abfallenden Klippen des Festlands flach auf dem Boden und blickten hinüber.

Sie hatten sich auf diese Mission weitaus besser vorbereitet, als nur einen Satz warmer Unterwäsche in einen Seesack zu werfen. Sie lagen unter einer sorgfältig eingestellten phototropischen Tarndecke, die jetzt wie die Schneewehen und die schmutzigen Steine ringsumher weißlich schimmerte. Jeder von ihnen war mit einem Hochleistungsfernglas mit Restlichtverstärker und einem kleinen Stativ ausgestattet, plus passive Wärmesensoren und Bewegungsmelder, die auf die Brustwehr und die Wälle von Gatchin gerichtet waren.

»Verdammt, mir ist vielleicht kalt«, fluchte Cind.

»Beschwer dich nicht, Frau. Ich bin schon auf deiner Welt gewesen, und im Vergleich dazu ist das hier die reinste Sommerfrische.«

»Ehrlich?« sagte Cind. »Und jetzt weißt du auch, warum so viele von uns auf anderen Planeten wohnen. Aber hast du mir nicht mal erzählt, daß dein Heimatplanet aus Eis und Schnee und so weiter besteht?«

»Schon, aber das Eis ist dort irgendwie netter. Und der Schnee schwebt herab wie holde Blüten.«

»Siehst du irgend etwas?«

»Negativ. Was mich zu der Überzeugung bringt, daß du recht hast.«

»Wir werden es wissen, bevor es Nacht wird. Hoffe ich jedenfalls.«

»Genau. Und solange wir warten, erzähle ich dir eine kleine Geschichte, die in einer gewissen Verbindung zu unserer gegenwärtigen arschkalten und mißlichen Lage steht.

Hab' ich dir jemals erzählt, wie ich mal an einem Limerick-Wettbewerb teilgenommen habe? Du weißt doch, was ein Limerick ist?«

»Wir sind ja nicht total unzivilisiert.«

»Wunderbar. Also, es war damals, als ich noch ein ziemlicher Grünschnabel war und bei einer Ehrengarde auf der Erde diente. Die Offiziere schrieben den Wettbewerb aus. Jede Menge Credits als Preis. Wer bringt den dreckigsten, verdorbensten Limerick?

Tja, ich habe so meine Erfahrungen, wenn es um dreckige verdorbene Limericks geht.«

»Das hätte ich nie angezweifelt.«

»Diesen billigen Einwurf habe ich nicht einmal gehört, Major. Ich kramte also mein dreckigsten Gedicht heraus, und es war so verdorben, daß sogar ein Grünschnabel wie ich bei dem Gedanken, daß mein Name damit in Verbindung gebracht werden würde, ein bißchen rot wurde.

Aber die Credits waren in Ordnung, wie schon gesagt. Und weiß Gott, als junger Rekrut kann man jeden Groschen brauchen, der sich einem bietet. Die Zeit vergeht also, und vergeht und vergeht, und dann sehe ich eines Tages den Offizier, und ich bin wie vom Donner gerührt!

Ich bin nicht der Gewinner! Und kriege nichts davon! Gewonnen hat so ein Schwachkopf namens McGuire. D. M. McGuire von der winzigen Insel, die sie Irland nennen, aus einer Stadt namens Dublin. Und der Limerick ist so dreckig, daß er nicht mal vom Gewinner selbst vorgetragen werden kann!

Nachdem ich mich von meinem gebrochenen Herzen erholt habe, fängt die Sache wieder an, in mir zu bohren. Ich meine, es konnte unmöglich ein noch dreckigerer Limerick sein als der, den ich eingereicht hatte.

Ich nehme also ein bißchen Urlaub und treibe mich ein wenig in Irland herum, in der Hautpstadt Dublin, und ich erkundige mich nach D. M. McGuire. Tage und Wochen vergehen, und schließlich habe ich auch den letzten McGuire in Dublin ausfindig gemacht.

Es ist eine ausgemachte Dame. Sehr nett, mit einem Leuchten im Auge und einem Lächeln auf den Lippen, und man sieht ihr sofort an, daß sie jeden Tag in die Kirche geht, zweimal wahrscheinlich, und daß nie ein schlimmes Wort über ihre Lippen kommt.

Das kann eigentlich nicht besagter D. M. McGuire von dem Wettbewerb sein, aber ich bin verzweifelt. Also nehm' ich allen Mut zusammen und spreche den heiklen Punkt an und frage sie.

Ich hätte mir fast in den Kilt geschissen, als sie sagte: ›Richtig. Das bin ich.‹

Also bringe ich meine Bitte vor.

Jetzt wird sie rot und sagt: ›Ich bin eine Witwe von untadeligem Ruf. In Gegenwart eines Mannes kann ich unmöglich derartige Wörter in den Mund nehmen.‹

Sie drückte sich wirklich komisch aus. Manchmal war es nicht ganz leicht, sie zu verstehen.

Also bitte ich sie, es niederzuschreiben. Aber auch das kann sie nicht tun. Es mußte sich wirklich um das versauteste Gedicht handeln, das jemals geschrieben wurde. Ich bittle und bettle, und schließlich sagt sie: ›Ich kann es vielleicht doch aufsagen, aber die schlimmen Ausdrücke lasse ich aus und sage an ihrer Statt: blablabla.‹

›Klar‹, sagte ich. ›Das kann ich mir dann schon zusammenreimen.‹

Sie holt tief Luft und fängt an zu rezitieren:

»Blablabla-blablabla blabla
Blablabla-blablabla blabla
Blablabla-blablabla blabla
Blablabla-bla
Blablabla-bla
Blablabla Fluß aus Scheiße.‹«

Stille. Noch mehr Stille. Dann endlich ... ein Kichern. Alex strahlte. »Ich wußte von Anfang an, daß du was Besonderes an dir hast. Jetzt sind's schon drei.«

»Drei was?«

»Drei Leute, die meine Geschichten bewundern. Eine ist ein Walroß, die andere ein weiblicher Lemure, und du bist die dritte.«

»Da befinde ich mich ja in illustrer Gesellschaft«, sagte Cind. »Und was ist die Moral im Hinblick auf unsere gegenwärtige Situation?«

»Wie jeder echte Prediger«, sagte Alex, »dachte ich eigentlich nicht, daß meine Predigten weiterer Erklärungen bedürften.«

Schweigen hüllte die beiden ein.

Tatsächlich war das Nichts, das sie bislang gesehen hatten,

schrecklich produktiv. Cind und Alex hockten schon seit zwei vollen Tagen in ihrem Versteck. Sie hatten kein Flugzeug gesehen, das Gatchin angeflogen hätte, und auch keinerlei Anzeichen für Wachtposten auf den Mauern. Nachts glommen einige wenige Lichter von der ominösen Zitadelle herüber.

Zwei Stunden später, kurz vor Einbruch der Dunkelheit, grunzte Alex: »Ich hab' da was. Kommt von Süden. Zwei A-Grav-Gleiter. Frachtleichter, wie's aussieht. Was macht denn unser Schloß?«

»Nichts«, antwortete Cind. »Keine dieser Kuppeln, die ich für Luftabwehrkanonen halte, bewegt sich.«

»Schlecht«, meinte Alex. »Noch schlechter. Auch auf den Leichtern gibt es keinerlei Anzeichen für Kanonen oder Wachen. Und ich kann sogar die Fracht auf den Ladeflächen erkennen. Verdammt. Rationen. Rationen für nicht mehr als einen Zug Soldaten, würde ich sagen. Hast du sie jetzt auch entdeckt?«

»Ja, habe ich«, erwiderte Cind. Sie sah zu, wie die Leichter auf dem erhöhten Landedeck niedergingen. Einen Augenblick später erblickte sie eine Handvoll Uniformierter, die herauskamen, um den Leichter zu begrüßen. Keiner von ihnen war sichtbar bewaffnet, es sei denn, sie trugen Pistolen.

»Nicht die geringsten Sicherheitsvorkehrungen«, sagte sie.

»Kein Essen, keine Sicherheitsvorkehrungen, keine Wachen – das heißt doch wohl auch: keine Gefangenen, oder?«

»Richtig.«

»Aber wo hat dann Doc Iskra seine üblichen Verdächtigen verstaut?«

Cind schüttelte den Kopf. Sie hatte nicht den geringsten Anhaltspunkt.

»Sollen wir zu suchen anfangen? Um das herauszufinden, was wir nicht finden wollen?«

Noch in völliger Dunkelheit packten sie ihren Beobachtungsposten schweigend zusammen. Sie konnten sich beide nur zu gut vorstellen, wo die verhafteten Soldaten und Bediensteten geblieben waren. Sie brauchten nur noch eine Bestätigung für ihren Verdacht.

»Abgelehnt!« wütete Iskra. »Abgelehnt! Unmöglich, diesmal die erforderlichen Quoten zu erfüllen! Nicht genug Personal. Alle Patrouillenelemente, die einer Vasallenregierung zustehen, sind bis auf weiteres gebunden. Was zur Hölle geht da vor?«

»Das Imperium muß sich immer noch erholen, Sir«, sagte Venloe mit betont neutraler Stimme. »Uns steht nicht mehr der gleiche Überfluß zur Verfügung wie noch vor dem Krieg.«

»Das Imperium kümmert mich nicht«, entgegnete Iskra. »Mich kümmert nur die Art und Weise, in der das Imperiale System darin versagt, einen Regenten zu unterstützen. Der Imperator hat mich ausgewählt, um dem Altai-Cluster wieder Stabilität und Ordnung zu bringen. Und doch werden mir die notwendigen Werkzeuge zur Durchführung dieser Aufgabe verweigert.«

Venloe überlegte, ob er etwas erwidern sollte. Iskras ellenlange Wunschliste war entweder arrogant, ignorant oder völlig verrückt. Neben anderen Posten hatte Iskra um eine komplette Division der Imperialen Garde zu seinem persönlichen Schutz gebeten – sie regelrecht angefordert –, ebenso zwei Geschwader der Imperialen Raumflotte und obendrein, einfach so, eine Verdopplung der AM_2-Quote für den Altai-Cluster, und das alles ohne jede Begründung, bis auf die Floskel »zur Fortführung der Wiedereinsetzung einer legalen Regierung und der Aufrechterhaltung der öffentlichen Ordnung«.

»Wollen die Drecksäcke etwa, daß ich scheitere?«

»Das bezweifle ich sehr, Doktor.«

»Der Imperator sollte seine Bürokraten besser auf eine bestimmte Tatsache aufmerksam machen. Ich bin mit Sicherheit der einzige, der diesem Cluster den Frieden bringen kann. Mein andauernder Erfolg ist lebenswichtig. Nicht nur für mein Volk, sondern für das ganze Imperium. Bis jetzt bin ich noch ein loyaler Verfechter der Politik der Erstwelt. Ich bezweifle, ob jeder, der auf höchster Ebene mit Imperialer Politik zu tun hat, glücklich darüber wäre, wenn ich mich dazu entschließen sollte, andere Alternativen in Erwägung zu ziehen.«

Venloe hatte inzwischen gelernt, seine Reaktionen auf Iskras Verkündungen zu kaschieren. Diese letzte jedoch zwang ihn dazu, sich rasch einem Nachrichtenschirm zuzuwenden, der nichts besonders Wichtiges zeigte. Als er sich wieder zu Dr. Iskra umdrehte, trug er wieder seinen nichtssagenden, verbindlichen Gesichtsausdruck.

Er beschloß jedoch, Iskra nicht zu einer Ausarbeitung seiner Idee aufzufordern. Andere Alternativen? Welche denn? Die zerschmetterten Tahn? Die Geister des toten Privatkabinetts?

Glaubte der gute Doktor jetzt allen Ernstes, daß der Imperator ihn mehr brauchte als er den Imperator?

Würde diese Information erst einmal weitergeleitet, riefe sie garantiert eine nicht uninteressante Reaktion hervor. Venloe hatte jedoch nicht vor, sie alsbald weiterzuleiten.

Sten hatte damit gerechnet, bei seiner Rückkehr ganze Berge neuer Probleme und allesverschlingende Strudel weiterer Katastrophen vorzufinden. Statt dessen:

»Kein Problem, Boß. Ich habe den wichtigen Kram erledigt, Cind die normalen Sachen, und Otho hat den Kleinkram einfach ignoriert. Du hättest noch ein Jahr länger im Urlaub bleiben können; wir hätten dich hier nicht einmal vermißt.«

»Sollen wir ihn umbringen, Cind?« brummte der Bhor.

»Später.«

»Dann bitte hinten anstellen«, sagte Sten. »Ich komme von der Rangfolge her als erster dran.«

»Warum trinken wir denn nichts?« fragte Otho. »Zur Feier der Rückkehr unseres Kriegerkönigs Sten oder um den ersten Tag der Woche zu begehen; je nachdem, was wichtiger ist.«

»Weil wir heute abend zu arbeiten haben, alter Knabe.«

Alex setzte ein scheinheiliges Gesicht auf und bedeutete Sten, daß er die genauere Erklärung abgeben sollte. Sten grinste. Dieser Schwerweltler war wirklich erheblich besser dazu geeignet, Sten davor zu bewahren, daß seine Füße in schwerem Lehm begraben wurden, als jener Sklave, der seinem Imperator angeblich am Tage seines Triumphs ins Ohr geflüstert hatte: »Auch das alles wird vergehen.« Oder wie auch immer der Satz gelautet hatte.

»Das präparierte Gewehr, das wir von den Schurken haben klauen lassen, scheint sich für den Winter einquartiert zu haben«, sagte er. »Ich finde, wir sollten uns um ein Besuchsrecht kümmern.«

»Ha!« meinte Otho. »Gut. Ich traue diesen Imperialen Soldaten nicht recht. Aber diese zwei Brüder, die sie geschlachtet haben, die brauchen noch ihren Segen, bevor sie zur Hölle fahren können. Ich hoffe nur, daß dieses Gewehr nicht ganz allein im Schrank eines pickelgesichtigen Heckenschützen steht.«

»Das glaube ich nicht. Es ist im hinteren Bereich einer Schnellküche versteckt.«

Otho grunzte zufrieden. »Gut. Wahrscheinlich also kein Einzeltäter. Ein Schnellimbiß, hm. Gute Tarnung. Leute kommen, Leute gehen. Muß ich mir merken.

Es handelt sich also höchstwahrscheinlich um eine Gruppe. Gibt es irgendwelche Anhaltspunkte, für wen sie morden?«

»Noch nicht. Das gehört zu den Dingen, die wir herausfinden wollen.«

»Wie hart schlagen wir zu?«

»Ich will Informationen«, sagte Sten. »Leichenzählen geht in Ordnung, falls der Ort bewacht wird, ist aber ausdrücklich zweitrangig. Cind?«

»Ähmmm ... hast du eine Übersicht von dem Gebiet? Danke. Freier Zugang von hinten, da brauchen wir nur eine Gruppe. Wir gehen mit, mal sehen, sagen wir einer weiteren Gruppe hinein, ein Zug als Rückendeckung, vier für die Tür. Am besten nehmen wir eine Kompanie als Reserve mit.«

»Aber diesen Colonel Jerety und seine Gardefuzzis bitten wir auf gar keinen Fall um Unterstützung.« Alex hatte es nicht einmal als Frage formuliert.

»Absolut negativ«, sagte Sten. »Ich vermute, daß in dieser Truppe eine undichte Stelle ist, und wenn wir den Plan ganz normal über die Botschaft in Iskras Kommunikationsnetz übermitteln, sickert garantiert etwas durch. Wenn wir aber plötzlich anfangen, kodierte Signale an die Gardisten zu senden, könnte ebenfalls jemand Lunte riechen.«

»Glaubst du denn, mein guter Sten, dieses Sackgesicht Iskra hält sich eine private Terroristentruppe?«

»So wie es im Augenblick aussieht, Otho«, erwiderte Sten, der sich plötzlich müde fühlte, »verdächtige ich alles und jeden in diesem verdammten Cluster, Todesschwadronen anzugehören oder welche zu befehligen. Außer euch beiden.«

»Und was ist mit mir, Boß?«

»Ha, Alex, ich kann mich da nur wiederholen. Ha. Ich *kenne* dich. Jetzt. Aber genug gescherzt. Wir greifen mit den Bhor an, das wird sie schon mal erschrecken. Die Gurkhas halten sich als Reserve bereit.«

»Das wird ihnen nicht gefallen«, sagte Cind.

»Gut. Ich möchte, daß es ihnen nicht gefällt. Wie es aussieht, brauche ich schon in naher Zukunft einige wirklich zornige junge Männer zu meiner Unterstützung.

Major Cind, schreiben Sie den Einsatzplan. Die beiden Monde gehen um 0245 unter. Dann machen wir uns auf den Weg.«

Im Innern des Restaurants brannte nur ein einziges Licht, hinter der Theke. Durch die schweren schmiedeeisernen Gitter sah Sten, daß es drinnen ebenso menschenleer war wie auf der Straße.

»Wer sich diesen Ort als Deckung ausgesucht hat, verfügt über jede Menge Selbstvertrauen«, flüsterte Alex. »Nicht mal eine Wache haben sie aufgestellt. Oder sie haben meine Wanze gefunden und sie zum Scherz in einen ihrer Fettnäpfe geworfen.«

»Entweder Selbstvertrauen, oder sie haben für ihren Schutz bezahlt. Dort!« Sten zeigte nach oben, wo ein Polizeigleiter mit leisem Zischen über die Dächer schwebte.

»Was ist denn mit denen? Oder sind wir hier, um Bullen umzulegen?«

»Otho hat den Auftrag, ein paar Signalraketen und einige Granaten loszulassen, falls wir gestört werden sollten«, sagte Cind. »Das heißt, die großen Jungs können in aller Ruhe spielen. Aber wenn sie im großen Stil loslegen, werden wir das auch tun.« Das Funkgerät, das an einer Schlaufe an der Schulter ihres Kampfanzuges befestigt war, klickte. »Die hintere Gruppe ist in Position. Wir sind bereit.«

»Sollen wir?«

Alles ging blitzschnell:

Kilgour richtete sich auf; in Hüfthöhe schwenkte er einen stählernen Rammbock mit zwei Handgriffen, als wäre es eine Attrappe aus Bimsstein. Gleich beim ersten Stoß flog die Tür mitsamt ihrer Vergitterung und dem Rahmen in den Innenraum. Alex ließ los, und noch während die Massenträgheit den Rammbock die Trümmer der Tür verfolgen ließ, duckte sich Alex bereits zur Seite ...

Cind drückte auf den Auslöser einer Bester-Granate und schleuderte sie hinein ...

Augen bedecken, ein purpurfarbener Blitz ...

Sten wirbelte durch den Eingang, preßte den Rücken gegen die Wand, ließ die Mündung seines Gewehrs hin und her wandern ...

Cind rollte herein, blieb flach auf dem Boden liegen ...

Sten zog den Kopf ein und rannte auf den Eingang zur Küche zu ...

Kilgour kam in den Laden, gab Rückendeckung; Cind sprang auf und folgte Sten mit einigen Sätzen in die Küche; Sten drang weiter vor, Kilgour hielt ihnen den Rücken frei ...

Das Hinterzimmer war verlassen ...

Kilgour kam mit dem Rammbock ...

»Laraz!« rief Sten. Eine Parole, die sie davor bewahren sollte, von den eigenen Leuten beschossen zu werden ...

Die Tür fiel nach außen; finsterste Nacht ...

Gewehrläufe ... haarige Bhorgesichter hinter den Zielvorrichtungen ...

»Alles klar!« rief Sten. »Ruf deine Einheiten herbei, Cind. Laß den Reservezug auf der anderen Straßenseite.«

»Otho! Drei Mann zu mir!«

»Sir.«

»Hier ist es, Skipper. Unterm Herd.« Alex.

»Brauchst du Hilfe?«

»Ha!«

Kilgour legte seine Waffe zur Seite und schob, offensichtlich ohne jede Anstrengung, die gewaltige Kochvorrichtung zur Seite. Versorgungsleitungen kreischten auf, hielten jedoch.

»Ein nettes kleines Versteck«, berichtete er, streckte die Hand aus und zog an einem kleinen Metallring, der in den Betonfußboden eingelassen war. Der Ring hob sich sachte – mitsamt dem Boden; eine Falltür mit Gegengewicht.

»Heureka«, meinte Alex. »Boß?«

»Warte einen Moment. Ihr drei.« Sten wandte sich an die drei wartenden Aushilfsgorillas. »Ich möchte, daß ihr die Bude auseinandernehmt. Es soll aussehen, als hätte man erst alles gründlich auf den Kopf gestellt, bevor das Versteck gefunden wurde. Wir müssen ihnen nicht alle unsere Geheimnisse auf die Nase binden.«

Die drei Bhor sahen einander an. Es war zwar nicht so gut, wie jemanden zu töten – aber immerhin war es Zerstörung. Glücklich machten sie sich an die Arbeit, und kurz darauf ertönte ein infernalisches Scheppern und Poltern.

»Und? Was haben wir da?« Sten mußte den Lärm überbrüllen.

»Hier haben wir ein typisches Terroristenwaffenlager«, befand Alex.

Alex hatte recht. Es handelte sich jedoch um ein sehr großes typisches Terroristenwaffenlager: ein Kellerraum mit fast drei Metern Seitenlänge, vollgestopft mit Waffen aller Art. Das Arsenal entsprach dem, was Sten erwartet hatte, und wies alles auf, was ein privater Schlägertrupp oder – je nachdem, auf welcher Seite man stand – eine Gruppe von Freiheitskämpfern so brauchte. Gestohlene, gekaufte oder sonstwie erworbene Sportgewehre aller erdenklichen Kaliber. Militärwaffen, die der jochianischen Armee entweder gestohlen oder von ihr zur Verfügung gestellt worden waren. Zwei ziemlich veraltete schwere Maschinengewehre. Sechs oder sieben selbstgebastelte Mörser und einige Granaten dafür. Eine halbe Kiste Handgranaten. Nicht genug Munition für alle Gewehre. Einige Messer. Sten glaubte sogar ein Schwert gesehen zu haben. Auf einem Regal lagen drei oder vier Pistolen. Und zwei Willyguns aus Imperialen Beständen.

»Tja, eine davon ist unsere«, sagte Kilgour. »Aber wo kommt das andere Goldstück her?«

»Wer weiß. Willyguns gibt es schon ziemlich lange, auch

hier«, meinte Sten. »Vielleicht hatte vor uns jemand in der Botschaft eine. Vielleicht hat die 3. Garde eine verloren und es bis jetzt noch nicht bemerkt.«

Kilgour warf Sten eine der Sportflinten zu, damit er sie sich näher ansehen konnte. Sten reichte sie an Cind weiter, die sie mit professionellem Blick betrachtete.

»Ich habe die meisten Erfahrungen mit echten Soldaten gemacht«, sagte sie. »Dieses Ding hier ist dreckig.«

»Nicht so schlimm wie die meisten anderen«, bestätigte Kilgour. »Die meisten Terroristen-Typen, die ich kenne, verwenden mehr Zeit auf Rhetorik als aufs Waffensäubern. Jetzt haben wir den Salat, Boß. Sollen wir in aller Öffentlichkeit aufschreien oder nicht?«

»Das kriegen wir schon hin«, entschied Sten. »Siehst du hier etwas, das sich mit irgend jemandem in Verbindung bringen läßt?«

»Negativ, Skip. Immerhin sind sie professionell genug, um keine Visitenkarten zu hinterlassen. Aber hallo – was ist denn das?«

Er gab es an Sten weiter. Es war eine Pistole; aber eine Pistole, die AM_2-Munition verschoß. Sten hob eine Augenbraue. Das Imperium versuchte aus naheliegenden Gründen, so gut es ging, seine Hand auf den verheerenden Willyguns zu halten. Das galt besonders für Pistolen, obwohl diese Waffen sich eigentlich nur für Raubüberfälle, letzte Aufgebote, Angebereien und Paraden eigneten. Es war höchst ungewöhnlich, daß sich eine solche Waffe in privaten Händen befand.

Diese Pistole war sogar noch ungewöhnlicher. Sie war, wie es schien, sowohl mit Silber als auch mit Gold eloxiert, die Griffe aus einer Art durchscheinendem weißen Horn gefertigt und die ganze Waffe mit künstlerischen Schnörkeln verziert.

Sten betrachtete die Gravuren. Keine Jagdszenen oder Lebewesen, die darauf schließen ließen, von welchem Planeten das Schmuckstück stammte.

»Gibt es ein Holster dafür?« fragte er.

»Ja. Sogar vom Feinsten. Echtes Leder, würde ich sagen. Keine Initialen, kein Herstelleraufdruck, überhaupt nichts.«

»Das hier«, meinte Cind, nachdem sie die Pistole genau untersucht hatte, »ist etwas, das ein Botschafter einem Regenten schenken würde. Oder umgekehrt. Wenn wir die Seriennummer zurückverfolgen, würde es mich nicht wundern, wenn wir den letzten Botschafter auf dem Kaufvertrag entdeckten. Oder als Empfänger – als angegebenen Empfänger jedenfalls – einen gewissen Khaqan.«

»Du hast den Ball«, gab Kilgour warnend zu bedenken. »Renn bloß nicht mit ihm weg, egal wie gut die Aussichten auch sind. Wir haben hier das Spielzeug eines Schurken, soviel ist sicher. Wäre eine Schande, so etwas zu zerstören.«

»Allerdings«, sagte Sten. »Es scheint mir sehr passend für einen Lord. Behalte es, Alex. Nein, warte.«

Alex grinste schurkisch. Er war nicht im geringsten enttäuscht über den drohenden Verlust seines Souvenirs. »Hast du eine Eingebung?«

»Du kriegst sie beim nächsten Mal«, sagte Sten. »Wenn wir sie wiederfinden. Ich hätte gerne, daß uns diese Pistole einen anderen Dienst erweist. Zieh die Wanze aus der Willygun und versuche, ob du sie in diesem Prachtstück unterkriegst.«

»Kein Problem, Boß.«

»Schön. Nachdem du die Sprengladungen zur Vernichtung dieses Lagers angebracht hattest«, fuhr Sten fort, »geschah es, daß nur zwei von ihnen losgingen. Eine dritte brannte lediglich aus – aber sieh zu, daß sie auch ausbrennt und der Zünder verschwunden ist. Wir wollen das Szenario nicht so realistisch gestalten, daß die Bösewichter wirklich in die Luft fliegen.

Da die Explosion nicht vollständig erfolgte, wurden zwar sämtliche Gewehre vernichtet, die Pistolen wurden jedoch lediglich weggeschleudert – dorthin.«

»Warum nur«, beschwerte sich Kilgour, »laufen alle Pläne darauf hinaus, daß ich, der begabteste Schwarzpulvermönch aller Zeiten, versagt habe?«

Sten streckte eine Hand aus, deren Finger fest zu einer Faust geballt waren; bis auf den mittleren, der starr in die Luft ragte. »Das, Mr. Kilgour, ist die einzige Antwort, die einem betrunkenen, erleichterten und beklauten Wachtposten einfällt. Und jetzt laß bitte diese Bude hochgehen, bevor die Jungs aus der Nachbarschaft etwas mitkriegen oder dazu gezwungen werden, sich uns zu widmen.«

Kilgour ließ sich einen Sprengsatz reichen und fing an, das Waffenversteck zu verdrahten. Cind wies die Bhor an, genügend weit zurückzuweichen. Sten ließ seinen Zerstörungsspezialisten allein. Es war nicht die schwierigste Aufgabe, die Kilgour jemals zu bewältigen gehabt hatte. Unter anderem hatte er einst einen Nuklearsprengkopf unter schwerem feindlichen Beschuß entschärft und ein Kamel mit einer Bombe präpariert; trotzdem erforderte auch dieser Job eine gewisse Konzentration.

»Woher willst du wissen«, erkundigte sich Cind, »daß jemand die Pistole aufhebt und wir sie zu einem weiteren Arsenal verfolgen können?«

»Ich weiß es nicht. Jedenfalls nicht mit Sicherheit. Aber Leute, deren Lebensinhalt sich um Dinge dreht, die knallen und Feuer spucken, werden schnell weich, wenn man ihnen ein Trickmesser oder eine Handfeuerwaffe zeigt.

Ich hoffe jedoch, daß sie uns zu einem interessanteren Ziel als zu einem weiteren Waffenversteck führt. Ich wäre überaus glücklich, wenn dieses herrlich verzierte Schmuckstück jemandem in die Hände fallen würde, der es wirklich zu schätzen weiß.«

»Zum Beispiel?«

»Zum Beispiel derjenige, der diese Organisation leitet. Dann hätten wir jemanden, den wir ganz offen angehen könnten.«

»Sten, du bist ein böser Mann.«

»Das sagst du nur, um mir an die Wäsche zu gehen.«

»Stimmt. Ich würde dich jetzt sogar küssen, wenn es nicht so schlechte Auswirkungen auf die Disziplin hätte.«

»Auf meine oder die der Bhor?«

»Natürlich auf deine.«

Sie küßte ihn trotzdem.

Venloe versuchte, in dem Gesicht auf dem Bildschirm zu lesen. Es gelang ihm nicht.

»Ist das alles?« fragte der Mann.

»Das ist alles, Sir.«

Es war so still, daß Venloe die Trägerwelle summen hörte.

»Haben Sie irgendwelche Vorschläge?«

Nach einer Pause sagte Venloe: »Nein.«

»Machen Sie weiter. Wir müssen alle Möglichkeiten in Betracht ziehen.« Der Mann auf dem Bildschirm berührte wie in einer unbewußten Geste die Mitte seiner Brust.

Venloe wählte seine Worte mit Bedacht. »Als Sie mich über diesen Auftrag in Kenntnis setzten, habe ich mich nach einer ... Rückzugsoption erkundigt.«

»Und ich sagte, daß ich nicht bereit bin, diese Eventualität zur Diskussion zu stellen. Damals nicht und heute auch nicht. Meine Politik ist beständig. Dr. Iskra erhält vollste Unterstützung.«

»Jawohl, Sir. Entschuldigen Sie bitte.«

Wieder herrschte Schweigen.

»Eine Entschuldigung ist nicht nötig. Ich sehe meine Untergebenen nicht als meine Sklaven an. Ich möchte aber, daß eine Sache unmißverständlich klar ist: Dr. Iskra muß der

Herrscher des Altai-Clusters bleiben. Das hat allerhöchste Priorität. Andererseits ... andererseits kann auch das, was Sie mit Rückzugsoption beschrieben haben, nicht außer acht gelassen werden. Untersuchen Sie die Möglichkeiten und Konsequenzen.«

Der Schirm erlosch.

Venloe nickte in automatischem Gehorsam. Und obwohl ihn niemand mehr hören konnte, antwortete er: »Jawohl, Euer Majestät.«

Kapitel 25

Der Ewige Imperator lauschte Stens Bericht über Dr. Iskra mit nachdenklicher Miene. Er unterbrach ihn mit keinem Wort, als Sten einen Stein nach dem anderen aus dem Eimer holte und auf das Haupt seines elenden Bruders türmte.

Sten berichtete von dem Massaker an den Studenten und davon, daß er beweisen konnte, daß es Iskras Werk war. Er berichtete von der mutwillig inszenierten Desinformationskampagne, die einzig und allein dazu diente, die Bewohner des Altai-Clusters zum Krieg aufzuhetzen. Er berichtete von den mysteriösen Angriffen auf Imperiale Kräfte, von der verlassenen Festung und von vielem anderen mehr.

Schließlich war er fertig. Sten wartete ab, in der Hoffnung, herauszufinden, aus welcher Richtung der Wind wehte.

»Dann muß ich wohl davon ausgehen«, sagte der Imperator, »daß deine Empfehlung in dieser Angelegenheit nicht zugunsten von Dr. Iskra ausfällt.«

»Es tut mir aufrichtig leid, Sir«, antwortete Sten, »aber es gehört zu meinen Aufgaben, Sie auch über Dinge in Kenntnis zu setzen, die Ihnen nicht notwendigerweise gefallen.«

»Sehr richtig«, sagte der Imperator. »Sonst wärst du so nutzlos wie all die anderen Idioten, die um mich herumschwirren. Eine Sache weiß ich genau: Du wirst mir immer die Wahrheit sagen, wie unangenehm sie auch sein mag.«

»Vielen Dank, Sir. Wenn ich jetzt ... mit Ihrer Erlaubnis –«

»Langsam«, sagte der Imperator. »Wir müssen das nicht weiter vertiefen.«

»Wie bitte, Sir?« Sten war wie vor den Kopf gestoßen. Außerdem wußte er nicht, was er von der neuen Angewohnheit des Imperators, ihn nicht mehr direkt anzusehen, halten sollte. Und diese verfluchten Augen. Ständig bewegten sie sich hin und her wie gut geölte Kugellager.

»Ich habe angemerkt, daß in dieser Angelegenheit nichts mehr gesagt werden muß. Ich weiß, wie deine Empfehlung aussehen wird. Leider muß ich sie zurückweisen.

Iskra bleibt im Amt. Und du wirst ihn weiterhin unterstützen.«

»Tut mir sehr leid, das zu hören, Sir, und ich hoffe, daß Sie mich nicht falsch verstehen – aber in diesem Fall möchte ich gerne meines Postens enthoben werden.«

Die Augen des Imperators unterbrachen ihre rastlose Bewegung. Nur für einen Augenblick. Und bohrten sich wie kalter Stahl in Sten hinein. Im nächsten Moment lachte der Imperator. »Ich verstehe, warum du so etwas sagst, Sten«, meinte er. »Du glaubst, ich hätte mein Vertrauen in dich verloren.«

»Schon möglich, Sir, aber das habe ich nicht zu beurteilen. Es liegt viel eher daran, daß ... Nun, wenn jemand Ihre Befehle ausführen soll, brauchen Sie jemanden, dem Sie vertrauen können.«

»Ich sagte bereits, daß ich dir vertraue, Sten.«

»Jawohl, Sir. Ich habe Ihnen jedoch mitgeteilt, daß ich nicht mit Ihnen übereinstimme.«

»Das ist wahr. Aber Übereinstimmung hat nichts damit zu tun. Es sind meine Befehle. Du solltest auch wissen, daß Dr. Iskra mich gebeten hat, dich zu ersetzen. Ich habe seiner Bitte heftig widersprochen.«

»Jawohl, Sir.« Sten wußte nicht, was er sonst noch sagen sollte.

»Und ich habe ihm das gleiche gesagt, das ich jetzt dir sagen werde. Du bist zu dicht an der Situation dran, Sten. Du siehst den Wald vor lauter Bäumen nicht, wie man so schön sagt.«

Sten wußte, daß darin womöglich ein Körnchen Wahrheit steckte. Im Gegensatz zum Imperator verfügte er nicht über den ganz großen Überblick.

»Trotzdem glaube ich nicht, daß ich der beste Mann für diese Aufgabe bin, Sir. Ich möchte Ihnen jedoch für das in mich gesetzte Vertrauen danken.«

»Wir haben schon so einiges zusammen durchgemacht, Sten«, sagte der Imperator. »Ich weiß, wozu du fähig bist. Und wozu nicht. Ich bin sogar fest davon überzeugt, deine Fähigkeiten besser beurteilen zu können als du selbst.

Außerdem ist die Situation in Altai-Cluster noch kritischer geworden. Wenn ich dich abziehen würde, würde das in der Öffentlichkeit ein verheerendes Bild abgeben. Vielleicht ist die Einsetzung von Iskra ein wenig überstürzt erfolgt, obwohl ich ihn angesichts der miesen Auswahl, die mir zur Verfügung stand, noch immer für die beste Wahl halte. Aber wie auch immer, ich habe mich mit meiner Unterstützung für diesen Mann weit aus dem Fenster gelehnt. Es ist lebenswichtig, daß ich nicht bloßgestellt werde.«

»Jawohl, Sir.«

»Ich zähle auf dich, Sten«, sagte der Ewige Imperator. »Vielleicht mehr als jemals zuvor. Sieh zu, daß die Sache ins Lot kommt. Tu, was du zu tun hast – aber bringe sie ins Lot.

So lauten deine Befehle.«

»Jawohl, Sir.«

»Noch eins, Sten.«

»Ja, Sir?«

»Lächle. Sei froh. Am Ende wird sich alles zum Guten wenden.«

»Jawohl, Sir«, erwiderte Sten. Er salutierte, so gut es ging, und das Bild des Imperators verschwand.

Kapitel 26

Sten konnte nicht schlafen. Jedesmal wenn er wegdöste, schob sich das Gesicht des Imperators vor sein geistiges Auge. Dieser Blick ließ ihn nicht los. Augen, die niemals still standen. Augen, die die Ränder seines Bewußtseins berührten, Stens geheimste Zweifel miteinander vernetzten und sie zu Beweisstücken erhoben.

In Stens Alptraum verband der Imperator all jene Zweifel zu einer sich wie ein Aal windenden Masse. Dann drehte er sich zu Sten um, das Gesicht dunkel vor Zorn. Und diese Augen – sie suchten mit flackerndem Blick nach ihm. Sten wußte, wenn sie je zur Ruhe kamen, würde es aus mit ihm sein.

Jetzt kamen sie wieder, rollten und rollten und schnitten einen rauchenden Pfad quer über den Fußboden. Dann hoben sie sich, suchten nach seinen eigenen, weit geöffneten Augen – und brannten sie aus.

Sten erwachte heftig keuchend und in kalten Schweiß gebadet. Er torkelte ins Bad und würgte über der Toilette. Er kniete lange dort und kam sich des dummen Alptraums wegen lächerlich vor, hatte jedoch Angst, zurück ins Bett zu kriechen und eventuell weiterzuträumen.

Ein leises Rascheln, die parfümierte Wärme von Cind.

»Ist schon wieder in Ordnung«, sagte er.

»Sieht ganz so aus. Ich finde öfters völlig gesunde und glückliche Menschen zusammengekrümmt würgend auf dem Badezimmerboden.«

»Ist gleich wieder gut ... einen Augenblick noch.«

»Bestimmt. Jetzt hör auf zu streiten, Kleiner, sonst kriegst du richtig Ärger.«

Sie hievte ihn hoch, zog ihn aus und schob ihn unter die Dusche. Die kalten Nadelstiche brachten ihn rasch wieder zu vollem Bewußtsein, wuschen den Schweißfilm von ihm ab wie altes Fett. Dann wurde das kalte Wasser heiß und ließ ringsum dichte Dampfwolken aufsteigen. Cinds nackte Gestalt kam durch die Wolken auf ihn zu, bewaffnet mit Seife und einem rauhen Schwamm.

»Dreh dich um«, sagte sie. »Ich fange mit deinem Rücken an.«

»Kann ich doch selbst machen«, erwiderte Sten und streckte die Hand nach der Seife aus.

»Ich sagte, dreh dich um!« Sie rieb mit dem noch rauhen Schwamm über seine Brust.

»Autsch! Schon gut, schon gut! Du hast gewonnen!« Er drehte sich um.

»Falls es dir noch nicht aufgefallen ist«, sagte Cind. »Ich gewinne immer.«

Sie machte den Schwamm naß, seifte ihn ordentlich ein und fing an zu schrubben.

Es fühlte sich herrlich an. Er vergaß diese Augen.

Später, als Sten in frischem Bettzeug gegen einige Kopfkissen gelehnt an dem heißen, würzigen Tee nippte, den Cind in der Botschaftsküche bestellt hatte, hörte er draußen den Wind durch die Straßen von Rurik heulen. Eigenartigerweise fühlte er sich jetzt ganz friedlich. Gemütlich.

Cind hockte sich neben ihm auf das Bett. Sie hatte ein weiches, sehr buntes Gewand um sich geschlungen. Ihre sonst so sanft geschwungenen Brauen zogen sich zusammen, als sie über Stens Traum nachdachte.

»Hast du dich schon jemals gefragt, was geschehen wäre, wenn der Imperator niemals zurückgekommen wäre?« fragte sie.

Sten schüttelte den Kopf. »Das kommt mir wie ein noch schlimmerer Alptraum vor. Es ging ganz schön drunter und drüber, falls du dich noch daran erinnerst.«

»Ich erinnere mich nur zu gut. Du hast recht, es ging drunter und drüber. Der springende Punkt ist doch der, daß wir etwas dagegen unternommen haben. Alle trugen soviel Hoffnung in sich, eine Vorstellung, wie die Zukunft aussehen sollte.«

»Glaubst du denn, wir hätten jetzt keine Zukunft mehr? Zugegeben, die allgemeine Lage ist angespannt. Aber wenn wir dieses Tal erst einmal durchschritten haben –«

»Dann wird alles wieder normal?« unterbrach ihn Cind. »Sag mir, was normal ist, Sten. Ich bin jung. Ich weiß kaum etwas von den wunderbaren Tagen vor dem Krieg gegen die Tahn.«

»Sei nicht so sarkastisch.«

»Du weichst meiner Frage aus.«

»Also schön. Es war nicht gerade das Paradies.«

»Was war es dann?«

Stens Gesichtsausdruck wurde kläglich. »So ähnlich wie jetzt, muß ich zugeben. Bis auf ... es war einfach mehr von allem da.«

»Damals waren alle glücklicher, hm? Die Leute hier auf Jochi zum Beispiel, sie waren viel glücklicher, oder? Klar, sie hatten diesen Khaqan, der sie unter der Knute hielt, aber sie hatten immerhin volle Bäuche. Das machte es erträglich. Der reinste Himmel für die Unterdrückten.«

»Du bist schon wieder zynisch.«

»Du weichst mir schon wieder aus.«

»So funktionieren die Dinge eben«, sagte Sten. »Jemand muß die Führung übernehmen, die Dinge am Laufen halten. Leider kommt es hin und wieder vor, daß dieser Jemand ein Drecksack ist, ein Tyrann.«

»Wie der Khaqan?«

»Ja. Wie der Khaqan.«

»Wie Dr. Iskra?«

»Besonders wie Dr. Iskra. Der Khaqan konnte wenigstens die Entschuldigung vorweisen, alt, senil und verrückt zu sein.«

»Aber wir haben den Befehl, den Leuten hier diesen Iskra in den Rachen zu stopfen«, sagte Cind, »obwohl wir wissen, daß er höchstwahrscheinlich noch schlimmer als der Khaqan ist. Ergibt das einen Sinn?«

»Nicht, solange man nicht das ganze Bild vor Augen hat«, erwiderte Sten. »Selbst zu seinen besten Zeiten ist das Imperium immer ein heikler Balanceakt zwischen einigen ziemlich hartgesottenen Persönlichkeiten gewesen. Und wie du zugeben mußt, leben wir nicht gerade in den besten Zeiten.«

»Hier stimmen wir lückenlos überein.«

»Gut. Außerdem mag Iskra zwar ein Drecksack sein, aber er ist immerhin der vom Imperator eingesetzte Drecksack.«

»Mit anderen Worten: Er ist entschuldigt? Es geht in Ordnung, auch wenn wir diese Völker dadurch für viele Generationen ins Elend stürzen?«

»Ich würde es nicht unbedingt so ausdrücken, aber, ja, es entschuldigt einiges. Abgesehen davon gibt es nämlich noch Milliarden anderer Wesen in diesem Imperium, an die es zu denken gilt.«

»Und wie viele von ihnen müssen unter einem wie Dr. Iskra kuschen?«

Sten öffnete den Mund und wollte antworten. Doch die Antwort blieb ihm im Hals stecken. Sein Unterkiefer klappte wieder zu.

Cind machte weiter Druck, ohne genau zu wissen, worauf sie eigentlich hinauswollte. »Was zeichnet einen guten Tyrannen, einen guten Diktator aus, Sten? Den perfekten Regenten eines Systems? Gibt es das überhaupt?«

»Ich denke schon. Zumindest für eine gewisse Zeit. Oft genug möchten die Leute gesagt bekommen, was sie tun sollen. Und wenn dann nicht ein Ritter auf einem weißen Pferd dahergeritten kommt und sie erlöst, dann fangen sie an zu streiten und sich gegenseitig die Köpfe einzuschlagen. Mit der größten Dankbarkeit treten sie ihre Rechte an diesen Ritter ab, einer wie der andere.

Wenn sie Glück haben, ist ihr neuer Herrscher noch jung, eine Persönlichkeit mit einer starken Vision. Es spielt keine Rolle, was das für eine Vision ist, solange alle darin übereinstimmen, daß sie es wert ist, ihr zu folgen. Dieses Streben sorgt meistens dafür, daß auch der Rest des Hauses in Ordnung gehalten wird.

Das Problem liegt darin, daß ich noch nie von einem Beispiel gehört oder gelesen habe, bei dem nicht ab einem gewissen Punkt die Entropie einsetzt. Wie bei Khaqan.«

»Erkläre das bitte.«

»Wenn ein Diktator zu lange am Ruder ist, wird er nachlässig. Er entfernt sich von seinem Volk. Fängt plötzlich an zu glauben, seine Macht komme direkt von oben, von Gott. Er schart eine Gruppe von Speichelleckern um sich. Schakale, die ihm nach dem Mund reden, um im Gegenzug ihren Anteil an dem Aas zu bekommen.

Schließlich kommen alle Herrscher – ich spreche hier von absoluten Herrschern – an den Punkt, an dem sie mehr von den Schakalen als von ihrem Volk abhängig sind. Und das ist der Anfang vom Ende, denn sie verlieren den Blick dafür, wer ihnen wirklich ihre Macht verleiht. Nämlich ganz einfach das Volk, das sie regieren.«

»Schöne Vorlesung, Professor Sten.«

»Ich wollte dich nicht belehren.«

Cind schwieg einen Augenblick und nestelte an dem Gürtel ihres Gewandes herum. Dann sagte sie mit unerwartet tiefer Stimme: »Das hört sich in meinen Ohren wie eine ziemlich treffende Beschreibung des Imperators an.«

Sten antwortete nicht darauf. Er nickte nur kaum merklich.

»Du hast meine erste Frage nicht beantwortet«, sagte Cind. »Was, glaubst du, wäre geschehen, wenn der Imperator nicht zurückgekehrt wäre?«

»Es ist witzlos, darüber nachzudenken«, erwiderte Sten. »Tatsache ist, daß wir alle ohne das AM_2 wieder in das Stadium der Barbarei zurückfallen. Sogar innerhalb der kleinsten Planetensysteme gäbe es so gut wie keine Kommunikation mehr. Interstellare Raumfahrt müßte entweder wieder mittels der alten, tödlichen Longliners durchgeführt werden oder würde, falls man den Stardrive ohne AM_2 betreiben will, die Ressourcen eines ganzen Systems erschöpfen. Kein Fortschritt. Verdammt, was heißt Fortschritt! Wir würden alle zurückschreiten, in völlige Ignoranz zurückfallen. Und wie diese Witzfiguren vom Privatkabinett erfahren mußten, ist der Ewige Imperator nun mal der einzige, der das AM_2 kontrolliert.«

»Was ist damals damit geschehen?« fragte Cind. »Das habe ich nie so richtig verstanden.«

»Es war einfach nicht mehr da«, antwortete Sten. »Das Kabinett hat alle Hebel in Bewegung gesetzt, um hinter das Geheimnis zu kommen, doch alles, was sie in Erfahrung brachten, war die Tatsache, daß der Nachschub von AM_2 in dem Moment aussetzte, in dem der Imperator getötet wurde; oder was auch immer mit ihm geschehen war.«

»Woher kommt das AM_2?« fragte Cind.

»Was?« Sten war wirklich verwirrt. Doch es handelte sich um

die Art von Verwirrung, die einem Wesen das Gefühl vermittelte, daß es seine kleinen grauen Zellen schon seit langer Zeit nicht mehr aktiviert hatte. Ein Gefühl wie das eines verdatterten Ochsen vor dem neuen Scheunentor.

»Wenn die Lieferungen aussetzten, müssen sie doch vorher von irgendwo gekommen sein«, sagte Cind. »Ich meine damit nicht ein riesiges, geheimes Lager mit AM_2-Vorräten oder etwas dergleichen. Denn auch die müssen ja irgendwann einmal zur Neige gehen – und wieder aufgefüllt werden. Das wiederum heißt, daß jemand – oder etwas – es holen muß. Woher? Oder ist das eine dumme Frage?«

»Sie ist überhaupt nicht dumm.«

»Das war mir nicht ganz klar. Sie ist mir eben erst eingefallen. Andererseits denke ich mir, daß sich schon der eine oder andere diese Frage gestellt haben muß.«

»Aber nicht sehr laut«, sagte Sten. »Der Imperator sieht es nicht gerne, wenn man sich in seine AM_2-Geschichten einmischt.«

»Trotzdem. AM_2 muß irgendwo existieren. In großen Mengen. Ganze Gebirge davon. Man muß es nur abholen. Und wer es findet –«

»Jemand hat es gefunden«, sagte Sten, als ihm ein riesiges Licht aufging. Und er war sich nicht sicher, ob ihn diese Erkenntnis glücklich machte.

»Das war es, was ihn zum Imperator gemacht hat, stimmt's?« fragte Cind.

»Nur teilweise richtig«, erwiderte Sten. »Du hast noch etwas vergessen. Es bedurfte noch etwas mehr als nur AM_2.«

»Wie das?«

»Er ist auch hinter den Trick gekommen, wie man ewig lebt. Zumindest ist er dicht herangekommen.«

»Ach das«, sagte Cind. »Was ist schon dabei? Wer will schon

ewig leben? Nach einiger Zeit wird doch alles langweilig. Man hat nicht mal mehr Spaß an Sachen wie –«

»Autsch!« jaulte Sten auf, als Cind eine seiner Brustwarzen zwischen ihre scharfen Zähne nahm.

»Und es wäre auch überhaupt nicht mehr aufregend, wenn man –«

»Ich gebe dir ... ein paar Stunden Zeit, um damit aufzuhören«, sagte Sten.

»Und obendrein macht man sich nicht mehr das geringste aus –«

Sie kreiste mit den Hüften und zog an Stens Kopf. Sten folgte ihren Richtungsanweisungen, und dabei dachte er daran, daß diese Frau eine wunderbare Art hatte, ihren Argumenten Gewicht zu verleihen.

Kapitel 27

Unten auf der Wiese war alles ruhig. Aber der Ort des Rauchs war keinswegs still. Der Wind peitschte die Wipfel der Koniferen mit unablässigem Brüllen.

Sten, Alex, Cind und Otho standen nahe bei einem A-Grav-Gleiter der Botschaft. Ihr Gurkha-Sicherheitstrupp hatte sich unauffällig von einem Mannschaftsgleiter entfernt und eine Vorpostenlinie gebildet.

Der Wilderer, den Alex' unerschöpflicher Geldbeutel zum Reden gebracht hatte, hatte ihnen nervös den Weg von der unbefestigten Straße zu dem Pfad gewiesen, der auf die Lichtung führte. Als er sah, daß Cind Aufnahmegeräte ablud, wollte er seine Credits sofort ausgezahlt bekommen. Alex hatte den Mann bezahlt und ihn gefragt, ob er warten würde; sobald sie ihre Aufgabe hier erledigt hätten, würden sie ihn in sein Dorf zurückbringen.

Nein. Der Mann bestand darauf, nach Hause zu laufen. Dreißig Kilometer? Es spielte keine Rolle. Der Wilderer zog sich rückwärts gehend bis zum Waldsaum zurück, dann drehte er sich um und rannte davon, als wären ihm sämtliche Teufel der Hölle auf den Fersen.

Sten wußte nicht, ob der Mann sich mehr davor fürchtete, daß sein Gesicht aufgenommen wurde, oder vor den länglichen Furchen, die sich quer über die Wiese erstreckten.

»Das haben Stadtwesen ausgegraben«, sagte Otho. »Die Landbevölkerung hätte gewußt, daß sich Erde senkt, wenn man sie wieder zurückschaufelt. Sie hätten einen kleinen Hügel aufgeschüttet.«

Niemand sagte etwas dazu.

»Wie viele?«

Sten schüttelte den Kopf. Er hatte wenig Erfahrung als Totengräber.

»Es sind allein fünftausend, bei denen sich irgendwelche Angehörige getraut haben, sie als vermißt zu melden«, sagte Cind.

»Das kannst du vergessen«, sagte Alex, den Blick geistesabwesend auf die zugeschütteten Gräben gerichtet. »Das heißt, es muß noch andere Orte wie diesen hier geben, die noch nicht entdeckt worden sind.« Er wandte sich an Sten. »Wie packen wir's an, Boß?«

Sten dachte kurz nach und ging dann zum Gleiter, öffnete einen großen Kasten mit Werkzeug und zog zwei Schaufeln heraus. Eine davon drückte er Alex in die Hand.

»Ich denke, wir machen es wie bei einer archäologischen Ausgrabung«, sagte er. »Wir graben ungefähr einen Meter tief quer durch einen Graben. Cind! Ich möchte, daß du alles aufnimmst.

Der Film muß zeigen, daß der Boden hier seit einiger Zeit nicht mehr angerührt wurde. Da wachsen schon kleine Pflanzen auf –«

»Flechten«, sagte Alex.

»Dann eben Flechten. Keine Fußspuren, bis auf die, die wir hinterlassen, wenn wir uns den ...« Seine Stimme verebbte.

»Sir, die Soldaten können doch graben«, gab Otho zu bedenken.

Sten schüttelte den Kopf und nickte dann Cind zu. Sie schaltete den Recorder ein. Dann ging er auf den nächstbesten Graben zu und markierte die Umrisse des geplanten Einschnitts mit dem Schaufelblatt. Vorsichtig fing er an zu graben. Der sandige Lehm bereitete ihm keine großen Schwierigkeiten. Auf der anderen Seite der Furche grub Alex mit der gleichen Sorgfalt.

Sten war noch keinen Meter tief gekommen, als er plötzlich innehielt. »Otho, in der Kiste liegt eine Kelle.« Er kniete nieder und grub jetzt noch vorsichtiger mit dem neuen Werkzeug. Er stöhnte auf. Dann hustete er heftig und übergab sich seitlich auf den Grabenrand.

Otho reichte ihm eine Feldflasche und eine Atemmaske. Auch Alex erhielt eine Maske. »An diesen Geruch gewöhnt man sich nie.«

Sten spülte sich den Mund aus und setzte die Maske auf. Er war froh, daß er sein Gesicht dahinter verbergen konnte. »Zwei ... vielleicht auch drei Monate?«

»Das dürfte ungefähr die richtige Zeit sein, Boß. Cind? Mach mal 'ne schöne Aufnahme, direkt hier in die Gruft hinein.«

Cind kam näher.

Durch den Sucher sah sie den Rücken einer Frau. Die Hände waren mit Kunststoff-Handschellen zusammengebunden. Daneben das Gesicht eines Mannes. Die Reste seiner Augen waren weit aufgerissen, auch sein Mund stand offen; der Schrei war mit Erde erstickt worden.

Cind wies ihre Augen an, nichts mehr aufzunehmen – diese Aufgabe mußte die Maschine übernehmen. Doch die Augen gehorchten ihr nicht.

»Warum hat Iskra die Leichen nicht ins Meer geworfen?« wunderte sich Otho. »Oder mit seinem Feuer verbrannt?«

»Lebendig begraben zu werden ist hier auf Jochi ein ehrenhafter Tod«, sagte Sten.

»Wie kann denn Mord jemals ehrenhaft sein?« grummelte Otho.

Sten half Alex aus dem Grab heraus.

»Du hast meine Frage noch nicht beantwortet, Boß. Was nutzt uns die Entdeckung dieser Abscheulichkeit? Ich kann nicht behaupten, daß ich es für eine gute Idee halte, die Sensationsreporter herbeizurufen und die Tat überall im Cluster verbreiten zu lassen. Damit gießen wir nur noch mehr Öl ins Feuer.«

»Du hast recht. Wir machen das Loch wieder zu. Zunächst tun wir nicht mehr, als eine Kopie von Cinds Aufnahmen zur Erstwelt zu schicken.«

»Als Geheimsache für den Imp? Sten, das hier ist nicht die erste schlimme Sache, die wir dem Boß berichten; nur die schlimmste bis jetzt. Wieso glaubst du, er könnte diesem Bericht mehr Aufmerksamkeit widmen; ich denke, er hat im Laufe der Zeitalter schon Schlimmeres mitansehen müssen.«

»Ich weiß es nicht«, erwiderte Sten. »Aber er müßte doch verdammt noch mal jetzt endlich begreifen ... Du hattest vollkommen recht damit, daß sich hier eine Feuersbrunst zusammenbraut. Und wir stecken mittendrin.«

Dann verstummten sie alle.

Es war nichts mehr zu hören, bis auf das Scharren der Schaufeln, die die Erde in das Massengrab zurückkratzten ... und das Heulen des Windes, der hoch über ihnen immer heftiger wurde.

Kapitel 28

Die Frage, ob die Entdeckung am Ort des Rauchs den Kurs des Imperators verändern würde, sollte nicht beantwortet werden.

Ihre Familie war weder reich noch arm. Jedenfalls nicht das, was die Bewohner von Rurik als arm bezeichnet hätten; auf vielen anderen Planeten hätte man sie als Slumbewohnerin angesehen. Aber sie kannte sowohl ihre Mutter als auch ihren Vater, und nur zwei ihrer Brüder waren als Kleinkinder gestorben. Sie hatte immer mindestens eine Mahlzeit am Tag erhalten, und ihre Kleider waren sauber, wenn auch mehrmals abgeändert und teilweise schon von ihrer älteren Schwester getragen.

Sie war Jochianerin. Sie erinnerte sich nicht mehr daran, daß sie als Kind – mit sechzehn E-Jahren betrachtete sie sich selbstverständlich bereits als Erwachsene – einen besonderen Haß gegen die Suzdal oder die Bogazi verspürt hätte, obwohl sie in ihrem Wohnsektor nur selten Vertreter dieser beiden nichtmenschlichen Spezies zu Gesicht bekam. Auch für die wenigen Torkfamilien, mit denen sie flüchtig zu tun hatte, empfand sie nichts als Mitleid.

Vor einigen Jahren hatte sie Geschichten gehört, die davon erzählten, daß sich ihre Welt verändern würde. Alles würde besser werden. Wenn erst dieser Tyrann, der Khaqan, über den sie sich nie zuvor Gedanken gemacht hatte, nicht mehr war, dann würde endlich ein neues Zeitalter anbrechen.

Ein Mann namens Iskra würde es ihnen bringen. Einige ihrer Freunde gaben ihr Pamphlete zu lesen, die davon sprachen, daß dieser noble Mann schon immer an den Altai-Cluster geglaubt hatte, daran, daß er dereinst das Zentrum der Zivilisation sein würde und daß dieses neue Feuer von den Jochianern entfacht werden würde.

Natürlich las sie keine der Veröffentlichungen des Doktors. Man hatte ihr gesagt, sie seien für jemanden ihres Geschlechts und ihrer Herkunft viel zu kompliziert, und sie hatte keine Lust, ihre Zeit damit zu verschwenden. Sie schloß sich einer kleinen Organisation an, einer Geheimorganisation natürlich, und sie schwor einen Eid darauf, unter allen Umständen mitzuhelfen, das neue Zeitalter herbeizuführen.

Und dann kehrte Iskra auf seinen Heimatplaneten zurück. Sie hatte in der jubelnden Menge gestanden, die ihn begrüßte. Sie glaubte sogar, ihn gesehen zu haben – als winzigen Punkt weit entfernt auf einem Balkon des Palastes, der ehemals dem Khaqan gehört hatte.

Dann fing das Gerede an. Das neue Zeitalter wollte sich nicht schnell genug einstellen. Die Torks stolzierten noch immer umher und stellten ihren Reichtum zur Schau, ein Reichtum, den sie sich ungerechtfertigterweise von den Jochianern angeeignet hatten. Schlimmer noch: Jochi wurde noch immer von der Anwesenheit der Suzdal und der Bogazi verseucht.

Selbst als die »Aliens« den Planeten verlassen hatten, gab es noch genug Böses, das Dr. Iskras Hände daran hinderte, den Wahnsinn in seinen festen Griff zu bekommen. Doch nachdem ihr Zellenführer es ihr erklärt hatte, erkannte sie endlich auch, wer die wirklichen Feinde waren: diese Imperialen, die versuchten, Dr. Iskra als ihren Handlanger zu mißbrauchen, genauso, wie sie es mit dem Khaqan getan hatten. Jetzt wurde ihr klar, daß Dr. Iskra beinahe wie ein Gefangener in seinem eigenen Palast gehalten wurde und keinesfalls so frei regierte, wie sie es bisher geglaubt hatte.

Sie wollte etwas unternehmen. Etwas, das den Wandel rascher in die Wege leitete.

Irgendwie, auf irgendeine Weise mußte sie doch helfen können.

In den Livies sah sie, was die anderen getan hatten. Zwei junge Männer und eine Frau hatten sich selbst angezündet und freiwillig diesen unehrenhaften Tod in Kauf genommen, weil nur durch solch ein Signal allen Jochianern bewußt werden konnte, daß *sie* diejenigen waren, die man entehrte.

Sie berichtete ihrem Zellenführer von ihrer Bereitschaft zu sterben. Er sagte, er müsse *seinen* Berater fragen, ob ein solcher Akt zu begrüßen wäre.

Zwei Tage später sagte er ihr, daß sie nicht für dieses Schicksal bestimmt sei. Statt dessen war ihr erlaubt, eine noch größere Aufgabe zu erfüllen, eine Aufgabe, die die Imperialen wie ein wütender Wind aus dem Norden von den Welten des Altai-Clusters vertreiben würde.

Sie war hocherfreut und zugleich beschämt.

Sie lernte und probte sorgfältig.

Zwei Tage, nachdem Sten die Toten im Wald gefunden hatte, erhielt sie die Nachricht, daß ihre Zeit gekommen sei.

»Diese Hohlköpfe hören einem nicht einmal zu«, sagte der Wachtposten zu den beiden anderen Imperialen Soldaten, die zum Dienst am Wachhäuschen abgestellt waren. »Denen kann man hundertmal sagen, hier ist zu, es gibt hier keine Abkürzung zu den Marktbuden, und sie nicken nur, lächeln freundlich, und wenn sie beim nächsten Mal in die Stadt kommen, probieren sie es wieder. Als der Schöpfer die Jochianer fragte, ob sie Grips haben wollten, dachten sie, er hätte Gips gemeint und riefen: ›Ach was, so etwas brauchen wir nicht!‹«

Der Wachtposten stand an einer der Straßen, die zum Platz der Khaqans führten. Sie war bewacht, weil der Teil des Palastes, den man dem Bataillon des 3. Imperialen Garderegiments als Unterkünfte, Büros und Kantine überlassen hatte, nur knapp hundert Meter entfernt war.

Er gähnte. Es war weniger als eine Stunde nach Sonnenuntergang, und das bedeutete weniger als eine Stunde bis zur Ablösung. Dann konnte er endlich essen gehen. Er nahm seine Willygun, schlang den Trageriemen um den Arm und spazierte aus dem Wachhäuschen heraus. Er betrachtete den Transport-Gleiter, der auf ihn zuschwebte. ›Ein verdammter Oldtimer‹, dachte er. ›Das Ding hängt ja richtig schräg.‹

Seine Ladefläche war mit etwas beladen, das aussah wie halbreife und halbverfaulte Baumfrüchte, die außer einem Jochianer niemand gekauft, geschweige denn gegessen hätte.

Er schüttelte den Kopf und überlegte sich, daß er, nachdem er gesehen hatte, wie wenig die Jochianer zum Leben hatten, nach seiner Dienstzeit nie mehr auf seinem Heimatplaneten über etwas meckern würde. ›Man könnte fast Mitleid mit ihnen haben‹, dachte er. ›Wenn sie nicht so haßerfüllte Idioten wären.‹

Die Kunststoffscheibe war so schmutzig und zerkratzt, daß er nicht erkennen konnte, wer im Cockpit des Gleiters saß. Der Posten streckte beide Hände mit den Handflächen nach unten aus. Das universelle Zeichen für ›anhalten‹.

Der Gleiter hielt an, doch er senkte sich nicht. Er schaukelte leicht in dem böigen Wind, der vom Platz der Khaqans her wehte.

Der Posten fluchte. Er trat ein paar Schritte zur Seite. Vielleicht konnte ihn der Fahrer nicht sehen. Dann huschte beinahe so etwas wie ein Lächeln über sein Gesicht. Sie war wirklich ein hübsches Mädchen. Er winkte wieder – gerade als der Gleiter voll durchstartete und einen Satz nach vorn machte, direkt auf ihn zu.

Er mochte wohl heruntergekommen aussehen, doch die McLean-Generatoren des Gleiters waren neu und auf maximale Beschleunigung getunt. Der Posten hatte nur eine Sekunde Zeit darüber nachzudenken, ob ihn die junge Frau vielleicht mißverstanden hatte, dann warf er sich zur Seite, und der Gleiter raste immer schneller werdend vorbei.

Imperiale – und allgemein sinnvolle – Sicherheitsvorkehrungen besagten: Die Zufahrt zu einer Sicherheitszone sollte immer so angelegt werden, daß jedes Fahrzeug, ob Boden- oder Luftfahrzeug, gezwungen war, seine Geschwindigkeit auf ein Minimum zu drosseln. Dieser Eingang jedoch verfügte nur über eine einzige V-Kurve.

Solide Blockaden, fester Drahtzaun oder sogar aufgerollter Stacheldraht hätte mindestens bis in eine Höhe von drei Metern errichtet werden müssen. Dieses Tor verfügte lediglich über drei Rollen Stacheldraht, wobei die dritte nicht einmal entrollt war.

Der Transport-Gleiter sauste in den Draht, fuhr jedoch weiter.

Die Imperialen Sicherheitsvorschriften führten des weiteren unmißverständlich aus, daß jede Sicherheitszone von einer zweiten Blockade gesichert sein mußte, falls die erste durchbrochen wurde.

Hier war nie eine solche Blockade errichtet worden.

Weiterhin besagten die Vorschriften sogar noch strenger, daß eine Mannschaftsunterkunft auf keinen Fall für ein Selbstmordkommando erreichbar sein durfte. Die minimalen Voraussetzungen dafür waren in feindlichen Gebieten Monitore, Luftabwehreinrichtungen, Bodenhindernisse, ständige Patrouillen mit schweren, panzersprengenden Waffen, et cetera, et cetera.

Der Gleiter war nur noch zehn Meter von den Stufen entfernt, die zu den Unterkünften der Imperialen Garde hinaufführten, als die junge Fahrerin, deren vorgetäuschtes freundliches Lächeln jetzt zu einer Fratze geronnen war, sich zu einem kleinen Kontrollkästchen hinunterbückte, das in aller Eile auf den Boden geschweißt worden war.

Daran befanden sich zwei Zughebel, einer davon war rot, der andere blau angesprüht. Man hatte ihr gesagt, daß der blaue Hebel den Timer auslöste, wonach sie dreißig Sekunden Zeit habe, um sich in Sicherheit zu bringen.

Der rote ...

Der rote sollte im Notfall benutzt werden.

Sie wußte nicht, daß beide Hebel das gleiche bewirkten, denn sie hatte beschlossen, kein Risiko einzugehen. Dies würde der Schuß sein – der Donnerschlag – den man noch weit über die Grenzen von Jochi oder des Altai-Clusters hinaus hören würde.

Man würde den Knall sogar auf der Erstwelt vernehmen, wo jener böse Puppenspieler, der Ewige Imperator, endlich gezwungen sein würde, zuzuhören, und endlich erkennen würde, was seine politischen Ränkespiele alles anrichteten.

Sie zog den roten Hebel nach oben.

Sie starb als erste, als die drei Tonnen konventionellen Sprengstoffs, die der Gleiter in Wirklichkeit geladen hatte, detonierten.

Die Druckwelle raste durch die Mauer des Trakts mit den Unterkünften. Von den 650 Personen, aus denen das Bataillon laut Register bestand, lag mehr als die Hälfte noch im Schlaf oder wurde gerade von ihren Unteroffizieren aus dem Schlaf gebrüllt. Insgesamt befanden sich 580 Gardisten im Palastgebäude.

Colonel Jerety war gerade dabei, mit der Kaffeetasse in der Hand seinen Stellvertreter und den Sergeant Major des Bataillons zu fragen, ob sie noch einen Schluck haben wollten, als ihn die Druckwelle überraschte.

Die Explosion brachte die gesamte Unterkunft zum Einsturz.

Diejenigen, die Glück hatten, starben gleich bei der Explosion.

Die etwas weniger Glücklichen erwachten nie mehr aus ihrer Bewußtlosigkeit oder wurden von herabstürzenden Gebäudeteilen erschlagen.

Es gab aber auch andere.

Noch bevor die Druckwelle vollständig abgeebbt war und während der Staub noch immer aufstieg, setzten ihre Schreie ein.

Nachdem sie durch die halbe Stadt gerast war, erreichte die Druckwelle auch die Imperiale Botschaft.

Sten lag noch immer brütend im Bett, und Cind versuchte ihn davon zu überzeugen, daß dieser Tag nur besser werden konnte, wenn er sich zurücklehnte und ihre Zunge ihren Weg fortsetzen ließ. Dann spürte er das Grollen, das das ganze Gebäude erzittern ließ. Sofort war er auf den Beinen, splitternackt; im ersten Moment war er sicher, daß die Schweine die Botschaft selbst angegriffen hatten.

Er stand am Fenster, hörte nicht auf Cinds Rufe, er solle sich auf den Boden werfen, und blickte hinaus auf die langsam aufsteigende, gewaltige Säule aus Flammen und Rauch.

Tief in seinem Inneren wußte er, daß damit ein Wendepunkt gesetzt war.

Er hatte jedoch nicht die geringste Vorstellung, was als nächstes passieren würde.

Doch er verspürte ein merkwürdiges Kribbeln, das ihm verriet, daß es etwas sein würde, wogegen sich der Verrat und all die Morde, die sich bis jetzt ereignet hatten, vergleichsweise wie ein Kinderspiel ausnehmen würden.

Kapitel 29

»Als ich zurückkam, wußte ich, daß mir keine leichte Aufgabe bevorstand«, sagte der Ewige Imperator, »doch wie die meisten meiner Untertanen war ich davon überzeugt, daß es ausreichen würde, den Imperialen Gürtel etwas enger zu schnallen und weiterzuwurschteln.«

Der Imperator goß Mahoney mehr Scotch nach und füllte

auch sein eigenes Glas auf. »Ich war so naiv zu glauben, daß die Krise mit ein bißchen Phantasie und viel harter Arbeit in den Griff zu kriegen sei.« Er ließ seinen Blick kurz auf Mahoney ruhen und fuhr dann fort.

Mahoney hatte einen Moment lang das Bild einer Eidechse vor sich, die nach einer Fliege sucht. Rasch schob er das unloyale Bild beiseite. »Ich bin sicher, daß es wieder werden wird, Sir. Wir alle haben vollstes Vertrauen in Sie.«

Der Imperator lachte hohl. »Vertrauen ist eine überbewertete Ware, Ian. Doch, doch, es ist wirklich eine Ware. Ich muß es wissen. Ich habe gerade eben wieder einen größeren Posten davon erworben, um mich rückzuversichern.«

Mahoney ging nicht darauf ein. Er wollte nicht wissen, wovon der Imperator gerade redete. »Wie kann ich Ihnen helfen, Sir?«

»Das ist eine Ihrer bewundernswertesten Eigenschaften, alter Freund«, sagte der Imperator. »Wenn ich rufe, sind Sie stets als Freiwilliger zur Stelle.«

Zu anderen Zeiten hätte sich Mahoney bei dem Kompliment, vom Imperator als Freund bezeichnet zu werden, geschmeichelt gefühlt. Er wäre sogar rot geworden. Doch jetzt klangen die Worte kalt und unaufrichtig. »Vielen Dank, Sir«, erwiderte er. Er nahm einen Schluck, um seine Verwirrung zu überspielen.

»Zunächst muß ich Ihnen erzählen, was geschehen ist«, sagte der Imperator. »Mein ganzer Schreibtisch liegt voller Fiches von meinen Experten.« Um seine Worte zu unterstreichen, drückte er den Daumen gegen die Seite seines antiken Schreibtischs. »Berichte, die sich in fast allen Punkten widersprechen. Bis auf einen.« Der Imperator drehte den Daumen nach unten. »Und das ist die Richtung, in die sich mein Imperium momentan bewegt.

Die Optimisten meinen, es geht recht langsam bergab. Ihre Prognose geht vom völligen Kollaps in zwanzig E-Jahren aus. Die Jungs in der Mitte sagen fünf oder sechs Jahre voraus.

Die Pessimisten erzählen mir, daß es bereits passiert ist. Sie sagen, wir werden nur von der ökonomischen Trägheit weitergetragen. Daß allein die schiere Größe meines Imperiums die Tatsache kaschiert, daß wir bereits tot sind. Tot, tot, tot.«

»Die irren sich ganz sicher alle«, meinte Mahoney. »Experten verdienen ihr Geld mit düsteren Prognosen. Nicht mit guten Nachrichten.«

»Nein. Irrtum ausgeschlossen. Mit Ausnahme meinerseits. Ich habe das, was mir schon lange gegenübersteht und mir ins Gesicht glotzt, viel zu lange einfach ignoriert.«

»Aber ... Ich verstehe nicht, wie so etwas sein kann.« Ein wenig erschüttert kippte Mahoney seinen Drink und zog dann die Karaffe heran, um beide Gläser nachzufüllen. Sie war leer. Er stand auf und ging zur Anrichte, um die nächste zu holen. Zuerst wollte er eine neue Karaffe mit Scotch nehmen, änderte dann jedoch seine Meinung, als er eine Flasche Stregg erblickte. Er nahm sie in die Hand. »Vielleicht brauchen wir etwas Stärkeres, Boß.«

Das Gesicht des Imperators wurde bleich vor Zorn. »Was hat *das* denn da zu suchen?« blaffte er. »Dieses Zeug trinke ich nicht mehr.« Mahoney registrierte alarmiert, wie sich die Wut des Imperators steigerte.

»Verdammt noch mal!« polterte der Imperator. »Ich habe Bleick doch gesagt, daß ich diesen Dreck nicht einmal mehr sehen will.« Dann fing er sich wieder und bedachte Mahoney mit dem schwachen Versuch eines Lächelns. »Entschuldigung«, sagte er. »In letzter Zeit rege ich mich immer öfter über solche Kleinigkeiten auf.«

Mahoney nickte nur und kehrte mit einer Karaffe Scotch zu seinem Sessel zurück. Was zum Teufel ging hier vor? Zum ersten Mal kam sich Mahoney wie in der Gesellschaft eines Fremden vor. Eines gefährlichen Fremden.

Der Imperator fuhr fort, als wäre nichts Ungewöhnliches geschehen, und Mahoney füllte Scotch in die Gläser.

»Als der Krieg mit den Tahn vorüber war«, sagte der Imperator, »waren die Kredite, die wir aufgenommen hatten, enorm. Doch ich hatte einen konkreten, umsetzbaren Plan, wie sich diese Schulden ohne allzu viele Unannehmlichkeiten nach und nach hätten abtragen lassen. Aber leider ...«

Den Rest mußte er nicht aussprechen. Mahoney wußte nur zu genau, daß der Imperator nie die Chance bekommen hatte, diesen Plan Wirklichkeit werden zu lassen.

»Ich hätte ihn trotzdem noch in Gang setzen können«, sagte der Imperator. »Wenn mir dieses Privatkabinett nicht alles gründlich verpfuscht hätte. Mein Gott, wie haben die geaast. Dabei haben sie nichts Sinnvolles mit dem Geld geschaffen, nichts auf die Beine gestellt, was am Ende wieder ein paar Credits in die Schatzkammer gebracht oder sogar einen kleinen Wirtschaftsboom ausgelöst hätte.«

Der Imperator lehnte sich in seinem Sessel zurück und legte die Füße auf den Tisch. »Inzwischen machen die Schulden aus dem Tahnkrieg kaum mehr zehn Prozent unseres Defizits aus«, sagte er. »Und ich schätze, daß sich dieses Defizit bei den laufenden, aufs Minimalste reduzierten Ausgaben innerhalb eines E-Jahres verdoppeln wird.«

Mahoney hatte von Finanzen nicht besonders viel Ahnung. Das Thema interessierte ihn nicht. Größere Summen beleidigten sein moralisches Empfinden. Auf alle Fälle verstand er nichts von derlei Entwicklungen. Das, was der Imperator eben gesagt hatte, verstand er sehr wohl.

»Ungefähr vier Jahre, nachdem das Kabinett ans Ruder gekommen war, befand sich das Imperium am kritischen Punkt«, fuhr der Imperator fort. »Zu diesem Zeitpunkt hatte die AM_2-Verknappung den *point of no return* erreicht. Seitdem hat alles einen ganz schlimmen Drall bekommen, ist zu einer großen verdammten Spirale geworden, die uns alle hinabsaugen wird. Jedesmal, wenn die Wirtschaft eines Systems zusammenbrach und abstürzte, kippte sie die nächste in den Saugrüssel des Wirbels. Jetzt hat der ganze Schlamassel längst eine Eigendynamik erlangt. Wenn ich nicht zu drastischen Maßnahmen greife, und das sehr rasch, dann werden sogar die stabilsten Teile meines Imperiums mit ins Verderben gerissen.«

Der Imperator leerte sein Glas, knallte es auf die Schreibtischplatte und richtete diese gruseligen Augen auf Mahoney. Ein leichtes Flackern ... und schon rutschten sie wieder weg.

Plötzlich hatte Mahoney das Gefühl, auf den Arm genommen zu werden. Die Tatsachen, die ihm der Imperator präsentiert hatte, waren allzu glatt, seine Argumentation zu passend: x mal y muß auf jeden Fall das ergeben, was ich dir als nächstes erzählen werde.

»Und nicht nur das«, sagte der Imperator. »Ich bin auch persönlich klamm. So gut wie pleite. Wie du weißt, Ian, habe ich in der Vergangenheit ab und zu auf meine persönlichen Ressourcen zurückgegriffen, um dem Imperium über einige holprige Wegstellen hinwegzuhelfen. Aber das Privatkabinett hat auch diese Ressourcen geplündert. Jetzt steht uns nicht einmal mehr mein Privatvermögen zur Verfügung.«

»Was haben Sie vor, Sir?« fragte Mahoney. Sein Ton war neutral.

»Ich muß alle und jeden einspannen, Ian«, antwortete der Imperator. »Innerhalb des Imperiums gibt es Tausende von Anführern, die ihre Aufgaben auf tausend unterschiedliche Weisen erledigen.« Er schenkte sich beiläufig nach und nahm einen Schluck. »Zunächst einmal brauchen wir Gleichförmigkeit. Als zweites und allerwichtigstes müssen wir sämtliche Konfliktherde zur Ruhe bringen. Sieh nur, was drüben im Altai-Cluster geschieht. Unser guter und höchst kompetenter Freund, Botschafter Sten, dreht bei dem Durcheinander, das dort herrscht, fast durch. Genau solche instabilen Regionen und Situationen haben damals zu dem Dilemma mit den Tahn geführt.«

Der Ewige Imperator schüttelte den Kopf. »Ich sage dir, Ian, der einzige Weg, der uns aus diesem finsteren Wald herausführt, liegt darin, daß alle einem einzigen Anführer folgen. Und von hier aus gesehen bleibt mir nichts anderes übrig, als dieser Anführer zu sein.

Ich will die Mittelsmänner ausschalten, Ian. Von hier bis in den letzten Winkel möchte ich der einzige sein, der etwas zu bestimmen hat.« Er zuckte die Achseln. »Andernfalls können wir alle aufgeben und nach Hause gehen. Nur gibt es leider kein anderes Zuhause, wo wir hingehen könnten.«

»Wie passe ich in diesen Plan, Sir?« erkundigte sich Mahoney.

»Ich möche, daß du die ganze Sache leitest«, antwortete der Imperator. »Ich möchte, daß du den Oberbefehl über meinen Genesungsplan übernimmst.«

»Wie sieht dieser Plan aus, Euer Hoheit?«

»Meine Lieblingspolitiker werden nächste Woche die erste Stufe meines Plans im Parlament verkünden. Ich werde sämtlichen Provinzen ein einmaliges Angebot unterbreiten. Ich fordere sie dazu auf, ihre unabhängigen Regierungen aufzugeben, und biete ihnen an, sich unter die Oberherrschaft meines Imperiums zu stellen.«

»Entschuldigen Sie, Sir«, wandte Mahoney ein. »Aber weshalb sollten sie das tun? Warum sollten sie alle ihre Macht aufgeben? Wie Sie es mich gelehrt haben, widerspricht das der Natur der meisten Wesen.«

»Das tut es ganz gewiß. Und auch die Karotte, die ich anzubieten habe. Ebenso der Stock. Aber zunächst zur Gier. Als Provinzen zahlen sie den vollen Preis für AM_2. Außerdem unterliegen sie einer strikten Rationierung. Als abhängige Verwaltungsbereiche müssen sie nicht nur weniger für AM2 bezahlen, sondern auch insgesamt weniger Steuern.«

»Was geschieht, wenn sie sich weigern? Wie sieht der Stock aus?«

Der Ewige Imperator lächelte. Ein häßliches Lächeln. »Oh ... zunächst einmal belege ich alle Provinzen mit zehn Prozent Steuern für AM2. Gleichzeitig wird es kräftig rationiert, was wiederum den Gesetzen des Marktes zufolge den Preis für AM2 auf den Spotmärkten sehr schnell verdoppeln wird.«

Ein tiefes Lachen folgte. Mahoney lief es eiskalt den Rücken hinab.

»Aber das ist nur der Anfang«, sagte der Imperator. »Ich habe da noch ein paar andere Daumenschrauben auf Lager. Als langjähriger Königsmacher kenne ich auch die eine oder andere Methode, Könige wieder zu entthronen.«

»Zurück zu meiner ursprünglichen Frage, Sir. Wo komme ich ins Spiel?« Mahoney hatte nicht vergessen, daß seine erste Frage eigentlich gelautet hatte: »Wie kann ich Ihnen helfen, Sir?«

»Ich möchte dich als meinen Kurier in die Provinzen entsenden. Ich möchte noch mehr Ruhm in deine Ehrentruhe scheffeln. Einmal als Dank, aber auch, um dein Prestige in den Augen der Narren, die du besuchen wirst, zu erhöhen.

Und ich will, daß du jeden größeren Provinzfürsten aufsuchst. Bring sie auf Trab. Wickle sie mit deinem irischen Charme ein. Und wenn es sein muß, dreh ihnen die Arme auf den Rücken, wenn sie nicht parieren. Du mußt eisern bleiben, Ian. Mach ihnen Versprechungen, aber stelle sicher, daß sie auch den Stock sehen, den ich dir mitgebe.«

»Ich fühle mich überaus geehrt, Sir«, sagte Mahoney rasch. »Aber für diese Aufgabe bin ich bestimmt nicht der geeignete Mann. Es wäre unloyal, diese Ehre nicht zurückzuweisen. Ein solcher Auftrag wäre nicht in Ihrem eigentlichen Interesse ... Sir.«

Der Imperator bedachte Mahoney mit einem versteinerten Gesichtsausdruck. »Warum, Ian?« Die Frage kam sehr leise. Die Augen blickten über Mahoneys Schulter ins Nichts.

»Weil ich es für eine schreckliche Idee halte, Sir«, platzte es aus Mahoney heraus. »Sie haben stets Ehrlichkeit von mir erwartet, und ich bin Ihnen stets mit Ehrlichkeit begegnet. Und deshalb ... ist es eben so. Ich ... möchte diese Aufgabe nicht annehmen, Sir. Weil ich nicht daran glaube.«

»Was gibt es da nicht zu glauben? Es ist ein Plan und keine Religion.«

»Zunächst einmal, weil der Stock weitaus mehr zum Einsatz kommen wird als die Karotte, Sir. Sie werden den meisten Regionen ihren Abhängigkeitsstatus aufzwingen müssen. Nicht wenige werden sich dagegen sträuben. Das heißt, sie werden Ihre Befehle bestenfalls murrend befolgen. Dadurch sind alle weiteren Aktionen zum Scheitern verurteilt. Das ist meine bescheidene Meinung, Sir.«

Es war außerdem Mahoneys professionelle Ansicht, daß man die Leute ihr Schicksal am besten selbst bestimmen ließ. Genau das hatte er an diesem Imperium immer so geschätzt. Es gab genügend Probleme, keine Frage, aber es war immer genug Platz vorhanden, alle möglichen Dinge auf vielerlei Arten zu bewältigen. Genug Platz für Genies und genug Platz für Dummköpfe.

Doch jetzt fing er an, seine früheren Ansichten in Frage zu stellen. Wieviel Platz gab es eigentlich tatsächlich?

»Unter normalen Umständen würde ich mit dir übereinstimmen, Ian«, sagte der Imperator. »Ich könnte viele Beispiele aus der Geschichte anführen.«

»Die Übernahme der alten East India Company durch die Britische Krone auf der alten Erde fällt mir dazu ein, Sir«, meinte

Mahoney. »Eines Ihrer beliebtesten Beispiele, Sir. Und, wie ich glaube, eine hervorragende Lektion in Versagen.«

Der Imperator lachte. Mahoney glaubte, in dem Lachen ein klein wenig von dem alten Geist wiederzuerkennen. Sofort fühlte er sich etwas besser.

»Fahre fort, Ian. Schleudere mir meine eigene Logik ins Gesicht. Es gibt nicht viele, die sich das trauen. Das sind die kleinen Dinge, die die geistigen Säfte fließen lassen. Es bewahrt mich davor, Schimmel anzusetzen.«

Er beugte sich über den Schreibtisch und senkte ein wenig die Stimme. »Ich verrate dir eins, Ian. Die Leute, die ich zur Zeit ständig um mich habe, sind die reinste Dilettantentruppe. Ich vermisse die alten Tage. Als du und ich und ein paar andere talentierte Personen – zum Beispiel unser Sten – die ganze Chose mit links in den Griff kriegten. Ich liebe diese alte Art der politischen Freibeuterei.«

Der Imperator ließ sich zurücksinken und nippte an seinem Glas. Dann hüllte ihn wieder diese Kälte ein. »Leider ... geht es so nicht mehr. Und ich rede nicht nur von der gegenwärtigen Krise.

Die Sache ist zu groß geworden. Zu kompliziert. Regierung durch Konsens ist eine Idee, die sich hervorragend bei einem Stamm verwirklichen läßt. Zwanzig oder dreißig Mitglieder höchstens. Alles, was darüber hinausgeht, ist der Effektivität dieses Ideals abträglich.

Es ist höchste Zeit für eine Neuordnung, mein Freund. Eine neue Ordnung für das Universum. Gefragt ist jetzt ein neues Denken, von Leuten mit der rechten Gesinnung.«

Mahoney konnte sich nicht zurückhalten. »Ich bin mir nicht ganz sicher, ob eine Herrschaft nach dem Muster der *aufgeklärten Monarchie* sich mit der Definition dieses neuen Denkens vereinbaren läßt, Sir.«

Der Imperator schüttelte den Kopf. »Du hast recht, aber du liegst falsch, Ian. Du vergißt, daß ich ... unsterblich bin.«

Er richtete seinen Blick auf Mahoney. Seine Augen waren wie Spiegelglas, das Mahoneys Bild auf ihn zurückwarf. »Ich kann mir in der gesellschaftlichen Kunst des Regierens nichts Perfekteres vorstellen als einen wohlwollenden, zielgerichteten Regenten, der den Kurs hält, bis zum Ende der Geschichte.«

Der Blick des Imperators blieb fest auf Mahoney gerichtet, bohrte sich in ihn hinein. »Erkennst du es jetzt, Ian? Jetzt, nachdem ich es dir erklärt habe? Siehst du die ganze Schönheit dieses Entwurfs vor dir?«

Das Funkgerät summte und erlöste Mahoney für diesen Moment von einer Antwort. Noch während der Imperator mit der Person am anderen Ende redete, stellte sich die Erlösung als dauerhaft heraus. Es waren sehr schlimme Nachrichten, die ihn retteten.

Der Imperator knurrte einige Befehle und unterbrach wutentbrannt die Verbindung. Er drehte sich zu Mahoney um. »Im Altai-Cluster ist eine Katastrophe geschehen, Ian«, sagte er. »Ich meine eine von der Sorte, bei der Imperiale Truppen auf die beschämendste Weise massenhaft ums Leben kommen.«

Er wandte sein Gesicht dem Fenster zu und blickte hinaus auf die idyllischen Parkanlagen von Schloß Arundel. Er schwieg sehr lange und dachte nach.

Schließlich drehte er sich wieder um. »Vergiß mein Stellenangebot von vorhin, Mahoney«, sagte er. »Wir können zu einem anderen Zeitpunkt weiter darüber streiten. Jetzt mußt du etwas Wichtigeres für mich erledigen.«

»Ja, Sir«, erwiderte Mahoney. Er wußte, daß er diesmal unmöglich ablehnen konnte.

Kapitel 30

Es dauerte drei schreckliche Tage, bis die Unterkünfte der Gardisten ausgegraben waren. Zu dem Zeitpunkt, da die Monsterbombe auf dem Transport-Gleiter detoniert war, hatten sich 580 Soldaten in dem Gebäude aufgehalten.

437 Tote. 121 Verwundete, die meisten davon mit schwersten Verwundungen, die so drastische Amputationen erforderten, daß das Chirurgenteam der Botschaft bei der Hälfte von ihnen eine Regeneration der betreffenden Gliedmaßen bezweifelte. 23 Soldaten waren unverletzt geblieben – körperlich unverletzt.

Zunächst waren es 26 gewesen. Drei Soldaten hatte man offenbar unversehrt aus den Trümmern gegraben. Einer von ihnen war sogleich aufgestanden, hatte breit gegrinst und gefragt: »Danke, ihr Blödmänner, und wer gibt jetzt einen aus?« Daraufhin war er fünf Schritte gegangen und tot umgefallen. Die anderen beiden waren still in ihren Krankenhausbetten gestorben. Auch die 23 Überlebenden erwiesen sich natürlich allesamt als Fälle für den Psychologen. Niemand wußte, wie viele jochianische Zivilangestellte ums Leben gekommen waren; jedenfalls wurde es nirgendwo vermeldet.

Aber es dauerte drei Tage, bis der letzte schreiende Verwundete, der irgendwo in den labyrinthischen Trümmern des ehemaligen Palasttraktes begraben lag, heiser wurde und schließlich endgültig verstummte.

Dieses Bataillon der 3. Gardedivision hatte aufgehört zu existieren. Otho fand die Bataillonsfahne in der Nähe von Jeretys Leiche und ließ sie für die Rückführung zum Heimatdepot der Division einpacken. Nach einem angemessenen Zeitraum würde das Bataillon eventuell neu formiert werden. Vielleicht würde es auch nie wieder ins Leben gerufen.

Die Verwundeten und die verletzten Gardisten, die sich außerhalb ihrer Unterkunft befunden hatten, wurden auf die *Victory* gebracht und evakuiert.

Sten hatte Mason die Rettungsaktion übertragen; er selbst hatte, sooft es ging, den anderen Imperialen beim Ausgraben geholfen. Dann hatte er Mason befohlen, die *Victory* mit den Verletzten zur Erstwelt zu bringen. Eine Kopie des Befehls an Mason hatte er zur Erstwelt übermitteln lassen, sich aber nicht mehr darum gekümmert, ob eine Zustimmung des Imperators erfolgte oder nicht. Er war eher überrascht, als ihn die Zustimmung sowie ein kodierter Zusatz mit der Bewilligung sofortigen Ersatzes erreichte.

Das nächste Kommuniqué von der Erstwelt kündete Orden an. Einige wurden den Gurkhas und den Bhor überreicht, die Sten kommandiert hatte. Andere gingen an Colonel Jerety und die hochrangigen Offiziere des Gardebataillons. Hätten diese Offiziere den Anschlag überlebt, wären sie selbstverständlich entlassen oder sogar wegen Inkompetenz erschossen worden.

Auch Sten, Kilgour und Mason wurden mit Lametta behängt. Für sie waren diese Orden nicht mehr als bedeutungsloses Metall, das schon bald vergessen in einer Schublade herumlag. Man hätte die Katastrophe nicht mit Metall und bunten Bändchen unvergessen machen, sondern sie genau studieren und Lehren daraus ziehen sollen. Aber so war nun mal der Lauf der Dinge beim Militär.

Sten hatte inzwischen schon ganz andere Probleme zu bewältigen.

Der Anschlag, der die Gardeeinheit vernichtet hatte, schien eine Art Katalysator gewesen zu sein. Jochi schien komplett durchzudrehen.

Plötzlich war das Imperium der Feind des Altai-Clusters. Dem Imperium mußte eine Lektion erteilt werden. Das Imperium hatte sich hier gefälligst nicht einzumischen.

Sten brachte der Kampagne sogar ein gewisses Maß an Bewunderung entgegen. In einem bestimmten Rahmen war sie tatsächlich spontan – Bauern brauchten nie eine besondere Anleitung für ihr neuestes Pogrom –, doch zu großen Teilen kam ihm das alles sorgfältig choreographiert vor.

Zunächst hatte sich Sten in einer reaktiven Position befunden: Er mußte mit Dr. Iskra und dem, was Iskra lächerlicherweise eine Regierung nannte, die korrekten Protestnoten absprechen; dann die entsprechenden Anworten, wobei er versuchte, sich die Livie-Reporter vom Hals zu halten … und ganz nebenbei mußte er die Botschaft am Laufen und seinen Stab am Leben halten.

Er hatte Jochi sofort zum Krisengebiet erklärt und sämtliche Imperialen Welten darüber informiert, daß jeder Bürger, der den Altai-Cluster besuchte, das auf sein eigenes und sehr hoch einzuschätzendes Risiko tat. Er bestand darauf, daß die Erstwelt von jedem, der in den Cluster kam, ein Visum verlangte.

Er schickte Teams bewaffneter Gurkhas und Bhor aus, um alle Imperialen Bürger aufzusuchen und sie in die Sicherheit der Botschaft zu eskortieren.

Dank eines Gottes, der mit Gewißheit nicht aus dem Altai-Cluster stammte, hatte es sich bei den meisten Besuchern um Geschäftsleute gehandelt, die ein Gespür für brenzlige Situationen besaßen und sich rechtzeitig aus dem Staub gemacht hatten. Trotzdem gab es immer Ausnahmen von der Regel: das ältere Ehepaar, das sich in den Kopf gesetzt hatte, einen Teil des Universums kennenzulernen, den es noch nie besucht hatte; das Pärchen auf Hochzeitsreise, das sich Jochi offensichtlich aus einem hoffnungslos veralteten Reisefiche ausgesucht hatte. Sten konnte die alten Leute retten. Die Frischverheirateten erreichte er nicht mehr rechtzeitig.

Dann wurde die Botschaft selbst belagert.

Zuerst rotteten sich lediglich kleine Gruppen von Jochianern vor der Botschaft zusammen, die jeden, der die Botschaft betreten oder verlassen wollte, mit Steinen bewarfen. Sten beratschlagte sich mit Kilgour. Alex stimmte seiner Einschätzung zu, daß die Situation sich zusehends verschärfte.

»Dann zeigen wir ihnen mal, wie man richtig Krawall macht.«
»Alles klar, Boß.«

Kilgour machte sich sogleich an die Arbeit. Die Gegenmaßnahmen auf das, was da vor ihrer Tür geschah, hätte er mittlerweile im Schlaf erledigen können. Es war beileibe nicht das erste Mal, daß er und Sten von einem »zivilen Mob« auf einem »friedlichen Planeten« belagert wurden; sie hatten schon vor langer Zeit eine höchst effektive Verteidigungstaktik entworfen.

Dr. Iskras Handlanger J'Dean zufolge repräsentierten diese Leute den Zorn des aufgebrachten Volkes. Worüber sie sich eigentlich aufregten, danach fragte Sten schon gar nicht mehr. J'Dean übermittelte ihm die Nachricht, daß Dr. Iskra, der zur Zeit leider überaus beschäftigt sei, nicht zögern würde, die Angelegenheit mit einem drastischen Truppeneinsatz aus der Welt zu schaffen, falls Sten das wünschte. ›Genau‹, dachte Sten. ›Noch ein Massaker, das man eindeutig mir in die Schuhe schieben kann; ich weiß, daß diese Unterredung mitgeschnitten wird.‹

»Nein«, lehnte er höflich ab. »Das Imperium wird nicht mit Waffengewalt gegen unschuldige Jochianer vorgehen, die aus freien Stücken ihrer politischen Meinung Ausdruck verleihen, was ihnen auch zusteht.« Dann unterbrach er die Verbindung. Nicht einmal Iskras Manipulationsspezialisten würden aus dieser Aussage einen Befehl zum Abschlachten machen können.

Dann fingen Scharfschützen an, die Botschaft mit Projektilwaffen zu beschießen; Schützen, die zumindest ein Mindestmaß an Ausbildung genossen hatten. Eine Sekretärin erhielt einen Beinschuß, eine andere Angestellte erblindete zeitweilig, als ein

Schuß sie knapp verfehlte und aus der Wand dicht neben ihr Staub und Steinchen in ihr Gesicht spritzen ließ.

Das reichte. Sten befahl sämtlichen Zivilisten, sich nur in den nach innen gelegenen Räumen aufzuhalten, und auch die Soldaten sollten bei Tageslicht nur die allernötigsten Tätigkeiten verrichten.

Die nächste Stufe würde zweifelsohne ein direkter Angriff sein.

Sten schickte alles Personal, das nicht dringend benötigt wurde, in die unterirdisch gelegenen Stockwerke der Botschaft. Sämtliche Ein- und Ausgänge der Gebäude auf dem Areal wurden mit Leuten besetzt, die eine militärische Ausbildung mitgemacht hatten oder zumindest einigermaßen mit Waffen vertraut waren.

Die ganze Zeit über waren die Bhor damit beschäftigt, Kilgours Vorgaben auszuführen. Die ziemlich monströsen Kreaturen wurden meist als barbarische Mörder angesehen – was sie natürlich auch waren –, doch sie verfügten auch über ein ungeahntes Geschick als Händler und Piloten. Das bedeutete, daß jeder von ihnen Talente als Mechaniker dritten Grades besaß, Eigenschaften, die inzwischen beinahe schon vererbt wurden. Jeder von ihnen konnte beispielsweise so ziemlich alles schweißen, inklusive radioaktiven Materials – eigenhändig, sicher und mit einem Minimum an Abschirmung. Oder eine kaputte Maschine reparieren, die er noch nie zuvor gesehen hatte. Und das alles mit dem Werkzeug eines Hobbyhandwerkers und innerhalb kürzester Zeit.

Die Botschaft verfügte über zwei altmodische Modelle gepanzerter Fahrzeuge zur Aufstandsbekämpfung. Nachdem man ihnen die Kanonen abmontiert hatte, ließ Alex die alten Schüsseln mit einer Bewaffnung nach seinem Geschmack bestücken. Vier weitere Botschaftsfahrzeuge, darunter der langgestreckte Luxusgleiter für offizielle Auftritte, den Sten von seinem Vorgänger geerbt hatte, wurden auseinandergenommen und mit einer improvisierten Panzerung und der gleichen Bewaffnung wie die Einsatzfahrzeuge versehen.

Auch vier von den Truppentransportern der Gurkhas wurden modifiziert, indem man ihnen schwere, V-förmige Baggerschaufeln vor den Bug schweißte. Diese vier Transport-Gleiter wurden in der Nähe von einem der vier Ausfalltore der Botschaft stationiert.

Sten und Alex bastelten gut getarnte Bomben und versteckten sie auf Bodenniveau an den Außenmauern des Geländes.

An diesem Abend führte Lalbahadur Thapa, den Sten zum Jemedar befördert hatte, zwei unveränderte Transport-Gleiter und einen Zug Gurkhas aus einem Steiteneingang hinaus auf eine Organisationstour in ein zentrales Warenlager. Er kehrte ohne Verluste zurück. Seinen Auftrag hatte er zwar erfüllt, doch er berichtete Sten, daß er noch nie eine so große Lagerhalle mit einem derart kleinen Angebot gesehen hätte. »Wie kommt es nur, daß diese Jochianer so viel Zeit darauf verwenden, ihren Nachbarn die Köpfe einzuschlagen, und sich gleichzeitig so wenig um ihre Unterkünfte und ihre Verpflegung kümmern?«

Sten konnte ihm die Frage auch nicht beantworten.

Kilgour zog zwölf Angehörige der botschaftseigenen Sicherheitskräfte für einen Spezialeinsatz ab. Sie wurden mit den gestohlenen »Waffen« ausgerüstet und erhielten, Alex' archaischem Sinn für Humor entsprechend, den Decknamen »Kater-Kommandos«.

Bei Morgengrauen war die Botschaft gerüstet. Sten erwartete den Angriff zwischen Mittag und Sonnenuntergang; es dauert eine gewisse Zeit, bis man einen aufgehetzten Mob organisiert, getrimmt, geschmiert und motiviert hat.

Die Gurkhas und die Bhor standen zum Gegenangriff bereit,

falls die Meute durch die Tore brechen oder die Mauern übersteigen würde, oder falls aus sonstigen Gründen ein Eingreifen notwendig werden sollte.

Blieben noch zwei Aufgaben übrig.

Alex kümmerte sich um die erste. Er überprüfte die Sicherheitsvorkehrungen ein letztes Mal, wobei er sich auf die Gebäude konzentrierte, von denen aus man von außen Einblick in das Botschaftsgelände hatte und die sich als Kommandozentralen eigneten. Dafür kamen vor allem zwei Gebäude in Frage; eines davon war ein neuer Bürobau, das andere einer der so gut wie leerstehenden vertikalen Slums. Jedes war mit einer neuen Funk-Antenne auf dem Dach ausgerüstet.

Sie wurden überwacht.

Cind hatte ihre besten Schützen im Hof der Botschaft postiert und sie Zielscheiben anvisieren lassen. Natürlich war die Entfernung kaum der Rede wert; das Ganze diente eher dazu, den Scharfschützen zu bestätigen, daß die Zielerfassungsgeräte ihrer Waffen weder eingerostet waren noch sich verbogen hatten, seit sie ihren letzten Schuß abgefeuert hatten.

Cind war froh darüber, daß die Munition aus AM_2 und nicht aus normalen Projektilen bestand, denn so mußte sie sich nicht mit irgendwelchen Nullpunktberechnungen – womöglich auf den Zentimeter genau! – oder anderem steinzeitlichem Unsinn abgeben. AM_2-Geschosse suchten sich ihr Ziel ohne Ablenkung auf einer schnurgeraden Flugbahn.

Die Bewaffnung ihres Teams bestand aus Imperialen Scharfschützengewehren, modifizierten Willyguns, die AM_2-Standardmunition verschossen. Im Unterschied zu den üblichen Infanteriegewehren diente als »Treibmittel« keinesfalls ein Laser, sondern ein zusätzlich am Lauf angebrachter modifizierter Linearbeschleuniger. Eine konventionell aussehende Zielvorrichtung berechnete automatisch die Flugbahn zum Ziel. Bewegte sich das Ziel außerhalb des Sichtbereichs, etwa hinter eine Mauer, stellte man das Zielfernrohr so ein, daß sich das Fadenkreuz dorthin verschob, wo der Scharfschütze das momentan unsichtbare Ziel auf der anderen Seite der Mauer vermutete. Jetzt mußte man nur noch den Abzug betätigen, und das Gewehr schoß buchstäblich um die Ecke.

Cind besaß ihre eigene Sonderanfertigung, ein Scharfschützengewehr, das mit allem bekannten Komfort ausgerüstet war, vom Schaft mit Daumenloch über den justierten Abzug bis zum schwereren Lauf. Einer der Gurkhas, Naik Ganjabahadur Rai, diente ihr als Artilleriebeobachter.

Sten hoffte, daß das krachende Gewehrfeuer hinter der Botschaftsmauer einigen der möglichen Krawallmacher den Schneid abkaufen würde, doch er bezweifelte es.

Sie warteten ab.

Der Tag verging mit Gebrüll, Steinen, Flaschen und wüsten Gesängen, die über die Mauer des Botschaftsgeländes herübergeschleudert wurden. Erst am Nachmittag hatte Sten den Eindruck, daß die Meute aufgebracht und reif genug war, daß man sich ernsthaft um sie kümmern mußte. Vielleicht hatte es aufgrund der windigen und unbeständigen Wetterverhältnisse so lange gedauert; schließlich herrschte nicht gerade das perfekte Wetter, um eine Botschaft zu zerstören.

Er ließ Cinds Scharfschützen das Dach der Botschaft besetzen. Ein Stockwerk tiefer lauerte Alex mit zwei Raketenabwehrteams der Bhor in einem Büro, dessen Fenster man herausgenommen hatte.

Stens gesamte Truppe verständigte sich auf einer einzigen Kommandofrequenz, was normalerweise sofort zu einem heillosen Funkgebrabbel geführt hätte. Da er es jedoch mit überaus erfahrenen Gurkha- und Bhor-Einheiten zu tun hatte, dachte Sten, daß sich das Gequatsche innerhalb vernünftiger Grenzen halten ließ.

Die Funkgeräte waren außerdem auf eine zusätzliche Frequenz eingestellt, die im Notfall alle anderen Gespräche übertönte.

»An alle Abschnitte, alle Einheiten«, fing er an. »Diese Frequenz bleibt auf Standby. Abschnittsführer, bitte beide Frequenzen sofort überprüfen und Bericht geben. Sten, Ende.«

Er funkte unverschlüsselt, da sie keine Zeit für Codes hatten, und auch keine eigentliche Veranlassung dazu. Wenn diejenigen, die diese »spontane Demonstration« leiteten, mithören und auf das Geschehen in der Botschaft reagieren wollten, konnten sie das gerne tun. Sten hatte nichts dagegen.

Alle Einheiten meldeten alles klar, mit der Ausnahme, daß ein Abschnittsführer zwei Funkgeräte austauschen mußte. ›Dereinst wird das Jahrhundert kommen‹, dachte Sten, ›in dem man endlich ein Infanteriefunkgerät erfindet, das auch noch fünf Meter jenseits der Bandstraße des Herstellers zuverlässig arbeitet. Dieses Jahrhundert ist es jedoch definitiv nicht.‹

Sten setzte ein Hochleistungsfernglas auf einem Stativ in Position und beschloß, daß es an der Zeit war, die Situation draußen auf der Straße zu überprüfen.

Geschrei. Spruchbänder. Hupkonzert. Brüllende Anheizer. Barrikaden, die die Seitenstraßen blockierten. Das dumpfe Patschen einiger Kleinkalibergewehre, auf welches Ziel auch immer abgefeuert. Die Botschaft war von einem Meer des Wahnsinns umgeben. Die Meute wogte hin und her und brüllte aus Leibeskräften.

›Ein Brüllen wie am Ort des Rauchs‹, dachte er und schaltete dann einen Teil seiner Gedanken einfach ab.

›Eine gewaltige Menge‹, dachte er. ›Mindestens ... Augenblick mal.‹ Er schätzte sie auf über einhunderttausend Personen.

»Woher weißt du, daß es so viele sind?« fragte ihn Cind erstaunt. Sie lag zwei Meter von ihm entfernt ausgestreckt auf dem Boden.

»Ganz einfach«, erwiderte er. »Ich zähle die Beine und teile durch zwei. Paß auf, Cind. Zielvorgaben: Alpha. Dreizehn dreißig. Fünfhundert Meter. Bravo. Fünfzehnhundert. Vier – Korrektur, dreihundertfünfundsiebzig. Charlie. Sechzehnhundert, vierhundert. Noch einer – Delta. Null neunhundert, sechshundert Meter. Sieht so aus, als könnte das der große Zampano sein. Monitor, bitte. Sten, Ende.«

Er benutzte ein Ortungsgerät, auf dem der Hauptboulevard, der von der Botschaft bis zum Palast verlief, genau auf zwölf Uhr lag; die Entfernungen waren in Metern angegeben.

Die Beobachter reagierten prompt. Sämtliche Ziele, die er vorgeschlagen hatte, befanden sich hinter der brodelnden Menge. Er hatte nach Personen Ausschau gehalten, die von erhöhten Standorten aus Reden schwangen, organisierten, anheizten.

Das Gebrüll der Menge schwoll an. ›Wenn diese Redenschwinger lediglich aufgebrachte Bürger sind, die sich über die Ungerechtigkeit erregen‹, dachte Sten, ›dann müßten sie sich in den nächsten Augenblicken selbst in die vorderste Front des Mobs brüllen.‹

Sie rührten sich jedoch nicht von der Stelle.

›Also doch professionelle Unruhestifter, solche von der Sorte, die sich spätestens dann, wenn der Maskenball richtig losgeht, lieber nicht in den Kugelhagel stellen. Oder es sind ganz einfach Feiglinge. In diesem Fall tut mir das, was gleich passieren wird, beinahe leid.‹

»Alex.«

»Hier, mein Junge.«

»Wenn du jetzt ein Päuschen einlegst, schnappen wir uns die Windbeutel.«

»Alles klar, Skipper. Hast du vielleicht Verwendung für ein paar zusätzliche Informationen?«

»Nein ... doch.«

»Ich habe mein kleines Ticketacke dabei. Das mit dem Piepser für den protzigen Schießprügel, der irgendwo dort draußen rumschwirrt.«

Sten mußte kurz überlegen. Ach so, Alex redete von dem Detektor, der mit der Wanze in der Zierpistole in Verbindung stand, die sie in dem geheimen Waffenlager präpariert hatten.

»Sprich weiter.«

»Wie du schon vermutet hast: Dieser Oberzampano hat sie.«

›Elender Drecksack‹, dachte Sten. Dann wurde dieser »Mob« also tatsächlich gesteuert und manipuliert. Und wer auch immer diese Operation leitete, hatte die Finger auch ein wenig im privaten Terrorgeschäft stecken. Und er hatte keine Skrupel, auch wenn es unterm Strich so gut wie nichts einbrachte, einen Kamikazebomber loszuschicken, der vierhundert Imperiale Gardisten tötete.

»Du hast freie Hand, Alex. Verliere diesen Ticker bloß nicht aus dem Auge.«

»Dachte ich mir schon, Boß. Und ich erwarte, daß ich bei dir für meine aufopferungsvolle Tätigkeit hier was gut habe. Ich bin jetzt aus dem Netz und beobachte weiter vom zentralen Nachrichtenraum aus. Alex, Ende.«

»Cind?« Sten hielt die Hand über das Mikro des Funkgeräts.

»Ich habe mitgehört.« Sie richtete jetzt ihr Wort über ihr offenes Mikro an die Scharfschützentruppe.

»Hier Scharfschütze Six Actual. Delta ist ein negatives Ziel. Ich wiederhole: Delta ist ein negatives Ziel. Ende.«

Dieses Ziel – die Person, die Sten auf der anderen Seite der Menge entdeckt und als befehlshabenden Offizier des Pöbels ausgemacht hatte – trug die präparierte Pistole bei sich. So gerne er Delta sofort ausgelöscht hätte – dieses Ziel mußte bis später warten.

»Achtung! Sie kommen!«

»Unbekannte Einheit! Identifizieren Sie sich!«

»Entschuldigung. Haupteingang.«

Sten schwenkte sein Fernglas. Tatsächlich, da kam eine Horde Leute auf das Haupttor zu.

Eigentlich eher eine stolpernde Horde. Sten gab einen Befehl.

Reizgas zischte aus versteckten Düsen, die auf den Mauern der Botschaft eingelassen waren. Die Mischung war zehn zu eins verdünnt und obendrein mit einem Farbstoff versetzt worden; jeder, der mit dem Gas in Berührung kam, wurde gelb eingefärbt. Das hatte den Sinn, daß Sten im Zweifelsfall später jeden Krawallmacher identifizieren konnte, da die Farbe mindestens sieben Badeorgien überstand, bevor sie sich abschrubben ließ.

Das Gas war lediglich zur Abschreckung gedacht, andererseits sollte es als Hinweis darauf dienen, daß auch drastischere Mittel eingesetzt werden konnten.

Die erste Welle wankte mit tränenden Augen zurück. Dann stürmten die jetzt braungelben Unruhestifter erneut nach vorne. Diesmal hielten sie Messer, selbstgebastelte Speere und Brandsätze in den Händen.

Sten drückte einige Tasten auf den Detonationskontrollen vor sich, woraufhin die von ihm und Alex vergrabenen Sprengladungen hochgingen. Es handelte sich dabei weniger um Bomben als um mit zusätzlichem Druck versehene Sprühdosen. Sie waren als Mülleimer, Laternenfüße und andere Einrichtungen getarnt gewesen, Dinge, die zu einer ganz normalen Straße gehörten. Jede Bombe enthielt mindestens zwanzig Liter Schmiermittel.

Damit wurde es entschieden schwierig, sich auf den glitschigen Straßen rings um die Imperiale Botschaft zu bewegen.

Im Anschluß daran schlugen die Kater-Kommandos aus den unvermutet auf- und sofort wieder zuklappenden Ausfalltoren zu.

Sie bestanden aus Zweimannteams. Einer trug eine Willygun und hatte Befehl, sie nur dann zu benutzen, falls das Team in einen Hinterhalt geriet; der andere trug einen großen Packen, der mit dem Diebesgut aus dem Warenhaus gefüllt war. Kugellager. Viele, viele Kugellager, die mit vollen Händen unter das Volk geschleudert wurden, wie Bonbons bei einem Festumzug.

Eine Kugellagermausefalle.

Kater-Kommandos.

Es wurde für die aufrechten Rebellen immer schwieriger, ihre aufrechte Position beizubehalten.

Der Pöbel zögerte. Die vorderen Reihen wurden plötzlich unsicher und wußten nicht mehr so recht, was da eigentlich vor sich ging, die hinteren Reihen wollten es genauer wissen und drängten nach vorne, wo jeden Augenblick die ersehnte Plünderung losgehen mußte.

Wieder öffneten sich die Ausfalltore der Botschaft, und die beiden Fahrzeuge zur Aufruhrbekämpfung schwebten gemeinsam mit den vier anderen, die Sten hatte umbauen lassen, heraus und eröffneten sofort das Feuer.

Mit Wasser.

Mittlerer Druck. Nicht einmal so stark wie der Strahl eines Feuerwehrschlauchs.

Die ersten Reihen der aufgebrachten Volksmenge kamen schnell zu dem Schluß, daß es besser sei, nach Hause zu gehen. Es war bitterkalt draußen.

Das wollte Sten ihnen auch geraten haben, denn jetzt röhrte seine zweite Welle schwerer Transport-Gleiter aus der Botschaft heraus. Schreie ertönten, Leute hechteten zur Seite, als die Bulldozerschaufeln auf sie zukamen; erst dann fiel ihnen auf, daß die Gleiter absichtlich in drei Metern Höhe angriffen.

Die Transport-Gleiter waren nicht als Waffen gedacht. Sie schoben sich mit gleichbleibender Geschwindigkeit auf die Barrikaden in den Einmündungen der Seitenstraßen zu. Sie rammten einmal dagegen, prallten zurück, krachten erneut in den aufgehäuften Sperrmüll, woraufhin Schutt und Zivilfahrzeuge zur Seite flogen. Die Straßen waren wieder frei.

Die Gleiter wendeten und kehrten mit erhöhter Geschwindigkeit wieder auf das Gelände der Botschaft zurück. Keine Verluste. Sten seufzte erleichtert; das war der gefährlichste Teil seines Plans gewesen, derjenige, bei dem am ehesten mit Verlusten auf seiten der Imperialen zu rechnen gewesen war.

Der Pöbel schwankte unentschlossen.

Der Angriff der Transport-Gleiter war Stens humanitärer Beitrag, denn dadurch schuf er »seinem« Pöbel eine Hintertür für den nächsten Schritt des Plans. Er wollte wirklich, daß sie alle nach Hause gingen.

»Jetzt!«

Und ab jetzt starben tatsächlich Leute.

Bhorfinger betätigten Auslöser, zwei Sprengköpfe sausten aus Abschußrampen. Es handelte sich zwar um nichtgelenkte Geschosse, doch selbst blindlings abgefeuerte Granaten hätten ihr Ziel nicht verfehlen können. Beide detonierten am gewünschten Punkt. Eine auf dem Dach des Slumhochhauses, die andere im Penthouse des Bürogebäudes.

Allen Teilnehmern, die kein Interesse daran hatten, sich tatsächlich in folgenschwere Gewalttaten verwickeln zu lassen, von unkalkulierbaren Risiken ganz zu schweigen, blieben nur wenige Sekunden zum Nachdenken, nachdem die Sprengköpfe in zwei feurigen Leuchtspuren über ihre Köpfe hinweggezischt und detoniert waren.

Schockwellen breiteten sich aus ... und die Finger der Scharfschützen krümmten sich.

Alpha ... Bravo ... Charlie ...

Auch die Einpeitscher auf der Straße waren tot, bevor sie Zeit genug hatten, aufzublicken und die tödlichen Rauchwolken aus den Höhlen ihrer Vorgesetzten blühen zu sehen.

Der Pöbel war vor Schreck wie erstarrt.

In diesem Augenblick flogen die Tore der Botschaft weit auf.

Das Jammern, Schreien und Kreischen verstummte auf einen Schlag.

Es herrschte absolute Stille.

Und dann war das gleichmäßige Knirschen von Stiefeln auf Kies zu hören.

Flankiert von zwanzig Gurkhas kam Sten aus dem Botschaftstor herausmarschiert. Alle hielten ihre Kukris, die Messer mit der gebogenen Klinge von einem halben Meter Länge, einsatzbereit in einem Winkel von fünfundvierzig Grad vor ihrer Brust.

Nach zehn Schritten blieben sie stehen, ohne daß ein Befehl erteilt worden wäre.

Ihnen folgten zehn Bhor mit gezückten Willyguns, die sich sofort in V-Formation zum Flankenschutz formierten und ebenfalls abrupt zum Stehen kamen.

In der Menge erhob sich ein Murmeln. Das waren die Killer. Die kleinen braunen Männer, die keine Gefangenen machten; Männer, die, wie in wüsten Erzählungen behauptet wurde, ihre eigenen Kinder töteten und verspeisten, wenn sie nicht mörderisch genug waren. Alle Verleumdungen, die die erfahrenen Propagandisten den nepalesischen Kriegern angehängt hatten, Greuelmärchen, um die sich die Gurkhas nie gekümmert hatten, fielen jetzt auf sie zurück. Diese Männer waren sogar noch schrecklicher als in den Erzählungen. Das waren keine Menschen, das waren blutrünstige Ungeheuer, die mit ihren langen Messern kurzen Prozeß machten und nichts als Blut und Schweigen zurückließen.

Wieder ohne jeglichen Befehl machten Sten und die Gurkhas einen genau bemessenen Schritt vorwärts und blieben erneut stehen.

Noch ein Schritt.

Noch einer.

Noch fünf Schritte, dann waren sie auf Tuchfühlung mit dem Pöbel.

Die Menge brach auseinander. Die gleiche Meute, die noch vor wenigen angespannten Augenblicken drauf und dran gewesen war, die Botschaft zu verwüsten und jedes lebendige Wesen darin in Stücke zu reißen, verwandelte sich in einen wirren Haufen ängstlicher Seelen, deren vornehmstes Interesse darin bestand, ihre zarten Hinterteile möglichst schnell aus der Schußlinie zu bekommen.

Heulend und kreischend wieselten sie davon, weg von den Messern, weg von dem schrecklichen Geschehen dort vorne.

Sten und die Gurkhas zuckten nicht einmal mit der Wimper.

Sten nickte kaum merklich, und die Gurkhas machten in einer genau choreographierten Bewegung kehrt; mit dem gleichen gleichmäßigen Schritt marschierten sie hinter die Mauer des Botschaftsgeländes zurück. Die Bhor warteten, bis die Gurkhas hinter der Mauer waren, rissen die Gewehre vor die Brust und folgten den Gurkhas im Laufschritt.

Dann schlossen sich die Tore mit metallischem Scheppern.

Sten ging auf eine Mauer zu, vergewisserte sich, daß ihn niemand sehen konnte, und ließ sich daran herunterrutschen. ›Ein bißchen zu knapp‹, dachte er.

Jemedar Lalbahadur Thapa kam auf ihn zu, stand stramm und salutierte.

Sten erwiderte den Gruß. »Sehr gut gemacht.«

»Nicht sehr gut«, sagte der Gurkha. »Schafe und Kinder erschrecken kann jeder. Die Toten der Imperialen Garde sind nach wie vor ungerächt.«

Jetzt setzte auch Sten einen grimmigen Gesichtsausdruck auf. »Heute abend«, versprach er. »Entweder heute oder morgen abend. Dann werden wir keine Kinderspielchen mehr spielen; und wir werden es nicht mit Kindern zu tun haben.«

Es dauerte allerdings noch drei Nächte, bis der wandernde Punkt, der die verräterische Pistole markierte, zur Ruhe kam.

Stens Einsatzplan erfolgte nur mündlich, ohne jegliche Aufzeichnung, und er fiel sehr knapp aus.

Zwanzig Gurkhas. Freiwillige. Bereithalten zu einer Sonderaufgabe um 23 Uhr. Nur Pistolen. Kasernenkleidung.

Beim letzten Punkt hatte Alex die Stirn gerunzelt. »Warum keine phototropischen Tarnanzüge?«

»Ich möchte nicht, daß sich später jemand über diese Sache den Kopf zerbricht«, sagte Sten kurz angebunden. »Es handelt sich hier um ein autorisiertes Gemetzel, nicht um einen privaten Rachefeldzug.«

Selbstverständlich meldete sich die komplette Gurkhaabteilung freiwillig.

Acht Bhor, alles Meisterpiloten. Vier Mannschaftsgleiter. Standardbewaffnung.

Wieder teilte ihm Cind mit, daß ihr ganzes Team mitgehen wollte. Angefangen bei ihr, fügte sie hinzu.

Sten hatte noch nichts Genaueres über den Spezialeinsatz verlauten lassen. Offensichtlich war das nicht nötig.

Die Soldaten versammelten sich um 22 Uhr. Der Himmel draußen war teilweise bedeckt; schwarze Wolken trieben vor den Scheiben der vier derzeit sichtbaren Monde vorüber.

Die Gurkhas versammelten sich nicht wie gewöhnlich vor dem Kampf noch einmal in der Kaserne. Sie wußten, was ihnen bevorstand. So wie in gewisser Weise alle anderen in der Botschaft. Die Kantinen und Flure waren wie ausgestorben.

Sten und Alex schwärzten sich die Gesichter, legten Tarnoveralls an und überprüften ihre Waffen. Sten nahm sein Kukri, sein eigenes Messer und eine Pistole mit, Alex ein kurzläufiges Gewehr und eine Stahlstange von einem Meter Länge, die er mit nichtrutschendem Klebeband umwickelt hatte.

Alex ging noch einmal in den Nachrichtenraum, um einen letzten Blick auf ihr Ziel zu werfen. Sie hatten nicht nur das Signal aus der Pistole, sondern zusätzlich vier Frick-&-Frack-Teams über dem Gelände eingesetzt; acht weitere standen zur Überwachung der weiteren Umgebung bereit.

Die Gurkhas und ihre acht Bhorpiloten wurden in einer Garage der Botschaft zusammengezogen. Cind befehligte die Formation.

Sten salutierte zurück und befahl den Soldaten, sich zu einer raschen Inspektion zu rühren. Die Gurkhas standen mit gezogenen Kukris stramm. Die Kinnriemen ihrer Schlapphüte klemmten fest unter den Unterlippen, und die Augen waren auf die Unendlichkeit fixiert.

Sten ging die Reihen ab. Eher aus Formalitätsgründen überprüfte er eine oder zwei Klingen. Sie waren natürlich per Hand auf die Schärfe von Rasierklingen geschliffen worden.

Er übergab die Formation wieder an Cind, die daraufhin befahl, die Waffen wieder in den Scheiden verschwinden zu lassen und die Reihen zu schließen. Alex kam mit grimmigem Gesichtsausdruck aus einem Treppenschacht.

»Wir haben es mit einem kleinen Treffen unter Freunden zu tun«, sagte er. »Leben, o leben, schrie sie. Die Sensoren zeigen fünfzehn Geier auf einem Fleck an. Sie halten eine Konferenz ab, vielleicht feiern sie sogar 'ne Party, jedenfalls sieht es aus, als hätte sich die ganze verdammte Zelle an einem Ort versammelt.«

Stens anerkennendes Lächeln war ebenso humorlos.

Dann teilte er seine Befehle aus:

Viermann-Teams. Nach der Landung sofort Richtung Zielgebiet vordringen. Befehl zum Angriff abwarten. Schußwaffen nur im äußersten Notfall einsetzen.

Und:

Keine Verwundeten. Keine Gefangenen.

Sie trabten auf den Hof hinaus, wo die Mannschaftsgleiter schon warteten. Die Bhor schoben sich hinter die Armaturen, die Gurkhas bestiegen die ersten beiden Fahrzeuge – die anderen wurden nur zum Aufräumen mitgenommen –, die Gleiter hoben ab und flogen sehr niedrig und mit hoher Geschwindigkeit über die Stadt in Richtung ihres Angriffsziels.

Das Ziel lag weniger als zwanzig Flugminuten entfernt. Keiner sagte ein Wort. Sten beugte sich über den rechten Pilotensessel und beobachtete die Landkarte auf dem großen Projektor und den blinkenden Punkt, der die Pistole und das Operationsziel markierte.

Er war vor zwei Tagen in einer großen, von ausgedehnten Ländereien umgebenen Villa am Ufer eines Flusses ein wenig außerhalb flußaufwärts von Rurik zur Ruhe gekommen. Ein Hauptquartier? Eine konspirative Wohnung?

Sten war das ziemlich egal. Darum würde er sich mit Alex schon kümmern – hinterher.

Die Gleiter gingen einige hundert Meter von dem ausgedehnten Gebäudekomplex entfernt nieder.

Vor dem Anwesen stand ein schläfriger Posten Wache; ein zweiter am Hintereingang. Sie wurden zum Schweigen gebracht.

Alex überprüfte den Haupteingang nach Alarmvorrichtungen. Es gab keine.

Sten zog seinen Kukri. In einer wellenförmigen Bewegung blitzten einundzwanzig andere Klingen im Mondlicht.

Dann verblaßte der leichenhafte Schimmer, als sich dicke Wolken vor die Monde schoben.

Sie machten sich auf den Weg.

Es dauerte fünf Minuten und ging ohne jeden Laut über die Bühne. Als es vorüber war, lagen die Leichen von fünfzehn getöteten Terroristen und der beiden Wachen auf dem wild wuchernden Rasen aufgereiht. Cind suchte nach Hinweisen zur Identifizierung der Toten und nach anderen wissenswerten Informationen. Es gab kaum etwas.

Sten und Alex holten tragbare Scheinwerfer aus einem der Gleiter und inspizierten die Villa auf die schnelle und gründliche Art, wie sie es bei der Grundausbildung beim Geheimdienst gelernt hatten. Keiner von ihnen sagte etwas.

Erst danach brach Alex das Schweigen. »Ich habe Anzeichen dafür, daß Fans von Iskra den Pöbel gestellt haben. Sieh dir nur die Unmengen von Propagandamaterial an. ›Jochi den Jochianern‹ und all so was, immer der gleiche Mist. Ich hätte allerdings nicht gedacht, daß sie diesen Mist so ernst nehmen.«

»Ich auch nicht.«

»Verdammt! Warum zum Henker hat er sich heute abend nicht aus dem Palast geschlichen, um hier mit seinen gedungenen Halsabschneidern zusammenzutreffen? Das wäre ein Wiedersehen gewesen!«

»So was gibt es nur in den Livies.«

»Weiß ich auch, aber man darf doch wohl noch ein bißchen träumen. Komm schon, Sten, für uns gibt's hier nix mehr zu tun. Soll ich die Bude abfackeln?«

»Ja.«

Die Leichen waren bereits in die beiden zusätzlichen Gleiter geladen worden. Sten wartete, bis er die Flammen im Innern der Villa züngeln sah, und gab dann den Befehl zum Rückzug.

Die siebzehn Leichen würden weit draußen über dem Meer über Bord geworfen werden.

Von außen gesteuerter Terrorismus war ein zweischneidiges Schwert. Nachdem diese Zelle in Nacht und Nebel verschwunden war, dürften Dr. Iskras Leute bestimmt einige Schwierigkeiten haben, neue Kampfzellen zu rekrutieren.

Dann fuhren die blutrünstigen Ungeheuer wieder davon. Sie hatten mit ihren langen Messern kurzen Prozeß gemacht und nichts als Blut und Schweigen hinterlassen.

Kapitel 31

Nur wenige Sozialhistoriker würden bestreiten, daß der Ewige Imperator auf dem Höhepunkt seiner Herrschaft mehr Macht in Händen hielt als jedes andere Lebewesen vor ihm.

Seine Bewunderer, an denen es ihm nie gemangelt hatte, wiesen darauf hin, daß er die meiste Zeit über von dieser Macht keinen Gebrauch machte. Die Zyniker meinten, daß darin der Grund für seine lange Regentschaft zu suchen sei: Bei unzähligen hitzigen und blutigen Auseinandersetzungen war der Imperator die ideale Drittlösung.

Kurz gesagt: Man übertrug ihm die Macht, weil sie in seinen Händen am sichersten schien.

Als der Imperator sich daran machte, immer noch mehr Macht auf sich zu vereinen und sie gegen seine Feinde ins Feld zu führen, sah er sich einer gewaltigen Aufgabe gegenüber. Er wußte, daß sich ihm sowohl Despoten als auch Demokraten entgegenstellen würden, sobald seine Absichten offensichtlich wurden.

Er war sich auch darüber im klaren, daß sich seine Opponenten zuallererst auf seine Regierungskompetenz einschießen würden. Der Imperator war viel zu versiert auf dem politischen Parkett, als daß er nicht gewußt hätte, daß alle seine Vorzüge auch eine Kehrseite hatten.

Die triumphale Rückkehr des Imperators nach seinem Tod hatte Milliarden seiner Untertanen begeistert. Über zwei Jahre lang wurden Ehrenparaden und öffentliche Spektakel abgehalten. Er war ein Held jenseits allen Heldentums.

Doch jede Parade hat einmal ein Ende; meist in einer schäbigen Seitenstraße, wo die bunte Staffage zerrissen in die große Mülltonne wandert. Die Begeisterung über den Sieg schlägt schon bald in Enttäuschung über den vergleichsweise langweiligen Alltag um. Und letztendlich setzt der Sieg einen Standard für Problemlösungen, der unter normalen Umständen unmöglich zu erreichen ist. Der durchschnittliche Untertan ist maßlos davon enttäuscht, daß seine persönlichen Probleme nach wie vor ungelöst sind.

Für gewöhnlich kommt er dann rasch zu der Überzeugung, daß seine politischen Anführer sich einfach nicht genug um ihn kümmern. Dieser Aspekt wird von Sozialhistorikern oft und gerne vernachlässigt. Es handelt sich hier nämlich um eine der grundsätzlichen Wahrheiten, die ihrer Wissenschaft den Stuhl unter dem Hintern wegziehen. Deshalb steht der Historiker nichts mißtrauischer gegenüber als der Wahrheit.

Um diesem gewichtigen politischen Negativum gegenzusteuern, mußte der Imperator Erfolge vorweisen. In normalen Zeiten hätte er das Ausmaß und den finanziellen Aufwand aller seiner Anstrengungen aufgeblasen. Doch jetzt gab es rings um ihn herum nichts als Leid und Ruinen. Die Ruinen konnte er einwandfrei dem Krieg gegen die Than zuschreiben; das Leid hatte erst unter den Exzessen des Privatkabinetts sein gegenwärtiges verheerendes Ausmaß angenommen.

Leider waren beide Ursachen inzwischen, um es mit den Worten jenes mythologischen Politikers Erdrutschjohn zu sagen, als Sündenböcke ziemlich abgenudelt.

Der Imperator brauchte keine Entschuldigungen. Er brauchte positive Ergebnisse.

Mit dem Tod des Khaqans sah er seine Gelegenheit gekommen. Da lag also ein ganzer Cluster in Scherben. Aber es waren Scherben, die sich wieder zusammenfügen ließen. Sobald alles repariert war, ließ sich der Cluster hervorragend als Miniaturausgabe des gesamten Imperiums verkaufen: Menschen und Nonhumanoide lebten und arbeiteten im warmen Licht des Imperialen Wohlwollens glücklich und zufrieden zusammen.

Deshalb hatte er Dr. Iskra auserwählt. Der Mann hatte seine Aufgabe als Territorialgouverneur bieder, aber zur Zufriedenheit erledigt. Seine Bücher waren politisch korrekt, sein Charakter ausgeglichen. Und er kannte sich hervorragend im Altai-Cluster aus. Außerdem wurde sein Name, sobald er auf der Liste der möglichen Regenten auftauchte, sofort von allen Beteiligten favorisiert.

Bei den Jochianern stand er an erster Stelle. Bei den Torks kam er nach Menynder gleich auf Platz zwei, so wie er auch bei den anderen Spezies, den Bogazi und den Suzdal, gleich hinter ihren jeweiligen Lieblingssöhnen – ein alter Ausdruck, der sich inzwischen nicht mehr auf Geschlecht oder Spezies bezog – auf dem zweiten Platz rangierte.

Iskra schien die Nummer Sicher zu sein. Doch kaum hatte der Imperator auf diese Nummer gesetzt und sie kurz darauf im ganzen Imperium verkündet, geriet er in Schwierigkeiten.

Natürlich war auch Sten nicht aufgrund seiner unangefochtenen Fähigkeit, Askorbinsäure in ein leckeres Erfrischungsgetränk zu verwandeln, in den Altai-Cluster entsandt worden. Seine Verdienste waren so groß, daß allein sein Name für Aufmerksamkeit bei den Medien sorgte, sowohl bei Profis als auch bei all den anderen kleinen Schmierfinken.

Als nächstes rief der Imperator eine ausgeklügelte, wenn auch dem Zweck entsprechend plumpe Werbekampagne für Iskra selbst ins Leben.

Tiefgründige Artikel wurden auf die ersten Seiten der anspruchsvolleren Zeitungen lanciert, in denen das Anliegen der Bürger des Altai-Clusters analysiert, auf die bislang bestehenden Querelen zwischen den unterschiedlichen Spezies hingewiesen und die Ursache dafür dem senilen Khaqan in die Schuhe geschoben wurde. Im Gegensatz dazu wurde Professor Iskra in diesen Artikeln in den höchsten Tönen gelobt. Man entblödete sich noch nicht einmal, Iskra des öfteren als »Heiler der alten Wunden« zu titulieren.

Die Boulevardblätter fütterte man mit dem üblichen Gesülze. Iskra wurde als Hirn mit Herz porträtiert, als kluger Mann, der sich einem spartanischen Leben verpflichtet hatte, um seinem Volk mit gutem Beispiel voranzugehen. Seine eigenartigen Ernährungsgewohnheiten wurden in herausgehobenen Rubriken als Rezepttips abgedruckt, und es gab eigene Kolumnen, die seine Lebensführung als sicheren Weg zu einem gesunden und langen Leben auswalzten.

Der Lärm der PR-Kampagne hinsichtlich Iskra war so laut, daß man schon ein totaler Idiot und obendrein ein einsiedlerischer Idiot sein mußte, damit einem nicht auffiel, daß im Altai-Cluster für den Imperator sehr viel auf dem Spiel stand.

Mit dem Bombenattentat auf die Imperiale Kaserne von Rurik wurde schließlich mehr zerstört als das Gebäude sowie Leben und Gesundheit der vielen Opfer. Jetzt liefen seine eigenen Pläne Gefahr, sich im gleichen Rauch aufzulösen.

Er hatte zwar noch seinen großen Wachhund Mahoney in der Hinterhand, doch den konnte er jetzt noch nicht von der Leine lassen. Zunächst galt es, sehr viel politischen Boden zu bereiten.

Der Imperator brauchte dringend eine Sofortlösung.

Er reagierte unverzüglich. Die Lösung bestand in einer völligen Nachrichtensperre.

Ranett war eine Reporterin der alten Schule, eine von der Sorte, die alles, worüber sie berichtete, selbst erlebt haben mußte. Sie war zugleich eine legendäre Frontberichterstatterin, die den Krieg gegen die Tahn stets aus der ersten Reihe verfolgt hatte. Während der Regierungsjahre des mörderischen Privatkabinetts hatte sie tunlichst den Kopf eingezogen, dabei jedoch nicht darauf verzichtet, ihre Beobachtungen niederzuschreiben. Nach der Rückkehr des Imperators hatte sie diese Beobachtungen in eine aufregende Livie-Dokumentarserie umgewandelt, in der die unglaublichen Machenschaften des Privatkabinetts aufgedeckt wurden.

Die letzte Folge flimmerte gerade zu der Zeit über die Bildschirme, als Iskra die Macht in Altai-Cluster übertragen wurde. Die Sendung wurde von Milliarden Zuschauern verfolgt. Es wäre zynisch zu behaupten, daß allein darin der Grund zu suchen war, daß der Imperator darauf bestand, ihr in einer kleinen Zusatzsendung vor der letzten Ausstrahlung persönlich zu danken.

Ranett nahm dieses Lob von allerhöchster Stelle auf die für sie typische Art und Weise entgegen. Sobald die Vidkameras ausgestellt waren, wandte sie sich an den Imperator und fragte: »Euer Majestät, was hat es eigentlich mit diesem Clown Iskra auf sich?«

Sofort verflüchtigte sich das Lächeln auf den Zügen des Imperators. Er tat so, als habe er ihre Frage nicht gehört und müsse sich jetzt wichtigeren Staatsangelegenheiten widmen. Bevor Ranett die Frage wiederholen konnte, hatten die Leibwächter des Imperators ihren Boß zur Tür des Studios hinausgeschoben.

Also beschloß Ranett, die Antwort auf ihre Frage selbst herauszufinden. Ihr Redakteur war nicht sehr angetan von dieser Idee.

»Mir kommen die Berichte über den Altai-Cluster und die Lobhudeleien über diesen Iskra schon zu den Ohren raus. Warum noch mehr von diesem Kram, Ranett? Außerdem lassen sich mit guten Nachrichten keine guten Einschaltquoten erzielen.«

»Ich glaube nicht, daß es sich hierbei um gute Nachrichten handelt«, erwiderte Ranett. »Sonst hätte ich nicht darum gebeten.«

»Das ist doch ein Haufen Mist, Ranett. Alles, was sich in diesem Cluster ereignet, ist eine gute Nachricht. Die sind schon so lange tief unten, daß ihnen alles wie die Erleuchtung vorkommen muß. Nein, was wir für dich brauchen, ist ein netter kleiner Krieg, über den du berichten kannst. Mit jeder Menge Blut.«

»Ich glaube, wenn du mich in den Altai-Cluster schickst, finde ich dort mehr Blut, als dir lieb ist«, sagte Ranett.

»Wie kommst du darauf – abgesehen von deinem Reporterinstinkt?«

Ranett sah ihren Redakteur nur mit beredtem Schweigen an. Dann zuckte sie die Achseln, was soviel hieß wie: *Ich habe nichts außer meinem Instinkt, doch der ist mehr wert als Gold auf der Bank.* Der Redakteur starrte zurück. Sein Schweigen war in dieser Routineschlacht des Willens nicht weniger beredt: *Bist du sicher, bist du dir absolut sicher?* Ranett zuckte erneut die Achseln.

Der Redakteur seufzte. »Du hast gewonnen. Zieh schon los.«

Ranett machte sich ohne viel Aufhebens auf die Reise. Sie nahm eine überzählige Kabine auf einem Frachter. Die einzigen, die von ihrer Reise wußten, waren ihr Redakteur, der Angestellte, der die Vorschüsse bearbeitete, und der Frachterkapitän, ein verläßlicher Trunkenbold.

Ranett gehörte zu den Personen, die sich instinktiv zur richtigen Zeit am richtigen Ort aufhielten. »Ich habe in dieser Hinsicht einfach Glück«, beruhigte sie stets ihre Kollegen in der Pressekneipe. Sie glaubten ihr nie. Sie stellten ihre hervorragende Arbeit gerne als Ergebnis von »Lügen, Bestechung und gutem Aussehen« hin. Ranett log nicht und ließ lieber eine gute Geschichte sausen, als daß sie jemanden schmierte, und ihr Aussehen war eher durchschnittlich.

Zwei E-Tage vor der Ankunft im Altai-Cluster schlug ihr Glück erneut zu. Sie fingen Nachrichten von dem Desaster auf Rurik auf. Während sie den konfusen Funksprüchen am Empfangsgerät des Schiffes lauschte, schnaubte sie vor Genugtuung. Sie war weit und breit die einzige wichtige Reporterin, die vor Ort über den Zwischenfall und seine häßlichen Nachwirkungen berichten konnte.

Ranett kehrte eilig in ihre Kabine zurück, um sich mit neuem Elan ihren Hausaufgaben zu widmen, denn sie hatte sich einen ganzen Koffer voller Fiches über die schmutzige kleine Geschichte des Clusters mitgenommen.

Achtzehn E-Stunden vor der geplanten Ankunft auf Jochi stand der Captain nüchtern und mit beschämtem Gesichtsausdruck vor ihrer Tür. »Ich habe schlechte Nachrichten für Sie, meine Dame«, sagte er. »Wir müssen umkehren.«

Ranett durchbohrte ihn mit diesem Blick, der berühmt dafür war, daß er weit kräftigere Knie als die seinen zum Einknicken brachte. »Erklären Sie mir das bitte.«

Der Captain schüttelte den Kopf. »Das kann ich nicht. Der Kontaktmann zu meiner Firma rückte nicht mit Einzelheiten heraus. Er sagte nur: Fracht nicht nach Jochi liefern. Und daß ich meinen Hintern sofort wieder Richtung Soward in Bewegung setzen soll.«

»Dann vergessen Sie die Fracht. Sie können ja mich abliefern.«

»Auf keinen Fall, meine Dame. Tut mir leid.«

»Ich zahle Ihnen einen Bonus. Die doppelte Gebühr. Ach was, ich miete Ihr ganzes verdammtes Schiff!«

Der Captain seufzte schwer. Diese Worte verletzten seine Söldnerseele. »Mein Befehl lautet, unter keinen Umständen auf Jochi zu landen.«

Ranett erhob sich. »Ihr habt einen Vertrag mit meiner Firma geschlossen«, fuhr sie ihn an. »Und ich erwarte, daß er erfüllt wird – in sämtlichen Punkten.«

Sie stieß den Captain mit dem Rücken zur Wand. »Holen Sie mir diesen Schwachkopf von Kontaktmann an die Strippe. Haben Sie mich verstanden?«

Der Captain hatte sie verstanden.

Sie fing mit dem Kontaktmann an und arbeitete sich bis zum Präsidenten der Spedition hinauf, wobei sie den Raum zwischen dem Altai-Cluster und der Erstwelt gefährlich auflodern ließ.

Es war sinnlos.

Während der Frachter umdrehte und sich auf den Rückweg machte, nahm Ranett voller Verbitterung zwei Dinge zur Kenntnis: Die Spedition war über den Vorfall mindestens ebenso verärgert wie sie selbst, denn an Bord befand sich eine teure, verderbliche Fracht. Und der Befehl kam von außerhalb der Firma.

Was bedeutete, daß es sich um eine politische Entscheidung handelte.

Was bedeutete, daß diese Entscheidung allein gegen sie gerichtet war.

Jemand ziemlich weit oben wollte Ranett davon abhalten, von Jochi aus zu berichten.

Und sie konnte nichts dagegen tun.

Ihr Redakteur war ebenso verärgert. »Auch wenn es keiner zugeben wird, aber die ganze Sache stinkt förmlich nach Imperialer Einmischung«, grollte er über die Verbindung durch den leeren Raum. »Ich habe an allen Strippen gezogen, bis nach Arundel hinauf, aber es hat keinen Zweck. Alle haben Angst.«

»Woher wußten die überhaupt, daß ich unterwegs war?« fragte Ranett.

»Schnüffler. Wanzen. Was sonst? Ich lasse gerade eben sämtliche Büroräume sorgfältig überprüfen.«

»Was macht unsere Konkurrenz?« erkundigte sich Ranett.

»Das ist die einzig gute Nachricht«, antwortete der Redakteur. »Es betrifft nicht nur uns. Niemand, der auch nur nach Presse riecht, wird in den Altai-Cluster gelassen.«

Trotzdem sickerte noch genug durch, um den Imperator ordentlich in Rage zu versetzen.

WAHRSCHEINLICH NOCH WEITERE OPFER DES BOMBENANSCHLAGS AUF KASERNE, stand in einer Bildschirmzeitung zu lesen. Eine andere titelte: SCHÄM DICH, ALTAI-CLUSTER. Und es gab noch andere: FAMILIEN DER GARDISTEN SCHOCKIERT ... TRAGISCHES IMPERIALES FEHLVERHALTEN AUF RURIK ... Die mehr in die Tiefe gehenden Sendungen wurden sogar noch konkreter: ISKRA FÜR KATASTROPHE IM ALTAI-CLUSTER VERANTWORTLICH? ... HAT DER IMPERATOR MIT DEM OBSKUREN PROFESSOR WIRKLICH DIE RICHTIGE WAHL GETROFFEN? ... ISKRA: DER GELEHRTE TYRANN.

»Beim nächsten Mal verfasse ich eigenhändig ein Dekret«, tobte der Imperator. »Ich will ein Gesetz zur öffentlichen Geheimhaltung, das wirklich etwas taugt! Ich will Gefängnisstrafen. Ich will Erschießungskommandos. Ich will verdammt noch mal Folterkammern!«

Die Frau mit der jungen, verführerischen Figur und den alten Politikeraugen applaudierte ihm. »Dieser Mist wird uns nicht gefährlich werden«, sagte Avri. »Die letzten Umfragen in den Medien zeigten deutlich, daß die Masse noch auf Ihrer Seite steht, Boß. Zehn Prozent halten eine freie Presse für wichtig, fünfundsechzig Prozent meinen, wir sollten diese Störenfriede vom Schlitten treten. Und die restlichen fünfundzwanzig Prozent sind so blöd, daß sie die Abendnachrichten für eine Comedy-Serie halten.«

Die Wut des Imperators verwandelte sich in dröhnendes Gelächter. »Das hat mir von Anfang an an Ihnen gefallen, Avri«, sagte er. »Sie kommen immer gleich auf den Punkt.«

»Ich habe meinen Magister als Skalpjäger auf Dusable gemacht«, sagte sie. »Den Doktor jedoch habe ich mir erworben, indem ich Ihnen bei der Arbeit zuschaute ... Sir.« Avri betrachtete den Imperator mit unverhüllt bewundernden Blicken. »Mir ist noch nie ein Politiker untergekommen, egal, ob noch amtierend oder schon lange tot, der das erreicht hätte, was Sie erreichen können.«

Der Imperator hüstelte geschmeichelt. »Ich habe nichts erfunden, sondern nur bei den großen Meistern geklaut.« Er schenkte Avri ein wölfisches Grinsen. »Natürlich habe ich die Regeln hier und da ein wenig zurechtgebogen.«

»Allerdings, Sir, allerdings.«

»Laß doch den Sir«, sagte der Imperator. »Natürlich nur, wenn wir unter vier Augen sind. In einem Geschäft, das Friedhöfe zur Wahl heranzieht, ist kein Platz für übertriebenen Respekt.«

Der Imperator hatte Avri auf seinem langen Weg vom Tod zur Wiedererlangung der Imperialen Krone getroffen. Damals auf Dusable war es nötig gewesen, eine Wahl zu manipulieren, und sie hatte den perfekten Kandidaten für den Job präsentiert: einen Hohlkopf mit leeren Händen, der sich setzte und bei Fuß ging und die vielen Stimmen apportierte wie ein braver kleiner, politischer Hund.

Zu jener Zeit hatte er vor allem Avris durchtriebenen Intellekt bewundert. Wenn er sie jetzt aber so vor sich sah, in ihrem enganliegenden schwarzen Bodysuit, fielen ihm noch ganz andere Interessensgebiete ein. Avri war sein Blick nicht entgangen. Sie schenkte ihm ein Lächeln der Marke »Trau dich« und lehnte sich in ihrem Sessel zurück, um ihm einen besseren Ausblick zu gewähren. Der Imperator verspürte eine seltsame Unruhe. Er schob sie sogleich zur Seite. Sie konnte ruhig noch ein wenig reifen.

»Wie entwickeln sich die Dinge im Parlament?« erkundigte er sich.

»Sehr gut«, erwiderte Avri ein wenig enttäuscht. Aber sie fing sich rasch wieder und begann mit ihrem Lieblingsspiel: dem Sammeln von Jas und Neins. »Tyrenne Walsh übt bereits seit einiger Zeit die Rede, die wir für ihn aufgesetzt haben. Der blöde Idiot versteht kein einziges Wort von dem, was er da sagt – aber er hört sich wirklich toll an.« Walsh war der Hohlkopf, dem Avri und der Imperator auf Dusable zu seinem Job verholfen und dabei einen der durchtriebensten und schmutzigsten Bosse im gesamten Imperium vom Thron gestoßen hatten.

Jetzt hatte der Imperator Avri zu sich gerufen, um seinen Plan zu verwirklichen, der vorsah, die unabhängigen Provinzen des Imperiums in Kolonien zu verwandeln, die unter seiner Fuchtel standen.

»Ich habe es folgendermaßen ausgeheckt«, sagte Avri. »Walsh hält die Eingangsrede, wie Sie es vorgeschlagen haben. Er fängt mit den hochherzigen Schlagworten an: Pflicht, Loyalität, Patriotismus ... die ganzen Worte eben, die voll auf die symbolische Glocke hauen.«

Der Imperator nickte: »Sehr schön. Sehr schön. Und dann läßt er sein dickes Statement los, stimmt's?«

»Das wollen Sie so haben«, antwortete Avri, »aber ich finde, daß Sie damit zu schnell auf den eigentlichen Kern der Sache zu sprechen kommen. Ich meine, wir möchten doch nicht, daß Walsh sich wie Ihre Marionette anhört, oder?«

»Um Gottes willen«, kicherte der Imperator.

»Aber genauso würde es klingen«, sagte Avri. »Es soll sich doch eher so anhören, als wäre er der erste große Boß, der sein System freiwillig in Ihre Imperialen Hände legt.«

»Soll heißen, eines meiner uneingeschränkten Herrschaftsgebiete zu werden«, sagte der Imperator.

»Genau, genau«, bestätigte Avri. »In Walshs Fall spielt das natürlich keine Rolle. Er läuft sowieso an unserem Schnürchen, besser gesagt, an Ihrem Schnürchen. Aber einige von den anderen Typen sind gewohnt, ihre eigenen Dinger zu drehen. Die kriegen wir nicht so einfach.«

Der Imperator verstand, worauf sie hinauswollte. »Was hast du dir überlegt?«

»Einen Heldensandwich«, sagte Avri. »Wenn wir nur genug Müll zwischen die Brötchenhälften stopfen, merkt keiner, wie dünn die Schinken- und Käsescheiben wirklich sind. Und bevor sie Sodbrennen bekommen, haben sie sich entschieden und sind schon fast wieder zu Hause.«

»Weiter«, forderte der Imperator sie auf.

»Na schön. Wir schwenken also die Flagge so, wie Sie es gesagt haben.« Avri vollführte mit der auf- und abpumpenden geschlossenen Faust eine krude Geste. »Dann packen wir ein bißchen persönliches Leid mit drauf, Sie wissen schon, der Brief von der armen alten Frau, die ihren letzten Credit hergeschickt hat, um dazu beizutragen, daß das Imperium seine Schulden bezahlen kann. Ich habe auch eine Vidpräsentation über hungernde Kinder vorbereitet. Ziemlich gruseliges Zeug, mit orangefarbenen Haaren, geschwollenen Bäuchen, das packt einen richtig.«

»Blut, Schweiß und Kinderurin«, sagte der Imperator. »Das funktioniert immer.«

»Klar. Mit links. Na gut, und dann das hier. Während sie noch bei den vom Schicksal geplagten Kindern mit den Tränen kämpfen, möchte ich sie mit dem Auftritt eines alten Soldaten überfahren, den ich mir selbst ausgedacht habe.«

»Das wird ja immer interessanter«, bemerkte der Imperator.

»Ich würde selbst glatt vier- oder fünfmal für diesen Vorschlag stimmen.«

»Das möchte ich Ihnen auch geraten haben«, sagte Avri. »Diese Kröte muß mit ordentlich Wein hinuntergespült werden ... Also: ich habe einen Ihrer alten Generäle ausgegraben, schon über dreißig Jahre in Pension. Der Kerl hat mehr Dreck als Hirn im Kopf. Ich habe ihn aber schon prima auf die, Zitat, ›Pflicht dem Imperium gegenüber‹, Zitatende, hingetrimmt. Er ist jetzt richtig gut rührselig. Am Ende seines Vortrags rappelt er sich auf – ich stelle ihn auf Krücken – und ruft alle Lebewesen des Imperiums auf, an einem Strang zu ziehen.

Er macht das richtig toll, heult Rotz und Wasser. Er sagt, daß das der größte Notfall in seinem Leben ist und daß kein Opfer zu groß ist, blablabla – das alles funktioniert wie eine Beschwörung, dafür garantiere ich. Gestern abend habe ich es bei einer Testgruppe ausprobiert. Kein einziges Auge im Saal blieb trocken. Und das Beste: Das Publikum leerte seine Taschen und wollte sofort dem Imperialen Rettungsfonds spenden. Soviel Spenden pro Kopf haben diese Betrüger noch nie im Leben gesehen.«

»Und dann kommt Walsh mit seinem Vorschlag?« fragte der Imperator.

»Dann kommt Walsh mit seinem Vorschlag.«

»Gut gemacht«, lobte der Imperator. »Doch ich muß deinem Problem noch eine kleine Windung hinzufügen.«

»Als da wäre?«

»Die Erhöhung, die ich bei der AM$_2$-Steuer plane.«

Avri nickte. »Genau. Großartige Idee. Das wird die Unverwüstlichen in Angst und Schecken versetzen. Was ist damit?«

»Ich will die Erhöhung rückwirkend haben. Auf das ganze AM$_2$, das seit dem Ende des Kriegs mit den Tahn geliefert wurde.«

Avri stieß einen Pfiff aus. »Das könnte sie allerdings zu sehr verschrecken.«

»Tut mir leid. Du mußt es irgendwie mit einbringen.«

Avris Augen leuchteten plötzlich auf. »Vielleicht klappt es, wenn der General am Ende seiner Rede stirbt. Ein Zusammenbruch vor laufenden Kameras, etwas in der Art. Also gehen wir mit den, Zitat, ›letzten Worten auf den Lippen eines Sterbenden‹, Zitatende, in Führung. Er ist ziemlich schwach, ich könnte mir vorstellen, daß ihm die Techs für die Neuaufnahme einen Schlaganfall verpassen können.«

»Schlechte Idee«, sagte der Imperator.

»Stimmt. Jemand könnte uns auf die Schliche kommen, oder es sickert durch.«

»Darüber mache ich mir keine Sorgen«, sagte der Imperator. »Aber seine letzten Worte würden Walsh übertrumpfen, und er ist schließlich derjenige, der die Sache durchziehen muß.«

Avri folgte seiner Logik. »Deshalb sind Sie auch der Boß«, sagte sie. »Ich lasse mir etwas anderes einfallen, etwas, das problemloser funktioniert.«

Nachdem der geschäftliche Teil des Gesprächs vorüber war, warf Avri dem Imperator noch einmal den gewissen Blick zu und rekelte sich im Sessel. »So sieht jedenfalls mein Plan aus«, sagte sie heiser.

»Von meiner Seite gibt es keine Einwände«, erwiderte der Imperator. »Setz ihn in die Tat um.«

Dann erwiderte er ihren Blick, ließ den seinen über ihren ganzen Körper wandern, wobei er bei den Zehen anfing und sich langsam nach oben arbeitete.

»Gibt es ... vielleicht noch etwas?« fragte Avri.

Der Imperator ließ sich Zeit. Dann sagte er: »Vielleicht ... später.«

»Habe ich eigentlich schon meine Sekretärin erwähnt?« erkundigte sich Avri und leckte sich über die Lippen. »Sie hat mir bei ... diesen Dingen schon so manchen Dienst erwiesen.«

»Ich werde mich irgendwann bei ihr bedanken müssen«, sagte der Imperator.

»Ich könnte sie ... jetzt gleich herkommen lassen.«

»Dann sag ihr, es handelt sich um eine private Angelegenheit«, sagte der Imperator mit gedämpfter Stimme.

»Genau. Sehr privat sogar. Nur wir drei.«

»Ruf sie an«, sagte der Ewige Imperator.

Kapitel 32

Poyndex rief den Bericht noch einmal auf seinem Bildschirm ab. Es hatte sich nichts Wesentliches daran verändert, seit er ihn vor ungefähr drei Minuten zum letzten Mal gelesen hatte. Wäre es nicht der Bericht eines vertrauenswürdigen Feldagenten gewesen – soweit ein Agentenführer überhaupt jemals einer Quelle vertrauen darf –, so hätte er sicher angenommen, daß ihn jemand entweder auf den Arm nehmen wollte oder aber, daß dieser Bericht schon seit den weit zurückliegenden Tagen des Privatkabinetts zirkulierte.

Damals auf der Erde hatte Poyndex sich geschworen, von jetzt ab »ein besserer Mensch zu werden« und damit aufzuhören, auf alles und jeden Agenten anzusetzen, um herauszufinden, »was wirklich los war«. Aber das gelang ihm natürlich nicht. Niemand, der sich je in der Schattenwelt bewegt hatte, konnte noch ernsthaft daran glauben, daß sich die Wahrheit im hellen Scheinwerferlicht präsentierte.

Der Bericht besagte, daß jemand dem Kult des Imperators gewaltige Summen zuschob. Genau wie damals Kyes im Privatkabinett. Bei der Person handelte es sich nicht um einen »anonymen Wohltäter«, dessen Spur sich problemlos zurückverfolgen ließ. Die Credits flossen durch alle möglichen Kanäle herein, die man eine Weile zurückverfolgen konnte, bis alle Spuren unweigerlich in einer Sackgasse endeten.

Ohne ein bestimmtes Ziel vor Augen zu haben, ließ Poyndex die Daten über den Kult noch einmal mit einer offenen Such-Funktion bearbeiten. Nach wenigen Minuten hatte er eine Antwort.

Da ging eine ganze Menge vor sich. Hochrangige Kult-Mitglieder, über die bereits seit Poyndex' Tagen beim Mercury Corps Files existierten, ließen ihre Träume wahr werden. Dabei wurden sie kräftig unterstützt – häufig über die Köpfe ihrer früheren Vorgesetzten hinweg.

Poyndex' Nackenhaare stellten sich plötzlich steil auf. Seine Finger drückten hastig auf die Tasten, überstürzt brach er die Suchfunktion ab. Schweiß glitzerte auf seiner Stirn.

Poyndex überlegte und grinste dann.

Wahrscheinlich war er paranoid. Aber sein ganzer Körper war von demselben Gefühl unmittelbar bevorstehender Gefahr erfüllt wie damals, als die Bombe aus den Imperialen Eingeweiden entfernt worden war.

Er war dankbar dafür, daß er seinen Computer so programmiert hatte, daß er mit Datenlücken und virtuellen Inputs arbeitete. Ein einigermaßen tüchtiger Experte hätte etwa die Suchfunktion zurückverfolgen können. So führte ihn die Spur lediglich zu einem jedermann zugänglichen Bücherei-Terminal auf einer weit entfernten Grenzwelt.

Der Kult des Imperators war aktiv.

Er schob eine verborgene Abdeckung am Rand der Tastatur zur Seite, brachte zwei Tasten gewaltsam miteinander in Berührung und gab so den OVERRIDE-Befehl, der ihn einen Fingernagel kostete.

Poyndex konnte sich nur eine einzige Person vorstellen, die es fertigbrachte, so viele Kultisten wie Marionetten hin und her zu bewegen, und die über so viele geheime Kanäle verfügte, durch die derartige Geldströme fließen konnten ...

Sein Computer löschte sich sofort selbsttätig und wurde entsprechend der herrschenden Militär-Regelung überschrieben. Dann löschte er sich erneut, um noch einmal überschrieben zu werden.

Der Ewige Imperator selbst ...

Poyndex' Computer klickte, und das dritte und letzte Programm wurde geladen; Dateien und ein Programm, das alle Aktivitäten, die Poyndex im Laufe der letzten E-Woche durchgeführt hatte, ausschloß.

Welchen Vorteil konnte der Imperator aus dem Kult des Imperators ziehen?

Poyndex fühlte sich etwas sicherer.

Wollte er vielleicht, um alles in der Welt, daß man aus ihm einen Gott machte?

Eine Kälte, die noch jenseits des absoluten Nullpunkts zu liegen schien, kroch plötzlich in Poyndex' Glieder, und er spürte, daß er sich niemals mehr sicher fühlen und niemals mehr dem vertrauen würde, woran er bis jetzt immer noch geglaubt hatte.

Sr. Ecu, der emeritierte Diplomat des Universums, legte sich in die Kurve, wurde fast hinausgeschleudert und wünschte sich, seine Spezies verstünde mehr von den fraglos erhebenden Vorteilen des Profanen und des Obszönen.

Unter ihm war nichts als arktische Trostlosigkeit.

Graue Wogen schlugen mit gewaltiger Kraft gegen den einsamen, steil aufragenden Felsen zu seiner Rechten. Links neben ihm trieb ein monströser Eisberg dahin. Er schimmerte leuchtend blau auf der schieferfarbenen See – die einzige Primärfarbe, so weit das Auge reichte. Eine Farbe von geradezu schmerzender Verlorenheit.

Ecu wollte nicht über diese Welt zu Gericht sitzen, aber er fand, daß sie den ganzen Charme der Hölle des Christentums besaß, wenn auch ohne das Feuer.

Auf einem Floß aus Eis weit unter ihm bewegte sich ein winziger Punkt. Er fixierte den Punkt genauer, der sich als riesige, fleischige Wasserkreatur entpuppte, ein Wesen, das mit seiner schwabbeligen Speckschwarte, seinen Eckzähnen und seiner Haut wie geschaffen für diese gefrorene Hölle war, ein Geschöpf, das das Wetter wahrscheinlich für eine nette kleine Frühjahrsbrise hielt.

Es war nicht leicht zu begreifen, daß dieses unbekannte Wesen da unten auf dem Eisfloß wie ein primitiver Fischfresser aussah und dabei höchstwahrscheinlich einer der bedeutendsten Philosophen dieser Welt war. Oder einer der bedeutendsten Dichter.

Ein schneidender Windstoß erfaßte ihn, und Ecu verlor beinahe wieder die Kontrolle. Sein drei Meter langer Schwanz peitschte die Luft, als er versuchte, seinen Flug zu stabilisieren, während sich die großen weißen Flügel bogen, um dem Druck standzuhalten; die kleineren Beiflügel mit den rotgefärbten Spitzen waren ständig damit beschäftigt, Ecus übertriebene Korrekturen auszugleichen.

Er war zu alt und würdevoll für diesen Unsinn; für einen Alleinflug durch einen Polarsturm, als sei er eben erst flügge geworden und habe zum ersten Mal die Freuden des Fliegens für sich entdeckt.

Er dachte daran, daß das ganze Projekt, das er ausgeheckt hatte, nach billigem Melodram schmeckte, so, wie es Kindern und Einfaltspinseln gefiel, mit charakteristischen Helden und Verbrechern. Der Einzelgänger im Kampf gegen *Das Böse* und so weiter.

Davon abgesehen glaubte Sr. Ecu – und er litt sehr unter diesem Glauben –, daß er das einzige Lebewesen war, das sich dieses gewaltigen Bösen bewußt zu sein schien; dieses Bösen, das alles vernichten konnte. Das, so fuhr er in seinen Gedanken fort, war blanke Absurdität, und er mußte sich selbst dafür auf die Schulter klopfen, daß er jemand war, der gelernt hatte, daß es so gut wie keine Wahrheit gab und auch kein reines Licht der Erkenntnis. In diesem Bereich gab es lediglich verschiedene Grauschattierungen, die sorgfältig analysiert und interpretiert werden mußten.

Vielleicht hatte Rykor ihre Leute, die nur darauf warteten, den Manabi gekonnt ruhigzustellen und ihn in einen gepolsterten Raum zu bringen, wo er den Rest seines Lebens damit verbringen würde, irgend etwas über den Ewigen Imperator vor sich hin zu brabbeln.

Vielleicht hatte er deswegen das Material vorausgeschickt und es mühsam in einen exotischen Code übertragen, dessen sie sich damals, in den Tagen des Tribunals, häufiger bedient hatten, als die Mitglieder des Privatkabinetts sich vor Gericht für ihre Verbrechen verantworten mußten.

Sr. Ecu versuchte, seine Gedanken unter Kontrolle zu bringen, und wünschte sich, mit ebensowenig Erfolg, daß er seinen inneren Aufruhr beruhigen könnte. Er dachte schuldbewußt daran, daß einer der Gründe für seinen undisziplinierten Geist in seiner tiefsitzenden Furcht zu suchen war. Furcht verhinderte logische Analysen.

Obwohl es keineswegs unbegründet war, sich zu fürchten.

Sr. Ecu hatte dem Ewigen Imperator bei vielen Gelegenheiten zur Seite stehen dürfen, und er hatte sogar seine eigene Spezies davon überzeugt, ihre Neutralität aufzugeben und den Imperator während der Tahn-Kriege heimlich zu unterstützen. Er gab sich jedoch keinerlei Illusionen darüber hin, was der Imperator vermutlich machen würde, wenn er irgendwelche Informationen über die Gedanken, den Glauben und die Mission Sr. Ecus erhielte.

Das war einer der Gründe dafür, warum er seine eigene Welt verlassen hatte, ohne jemand über seine Mission oder sein Ziel zu unterrichten. Er hatte die Reise in Rykors Heimat auf einem Freihandelsschiff der Zigeuner angetreten – eine weitere Beziehung, die aus den Tagen des Tribunals herrührte und von einem Mann initiiert worden war, der den Wunsch hatte, daß alle fliegen konnten: Sten.

Sten hatte Ecu durch ein simples Geschenk zur Unterstützung des Tribunals verleitet: ein selbstgebasteltes kleines holographisches Display von einem irdischen »Luftzirkus« aus längst vergangenen Zeiten, in dem erdgebundene Menschen ihr Leben dadurch aufs Spiel setzten, daß sie in zweiflügeligen, mit Brennstoff betriebenen Flugzeugen herumflogen, für die jeder *Archaeopteryx*, der etwas auf sich hielt, nicht mehr als ein Naserümpfen übrig gehabt hätte.

Angesichts des Modells hatte sich Sr. Ecu sehr gewundert: *»Haben die das wirklich getan ... Sie müssen wissen, daß ich keine Vorstellung davon habe, wie es ist, durch einen dummen genetischen Zufall ständig an den Boden gefesselt zu sein. Mein Gott, wie sehr sie sich wünschten, fliegen zu können.«*

»Für ein bißchen Freiheit sind viele Wesen bereit, sehr viel zu riskieren«, hatte Sten erwidert.

Er fragte sich, wie es dem Menschen in seinem Altai-Cluster wohl ergehen mochte. Hoffentlich gut. Im Hinblick auf die neueste Nachrichtensperre hegte er jedoch den Verdacht, daß sich die ungünstige Situation noch weiter verschlechtert hatte.

Er überlegte, ob man Sten in die Sache mit einbeziehen sollte, falls Rykor etwas an seiner verrückten Theorie fand. ›Und wie? In welcher Funktion? Um was zu tun?‹ verhöhnte er sich selbst.

›Tust du jetzt dasselbe wie alle diese Menschen, denkst du jetzt auch, daß die Lösung eines anscheinend unlösbaren Problems darin besteht, daß alle kollektiv aufgeben und alles einem Herrscher in schimmernder Rüstung überantworten, der sich anschließend fraglos als Tyrann entpuppt?

Dieses Denken hatte schließlich zur derzeitigen Situation geführt.

Das‹, berichtigte sich Ecu selbst, ›und AM2.‹

AM2. Das war das größte Problem. Ohne AM2 war das ganze Imperium verloren, mitsamt seinen Triumphen und Greueltaten.

›Und‹, so beendete Ecu mürrisch seine Überlegungen, ›es ist ebenfalls das AM2, das eine Lösung der gegenwärtigen Probleme verhindert.‹

Der Horizont bot jetzt freie Sicht, und ein Stück voraus konnte er eine Insel erkennen. Sie war ebenso grau und abweisend wie der Rest dieser Welt; gezackte Felsnadeln, die sich aus den massigeren Brocken knapp über dem Wasserspiegel der Untiefen erhoben. Es sah ausgesprochen öde aus, doch seine weißen, sensorischen Schnurrbarthaare sagten ihm deutlich, daß sich dort unten Leben befand.

Seine Augen bestätigten ihm dies, als er an einem der felsigen »Strände« Bewegungen wahrnahm. Mehrere Wesen, ähnlich demjenigen, welches ihm zugewinkt hatte, lagen verstreut auf steinigen Plateaus, die ab und zu von eiskalten Wellen überspült wurden, genau wie Menschen, die in der tropischen Sonne schmorten.

Heiseres Bellen übertönte das Heulen des Windes, als sich eines der Wesen auf seinen Hinterflossen zu voller Länge aufrichtete und zur Begrüßung schnaubte. Rykor ... das mußte sie sein.

Das Wesen watschelte ungeschickt einige Meter über Land, senkte dann den Kopf, glitt geschmeidig wie ein Aal in eine sich gerade brechende Welle hinein und verschwand.

›Was soll ich aus ihrem Benehmen jetzt folgern?‹ dachte Sr. Ecu. ›Glaubt sie etwa, ich würde ebenfalls tauchen und ihr unter Wasser folgen?‹

Der schwarze Felsen schob sich zur Seite, und in der Mitte einer Klippe öffnete sich ein geräumiger Tunneleingang. Um ihn und über ihm war die Klippe mit Antennen nur so gespickt.

Ecu flog in die Tunnelmündung hinein, lotete die Tiefe aus und klappte vorsichtig die Flügel ein, obwohl der Tunnel mehr als breit genug war, um einen mittelgroßen Raumfrachter aufzunehmen.

Das war Rykors Heimat – und ihr Büro.

Ian Mahoney verglich Rykor gerne scherzhaft mit einem Walroß. Die Übereinstimmung erschöpfte sich jedoch, bis zu einem gewissen Grad, in der äußeren Erscheinung; außerdem lebte Rykors Spezies ebenfalls, bedingt durch Evolution und Neigung, im Wasser. Die physische Ähnlichkeit war nicht besonders ausgeprägt – Rykor war dreimal so groß wie der größte *Odobenus* der Erde, sie war mehr als fünf Meter lang und wog über zweitausend Kilo.

Ihre Rasse war jedoch besonders für ihre geistigen Fähigkeiten bekannt, vor allem wenn es um intuitive Analysen oder um die Fähigkeit ging, aus abgesichertem Datenmaterial weiterführende Schlüsse zu ziehen. Deswegen waren diese Wesen in der Regel Dichter, Philosophen, Planer von Städten und Welten. Oder, wie im Falle von Rykor, Psychologen.

Als sie den Dienst quittierte, war sie die hochrangigste Psychologin im Imperialen Dienst. Ian Mahoney, damals Chef des Mercury Corps und der Sektion Mantis, hatte sich ihrer ebenfalls unter dem Mantel absoluter Verschwiegenheit als Spezialistin für Gehirnscans bei Spionen, Saboteuren, Mördern und Verrätern bedient.

Als Sten das Tribunal ins Leben rief, hatte er sie davon überzeugen können, ihre Sicherheit und Abgeschiedenheit aufzugeben. Und wie jedem, der an dem sich schließlich abzeichnenden Erfolg maßgeblich beteiligt gewesen war, hatte man ihr anschließend alles Erdenkliche angeboten. Aber nach der Rückkehr des Imperators war ihr plötzlich klargeworden, warum sie sich ursprünglich zurückgezogen hatte: Unzählige Bücher warteten darauf, geschrieben zu werden – ganze Bände über menschliche und die Verhaltensweisen anderer Rassen, die nur sie allein und sonst niemand kennengelernt hatte und erläutern konnte.

Rykor hatte außerdem genug davon, ihre Fähigkeiten in den Dienst eines anderen zu stellen und die analysierte Person/Kultur davon überzeugen zu müssen, ihr Verhalten zu ändern.

Jetzt sollte sie ihr Talent erneut für andere einsetzen, diesmal jedoch für ein viel umfassenderes Ziel – und für Ecu.

»Die Situation ist etwas ungewöhnlich«, entschuldigte sich Rykor. »Ich habe dieses Zimmer für Verhandlungen mit landgebundenen Freunden und Klienten konzipiert. Und auch als persönlichen Witz, schließlich habe ich so viele Jahre im Dienst des Imperiums in Salzwassertanks oder A-Grav-Sesseln zugebracht.«

Sr. Ecu wackelte, höflich seine Belustigung bekundend, mit den Schnurrbartfühlern; seine Rasse brauchte keine besondere Verstärkung ihres Egos, um klug zu scheinen.

Der Raum *war* ein wohlgezielter Vergeltungsschlag. Es handelte sich um eine sehr hohe und ausgedehnte Gezeitenhöhle, deren über dem Wasser liegender Eingang mit einer durchsichtigen Wand verschlossen war. Ecu vermutete, daß die Wand wahrscheinlich mobil war und sich dem Stand der Gezeiten anpaßte. Sah man auf das Meer hinaus, so schien sich, abgesehen von den gischtübersprühten Steinen, in deren Schutz sich eine kleine, vergleichsweise ruhige Lagune gebildet hatte, nichts zwischen dem

Betrachter und der donnernden Brandung zu befinden. Die Geräusche des Windes und des Meeres wurden in den Raum übertragen und ihre Lautstärke von einem Soundboard kontrolliert. Rykor und ihre Gefährten tauchten einfach unter der Mauer hindurch, um in die Höhle zu gelangen, während es für Landlebewesen einen eigenen Eingang gab.

Ecu schwebte knapp oberhalb des künstlichen Simses, den Rykor für landgebundene Besucher hatte bauen lassen. Er hob und senkte sich ebenfalls mit den Gezeiten und befand sich immer ein paar Zentimeter oberhalb der sanften Wellen in der Höhle.

Der Sims war mit allem erdenklichen Komfort und allen Extras ausgestattet. Es gab Bildschirme, Funkanlagen und Computer. Über dem Konferenzraum lagen die Apartments und Eßzimmer.

Rykors Privat- und Arbeitsbereich waren durch Unterwassertunnel zugänglich, die von Raum zu Raum führten. Die Geräte, die Rykor für ihre normale Arbeit benutzte, waren entweder unempfindlich gegen Umwelteinflüsse oder versiegelt.

»Ich bin mit den Umgangsformen Luftwesen gegenüber nicht vertraut«, sagte Rykor. »Einmal abgesehen von der praktischen Seite, ein Luftwesen zu beherbergen. Sie, äh ...«

»Ob ich schlafe?« Erneut zuckten Ecus Fühler, und nach einem kurzen Moment der Verlegenheit kräuselten sich auch Rykors Gesichtshaare, und ihr gewaltiges Lachen hallte von den Wänden wider, bis das akustische System die Lautstärke ausgesteuert und reduziert hatte.

»Nein«, erwiderte er. »Mein Rasse landet nur selten. Und dann auch nur zu einem genau festgelegten Zweck.« Er erklärte nichts. Rykor stellte keine Fragen.

»Darf ich Ihnen eine kleine Erfrischung anbieten? Manabis gehören keinesfalls zu den Rassen, denen man bei gesellschaftlichen

Anlässen besonders häufig begegnet. Es war daher nicht leicht, in Erfahrung zu bringen, was zu ihrer bevorzugten Kost gehört. Ich denke jedoch, daß Sie die folgende Spezialität, in Form eines Sprays, schätzen werden. Obwohl die Mikroorganismen hier nicht exakt kopiert werden können, haben wir die Mischung synthetisiert.«

Sie streckte eine Flosse aus und berührte die Tasten einer neben ihr schwebenden Tastatur. Auf einem erhöht angebrachten Bildschirm leuchtete eine chemische Formel auf. Ecu betrachtete die Abbildung. Dann »lachte« er erneut auf.

»Ihre Quelle ist zuverlässig, Rykor. In der Tat mögen wir diese organische Mischung sehr gerne. Aber sie macht uns flugunfähig, und wir werden so ›voll wie die Strandhaubitzen‹, wie unser gemeinsamer Freund Kilgour das gerne nennt. Vielleicht später. Vielleicht fühle ich mich später, wenn wir unsere Diskussion einmal begonnen haben, entspannter und weniger besorgt.

Vielleicht wollen Sie mich mit diesem Gebräu nur ruhigstellen, denn ich fürchte, die grundlegenden Reaktionen meines Gehirns werden allmählich unvorhersehbar.«

»Manabi werden nicht verrückt«, sagte Rykor ungerührt.

»Vielleicht bin ich der erste.«

In der Höhle war es still, abgesehen von den schwachen Hintergrundgeräuschen von Meer und Wind. Rykor ließ sich reglos eine Zeitlang treiben.

»Nein«, sagte sie schließlich bestimmt. »Sie sind nicht verrückt. Ich habe Ihre Unterlagen durchgesehen. Ich habe sie intellektuell und elektronisch analysiert. Ich habe auch meinem vertrautesten Mitarbeiter die Durchsicht gestattet – erschrecken Sie nicht: Er ist eines der Jungen meiner Schwester und überaus vertrauenswürdig, denn die Verlockungen des Imperiums interessieren uns nicht, und bis jetzt hat auch noch niemand versucht, unsere Moral durch Fangrechte in den Imperialen Flüssen zu untergraben.«

Sie lachte wieder, und Ecu fühlte, wie er sich entspannte.

»Zuerst lassen Sie mich Ihnen jedoch für das Paket, das Sie uns geschickt haben, meinen herzlichen Dank aussprechen«, fuhr sie fort. »Es ist mein erstes ›authentisches‹ Buch von der Erde. Eine Frage: War der Band ursprünglich bereits wasserdicht?«

»Dafür habe ich gesorgt.«

»Ah. Den Verdacht hatte ich schon. Auf eine eher traurige Art und Weise fand ich es sehr interessant und charmant. Ich stellte mir diesen primitiven Menschen vor, wie er im dunkelsten aller Zeitalter dasaß und schrieb und in düstere Zeiten hinausstarrte.«

»Damals gab es nur Hexenfreuds, so wurden sie, glaube ich, genannt, die zauberten und in Kochtöpfen fürchterliche Zaubertränke zusammenbrauten, und ihre Erzählungen wurden an den großen Lagerfeuern weitergegeben, um die wirklichen und die eingebildeten Ungeheuer der Dunkelheit fernzuhalten.« Sie schnaubte voller Mitgefühl. »Und dieser arme Mann stellte sich also vor, daß es eines Tages Regeln für die Psychologie geben würde; daß eine Wissenschaft daraus entstehen würde. Abgesehen von – wie nannte er es doch? Psychohistorik? Es war ein faszinierender Entwurf.

Ich finde diesen Traum faszinierend. Auch wenn mir klar ist, daß wir die Zillionen Einzelwesen, in denen sich intelligentes Leben manifestiert, niemals mittels irgendeines Programms berechnen können werden, um eine Gesamtaussage zu machen. Schließlich haben wir noch nicht einmal das u-Körper-Problem der Astronomie gelöst.

Ich gestehe aber, daß ich die Hauptfigur der Geschichte, diesen Selden, eher widerwärtig fand. Er erinnerte mich zu sehr an einige meiner frühen Erzieher, voll falscher Wahrheiten und jämmerlicher Vorurteile, und obendrein ist er zu sehr von sich eingenommen.

Aber ich schweife ab.

Mir ist jedenfalls klar, warum Sie mir dieses Buch geschickt haben, und in welchem Zusammenhang dieser fiktive, unsichere Versuch, Ordnung in eine rätselhafte Welt zu bringen, mit dem ebenso rätselhaften Imperium steht, über das Sie uns Daten vorlegen.

Eine Frage. Wie sind Sie bei der Auswahl der Daten vorgegangen – haben Sie nur Daten aufgenommen, die Ihre Theorie bestätigten?«

»Natürlich nicht«, erwiderte Ecu. »Ich habe versucht, eine so komplette Zusammenstellung wie möglich vorzunehmen.«

»Ihre diplomatischen Erfahrungen berechtigen zu der Hoffnung, daß Sie wissen, wie man eine vorurteilsfreie Auswahl trifft«, entgegnete Rykor. »Ich habe mir erlaubt, Ihr Material in symbolische Logik zu übertragen.«

Sie berührte erneut einige Tasten, und verschiedene Bildschirme leuchteten auf. Obwohl Ecu sich dieser Technik bei der Ausübung seiner Kunst nur selten bediente, besaß er einige Kenntnisse auf diesem Gebiet.

Das Material war zwar in Computersprache zusammengefaßt, aber dennoch dauerte es fast eine Stunde, bis alles auf dem Bildschirm zu sehen war.

Den meisten Leuten wäre es als unverständliches Zeichengewirr erschienen und daher wahrscheinlich nicht übermäßig deprimierend. Aber das galt nicht für die beiden erfahrenen Wesen in der Meereshöhle. Endlich erlosch die letzte Seite.

»Trifft meine Zusammenfassung annähernd zu?« fragte Rykor.

»Nicht annähernd. Exakt.« Ecus Flügel sackten mutlos nach unten. Die Situation war also genauso schrecklich, wie er es sich vorgestellt hatte.

»Um Ihre These noch einmal in Worten zusammenzufassen«, fuhr Rykor kalt und präzise fort: »Es besteht also kein Zweifel daran, daß sich das Imperium in den größten Schwierigkeiten befindet. Dies wäre an sich kein Grund zur völligen Panik, schließlich ist es nicht zum ersten oder fünfzigsten Mal, daß dem Imperium eine Katastrophe droht. Ihre Theorie besagt jedoch, daß der wirtschaftliche, soziale und politische Verfall vom Imperium selbst vorangetrieben wird. Insbesondere durch die Handlungen, die der Ewige Imperator seit seiner ... Rückkehr ausgeführt hat.«

»Das war der Punkt, an dem ich plötzlich Angst vor der eigenen intellektuellen Inkompetenz bekam«, sagte Sr. Ecu.

»Ganz im Gegenteil. Da ich Sie hinsichtlich Ihrer geistigen Gesundheit beruhigen konnte, wäre es jetzt nicht an der Zeit für eine kleine Erfrischung? Schließlich bin ich nun mit meinen Überlegungen an der Reihe, und ich werde noch so manche interessante Information hinzufügen, in deren Besitz ich gelangt bin, seit mich Ihr Paket erreichte.«

»Vielen Dank. Ich füge mich gerne.«

»Es ist in einem Druck-Behälter rechts neben Ihnen. Aktivieren Sie – ja, mit diesem ziemlich großen Hebel.«

Feuchtigkeit zischte in die Luft. Einen Moment lang fühlte sich Sr. Ecu, als werde er hochgehoben, und das erinnerte ihn kurz an längst vergangene Zeiten auf der Erde, als er einfache Flugwesen gesehen hatte, die im Sprühregen herumtobten.

Rykor gönnte sich eine Art dicke Torfscheibe, die anscheinend über dem offenen Feuer getrocknet worden war. »Fischleder«, erklärte sie. »Hing oberhalb der Gischt, windgetrocknet. Kommt einem Rauschmittel so nahe, wie es meiner manchmal recht simplen Spezies nur möglich ist. Wir forschen aber noch daran.

Bleiben wir beim Thema. Ich habe bemerkt, daß Sie in Ihre Dateien auch die Katastrophe aufgenommen haben, um deren Lösung sich unser junger Kreuzritter Sten derzeit bemüht: den

Altai-Cluster. Er unterstützt dort einen Wahnsinnigen, wie Sie zweifellos wissen, einen Dr. Iskra. Wußten Sie, daß Iskra jahrelang vom Imperator unterstützt wurde, während er im Exil war? Um Kontrolle über den vorherigen Herrscher auszuüben?

Außerdem habe ich herausgefunden, daß Sten den direkten Befehl vom Imperator hat, Iskra auf alle Fälle im Amt zu halten, koste es, was es wolle.«

Ecus Körper wurde von einem eingebildeten Windstoß durchgeschüttelt. »Woher haben Sie diese Informationen?« fragte er.

»Darüber darf ich keine Auskunft geben. Mein Kollege befindet sich innerhalb des Systems und daher in unmittelbarer Gefahr.«

Rykor hielt inne und ließ die Schwanzflosse auf die Wasseroberfläche klatschen. »Merkwürdig«, überlegte sie laut. »Da sage ich plötzlich, daß das Leben eines Freundes in Gefahr ist, nur weil dieser Freund unserem verehrten Imperator nahesteht und ein anderer Freund einfach die Wahrheit gesagt hat.«

»Auch ich spüre eine potentielle körperliche Gefahr«, gestand Ecu.

Rykor ging nicht darauf ein, sondern fuhr fort: »Eine zweite Tatsache. Ich weiß nicht mehr, wann es mir aufgefallen ist. Aber ich versichere Ihnen, es war im Rahmen eines ganz normalen Untersuchungsgebiets. Wie gesagt, die genauen Umstände sind mir entfallen, aber ich fragte mich plötzlich, inwiefern der Imperator in finanzieller Hinsicht von seiner Regentschaft profitierte. Oder war ihm die Macht, die er ausübte, Anreiz genug? Ich ging der Sache nach.

Selbstverständlich war ich äußerst vorsichtig. Ich fand jedoch heraus, daß der Imperator tatsächlich fast unglaubliche Kapitalmengen angehäuft hatte und in Bereichen investierte, die durch seine Regierung finanziell unterstützt wurden. Diese Investitionen wurden auf so vielen Umwegen gemacht, daß man die Spur unmöglich bis zum Imperator zurückverfolgen konnte. Ich fand diese Aktivitäten grundsätzlich weder moralisch noch unmoralisch. Ich stellte fest, daß die Investitionen während schwieriger Zeiten dazu benutzt worden waren, die Wirtschaft zu unterstützen ... und auch die Politik. Daraus läßt sich ableiten, daß diese Profite von den meisten als ›moralisch‹ eingestuft werden würden. Menschen würden es, glaube ich, als ›schmieriges Geld‹ bezeichnen.«

»Schmiergeld.«

»Ach ja, Schmiergeld ist der richtige Ausdruck. Vor einigen Tagen habe ich sehr sorgfältig einige dieser Fonds zurückverfolgt.

Der persönliche Reichtum des Imperators vermehrt sich von Sekunde zu Sekunde mit geradezu abenteuerlichen Zuwachsraten. In Zeiten, die von den meisten als schwierig eingestuft werden, bereichert sich unser Imperator an der Armut seines eigenen Imperiums.«

»Das ist Wahnsinn«, sagte Ecu, ganz ohne seine normale Sanftmut.

»Zum ersten Mal bin ich mit Ihrer Anwendung dieses Wortes einverstanden, obwohl es keine medizinische Bedeutung hat. Übrigens – noch ein paar Fakten für das, was Sie gerade gesagt haben. Haben Sie den Imperator bei seinen letzten Auftritten in den Livies beobachtet? Natürlich sieht man ihn immer seltener, und die Kameraeinstellung ist schmeichelhaft und stets aus großer Entfernung gewählt. Aber wenn man genau die Art und Weise beobachtet, in der seine Augen hin und her wandern – wie ein geprügelter Erdenhund, der auf den nächsten Schlag wartet. Oder wie jemand, der tiefer und tiefer in eine sogenannte manisch-depressive Psychose hineingleitet.«

Ecu wünschte erneut, seiner Rasse stünde wenigstens eine drastische Ausdrucksweise zur Artikulation besonderer Gefühle zur Verfügung. Rykor deutete nichts anderes an, als daß das Imperium derzeit von einem Wahnsinnigen regiert wurde, und dieser Gedanke war unglaublich, beinahe unvorstellbar. Dennoch erinnerte ihn etwas daran, wie oft er es schon mit wahnsinnigen Herrschern zu tun gehabt und dabei stets ein vages, unpersönliches Mitgefühl für die armen Wesen, die tyrannisiert wurden, empfunden hatte.

»Noch ein Teilchen im großen Puzzle«, fuhr Rykor fort. »Der Imperator hat den Befehl zur militärischen Aufrüstung gegeben. Die Cairenes beispielsweise sind nach dem Ende des Tahn-Kriegs verlassen worden. Die Raumflotte brauchte keine weiteren Schiffe mehr, und Patron Sullamora war tot.

Dann aber, und diesen Punkt verstehe ich nicht, wurden die Cairenes nach der Rückkehr des Imperators mit AM$_2$ nur so vollgepumpt. Sie werden sich daran erinnern, daß die physische Rückkehr des Imperators auf einem Schiff von Dusable, der Zentralwelt der Cairenes, ihren Anfang nahm. Nun gut, dem Imperator war geholfen worden, und die Bewohner von Dusable wurden dafür belohnt.

So geht es nun einmal in der Politik zu. Vergessen Sie also das goldene Kalb und seine Eier, oder wie die Kreatur hieß.

Der Reichtum der Cairenes wuchs beständig. Ich habe herausgefunden, daß im letzten E-Jahr mit den dortigen Werften fast einhundert Verträge abgeschlossen wurden. Andere Anbieter wurden gar nicht erst gefragt. Wir haben Frieden – wozu also Kriegsschiffe bauen? Es sind noch ausreichend viele aus anderen Kriegen übrig. Auf den Schrottplätzen stapeln sich Schiffe, die niemals in Dienst gestellt wurden.«

»Könnte es nicht sein«, überlegte Ecu und übernahm dabei freiwillig die Rolle des Advocatus diaboli, »daß der Imperator hier Geld aus politischen Gründen abgezweigt hat?«

»Natürlich. Aber ich vermeide es, über Fakten nachzudenken,

die ich nicht nachvollziehen kann. Ein Vorurteil meiner wissenschaftlichen Fakultät.

Aber hier ist noch ein weiteres Teilchen aus demselben Puzzle. Eine meiner Kolleginnen – sie war eine von den Menschen, denen ich logisches Denken nahezubringen versuchte – bekam einen interessanten Auftrag. Sie ist psychologische Expertin bei der Rekrutierung. Sie bereitete, nach sehr genauen Vorgaben, eine Kampagne auf den Tahn-Welten vor.«

»Wie bitte?«

»Ja. Unsere früheren Feinde, denen es mittlerweile noch schlechter geht als dem Imperium. Übrigens ist nicht das Geringste unternommen worden, um ihre Wirtschaft anzukurbeln. Durch die Rekrutierung von Offizieren und Soldaten versucht man, diese Tatsache zu verschleiern.«

»Das ist allerdings übel«, sagte Ecu. »Aber es geschieht häufig, daß das Militär, historisch gesehen, dort am lautesten mit dem Geldbeutel klingelt, wo die Armut am größten ist.«

»Richtig. Wenn Sie sich erinnern, war der Imperator fest entschlossen, die alten militärischen Auswüchse, die die Tahn so selbstmörderisch als ›Kultur‹ bezeichneten, zu unterbinden. Heutzutage benutzen die Imperialen Werbeoffiziere aber eine Strategie bei ihrer Kampagne, die keine Gelegenheit ausläßt, daran zu erinnern, daß es jetzt an der Zeit für die Tahn-Krieger ist, sich zu erheben und die Scharte auszuwetzen. Sie sollen beweisen, daß sie immer noch über die gleiche Muskelkraft wie ihre Ahnen verfügen, obwohl diese für das Böse kämpften. Jetzt ist für dich die Zeit gekommen, junger Mann, das Imperium zu verteidigen. Und so weiter und so fort.«

Ecu trieb nachdenklich bis unter die Decke, nahe an den höchsten Punkt der Höhle. »Vielleicht wäre es wirtschaftlich gesehen noch sinnvoll, bei schlechter Wirtschaftslage das Geld für eigentlich unnötige Waffen auszugeben«, sagte er. »Aber dann wirbt man keine Soldaten und Raumschiffsbesatzungen an. Sie sind in Friedenszeiten zu teuer und sorgen nur für Unruhe. Soziale Grundversorgung und Volksküche sind da wesentlich kosteneffizienter, wenn man in der Lage ist, einen kühlen Kopf zu bewahren. Warum Soldaten anwerben, wenn es keine Feinde gibt?« beendete er seine Überlegungen.

»Möglicherweise *sieht* der Imperator einen Feind«, sagte Rykor sanft. »Denken Sie daran, wie die Natur der Könige beschaffen ist. Denken Sie daran, was aus ihnen wird.«

»Aber der Imperator ist unsterblich«, sagte Ecu, dessen natürlicher Gleichmut erschüttert war. »So etwas hat es noch nie zuvor gegeben.«

»Noch nie zuvor. Das stimmt. Es hat sich etwas geändert. Aber das kümmert mich nicht.« Sie drückte wieder ein paar Tasten. »Für jede Generation ist es ebenso einfach wie trügerisch, über das Armageddon zu jammern. Computer hingegen sind weder jähzornig noch übellaunig.

Ich mache Programme. Vorhersagen.

Wenn wir uns ausgeruht haben, werden wir das Material gemeinsam durchgehen, um sicher zu sein, daß nicht irgendwo ein Fehler steckt. Ich bin zu folgenden Schlußfolgerungen gekommen: Das Imperium stellt letztendlich unter Beweis, daß es keine genetische Besonderheit ist. Wie alle vorhergehenden Imperien auch, verhärtet es sich, wird korrupt, verfällt und ist jetzt zum Niedergang verdammt, allerdings nicht durch historische Prozesse oder äußere Feinde. Der Grund dafür ist ein einziges Wesen: Der Ewige Imperator.«

Dies stimmte genau mit Sr. Ecus Schlußfolgerungen überein.

»Ich nehme an«, sagte Rykor, nachdem eine ganze Zeit lang nachdenkliches Schweigen geherrscht hatte, »daß Sie nicht nur hergekommen sind, um sich Ihre geistige Gesundheit bestätigen zu lassen. Sie sind ein viel zu rationales Wesen, um nur aus diesem

Grund und mit dem zusätzlichen Risiko für Ihre Spezies und Ihre eigene Person eine so weite Reise anzutreten.«

»Richtig«, bestätigte Ecu. Und plötzlich durchzuckte ihn ein Gedanke: Hier war er also, Meister der Diplomaten. Berater. Erfahrener Ratgeber. Graue Eminenz für ein halbes Tausend Herrscher, jemand, den sogar der Ewige Imperator um Rat gebeten hatte, und dessen Rat akzeptiert worden war. Hier stand er nun und brauchte Rykors Rat, als wäre er ein emotional verwirrter Nestflüchter.

Er begriff, warum Rykor so viel Ansehen genoß.

»Sie wollen wissen, was wir unternehmen müssen, um dies zu verhindern«, sagte Rykor.

»Richtig«, erwiderte Ecu erneut.

»Ich weiß es nicht. Ich habe überlegt und werde weiter überlegen. Aber ich habe keine Antwort parat.

Ich will Ihnen jedoch einen Gedanken nicht vorenthalten, denn alles, was ich gesagt habe, ist immer noch eine Spur grauer als die schwärzeste Mitternacht. Bedenken Sie eines: Was wäre geschehen, wenn der Imperator nicht zurückgekehrt wäre? Ich meine damit nie mehr zurückgekehrt, nicht einen oder zwei Tage später.«

»Das totale Chaos wäre ausgebrochen«, sagte Ecu. »Ein Rückfall in die Barbarei.«

»Einverstanden. Aber der Grund dafür wäre der Verlust von AM_2 gewesen, richtig? Die An- und Abwesenheit des Imperators ist nicht wichtig genug, um alles zusammenstürzen zu lassen.«

»Ja«, erwiderte Sr. Ecu vorsichtig. »Dem stimme ich zu.«

»Vielen Dank. Aber ist es nicht so, daß jede Rasse, jede Kultur schwierige Zeiten durchlebt hat? Unter Umständen sogar recht häufig?«

Sr. Ecus Körper krümmte sich leicht zum Zeichen des Einverständnisses.

»Und haben sie sich immer davon erholt?«

»Das kann man nicht sagen«, erwiderte Ecu. »Manche Rassen, von denen wir nichts wissen, sind vielleicht in die totale Barbarei zurückgefallen. Oder sie sind in völliger Anarchie versunken und haben sich gegenseitig ausgelöscht.«

»Lassen wir also ›immer‹ beiseite«, fuhr Rykor fort. »Aber im allgemeinen trifft es durchaus zu. Und ist es nicht auch wahr, daß die nächste Stufe nach diesem Pesthauch der Verwilderung eine Renaissance ist?«

»O ja. Sie muntern mich wirklich auf, obwohl ich nicht glaube, daß das Imperium davon betroffen ist. Es ist schon zu lange gegenwärtig, es ist zu alt, zu allmächtig.«

»Nicht, wenn AM_2 aus der Gleichung herausgenommen wird.«

»Aber der Imperator ist der einzige, der weiß, wo sich AM_2 im Rohzustand befindet, oder wie es synthetisiert wird.«

»Sr. Ecu«, sagte Rykor mit sanftem Vorwurf. »Sie sind zu gut erzogen und zu klug, um ernsthaft daran zu glauben, es gäbe nur einen möglichen Erfinder für eine Erfindung. Einen Maler für ein Bild. Oder einen Philosophen für die Entwicklung eines Gedankengebäudes.«

Sr. Ecu sagte: »Sie muntern mich wiederum auf. Aber ich fürchte, daß ich nicht an die Zukunftsaussichten irgendeines ›Manhattan-Projekts‹ glaube, das nach AM_2 sucht. Das Privatkabinett hat es schließlich auch nicht geschafft.«

»Das Privatkabinett war – und hier muß ich mich wieder eines semantisch sehr vorbelasteten Wortes bedienen – böse. Ein weniger schuldbeladenes Wort wäre ›ich-bezogen‹. Ich bediene mich jedoch lieber des Ausdrucks ›böse‹. ›Böse‹ ist das Gegenteil von ›gut‹ – beide Worte in Anführungszeichen – und wird definiert als kurzsichtig, nur den eigenen Vorteil suchend, faul und unehrlich. Dadurch war ihre Suche von Anfang an begrenzt und zum Scheitern verurteilt.«

»Rykor, wie können Sie, mit all Ihrer Erfahrung, nur so optimistisch sein?« staunte Ecu amüsiert. »Ich habe das Böse mindestens ebenso häufig triumphieren sehen wie das Gute.«

»Um einmal in Kilgours merkwürdiges Gebrabbel zu verfallen, daß er tatsächlich für eine verständliche Sprache zu halten scheint: saubere Gedanken, sauberer Körper. Wählen Sie selbst. Jetzt aber«, sagte sie, während sie ihren schweren Körper aus dem Wasser auf das Sims und von dort in einen A-Grav-Sessel wuchtete, »lassen Sie uns in einen der höhergelegenen Räume gehen, wo Essen und weitere Sprays unserer harren. Es gibt keinen Grund, noch heute nacht in Panik zu verfallen. Selbst die Entropie vollzieht sich in langsamen, gemessenen Schritten.«

Auf dem Weg nach oben und immer weiter hinein ins Innere des Felsens schwebte Ecu ein Stück über Rykors A-Grav-Sessel, in die Betrachtung ihrer schwierigsten Probleme versunken. Er stellte fest, daß beide mehr oder weniger beiläufig die Tatsache akzeptiert hatten, daß der Imperator aus dem Wege geräumt oder zumindest unschädlich gemacht werden mußte. Abgesehen von der Frage nach AM_2 gab es noch eine weitere: Wer sollte, im vollen Besitz seiner geistigen Kräfte, um eine menschliche Redewendung zu gebrauchen, dieser kolossalen Katze eigentlich das Fell abziehen?

Wieder schoß ihm ein Name durch den Kopf.

Der Mann, der sich wünschte, daß alle fliegen könnten.

Sten.

Kapitel 33

Der Widerhall vom Bombenanschlag auf die Kaserne hallte noch nach, als Iskra bereits den nächsten Schritt tat, um seine militärische Überlegenheit zu konsolidieren und auszudehnen. Die Nachrichtensperre des Ewigen Imperators spielte ihm dabei direkt in die Hände.

Iskra donnerte eine sengende Attacke gegen all jene (namenlosen) Verräter in den Äther, die den Altai-Cluster durch ihre feige Attacke auf die Friedenstruppe des Imperators gedemütigt hatten. Er verhängte das Kriegsrecht und eine nächtliche Ausgangssperre. Dunkel verwies er auf »weitere Maßnahmen«, die man »zu gegebener Zeit« ergreifen würde. Er schloß mit der leidenschaftlichen Aufforderung an alle Bürger, die »eigenen Seelen und die ihrer Nachbarn« nach Anzeichen von Illoyalität zu durchsuchen.

Milhouz bewegte sich schlank und stolz in seiner neuen schwarzen Uniform mit dem flotten Béret und dem silbernen Abzeichen »Studenten für Iskra«. Auf der einen Schulter prangte das Rangabzeichen eines Captains, auf der anderen das Abzeichen des Reinheitscorps.

Er reckte seine Pistole in die Luft und gab schnarrend Order an seine eifrigen, jugendlichen Streitkräfte. »Ich will ein perfektes Timing. Geht in Stellung – und zwar leise, verdammt noch mal! Wenn ich das Signal gebe, gehen wir alle gemeinsam zum Angriff über. Kapiert?«

»Ja, Sir!« klang es in gedämpftem Chor.

Milhouz gab ein unmißverständliches Zeichen. Das Reinheitscorps trat in Aktion.

Der Stoßtrupp mit dem Rammbock übernahm die Spitze. Dahinter folgte Milhouz mit dem Hauptteil der Truppe. Sie marschierten eine dunkle, baumbestandene Straße entlang, die zur Zentralbücherei von Rurik führte. Der Mond über Jochi beleuchtete die Szenerie nur spärlich.

In dieser Nacht brannte in der Bücherei noch sehr spät das Licht. Der Bibliothekar, ein älterer Tork namens Poray, hatte hart dafür gekämpft, an diesem Abend trotz der Ausgangssperre noch so lange arbeiten zu dürfen. Offiziell sollte aufrührerisches Material ausfindig gemacht und aufgrund von Iskras Krisenanordnungen eliminiert werden.

Die wirkliche Absicht des Bibliothekars bestand jedoch darin, soviel Material wie nur möglich zu retten. Poray und seine Mitarbeiter hatten einen Hilferuf an alle gleichdenkenden Intellektuellen gesandt. Während der Herrschaft der Khaqans hatten sie diese Übung schon des öfteren durchgeführt. Dank dieser Tradition war es ihnen in der Vergangenheit gelungen, die wichtigsten Texte der Bücherei zu retten.

Während sich die dunklen Schatten von Milhouz' Reinheitscorps rings um das Gebäude zusammenzogen, beklagte Poray erneut die Auswahl, die er zu treffen hatte. Er konnte nicht alles retten. Um die loyalen Absichten der intellektuellen Gemeinschaft deutlich zu machen, mußte eine beträchtliche Menge von aufrührerischem Material übergeben werden.

Er betrachtete die Karren voller Fiches und Bücher, die in die geheimen Gewölbe der Bücherei geschafft werden sollten. Auf der anderen Seite stapelte sich bereits das Material, das er Iskra übergeben wollte.

Es war ein vergleichsweise kleiner Stapel.

Poray seufzte. Er kam nicht gut voran. Er mußte härter durchgreifen. Er nahm zwei ältere Bücher in die Hand. Es waren richtige Bücher – die einzigen Ausgaben dieser Werke, die in der Bücherei existierten.

Bei dem einen handelte es sich um eine vielgelesene Ausgabe von *Fahrenheit 451* von einem Dichter namens Ray Bradbury. Das andere war ein makelloses Exemplar von *Gesunder Menschenverstand,* einem Buch des historischen Denkers und Philosophen Thomas Paine.

Poray war es zuwider, den intellektuellen Gott zu spielen. Der Gedanke daran, daß er der einzige Richter über das war, was bleiben und was zerstört werden sollte, quälte ihn.

Er warf erneut einen Blick auf *Gesunder Menschenverstand.* Dann auf *Fahrenheit 451.* Er zuckte mit den Achseln.

Bradbury landete auf dem Handwagen mit Büchern, die gerettet werden sollten.

Gesunder Menschenverstand war fürs Feuer bestimmt. ›Vergeben Sie mir, Sr. Paine‹, dachte Poray.

Glas splitterte und Metall barst, als Milhouz angriff.

Entsetzt starrte Poray die schwarzuniformierten Jugendlichen an, die plötzlich in die Bücherei eindrangen. Schreie ertönten. Sie stammten von Porays Mitarbeitern und einigen Freiwilligen.

»Nieder mit der Intelligenzija!« brüllte jemand.

Milhouz stürmte mit erhobener Pistole auf Poray zu. Instinktiv hielt Poray Thomas Paine als Schutzschild hoch.

Milhouz feuerte.

Poray stürzte zu Boden.

So tot wie *Gesunder Menschenverstand.*

Die Schlange, die sich vor dem Laden des Gemüsehändlers gebildet hatte, war einen halben Kilometer lang. Hunderte von hungrigen Menschen standen mit gezückten Rationskarten hintereinander, gerüstet für den Augenblick, in dem sich die Türen öffnen würden.

Sie warteten hier seit Ende der morgendlichen Ausgangssperre, was für den ersten in der Schlange eine Wartezeit von sieben

Stunden bedeutete. Das alles unter einer sengenden Sonne, die einen weiteren heißen Tag verkündete.

»Es wird jeden Tag später«, grummelte eine ältere Frau.

»Und es gibt immer weniger Essen zu kaufen«, murmelte eine andere vor sich hin.

»Alles Mist«, sagte ein Dritter. »Dr. Iskra sollte selbst herkommen und sich den Mistkerl vorknöpfen. Er würde diesem elenden Dieb bestimmt den Kopf abhacken lassen.«

Bevor jemand Zeit hatte, zu antworten, bewegte sich die Schlange mit einem Ruck nach vorn. »Sie öffnen!« schrie jemand. Plötzlich kam die Schlange wieder zum Stillstand. Entsetztes Keuchen war zu hören. Leute im hinteren Teil der Schlange reckten die Hälse, um zu sehen, was dort vorne vor sich ging.

Der Gemüseladen öffnete nicht. Statt dessen marschierte ein Trupp Soldaten mit angelegten Gewehren auf die Wartenden zu.

Die Stimme eines Offiziers übertönte das Gemurmel der Menge: »Keiner rührt sich. Es handelt sich um eine Ausweiskontrolle. Rationskarten in der linken Hand bereithalten, Ausweise in der rechten.«

Die Menge murrte, leistete den Befehlen des Offiziers jedoch Folge.

Die alte Frau, die sich über die lange Wartezeit beklagt hatte, kam jedoch auf einen anderen Gedanken. Sie trat aus der Menge heraus und humpelte dem Offizier entgegen.

»Sie sollten sich schämen, junger Mann«, sagte sie. »Wir sind alle hungrig. Wir warten hier schon seit Stunden, um Essen für unsere Familien zu kaufen.«

Der Offizier schoß sie an Ort und Stelle nieder. Ihrem noch zuckenden Körper versetzte er einen Tritt. »Und ab geht's, Großmütterchen. Jetzt mußt du nicht mehr warten!«

Die Kommandantin der Blockwache, eine Bogazi, arbeitete sich an der Barrikade entlang, deren schützendes Durcheinander sie nach undichten Stellen untersuchte; sie überprüfte außerdem die Wachen auf ihren Posten. Die Barrikade war noch genauso sicher wie bei ihrer letzten Inspektion, die Wache noch ebenso aufmerksam wie bei Dienstantritt.

Sie ließ den Blick über das Wohnviertel schweifen, das jetzt friedlich schlief. In keinem der Fenster brannte mehr ein Licht, in keiner der Hütten war auch nur die kleinste Bewegung auszumachen. ›Das ist gut‹, dachte sie. ›Sogar sehr gut.‹ Dann vernahm sie hinter sich ein leises Geräusch. Sie wirbelte herum. Nichts war zu hören. ›Pure Einbildung‹, dachte sie. ›Ich bin wirklich dumm.‹

Der gepanzerte Gleiter schob sich völlig überraschend über die Barrikade; sofort hämmerten die Schnellfeuerkanonen los.

Die Kommandantin wurde in der Mitte zerteilt, noch bevor sie Zeit hatte, eine Warnung auszustoßen.

Zwei weitere schwer bewaffnete Gleiter schoben sich ins Blickfeld, die sofort das Feuer auf das Wohnviertel eröffneten. Innerhalb von Minuten gingen sämtliche Hütten in Flammen auf, und die Bogazi strömten heraus. Einige waren verwundet. Einige schleppten Verwundete. Alle waren sie vor Furcht förmlich gelähmt.

Jetzt durchbrachen die jochianischen Truppen mit aller Macht die Barrikade. Eine lange Reihe von Transportgleitern folgte ihnen.

Eine Stunde später rauschte Gleiter um Gleiter in die Nacht hinaus, vollgeladen mit überlebenden Bogazi.

Am nächsten Tag schoben Bagger die Toten und die rauchenden Trümmer zusammen. Als die Nacht hereinbrach, war die Siedlung dem Erdboden gleichgemacht.

Am folgenden Abend wurde im Vidfunk von Jochi die Verfügbarkeit von neuem Baugelände für »geeignete Bürger« bekanntgegeben. Schon am Morgen darauf waren sämtliche Bauplätze vergeben.

Ein Brief von Sappeurmajor Shase Marl an Direktor-Führer S!Kt, Frontkommandeur der Siebten Armee.

... und mir ist bewußt, daß ich mit diesem Brief die militärische Befehlskette mißachte, doch ich habe das Gefühl, daß niemand außer Ihnen über die nötige Autorität und geistige Kompetenz verfügt, um dieses Problem lösen zu können (wie Sie sehen werden).

Ich schreibe Ihnen nicht nur in Ihrer Funktion als mein ranghöchster Vorgesetzter, sondern auch, weil ich mich an vergangene Zeiten erinnere, an die Jahre vor dem Zeitpunkt, an dem dieser Böse (verflucht sei die Erinnerung an ihn), der damals regierte, Sie in den Ruhestand zwang. Sie sprachen vor meinem Ausbildungslehrgang an der Kuishev-Akademie, und ich habe Ihre Worte niemals vergessen: daß ein Offizier Pflichten hat, die über seine geschriebenen Vorschriften hinausgehen, Pflichten seiner eigenen Ehre und seiner Spezies gegenüber. Mit diesem Brief nehme ich meine letzte Möglichkeit wahr, diese Pflichten zu erfüllen.

Das Problem tauchte auf, als meine Einheit den Befehl erhielt, eine Säuberungsaktion auf Ochio IX durchzuführen, einer der Umstrittenen Welten, Sektor Sieben Ihrer Front. Nur teilweise befriedet, befanden sich auf diesem Planeten immer noch Suzdal-Kampfeinheiten, die mit Waffengewalt ihre Besitzrechte daran verteidigten, obwohl es sich bei dem Planeten natürlich rechtmäßig um jochianischen Besitz handelt. Ich wurde kurz instruiert und bekam ein bestimmtes Gebiet zugewiesen, das ich ruhigzustellen hatte. Man gab mir einige Einheiten zur Unterstützung, deren Namen und Aufgaben, von einer abgesehen, ohne Belang sind. Diese Einheit war die Dritte Frontkompanie, Zweiter Säbel, Corps für besondere Aufgaben, angeführt von Captain L'merding.

Bevor die Truppe zum Einsatz kam, wurde sie von mir inspiziert, und ich gewann den Eindruck, daß die Soldaten in ihrem Verhalten auf dem Übungsplatz den Anforderungen entsprachen und besonders gut mit Waffen für die Partisanenbekämpfung ausgerüstet waren. Dies war mein Eindruck, obwohl ich das Gefühl hatte, die Einheit sei nicht besonders gut ausgebildet, ebensowenig wie ich ihre Offiziere und Unteroffiziere für besonders kompetent hielt. Ich hielt mich Captain L'merding gegenüber mit Kritik natürlich zurück, hieß seine Einheit lediglich willkommen und sagte, ich würde versuchen, ihnen Gelegenheit dazu zu geben, unter Beweis zu stellen, daß sie es wert waren, der Jochianischen Armee anzugehören und Dr. Iskra zu dienen.

Die einzige Antwort von Captain L'merding darauf war, sie hätten ihre Anweisungen und würden sie ausführen.

An diesem Punkt hätte ich mich an meinen direkten Vorgesetzten, Colonel Ellman, wenden sollen und eine Klärung der Hierarchie einfordern sollen. Ich tat es jedoch nicht. Die Truppen landeten, und wir bewegten uns in die ländlichen Gebiete hinein, die von einem Bevölkerungsgemisch aus Tork, Jochianern und Suzdal bewohnt wurden und in denen die Suzdal die stärkste Unterstützung genossen. Wie immer leisteten die Suzdal erbitterten Widerstand (auch nachzulesen in Einsatzbericht 12-341-651-06, Monat drei, Woche eins, zwei und drei) und fügten meinen Truppen erhebliche Verluste zu. Wir machten nur wenige Gefangene, denn wie Sie wissen, ziehen die Suzdal es vor, sich umzubringen, anstatt sich zu ergeben.

Das erste Problem, das ich mit Captain L'merding hatte, bestand darin, daß er sich weigerte, seine Leute ins Gelände vorrücken zu lassen. Meinen Befehl beantwortete er ohne Umschweife mit der Feststellung, daß die wirklichen Feinde nicht irgendwelche Sumpfbewohner seien – das waren seine exakten Worte –, sondern die bösen Verschwörer hinter ihnen, die in den mittleren und großen Städten saßen. Ich schenkte dieser merkwürdigen Behauptung nicht näher Beachtung, schließlich bin ich Soldat und kein Politiker.

Ich konzentrierte mich natürlich hauptsächlich auf die Kampfhandlungen, und erst in der dritten Woche der Säuberungsaktion erhielt ich geradezu phantastische Informationen, die ich zuerst nicht glauben konnte, denen ich aber trotzdem nachgehen mußte, um die Ehre Jochis zu schützen.

In besagtem Bericht wurde die Einheit 3/2, Corps für Spezialaufgaben, der widerwärtigsten Abscheulichkeiten bezichtigt. Ich begab mich persönlich in das Gebiet, für das Captain L'merdings Einheit verantwortlich war, und stellte fest, daß diese Anschuldigungen der Wahrheit entsprachen. Die Einheit für Spezialaufgaben tötete Suzdal-Bürger tatsächlich in einer Weise, die sämtliche sonst in einem Krieg üblichen Gepflogenheiten mißachtete. Sie hatten es vor allem auf die gebildeten Suzdal abgesehen, insbesondere auf Lehrer oder Juristen. Besondere Beachtung fanden auch reiche Suzdal. Alle diesen Bevölkerungsgruppen zugehörigen Personen wurden aus ihren Häusern verschleppt und verschwanden auf Nimmerwiedersehen. Captain L'merding weigerte sich, mir darüber Auskunft zu erteilen, was mit ihnen geschehen war, aber ihr Schicksal war offensichtlich.

Es gab bestätigte Berichte über Kinder, die einfach abgeschlachtet wurden, über vergewaltigte jochianische Zivilisten und Plünderungen. Damit nicht genug, waren unbewaffnete Suzdal in aller Öffentlichkeit umgebracht worden, ihre Leichen ließ man mitten auf der Straße liegen. Es gab keinen Zweifel, diese sogenannte Einheit bestand nur aus Verbrechern und Totschlägern. Captain L'merding hatte im gesamten Gebiet Anweisungen mit seiner eigenen Unterschrift verschicken lassen, in denen der geschriebene oder gesprochene Gebrauch der Suzdal-Sprache untersagt und es den Suzdal nicht gestattet war, sich in Gruppen von mehr als zwei Personen zusammenzufinden. Bei Nichtbeachtung dieser Befehle erfolgte sofortige Hinrichtung.

Er hatte noch weitere Befehle erlassen, die ebenso illegal waren, aber am schlimmsten war seine Ankündigung, daß jeder kriminelle Akt eines einzelnen Suzdal mit den drakonischsten Maßnahmen beantwortet werden würde; dazu zählten die Verwüstung des Wohnbezirks des betroffenen Suzdal, die Auslöschung der gesamten Familie und die Exekution von einhundert willkürlich ausgewählten Suzdal.

Ich teilte Captain L'merding mit, daß er vom Dienst befreit sei. Er lachte nur. Ich versuchte, ihn festzunehmen. Meine Helfer und ich wurden entwaffnet, geschlagen und mußten das Gebiet verlassen – oder mit den üblichen Konsequenzen rechnen.

Ich kehrte zu meiner eigenen Einheit zurück, unterrichtete den befehlshabenden Offizier meines Bataillons über die Aktionen von Captain L'merding und forderte eine Kampfeinheit an, die seinem schamlosen und mörderischen Treiben ein Ende bereiten sollte. Als erstes wurde mir von Colonel Ellman mitgeteilt, ich solle mich um meine eigenen Angelegenheiten kümmern. Ich ereiferte mich und bekam den direkten Befehl, L'merdings mordende Ungeheuer nicht weiter zu beachten. Colonel Ellman informierte mich darüber, daß diese und andere Abteilungen der Einheit für Spezialaufgaben nach allerhöchsten Anweisungen vorgingen – Befehle, die vielleicht nicht gerne gehört wurden, die aber dennoch ausgeführt werden mußten, wollte man die gestellte Aufgabe lösen. Ich weigerte mich, dies zu akzeptieren und wandte mich, hinter Colonel Ellmans Rücken, zuerst an meinen Brigadekommandanten und dann, als nichts geschah, an den Divisionskommandeur.

Ich wurde der Befehlsverweigerung angeklagt, und man beschuldigte mich, dem Planeten Jochi Schande zu machen. Als ich nicht nachgab, wurde ich rechtswidrig hundert Plätze auf der Aufstiegsliste nach unten gedrückt, ohne Anhörung und ohne Verfahren. In meiner Verzweiflung wende ich mich jetzt an Sie, Direktor-Führer.

Gibt es keine Ehre mehr im Altai-Cluster? Hat unsere ehrwürdige Rasse jegliches Gefühl für Würde verloren? Ist unsere Armee, eine Armee, der ich mein ganzes Leben lang gedient habe, nichts mehr als eine Bande von hinterhältigen Straßenmördern?

Der Brief wurde niemals beantwortet. Sechs Wochen später wurde Sappeurmajor Shase Marl in einem abgelegenen Gebiet erschossen. Im Tagesbericht seiner Einheit stand, daß sich unbeabsichtigt ein Schuß gelöst haben mußte und daß es nicht gelungen sei, den Schuldigen zu finden.

Posthum wurde Sappeurmajor Marl einen Rang befördert, mit einem Ehrenband und einem Stern ausgezeichnet und mit allen Ehren im Boden der Umstrittenen Welt Ochio IX begraben.

Die Hauptstraße, die zum Raumhafen von Rurik führte, war ein wahrer Ozean des Elends. Tausende und Abertausende Gestalten wurden im strömenden Regen von jochianischen Truppen unter Stößen und Schlägen vorangetrieben.

In diesem Zwangsmarsch gab es keine Unterscheidung nach Rassen. Man hatte Suzdal, Bogazi und Menschen wahllos zusammengetrieben.

Die Masse der Flüchtlinge war so dicht gedrängt, daß die Körper der Entkräfteten von der Menge mitgeschleift wurden. Menschen schrien klagend nach Familienmitgliedern oder flehten einfach nur um Mitleid.

Am Raumhafen standen mehrere Kontingente ausgemusterter Frachter bereit, die auf Iskras Befehl wieder zum Einsatz kamen. Weitere Soldaten säumten die Gangways dieser Frachter und stopften die armseligen Wesen in die Frachträume, bis diese regelrecht überquollen.

Auf ein bestimmtes Signal hin wurden die Frachtluken donnernd geschlossen, und die Frachter hoben mit ohrenbetäubendem Lärm ab. Kaum hatten sie die Atmosphäre verlassen, nahmen schon die nächsten Schiffe ihren Platz ein.

Professor Iskra beobachtete das Geschehen mit gespanntem Interesse. Er schaltete zwischen verschiedenen Einstellungen auf seinen Bildschirmen hin und her: lange Einstellungen von den vollgestopften Straßen; Nahaufnahmen verzweifelter Gesichter; wieder eine Totale, die die dramatischen Vorgänge am Raumhafen wiedergab. Während einer der Frachter abhob, lehnte er sich auf seinem Stuhl zurück und gönnte sich einen langen, genußvollen Schluck Kräutertee.

Iskra sah hinüber zu Venloe, und sein Mund verzog sich zu einem bei ihm selten zu beobachtenden verachtungsvollen Strich. Venloe nahm an, daß es sich hierbei um ein Lächeln handelte.

»Ich hoffe, Sie sind sich darüber im klaren, daß wir hier Zeuge bedeutender geschichtlicher Vorgänge werden«, sagte Iskra. »Wer hätte sich jemals einen solchen Exodus vorstellen können? Eine derart zügige Säuberung unseres Planeten?«

Venloe grunzte nur kurz.

»Kommen Sie schon«, drängte Iskra. »Ein kleines Lob für mein geschicktes Vorgehen in dieser Krise habe ich mir doch sicher verdient, oder?«

»So würde ich Ihren Job nicht beschreiben«, sagte Venloe. »Außerdem ist Ihre Fangemeinde auch so schon groß genug.«

Iskra empfand allzu großes Vergnügen an allem, was da vor

sich ging, um ärgerlich zu werden. »Schon in Ordnung. Von Ignoranten erwarte ich gar keine Komplimente.«

Venloe deutete mit dem Daumen auf den Bildschirm. »Halten Sie das für das Werk eines Genies?«

»Wie würden Sie es denn nennen, mein unwissender Freund?«

»Verrückt«, knurrte Venloe. »Oder einfach nur völlig dumm.«

»O weh. Dieses kalte Herz blutet für die Humanität.«

»Verwechseln Sie meine berufliche Einstellung nicht mit den Empfindungen einer mitfühlenden Seele«, sagte Venloe. »Es sollte für jedermann, der kein pedantischer Esel ist, offensichtlich sein, daß Sie damit alles nur noch viel schlimmer machen. Das hier ist nicht nur unnötig, sondern obendrein gefährlich. Jedesmal, wenn Sie so etwas zulassen«, er deutete auf das Bild eines Soldaten, der auf einen zurückgebliebenen Flüchtling einschlug, »machen Sie sich fünf oder sechs Lebewesen mehr zum Feind.«

»Es geht hier nicht um einen Beliebtheitswettbewerb«, sagte Iskra und lachte. »Außerdem hatte ich fest damit gerechnet, es würde Ihnen gefallen. Nach dem Vorfall an der Kaserne habe ich angenommen, Sie wären entzückt darüber, daß ich Ihre armen, toten Wachtposten räche.«

»Geben Sie nicht uns die Schuld«, warnte Venloe. »Wir haben diese Art von Aktionen nie von Ihnen verlangt. Versuchen Sie nicht, den Imperator in die Sache hineinzuziehen.«

»Aber er steckt doch schon drin«, säuselte Iskra. »Und sogar ziemlich offenkundig. Schließlich wissen doch alle im Imperium, wie wichtig ich für ihn bin.« Er zeigte auf den Monitor. »Und bald wird jeder im Altai-Cluster wissen, daß alle diese Opfer in *seinem* Namen dargebracht werden.«

Venloes Augen verengten sich zu schmalen Schlitzen. »Wovon reden Sie da?«

»Das ist doch nur der Anfang«, lachte Iskra. »Es wird noch viel mehr Arbeit nötig sein, um den Cluster zu säubern.«

»Was soll das heißen?«

»Sehen Sie sich meine nächste Vid-Sendung an«, sagte Iskra. »Ich glaube, sogar Sie werden von meinen neuesten Notstandsgesetzen nicht ganz unbeeindruckt sein.«

Venloe wandte den Blick von dem höhnenden Iskra ab und blickte auf den Monitor. Er sah, wie sich ein Flüchtling aus der Menge löste und ein selbstgemaltes Spruchband entrollte.

Die Zeit, bevor die Soldaten den Mann zusammenschlugen, reichte gerade aus, um das, was darauf geschrieben stand, zu entziffern: WO IST DER IMPERATOR?

Kapitel 34

»Euer Hoheit, niemand hatte die Möglichkeit, vorherzusehen, was jetzt aus Iskra geworden ist«, sagte Venloe. Und dann fügte er seinem Tonfall eine winzige Spur von Betroffenheit hinzu. »Das gilt insbesondere für Sie. Als ich mich das letzte Mal mit Ihnen in Verbindung gesetzt habe, hatten Sie genug damit zu tun, sich um das gesamte Imperium zu kümmern.«

Zu Venloes heimlichem Erstaunen huschte ein merkwürdiger Ausdruck über das Gesicht des Ewigen Imperators. Überraschung darüber, daß sich jemand Gedanken gemacht hatte? Venloe konnte – und wollte – nicht interpretieren, was er gerade auf dem Bildschirm gesehen hatte. Der Gesichtsausdruck des Imperators war jetzt wieder ganz gelassene Autorität.

»Ja«, erwiderte der Imperator. »Sie haben recht, Venloe. Sie verstehen einiges davon, wie hart es in Wirklichkeit ist, zu regieren. Jetzt verstehe ich besser, warum Mahoney Hochachtung vor Ihnen hatte, obwohl Sie auf der gegnerischen Seite standen.«

Jetzt war Venloe an der Reihe, ein undurchdringliches Gesicht aufzusetzen. Ian Mahoney hatte sich nicht nur geweigert, ihm die Hand zu schütteln, wie es sich für Ehrenleute gebührt, wenn das Spiel vorbei ist, sondern er hatte obendrein auch noch gesagt, er würde Venloe liebend gern umbringen. So langsam wie möglich. Venloe hatte ihm geglaubt. Jedes einzelne Wort.

Der Imperator schien Venloes betonten Verzicht auf jegliche Reaktion nicht bemerkt zu haben.

»Die letzten Aktionen von Dr. Iskra und seinem Regime, die mir durch Sie, Sten und ... andere Agenten mitgeteilt wurden, sind völlig psychopathisch«, fuhr der Imperator fort. »Wir müssen uns sofort gezielt mit diesem Problem beschäftigen.«

»Ja, Euer Majestät. Vielen Dank für diese Klarstellung der Situation. Ich fürchte, ich war etwas verwirrt und mir nicht mehr ganz sicher, welche Option wir wählen sollten.« Venloe log, wobei er absichtlich dick auftrug, um zu sehen, an welchem Punkt der Imperator sich eine seiner berühmten bissigen Bemerkungen nicht mehr verkneifen konnte.

Der Imperator sah jedoch zu einem anderen Bildschirm hinüber, der außerhalb von Venloes Blickwinkel lag. »Ich habe hier das Fiche vorliegen, das Sie über unsere sogenannte Hintertür-Option angefertigt haben. Gut durchdacht, Venloe. Kompliment.«

»Danke, Sir.«

»Ich werde Ihnen sagen, welche Option in Kürze ausgeführt werden soll. Vorher jedoch noch eines: die Befehle werden sich von meinen anderen Anordnungen unterscheiden. Ich möchte, daß Sie sich direkt einschalten. Es genügt in diesem Fall nicht, die Ausführung nur zu kontrollieren. Und es darf keinen – auch nicht den geringsten – Fehler im Ablauf geben.«

Venloe sträubte sich kurz. »Euer Hoheit, meine Operationen

waren durchgehend erfolgreich, und ich habe stets einer Sache vorrangige Beachtung geschenkt.«

»Und zwar der Tatsache, daß es für Sie einen sicheren Weg gibt, sich aus dem Staub zu machen, falls doch alles schiefläuft.«

»Man hat mir noch nie nachgesagt, ich sei ein Feigling, Sir. Ich arbeite aus dem Grund gern mit Fernsteuerung, weil ich auf diese Weise meinen Klienten besser schützen kann. Wenn der Ausführende gefangen wird und dann geständig ist, spielt das keine Rolle, denn außer einem oder zwei Feldagenten, die absichtlich falsche Informationen erhalten haben, bleibt niemand in diesem Netz hängen.« Venloe dachte bei sich, natürlich ohne etwas davon verlauten zu lassen, daß seine Pläne gut genug funktionierten, um den allergrößten Fisch bis jetzt zu verschonen: nämlich den vermaledeiten Ewigen Imperator selbst. Aber er war schließlich kein Selbstmörder.

»Das spielt in diesem Fall keine Rolle«, sagte der Imperator. »Außerdem handelt es sich um einen Befehl. Ich will, daß Sie direkt vor Ort sind und persönlich dafür einstehen, wenn etwas schiefgehen sollte.«

»Jawohl, Sir.«

»Sehr gut. Ich habe Ihnen bereits erzählt, daß Mahoney in den Altai-Cluster geschickt wurde – und in welcher Funktion. Von diesem Plan hier weiß er übrigens nichts. Ich möchte, daß Sie den Cluster so schnell wie möglich verlassen – nachdem die Operation beendet ist. Also, wenn wir Mahoney jetzt noch mit in die Gleichung aufnehmen, müssen Sie mehrere Dinge tun.

Erstens: Dr. Iskra muß getötet werden. Sofort. Er darf aber keinesfalls Verdacht schöpfen, daß er aus dem Wege geräumt werden soll.«

»Versteht sich, Sir.«

»Zweitens: Unter Berücksichtigung von Mahoneys Anweisungen wird seine Aufgabe sehr viel einfacher werden, wenn einige der Fliegengewichte, die um Iskra herumschwirren, einige dieser ineffizienten Machtparasiten, von denen auch Sten in seinen Berichten gesprochen hat – nun, es wäre gut, wenn einige von diesen Existenzen ebenfalls ausgelöscht würden. Die Verwirrung über ihren Ersatz ist im Sinne des Imperiums durchaus erwünscht.«

»In diesem Fall wird sich Euer Hoheit vermutlich für Option C oder R aussprechen.«

»Richtig. Sobald ich Ihnen die letzten Bedingungen mitgeteilt habe, werden Sie auch wissen, welche der beiden in Frage kommt.

Das Imperium darf keinesfalls in diese Sache mit hineingezogen werden. Nicht einmal im Flüsterton, nicht einmal in den vagen, paranoiden Gerüchten. Die beste Möglichkeit, die ich für uns sehe, von jeglichem Verdacht frei zu bleiben, besteht darin, daß einer unserer meistrespektierten und geehrten Männer unglücklicherweise während der Vorgänge getötet wird.«

»Der – Botschafter, Sir?«

»Ja«, sagte der Ewige Imperator. »Wir alle leben, um zu dienen. Mit seinem Tod wird er mir seinen größten Dienst erweisen.

Sten muß sterben.«

Buch IV

VORTEX

Kapitel 35

Venloe sah keine schwerwiegenden Probleme bei der Ausführung der Imperialen Befehle – zumindest was den Mord an Iskra und diversen anderen Politchargen auf Jochi anging, die mit ihm in die Falle gelockt werden sollten.

Der Gedanke, daß er Sten töten sollte, um die Verschwörung geheimzuhalten, gefiel ihm nicht besonders. Nicht, daß er etwas für ihn übrig gehabt hätte – schließlich waren es Sten und Mahoney gewesen, die ihn in seinem Versteck aufgespürt und dazu gezwungen hatten, sich der brutalen Folter eines Gehirnscans zu unterziehen –, aber seiner Ansicht nach sah der Imperator hier lediglich Gespenster.

Venloe war davon überzeugt, daß niemand im Imperium außerhalb des Altai-Clusters auch nur einen Deut darum gab, wenn ein schmieriger Diktator beseitigt wurde. Wahrscheinlich würden viele die Aktion sogar begrüßen, auch wenn man insgeheim darüber mutmaßte, daß der Imperator der Drahtzieher war.

Aber Befehl war Befehl.

Sten würde also sterben.

Je länger er darüber nachdachte, um so mehr schienen sich daraus bestimmte Vorteile für Venloe selbst zu ergeben. Sten war zu schwierig zu fassen, zu versiert in der Methode des Doppel- und Dreifachdenkens der Geheimagenten. Wenn er einmal kaltgestellt war, würde es für Venloe wesentlich einfacher werden, sich aus der Sache herauszuziehen.

Venloe war immer noch wütend über die Anweisung des Imperators, daß er selbst direkt in den Mordplan involviert sein sollte. Idiotisch. Dieser Befehl zeugte von großem Mißtrauen. Aber dann zuckte er mit der Schulter und dachte nicht mehr daran. Der Ewige Imperator war nicht der erste, der irgendwelche absurden Forderungen stellte; aber er war ganz sicher der wichtigste Klient, für den Venloe jemals gearbeitet hatte, und daher mußte er zufriedengestellt werden.

Der Imperator wollte also, daß Venloe in die Tage seiner Jugend zurückkehrte und seine Talente als Killer noch einmal unter Beweis stellte. Nun gut. Venloe fügte noch eine extra E-Stunde zu seinem normalen täglichen Konditionstraining hinzu und überlegte währenddessen, wo er sich selbst an dem bewußten Tag plazieren sollte.

Er war zu klug, um die Befehle des Imperators zu mißachten. Wahrscheinlich hatte der Imperator nur gebluft, als er von »anderen Agenten« im Altai-Cluster sprach; aber warum ein unnötiges Risiko eingehen?

Ob eine Leiche oder ein Dutzend mehr, das spielte für Venloe überhaupt keine Rolle. Nach einigem Nachdenken hatte er sich seinen Fluchtweg zurechtgelegt. Es war ein simples, sauberes Reingehen, Zuschlagen und wieder Verschwinden, was bedeutete, daß es funktionierte. Occams Rasierklinge war auch fürs Grobe durchaus geeignet.

War er erst einmal aus dem Metzgerladen heraus, mußte Venloe nur noch von Jochi und aus dem Cluster verschwinden. Ausgezeichnet. Bereits zwei Wochen nach seiner Ankunft auf Jochi hatte er insgeheim dafür gesorgt, daß auf einem Behelfslandefeld in Rurik eine private Yacht für ihn zur Verfügung stand.

Jemand hatte einmal über Venloe gesagt, er ginge nicht mal in ein Pissoir, ohne vorher sicherzustellen, daß es einen Fluchtweg gab; selbst wenn man dabei in die Scheiße springen mußte. Venloe hatte beschlossen, diese Feststellung als Kompliment aufzufassen.

Sein Rückzug stand also fest, und auch über die Waffe brauchte er nicht lange nachzudenken. Am liebsten hätte er mit einer Waffe gearbeitet, die im Imperium hergestellt worden war, denn deren Qualität war am besten, aber da er die Waffe am Tatort zurücklassen wollte, war ein lokales Produkt besser geeignet. Venloe bildete sich so einiges auf seinen erlesenen Geschmack ein, deshalb sollte auch die Mordwaffe keine einfache Durchschnittsware sein. Am Ende fand er schließlich das perfekte Gerät: eine veraltete Sportwaffe, eine hundert Jahre alte Einzelanfertigung zum Abschlachten eines wilden Tieres, dessen Art mittlerweile ausgestorben war. In einer Gußform hatte er selbst die passenden Kugeln gegossen und dann von Hand die altmodische Treibladung in das Schutzgehäuse der Waffe eingefüllt.

Und jetzt zum Attentäter.

Genauer gesagt den Attentätern; der Imperator wollte schließlich etwas für sein Geld sehen.

Auch das war einfach.

Er fing mit den Spezialeinheiten von Dr. Iskra an. Jeder Diktator, für den Venloe jemals gearbeitet oder von dem er gehört hatte, hatte seine eigene, private Mörderbande unter eigenem Namen laufen gehabt – von den Fida'is über die »Einsatzgruppen« zu den CREEP bis hin zu Mantis oder der neu formierten »Inneren Sicherheit« des Imperators; und eben die Spezialeinheiten von Iskra.

Venloe hielt nicht viel von ihnen. In der Öffentlichkeit bezeichnete er sie als »Bärte« oder »Die Bärtigen« und weigerte sich zu erklären, warum. Der Grund dafür war eine private Anspielung Venloes auf eine der unfähigsten Mörder-Organisationen aller Zeiten in den längst vergangenen Tagen der alten Erde.

Die erste und nach Ansicht Iskras beste Zelle dieser Spezialeinheiten, ein Team, das unter striktester Geheimhaltung operierte, war aus seinem als absolut sicher eingestuften Versteck in einem Landhaus außerhalb Ruriks verschwunden. Es hatte keine Gerüchte gegeben, und keines der anderen Star-Teams von Jochi hatte sich jemals dieser Tat gerühmt. In einer ruhigen Minute hatte sich Venloe gefragt, ob Sten sich nicht einfach ein kleines Privatvergnügen gegönnt und dieses Team der Vergessenheit anheim gegeben hatte. Es war die Aufgabe dieser Einheit gewesen, das Bataillon der Imperialen Garde zu stören, und es galt als fast sicher, daß ebendieses Team für das Bombenattentat auf die Kaserne verantwortlich gewesen war.

Ganz abgesehen davon war die Wirkung durchschlagend und abschreckend. Ganze »Einheiten« dieser Spezialeinheit verlangten nach aktivem Einsatz auf anderen Welten, vielleicht um ihre Pflichten gegenüber den Bogazi, Suzdal oder Tork zu erfüllen. Andere Mitglieder wurden inaktiv. Was dadurch beendet wurde, daß sie von immer noch loyalen Leuten Iskras gejagt und als Verräter bestraft wurden.

Jedenfalls waren diese Spezialeinheiten in Venloes Augen kaum mehr als ein Witz. Was ihn jedoch nicht daran hinderte, sich ihrer zu bedienen. Er hatte bei ihrem »Obersten Geheimdienstleiter« Erkundigungen darüber eingezogen, welche Personen, die momentan in den bewaffneten Streitkräften der Jochianer dienten, als potentielle Verräter eingestuft wurden, die zu bewaffnetem Widerstand fähig waren, ohne daß sich die Spezialeinheit bisher mit diesen Fällen näher beschäftigt hatte.

Das brachte ihm eine Namensliste ein.

Eine zweite erhielt er von der armee-eigenen Abteilung »Abwehr der Inneren Zersetzung«. Diese Liste war etwas weniger hysterisch.

Alle Namen, die auf beiden Listen auftauchten, übertrug Venloe in sein eigenes Register potentiell gefährlicher Militärs. Er konnte kaum glauben, wie lang diese Liste war; verdammt,

Iskra hatte im Hinblick auf seine Säuberungen nicht besonders effektiv durchgegriffen.

Daraus ergab sich die Auswahl der Leute auf seiner letzten Liste – jedermann, der mit Personen befreundet oder mit ihnen in derselben Einheit gewesen war, die Iskra nach seiner Ankunft auf Jochi hatte festnehmen lassen, Leute, von denen Iskra schwor, sie säßen immer noch in der Festung Gatchin hinter Gittern. Venloe wußte es besser, hatte sich aber nicht die Mühe gemacht nachzuforschen, wo Iskra die Leichen hatte verschwinden lassen, solange es noch keine Spur gab.

Diese letzte Liste gefiel ihm besonders gut. Noch zufriedener wurde er, als er feststellte, daß einige dieser Leute, die allesamt gute Gründe dafür hatten, Iskra zu hassen, sich unauffällig darum bemüht hatten, in gewisse Einheiten aufgenommen zu werden.

Venloe strahlte geradezu vor Glück und genehmigte sich in dieser Nacht ein Glas veganischen Wein, Auslese mit Prädikat. Schließlich war nur eine einzige Sache noch perfekter, als eine falsche Verschwörung zu inszenieren: eine bereits existierende zu finden, die er für seine eigenen Pläne nutzen konne. Er beauftragte seine beiden bewährtesten Mitarbeiter, Erkundigungen darüber einzuziehen, wer an dieser gerade entstehenden Verschwörung beteiligt war.

Auf diese Weise kam er auf vierzig junge Soldaten. Keiner von ihnen schien besonders klare Vorstellungen davon zu haben, worin ihre Verschwörung eigentlich bestand – aber sie würde bald, sehr bald schon dazu dienen, Iskra zu vernichten. Sie waren nicht besonders klug und keine Machiavellis. Hätte Venloe sie nicht aufgestöbert, wären sie zweifellos von der Abteilung Innere Zersetzung oder der Spezialeinheit gefunden und aus dem Weg geräumt worden.

Er beschloß, daß er dreißig von ihnen gebrauchen konnte. Sehr gut. Die Mordtechnik, die Venloe an dem bewußten Tag zum Einsatz bringen wollte, hatte er gedanklich unter »Blutrote Rattenbande« eingeordnet. Indem er sich Iskras unbestrittener Autorität bediente, besorgte er sich die Dossiers der Verschwörer von der Abteilung Gegenspionage und verbrannte sie. Damit waren sie ihm zu großem Dank verpflichtet. Er hatte ihr Leben gerettet. Es war das mindeste, daß sie ihm dafür ihr Leben opferten, diesmal allerdings, um sich ihre eigenen Träume zu verwirklichen, und nicht, um als sinnlose Aschehäuflein an der Todesmauer zu enden.

Seine beiden Mitarbeiter traten an die vier Offiziere heran, jedoch ohne sie darüber zu unterrichten, daß der geheime Ratgeber von Iskra den Plan hatte, seinem Boß die Kehle durchzuschneiden. Venloe hatte richtig vermutet – sie waren mehr als glücklich, sich freiwillig opfern zu dürfen.

Die Hälfte seiner Spieler hatte Venloe beisammen. Jetzt brauchte er nur noch die andere Hälfte – die Opfer.

Und eine Bühne, auf der das Stück aufgeführt werden konnte.

Auch das bereitete ihm keine großen Schwierigkeiten.

»Mir ist nicht ganz klar«, sagte Dr. Iskra, nachdem er sich durch Venloes Memorandum hindurchgearbeitet hatte, »welchem Zweck diese Farce dienen soll? Was habe ich – und damit die Regierung des Altai-Clusters – eigentlich davon?«

»Solidarität«, sagte Venloe.

»Wieso?«

»Erstens: Bauern haben nun einmal eine Schwäche für hirnlose Spektakel, wie Sie in Ihrem Essay ›Die Revolution muß die Seele der Menschen verstehen‹ selbst sagen.«

»Stimmt.«

»Zweitens: es wird so einiges über gewisse Vorgänge außerhalb dieses Planeten gemunkelt; Vorgänge, in die angeblich sowohl das Militär als auch die Spezialeinheit verwickelt waren.«

»Müßiges Geschwätz sollte bestraft werden.«

»Schon geschehen«, sagte Venloe. »In dieser Hinsicht kann man Ihrer Spezialeinheit wirklich nichts nachsagen. Aber jetzt haben wir die Gelegenheit, einmal ein positives Image aufzubauen. Wie kann jemand, der die edlen Soldaten von Jochi an sich vorbeiparadieren sieht, noch glauben, sie könnten ernstlich in diese Angelegenheiten verwickelt gewesen sein?«

»Hm.«

»Außerdem gibt es doch auch für Sie keine bessere Gelegenheit als eine solche Parade, um zu zeigen, daß die Regierung uneingeschränkte Unterstützung genießt – auch von seiten der Tork –, wenn die Livie-Zuschauer sehen, daß der Anführer der Tork neben Ihnen auf der Ehrentribüne steht.«

»Menynder wird wohl kaum mitmachen.«

»O doch«, widersprach Venloe. »Denn die anderen Möglichkeiten, die wir ihm unterbreiten werden, dürften ihm noch weniger zusagen.«

Iskra dachte einen Moment nach. »Ja. Sie haben recht, Venloe. Jetzt kann ich Ihnen folgen. Es ist außerdem schon viel zu lange her, seit ich mich meinem Volk gezeigt habe. Wie ich schon in einem Teil meiner Analyse der Kha- ... der Tyrannei dieses längst in Vergessenheit geratenen Ungeheuers herausgearbeitet habe, hat er die Saat seines eigenen Untergangs auf viele verschiedene Weisen gesät; und einen nicht geringen Anteil hatte dabei die Tatsache, daß er sich hinter den Mauern dieses Palastes versteckt hielt. Darüber habe ich im zweiten Band geschrieben.«

»Tut mir leid«, sagte Venloe. »Ich war zu beschäftigt, um außerdienstlich zu lesen. Noch eine andere Sache«, fuhr er fort. »Der Imperiale Botschafter sollte eingeladen werden.«

»Sten? Ich habe seine Versetzung beantragt«, sagte Iskra. »Wieder eine dringende Angelegenheit, auf die *dieser* Mann auf der Erstwelt überhaupt nicht reagiert. Warum sollte Sten eingeladen werden? Und warum sollte er dieser Einladung Folge leisten?«

»Durch seine Einladung zeigen Sie der Bevölkerung, daß Sie von höchster Stelle unterstützt werden. Und daß Ihre Sorgen hinsichtlich der erneuten Rationierung von AM2 jeglicher Grundlage entbehren.

Sten hingegen wird aus einem einzigen Grund zusagen: Er ist ein Profi.«

Sten betrachtete durchs Fenster hindurch das Wetter und hörte dabei Kilgour zu, der sich hinter ihm durch die eintreffenden Nachrichten arbeitete. Das Wetter erfüllte weiterhin Stens Erwartungen und wechselte von feucht, bewölkt und drückend zu feucht, bewölkt und regnerisch, wobei wahre Wolkenbrüche plötzlich losprasselten und ebenso schlagartig wieder aufhörten, daß niemand mehr wußte, wie man sich für einen Aufenthalt im Freien anziehen sollte.

»Verdammter Kilt-Weber. Wagt der doch wirklich, mir hinterherzuschnüffeln. Singt eher ›Bonnie Bells‹ in seinem Grab, als daß er Lord Kilgour einen kleinen Kredit zugesteht.

Gibt mir einen Kilt mit dem alten Schafsfuttermuster der Campbells und sagt dann auch noch glatt, daß er keinen Unterschied zum Tartan der Kilgours entdecken kann.

Ha!

Na, was haben wir denn hier? Aha, Hmhm.« Fröhliches Lachen. »Hey, Boß. Da haben wir doch mal was Interessantes.«

Sten drehte sich zu ihm um. »Was denn, alter Kumpel?«

»Erinnerst du dich noch an den kleinen Petey Lake? Der Wetterexperte von der Flotte, den wir damals bei Mantis angestellt haben?«

»Nicht besonders.«

»Also das war damals, als wir auf diesem Planeten waren, wo

alle wie Wiesel aussahen und auch so rochen. Wir sollten für ein bißchen Aufregung sorgen, gerade als die Regenzeit anfing, aber nicht zuviel Unheil anrichten, gerade genug, daß die Regierung stürzte und die Imperiale Friedenstruppe entsandt werden konnte.«

»Ja. Klar. Warte mal. Der Wetterbeobachter? Menschlicher Typus? Den Kerl, den wir Mr. Lizard genannt haben?«

»Genau. Das ist der Bursche.«

»Wie zum Teufel hat der es denn geschafft, nicht in den Knast zu kommen? Geschweige denn, sich aus den Klauen des Kriegsgerichts herauszuschwatzen?«

»Keinen Schimmer. Vielleicht haben wir uns ja getäuscht und die Mädels und ihre Zureiter hatten Spaß an dem, was er so trieb und haben einfach nur nach ihren Kleidern gebrüllt. Ich hab' keine Ahnung. Egal, ich kriege jedenfalls ab und zu einen Brief von ihm.

Geht ihm ganz gut. Hat einen Stall mit echten Erdpferden für reiche kleine Mädchen aufgemacht. Jedenfalls hab' ich ihm geschrieben und ihn gefragt, warum das verdammte Wetter auf diesem verdammten Jochi so verdammt schlecht ist. Er meinte, daß große Planeten mit schneller Rotation, viel Wasser, wenig Land, hohen Berggipfeln und vielen Monden wahrscheinlich immer saumäßiges Wetter haben.«

»Klar«, sagte Sten, der das Wetter nur beobachtet, nicht aber darüber nachgedacht hatte; schließlich war es nur ein Teil der riesigen Kloake namens Jochi.

»Er hat mich sogar gewarnt. Wegen der Zyklone. Er nimmt es jedenfalls nicht auf die leichte Schulter. Hier. Lies es dir selbst durch.«

Alex schob den langen, handgeschriebenen Brief auf Stens Schreibtisch. Sten überflog den Brief, bis er bei dem Teil angekommen war, von dem Alex gesprochen hatte; diesen las er sorgfältiger, aber immer noch sehr schnell. Er erinnerte sich nämlich plötzlich an Mr. Lizard und wollte seine Hände so schnell wie nur möglich von diesem Dokument entfernen und sie sogleich in ein steriles Bad tauchen.

… es wird also ziemlich trübe werden auf Jochi – fürchterlich kalt im Winter, fürchterlich warm im Sommer, und natürlich wird es auch außerhalb der Saison ganz schön ekelhaft.

Geschieht dir ganz recht, Blödmann, du mußtest ja unbedingt bei diesem uniformierten Mistkerl bleiben.

Bei einer Sache mußt du aber vorsichtig sein – und du kannst diesen verdammten Sten in meinem Auftrag in einen hineinstoßen –, und zwar bei den Tornados. Das sind gefährliche kleine Winde, die dich voll aus deinen Shorts blasen, wenn du nicht platt am Boden liegst oder dich rechtzeitig aus dem Staub machst.

Nimm diese kleinen Dinger wirklich ernst – die Wirbelwinde erreichen eine Rotationsgeschwindigkeit von bis zu 4.800 km/h und rasen überall entlang, mit bis zu 112 Sachen in der Stunde. Dann geben die Meßinstrumente den Geist auf, du mußt also nicht glauben, daß es sich dabei um Höchstgeschwindigkeiten handelt. Du *kannst* einfach nicht abhauen, also versteck dich lieber.

In meinen Statistiken habe ich stapelweise Unterlagen, die ich dir schicken kann, wenn du wirklich tödlich neugierig darauf bist, was ein Tornado so alles machen kann – tausend Menschen in vierzig Minuten töten, einen Strohhalm durch einen Amboß hindurchtreiben, fünf Einsatzschiffe, von denen jedes hundert Kilotonnen wiegt, eine Viertelmeile wegschleudern – übrigens ohne der Mannschaft ein Haar zu krümmen – und so weiter.

Das beste Beispiel dafür ist Altair III, wo die hirnverbrannten Blödmänner dämlich genug waren, ihre Hauptstadt genau in einer Tornadozone aufzubauen. Hört sich ganz nach diesem Rurik an, wo ihr euch befindet. Ja, mein Freund, Tornados haben bestimmte Strukturen. Wie auch immer, es ist ein Sommernachmittag, und die City mit grob geschätzt fünf Millionen Einwohnern wird an diesem einen Nachmittag von zweiundsiebzig Wirbelstürmen heimgesucht. Ein Fünftel der Bevölkerung wird dabei getötet – wahrscheinlich hielten sie nicht viel von Sturmschutzkellern.

Nur um dir zu zeigen, was ich für ein guter Kumpel bin, gebe ich dir noch ein paar Tips, worauf man achten sollte, bevor dich der Windrüssel einsaugt und in eine tiefe Umlaufbahn bläst.

Zuerst geht's los mit vertikalen Luftströmungen, die die üblichen Inversionsschichten durchdringen. Die Luft wird auf ungefähr 10.000 Meter angehoben, und jeder Jet Stream, der über euren Köpfen fliegt, wirkt sich direkt darauf aus. Die Luft der gesamten Region wird angehoben, was die Inversionsschichten destabilisiert.

Die Luft aus dem Jet Stream ist wie eine gigantische Röhre, die sich in großer Höhe dreht, und wenn die oberen Cumuluswolken auf diese Röhre treffen, so biegt sie sich in der Mitte durch die aufsteigende Luft, da die Rotation mit zunehmender Höhe immer schneller wird.

Während sich die Röhre in eine zunehmend vertikale Lage dreht, wird der Wind je höher desto heftiger und wird, was noch wichtiger ist, in Richtung Südwesten abdrehen ... jetzt habt ihr eine gigantische, rotierende Röhre über euch, mitten in einem gewaltigen Unwetter ...

Wenn du über so etwas Primitives wie ein Radargerät verfügst, dann kannst du jetzt diese Röhre sehen, die aussieht wie eine ausgestreckte Katzenkralle. Machmal wird sie auch »Zahl Sechs« oder »Hakenecho« genannt.

Das ist die Wolkenmauer ... du kannst sie als horizontalen

Tornado bezeichnen, meistens schwarz, manchmal aber auch grün ... die Wolkenmauer kippt ...

Auf dem Boden fangt ihr jetzt langsam an, furchtbar zu schwitzen, ihr werdet krank, wenn ihr an positiv geladene Ionen glaubt, und ihr seid komplett durchnäßt, denn man kann fast sicher sein, daß ein entsetzliches Unwetter im Gange ist.

Und ein bißchen Angst solltest du jetzt auch so langsam bekommen.

Sten las jetzt quer.

... Hagel und Sturm ... nach unten drückende Luftmengen schieben sich vor Luftmassen, die nach oben drücken ... eine große Wolke ... plötzlich brechen trichterförmige Wolken aus der Wolkenmauer hervor und rotieren um den Mesozyklon – die südlichste Röhre –, ich weiß nicht mehr auswendig, wie viele Röhren ihr habt.

Aber nur ein Vollidiot würde jetzt noch stehenbleiben, um sie zu zählen, denn gerade jetzt ist euer größter Zyklon dabei, euch die ganze Woche zu versauen ...

Der Brief ging noch weiter, wurde in seinen Vergleichen jedoch immer unverständlicher – offensichtlich hatte Mr. Lizard sich dann nicht mehr die Mühe gemacht, alles genau auszumalen oder in seinen Unterlagen nachzuschauen.

Sten schnippte den Brief zurück. »Vielen Dank, Mr. Kilgour, daß Sie mich auf noch etwas in dieser verdammten Welt hingewiesen haben, das versuchen wird, uns zu töten.«

»Aber das mach' ich doch gern.«

Ein Bildschirm meldete sich lautstark, und Alex überflog die vorbeiflimmernden Mitteilungen. »Na, hier ist noch was Besseres als der kleine Wirbelwind von Mr. Lizard. Doc Iskra plant eine Parade, so mit allen möglichen Truppenteilen und allem Drum und Dran. Und er würde sich sehr darüber freuen, Botschafter Sten auf der Tribüne begrüßen zu dürfen. Die Absicht ist leicht zu durchschauen. Er will dich mit seiner ›Stiefelchen-hoch-Stiefelchen-runter‹-Parade offensichtlich zu Tode langweilen ...«

Alex drehte den Bildschirm in Stens Richtung. Nur im Zirkus wurden Paraden aus reinen Trainingsgründen abgehalten. Was also waren die Gründe für diese Parade? Sten überlegte. Erstens: die Moral der Zivilbevölkerung zu heben. Zweitens: Iskra Gelegenheit zu eindrucksvoller Selbstdarstellung zu geben – das hatten alle Diktatoren gerne.

Allerdings reichte das noch nicht aus.

An der Tür ertönte ein Klopfen. Ein Sekretär trat ein und gab Kilgour einen Umschlag. Alex öffnete ihn.

»Ah, hier hätten wir die Bestätigung der Parade. Handgeschrieben, in Iskras unleserlicher Klaue. Und sogar auf richtigem Papier, stell dir mal vor.

Ich fragte mich«, murmelte Alex nachdenklich, »was für eine Gemeinheit der alte Angeber da wieder zusammenbraut.

Sagst du ab?«

»Nein. Ich gehe hin.«

»Ich glaub' nicht, daß das eine besonders schlaue Idee ist. Kannst du dir nicht einen Tripper einfangen oder so?«

Sten schüttelte den Kopf; sie wußten beide Bescheid. Es gehörte nun einmal zu den Aufgaben eines Botschafters, auch wenn dieser Botschafter von der Regierung, der gegenüber er die Imperialen Interessen zu vertreten hatte, nicht besonders geschätzt wurde. Sten hatte gar keine andere Wahl, als zu erscheinen und den Absichten Iskras, worin sie auch bestehen mochten, dadurch einen gewissen seriösen Anstrich zu verleihen.

»Wenn du gehst«, sagte Alex in einem Tonfall, der keinen Widerspruch duldete, »dann erscheinst du da aber nicht nur in deinem feinsten Tuch, mit Blumen im Haar und einem verklärten Lächeln auf den Lippen. Ich spreche jetzt zu dir als dein Sicherheitsberater. Wenn du schon sein verdammtes Spiel spielen willst, mußt du dich dabei ja nicht unbedingt an seine Regeln halten.«

Sten grinste. Alex schlug nichts weniger als eine ziemlich einschneidende Änderung des Protokolls vor: Ein ehrenhafter Diplomat sollte bewaffnet und im Schutze seiner eigenen Leute bei einer Feier des Gastlandes aufkreuzen.

Doch in Anbetracht der Ereignisse im Altai-Cluster und der zahlreichen ehrenwerten, aufrechten Wesen, denen er hier schon begegnet war, fand Sten es nur vernünftig, seine Leibgarde doppelt bewaffnen zu lassen.

Kilgours große, hornige Hand krachte auf die Metallbank. Da diese eigentlich als Untergestell für die McLean-Generatoren von Transportgleitern gedacht war, bogen sich die Beine nur ein wenig, gingen jedoch nicht zu Bruch.

»Wenn ich mal um eure Aufmerksamkeit bitten dürfte«, bellte er, und das allgemeine Gemurmel verstummte. Kilgour stand in einer Garage der Botschaft vor einer Gruppe aus Gurkhas und Bhor.

»Ich will, daß ihr euch alle die Aufstellung an der Mauer dort drüben reinzieht.

Ich werd's kurz machen«, fuhr er fort. »Ihr findet eure jeweiligen Aufgaben auf der Liste. Vor einer Stunde haben Captain Cind und ich diese Garage gründlich durchsucht, sie ist garantiert wanzenfrei. Wir können also ohne Umschweife plaudern.

Es geht um folgendes: Morgen geht der Boß zu dieser Truppenparade, drüben auf dem Platz des verstorbenen Khuquqs. Wir sind davon überzeugt, daß an der Sache was faul ist.

Wir stehen also Gewehr bei Fuß, klar?

Ich will euch Gurks in Kampfaufstellung. Zwei Einheiten pro Gleiter. Otho, du wirst zum Sergeanten ernannt und kümmerst dich um die Bhor. Vier pro Gleiter, zusätzlich noch zwei Teams mit schweren Waffen. Soweit verstanden?«

»Wie du willst«, sagte Otho. »Aber was ist mit unserem Captain?«

»Captain Cind übernimmt die Rückendeckung. Sie trommelt alle Scharfschützen zusammen. Die setzen wir in der Morgendämmerung, immer in Zweierteams, auf den Dächern ab.

So. Jetzt zu euren Aufgaben. Wenn auch nur der Versuch eines Anschlags auf Sten gemacht wird, dann will ich den Angreifer tot sehen. Tot, noch bevor er Zeit hat, über Gewalt nachzudenken; daß der Bursche überhaupt die Finger bis zum Abzug bekommt, das ziehen wir gar nicht in Betracht.

Wir haben alle Funkverbindungen geöffnet, wenn es also einen Anschlag gibt, dann will ich, daß ihr euch alle zur Tribüne bewegt. Macht euch keine Sorgen über Gefangene oder so.«

»Eine Frage?«

»Klar, mein Junge.«

»Beim Bart meiner Mutter«, grummelte der junge Bhor. »Sie entsenden lauter bewaffnete Soldaten, nur auf den Verdacht hin, daß dort Gefahr droht?«

»Ja.«

»Ich will ja keine Einwände erheben, Sir. Aber was würden Sie tun, wenn wir mit Sicherheit wüßten, daß der Botschafter bedroht werden wird?«

Alex' Gesichtsausdruck war plötzlich sehr gefaßt, und seine Augen glitzerten. Nach einer kurzen Pause erwiderte er: »In diesem Fall würde ich Sten im Keller einschließen und die Tribüne noch vor Beginn der Zeremonie dem Erdboden gleichmachen.

So. Das wär's. Ihr kennt eure Aufgaben, eure Waffen, eure

Ausrüstung. Haltet euch bereit. Aufbruch ist eine Stunde vor Morgendämmerung.«

»Kilgour, das hier ist nicht mein Frack.«
»Stimmt. Halt den Mund und zieh's an. Die verdammte Parade beginnt in zwei Stunden.«
»Sitzt ja überhaupt nicht«, beschwerte sich Sten und betrachtete unzufrieden sein Spiegelbild. »Wer hat denn das zurechtgeschneidert. Omar, der Zeltnäher?«
»Die Jacke ist aufblasbar, und es sind alle möglichen Einsätze darin eingenäht.«
»Wieso? Falls einer mit der Kanone auf mich anlegt?«
»Ah.« Kilgour lächelte nachsichtig. »Ich wußte ja schon immer, wie bescheuert du bist, und Cind findet das auch. ›Kanone‹ ist unsere Parole.

Komm. Stell dich mal anständig hin.

Hast du eigentlich eine Ahnung, welchen Blödsinn ich hier seit gestern deinetwegen verzapfe? Los, alter Knabe. Ich nehme alles auf meine Kappe. Wenn du dich gut benimmst, spendiere ich dir hinterher auch 'n Bier.«
›Falls es ein Hinterher gibt‹, dachte er dabei.

Sten versuchte die Menschenmenge einzuschätzen, die dichtgedrängt auf beiden Seiten des breiten Boulevards stand, während sein schwerer Gleiter sich dem Palast näherte.
›Wenn das ein Feiertag sein sollte, dann hat Dr. Iskra ihn zu Unrecht so benannt‹, dachte er. Die Gesichter waren wütend und so mürrisch wie der dunkle Himmel über den Köpfen. Zuerst dachte Sten, die Feindseligkeit richtete sich gegen die beiden Imperialen Flaggen, die an den Standarten des Gleiters flatterten, aber dann berichtigte er sich selbst. Die Wut war nicht gelenkt, und sie war unparteiisch. Sten sah, wie ein Mann nach

oben auf einen der A-Grav-Gleiter des Militärs blickte, die ununterbrochen über ihren Köpfen hin und her patrouillierten, und dann in den Rinnstein spuckte.

Otho parkte den langgestreckten Botschaftsgleiter für zeremonielle Zwecke direkt hinter der riesigen Tribüne, die extra für diese Gelegenheit auf der einen Seite des Platzes der Khaqans errichtet worden war. Der Gleiter sah mittlerweile richtig schlimm aus: Die Maschinengewehraufsätze und die meisten behelfsmäßigen Waffen waren entfernt worden, aber die Zeit hatte nicht gereicht, um alles zu reparieren oder gar frisch zu lackieren. Das Fahrzeug machte ganz den Eindruck, als könnte es sich noch nicht einmal für die Teilnahme an einer Schrottrallye qualifizieren.

Zwei Gurkhas in voller Parade-Uniform, inklusive Kukris und Willyguns, sprangen vom Gleiter herab und präsentierten das Gewehr erst in Richtung der Jochi-Flagge auf der einen Seite der Tribüne und dann zum Hauptaufgang, wo soeben das Symbol von Dr. Iskra gehißt wurde. Iskra selbst war noch nicht erschienen, aber bis auf ihn waren sämtliche Würdenträger versammelt.

Sten ging los, dicht gefolgt von Kilgour. Kilgour hatte sich entschlossen, im vollständigen, zeremoniellen Aufputz seines Heimatplaneten zu erscheinen: flache Halbschuhe, karierte Strümpfe, in deren Strumpfband ein Dolch steckte, Kilt mit Felltasche – darin eine verborgene Pistole –, ein weiterer Dolch an der Hüfte, schwarze Samtweste mit Silberknöpfen, Spitzenjabot und Spitzenmanschetten. Auf dem Kopf trug er die Mütze seines Clans, und den karierten Umhang hatte er sich um eine Schulter geschlungen.

Auf Edinburgh wäre er jedoch – als Lord Kilgour of Kilgour – nicht in genau demselben Aufzug erschienen. Die flachen Schuhe waren hier nämlich mit Gummibändern befestigt, damit sie Kilgour nicht von den Füßen flogen, falls er plötzlich rennen mußte. Das Karomuster war sehr dunkel, und Alex erklärte, hier handele es sich um das korrekte, seit alten Zeiten benutzte Jagdmuster seines Clans. Sten war nie sicher, ob es wirklich jemals einen Kilgour-Clan gegeben hatte, oder ob nicht Alex und die paar tausend Leute, die zu seinem Gut gehörten, sich diese Geschichte im Lauf der Zeit zurechtgesponnen hatten. Es würde den Schotten nur zu ähnlich sehen, sich etwas derart Kompliziertes auszudenken, nur um den Engländern eins auszuwischen.

Auch auf das sonst übliche zeremonielle Breitschwert hatte Alex aus praktischen Gründen verzichtet. Schwerter waren im Wege. Und wenn man den Umhang berührte, klapperte es. Sten vermutete, daß der Schwerweltler einen kompletten Waffenladen mit sich herumschleppte.

Hinter Sten gingen zwei weitere Gurkhas. Sten verbeugte sich in Richtung der Flagge Jochis und, innerlich mit den Zähnen knirschend, vor Iskras Emblem. Otho zog den Gleiter hoch und schwebte davon; er würde ihn startklar in einem Park genau hinter dem Palast bereithalten, zusammen mit den beiden anderen Verteidigungseinheiten.

Zwei zwielichtige Gestalten aus Iskras Spezialeinheit standen mit Detektoren vor der Treppe. Alex blickte sie nur kurz an. Sogar ausgemachte Totschläger hatten ab und zu so etwas wie Verstand, und beide traten, ungeschickt salutierend, zur Seite.

Die Gurkhas hielten sich im hinteren Teil der Tribüne auf. Sten fühlte sich zumindest im Rücken einigermaßen sicher. Vor der Tribüne standen, Schulter an Schulter, weitere Truppen der Spezialeinheit.

»Nur zur Information«, flüsterte Alex. »Allen Truppen, die hier vorbeiziehen, hat man gesagt, daß sie sofort von der Spezialeinheit erschossen werden, wenn sie mit ihren Waffen in Richtung Tribüne zeigen. Kriegst du da nicht Lust, bei der Jochi-Infanterie noch mal ganz von vorne anzufangen?«

Als er zum oberen Teil der Tribüne blickte, erlebte Sten eine zweifache Überraschung. Als ersten sah er Menynder. Interessant. Irgend jemand oder irgend etwas hatte ihn aus seiner Zeit der Trauer herausgeholt.

Die zweite Überraschung war eine Gestalt, die er erst nach einigen Augenblicken wiedererkannte. Es war Milhouz, der studentische Rebell, jetzt in der neuen Uniform der »Studenten«-Bewegung, die von Iskra ins Leben gerufen worden war und von der Sten nur flüchtig gehört hatte.

Neben Milhouz standen zwei ältere Personen, die Sten für seine Eltern hielt. Milhouz begegnete Stens Blick; seine Augen flakkerten nur kurz, dann starrte er unverfroren zurück.

Sten runzelte die Stirn, als versuchte er, sich an das Gesicht zu erinnern, was ihm offensichtlich nicht gelang, aber um höflich zu sein, nickte er leicht mit dem Kopf: vielleicht sind wir einander einmal bei einem offiziellen Anlaß begegnet.

Der Idiot tat Sten beinahe leid. Überläufern vertraute man nie, darüber wußte jeder Bescheid, besonders diejenigen, die ihre Rolle übernahmen. Das galt für die Spionage ebenso wie für die Politik. Milhouz hatte nur eine Zukunft – Iskra würde ihn so lange benutzen, wie er ihn brauchte, um ihn dann abzuschieben.

Und so, wie Iskra nun einmal war, bedeutete abschieben in diesem Fall wahrscheinlich eher ein Ende in einem flachen Grab als den ehrenvollen Rückzug ins Privatleben.

Andererseits hatte Milhouz es nicht besser verdient.

Sten arbeitete sich zu seinem Platz vor, wobei Kilgour nicht von seiner Seite wich. Ein höflicher Gruß an General Douw in Gala-Uniform, mit alten und neuen Auszeichnungen förmlich übersät. Freundliches Nicken zu anderen Würdenträgern und Politikern.

Sten blieb kurz neben Menynder stehen.

»Es freut mich zu sehen, daß Sie sich von der Familientragödie erholt haben«, sagte er.

»Richtig«, erwiderte Menynder, und sein Kopf schob sich kaum merklich einen Millimeter seitwärts, in Richtung von Iskras Emblem. »Niemand kann meine Dankbarkeit darüber auch nur erahnen, daß ich ein paar neue Freunde gewonnen habe, die meinen Trübsinn verjagt haben. Sie haben mir auf eindrucksvolle Weise klargemacht, wie wichtig der Rest meiner Familie und mein Besitz wirklich sind, und mich ermuntert, endlich die Trauerkleidung abzulegen.«

Genau wie Sten vermutet hatte. Menynder war dazu gezwungen worden, zu erscheinen.

Eine Militärkapelle gab quietschend und laut aufheulend etwas von sich, was man als Musik bezeichnen konnte. Dr. Iskra schritt in Begleitung einiger Adjutanten die Palasttreppe hinunter und überquerte langsam den großen Platz in Richtung Tribüne.

»Irgendeine Idee, warum der gute Doktor die Truppenübung nicht von seinem üblichen Platz aus verfolgt?« flüsterte Sten Kilgour zu.

»Das hab' ich auch gefragt, und man hat mir gesagt, die Palastterrasse sei zu weit weg. Der Doktor wolle nahe bei seinen lieben kleinen Helden sein.«

»Das ist aber eine billige Lüge.«

»Ja. Außerdem beunruhigt mich, daß die Tribüne nicht richtig gebaut ist.«

Kilgour hatte recht. Sie war gerade mal anderthalb Meter hoch. Dabei besagte einer der elementaren Grundsätze in Sachen präventiver Maßnahmen hinsichtlich möglicher Volksaufstände, Tribünen sollten so hoch sein, daß die Menge sie nicht stürmen konnte.

Die Würdenträger salutierten, als Dr. Iskra die Tribüne betrat. Becken wurden scheppernd zusammengeschlagen, die Militärkapelle spielte zum Abschluß noch einmal richtig auf und brach dann abrupt ab.

In der plötzlich eintretenden Stille vernahm Sten das weit entfernte Zittern der Panflöte irgendeines Straßenmusikanten.

Und dann, wie auf Kommando, riß die Wolkendecke auf und wurde von einem kräftigen Wind zerpflückt, als handelte es sich um schmutziges Bettzeug. Ein unglaublich blauer Himmel leuchtete plötzlich über den Köpfen.

Die Kapelle ließ das nächste kakophonische Musikstück ertönen, und die Parade begann.

Der Platz der Khaqans schien nur noch aus dem Krachen von metallbeschlagenen Stiefelsohlen, dem unheimlichen Dröhnen von Panzerfahrzeugen und dem Takt der Marschmusik zu bestehen. Ab und zu konnte Sten die inszenierten Hochrufe der Menge hören.

Er applaudierte nach altaianischer Gepflogenheit, indem er den Unterarm gegen den Oberschenkel schlug, und immer neue Reihen von Soldaten paradierten an der Tribüne vorbei.

»5. Bataillon, 6. Regiment. Die eiserne Wache von Perm«, teilte der unsichtbare Kommentator über das Lautsprechersystem mit.

»Haben wir die nicht schon gesehen?«

»Nein, Skipper. Das war das 6. Bataillon, 5. Regiment. Du mußt besser aufpassen.«

»Wie lange wird er diese Truppen denn noch an uns vorübertraben lassen?«

»Das macht er verdammt noch mal so lange«, flüsterte Alex, »bis uns die Augen bluten und wir nur noch besinnungslos von den Wundertaten Iskras lallen. Man nennt es Massenhypnose, alter Knabe.«

»Es ist Zeit«, sagte Cind. Gehorsam rollte sich der Beobachter vom Teleskop weg und klemmte sich hinter sein eigenes Gewehr. Cind nahm seine Position ein; jetzt begann ihre Schicht. Aufmerksam beobachtete sie die Dächer und Fenster des Palastes, die sie zu ihrem eigenen Sektor erkoren hatte.

Die anderen Mitglieder ihrer Scharfschützenteams taten mehr oder weniger dasselbe. Immer einer auf Beobachtungsposten, der andere an der Waffe. Ein Beobachter konnte nur kurze Zeit wirklich effektiv arbeiten; man verwechselte zu schnell gefährliche Bewegungen mit einem Vorhang, der im Wind wehte; man sah Bedrohungen, die nichts weiter waren als der Schatten, den ein Schornstein warf; oder man sah Dinge, die überhaupt nicht existierten.

Der Stil, in dem der Palast der Khaqans erbaut worden war, und vor allem die unzähligen Schnörkel und Verzierungen machten ihre Aufgabe nicht eben leichter. Man hätte das Ganze glatt als *Frühe Unromantische Wasserspeier-Skulptur* bezeichnen können.

Cind und ihr Beobachter waren auf einem der Palastdächer in Stellung gegangen. Sie hatten ihre Waffen und Reservemunition auf einer annähernd ebenen Fläche deponiert, waren anschließend mit äußerster Vorsicht zum höchsten Punkt des Daches gekrochen und hatten dort ihren Beobachtungsposten bezogen. Eine ausgebleichte rote Haube im genau gleichen Farbton wie das Metalldach, auf dem sie lagen, bedeckte das Fernglas, und beide Scharfschützen hatten ihre Gesichter mit brauner Farbe getarnt.

Schon nach wenigen Minuten begannen Cinds Augen von der Anstrengung zu tränen. Aus reiner Routine schwenkte sie zweimal über das Dach. Dann hielt sie plötzlich inne und bewegte das Teleskop zurück.

»Earle«, sagte sie, unbewußt und unnötigerweise flüsternd. »Drei Uhr. Das Schlafzimmerfenster.«

»Hab' ich«, sagte der Mann hinter dem Gewehr. »Das Fenster ist geöffnet. Ich kann nicht hineinsehen. Zu dunkel.«

»Rück einen halben Finger nach links«, befahl Cind.

»Mmhmm.«

»Ich nehme das Gewehr.«

Earle protestierte erst, nahm dann aber den Platz des Beobachters ein. Cind richtete sich auf und entsicherte automatisch ihr eigenes Gewehr.

Auf der anderen Seite des Platzes, seitlich neben diesem Schlafzimmerfenster, hatte sich eine Dachluke geöffnet; eine Luke, die vorher geschlossen gewesen war. Ganz dicht neben dieser Luke war ein niedriges Geländer, das eine ausgezeichnete Deckung abgab, falls man die ungefähr dreißig Meter bis zu einem Mauervorsprung zurücklegen mußte, hinter dem sich wiederum ein Spalt verbarg, in dem man sich verstecken konnte.

Das Fenster war ungefähr sechshundert Meter von der Tribüne entfernt und ungefähr ...

»Schußweite?«

»Zwölf ... zwölf fünfundzwanzig.«

»Hab' ich auch ...«

... doppelt so weit von Cinds Posten.

Cind schloß die Verschlüsse ihrer Scharfschützenjacke und zog sich den Gewehrriemen so eng um den Oberarm, daß die Blutzirkulation aussetzte. Diese Todesstarre war ihre Gefechtsstellung.

Earle gab per Funk durch, daß sie ein mögliches Ziel gefunden hatten, und befahl einem anderen Team, die Routine-Beobachtung zu übernehmen. Doch das nahm Cind schon gar nicht mehr richtig wahr. Für sie gab es nur noch das offene Fenster in eintausendzweihundert Meter Entfernung.

Venloe war bereit. Er hatte sein monströses Jagdgewehr fest auf der Tischplatte installiert, der Tisch war mit Sandsäcken beschwert. Er selbst stand etwa drei Meter hinter dem offenen Schlafzimmerfenster geschickt im Verborgenen. In diesem Dämmerlicht war er weder mit dem menschlichen Auge noch mit einem Teleskop auszumachen, und wenn ein besonders paranoider Sicherheitsmann Scheinwerfer benutzen sollte, so würde die gleißende Reflexion von den Dächern ebenfalls jeden Einblick verhindern.

Er blickte noch einmal durch das Zielfernrohr seines Gewehrs und rieb sich dann die Augen. Er hatte vergessen, wie sehr scharfschießen die Augen anstrengte und wie schnell man die Kontrolle verlor.

In sechshundert Meter Entfernung stand die Tribüne.

Venloe hatte seine Ziele ausgewählt. Sechs Projektile, so groß wie Zigarren, steckten im Magazin des Gewehrs.

Wenn etwas schiefging ... zuerst Iskra.

Dann Sten.

Dann ...

Das kleine Funkgerät neben ihm war auf den allgemeinen Sender eingestellt, der mittels Lautsprechern auch die Tribüne beschallte. Jetzt erklang die Stimme des Sprechers:

»Achte Kompanie, angelehnter Gefechtsflügel der Garde. Die Retter von Gumrak.

Spähkompanie zu Fuß, 83. Infanterie Division.«

Es war soweit:

Auftritt der Blutroten Rattenbande.

Langsam zogen die Gleiter des angelehnten Gefechtsflügels weiter, jeweils drei nebeneinander. Knapp vor ihnen trabten die nur leicht bewaffneten Späher.

Jeder Gleiter war vollzählig besetzt, die Soldaten in korrekter

Habachtstellung. Der Pilot des Gleiters konzentrierte sich jeweils darauf, in der Formation zu bleiben, und der Kommandant salutierte.

Sechs Reihen weiter hinten, in der mittleren Kolonne, saß das erste von Venloes Opfern. Der Pilot des Gleiters war einer der jungen Offiziere, die der Verschwörung angehörten; Verschwörer waren auch alle anderen Soldaten um ihn herum.

»Sechzehn ... siebzehn ... achtzehn ...«

Bei zwanzig war der Gleiter, wie geplant, fünfzig Meter von der Tribüne entfernt, der Seitenabstand betrug ungefähr zwanzig Meter.

Der Pilot gab vollen Schub auf die McLean-Generatoren und riß die Steuerung hart nach rechts.

Der Gleiter drehte eine Pirouette, krachte in den neben ihm schwebenden Gleiter, der wie ein gekippter Dominostein in die Parade hineingedrückt wurde.

Der junge Offizier brachte sein Fahrzeug mit Mühe unter Kontrolle, drückte es dann auf den Boden hinunter, und der Gleiter nahm schlitternd und schlingernd Kurs auf die Tribüne, wobei er wie verrückt schaukelte.

Soldaten wurden herausgeschleudert; Soldaten, die sofort losrannten, sobald sie Bodenkontakt hatten und mit halbautomatischen Granatwerfern die Spezialeinheit angriffen.

Diese brauchte kaum eine Sekunde, um sich von dem Schock zu erholen – aber zu diesem Zeitpunkt war bereits ein Drittel von ihnen tot. Sie gaben ihre Formation auf und stürzten Richtung Tribünenmitte.

Die Formation des Gefechtsflügels löste sich in Chaos auf; Gleiter schienen in den Himmel hinaufrasen zu wollen und wurden von der Spezialeinheit zusammengeschossen, die dem Befehl folgte, alles Ungewöhnliche sofort auszuschalten.

Ein Zug der Spähkompanie löste sich aus der Formation und

warf sich flach auf den Boden. Befehle ertönten und Gewehre krachten.

Ihr Ziel war die Tribüne.

Eine Explosion und dann – »Granaten!« kam der Schrei, und der Zug stürmte die Tribüne.

Eine Viertelsekunde vorher hatten Stens vier Gurkhas noch in Habacht-Stellung im Hintergrund der Tribüne gestanden. Jetzt befanden sie sich plötzlich mitten im Gewühl, fegten vor Angst und Entsetzen halbverrückte Politiker beiseite, jagten AM$_2$-Salven aus ihren Willyguns, die die angreifenden Soldaten der Spähkompanie förmlich zerfetzten.

Sten suchte unter seinem Schutzanzug nach seiner Pistole und wurde von Kilgour, der ihn bewachte, flach zu Boden gedrückt. Alex sprang blitzschnell wieder auf die Beine, schwang seinen Umhang zur Seite, riß die darunter verborgene Willygun hoch und feuerte ebenfalls auf die Angreifer.

Douw befand sich plötzlich in einer Art Unterwassertrance, als er sah, wie die Granate mit dumpfem Aufprall genau vor ihm auf den Brettern der Tribüne niederging. Wie ärgerlich. Er kickte sie davon, die Granate fiel von der Tribüne herab und explodierte, woraufhin er vom Druck gegen Menynder geschleudert wurde. Beide Männer gingen zu Boden. Douw war halb ohnmächtig, und Menynder versuchte zunächst, sich von dem erdrückenden Gewicht des Generals zu befreien, besann sich dann aber eines Besseren. Er begriff plötzlich, daß Douw auf diese Weise einen nahezu optimalen Schutzschild für ihn abgab, und konzentrierte sich in den nächsten Minuten nur noch darauf, eine möglichst perfekte Leiche darzustellen.

Dr. Iskras Augen waren weit aufgerissen, und seine Brauen zogen sich zusammen wie die eines Professors, der dabei ist, seinem Lieblingsschüler eine Lektion zu verpassen, weil dieser eine einfache Frage nicht beantworten konnte – als sich plötzlich eine blutbedeckte Frau die Tribüne heraufschwang und direkt vor ihm stehenblieb.

Iskras Hand zuckte im Versuch, diese entsetzliche Erscheinung wegzustoßen, nach vorne.

Die Frau schoß Iskra viermal voll ins Gesicht, bevor ihr Körper von einer Gewehrsalve der Wache zerfetzt wurde.

Sten rollte sich zur Seite, zog die Pistole aus seinem Halfter und kam auf die Knie. Sein Hirn nahm die Schreie der Menge auf, das Krachen der Gewehre, das Pandämonium, das noch vor Sekunden eine geordnete Armee gewesen war, das Jaulen der Gleiter in voller Fahrt.

Aus einem Augenwinkel sah er die Gleiter mit den Bhor aus dem Park heran- und auf die Tribüne zurasen ... plötzlich standen zwei Männer direkt vor ihm, zielten ... er feuerte ... tap, tap ... tap, tap ... sie lagen am Boden und waren tot ... Sten hielt nach dem nächsten Ziel Ausschau ...

Das vergnügte Lächeln erstarrte auf Venloes Gesicht, als er das Zielfernrohr berührte, auf sein Ziel scharfstellte und dabei sein Gesichtsfeld verkleinerte.

Iskra war tot. Kein Zweifel.

Menynder und Douw war getroffen, höchstwahrscheinlich jedenfalls. Aber das war ohne Bedeutung, denn sie waren keine wichtigen Ziele.

Jetzt. Jetzt Sten.

Da ist er. Der Mistkerl ist nicht umzubringen. Er kommt auf die Füße ...

Jetzt steht er auf ... Atem anhalten ... langsam ausatmen ... Auge ans Zielfernrohr ... sich auf den Rückstoß vorbereiten ... feuern ... Jetzt!

»Sten ist zu Boden gegangen«, sagt eine unbeteiligt klingende Stimme über Funk. »Halt's Maul«, sagte Cind. ›Nicht hinschauen. Nicht umdrehen. Auf das Schlafzimmerfenster halten und beobachten, wie der Vorhang durch den Druck der Explosion nach außen geweht wird, der Mistkerl ist ein Profi, hat Verstand genug, um sich seinen Gefechtsstand hinten im Schatten einzurichten.‹ Dann jagte sie drei AM2-Geschosse durchs Fenster.

Stens Anzug war von Kilgour auf Kugelsicherheit überprüft worden. Einer über hundert Gramm wiegenden Kugel, die mit einer Geschwindigkeit von achthundert Metern pro Sekunde auf ihn zurast, kann jedoch kein Mensch standhalten, es sei denn, er befindet sich in einem Panzer; eine kugelsichere Weste hilft ihm gegen ein solches Geschoß ebensoviel wie einem Fußgänger, der gerade von einem Bus überfahren wird.

Venloes Training lag allerdings schon zu lange zurück, als er sich auf den derben Rückstoß gegen seine Schulter einzustellen versuchte.

Für eine moderne Waffe stellen sechshundert Meter kein Problem mehr dar. Dennoch ist eine derartige Entfernung ein Faktor, der in Betracht gezogen werden muß. Insbesondere dann, wenn man bei einer Projektilwaffe einen konventionellen Treibsatz benutzt, um eine enorm schwere Gewehrkugel zum Ziel zu bringen. Die Flugbahn, die die Kugel aus Venloes Dinosauriertöter einschlug, war ein hoher, langgezogener Feldhaubitzenbogen, der obendrein Seitenwinden und Heißkalt-Wellen ausgesetzt war.

Die Kugel hätte Stens Bauch treffen sollen. Statt dessen schlug sie in den schweren Stuhl neben ihm ein und zersplitterte. Die meisten Teile der Kugel irrten in alle möglichen Richtungen davon. Ein Splitter prallte jedoch voll gegen Stens Affenjackett, und zwar auf eine der kugelsicheren Platten, mit denen Kilgour seinen Boß hatte schützen wollen. Sten hob es förmlich von der Tribüne. Das selbstaufblasende Luftkissen innerhalb des Jakketts verstand sofort, daß jetzt seine große Stunde gekommen war, und plötzlich ähnelte der Botschafter einem riesigen, hilflos in den Wellen treibenden Wasserspielzeug. Als er auf einem Leichenhaufen landete, entwich die Luft aus dem Kissen, und schon stand jemand mit einem Gewehr mit aufgepflanztem Bajonett über ihm.

Eigenartigerweise befand sich die Pistole immer noch in Stens Hand, und er erschoß den Mann, sah sich nach einem weiteren Ziel um, begriff erst jetzt, daß er noch am Leben war und das wundervolle *Ayo ... Gurkhali* hören konnte, als seine Leute eintrafen.

Cinds AM_2-Geschosse zerstörten den Raum unter dem Dach vollständig, ließen Venloe zurücktaumeln und betäubten ihn für einen Moment. Er kam wieder zu sich, ging unsicher zu der offenen Luke, aber nein, da oben war jemand, erinnere dich, du hast das alles mit eingeplant, greif nach unten, greif nach unten.

Venloes Hände fanden die Schnur, mit der die beiden Rauch-Granaten auf beiden Seiten der Klappe ausgelöst wurden, und er zog daran.

Warten ... warten ... auf den Rauch warten ... Jetzt. Durch die Luke und weg mit dir.

»Verdammt, danebengeschossen«, murmelte Cind. Als aus der Dachluke Rauch herausquoll, schwenkte sie ihr Zielfernrohr zur Seite.

»Der Botschafter lebt! Wiederhole: der Botschafter lebt«, plärrte es aus dem Funkgerät.

Hatten die Geschosse Feuer ausgelöst?

›Verflucht! Das ist ein Rauchschutz‹, dachte sie, als sie eine kurze Bewegung wahrnahm, die dann hinter der Mauer verschwand.

›Oh, du Schlaumeier.‹

»Earle. Schnell drei Ladungen. In die Mitte der Mauer dort. Einen Meter von der Regenrinne entfernt. Jetzt.«

Krach ... Krach ... Krach.

Die alten Steine der Mauer zerstoben. Jetzt konnte Cind durch ihre Zielvorrichtung ein schmales, ausgezacktes Loch ausmachen.

›Und jetzt, du, hinter der Mauer, was denkst du jetzt? Denkst du, daß du schnell genug bist – oder ich ein so schlechter Schütze –, daß du dich an diesem Loch vorbeiwinden kannst?‹

Cind seufzte und feuerte. Ihre Kugel donnerte durch die kleine Öffnung und explodierte irgendwo auf der anderen Seite der Mauer.

›Ja, jetzt staunst du. Ich *bin* so gut, daß ich eine Kugel durch das Loch jagen kann, wenn ich eine Bewegung sehe.

Also, mir scheint, wenn ich so dumm wäre wie du da drüben, der du dir einbildest, du seist auf zwölfhundert Meter Entfernung und mit nur einem Fluchtweg vor Kugeln gefeit, dann wäre jetzt der Moment, in dem ich mir Gedanken über neue Alternativen machen würde.‹

»Earle, beobachte den Rauch.«

»Sieht nicht gut für ihn aus. Wird dünner.«

›Sehr gut. Was haben wir also? Wir haben dich da drüben, wie du dicht hinter dem Vorsprung liegst. Dein Fluchtweg ist durch das Loch in der Mauer versperrt, das Earle dort hineingeblasen hat, und durch die Tatsache, daß du genau weißt, daß ich durch dieses Loch hindurchsehen und schießen kann.

Ungefähr zwölf Meter hinter Earles Spundloch endet der Vorsprung am Schlafzimmerfenster. Irgendwo innerhalb dieser zwölf Meter mußt du liegen.

Erst mal herantasten ...‹

Sie feuerte erneut auf den Fenstervorsprung am Schlafzimmer.
›Ja. Also wenn ich jetzt da läge, wäre ich näher am Schlafzimmer oder näher am kleinen Loch? Ich wäre näher am Loch und würde auf irgendein Wunder warten, um doch noch daran vorbeizukommen.‹

Schußweite auf Fenstervorsprung einstellen ... *so*. Sie fixierte die Schußweite.

Cind schwenkte ihre Zielvorrichtung seitwärts, das Fadenkreuz an der kahlen Mauer entlangbewegend, während der Gewehrlauf genau auf den zersplitterten Fenstervorsprung zielte. Ungefähr ... hier. Der Linearbeschleuniger summte. Fertig.

Cind feuerte.

Das AM_2-Geschoß zischte über die zwölfhundert Meter. Dann drehte es genau im richtigen Winkel scharf nach rechts.

Venloe lag flach auf dem Bauch und versuchte einzuschätzen, welche Möglichkeit ihm noch blieb, genau dort, wo ihn Cind vermutet hatte.

Die Kugel erwischte ihn voll im Becken und explodierte.

Die Hälfte von Venloes Körper wurde in die Höhe geschleudert, wirbelte über den Mauervorsprung hinweg und schlug dann auf dem Dach auf. Dann glitschte er mit ausgestreckten Händen, als wolle er sich am Rande des Daches festhalten, nach unten und fiel zweihundert Meter tief auf den Platz hinab.

Seit Venloe seine Rauchgranate gezündet hatte, waren weniger als zwei Minuten vergangen.

Milhouz stand allein auf der Tribüne. Allmählich dämmerte es ihm, daß er noch am Leben war.

Er war der einzige.

Da ... da lagen die toten Körper seiner Eltern.

Er würde sie betrauern.

Aber die Dynastie würde weiterleben.

Iskra war tot.

Aber Milhouz lebte.

Ein Ausdruck heiliger Selbstzufriedenheit machte sich langsam auf seinem Gesicht breit.

Als ihn der Kukri von hinten zerschlitzte, war der Ausdruck noch immer da, und sein Kopf wurde von einer leuchtendroten Fontäne in die Luft getrieben, kullerte von der Tribüne und beschrieb einen roten Halbkreis auf dem Straßenbelag des Platzes.

Jemedar Lalbahadur Thapa trat zurück, als der kopflose Körper zusammensackte. Er schob den Kukri wieder in die Scheide und nickte zufrieden.

Der Gurkha war damals mit in der Pooshkan-Universität gewesen.

Auf dem Platz der Khaqans herrschte eine beinahe vollkommene Stille, vom Stöhnen und Jammern der Verletzten und dem Jaulen der Generatoren ineinander verkeilter Gleiter abgesehen.

Sten hörte Wehklagen und Schreie aus der Menge, als die wie betäubten Sicherheitsleute damit anfingen, den Platz aufzuräumen. Einige Meter entfernt lag ein ausgestreckter Leichnam, den er als den Dr. Iskras identifizierte.

Am Himmel war der leuchtende helle Tag verschwunden. Sturmwolken zogen herauf. ›Soviel also‹, dachte Sten, ›zum Thema Wettervorhersage, Hexensprüche oder was auch immer.‹

Er ging zu dem Leichnam hinüber und drehte ihn mit der Schuhspitze um.

»Der Bursche ist so tot, toter geht's gar nicht.«

»Stimmt.«

»Na ja«, sagte Alex, als er neben Sten herging. »Der König ist abgekratzt – lang lebe der König und so weiter. Was haben wir jetzt eigentlich vor, wenn ich mal fragen darf?«

Sten dachte angestrengt nach.

»Ich will zweimal verflucht sein, wenn ich auch nur die leiseste Ahnung habe«, sagte er ehrlich.

Kapitel 36

Siebenunddreißig E-Stunden später rollte der Donner über Rurik.

Sten stellte gerade mit aller erforderlichen Sorgfalt seinen Bericht zusammen, der sämtliche Details über Iskras Ermordung enthielt. Die detaillierte Schilderung des Vorfalls diente zur Ergänzung und Vertiefung des Blitzberichts, den er schon kurz nach seiner hastigen Ankunft in der Botschaft an den Ewigen Imperator und die Erstwelt abgeschickt hatte.

Ein Funkspruch vom Raumhafen ging in der Botschaft ein: Eine Imperiale Einheit oder mehrere Imperiale Einheiten hatten gerade angekündigt, daß sie sich im Landeanflug befanden.

Weder Sten noch Alex hatten Zeit genug, sich lange über diese Nachricht zu wundern. Handelte es sich hier um Unterstützung? Oder um irgendwelche Imperialen Streitkräfte, die überhaupt nichts mit der ganzen Sache zu tun hatten? Oder um eine Invasion?

Am Himmel rumorte es noch lauter als bei einem der gewaltigen jochianischen Gewitter; Raumschiffe dröhnten über ihre Köpfe hinweg.

»Oh, du leidender Jesus«, fluchte Alex. »So viele Entchen hab' ich schon seit Kriegsende nicht mehr gesehen. Müssen zwei, nein drei Geschwader sein. Mit ausgewachsenen Schlachtschiffen. Da hat jemand endgültig die Schnauze voll. Oder sie sind uns letztendlich doch noch auf die Schliche gekommen, alter Knabe.«

Sten antwortete nicht. Auch er beobachtete den Himmel. Hinter den Kampfschiffen donnerte die zweite Welle herein.

Truppentransporter, Versorgungsschiffe und Geleitschutz.

Sten schätzte, daß eine ganze Divison der Imperialen Streitkräfte angekommen war.

Was um alles in der Welt ...

»... treibst du denn hier, Ian?«

»Wollt ihr unsere Antwort von vorgestern?« fragte Ian Mahoney. »Oder unsere Antwort auf eure charmanten Nachrichten an die Erstwelt?«

»Die, mit der ich am besten klarkomme«, sagte Sten. Sie standen auf der Kommandobrücke der *Repulse,* eines Imperialen Schlachtschiffs, das unter Mahoneys Kommando flog. Um sie herum war der ehemahls so verlassene Raumhafen von Rurik mit Schiffen überfüllt und sah aus wie ein wichtiger Militärhafen auf der Erstwelt.

Die Einschätzung von Sten und Alex erwies sich als richtig. Mahoneys Streitkräfte bestanden aus drei Kampfschiffgeschwadern und Mahoneys »Privat-Einheit«, der 1. Gardedivision.

Mahoney hatte sie sogleich empfangen und mit dem Admiral bekannt gemacht, der die Flotteneinheiten führte, einem eher steifen Zeitgenossen namens Langsdorff. Anschließend hatte er den Admiral von der Kommandobrücke gejagt und eine Flasche Scotch geöffnet, den eigens für den Imperator hergestellten Spezialalkohol.

»Ich setze euch also über meine beiden Befehlsvarianten in Kenntnis. Nach dem Bombenattentat auf die Kaserne hat mich der Imperator beauftragt, eine Truppe zur Friedenssicherung zusammenzustellen. Er wollte mich zum richtigen Zeitpunkt mit ein bißchen Rückendeckung ankommen lassen. Meine Arbeitsplatzbeschreibung lautete auf Imperialer Gouverneur. Ich sollte euch unterstützen und sicherstellen, daß Iskra auf dem Thron bleibt.«

Sten schürzte die Lippen. »Seine Einstellung gegenüber Iskra hatte sich also nicht verändert?«

»Gab es denn einen Grund dafür?«

»Ja! Ungefähr zwölf Tonnen der besten Steine, die ich je poliert habe, und ein Eimer aus reinem Silber, in dem ich sie, allzeit bereit, aufbewahre. Egal. Meine Steinesammlung zeige ich dir später. Die Sache mit Iskra hat sich von selbst geklärt.«

»Deswegen haben sich auch meine Befehle geändert«, sagte Mahoney. »Der Altai-Cluster soll jetzt direkt von der Erstwelt aus regiert werden.«

»Fremdherrschaft«, wunderte sich Alex. »Das war verdammt noch mal noch nie eine Lösung. Entschuldigung, Sir.«

»Kilgour, der erste Tag, an dem du nicht fluchst, wird der erste Tag sein, an dem ich wieder in meine Uniform steige. Mir gefällt es auch nicht. Aber so lautet mein Befehl. Direkt von *ihm*.«

»Für wie lange?«

»Hat man mir nicht gesagt.«

Sten rollte das Glas mit dem Drink, von dem er noch nicht einmal genippt hatte, zwischen den Handflächen hin und her und versuchte, den richtigen Ansatz für die nächste Frage zu finden. »Ian – wie lauten deine Befehle im Hinblick auf mich?«

»Ich habe keine. Womit hast du denn gerechnet?«

»Ich weiß nicht.«

Sten erklärte, daß er um vorzeitige Entlassung gebeten hatte, was ihm vom Imperator verweigert worden war. Jetzt, nachdem Iskra tot war und der gesamte Altai-Cluster noch dichter am Rand des totalen Chaos stand, nahm er an, daß er entweder unehrenhaft entlassen und nach Hause geschickt werden oder zumindest einen anderen Auftrag bekommen würde.

»Ich vermute, daß du weiter Botschafter bleiben sollst«, sagte Mahoney. »Zumindest so lange, bis sich der erste Schock gelegt hat. Dann werden sie einen von uns weiterverschieben. Ich kann mir nicht vorstellen, daß der Imperator zwei seiner höchstbezahlten Problemlöser lange an ein und demselben Platz einsetzt. Schließlich hat er anderswo noch andere Probleme am Hals.«

»Allerdings.«

»Ich glaube, wir müssen uns keine Sorgen darum machen, daß hier einer dem anderen die Butter vom Brot nimmt, oder was meinst du, Sten?«

»Ich habe nicht aus diesem Grund gefragt.«

»Schon gut. Alles ist vorbereitet. Mal sehen, ob wir diese Holzköpfe nicht mit etwas wie einem bewaffneten Waffenstillstand in Schach halten können. Wir fangen gleich morgen damit an.

Und vielleicht kannst du jetzt endlich dein Glas austrinken. Du bist ja richtig empfindlich geworden, hier draußen bei diesen gemeingefährlichen Vollidioten. Empfindlich und paranoid.«

»Höchstwahrscheinlich hast du recht damit«, sagte Sten und versuchte sich befehlsgemäß zu entspannen.

Jetzt hatte er wenigstens etwas und jemanden, auf den man sich verlassen konnte. Trotzdem rumorte der Gedanke nach wie vor in seinem Hinterkopf, daß sie sich hier im Altai-Cluster befanden und daß auf die eine oder andere Weise womöglich auch Mahoney, die Flotte und die Imperiale Garde in diese verdammte blutige Anarchie, auf die hier alle geradezu versessen zu sein schienen, mit hineingezogen werden könnten.

Kapitel 37

Sie saßen auf einer Bank an Menynders trübem Tümpel. Der alte Tork sagte kein Wort, als Sten die Zukunft des Altai-Clusters in düsteren Farben heraufbeschwor.

»Wir befinden uns an einem jener Punkte der Geschichte, die sowohl in die Katastrophe führen als auch neue Wege eröffnen können. Was als nächstes passiert, hängt von Ihnen ab.«

»Nicht von mir«, sagte Menynder. »Nur Leute, die noch Hoffnung haben, treffen Entscheidungen. Im Moment habe ich für mein Volk genausoviel Hoffnung wie darauf, in diesem verdammten Teich einen Fisch zu fangen.« Er machte eine Geste in Richtung des toten Gewässers.

»Irgend jemand *wird* Iskra ersetzen«, sagte Sten. »Aber wahrscheinlich tauscht ihr einen Despoten durch den anderen aus. Warum wollen Sie alles dieser Wahrscheinlichkeit überlassen?«

»Kein einzelnes Wesen ist in der Lage, den Altai-Cluster mit Erfolg zu regieren«, erwiderte Menynder. »Falls Sie es noch nicht bemerkt haben sollten: Keiner von uns ist verdammt einfach im Umgang.«

»Doch, ist mir aufgefallen«, sagte Sten trocken.

»Wir sind einfach hoffnungslos. Wir töten einander genauso schnell, wie wir atmen. Der Mann an der Spitze ist zugleich der erfolgreichste Killer. So funktioniert unser dummes System nun einmal. Der größte und mieseste Stamm macht die anderen so oft wie möglich fertig. Und bleibt auf diese Art groß und mies.«

»Ich war gerade dabei, etwas anderes vorzuschlagen«, sagte Sten. »Ich wollte den Vorschlag machen, eine Art Koalitionsregierung zusammenzustellen.«

Menynder schnaubte verächtlich. »Koalition? Im Altai-Cluster? Sehr, sehr unwahrscheinlich.«

»Sie haben es doch beinahe schon einmal geschafft«, sagte Sten geradeheraus.

Menynders Augen wurden schmal. »Was meinen Sie?«

Sten wurde noch direkter. »Das berühmt-berüchtigte Dinner mit dem alten Khaqan. Ich habe dieser Geschichte nie so recht Glauben geschenkt.«

»*Was* glauben Sie denn dann?« Menynders Stimme war sehr kühl. »Meiner Ansicht nach war der alte Khaqan nicht einmal eingeladen«, sagte Sten. »Er hätte sich niemals mit Suzdal, Bogazi und Tork an einen Tisch gesetzt. Von einem gemeinsamen *Essen* ganz zu schweigen.

Ich glaube, daß Sie ... General Douw ... Youtang und Diatry ... vorher überhaupt nichts von seinem Erscheinen wußten. Sie saßen wahrscheinlich alle zusammen in diesem Raum, um gemeinsam zu überlegen, wie man ihn loswerden könnte. Und *Sie* sind das einzige Wesen in diesem Cluster, das dazu in der Lage ist, alle repräsentativen Wesen für einen bestimmten Plan an einem Tisch zusammenzubekommen.«

Stens Lächeln war kalt. »Und wenn das stimmt«, sagte er, »dann kann man daraus eigentlich nur folgern, daß Sie auch das einzige Wesen sind, das imstande ist, eine Koalitionsregierung, wie sie mir vorschwebt, zusammenzustellen.«

Menynder sagte nichts. Stens Lob enthielt auch eine Anklage.

»Das einzige, was ich mir nicht zusammenreimen kann, ist, wie ihr den alten Halunken umgelegt habt.«

»Ich war es nicht«, sagte Menynder. Einen Herzschlag lang herrschte Stille. Dann: »*Wir* waren es nicht.«

Sten zuckte mit den Schultern. »Es ist mir gleichgültig, ob so oder so.«

»Sie würden einen Mörder zum Herrscher machen?«

Sten sah ihn an. »Nennen Sie mir einen hier, der kein Mörder ist.«

Menynder dachte eine Zeitlang nach. Endlich sagte er: »Was passiert, wenn ich nicht auf Ihre Idee eingehe? Lassen Sie die Sache dann auf sich beruhen?«

Sten sah ihn unbarmherzig an. »Diesmal nicht.«

»Dann habe ich eigentlich gar keine Wahl«, sagte Menynder.

»Vielleicht nicht. Aber wir werden uns sicher noch besser verstehen, wenn Sie *glauben,* Sie hätten die Wahl.«

»Dann sage ich wohl besser ja, und zwar verdammt schnell«, erwiderte Menynder.

»Genauso sehe ich das auch«, lautete Stens Antwort.

»Schon wieder Menynder«, brauste der Imperator auf. »Warum kommst du immer wieder mit diesem Typen an.«

»Weil er noch immer der beste Mann für diesen Job ist«, erwiderte Sten.

Der Ewige Imperator sah ihn durchdringend an. »Ist das so ein ›Ich hab's ja gleich gesagt‹, Sten? Willst du mir damit zu verstehen geben, daß ich Mist gebaut habe, als ich Professor Iskra ausgewählt habe?«

»Es steht mir nicht zu, darüber zu urteilen, Sir.«

»Warum höre ich dann ständig diesen vorwurfsvollen Tonfall?« fragte der Imperator.

»Professor Iskra war der Beste aus einer armseligen Auswahl, Sir«, mischte sich Mahoney ein. »Daran hat nie jemand gezweifelt. Aus diesem Grunde glaube ich auch, Sir, daß Stens Idee jetzt ihre Vorteile hat.«

»Komitees verabschieden lausige Gesetze«, sagte der Imperator. »Das war schon immer so. Schneller als es sich irgend jemand vorstellen kann, hat jedes Mitglied seine eigene Tagesordnung, die auf reinem Egoismus basiert. Konsens wird zum Witz, für den man mit dem Verlust von Macht, Geld, Vergnügen oder allem gleichzeitig bezahlt.«

Der Imperator leerte sein Glas. Über Millionen Lichtjahre hinweg forderte sein holographisches Abbild Mahoney und Sten mit einer Geste dazu auf, dasselbe zu tun. »Verdammte Komitees«, sagte er. Seine Stimmung schien sich jetzt jedoch geändert zu haben.

Gläser wurden ausgetrunken und erneut gefüllt. Sten setzte zum Sprechen an, erhielt jedoch von Mahoney einen Wink und schloß daher die Lippen, um seinem ehemaligen Mentor das Spielfeld zu überlassen.

»Ich bin ganz Ihrer Meinung, Sir«, sagte Ian. »Mit mehreren anderen gemeinsam zu regieren, das kann verdammt frustrierend sein. Aber, Sir, käme diese Möglichkeit in diesem Fall, als vorübergehende Lösung, nicht vielleicht doch in Frage? Und könnte daraus vielleicht eventuell nicht sogar doch ein Dauerzustand werden?«

»Erklärung«, forderte der Imperator.

»Eine Koalition zusammenzustellen hat vielleicht den Nebeneffekt, daß sich alles ein wenig beruhigt. Man schiebt der Gewalt einen Riegel vor.«

»Dieser Logik kann ich folgen«, sagte der Imperator. »Weiter.«

»Wie wäre es, wenn wir der Koalition zeitliche Vorgaben machen? Das und das muß bis dann und dann erledigt sein. Wenn nicht, ist damit die Koalition beendet. Automatisch.«

»So eine Art Sonnenuntergangs-Gesetz«, erwiderte der Imperator.

»Genau. Das Komitee *muß* bis zu dem von Ihnen genannten Zeitpunkt durch ein stabileres System ersetzt werden.«

Der Imperator dachte nach. Dann sagte er: »In Ordnung. Ihr habt gewonnen. An die Arbeit.«

»Danke, Sir«, erwiderte Sten und verbarg seine Erleichterung. »Eine Sache wäre da noch ...«

Der Imperator fegte den Rest des Satzes beiseite. »Ja. Ich weiß schon. Ihr braucht noch irgendeine dramatische Geste, mit der ich deutlich mache, daß ich diese Koalitionsidee unterstütze.«

»Genau, Sir«, erwiderte Sten.

»Wie wäre es mit einer königlichen Audienz? Schickt Menynder und die anderen zur Erstwelt. Ich sorge bei Hofe dafür, daß man auf sie aufmerksam wird. Gesegnet sei ihre heilige Friedensmission und der ganze Quatsch. Ich schicke sie als Helden zurück in ihre Heimat. Wird das ausreichen?«

»Das wäre ganz wunderbar, Sir«, sagte Sten.

Der Imperator beugte sich zu dem Knopf, der die Verbindung unterbrach. Er hielt kurz inne. »Seht zu, daß *nichts* schiefläuft«, knurrte er kurz. Dann war sein Bild verschwunden.

Sten drehte sich zu Mahoney. »Ian ... jetzt hast du aber verdammt noch mal einen gut bei mir!«

Mahoney lachte. »Trag es in deine Buchführung ein, Junge. Trag es einfach dort ein.«

»Hier spricht Connee George, live vom Raumhafen Soward. Die Landung der Delegation aus dem Altai-Cluster wird hier jeden Moment erwartet, meine Damen und Herren. Und was für eine gewaltige Menge hier auf dem Landefeld zusammengekommen ist, um sie willkommen zu heißen, nicht wahr, Tohm!«

»Ja, das hier ist wirklich ein großes Erstwelt-Begrüßungsfest, Connee. Mein Gott! Was für ein bedeutender, historischer Augenblick! Ich bin sicher, unsere Zuschauer sitzen wie gebannt vor ihren Livies und warten auf einen exklusiven KRCAX-Erstweltblick auf diese wirklich ungewöhnliche und bemerkenswerte Delegation. Was wohl jetzt so in den Köpfen unserer Zuschauer vor sich geht, Connee? Das würde ich wirklich gerne wissen!«

»Wahrscheinlich genau dasselbe wie in meinem Kopf, nämlich – WOW, was für eine tolle Geschichte!«

»Das kann man wirklich sagen, Connee. Es ist wirklich ...

äh ... Sag uns doch mal, was du in diesem ... äh ... historischen Moment denkst, Connee.«

»Na ja, im offiziellen Pressebulletin des Imperators steht, daß sich an Bord vier Wesen befinden, die ein bestimmtes Ziel haben. Und dieses Ziel heißt – Frieden. Aber in dem Bulletin steht nicht alles, Tohm.«

»Nein, bestimmt nicht ... äh ... oder?«

»Entschuldige mich, Tohm, ich will mal eben sehen, ob uns Captain P'wers noch ein bißchen näher ans Geschehen heransteuern kann. Können Sie zur linken Seite des Landefelds hinüberfliegen, Gary?«

»Ich werd's versuchen, Connee. Aber hier ist ziemlich viel los, und der Tower macht uns Schwierigkeiten bei der Freigabe.«

»Die machen eben auch ihre Arbeit, Gary, stimmt's? Und was für eine tolle Arbeit!«

»Genau, Connee ... Okay ... Moment ... O Mann, woher kam denn der Gleiter?«

»Wahrscheinlich die Konkurrenz, Gary. Ha-ha. Entschuldige, daß ich so aufgekratzt bin, Tohm; ich bin sicher, unsere Zuschauer werden dafür Verständnis haben.«

»Aber sicher, Connee. Die wissen doch, daß wir aus diesem Grunde das Nachrichten-Team Nummer Eins der Erstwelt sind, nämlich KRCAX-Erstwelt, Connee.«

»Keine Frage, Tohm. Jetzt sieh dir dieses Bild an!«

»Das ist ja echt beeindruckend. Sehr gute Arbeit, Captain P'wers!«

»Danke, Tohm. Verdammt! Raus aus meinem Luftweg, ihr Mist ...«

»Aufpassen, Gary. Die Kids schauen auch zu. Ha-ha ... Jetzt haben wir also eine exklusive Aussicht für unseren exklusiven Live-Bericht. Jetzt wäre es vielleicht an der Zeit, Connee, noch etwas Hintergrundinformation zu liefern.«

»Richtig, Tohm. Nun ja, nach dem tragischen Tod von Professor Iskra wartete der Ewige Imperator mit einem neuen Plan auf. Alle Fachleute sind sich darin einig, daß es sich bei diesem Plan um einen wahren Geniestreich handelt, der sämtliche Probleme im turbulenten Altai-Cluster auf einen Schlag lösen wird.

An Bord dieses Raumschiffes hier befinden sich Wesen, die ihre Region in eine neue Ära des Friedens führen wollen. Vorsitzender dieser außerordentlichen Delegation ist Sr. Menynder. Und sein Volk, die Tork, steht zu tausend Prozent hinter ihm.«

»Und so sollte es auch sein, Connee. Jetzt erzähl uns doch noch mal von den ... äh ... anderen. Wie du schon sagtest, eine sehr bemerkenswerte Gruppe, stimmt's, Connee?«

»Genau, Tohm ... Die Suzdal werden von Youtang angeführt, eine der fähigsten Diplomaten des Altai-Clusters. Bei den Bogazi finden wir eine Persönlichkeit von vergleichbarer Bedeutung. Ihr Name ist Diatry. Und, last not least, Sr. Gray, Führer der einflußreichen Jochianer.«

»Super zusammengefaßt, Connee. Jetzt darfst du unseren Zuschauern aber auch nicht vorenthalten, welche Festlichkeiten für diese ... äh ... bemerkenswerte Delegation geplant sind.«

»Ja, Tohm, du kannst sicher sein, daß wir hier auf der Erstwelt diese Gelegenheit nicht auslassen werden, unsere berühmte Gastfreundschaft zu demonstrieren. Es geht los mit der großen Begrüßung auf Soward.«

»Ich darf kurz unterbrechen, Connee, ich will unsere Zuschauer nur rasch daran erinnern, daß wir dieses Ereignis ebenfalls live übertragen werden. Sobald die Delegierten gelandet sind.«

»Na, mach schon, Tohm!«

»Äh ... alles schon passiert, Connee. Ha-ha.«

»Ha-ha. Okay. Danach hat der Ewige Imperator eine große öffentliche Feier im Palast geplant. Die bringen wir natürlich auch.«

»Exklusiv, Connee. Live und exklusiv.«

»Genau, Tohm. Nach der Feier gibt es einen großen, fürstlichen Ball heute abend. Dann –«

»Tut mir leid, wenn ich Sie unterbrechen muß, Connee, aber vom Tower wird gemeldet, daß das Schiff jetzt hereinkommt.«

»Das braucht Ihnen nicht leid zu tun, Gary, es ist ja schließlich Ihr Job. Ha-ha. Schau'n wir mal, wie dicht wir herankommen können. Unsere Zuschauer sollen einen echten KRCAX-Erstwelt-Bericht erhalten.«

»Die im Tower werden ausflippen.«

»Keine Sorge, Captain P'wers. Das sind alles gute Kumpels. Außerdem –«

»Weiß schon, Connee ... tun sie auch nur ihre Arbeit.«

Menynder warf einen Blick auf den Bildschirm, während sie sich dem Raumhafen näherten. Unwillig gestand er sich selbst ein, daß er aufgeregt war.

›Aufgeregt wie ein kleines Kind, du dummer alter Tork. Aber was soll's? Seien wir doch ehrlich. Du warst in deinem ganzen Leben noch nirgendwo. Und jetzt sollst du tatsächlich die Erstwelt sehen. Das ist doch der Traum aller seit ... seit eigentlich schon immer.‹

Menynder kicherte in sich hinein und warf einen kurzen Blick auf die anderen Mitglieder der Delegation. Die waren mindestens genauso aufgeregt wie er selbst. Er stellte fest, daß Youtangs scharfes Grinsen ein dämliches Zucken hatte. Diatrys Schnabel stand weit offen, als sie auf alle Wunder der Erstwelt starrte. Gray, den Jochianer, konnte er nicht sehen. Er hörte jedoch, wie er vor Freude gluckste.

›Vergiß es, Menynder. Hier geht es um ein seriöses Geschäft. Ja. Klar. Aber warum kann ich gerade jetzt nicht noch einmal jung sein? Ich treffe den Ewigen Imperator. In seinem großen, waschechten Schloß. Vielleicht schüttle ich sogar die Hand des

Imperators. Verdammt. Verdammt. Verdammt. Wenn meine Mama mich doch jetzt sehen könnte.‹

Menynder sah, wie ein Gleiter plötzlich quer über den Bildschirm schoß. Auf seiner Seite stand KRCAX-Erstwelt. Wahrscheinlich irgendein Nachrichtenteam, nahm er an. Nachlässig fragte er sich, ob der Captain des Gleiters nicht vielleicht etwas zu dicht herangekommen war. Ach was. Hier waren die Besten der Besten versammelt, oder etwa nicht? Ein göttergleiches Nachrichtenteam der göttergleichen Erstwelt. Richtige Profis. Er war sich sicher.

Aber – oh, verdammt noch mal. Der Gleiter kam immer näher! He ... was war hier los?

»Achtung!« schrie Gray. »Wir werden gleich –«

Menynder hatte noch eine Sekunde Zeit, den Zusammenprall zu spüren, und er sah, wie der Bildschirm erst weiß und dann schwarz wurde, bevor er völlig erlosch. Er hörte noch das Knakken seines zusammenbrechenden Sessels.

Menynder wurde nach vorne geschleudert. Die Wand der Kabine raste auf ihn zu.

Er hörte SchreieSchreieSchreie. Und er dachte ... ›O Scheiße!‹

»Sie hören KBSNQ, live vom Raumhafen Soward. Für alle Zuschauer, die erst jetzt eingeschaltet haben: Es hat sich hier, auf dem wichtigsten Raumhafen der Erstwelt, eine fürchterliche Tragödie ereignet.

Eine Delegation hochrangiger Persönlichkeiten aus dem Altai-Cluster, deren Ziel es war, hier Friedensgespräche mit dem Ewigen Imperator zu führen, ist beim Landeanflug mit dem Gleiter eines hiesigen Nachrichtenteams kollidiert.

Alle Wesen an Bord der beiden Maschinen sind wahrscheinlich tot. Eine Imperiale Untersuchungskommission befindet sich bereits vor Ort. Auf Anordnung des Ewigen Imperators werden alle Flaggen für eine einwöchige Trauerwoche auf halbmast gesetzt.

Wir kehren jetzt zu unserem normalen Programm zurück, das wir sofort unterbrechen werden, sobald sich neue Entwicklungen abzeichnen. Hier spricht Pyt'r Jynnings, live für KBNSQ. Geben Sie uns zweiundzwanzig Minuten – und wir geben Ihnen das Imperium.«

Kapitel 38

Sten blickte trübsinnig auf die dunkle Skyline von Rurik hinaus. Die einzige Lichtquelle war das schwache, weit entfernte Leuchten der Ewigen Flamme, die auf dem Platz der Khaquans loderte. Alles war still ... alles schien zu warten.

Er spürte Cinds Hand, die seinen Arm berührte. »Menynder war unsere letzte Hoffnung«, sagte er.

»Das weiß ich.«

»Ich habe ihn dazu überredet hinzugehen. Er wollte eigentlich nichts anderes, als an diesem verdammten toten Teich sitzen und seine Ruhe haben.«

»Das weiß ich auch.«

»Er war ein krummer alter Hund. Aber ich mochte ihn.«

Ihre Antwort bestand im festeren Druck ihrer Hand.

»Ich habe keine Ahnung, was wir als nächstes tun sollen«, sagte Sten.

»Vielleicht ... fällt dem Imperator etwas ein.«

»Schon möglich.«

»Oder Mahoney.«

»Der ist genauso verwirrt wie ich. Gerade in diesem Augenblick macht er die Schotten dicht. Er ist bereit zum Abflug.«

»Denkst du, daß es so schlimm kommen wird?«

»Allerdings. Sogar noch schlimmer.«

»Aber niemand hatte Schuld daran. Abgesehen natürlich von diesem verdammten Nachrichtenteam. Verdammt noch mal, es war einfach ein Unfall.«

»Das denken *die* aber nicht.« Er deutete auf die ruhig daliegende Stadt. »Sie halten es für eine abgekartete Sache. Sie glauben, daß der Imperator Menynder und die anderen in den Tod gelockt hat.«

»Das ist doch lächerlich. Warum hätte er das tun sollen?«

»Die brauchen doch keinen Grund. Sie brauchen nur einen Schuldigen«, sagte Sten. »Wir waren die letzten, die Mist gebaut haben. Also sind wir daran schuld.«

Cind schauderte. Sten legte einen Arm um sie. »Danke«, sagte er.

»Für was denn?«

»Dafür, daß du hier bist ... bei mir ... Das ist alles.«

Sie schmiegte sich in seinen Arm. »Versuch bloß nicht, mich loszuwerden. Versuch es bloß nicht«, sagte sie.

Selbst in seiner melancholischen Stimmung fühlte sich Sten dadurch getröstet. Er lehnte sich zurück und zog Cind näher zu sich heran.

Sie saßen dort, bis der Morgen dämmerte. Riesig, rot und zornig ging die Sonne auf.

Einige Minuten später hörten sie die ersten Schüsse.

»Hier gibt's Scharfschützen, Aufständische und Plünderer, o weh«, sagte Kilgour. »Das ist nicht schön. Aber besonders schlimm ist es auch nicht.«

»Was könnte denn noch schlimmer sein?« fragte Sten.

»Ich fürchte das, was danach kommt, mein Junge.«

»Nämlich?«

»Es gibt hier überhaupt keine verdammte Armee mehr.«

»Stimmt, jetzt, wo du davon anfängst, fällt mir ein, daß ich schon lange keine Jochi-Truppen mehr gesehen habe. Aber ich hielt das eher für eine gute Nachricht. Mach nur weiter. Klär mich auf. Langsam gewöhne ich mich an diese ewigen niederschmetternden Neuigkeiten. Wahrscheinlich werden sie mir fehlen, wenn sich die Lage ändert.«

»Es sind die Leute hier, die dafür sorgen, daß du in deinem Holzkopf alles falsch einschätzt. Kahl, trübe und freudlos ist gleich glücklich. Und Freude ist traurig. Das ewige schlechte Wetter hat den armen Teufeln wahrscheinlich allzusehr zugesetzt. Sie hassen das Essen, besonders Haggis zum Frühstück.«

»Danke, daß du mich an gefüllte Schafsmägen erinnerst, Kilgour. Mjam, mjam. Jetzt geht's mir schon bedeutend besser.«

»Aber das mach' ich doch gern für dich, Kumpel.«

»Erzähl mir mehr von der Armee.«

»Von der nicht existierenden Armee, willst du wohl sagen, Junge.«

»Ja, genau davon.«

»Na ja, die ist verdammt noch mal einfach nicht da, verstehst du? Keinerlei Truppen in ganz Rurik. Und ich habe meine Leute überall rumgeschickt, damit sie ihre Nasen in alles reinstecken. Fehlanzeige in den Kasernen. Fehlanzeige in den Friedhöfen und in den Irrenhäusern.«

»Wohin sind die denn verdammt noch mal abgehauen?«

»Gute Frage. Danach wollte ich einen bedeutenden Fuchs mit silbernen Haaren ebenfalls fragen.«

»General Douw?«

»Ja. Der ist auch verschwunden.«

Sten richtete sich bolzengerade in seinem Stuhl auf. »Wohin?«

»Weg mit seinen Truppen. Manöver, wie sein aalglatter Pressereferent gesagt hat. Das alljährliche Manöver, irgendwo dahinten in den Alpen.« Alex zeigte in Richtung der Bergkette, die das weite Tal von Rurik im Halbkreis umschloß.

»Manöver? Quatsch. Du glaubst das doch nicht etwa?«

»Nööööööö. Oder sollte es vielleicht bei den Jochi-Truppen üblich sein – tapfere Jungs und Mädels, die sie sind –, daß sie mit ihrer gesamten Munition ins Manöver ziehen?«

»Oh, Scheiße«, sagte Sten.

»Hüfthoch, mein Junge. Und schnell steigend.«

Douw mochte vielleicht ein silberhaariger Dummkopf mit einem federleichten Hirn sein, aber als er jetzt in seiner Kommandozentrale in den Bergen auf seinem Feldschemel saß, war er Zoll für Zoll ein General. Ein sehr zorniger General, seinem Verhalten nach zu urteilen.

»Wir brauchen keine Beweise«, knurrte er über den Besprechungstisch hinweg. »Auf Beweisen zu bestehen, ist der letzte Ausweg für Feiglinge.«

»Bis jetzt hat noch niemand einen Suzdal einen Feigling genannt«, brummte es finster zurück. Das war Tress, Heerführer der Suzdal-Welten.

»Seien Sie nicht so schnell beleidigt«, sagte Snyder. Er war der Cousin von Menynder und jetzt der Anführer der Tork. »Das ist eines unserer Probleme. Jedesmal, wenn wir eine gemeinsame Aktion planen, stellt sich einer von uns quer, und der ganze Plan bricht zusammen.«

»Respekt müssen wir aber voreinander haben«, sagte Hoatzin. Seine Stimme klang rauh und müde. Seine Frau Diatry war zusammen mit Menynder und den anderen ums Leben gekommen. Jetzt war es Hoatzins Aufgabe, die Bogazi in den Kampf zu führen. Falls es einen Kampf geben würde.

»Teile und herrsche. Teile und erobere. Das war immer die Devise des Imperators«, sagte Douw. Er war dabei nicht einmal scheinheilig. Er hatte tatsächlich vergessen, daß Iskra genau diese Worte benutzt hatte, jedoch in einem anderen, auf die Jochianer gemünzten Kontext.

»Also werden wir kämpfen«, sagte Tress. »Was für eine Chance haben wir überhaupt? Gegen den Ewigen Imperator? Seine Truppen –«

»Wen kümmert es, wie groß seine Streitkräfte sind?« fiel ihm Douw ins Wort. »Das Gebiet gehört uns. Die Leute sind unsere Leute. Wenn wir alle zusammenhalten – dann müssen wir uns doch behaupten können.«

»Der Imperator ist nicht so stark, wie er glaubt«, sagte Hoatzin. »Hat lange gedauert, Tahn zu besiegen. Nun gut, er siegte. Aber war kein guter Sieg. Zu langer Krieg. Soldaten sind müde, glaube ich. Und, wie General sagt, ist nicht ihr Land hier. Wofür sie kämpfen?«

»Dennoch sollten wir nicht vergessen«, sagte Tress, »daß der Imperator noch niemals besiegt worden ist.«

»Es ist schon einmal geschehen«, sagte der Bogazi. »Muß geschehen sein. Warum ist der Imperator denn sonst verschwunden? Ich glaube, er ist vor dem Privatkabinett geflohen.«

Noch niemals zuvor hatte einer von ihnen die Flucht des Imperators unter diesem Gesichtspunkt betrachtet. Das war falsches Denken. Aber diese Art von falschem Denken führte zu verräterischen Schlußfolgerungen.

»Wir müssen uns alle zusammentun«, sagte Douw. »Zum ersten Mal in unserer Geschichte müssen wir gemeinsam für eine Sache kämpfen. Es geht um die gerechte Sache. Unsere Soldaten sind tapfer. Alles was wir brauchen, ist ein fester Wille.«

Am Tisch herrschte eine lange Stille. Über ihren Köpfen war ein Vogel mit dem Bau seines Nestes beschäftigt.

Tress erhob sich. »Ich werde mit meinen Kameraden sprechen«, sagte er.

»Und was werden Sie ihnen sagen?« fragte Douw.

»Daß wir kämpfen werden. Gemeinsam.«

Der Scharfschütze machte Cind immer noch zu schaffen.

»Was soll's, Mädel«, meinte Alex. »Die Glotzaugen des Schützen werden nie mehr irgendwas sehen.«

»Bei den gefrorenen Arschbacken meines Vaters, du stehst manchmal aber auch auf dem Schlauch.«

»Jetzt fluchst du wieder mit deiner heidnischen Bhor-Zunge. Ohne jeden Respekt für deinen armen, grauhaarigen Mentor. Schande über dich, Kleines.«

»Komm schon, Alex. Wie kam er in den Palast? Wieso konnte er vom günstigsten Fenster aus schießen? Wieso hatte er so viel Zeit, alles vorzubereiten und herauszufinden, wo genau Sten sitzen würde? Und wie konnte er dann obendrein noch den Fluchtweg vorbereiten?«

»Ein Team von uns tut nichts anderes, als alle Pläne der Aufständischen von vorne nach hinten und wieder zurück durchzukauen, kleine Cind.«

»Völlig hoffnungslos«, erwiderte Cind. »Viel zu viele Verdächtige. Zu viele Kombinationsmöglichkeiten. Da haben sie mehr Chancen, in der Imperialen Lotterie zu gewinnen.«

»Und du glaubst, daß du es besser kannst, was?«

Cind dachte einen kurzen Moment nach und nickte dann. »Klar. Die schauen alle in die verkehrte Richtung. Der Typ war ein Profi. Von seiner Schußposition über das alte Gewehr, das er sich ausgesucht hat, bis zu den handgegossenen Kugeln.«

»Na gut. Dein toter Schütze war ein Profi. Nichts Ungewöhnliches für einen Scharfschützen. Was macht dich denn noch stutzig?« Gegen seinen Willen wurde Kilgour nun doch hellhörig. Vielleicht war Cind doch auf der richtigen Spur.

»Zwei Dinge. Das erste ist eine persönliche Sache. Er hat versucht, Sten zu töten. Verdammt, es wäre ihm fast gelungen!«

Kilgour wußte das natürlich, machte »ts-ts« und bat mit einer Geste um den nächsten Punkt.

»Was ich mir wirklich überhaupt nicht erklären kann, ist, warum er der einzige Scharfschütze war«, fuhr Cind fort. »Das ergibt keinen Sinn. Unter den Umständen hätte da eine ganze Fußballmannschaft von Scharfschützen auf dem Dach stehen sollen. Oder überhaupt keiner. Falls es nicht jemanden gab, der kein Risiko eingehen wollte, was den Tod bestimmter Personen angeht.

So weit, so gut. Auf Iskra brauchte er sich nicht mehr zu konzentrieren. Der Leichenbeschauer hat uns gesagt, daß Iskra bei der Attacke auf die Tribüne getötet wurde. Dieselbe Attacke ließ Sten jedoch unverletzt. Also ... *Whamm!* versucht er ihn selbst aus dem Verkehr zu ziehen. Dank dir und deinem Kettenhemd-Schneider hat das aber nicht funktioniert. Und trotzdem ...«

Alex war nachdenklich geworden. »Stimmt ... da steckt irgendwie mehr dahinter.«

»Mehr wovon?« ertönte Mahoneys Stimme. »Was brütet ihr beide denn da aus?«

Sie wirbelten herum und sahen, daß Ian eingetreten war. Cind war daran gewöhnt, daß sich große Wesen geräuschlos bewegten. So wie Alex. Oder ihre Bhor-Kameraden. Aber Mahoney überraschte sie immer noch. Nicht nur deshalb, weil er ... nun, schon ein reiferer Mann war. Mit seinem massigen irischen Körper und dem runden freundlichen Gesicht machte er einfach nicht den Eindruck, daß er sich wie eine Katze um die Ecke herum in Räume hineinschleichen konnte.

Sie nahm Haltung an und begrüßte ihren vorgesetzten Offizier. Mahoney winkte ab. »Verraten Sie mir nur, was Sie beide da ausgeheckt haben.«

Cind teilte ihm alles über den geheimnisvollen Scharfschützen mit. Mahoney hörte aufmerksam zu und schüttelte dann den Kopf. »Es ist ein interessantes Geheimnis, da stimme ich Ihnen zu«, sagte er schließlich. »Und der Mann war bestimmt ein Profi. Mit anderen Worten, man hat ihn angeworben. Was wiederum bedeutet, wer immer ihn auch angeheuert hat, hat es sicherlich incognito getan. Wenn Sie also herausfinden, *wer* dieser Scharfschütze war, dann führt Sie das auch nicht weiter. Vielleicht ist er ein interessanter Typ, auf seine verschlagene Weise. Aber in dem Fall, fürchte ich, lautet die Gleichung: x plus y gleich: wen kümmert's?«

»Das glaube ich nicht, Sir«, sagte Cind. »Diesmal nicht. Das ist kein Gefühl, sondern Instinkt. Professioneller Instinkt. Als ich versucht habe, ihn zu jagen, habe ich mein verdammt Bestes gegeben, um mich in seine Gedanken hineinzuversetzen.«

»Natürlich«, sagte Mahoney. »Weiter.« Der frühere Chef von Mantis fühlte ebenfalls, wie er langsam hineingezogen wurde.

»Es dauerte gar nicht lange, und ich *dachte* genau wie er. Nannte ihn in Gedanken sogar ›Schätzchen‹.«

»Und was machte ›Schätzchen‹ denn so anders als alle anderen?« wollte Mahoney wissen.

Cind seufzte. »Im wesentlichen stört mich seine Kenntnis des Terrains *und* seines Ziels. Ich denke, Schätzchen hat sich eine Weile in der Nähe des Palastes umgesehen. Meiner Ansicht nach hat er jeden Quadratzentimeter dort überprüft.

Ich glaube auch, daß er sich mächtig ins Zeug gelegt hat, um alles über sein Opfer herauszubekommen. Sonst hätte er sich in seiner Haut nicht wohl gefühlt. Nein. Schätzchen wollte Sten kennen. Richtig gut kennen. Seine privaten Gewohnheiten. Wissen, wohin er sich bei Beginn der Attacke ducken würde.«

»Ja ... Hört sich ganz logisch an, Mädel«, sagte Alex. »Vielleicht ... wer weiß ...«

Mahoney schlug krachend mit der Hand auf den Tisch. »Natürlich! Er wird versucht haben, der Botschaft einen Besuch abzustatten. Oder zumindest bei irgendeinem offiziellen Anlaß dabeizusein, an dem Sten auch anwesend sein würde.«

»Genau«, sagte Cind. »Und das bedeutet, daß Sten oder Alex ihn identifizieren könnten.«

Sie sah zu Mahoney auf. »Ich möchte gern, daß Sten ins Leichenschauhaus geht, Sir. Um zu sehen, ob er die sterblichen Reste identifizieren kann.«

»Sagen Sie das ihm, nicht mir«, erwiderte Ian äußerst entgegenkommend.

Cind hob eine Augenbraue. »Er wird es für reine Zeitverschwendung halten, Sir«, sagte sie. »Vielleicht wenn Sie ...« Auf vielsagende Weise ließ sie den Satz unbeendet. »Ich ziehe ihn an seinen Ohren hin«, sagte Mahoney. »Los Alex. Laß uns auf einen kleinen Schwatz zum Botschafter gehen.«

Das Kellergeschoß des Leichenschauhauses war weiß und kalt, voller antiseptischer, gefilterter Luft, durch die jedoch gelegentliche Duftwölkchen, die einen unangenehmen Geschmack auf der Zunge hinterließen, nicht völlig überdeckt wurden.

»Kleinen Moment«, sagte der Wärter, ein Mensch. »Hab' mein Lunch noch nicht beendet.« Er hielt ihnen zum Beweis ein dikkes Sandwich vor die Nase. Tomatensauce sickerte langsam durch die Brotscheibe.

Cind war kurz davor, ihm mitten ins Gesicht zu schlagen. Obwohl Mahoney und Kilgour ihn beide gedrängt hatten, hatte sich Sten hartnäckig geweigert, mitzugehen. Viel zuviel zu tun, hatte er gesagt. Er stecke bis über beide Ohren in Arbeit.

Um so bemerkenswerter war daher, daß sie jetzt erleben

konnte, wie er sich einmischte. Statt irgendwelche Befehle von sich zu geben, holte er ein Bündel Credits aus der Tasche und hielt sie dem Wärter unter die Nase.

»Sie können Ihr Lunch ruhig mitnehmen«, sagte er.

Der Wärter schnappte sich die Scheine, machte mit der anderen Hand, in der er das Sandwich hielt, eine Bewegung und trottete davon. Sie folgten ihm.

»Das ist die einzige Art, wie man einen Bürokraten überzeugen kann«, murmelte Sten in Cinds Ohr. »Brüllen macht sie nur noch dickköpfiger – und dümmer.«

Der Wärter ging ihnen in die Gewölbe voller Schubladen voran. »Mal sehen ... wo hab' ich denn diesen John Doe hingepackt?« Er hielt seine Fernbedienung in eine bestimmte Richtung, drückte auf den Knopf, und eine Leichenschublade rollte heraus und kam krachend zum Stillstand. Aus der Kammer wehte ein eiskalter Hauch.

Der Wärter äugte in die Schublade hinein. Ein Tropfen der roten Soße fiel auf den Leichnam. Er wischte den Tropfen mit seinem Daumen ab, den er anschließend sauber ableckte.

»Nee. Der falsche Typ.« Er drückte erneut auf den Knopf, und die Schublade schloß sich donnernd. »Tut mir leid, wenn ich Sie hier mit fremden Toten langweile.«

Keiner lachte über den Witz. Er zuckte mit den Schultern. »Wir hatten hier ziemlich zu tun, seit der Khaqan gestorben ist«, sagte er. »Wir haben mehr Klienten als Zeit.«

Er lachte. »Meine Frau ist glücklicher als ein Schwein, das sich im Dreck wälzt. Seit einem Monat schiebe ich hier nichts als Überstunden, goldene Überstunden. Noch eine richtig gute Schießerei, und wir können uns diese Rentner-Hütte kaufen, von der wir schon immer geträumt haben.«

»Wie schön für Sie!« sagte Cind.

Dem Wärter entging ihr Ton nicht. »Ich habe nicht dafür gesorgt, daß die alle hierherkommen, Lady«, sagte er. »Dafür sind *Sie* zuständig. Sie legen sie um, ich leg' sie rein. Das ist mein Motto.«

Er hielt die Fernbedienung in Richtung einer anderen Kältekammer und drückte den Knopf. Die Schublade glitt heraus. Wieder warf er einen Blick hinein. »Ja. Hier ist der Doe, für den Sie Ihr Geld hingeblättert haben. Immer noch tot. Ha-ha. Freie Durchsicht aufs Rückgrat. Ein Blick in Ihre Zukunft.« Er kicherte hämisch in Cinds Richtung. »Gilt auch für Sie, Lady.«

Aber Mahoney war der erste, der hineinsah. Er reagierte schnell. Und heftig.

»Mutter der Gnaden«, rief er aus. »Es ist Venloe!«

Sten zuckte förmlich zurück. »Das kann doch nicht sein.« Er warf selbst einen Blick hinein. »Verdammt! Es ist wirklich Venloe.«

»Ist ja nicht möglich!« sagte Alex und konnte dann auch nur bestätigen, was sie bereits gesehen hatten: »Und doch ist es so.«

Cind verstand zuerst nicht, wovon sie redeten. Dann erinnerte sie sich. Venloe war für den Tod des Imperators verantwortlich gewesen!

»Ich dachte, er wäre –«

»Im absoluten Hochsicherheitsgefängnis«, beendete Sten den Satz für sie. »Als ich das letzte Mal von ihm gehört habe hieß es, er sei so tief unter der Erde, daß sie spezielle Röhren fürs Sonnenlicht graben mußten.«

»Er muß geflohen sein«, sagte Cind.

»Noch eine Unmöglichkeit«, erwiderte Sten. Er warf einen zweiten Blick in die Schublade. »Und doch ... da liegt er.«

»Der obere Teil jedenfalls«, korrigierte Alex.

Mahoney runzelte die Stirn und schaute auf das Gesicht hinab, das wächsern zurückstarrte. Er erinnerte sich an den Tag, als er Venloe gestellt hatte. Und an ihre darauffolgende Unterhaltung. Venloe war jemand, der sich aus jeder Situation herauswinden konnte – sogar aus dem Hochsicherheitsgefängnis des Imperators.

»Aber – was hatte er hier zu suchen?« fragte Cind. »Wer hat ihn –«

Der Rest ihrer Frage ging im schrillen Alarmsignal von Mahoneys Notfall-Piepser unter. Er nahm ihn vom Gürtel und drückte die Bereitschaftstaste. »Hier Mahoney.«

Die Stimme eines Offiziers krächzte aus dem Lautsprecher: »Es wäre besser, wenn Sie schnellstens zurückkämen, Sir. Wir haben gerade die Ortungssignale einer Flotte aufgefangen, die sich auf Jochi zubewegt. Und es sieht nicht so aus, als ob sie freundliche Absichten hätte, Sir.«

Mahoney rannte bereits los, noch während er die Verbindung unterbrach. Die anderen hetzten hinter ihm her.

Venloe blieb kalt und starr in seinem Kühlfach zurück. Das Geheimnis, das ihn umgab, war angesichts des drohenden Angriffs plötzlich nebensächlich geworden.

Der Wärter hatte die Neuigkeiten ebenfalls aufgeschnappt. Er hastete davon, um seine Frau womöglich noch glücklicher zu machen.

Kapitel 39

Admiral Han Langsdorff hatte offensichtlich entweder während des Unterrichts geschlafen oder bei der Lektion ›Grundsätzliche Militärische Fehler‹ vor fünfzig Jahren gefehlt.

Voller Selbstvertrauen und mit nichts als Verachtung gegenüber dem Feind ließ er die drei Imperialen Kriegsschiff-Flottillen ausschwärmen, um die Invasion der Suzdal und Bogazi aufzuhalten. Dies würde eine einfache, allerdings ziemlich blutige Mission werden. Er hatte zunächst damit gerechnet, daß diese primitiven Wesen – Langsdorff war ein Fremdenhasser, was er allerdings recht gut zu kaschieren verstand – bei der ersten Konfrontation mit der gepanzerten Faust des Imperiums sofort vor Schreck erstarren würden. Wenn sie sich von ihrer Ehrfurcht und ihrem Entsetzen erholt hätten, dann würden sie sich – schlimmstenfalls! – vielleicht in einer Linie formieren und frontal angreifen.

Langsdorff ließ ein Kreuzergeschwader als Lockvogel vorausfliegen und zog den größten Teil seiner Streitmacht in einem Viertelkreis an einer Seite und hinter den Köderschiffen zusammen.

Der Feind würde sicher versuchen, die Imperialen Streitkräfte anzugreifen, und es war ein Einfaches für Langsdorff, sie dann von der Flanke her anzugreifen und aufzurollen.

Kein besonders ausgetüftelter Plan. Aber einfache Lösungen galten im Kampf als Tugend. Und außerdem – wie konnte eine Flotte, die ausschließlich mit übergroßen Flattermännern und hundeähnlichen Kreaturen bemannt war, dem Imperium lange Widerstand leisten?

Langsdorff war sicher nicht der erste Anführer, der sich verschätzte, weil er die Feinde für komplette Idioten hielt. Die Geschichte hatte eine lange Liste ähnlicher Irrtümer zu verzeichnen:

Das Langzeitdesaster von Hsiung-Nu in Turkestan. Little Big Horn. Isandhlwana. Magersfontein. Suomussalmi. Dien Bhien Phu. Saragossa. Und so weiter und so fort.

Vielleicht hätte sogar der Name seines Flaggschiffs helfen können. Langsdorff hatte nur vage Kenntnis davon, daß die *Repulse* vor vielen, vielen Inkarnationen ein für das Wasser gebautes

Kriegsschiff gewesen war. Er erinnerte sich undeutlich daran, daß sie damals eine Art Schlachtkreuzer gewesen sein mußte. Das war alles, was er wußte.

Er wußte nicht, daß der Namensvetter der *Repulse* mitsamt einem weiteren Schlachtschiff ganz ruhig ins Verderben geglitten war, im vollen Vertrauen darauf, daß die bloße Anwesenheit von Kriegsschiffen den Feind vor lauter Entsetzen handlungsunfähig machen würde. Im vollen Vertrauen darauf, daß der Feind niemals mit an Land stationierten Flugmaschinen auf offener See angreifen würde. Und daß kein Mitglied dieser mongoloiden Rasse, die man gar nicht genug verachten konnte, es *wagen* würde, diese wunderbaren Schiffe des Empire anzugreifen.

Die an Land stationierten japanischen Bomber brauchten weniger als eine Stunde, um die beiden Kriegsschiffe zu versenken.

Langsdorff überflog den Bildschirm. Die Ortungsgeräte mit der größten Reichweite hatten die Flotte der Suzdal und der Bogazi jetzt genauer erfaßt. Er schnaubte. Diese Wesen konnten einfach nichts richtig machen. Wenn es seine Aufgabe wäre, die Invasion eines Heimatplaneten zu planen, dann hätte er mit Sicherheit mehr Kriegsschiffe eingesetzt, als er jetzt sehen konnte – selbst wenn er dafür jede Mondfähre mit einem Torpedo hätte ausrüsten müssen.

Zwei feindliche Kreuzergeschwader jagten im Frontalangriff in die Imperialen Kreuzer hinein. Wenige Minuten später stießen zwei weitere Suzdal/Bogazi-Formationen – Einsatzschiff-Träger und schwere Kreuzer mit ihren Begleitschiffen – von oben und unten auf die Imperialen Streitkräfte, wie der sich schließende Kiefer eines Nußknackers.

Die Imperialen Kreuzer schlugen zurück, waren jedoch schon rein zahlenmäßig deutlich unterlegen.

Mehr und mehr Schiffe wurden in den Kampf verwickelt. Admiral Langsdorff befahl seinen Schlachtschiffen, die linke Flanke der Suzdal/Bogazi zu umklammern, genau wie es damals auf der Erde die Türken bei der Seeschlacht von Lepanto getan hatten. Im Unterschied zu den Osmanen hatte er jedoch keinerlei Streitkräfte mehr in der Hinterhand.

Die Anführer der Suzdal/Bogazi-Flotten vertraten, genau wie Langsdorff, die Ansicht, daß die einfachste Taktik im Kampf zugleich die beste sei. Ihre Taktik entsprach der klischeehaften Zeichnung einer Elritze, die wiederum von einem etwas größeren Fisch verschluckt wird, der wiederum von einem Haifisch verschluckt wird, der wiederum von einem Wal verschluckt wird.

Denn ein ganzes Stück oberhalb und unterhalb des Kiefers, der sich um die Imperialen Kreuzer geschlossen hatte, lagen die eigentlichen Schwergewichte der Suzdal/Bogazi. Sie warteten so lange, bis sich die Formation von Langsdorffs Kriegsschiffen unumkehrbar aufgelöst hatte.

Und dann schlossen sie den noch größeren Kiefer um die noch fettere Beute: die gesamte Imperiale Streitmacht Langsdorffs war tot, noch bevor er um Hilfe rufen konnte – Hilfe, die es gar nicht mehr gab.

Die Schlacht war eine Katastrophe – für das Imperium.

Die Suzdal und Bogazi verloren fünf Kreuzer, vierzehn Zerstörer und etliche kleinere Schiffe.

Von den Imperialen Streitkräften *überlebten* ein einziges Schlachtschiff, drei Kreuzer, ein Einsatzschiff-Träger und zwanzig Truppentransporter.

Nach diesem Triumph formierte sich die Suzdal/Bogazi-Flotte neu und nahm Kurs auf Jochi. Trotzdem würde ihr Sieg nicht an den Militärakademien studiert werden, nicht einmal an denen der Sieger.

Aus irgendeinem Grund waren Massaker für Soldaten nicht besonders interessant.

Langsdorffs Desaster hatte zwei Konsequenzen: Jochi war

jetzt jeder Art von Invasion schutzlos ausgeliefert – und die 1. Imperiale Gardedivision auf einer feindlichen Welt gestrandet.

Kapitel 40

Die Stürme, die von den Bergen heruntertegten, waren so heftig, daß die Botschaft unter ihnen erbebte. Sogar hier, im Konferenz-Raum, der sich tief im Innern des Gebäudes befand, konnte Sten das Peitschen der Blitze und das dumpfe Rollen des Donners noch hören.

Er schauderte. Nicht etwa des kalten Regens, sondern der Worte wegen, die das seltsame Wesen aussprach, das etwa einen Meter über dem Boden des Raumes schwebte.

»... bedauerlicherweise muß ich mitteilen, daß sich meine Überlegungen nicht als fehlerhaft erwiesen haben. Vielleicht bin ich deswegen ein solches Risiko eingegangen und habe die Mühe auf mich genommen, Dr. Rykor einen Besuch abzustatten in der falschen Hoffnung, daß ich doch einem furchtbaren Irrtum erlegen war und daß unsere weise Freundin mich sanft in die Realität zurückführen würde.«

Sr. Ecu machte eine abrupte Bewegung mit seinem Schwanz und schwebte auf Sten zu. Ein hochempfindlicher Fühler reckte sich und berührte Stens Hand.

»Aber es war kein Irrtum. Der Ewige Imperator ist komplett wahnsinnig. Und diese Tatsache wird unweigerlich in eine totale Katastrophe münden.«

Sten schwieg. Zum zweiten Mal in seinem Leben fühlte er sich als Waise. Seit seiner Jugend, nachdem man seine Familie umgebracht hatte, hatte er für den Imperator gearbeitet und gekämpft.

»Ich kann es kaum glauben«, sagte Mahoney. Obwohl er schon seit einiger Zeit selbst einen ähnlichen Verdacht gehabt hatte, fiel es ihm nicht leicht, der Wahrheit ins Gesicht zu sehen.

»Es tut mir sehr leid, alter Freund«, erwiderte Sr. Ecu. »Aber gerade Sie wissen am besten, wie recht ich habe. Es gibt aber noch zwei andere Dinge, die ich Ihnen beiden nicht vorenthalten darf.«

Er veränderte seine Position und näherte sich ein wenig dem Fußboden. Sein Fühler wühlte in dem geöffneten Koffer. Mahoney hielt plötzlich ein Fiche in der Hand.

»Das ist eine Liste der möglichen Berater des Imperators, die meine Agenten zusammengestellt haben. Wissen Sie, sobald ich davon überzeugt war, daß der Imperator wahnsinnig ist, fragte ich mich, wer sein Berater sein mochte. Wem leiht er sein Ohr? Wer gibt seine Befehle weiter?«

Mahoney starrte auf das Fiche in seiner Hand. »Und was haben Sie herausbekommen?«

»Poyndex«, erwiderte Ecu ohne Umschweife.

Sten atmete tief durch. Das war ein weiterer Tiefschlag.

»Der Mann ist ein Überläufer«, protestierte Mahoney. »Er hat den Imperator verraten, um dem Privatkabinett beizutreten. Dann hat er das Privatkabinett verraten, um sein eigenes Leben zu retten.«

»Das ist wahr. Und jetzt koordiniert er die Pläne des Imperators, sämtliche Provinzen des Imperiums in eine Art spätfeudalistische Ländereien zu verwandeln. Der Job, den Sie abgelehnt haben, wie ich aus meinen Unterlagen ersehen kann. Aus moralischen Gründen.«

Mahoney ließ sich verzweifelt in seinen Sessel fallen. »Wie konnte es nur so weit kommen?« fragte er sich laut. »Nach all diesen Jahren?«

Der Fühler des Manabi förderte noch weitere schlechte Neuigkeiten zutage. Diesmal war Sten an der Reihe. Er wurde mit zwei in Papier gehüllten Dokumenten konfrontiert. Eines war blau, das andere rot. Auf beiden stand vorschriftsmäßig sein Name.

»Ihre persönlichen Akten«, sagte Sr. Ecu. »Vergeben Sie mir, daß ich in Ihre Privatsphäre eingedrungen bin.«

Sten zuckte mit den Schultern. Was hatte das jetzt noch für eine Bedeutung?

»Der erste Bericht, der mit der blauen Hülle, ist der offizielle. Er ist für die Öffentlichkeit bestimmt, die über Ihre mannigfaltigen herausragenden Leistungen im Imperialen Dienst informiert wird.

Bei genauer Analyse ergeben sich bestimmte Lücken in diesem Lebenslauf. Lücken, die geschickt kaschiert werden.« Sten und Mahoney wußten beide, daß es sich bei diesen sogenannten Lükken um Geheimmissionen handelte, die Sten im Auftrag des Imperators durchgeführt hatte.

»Bemühen Sie sich nicht, mir diese fehlenden Jahre zu erklären«, sagte Sr. Ecu. »Ich bin ohne weiteres dazu in der Lage, mir die Natur dieser Missionen vorzustellen, die Sie im Auftrag des Imperators unternommen haben.«

»Danke«, sagte Sten müde. »Vermutlich.«

»Bitte öffnen Sie jetzt die zweite Akte, Sten«, sagte Sr. Ecu.

Sten klappte die rote Deckseite des Umschlags zurück, unter der ein Deckblatt mit dem Briefkopf der Inneren Sicherheit zum Vorschein kam. Erstaunt sah Sten zu Sr. Ecu hoch.

»Ich soll vor ein ... Untersuchungsgericht?«

»Die Untersuchung ist bereits abgeschlossen«, erwiderte Sr. Ecu. »Wenn Sie Zeit haben, das einmal durchzulesen, werden Sie feststellen, daß die Damen und Herren der Inneren Sicherheit die erwähnten Lücken in einem ganz anderen Licht sehen.

Diese Sichtweise führt zu der unabänderlichen Schlußfolgerung, daß Sie ein Verräter sind, Sten. Sie, der loyalste aller Mitarbeiter des Imperators, sind zum Werkzeug seiner Feinde geworden.«

Sten blätterte die Akte rasch durch und sah, wie sich Beweis an Beweis reihte. Dann klappte er den roten Bericht zu. »Unterlagen für den ›Fall, daß‹, vermute ich?«

»Genau. Falls Sie Probleme haben, einen Auftrag auszuführen – oder den Imperator auf andere Weise verärgern –, dann wird diese Akte ins Spiel gebracht. Im gleichen Atemzug werden Ihre Verdienste in Fetzen zerrissen.«

Sten fühlte, wie der Raum um ihn herum ins Schwanken geriet. Nicht wegen des Sturmes. Er zwang sich selbst zur Ruhe. »Ich danke Ihnen vielmals für die Warnung, Sr. Ecu. Aber – vermutlich hatten Sie mehr im Auge als nur meinen guten Ruf.«

Sr. Ecu ging mit seinem Besuch ein gewaltiges Risiko ein. Natürlich hatte er ein absolut sicheres Transportmittel gewählt, das ihm Ida von den Roma, die alte Teamkameradin Stens aus Mantis-Zeiten, zur Verfügung gestellt hatte. Wenn irgend jemand etwas über die Absichten seines Besuchs herausbekam, dann brachte Sr. Ecu nicht nur sich selbst, sondern sein ganzes Volk in Gefahr.

Der Manabi verzichtete plötzlich auf jegliche diplomatische Taktik.

»Ich hatte gehofft, Sie könnten mir helfen«, sagte er.

Sten war erschüttert. »Helfen? Wie denn? Ich verfüge weder über eine Armee noch über Raumflotten. Ich bin bloß –«

»Nicht gleich den Kopf verlieren, junger Freund«, sagte Sr. Ecu. »Ich weiß nicht einmal sicher, um was ich Sie bitten würde. Außer ... zu denken ... scharf nachzudenken. Wenn diese häßliche Angelegenheit im Altai-Cluster abgeschlossen ist ... dann kommen Sie zu mir, in meine Heimat. Und Sie auch, Ian. Immerhin haben wir schon einmal ein Wunder vollbracht, oder etwa nicht?«

»Aber damals handelte es sich lediglich um das Privatkabinett«, sagte Sten. »Nicht um den Ewigen Imperator.«

»Ich glaube, wir sollten ihm zuhören, Sten«, flüsterte Mahoney rauh. »Ich habe meine Untertanentreue einem Symbol geschworen, nicht dem Mann.«

Sten schwieg. Wie hätte er es erklären können? Für den persönlichen Verlust, den er soeben erlitten hatte, gab es keine Worte. Der König war tot, allerdings. Lang lebe der König. Plötzlich dachte er: ›Was hält mich jetzt noch? Wem bin ich noch etwas schuldig? Außer Cind? Außer meinen Freunden?‹ Er dachte an einen Rückzug nach Smallbridge. Er sehnte sich nach den Wäldern und Bergen und nach seiner Hütte an den zugefrorenen Seen.

»Suchen Sie sich einen anderen«, antwortete er Sr. Ecu. »Ich möchte nicht undankbar erscheinen – aber ich werde Ihre Warnung ausschließlich zu meinem eigenen Nutzen verwenden.«

»Ich werde trotzdem auf Sie warten, Sten«, sagte der Manabi. »Ich habe Vertrauen in Sie.«

»Es ist besser, wenn Sie jetzt gehen«, sagte Sten brüsk. »Meine Leute werden Sie zu Ihrem Schiff zurückbegleiten. Ich wünsche Ihnen eine sichere Heimreise. Und vielen Dank für Ihre Mühe.«

Sten ging zur Tür. Mahoney folgte ihm langsam.

»Rykor hat mich davor gewarnt, daß Sie mich zuerst abweisen würden«, rief Sr. Ecu hinter ihm her. »Aber am Ende würden Sie doch kommen.«

Sten war plötzlich grundlos wütend und knurrte dem sanftmütigen Wesen, das eine so weite Reise auf sich genommen hatte, zu: »Verdammte Rykor!«

»Denken Sie einfach darüber nach, Sten«, hörte er den Manabi noch sagen, während er das Zimmer verließ. »Das würde uns allen eine Menge Zeit ersparen.«

Sten stürmte durch die Empfangshalle. Er kochte vor Wut. Er wollte weg. Irgendwohin. Sich betrinken. Auf einem Pistolenlauf herumkauen.

Als er am Empfang vorüberstürmte, dem Ausgang der Botschaft entgegen, nahm er die bleichen, verängstigten Gesichter der Offiziere in der Halle kaum zur Kenntnis.

Mahoneys riesige Pranke landete auf seiner Schulter und drehte ihn herum. Sten gelang es mit äußerster Anstrengung, nicht auf seinen Freund einzuschlagen.

»Sten! Hör mir doch mal zu, verdammt! Erinnerst du dich, was ich damals auf der Erstwelt gesagt habe? Bevor alles anfing? Ich glaube, jetzt weiß ich, worin unsere Antwort bestehen könnte.«

Sten schüttelte seine Hand ab. »Ich habe genug von diesen Spielchen, Ian«, sagte er. »Soll sich doch mal jemand anders um die Antworten kümmern. Verflucht! Schon die Frage interessiert mich überhaupt nicht mehr.«

Plötzlich standen vier große Individuen in der grauen Uniform der Inneren Sicherheit mitten in der Empfangshalle. Stens Herz machte einen wilden Satz, als er begriff, was ihre Anwesenheit zu bedeuten hatte.

Die IS-Typen kamen langsam näher. Ihr Anführer wies sich mit einer kurzen Geste aus. Ein anderer zog Handschellen aus seiner Uniform. Sten machte sich auf das Schlimmste gefaßt.

Der IS-Anführer ging jedoch an ihm vorbei. Stens Kopf flog herum, als der Mann sich an Ian wandte. »Gouverneur Mahoney, Sie werden bitte mit uns kommen.«

Sten starrte die Gruppe atemlos an. Was ging hier eigentlich vor? Warum waren die nicht hinter *ihm* her?

»Aufgrund welcher Anordnung?« hörte er Mahoney brummen.

»Aufgrund der Anordnungen des Ewigen Imperators«, fuhr

ihn der Anführer an. »Man beschuldigt Sie der Inkompetenz gegenüber dem Feind. Das Kommando wird Ihnen hiermit entzogen. Sie werden zur Erstwelt gebracht und dort offiziell angeklagt ... Wenn der Anklage stattgegeben wird, dann kommt Ihr Fall vor Gericht.«

Sten suchte verzweifelt nach irgendeinem Sinn in dem, was er da gerade gehört hatte. Sie mußten über das reden, was sich auf den Umstrittenen Welten ereignet hatte. Die dumme, erniedrigende Niederlage von Admiral Langsdorff. Er trat zwischen die IS-Offiziere und Mahoney.

»Aber – er hat nichts damit zu tun«, protestierte Sten.

»Aus dem Weg, Botschafter«, sagte der Anführer.

Sten drehte sich herum, um nach Unterstützung zu rufen, aber noch während er sich drehte, fragte er sich, welcher Narr ihm wohl zu Hilfe kommen würde.

»Ist schon in Ordnung, Sten«, sagte Mahoney. »Machen wir die Dinge nicht noch schlimmer.«

Er stieß Sten beiseite. »Ich bin bereit«, teilte er dem IS-Commander mit.

Hilflos sah Sten zu, wie sie ihn gegen die Wand drückten, seine Füße zur Seite stießen und ihn einer gründlichen entwürdigenden Durchsuchung unterzogen. Mahoneys Arme wurden ihm nach hinten auf den Rücken gebogen. Sie legten ihm Handschellen an – so fest, daß seine Hände vom angestauten Blut anschwollen.

Einen Moment später wurde Mahoney aus der Botschaft hinausgeführt.

»Ich rufe den Imperator an«, rief ihm Sten hinterher. »Es muß sich um einen Fehler handeln. Ich spüre es. Um einen schrecklichen Fehler.«

»Geh nach Hause, mein Junge«, brüllte Mahoney, während sie ihn schon durch die Eingangstür schoben. »Denk dran, was ich dir gesagt habe – geh nach Hause!«

Die Türen zischten ... und er war verschwunden.

Sten rannte zum Nachrichtenraum und stieß den Offizier, der Nachtdienst hatte, beiseite. Er hämmerte persönlich den Code ein und drückte die Sendetaste.

»Ich möchte mit dem Imperator sprechen«, brüllte er den Beamten an, der seinen Anruf endlich entgegennahm. »Und zwar sofort, verdammt noch mal.«

»Tut mir leid, Botschafter Sten«, sagte der Offizielle. »Ich habe explizite Instruktionen erhalten. Der Imperator möchte nicht mit Ihnen sprechen. Unter keinen Bedingungen.«

»Jetzt halt mal die Luft an, du Flachhirn!« schnaubte Sten. »Hier spricht Botschafter Sten. Nicht irgendein nichtsnutziger Angestellter.«

Der Beamte tat so, als würde er noch einmal sorgfältig eine Liste auf einem unsichtbaren Bildschirm durchgehen. »Tut mir leid. Hier liegt kein Fehler vor. Der Imperator hat ganz besonders darum gebeten, daß Ihr Name von seiner persönlichen Zugangsliste gestrichen wird. Tut mir leid, wenn das gewisse Unbequemlichkeiten für Sie nach sich ziehen sollte ... aber ich bin sicher, daß Sie das, was Sie benötigen, auch über die offiziellen Kanäle bekommen können.«

Der Bildschirm erlosch.

Sten sank auf seinen Stuhl. Jetzt konnte er für Mahoney nur noch beten.

Und das war absolut unmöglich für einen Mann, der auf einen Schlag alle seine Götter verloren hatte.

Kapitel 41

Mahoneys Entlassung und Festnahme brachte die ohnehin schon schwankende Moral der Imperialen Streitkräfte völlig zum Zusammenbruch. Für Sten war Mahoney nicht nur Mentor und Freund, sondern er war der Mann, der ihm auf Vulcan das Leben gerettet hatte.

Für Kilgour, der Offizieren ohnehin wenig Vertrauen entgegenbrachte, war Mahoney, unter anderem, ein Anführer, den er respektierte. Damals bei Sektion Mantis, Jahre bevor er Sten begegnete, war Mahoney Alex' direkter Vorgesetzter gewesen.

Für Cind, Otho und die Bhor war Mahoney ein verehrter militärischer Anführer und Ratgeber. Wenn er den Imperator irgendwie verärgert hatte, dann hätte man ihm die Chance geben müssen, sich vor Gericht zu verteidigen und sein Urteil zu erwarten, so ihre übereinstimmende Meinung – statt ihn wie einen Kriminellen von bewaffneten Schergen abführen zu lassen.

Für die 1. Gardedivision war Mahoney nicht nur einer von ihnen, da seine militärische Laufbahn in ihren Reihen begonnen hatte, sondern ein hochdekorierter Kommandant. Während der Tahn-Kriege war er ihr oberster General gewesen.

Ihr derzeitiger kommandierender General, Paidrac Sarsfield, war sogar noch Kompanieführer unter Mahoney gewesen – auf einer Höllenwelt namens Cavite.

Keiner von ihnen konnte verstehen, welche Fehler, geschweige denn welche namenlosen Verbrechen Mahoney angeblich begangen haben sollte.

Sie sprachen nicht darüber.

Ereignis und Situation waren dafür zu anrüchig. Nicht einmal unter sich zerrissen sich die Soldaten die Mäuler über das, was passiert war.

Sten hätte irgend etwas unternehmen müssen, um die Moral auf ein zumindest funktionales Niveau anzuheben; er hatte jedoch nicht die geringste Ahnung, was er tun konnte – und außerdem drohte noch ein weit schlimmerer Alptraum: die Suzdal/Bogazi-Flotte, die mit einem Höllentempo näher kam. Sten sah keine Möglichkeit, die Invasion aufzuhalten.

Zwei Truppenteile hielten ihren eigenen Kriegsrat ab, nachdem Mahoney abgesetzt worden war.
Die Gurkhas.
Und Flottenadmiral Mason.

Alex kam in Stens Büro gerannt und schlug donnernd die Tür hinter sich zu. Der Rahmen splitterte etwas, hielt aber.
»Also,« sagte er ohne Vorgeplänkel. »Ich habe gerade unseren Marschbefehl dekodiert. Keiner von uns wird marschieren. Strengste Geheimhaltung. Und er ist nicht einmal von unserem verdammt verehrten Imperator, lange möge er winken, sondern von irgendeinem verdammten Holzkopf in der Imperialen Zentrale verfaßt.«
Er hielt Sten den Ausdruck hin.
Er war nicht sehr lang:

MISSION WIE BESPROCHEN FORTSETZEN. DIREKTE IMPERIALE ANWEISUNG FOLGT IN KÜRZE. ERHALTET DIE ÖFFENTLICHE RUHE UND ORDNUNG.

»Ohne vorzuschlagen, wie«, sagte Alex. »Irgendein Blödmann da draußen ist am Durchdrehen – und ich weiß auch schon wer. Dieser tapfere fliegende Rochen hatte recht.«
Sten achtete nicht weiter auf Alex' verbale Attacken.
»Was sollen wir denn jetzt machen?«

Sten hatte eine Entscheidung getroffen. »Kannst du das Code-Log manipulieren?«

»Mit meinem linken Fuß. Willst du eine falsche Nachricht senden, die zum Angriff auffordert, oder was?«

»Falsch. Das läßt sich nicht durchziehen. Wir haben das hier niemals empfangen.«

»Ja, Sir.«

Kilgour wandte sich zum Gehen. »Weißt du was, alter Knabe? Wenn unser Arsch hierbei draufgeht, dann tue ich das nicht für den Imp. Egal, wie es ausgeht, er verdient meinen Schwur einfach nicht mehr.«

»Jetzt kümmern wir uns erst mal ums Abhauen. Ist sowieso unwahrscheinlich, daß wir hier noch lebend herauskommen«, schlug Sten in möglichst neutralem Ton vor.

»Admiral Mason, ich kommandiere Sie von der *Victory* ab.«

»Jawohl, Sir.«

»Ich möchte, daß Sie sich um die Reste der Flotte von diesem verdammten Langsdorff kümmern – und um die Begleitschiffe, die bei den Transportern der Garde verblieben sind.«

»Jawohl, Sir.«

»Die *Victory* wird abkommandiert und unter meinen direkten Befehl gestellt, genauso wie der Einsatzschiff-Träger, der es geschafft hat, zurückzukommen.«

»Die *Bennington,* Sir.«

»Richtig. Danke.«

»Wie lauten meine Instruktionen?« fragte Mason im gleichen eiskalten neutralen Tonfall.

»Wir bereiten die Evakuierung aller Imperialen Truppenteile von Jochi und aus dem gesamten Altai-Cluster vor. Wie wir mit unseren beschränkten Möglichkeiten genau vorgehen sollen, weiß ich noch nicht.«

»Was ist mit der 1. Garde?«

»Für die bin ich auch verantwortlich.«

»Jawohl, Sir. Darf ich mir einen Kommentar erlauben?«

»Sie dürfen«, sagte Sten.

»Glauben Sie wirklich, daß Sie über die nötigen Qualifikationen als General verfügen?«

»Admiral, ich glaube es gibt *niemanden,* der für einen Rückzug unter vollem Beschuß, so wie er uns bevorsteht, qualifiziert ist. Ich erinnere Sie jedoch daran, daß ich schon einmal durch solch einen Rückzug hindurchgetaumelt bin. Während des Krieges. Auf einem Planeten namens Cavite. Noch irgendwelche Beleidigungen?«

»Nein, Sir. Aber noch eine weitere Frage.«

Sten nickte.

»Wieso hat sich die Lage plötzlich so geändert? Ich dachte, der Imperator wollte den Altai-Cluster unter allen Umständen halten. Ich dachte, diese Achillesferse sei von einer großen diplomatischen Bedeutung, die ich nicht kenne.«

»Ich habe heute morgen unsere Rückzugspläne zur Erstwelt gesendet«, log Sten. »Ich sagte, daß wir den Cluster nicht halten können. Man hat mir nicht geantwortet. Deswegen schlage ich vor, unseren Rückzug voranzutreiben. Wenn sich die Situation ändert, werden Sie als einer der ersten davon erfahren.

Das wäre alles.«

Aufklärungsschiffe meldeten, daß die Suzdal/Bogazi-Flotte noch drei E-Tage von Jochis Sonnensystem entfernt war.

»General Sarsfield, sind Sie allein?«

»Jawohl, Sir.«

»Ich möche, daß Sie ihre Division zum Ausrücken fertigmachen. Alles, was Sie nicht zum Kampf benötigen, einpacken und bereithalten. Alles, was nicht unbedingt für einen Kampfeinsatz auf einem Planeten nötig ist, kann in den Versorgungsschiffen untergebracht werden. Wie lange wird Ihre Division dafür benötigen?«

»Vorgeschrieben sind zehn E-Stunden in vollem Alarmstatus. Aber wir schaffen's in fünf.«

»Gut.«

»Darf ich fragen, wohin es geht?«

»Nach Hause. Hoffe ich jedenfalls. Aber vielleicht müssen wir bis dorthin ein paar Umwege machen.«

»Das reicht«, sagte Sten und rieb sich die Augen, die sich von innen und außen wie hartgekochte Eier anfühlten. Er löschte alle Bildschirme im Konferenzraum, und als das Wimmern des bevorstehenden Untergangs mit einem Mal nachließ, wurde es ganz still.

Er ging zum Tisch, auf dem ein abgedecktes Tablett stand, das er noch gar nicht bemerkt hatte. Er hob einen der Deckel auf dem Tablett hoch und nahm sich ein Sandwich. Es war nur leicht angetrocknet. Er warf es Alex zu und bediente sich dann selbst.

Daneben stand eine Karaffe. Er hob den Glasverschluß hoch und hielt schnüffelnd die Nase darüber. Stregg.

War das beabsichtigt?

Wieso nicht? Die Katastrophe blieb dieselbe, ob nüchtern oder mit Schlagseite.

Er schenkte ein, reichte Alex ein Glas, und sie prosteten einander zu.

Wunderbare Cind. Sie mußte irgend jemand angewiesen haben, eine kleine Stärkung hierherzubringen, nachdem sie das Kommando über die Wache der Botschaft übernommen hatte.

»Hast du schon eine Strategie entwickelt?« fragte Alex, während er das Sandwich verschlang und sich sofort ein zweites aussuchte.

»Meine Strategie besteht nur darin, daß wir versuchen, es irgendwie besser als auf Cavite hinzukriegen«, sagte Sten. Mahoney hatte damals mit dem Rückzug der an Soldaten und Waffen unterlegenen Imperialen Streitkräfte begonnen, und Sten hatte die Aufgabe zu Ende geführt. Er hatte es geschafft, die Zivilisten und weniger als zweitausend Imperiale Soldaten herauszubekommen. Sten selbst endete als Kriegsgefangener.

Für seine Taten hatte man ihn mit den höchsten Orden ausgezeichnet und ihn als brillanten Militärführer gefeiert. Sten hatte das immer für nicht gerechtfertigt gehalten – seiner Ansicht nach war Cavite die totale Katastrophe gewesen, und seine Bemühungen hatten nichts weiter bewirkt, als das Schlimmste zu verhindern.

Zumindest gab es diesmal nicht viele Imperiale Zivilisten, die herausgeschleust werden mußten, von dem Personal der Botschaft einmal abgesehen.

»Ja«, stimmte ihm Alex zu, obwohl er Cavite niemals so hart beurteilt hatte wie Sten.

»Ich habe ein paar Ideen«, fuhr Sten fort. »Aber im Moment ist mein Gehirn irgendwie im Leerlauf.«

»Ist ja auch kein Wunder!« sagte Alex. »In einer Stunde ist schon Morgendämmerung. Vielleicht sollten wir uns einfach mal kurz hinlegen.«

Sten gähnte, er war plötzlich sehr müde. »Guter Gedanke. Lassen wir uns in zwei Stunden wecken.«

Es klopfte an der Tür.

»Ich geb' dem –«

»Herein«, sagte Sten.

Die Tür öffnete sich. Drei Gurkhas standen im Türrahmen. Sten spürte plötzlich Ärger in sich aufsteigen. Trotz der vorgerückten Stunde waren alle drei wie zur Inspektion der Unterkünfte angezogen.

Er unterdrückte ein Stöhnen. Bei den Gurkhas handelte es sich um Jemedar Lalbahadur Thapa und die frisch beförderten Havildars Chittahang Limbu und Mahkhajiri Gurung.

Das letzte Mal hatte er dem Trio auf der Erstwelt gegenübergestanden. Sie hatten ihm angeboten, zusammen mit vierundzwanzig weiteren Gurkhas in seine Dienste zu treten, und mit diesem Vorschlag mit der langen Tradition der nepalesischen Söldner gebrochen, ausschließlich dem Ewigen Imperator zu dienen. Das Angebot hatte den Ewigen Imperator sichtlich verärgert.

Die Gurkhas salutierten. Sten erwiderte den Gruß und gab Befehl, bequem zu stehen.

»Tut uns leid, Sie um diese Stunde zu stören«, sagte Lalbahadur förmlich. »Aber das war der einzig passende Zeitpunkt, den wir finden konnten. Wir würden Sie gerne privat sprechen, wenn das möglich ist.«

Sten nickte – und Alex schluckte das Sandwich mit einem Haps hinunter, spülte mit Stregg nach und verschwand. Sten forderte die Gurkhas auf, Platz zu nehmen, doch sie wollten lieber stehen.

»Wir haben ein oder zwei Fragen, die die Zukunft betreffen und die wir uns nicht selbst beantworten können«, fuhr Lalbahadur fort. »Das ist natürlich reine Torheit, denn fraglos werden uns diese fiesen gefiederten Kapaune, die gerade massenhaft auf uns zugeflogen kommen, in winzig kleine Stückchen zerreißen, die anschließend auf dem Müllhaufen landen, wo sie dann von ihren Freunden, den Schakalen, vollständig vernichtet werden. Habe ich nicht recht?«

»Ohne Zweifel!« stimmte Sten zu. Alle vier lächelten. Oder bleckten zumindest die Zähne.

»Aber wenn wir uns einmal aus diesem Müllhaufen von Cluster zurückgezogen haben, worin werden unsere nächsten Pflichten bestehen?«

»Ich ... Ich vermute, ihr werdet wieder in die Dienste des

Ewigen Imperators zurückkehren. Zumindest so lange, bis eure Militärzeit abgelaufen ist.« Sten war von der völligen Bedeutungslosigkeit dieser Frage verwirrt. Er wunderte sich, warum die Gurkhas ausgerechnet jetzt seine Zeit dafür vergeudeten, aber in seinem Hinterkopf wußte er, daß diese Soldaten immer auf Umwegen bei wichtigen, aktuellen Fragen ankamen.

»Das denke ich nicht«, sagte Lalbahadur entschlossen. »Wir müssen unseren König auf der Erde befragen und unsere kommandierenden Offiziere der Leibwache, um ganz sicherzugehen. Aber ich denke es nicht.

Wir Nepalesen haben uns aus dem Imperialen Dienst zurückgezogen, als der Imperator getötet wurde; wir haben alle Angebote dieser Yeti-Nachgeburten, die sich selbst als Privatkabinett bezeichneten, abgelehnt, und wir sind erst mit dem Imperator zurückgekehrt.«

»Alte Geschichten, Jemedar. Und ich bin sehr müde.«

»Ich werde rasch zur Sache kommen. Wir sind der Meinung, es war ein Irrtum von uns, zurückzukehren. Dieser Imperator, dem wir dienen wollten, ist nicht derselbe, dem meine Leute früher gedient haben. Ich glaube, nicht er ist wiedergeboren worden, sondern ein Rakasha, ein Dämon, der seine Züge trägt.«

»Der Großvater meines Großvaters hätte gesagt, er gleicht nun Bhairava, dem Schrecklichen, und kann nur in Trunkenheit verehrt werden«, ergänzte Mahkhajiri Gurung zur weiteren Verwirrung.

»So gerne ich mich mit euch Gentlemen ein wenig im Dreck wälzen würde, aber können wir jetzt bitte zum Punkt kommen?« fragte Sten, den Wellen der Erschöpfung zu Boden zu drücken schienen.

»Kein Problem« meinte Lalbahadur. »Wenn wir unseren Vertrag damit nicht brechen, aber auch in diesem Falle, würden wir gerne auf einer dauerhaften Grundlage in Ihre Dienste treten,

Sir. Und ich spreche hier wiederum nicht für uns drei, sondern für alle vierundzwanzig.«

›Na wunderbar‹, dachte Sten. Damit würde er dem Imperator sicher noch mehr ans Herz wachsen.

»Vielen Dank. Ich bin sehr geehrt. Ich werde Ihr Angebot nicht vergessen. Aber – und damit will ich nichts über das sagen, was ich tun werde, wenn wir aus diesem Misthaufen hier herauskommen – ich zweifle daran, daß ich eine Leibwache benötigen werde.«

»Sie irren sich, Sir. Aber das werden Sie später selbst sehen. Danke, daß Sie *uns* auf diese Weise ehren.«

Die Gurkhas salutierten und zogen sich zurück, einen verwunderten Sten hinter sich lassend. Was zum Teufel hatte denn *das* nun wieder zu bedeuten?

Zur Hölle damit. Er war zu müde. Und er mußte sich noch einen Fluchtweg ausdenken, der sie aus dem Altai-Cluster herausführte.

»An Basis ... hier kleiner Lauscher Drei Vier Bravo«, kam es zerdehnt über Funk, mit einer Stimme, die sorgfältig darauf trainiert worden war, *niemals* Anstrengung, Streß oder Furcht zu verraten.

»Ich habe hier viele, viele feindliche Einheiten auf dem Bildschirm. Sie fliegen in Ihre Richtung. Geschätzte Ankunftszeit: zwanzig E-Stunden bei einer Restentfernung von zwei AE. Die Flugroute der feindlichen Einheiten –«

Das Funkgerät des Aufklärungsschiffs verstummte plötzlich.

Die Offiziere in der Funkzentrale von Masons neuem Flaggschiff, der *Caligula*, wußten, daß von Vier Bravo keine weiteren Meldungen mehr kommen würden.

»Admiral Mason«, sagte Sten. »Hier sind Ihre neuen Befehle.«
»Jawohl, Sir.«
»Ich möchte, daß Sie mit der gesamten Flotte von Jochi abheben und in einer Entfernung von ungefähr fünf AE eine *offensive* Position Ihrer eigenen Wahl einnehmen.«
»Jawohl, Sir. Ich will Ihnen nicht widersprechen, aber ich nehme an, daß Sie sich darüber im klaren sind, daß der Feind ungefähr achtmal so viele Schiffe wie wir aufbieten kann.«
»Meiner Berechnung nach ist das Verhältnis eher zwölf zu eins. Aber darauf kommt es nicht an. Sie sollen den Feind auf keinen Fall angreifen. Sie sollen sich lediglich gegen Suzdal- oder Bogazischiffe zur Wehr setzen, die Sie in Ihrer Position anzugreifen versuchen. Sie sollen soweit wie möglich unser Gesicht wahren. Verstanden?«
»Verstanden. Sie wollen also versuchen zu bluffen?«
»Genau. Sie können ruhig irgendwelche Drohgebärden machen oder sich als Wilder Mann aufführen, solange Sie sich an meine Befehle halten.«
»Wie kommen Sie darauf, daß ich den Feind aufhalten oder zumindest seine Aufmerksamkeit gewinnen könnte? Ich weiß nicht, ob er dann womöglich wirklich glaubt, daß wir noch irgendeine Geheimwaffe in der Hinterhand hätten, oder ob er denkt, daß es sich hier um ein reines Selbstmordkommando handelt.«
»Angenommen, Sie wären ein Suzdal oder ein Bogazi und hätten gerade die tolle Luftnummer vom alten Langsdorff gesehen, würden Sie dann nicht auch denken, daß das Imperium zu fast allem imstande ist? Jedenfalls solange es etwas Dummes ist?«
Mason überlegte. »Zumindest ist es einen Versuch wert.«
Ohne noch mehr zu sagen, berührte er eine Taste auf seinem Bildschirm und unterbrach die Verbindung.
Sten hoffte wirklich, daß Mason überleben würde. Zur Hölle

mit der dunklen Gasse und dem Knüppel; Sten nahm sich fest vor, diesen Typen Mason am hellichten Tag ins Pflaster zu stampfen – und zwar mitten auf dem Paradefeld von Schloß Arundel.

»Na schön, Leute. Kommt näher und hört genau zu.« Stens Ruf hallte durch den großen Einsatzschiff-Hangar der *Victory*. Alle seine Kampfpiloten und die Piloten der beiden Geschwader der *Bennington* waren zu dieser Besprechung zusammengerufen worden.

»Wir machen's kurz. Sie können Ihre Mannschaften dann unabhängig von mir einweisen.

Folgendes: Die Invasions-Flotte kommt rasch näher. Wir können sie nicht aufhalten. Wir versuchen daher zumindest, den Mistkerlen das Leben so schwer wie nur möglich zu machen, damit unsere Zivilisten und unsere kleinen Soldaten ihre Ärsche in Sicherheit bringen können.

Ihr Jungs zieht das jetzt für mich durch, und zeigt endlich mal, warum ihr diese verdammten weißen Schals tragt und dafür auch noch dermaßen hohe Gehälter einsackt, für die wir Steuerzahler aufkommen.«

Die Piloten lachten und entspannten sich. Sie alle kannten Stens Abschuß-Rekorde als Kampfpilot an vorderster Front.

»Alles, was wir noch an schweren Geschützen haben, hat Admiral Mason. Er wird für unsere Freunde eine kleine Steptanz-Vorstellung geben und so tun, als ob er angreifen will. Dann *müssen* sie eine Art von Verteidigungslinie zwischen den Truppenschiffen und unseren Kähnen aufbauen. Und dann seid ihr an der Reihe.«

Plötzlich wurde Sten ernst. »Commander ... Geschwaderführer ... greifen Sie in der Formation an, die Ihnen richtig erscheint. Ihre Ziele sind die Transporter. Nur die. Vernichten Sie

sie. Wenn Sie sie außerhalb der Atmosphäre erwischen, verfolgen Sie sie nicht, um sie ganz fertigzumachen. Wenn sie bereits in der Atmosphäre sind, sorgen Sie dafür, daß keiner eine Bruchlandung hinlegt. Wenn sie versuchen, Truppenkapseln abzuwerfen, bevor das Mutterschiff erledigt ist, schießen Sie die Kapseln ab.

Wenn Sie sich innerhalb der Atmosphäre in Bodennähe befinden und feindliche Truppen sichten – knallen Sie sie nieder. Das gilt für Suzdal, Bogazi, Jochianer und Tork. Gehen Sie bei den Bordkanonen auf doppelte Feuergeschwindigkeit. Wenn Ihre Schiffe mit Abwurfvorrichtungen für Bomben zur Personenbekämpfung ausgestattet sind, nehmen Sie derartige Bomben an Bord und setzen Sie sie ein.

Das ist ein direkter Befehl.

Bei diesem Einsatz möchte ich am Ende eine hohe Metzgerrechnung sehen. Und jedem Piloten, der sich hier irgendwie als Superstar aufspielen möchte oder sich auf Zweikämpfe einläßt, breche ich anschließend höchstpersönlich alle Knochen.

Denken Sie daran: Jeder Soldat, den Sie auf Jochi landen lassen, ist ein Soldat, der hundertprozentig versuchen wird, einen Imperialen Gardisten zu töten.

Das wär's. Abtreten.«

Sten wurde es allmählich leid, ständig zu sagen: »Das ist ein direkter Befehl.«

Aber er wollte einfach sichergehen, daß keiner seiner Piloten sich irgendwelchen Illusionen hingab, es könne sich bei dieser Schlacht um etwas anderes handeln als einen letzten Grabenkampf ums Überleben.

Er hatte vor Jahren, Jahrhunderten, vor ganzen Äonen gesehen, was dabei herauskam, wenn die eine Seite versuchte, einen Krieg auf zivilisierte Art und Weise zu führen – und er hatte nicht nur miterlebt, wie sein erstes Kommando ausgelöscht worden war, sondern selbst auch schon zu viele Freunde begraben, um den blutdürstigen Bewohnern des Altai-Clusters irgend etwas anderes entgegenzubringen als mörderische Entschlossenheit.

Die Admiräle der Suzdal und Bogazi analysierten die Situation, während ihre Flotten sich Jochi näherten. Weder innerhalb der Atmosphäre noch im direkten Umkreis des Planeten schienen sich Imperiale Einheiten aufzuhalten.

Die einzige Kampfeinheit im ganzen System schien die kleine Imperiale Flotte zu sein, die in einiger Entfernung zwischen zwei von Jochis Monden bewegungslos im Raum hing. Erste Frage: Konnte diese Flotte ignoriert werden? Negativ. Wenn die Imperialen Schiffe angriffen, würden sie einen ziemlichen Schaden unter den Truppentransportern anrichten. Zweite Frage: Sollte man die Landung auf Jochi hinauszögern, bis die Imperialen vernichtet waren? Auch negativ. So bedeutend war die Bedrohung nicht.

Außerdem wies ein politisch weitsichtiger Bogazi eindeutig auf eine Tatsache hin: »Unsere Allianz nicht sehr haltbar. Tork. Jochianer. Suzdal. Früher oder später verhalten sie sich normal und stechen sich gegenseitig Messer in Rücken. Daher: Jochi sichern. Imperiale Soldaten vernichten. Imperiale Schiffe zerstören. Sobald Jochi sicher, Veränderung in Allianz besser zu verkraften.«

Die kampfkräftigsten Schlachtschiffe der Suzdal und Bogazi näherten sich Jochi nicht weiter, sondern bildeten zwischen Masons Flotte und dem Planeten eine Verteidigungsformation. Und warteten ab.

Die kaum gepanzerten Truppentransporter hielten weiterhin auf den Planeten zu. Ihr einziger Schutz bestand aus mehreren weit auseinandergezogenen Zerstörer-Geschwadern.

Die erste Welle der Imperialen Einsatzschiffe erwischte sie in der Exosphäre von Jochi.

Hannelore La Ciotat war – in ihren eigenen Worten – eine scheißgefährliche, brandheiße Pilotin. Alle anderen waren ebenfalls dieser Meinung, die Piloten ihres Geschwaders eingeschlossen. Na gut, vielleicht nicht ganz so scheißgefährlich wie sie dachte, und bestimmt nicht so scheißgefährlich wie besagte Geschwaderkameraden *selbst,* aber doch ziemlich scheißgefährlich.

Sie hatte aus der Station des Armierungsoffiziers einen zweiten Zielsuchhelm an ihren eigenen Platz am Kontrollpult mitgebracht. Sie behauptete, es würde dabei helfen, auf dem Bildschirm nicht nur das zu sehen, was ihr Einsatzschiff gerade machte, sondern auch das, womit der Feind gerade den Schädel zertrümmert bekam.

Der Transporter stand fett mitten auf dem Bildschirm. Sucher schoben sich an beiden Seiten entlang, Anzeigen flackerten auf, wurden von La Ciotat gelesen, dechiffriert, verstanden und doch nicht weiter beachtet.

»Näher ... Näher ... Reichweite ... Reichweite«, leierte ihr Armierungsoffizier herunter.

»Stand by ...«

Der Transporter wurde größer.

»Von Kali runterschalten«, sagte La Ciotat kurz, und der Armierungsoffizier wechselte von der großen Killerwaffe mit enormer Reichweite zu den kleineren Goblins, die über mittlere Reichweiten verfügten.

»Reichweite ... Reichweite ... Reichweite.«

»Stand by ...«

La Ciotat war davon überzeugt, eine scheißgefährliche Pilotin zu sein; aber noch wichtiger war ihr Geheimnis: Sie war *keine* scheißgefährliche Schützin. Deswegen feuerte sie nur aus kürzester Distanz und ging so nahe ans Ziel heran wie möglich.

»Stand by ... verdammt!«

Die Sensoren des Transporters mußten das Kampfschiff erfaßt haben, denn er begann sofort mit dem Notabwurf seiner Truppenkapseln. Lange, mit Soldaten vollbesetzte Röhren wurden in die Atmosphäre von Jochi gespuckt.

»Transporter ...«

»Wir sind noch dran.«

»Torpedo Eins! Feuer!«

Sie schob sich den Kontrollhelm auf den Hinterkopf, schenkte dem Geisterbild des Geschosses, das kurz darauf in den gerade im Abdrehen begriffenen Transporter einschlug, keinerlei Beachtung mehr. Ihre Finger tanzten auf den Kontrollknöpfen und brachten das Einsatzschiff zurück wie einen tödlichen Adler, der auf die auseinanderflatternden Wasservögel hinabstieß.

»Reichweite ... Reichweite ...«

»Goblins ... Mehrfachabschuß, Einzelziel-Abstimmung ... einstellen!«

»Eingestellt! Reichweite ... Reichweite ...«

»Alles auf Automatik ... Feuer!«

Das Einsatzschiff verfügte über acht Goblin-Abschußrampen, jede davon mit drei Geschossen bestückt. Die Rampen rückten ... und das Tacship vibrierte, als die mit Nuklearsprengköpfen bestückten Raketen abgefeuert wurden.

Neunzehn Truppenkapseln wurden zerrissen und kotzten schreiende, sterbende Soldaten in die Atmosphäre, Soldaten, die sich in der völligen Leere festzuhalten versuchten, während sie durch die Schwerkraft nach unten trudelten, schneller und schneller auf den weit entfernten Boden zu.

Plötzlich waren diese Ziele für La Ciotat keine unbelebten Simulationsfiguren auf einem Bildschirm mehr, sondern wurden lebendige Wesen; Wesen, deren Tod rasch auf die Explosion folgte, deren Lungen auf schreckliche Weise in der eiskalten Atmosphäre gefroren oder die, gnädigerweise, lange vor dem Aufprall das Bewußtsein verloren.

Und Hannelore »Volltreffer« La Ciotat sah den Tod aus nächster Nähe. Ihr Magen zog sich zusammen. Sie übergab sich heftig, und Erbrochenes spritzte über die Bildschirme und Kontrollanzeigen.

Sie ließ beidrehen, um die zwanzigste und letzte Kapsel abzuschießen.

Sten beobachtete das Gemetzel auf einem Monitor im Kontrollraum der Botschaft. Er weigerte sich, die wahre Bedeutung der Lichtpunkte, die aufleuchteten und kurz darauf erloschen, zu erkennen. Er hätte auch an eines der oberen Fenster gehen und die Schlacht, die hoch über den Bergen von Rurik tobte, von dort aus betrachten können. Aber das wäre noch schlimmer gewesen.

Um ihn herum waren die letzten Angestellten der Botschaft fieberhaft damit beschäftigt, übriggebliebene Dokumente und Ausrüstungsgegenstände, die mitgenommen werden sollten, einzupacken.

Draußen im Garten loderte ein hohes Feuer, an das die restlichen Dokumente der Botschaft verfüttert wurden.

Sten war etwas überrascht, daß es weder Panik noch Ärger gegeben hatte. Kilgour erklärte es ihm: Er hatte eine Kompanie von Gardisten für die Sicherheit der Botschaft angefordert und die Bhor und Gurkhas angewiesen, ihre Waffen beiseite zu stellen und bei der Evakuierung zu helfen. Da aufgrund dieser Maßnahme auf vier Zivilisten jeweils ein erfahrener Kriegsveteran gekommen war, hatte überhaupt keine Panik entstehen können.

»Alles fertig, Boß, hat besser geklappt als auf Cavite.« Damals hatte Alex' Aufgabe darin bestanden, die Zivilbevölkerung zu

evakuieren – und er hatte sich geschworen, es nie wieder zu tun.
»Was machen wir mit der Botschaft? Lassen wir sie hochgehen? Oder legen wir ein paar versteckte Bömbchen?«

»Beides negativ. Vielleicht zieht hier ja bald ein anderer Botschafter ein. Warum sollen wir ihm das Leben unnötig schwermachen?«

Kilgour starrte unbewegt wie ein Gletscher vor sich hin.

Wen kümmerte es schon, was mit dem nächsten Regime geschehen würde, oder mit dem nächsten hirnverbrannten Holzkopf, der den Imperialen Groschen eintreiben wollte.

Aber er sagte nichts.

»Irgendwelche Prognosen hinsichtlich der Landetruppen, General?« erkundigte sich Sten.

»Sehr vorsichtige«, sagte Sarsfield. »Sie sind anscheinend mit, na, ungefähr zwanzig Divisionen eingeflogen. Fünf in der ersten Welle, fünf in der zweiten und dritten und fünf für die Reserve. Das ist meine grobe Schätzung, und ich hätte es genauso gemacht. Keine der Meldungen weicht davon ab, also bleibe ich erst mal bei dieser Annahme.«

»Weiter.«

»Im Moment würde ich sagen – und da bin ich mir ziemlich sicher –, daß sie es bis jetzt nicht geschafft haben, mehr als acht Divisionen auf den Boden zu bringen. Der Rest wurde entweder während der versuchten Landung vernichtet, oder aber er befindet sich aufgrund der Unterbrechung der Invasion noch in der Umlaufbahn.«

Sten zuckte zusammen, auch wenn es sich um Verluste des Feindes handelte. Die 1. Gardedivison hatte ungefähr eine Stärke von achtzehntausend Mann.

Angenommen, die Landetruppen der Suzdal und Bogazi hatten ungefähr die gleiche Sollstärke – und ein Bildschirm, der Informationen des Imperialen Geheimdienstes zeigte, bestätigte diese Annahme – dann ...

Dreihundertsechzigtausend Wesen! Und nur acht Divisionen hatten es geschafft! Die Invasionsstreitmacht hatte über fünfzig Prozent Verluste erlitten, bevor der eigentliche Kampf überhaupt angefangen hatte.

»Natürlich«, fuhr Sarsfield fort, »handelt es sich hier noch nicht um totale Verluste. Irgendwelche Einheiten der vernichteten Divisionen sind sicher gelandet. Aber als Nachzügler, Verletzte und so weiter – nicht weiter ernst zu nehmen.«

›Sarsfield ist ein echter Gardist‹, dachte Sten. Er schien sich überhaupt keine Sorgen darüber zu machen, daß sich nun zumindest 150.000 feindliche Soldaten auf Jochi befanden und die Armee der Tork, die wahrscheinlich um die einhunderttausend Mann betrug, verstärkten; zuzüglich der halben Million, die in der Jochi-Armee diente. Eine Dreiviertelmillion Soldaten gegen achtzehntausend.

»Ich bin nur froh, daß sie bis jetzt offenbar keine schweren Waffen oder Artillerie gelandet haben«, fügte Sarsfield hinzu.

Aber Sten wußte, daß das gar nicht nötig war. Douw und den Jochianern standen auch so genug davon zur Verfügung.

Jetzt fragte er sich, wie lange es dauern würde, bis sie sich neu formierten, um dann die Stadt anzugreifen.

Aber er wußte auch diese Antwort im voraus. Nicht mehr als drei E-Tage.

Die Imperialen Verluste hielten sich in Grenzen – nur fünf Einsatzschiffe waren zerstört worden. Diese waren allerdings unersetzlich.

Sten, Sarsfield und Mason berieten sich auf einem dreifach abgeschirmten Funkkanal über ihr weiteres Vorgehen.

Eigentlich war ganz klar, was als nächstes hätte geschehen müssen: Das Imperiale Personal hätte sich an Bord der verbliebenen Raumschiffe begeben und ins All beziehungsweise Richtung Heimat abhauen sollen.

Leider gab es dabei zwei kleine Probleme: Die Suzdal/Bogazi-Flotte, die Jochi eingekreist hatte – und die heranmarschierenden alliierten Raumlandedivisionen.

Fast ein Dutzend Frick-&-Frack-Teams waren ausgesandt worden, bis Kilgour endlich einen seriösen Bericht darüber bekam, daß sich die Konföderation der Altaianer in Bewegung gesetzt hatte.

Sten hatte zwei Vorteile: erstens Masons Schiffe im Bereich der Monde Jochis; eine Bedrohung, die den Admirälen der Flotte der Suzdal und Bogazi ausreichend Kopfzerbrechen bereiten dürfte. Zweitens hatte er innerhalb der Atmosphäre Luftüberlegenheit, oder zumindest ausreichend viele Einheiten, um den Luftraum über ihren Köpfen verteidigen zu können.

Es war unwahrscheinlich, daß die schweren Kampfschiffe der Suzdal und Bogazi dort draußen im Weltraum die Imperialen Streitkräfte in Rurik mit Raketen beschießen würden. Denn keiner der Alliierten – und auch die beiden nonhumanoiden Rassen machten hier keine Ausnahme – würde es als einen noblen Sieg bezeichnen, wenn dabei die langjährige Hauptstadt des Clusters zerstört werden würde. Selbst für diese Wesen wäre das einem Pyrrhus-Sieg zu nahe gekommen.

Die Flotte würde sich ebenfalls davor hüten, ihre Manövrierfähigkeit aufs Spiel zu setzen, nur um ein paar Einsatzschiffe zu vernichten – Einsatzschiffe, die womöglich mehr als nur einen Angreifer mit in den Untergang rissen, wenn man sie angriff. Und niemand setzte ein Schlachtschiff oder einen Kreuzer gegen eine Seifenkiste mit fünfzehn Mann Besatzung aufs Spiel.

Andererseits lieferte Douws sich langsam voranbewegende

Armee so etwas wie einen einwandfreien Schutzschirm, der den Imperialen Schiffen den Luftraum allmählich streitig machen würde. Es handelte sich hier also nur um ein zeitlich begrenztes Unentschieden.

Plötzlich entdeckte Sten noch zwei weitere Sonnenstrahlen an seinem gedanklichen Firmament. Zum einen stand ihm eine gut ausgebildete, disziplinierte Streitmacht zur Verfügung: die 1. Gardedivision, die obendrein ausgeruht und bis jetzt noch nicht im Kampf eingesetzt war. Zum anderen war es so gut wie sicher, daß man seine Imperialen Bürger, hatte er sie erst einmal aus Rurik evakuiert, nur in begrenztem Umfang verfolgen würde.

Das Imperium einfach aus dem Altai-Cluster zu vertreiben, würde sicherlich als ausreichend großer Sieg definiert werden.

Jedenfalls aus Sicht der Altaianer.

Er hörte schweigend zu, wie Sarsfield und Mason die verschiedenen Möglichkeiten durchgingen und verwarfen, während sie einen Fluchtweg aus diesem altaianischen Sandwich zu finden versuchten, in dem die Imperialen Streitkräfte festsaßen. Eine vage Idee glomm in ihm auf. Er betrachtete sie von allen Seiten. Die Sache schien einen Versuch wert zu sein. Obwohl es wahrscheinlich nicht funktionieren würde. Aber selbst wenn, schlimmer konnte es ohnehin nicht mehr kommen. Oder etwa doch?

»Mr. Kilgour«, wandte er sich förmlich an Alex, der etwas abseits saß. Mason und Sarsfield zuckten leicht zusammen. Ihnen war völlig entgangen, daß Alex ebenfalls anwesend war. »Haben wir einen Code, der eigentlich nicht mehr benutzbar ist? Keinen völligen Humbug, aber einen, den sie ohne allzuviel Anstrengung knacken könnten, zumindest teilweise?«

Alex zuckte mit den Schultern und rief den Ciffrier-Experten der Botschaft an. Mason machte Anstalten, etwas zu sagen, aber Sarsfield brachte ihn mit einer Handbewegung zum Schweigen.

Fünf Minuten später präsentierte Kilgour drei verschiedene Geheimcodes, von denen der Experte moralisch überzeugt war, daß sie teilweise – vielleicht aber auch vollständig – dechiffriert waren.

»Sehr gut. Warum machen wir nicht folgendes ...« Und Sten gab in groben Umrissen die erste Stufe seines Plans bekannt.

Sarsfield sagte gar nichts, da diese erste Stufe weder ihn noch seine Männer betraf. Sten konnte sehen, daß sich Mason bemühte, fair zu sein und dabei eigentlich nichts anderes sagen wollte, als daß alles, was dieser verdammte Sten vorbringen konnte, sowieso wertlos war.

»Mein größter Einwand ist der, daß wir es schon einmal versucht haben«, sagte Mason nach einer Weile.

»Nicht ganz, Admiral«, sagte Sten. »Nur die einfache Version dieses Tricks. Haben Sie jemals ›Wo ist die Murmel‹ gespielt?«

»Natürlich. Ich *war* einmal ein Kind.«

Sten bezweifelte das, fuhr jedoch fort: »Das erste Mal, als Sie es versucht haben, haben Sie einfach gelogen. Dann haben Sie die Wahrheit gesagt. Dann wieder gelogen. Zunehmende Unehrlichkeit.

Das werden wir jetzt auch versuchen. Falls keiner mit einer besseren Idee kommt oder eine völlige Schwachstelle aufdeckt.«

Und so begann Stufe zwei des Bluffs.

Zuerst scherte ein Zerstörer aus Masons Flotte aus und nahm Kurs auf das Kerngebiet des Imperiums und die Erstwelt.

Einmal außerhalb der Reichweite auch der besten Ortungsgeräte von Suzdal- und Bogazi-Schiffen sandte der Zerstörer eine kodierte Botschaft an Masons Flotte und an die belagerte Botschaft auf Rurik.

Sten wartete sechs Stunden lang und beobachtete Alex' Frick & Fracks, während sich die altaianische Armee langsam näherte.

›Gott sei Dank kommen sie nur langsam voran. Laßt uns dafür Othos Göttern Sarla und Laraz danken.‹ Sten nahm an, daß es eine reine Vorsichtsmaßnahme war, da keiner der Alliierten jemals zuvor gegen die Imperialen Streitkräfte gekämpft hatte. Davon abgesehen kam es wahrscheinlich zu unvermeidlichen Reibereien bei der Koordinierung der Allianz, insbesondere in diesem Fall, wo jeder jeden haßte.

Er hatte seinen Einsatzschiffen Befehl gegeben, als Luftartillerie einzugreifen und ab und zu genau festgelegte Ziele wie Kreuzungen, Hauptverkehrswege und ähnliches zu bombardieren.

Dann meldeten Freston und Masons Nachrichtenoffizier praktisch gleichzeitig, es habe plötzlich viel Aufregung und auffallend viele Funkverbindungen von Schiff zu Schiff in der Suzdal/Bogazi-Flotte gegeben, Nachrichten, die in einem nur selten benutzten Code verfaßt waren – der daher als hochrangig eingestuft werden mußte. Außerdem waren codierte Funksprüche in Richtungen ausgestrahlt worden, die vermuten ließen, daß es sich um Nachrichten an die Heimatwelten der Suzdal und Bogazi handelte.

»Mr. Mason?«

»Ja, Sir. Wir sind auf dem Weg.«

Der Fisch nagte am Köder.

In der Tat hatte sich Sten noch eine zweite Version des Bluffs ausgedacht, den er mit Mason gemeinsam durchzog; sie gaben jetzt vor, einer sich nähernden Imperialen Flotte Nachrichten zuzusenden.

Der Zerstörer, der sich auf seine Anweisungen hin aus Masons Flotte abgesetzt hatte, hatte in einem leicht dechiffrierbaren Code eine Nachricht gesandt, die scheinbar von der Vorhut einer gewaltigen Imperialen Streitmacht kam. Diese mythische Streitmacht befahl Mason, seine Position bei Jochi zu räumen und ihr statt dessen als vorgeschobener Schutzschild zu dienen; die belagerten Kräfte auf dem Planeten würden sich eine Zeitlang selbst verteidigen müssen.

Der Funkspruch besagte weiterhin, Mason erhalte später detailliertere Anweisungen, die sich nähernde Imperiale Flotte sei jedoch speziell dafür bestimmt, die abgefallenen Suzdal und Bogazi zu bestrafen – schlauerweise wurden mit keinem Wort menschliche Dissidenten erwähnt –, indem sie die Hauptwelten der Nonhumanoiden angreifen sollte, frei nach dem Motto, wie du mir, so ich dir.

Sten gelang dieses Täuschungsmanöver nur zu gut, denn er hatte schlichtweg nicht in Betracht gezogen, daß sich die Rassen und Kulturen des Altai-Clusters, wären sie in der gleichen Lage wie das Imperium gewesen, exakt auf diese Weise verhalten hätten.

Drei E-Stunden später verließen die schweren Schlachtschiffe der Suzdal und Bogazi ihre Umlaufbahnen und hielten mit Höchstgeschwindigkeit auf ihre eigenen Sonnensysteme zu.

Sten versuchte, die ausgetüftelte Geometrie der Astronavigation im Auge zu behalten, und dachte, daß sie ihre Heimatwelten vermutlich auf Kurs x ansteuern würden. Ein Kurs, der auf jeden Fall direkter war als derjenige, auf dem sich angeblich Mason befand, und mit Sicherheit ein Kurs, der nicht mit dem y Kurs der riesigen Imperialen Streitmacht kollidierte.

Hm-hm. Ein Haufen Stoff für jemanden, der in der Elementarstufe der Raumpilotenschule Nachhilfeunterricht im Fach Einzelschiff-Astronavigation nötig gehabt hatte. Es würde nicht funktionieren – oder zumindest nicht sehr lange. Sten hoffte, daß es zumindest für den folgenden Schritt reichen würde. Und für Mason, um hinter der Suzdal/Bogazi-Flotte abzutauchen und dahin zurückzukehren, wo er dringend wieder gebraucht wurde.

In jedem Fall war es ihnen gelungen, die eine Hälfte des Sandwiches zu entfernen.

Vier Stunden später drangen die ersten Erkundungstrupps der Armee der altaianischen Konföderation in die Außenbezirke von Rurik ein.

Sten hate Sarsfield seine Hoffnungen mitgeteilt, nicht seine Befehle. Er wollte nicht, daß die 1. Garde das Gefühl hatte, ihr wäre befohlen worden, ein ähnlich unmögliches Ding wie Bastogne oder die Thermopylen durchzuziehen.

Haltet sie auf. Verwickelt sie in Gefechte. Gebt ihnen das Gefühl, daß wir zurückschlagen.

Sarsfield hatte, genau wie Sten, die Truppenstärken durchgezählt. Keiner der beiden rechnete ernsthaft damit, daß dieser dritte Bluff funktionieren würde. Schließlich ist es sehr schwer, jemanden zu bluffen, der drei Asse und den Joker auf dem Tisch liegen hat und mit beiden Ellbogen seine Trumpfkarte davor schützen kann, umgedreht zu werden – während man selbst nur vier verschiedene Farben und eine Scheibe Salami auf der Hand hat.

Die feindlichen Spähtrupps bewegten sich ungestört voran.

Ihre Nerven wurden jedoch auf eine harte Probe gestellt. Hier fanden sie eine verlassene Barrikade vor; dort hatte man Fahrzeuge umgekippt. Dort drüben drehte sich eine Art Antenne. Unverständliche Codes waren auf den Straßenbelag gesprüht worden.

Die Spähtrupps bewegten sich mit zunehmender Vorsicht.

Keinerlei Anzeichen von Imperialen Soldaten.

Das war auch nicht sehr wahrscheinlich – die Erkundungstrupps der Garde waren darauf spezialisiert, unsichtbar zu bleiben.

Frick & Fracks schwirrten weit hinter den Linien herum und warteten darauf, daß sich die ersten schweren Waffen und Gleiter in die Stadt schoben. Niemand riskierte gerne seine wertvollen Panzer oder die noch teureren Landefähren in der Rattenfalle des Straßenkampfs. Aber die altaianischen Soldaten hatten keine Wahl.

Sie saßen in der Falle.

Sarsfield gab der Artillerie Befehl, das Feuer zu eröffnen. Seine eigenen Kanonen und Boden-Boden-Raketenwerfer hatten genau vorherbestimmte Ziel erfaßt, Ziele, die jetzt durch die Fahrzeuge des Feindes verdeckt wurden.

Die Einsatzschiffe schossen aus den Hangars ihrer Mutterschiffe, die in der Nähe des riesigen Parks hinter der Botschaft gelandet waren. Dort, wo auch die Transporter landen sollten.

Hannelore La Ciotat – scheißgefährlich wie eh und je – riß ihr Einsatzschiff hoch, sah, wie sich der Turm – und mit ihm die Kanone – des gepanzerten Kettenfahrzeugs bedrohlich zu drehen begann, jagte einen Schwarm Raketen aus den Rohren am Bauch ihres Schiffes, leerte zwei Magazine ihrer vorderen Schnellfeuerkanone und machte sich aus dem Staub.

La Ciotat fluchte ununterbrochen. Verdammt. Da hätte sie ja gleich zur verdammten *Infanterie* gehen können. Sie jagte eine Straße hinunter, ein gutes Stück unterhalb der Dächer, bereits auf der Suche nach einem anderen Ziel.

Diese Einheit war vernichtet und damit die Wucht des Angriffs für einen kurzen Moment unterbrochen.

Aber der Feind flutete weiterhin in die Stadt hinein.

Die aus Panzern und Infanterie bestehende gemischte Kampfgruppe der jochianischen Armee näherte sich rasch und sehr geschickt dem Stadtzentrum. Hier bewegte sich eine hervorragend ausgebildete Einheit auf vertrautem Terrain. Die Panzer vernichteten alles, was für die Infanterie eine Nummer zu groß war, und die Infanteristen ließen den Panzerabwehrschützen wenig Chancen, ihre großen Freunde zu zerstören.

»Batterie A ... Feuer!« Die vier Imperialen A-Grav-Landefähren schienen zu explodieren. Bei jeder Explosion handelte es sich in Wirklichkeit um achtundvierzig Raketen, die von den Rampen an der hinteren Seite der überdimensionierten Gleiter abgefeuert wurden. Die nunmehr unbewaffneten Fähren stiegen mit Höchstgeschwindigkeit auf und flogen einem neuen Ziel entgegen.

Bei den Raketen handelte es sich einfach nur um treibstoffgefüllte Röhren mit einem Sprengkopf an der Spitze. Ihre Genauigkeit betrug plus/minus fünfzig Meter bei einer Reichweite von vierhundert Metern. Wahnsinnig mies. Wenn aber 192 Raketen mit jeweils fünfzig Kilo Sprengstoff in ihren Sprengköpfen gleichzeitig auf ein Gebiet von hundert Meter Seitenlänge niedergehen und dieses Gebiet auch noch von einer erstklassigen Infanterieeinheit inklusive Panzern besetzt ist, dann kann das Resultat sehr beeindruckend sein.

Kein einziger Infanterist überlebte.

Einige Panzer waren getroffen und beschädigt worden. Die meisten waren jedoch noch kampftauglich.

Aber dann kamen die Zweimann-PA-Teams aus ihren Verstecken inmitten der Trümmer. Ihre einfachen Raketenwerfer spuckten Feuer.

Doch die Konföderation marschierte weiter.

Der Himmel war schwarz, und in einiger Entfernung türmten sich Wolken auf, die Sturm verkündeten.

Kilgour wischte sich den Schweiß von der Stirn. »Wenn das Wetter umschlägt, verlieren wir noch diese winzigen Einsatzschiffe.«

Cind zog eine Grimasse. Die Einsatzschiffe waren bei jedem

Wetter flugfähig, doch unter diesem Begriff hatte sich niemand ernsthaft vorgestellt, daß ein Raumschiff durch die City einer Stadt flog und dabei mit hauptsächlich visueller Zielerfassung einen Feind auf dem Boden bekämpfte und keine Zeit darauf verwandte, die örtliche Architektur zu schonen.

Oder, wenn die Architektur so solide wie auf Rurik war, sie zu zerstören.

Sekunden später brach der Sturm los. Riesige Regentropfen stürzten herab. Kilgour fluchte, suchte Schutz, den es nicht gab, und seine Sprache wurde noch blumiger als sonst, während die Hagelkörner auf ihn niederprasselten.

›Na, ausgezeichnet‹, dachte er. ›Nicht genug damit, daß wir einen einsamen Kampf gegen alle Menschen hier führen, von einigen Nonhumanoiden ganz abgesehen; jetzt hat uns der Wettergott auch noch auf seine rote Liste gesetzt!‹

Technischer Offizier La Ciotat stand neben ihrem Einsatzschiff, ohne auf den Regen zu achten, der durch das offene Hangartor der *Victory* hereinspritzte. Das Schiff stand direkt hinter der Botschaft, ganz in der Nähe des anderen Einsatzschiff-Trägers, der *Bennington*.

»Sir, ich würde es versuchen«, argumentierte sie. »Wir benutzen die Kali-Sensoren außen an der Abwurf-Röhre, und ich gehe an die Instrumente und suche mir meine Ziele mit den Kalisensoren vorne an den Torpedorohren, und dann schalte ich auf die Instrumente um und kriege meine Zielinfo von den Raketen selbst.«

»Abgelehnt«, befahl ihr Commander. »Wir stecken hier fest. Wenn wir von hier wegfliegen, dann nur noch in Richtung All.

Oder, falls es anders kommt, dann veranstalten wir hier *richtige* Kamikaze-Flüge, keine halben Sachen. Das ist ein Befehl.«

»Ich habe Nachrichten erhalten, daß meine Artillerieleute bereits auf Sicht feuern«, sagte Sarsfield tonlos. »Sie kommen näher, Sten.«

»Sagen Sie ihnen, sie sollen ihre Kanonen vergessen und sich in Richtung der Transporter bewegen.«

»Jawohl, Sir.«

»Wie steht's mit der Munition?«

Sarsfield besprach sich kurz mit einem Adjutanten.

»Alle Bataillone sind noch voll ausgerüstet, mit Ausnahme derjenigen, die jetzt an Bord gehen, und des Ersten Bataillons, das eine defensive Stellung auf dem Platz der Khaqans hält.

Ich fürchte«, sagte Sarsfield, »das Erste wird unseren Rückzug decken müssen. Verdammt. Aber sie haben sich ja freiwillig dafür gemeldet«, schloß er traurig. ›Wie auch alle anderen Bataillone der 1. Gardedivision‹, dachte Sten.

»Das Personal der Botschaft ist bereits an Bord«, sagte Sten. »Wie angeordnet, haben alle Imperialen Schiffe abzuheben, sobald das Erste Bataillon die Angreifer in einen Kampf verwickelt hat und seinerseits mit einer Gegenattacke beginnt. Die *Victory* wird bis zum letzten Moment warten, um alle Gardisten, die sich nach eurem Start noch aus dem Gefecht lösen können, mitzunehmen. Und damit schließe ich diese Station hier.«

»Roger. Begeben Sie sich jetzt an Bord der *Victory*?«

»Negativ«, sagte Sten. »Ich begebe mich zum Ersten Bataillon. Sten, Ende.«

Sarsfield hatte keine Zeit mehr, zu protestieren. Sten stand auf, dehnte seine steifgewordenen Muskeln und griff nach seinem Kampfanzug.

Alex, der ebenfalls passend angezogen war, hielt die Klamotten schon für ihn bereit. Sie liefen in Richtung Treppe. Kilgour drehte sich um und zog an einem Stück Draht, dann gingen sie treppauf in Richtung Erdgeschoß.

Zehn Sekunden später gingen in der Funkzentrale und im Besprechungszimmer die Sprengladungen hoch.

»Hast du einen Plan?« erkundigte sich Kilgour.

»Klar«, erwiderte Sten. »Viele Pläne. Um Frieden beten. Nicht getötet werden. Es bis zur *Victory* schaffen, bevor sie abhebt. Bei Einbruch der Dunkelheit den Kontakt abbrechen, ins Landesinnere vordringen und mich irgendwo verkriechen.«

»Und wie lange dauert es deiner Meinung nach«, fragte Kilgour weiter, »bis der verdammte Imperator eine Rettungsmannschaft für einen Mann losschickt, der seine Befehle mißachtet hat?«

»Hab Vertrauen, Alex«, sagte Sten. »Früher oder später werden wir schon nach Hause schweben.«

Im Hof vor der Botschaft standen Cind, die Gurkhas und die Bhor in Habacht-Stellung aufgereiht. Sie warteten.

Sten war nicht überrascht.

Aber fast wären ihm die Tränen gekommen.

Cind salutierte, Regen tropfte von ihrer Nase.

Er salutierte ebenfalls, und seine durchnäßte kleine Truppe marschierte im Laufschritt davon, den breiten Boulevard hinunter in Richtung Platz der Khaqans, um an der Abschiedsvorstellung teilzunehmen.

Flottenadmiral Mason starrte mißmutig auf den Bildschirm, auf dem das Jochi-System immer größer wurde. ›Dieser ganze Auftrag war von vorne bis hinten ein verdammter Blödsinn‹, dachte er.

›Erst muß ich für Sten, diese Witzfigur, auf seiner verdammten Yacht den Chauffeur spielen. Dann spiele ich Verstecken mit irgendwelchen Nonhumanoiden, und jetzt auch noch Ich-sehe-was-was-du-nicht-Siehst mit einem Haufen Verrückter.

Weiter, weiter, es sind alles bloß Schatten, genau wie ich es Sten gesagt habe, damals auf der Erstwelt, einer Welt, in der alles nur grau ist und es keine Wahrheit gibt.

Ich habe wirklich Besseres vom Ewigen Imperator verdient‹, dachte er wütend. Und fragte sich, wie er seinen Imperator darauf aufmerksam machen konnte, wenn dieses Desaster hier hinter ihm lag.

›Zumindest wird es keine Entlassung und kein Kriegsgericht geben, wie es Mahoney aus welchen Gründen auch immer passiert ist‹, dachte er. ›Ich habe meine Anweisungen exakt befolgt.‹

Und solange er das tut, kann ein Soldat nichts falsch machen.

»Landung auf Jochi in ... zwei E-Stunden«, sagte sein wachhabender Offizier.

Die altaianischen Soldaten marschierten voller Vertrauen auf den Platz der Khaqans. Der Widerstand war immer schwächer geworden. Jetzt standen sie kurz davor, den Palast zu stürmen und die verhaßten Imperialen endgültig zu vernichten.

Ein Freudenschrei ertönte. Hier war das Herz, hier war der Thron. Das hier war das Zentrum der Macht. Von jetzt an – und zu diesem Thema entwickelte jeder Soldat, je nach Zugehörigkeit zu welcher Spezies, unterschiedliche Gedanken – würden die Herrscher des Altai-Clusters aus ganz anderem Holz geschnitzt sein.

Der Gegenangriff begann.

Die Mehrfachraketenwerfer waren von den Gleitern abmontiert und hinter Balustraden, Terrassen und Statuen verborgen worden. Auslöser wurden bedient, und die Raketen zischten davon, horizontal über den Platz hinweg.

Ohrenbetäubende Explosionen und ihre Echos erschütterten den Platz, und dann ging das Erste Bataillon zum Gegenangriff über. Es rollte einfach über die zurückweichenden altaianischen Soldaten hinweg.

Wenige Sekunden später dröhnte erneut der Donner über den

Platz. Doch diesmal kamen die krachenden Schläge weder vom Sturm noch von den Raketenwerfern der Garde.

Feuer erhellte die Dunkelheit, die hier als Tageslicht galt, als die Imperialen Transporter aus dem Park aufstiegen und mit voller Geschwindigkeit nach oben, in Richtung Weltraum davonflogen.

Sten beobachtete, wie sie in den Sturmwolken verschwanden. ›Sehr gut. Sehr gut‹, dachte er. ›Besser als auf Cavite.

Und jetzt wollen wir mal sehen, ob es noch eine Möglichkeit gibt, wie ich meinen eigenen, jugendlichen Arsch heil hier herausbekomme.‹

Der Regen war mittlerweile zu einem windgepeitschten Wolkenbruch geworden, und Donnerschläge krachten pausenlos über Cinds Kopf, während der Sturm über den großen Platz der Khaqans röhrte.

Sie lag flach auf dem Boden, nutzte eine zerschossene Treppe als Deckung und achtete nicht darauf, daß sie in einer Pfütze lag, die sich langam vom Blut eines neben ihr liegenden Gardisten scharlachrot färbte.

Ihr eigenes Gewehr lag unbeachtet neben ihr.

Ein Präzisionsgewehr für Scharfschützen war hier denkbar fehl am Platz. Weit entfernt, auf der anderen Seite des Platzes, der mit abgestürzten Gleitern und zerstörten Panzern übersät war, aus deren Türen trotz des Sturms Flammen herauslöderten, machte sich die Armee der altaianischen Konföderation zu einem zweiten Angriff bereit.

Zeit war vergangen. Wieviel Zeit, wußte sie nicht.

Der Feind formierte sich neu und griff an.

Zuerst hatten sie es mit Panzerfahrzeugen versucht, doch die in den oberen Stockwerken des Palastes stationierten Gardisten feuerten mit Pak-Geschützen auf die verwundbaren Oberdecks der Panzer.

Dann kam eine Welle von schnellen Gleitern, die versuchte, durch die immer spärlicher werdenden Linien der Gardisten durchzubrechen. Sie wurden aufgehalten.

Dann griff die Konföderation mit Wogen um Wogen von Infanterie an. Schulter an Schulter marschierende Infanteristen, Männer wie Frauen, die Hurra-Rufe ausstießen und tapfer, geradezu selbstmörderisch in das fast ununterbrochene Gewehrfeuer hineinliefen.

Sie starben; aber die Imperialen Gardisten starben ebenfalls.

Sie hatte Alex gesehen, wie er sich fluchend einen provisorischen Verband auf eine nur oberflächliche Verwundung am Oberschenkel legte, bevor er sich wieder in die Schlacht stürzte. Auch Otho war getroffen worden. Nachdem seine Wunden verbunden worden waren, war er jedoch auf der Suche nach einer Mörsercrew der Gardisten in die vorderste Gefechtslinie zurückgekehrt.

Cind fragte sich, wie vielen Attacken sie noch widerstehen konnten, zwei, drei oder nur noch einer, bevor sie von den Konföderierten überwältigt wurden.

Es hatte keine einzige Gelegenheit gegeben, sich aus dem Kampf zu lösen, um wenigstens den Versuch zu unternehmen, an Bord der *Victory* zu gelangen – falls das Schiff überhaupt noch am Boden war.

Sten warf sich neben ihr in den Matsch.

Beide sahen völlig verdreckt aus. Und blutig. Wenigstens war es nicht ihr eigenes Blut. Ihre Augen funkelten.

»Und?«

»Noch zwei Magazine übrig, Boß.«

»Hier.« Er schob ihr noch ein Magazin mit AM_2-Patronen zu.

»Sei melodramatisch«, schlug sie vor. »Küß mich.«

Sten grinste, wollte gerade gehorchen und zuckte dann zurück, als er das Knirschen näherkommender Panzerketten hörte. »Oh, das hat ja noch gefehlt. Sieh mal!«

Die neue Angriffswelle bestand aus Panzerfahrzeugen und Infanterie. Und ganz vorne, im allerersten Panzer, stand ...

Cind griff nach ihrem Scharfschützen-Gewehr und justierte das Visier. Sie sah das kernige Gesicht und das silberne Haar. »Er ist es! Möchtest du das Vorrecht?«

»Mach schon. Ich habe mich hier schon ausreichend amüsiert.«

Der Mann im Panzer war General Douw. Cind vermutete, daß er diesen Angriff für die letzte Attacke hielt, die die Imperialen Kräfte endgültig überwältigen würde. Deswegen hatte er beschlossen, sie selbst anzuführen.

Tapfer.

›Tapfer, aber dumm‹, dachte Cind, als sie am Abzug zog und die AM_2-Patronen die Brust von Douw zerfetzten.

»Vielen Dank«, sagte Sten.

Cind griff nach der Willygun. Die näherkommenden Soldaten hatten den Tod ihres Führers nicht einmal bemerkt.

Welle auf Welle schob sich auf den Platz. Cind taxierte die Reihen und entschloß sich dann zu warten, bis sie noch näher herangekommen waren.

Ihr Blick wanderte zum Himmel hinauf. Plötzlich riß sie die Augen auf.

»Jamchyyd und Kholeric«, flüsterte sie voller Verehrung und rief die Bhor-Götter an, als würde sie wirklich an deren Existenz glauben. »Sarla und Laraz.«

Wie eine große, schwarze Schlange schob sich der Zyklon über die Dächer der Stadt und hinterließ auf seinem Weg eine tiefe Schneise. Hinter der ersten, röhrenförmigen Wolke ... kam eine zweite heran. Eins ... zwei ... insgesamt zählte Cind sechs Zyklone, die wie Tänzerinnen in den Hüften hin und her zuckten und unaufhaltsam näherkamen.

Sten erinnerte sich: ›... *tausend Menschen in vierzig Minuten töten ... einen Strohhalm durch einen Amboß hindurchtreiben ... fünf Einsatzschiffe umwerfen ... einen Viertelklick weit ...‹*

Die Tornados wirbelten unterwegs Abfall und Schutt auf. Ein Dach. Einen Schuppen. Einen Gleiter. Einen Mannschaftstransporter. Ein zerschmettertes Einsatzschiff. Einen Mann. All diese Dinge schleuderten sie herum, zerstörten sie, verstümmelten sie bis zur Unkenntlichkeit und benutzten sie dann als Waffen.

Cinds Ohren dröhnten; sie schluckte.

Das Röhren war jetzt lauter als das Gewehrfeuer, und die altaianischen Truppen hielten in ihrem Marsch inne. Sie drehten sich herum – und sahen die Zyklone.

Der erste Wirbelrüssel hatte soeben den Platz der Khaqans erreicht.

Wie ein Staubsauger, der kleine Staubhäufchen beseitigt, raste er durch die Soldaten und ihre Waffen. Schleuderte sie hoch, warf sie achtlos beiseite.

Sten sprang auf die Füße.

Schreiend. Kreischend. Ungehört.

Er winkte – Zurück! Zurück! – und weg. Zur *Victory*!

Der zweite Tornado hatte den Platz der Khaqans erreicht. Die Rüssel drehten sich und wirbelten herum, als seien sie sich über ihr weiteres Vorgehen noch nicht sicher.

Die Imperialen Soldaten wichen vor diesen neuen Dämonen, denen keiner gewachsen war, zurück.

Sie gerieten nicht in Panik. Sie rannten, aber langsam, halfen den Verletzten, die nur humpelnd vorankamen; mit all ihren Waffen, die sie nur zurückließen, um beim Transport von Krankentragen zu helfen.

Dort, wo der breite Boulevard auf den Platz mündete, blieben Sten und Alex stehen. Hier hatte Sten die *Victory* in Richtung Botschaft entlangdonnern lassen. Seither schienen Jahrhunderte vergangen zu sein.

Als ein weiterer Tornado die Bühne betrat, verwandelte sich der Platz der Khaqans in einen schwarzen Wirbel. Palastmauern wurden eingerissen und in die Luft geschleudert, deren Druck so niedrig war, daß fast ein Vakuum entstand. Der Zyklon nahm die umherfliegenden Teile auf und jagte sie Tausende von Metern hoch in die dichte Wolkendecke hinein.

Der Luftkanal schwankte noch einmal mit heulendem Wind und zunehmender Geschwindigkeit nach vorn, mitten durch den Palast hindurch, der einst der Stolz der Khaqans gewesen war und für kurze Zeit Dr. Iskra beherbergt hatte.

Der Palast verschwand in einem großen Wirbel.

Die Kollegen des Tornados, die sich aus dieser großen, bedrohlichen, mauerähnlichen Wolke herausentwickelten, kamen näher und mähten unerbittlich die altaianischen Soldaten nieder, und damit die unsichere Konföderation, für die sie gekämpft hatten, sowie die sinnlose Eitelkeit des Palastes.

Und sie ließen nichts zurück. Nichts als Chaos.

Die *Victory* stand noch immer wartend auf ihrem Landeplatz im Park der Botschaft.

Jochi lag eine AE unter ihnen, als Sten auf der persönlichen Frequenz des Imperators mit höchster Sendeleistung einen offenen Funkspruch abstrahlte; ein zweiter Funkspruch gleichen Inhalts ging an die Imperiale Verwaltung:

ALLE IMPERIALEN EINHEITEN IN GUTER VERFASSUNG VON JOCHI EVAKUIERT UND UNTERWEGS MIT KURS ERSTWELT. ALTAI-CLUSTER IN OFFENER REBELLION GEGEN DAS IMPERIUM.

STEN

›Jetzt kannst du mich meinetwegen vors Kriegsgericht bringen, du verrückter Bastard‹, dachte er.

Kapitel 42

Mahoney wartete unter dem großen, neuen Gebäude, dem Hauptquartier der Inneren Sicherheit, in einer Zelle, die ausschließlich für weiterzutransportierende Gefangene bestimmt war. Es war ein kleiner Raum mit Wänden aus weißem Kunststoff, einer Schlafbank, die hochgeklappt werden konnte, und einem Loch im Fußboden für die körperliche Notdurft.

In wenigen Minuten würden sie ihn zu seiner Anhörung vor den Großen Imperialen Gerichtshof bringen. Er trug einen weißen Overall, so, wie es für beschuldigte Kriminelle gesetzlich vorgeschrieben war. Die Farbe hatte symbolische Bedeutung. Weiß ließ auf unschuldig schließen. Außerdem wurde damit gesagt, daß die Aussagen des Gefangenen nicht durch Folter erzwungen worden waren.

Mahoney mußte zugeben, daß letzteres bei ihm tatsächlich zutraf. Bis jetzt. Er war mit rauher, aber professioneller Höflichkeit behandelt worden. Natürlich hatte man ihn geschlagen. Zum ersten Mal, als er auf den Transporter geschafft worden war, der ihn zur Erstwelt gebracht hatte. Aber nur, um ihn auf seine neuen Lebensumstände hinzuweisen – Schrammen und Blut, damit keine Zweifel daran aufkamen, wer hier das Sagen hatte. Hinter diesen Schlägen war keinerlei Gefühl zu spüren gewesen. Es war nichts Persönliches. Dabei war es auch im weiteren Verlauf seiner Gefangenschaft geblieben, während er von einer IS-Gruppe zur anderen weitergeleitet wurde.

Als die Schläge aufhörten, wußte Ian, daß sein Termin zur Anhörung jetzt feststand. Eine routinemäßige Vorsichtsmaßnahme. Um sicherzugehen, daß bis zu seinem öffentlichen Auftritt alles verheilt war.

Mahoney hatte diese Erfahrungen gut überstanden. Nicht, daß er über sein Schicksal philosophierte. Er weigerte sich, überhaupt darüber nachzudenken. Über den niederträchtigen Verrat nachzugrübeln, würde ihn nur seiner Widerstandskräfte für den wahrscheinlich unvermeidlichen Gehirnscan berauben.

Statt dessen dachte er an alte Abenteuer. An Freunde. Geliebte. Er dachte nie an Essen. Mahoney war froh, daß die Gefängniskost völlig geschmacksneutral war. Sonst wären die Erinnerungen an Mahlzeiten, die der Imperator höchstpersönlich für ihn zubereitet hatte, zu schmerzhaft gewesen.

Plötzlich wurde Ian wachsam, seine Nerven prickelten wie zu alten Mantis-Zeiten. Jemand beobachtete ihn. Er achtete darauf, daß er sich entspannte. Dann hörte er Geräusche an der Tür.

›Aha, da kommen sie also endlich, Ian. Ruhig, Herz. Und du da, Lunge. Soviel Luft brauchst du gar nicht. Nerven behalten, Jungs.‹ Unverwüstlicher, irischer Frohsinn.

Poyndex beobachtete durch die einseitig verspiegelte Beobachtungsscheibe, wie die IS-Männer Mahoney aus seiner Zelle herausschafften. Er war überrascht, wie gut der Mann noch aussah, und fragte sich, ob er sich in Mahoneys Position auch so verhalten hätte. Dann schob er den Gedanken beiseite. Er würde dafür sorgen, daß er dieses spezielle Talent lieber nicht unter Beweis stellen mußte.

Er trat auf den Gang hinaus, um Mahoney und die Wachen aufzuhalten. Ian sah ihn. An dem kurzen Flackern in seinen Augen konnte Poyndex sehen, daß er erkannt worden war. Das Flackern wich einem Grinsen.

»Oh-ho. Da hat der Boß ja das Spitzenteam geschickt«, sagte Mahoney. »Ich müßte aber trotzdem lügen, wenn ich sagen würde, daß es mir eine Ehre ist.«

Poyndex lachte. »Für eine Lüge möchte ich nicht verantwortlich sein«, sagte er. »Wir möchten nicht, daß die Verhandlung sozusagen auf dem falschen Fuß beginnt.«

Er befahl einem Wachmann, Mahoney die Handschellen abzunehmen, und winkte die Wache anschließend beiseite. »Ich begleite Sie«, teilte er Ian mit. »Ich bin sicher, Sie werden keine ... Dummheiten machen.«

Mahoney rieb sich die Handgelenke, um die Blutzirkulation wieder in Gang zu bringen. »Warum auch? Ich bin unschuldig. Ich warte voller Freude darauf, daß mir vor Gericht Gerechtigkeit widerfährt.« Er lachte.

Poyndex grinste zurück und deutete auf eine Tür am anderen Ende des Korridors. Sie setzten sich in Bewegung, Poyndex ungefähr einen halben Schritt hinter Mahoney.

»Genau deswegen bin ich vorbeigekommen; um sicherzugehen, daß Ihnen genau das widerfährt. Der Imperator möchte absolute Fairneß.«

»Aber natürlich«, lachte Mahoney. »Und sagen Sie ihm, daß sein alter Freund Ian ihm untertänigst für diese Höflichkeit dankt.«

Poyndex zwang sich zu einem beifälligen Kichern. Dieser Auftrag löste überaus gemischte Gefühle in ihm aus. Einerseits war Ian Mahoney sein einziger Mitbewerber um die Machtposition gewesen, die er nun innehatte. Ungnade hatte den Wettbewerb zwischen ihnen beendet.

»Sagen Sie ihm, er soll sich keine Sorgen machen«, sagte Mahoney. »Wenn man mich fragt, werde ich mich genau an die Fakten halten. Ich habe nicht die Absicht, seinen Namen in die Vorgänge hier hineinzuziehen.«

»Ein unnötiges Versprechen«, sagte Poyndex glatt. »Aber ich bin sicher, es wird ihm gefallen, daß Sie immer noch an seine Interessen denken – daß Sie sich an Ihre frühere Beziehung erinnern.«

Andererseits *hatte* Mahoney einmal in genau den gleichen Schuhen gesteckt wie Poyndex. Über Jahrzehnte hinweg war er der treue Diener des Imperators gewesen. Als er Mahoney jetzt beobachtete, wie er aufrecht seinem Schicksal entgegenging, fürchtete Poyndex sich vor seinem eigenen. ›So ergeht es einem‹, dachte er, ›wenn man in Ungnade fällt.‹

Und in seinem Hinterkopf flüsterte eine leise Stimme: Nicht wenn ... sondern *wann.*

»Sagen Sie dem Boß, daß ich mich daran erinnere«, sagte Mahoney. »Und zwar *sehr* genau.«

»Das werde ich tun«, erwiderte Poyndex. »Ich verspreche es.«

Seine Hand verschwand in einer Jackentasche und kam dann wieder zum Vorschein. Als sie die Tür erreichten, preßte Poyndex den schallgedämpften Pistolenlauf in Mahoneys Nacken.

Durch die plötzliche Kälte zog sich die Haut ein wenig zusammen.

Poyndex drückte ab.

Mahoney taumelte vorwärts. Schlug gegen die Tür. Sackte in sich zusammen.

Erstaunt stand Poyndex über dem Körper. Auf Mahoneys Gesicht lag immer noch das verdammte irische Grinsen.

Er beugte sich hinunter, drückte den Lauf noch einmal gegen Mahoneys Kopf und feuerte erneut.

Bei einem Mann wie Ian Mahoney mußte man verdammt sichergehen – am besten gleich zweimal.

Kapitel 43

»Adieu, Siziliens weißer Strand, adieu du Bach und Tal, kein schottischer Soldat wird jemals aufhören, um euch zu weinen und zu trauern«, summte Alex aus dem Gedächtnis und dachte voller Inbrunst an ein großes Blondes, das er sich genehmigen wollte, sobald sich die Flotte sicher von allem entfernt hatte, was auch nur annähernd an den Altai-Cluster erinnerte.

Ohne etwas Bestimmtes zu suchen, hörte er in verschiedene öffentliche Kanäle hinein, die von den Imperialen Welten gesendet wurden. Nebenan war Sten auf dem Sessel des befehlshabenden Offiziers der *Victory* zusammengeklappt, und keiner hatte ihn darum gebeten, sich gefälligst woanders hinzulegen. Beide trugen noch immer ihre zerfetzten und dreckigen Kampfanzüge.

Auf der Kommandobrücke war fast nichts zu hören – wahrscheinlich weil niemand ernsthaft daran geglaubt hatte, daß sie es doch noch schaffen würden.

»Sport«, murmelte Kilgour, der wieder einen neuen Sender gefunden hatte. »Ich weiß wirklich nicht, was so toll daran sein soll, ein kleines Ledersäckchen von einem Kreidestrich zum anderen zu schlagen.

Erinnert mich an frühere Zeiten«, sagte er zu Freston, der in der Nähe saß, »als ich versuchte, diesen verdammten Sport namens Cricket zu spielen. Erst dachte ich, das ist ja verrückt, die sind ja –«

Und dann verschlug es ihm im wahrsten Sinne des Wortes die Sprache.

Keiner konnte sich später daran erinnern, was genau der Sprecher auf dem Bildschirm gesagt hatte, aber es war absolut unmißverständlich:

Ungnade ... ehemaliger Held der Tahn-Kriege ... Generalgouverneur ... höchste Strafe ... Ian Mahoney ... Name wird aus allen Dokumenten gestrichen und von allen Monumenten entfernt ... Verräter ...

Sten stand neben ihm. Sein Gesicht war kalkweiß.

»Jetzt ist das Maß voll«, flüsterte er.

Kilgour wollte etwas sagen, schüttelte dann aber nur den Kopf. Er schluckte.

Hinter sich hörte er den Wachoffizier, der schneidend sagte: »Schauen Sie auf Ihre Bildschirme, Mann. Was war das gerade für eine Nachricht?«

»Äh ... Tut mir leid ... ist chiffriert.«

»Das sehe ich auch«, sagte der Wachoffizier. »Für wen ist sie? Von wem?«

»Sir ... ich glaube ... von der Erstwelt. Und sie ... sie ist für die *Caligula* bestimmt ... glaube ich.«

»Nicht glauben, Mann. Wissen.«

»Sir, wir haben diesen Code nicht. Er ist nicht auf unserer Liste.«

Sten zwang sich, den Schock und die Wut über den Mord an Mahoney beiseite zu schieben.

»Was ist das für ein Signal?«

»Wissen wir nicht, Sir. Von der Erstwelt an die *Caligula*, Sir.«

»*Soviel* habe ich auch mitgekriegt. Stellen Sie mich zu Mason durch!«

»Jawohl, Sir.«

Caligula, *hier ist die* Victory, *over.*

Hier ist die Caligula, *over.*

Hier ist die Victory. *Was für eine Nachricht haben Sie eben erhalten?*

Warten Sie einen Moment ... wird gerade dechiffriert.

»Verdammt noch mal«, schimpfte Kilgour, dessen Nackenhaare sich sträubten. »Haben die etwa den Code und wir nicht?«

»Sir! Die *Caligula* hat den Kontakt abgebrochen.«

»Kontakt wiederherstellen!«

Caligula, *hier ist die* Victory, over. Caligula, *hier ist die* Victory. *Können Sie unsere Nachricht empfangen?*«

»Sir, die *Caligula* sendet eine Nachricht.«

»Weiter.«

»Nicht an uns, Sir. An ihre Begleit-Zerstörer. Übertragung geplatzt. Nichts zu machen.«

Sten versuchte sich vorzustellen, was um alles in der Welt da drüben vor sich ging. Dann fiel sein Blick auf den Hauptmonitor.

Die *Caligula* war gemeinsam mit ihren vier Zerstörern, die normalerweise das große Schlachtschiff abschirmten, aus der Flotten-Formation ausgebrochen. Sie hatte einen neuen Kurs eingeschlagen.

»Wohin führt der neue Kurs der *Caligula*?«

»Moment, Sir ... Er verläuft fast in entgegengesetzter Richtung zur Flotte. Direkt zurück nach Jochi – schätze ich.«

Überraschtes Gemurmel.

»Ruhe auf der Kommandobrücke!«

Sten zwang sich zu konzentriertem Nachdenken. »Was zum Teufel ist da eigentlich los?« Er stellte fest, daß er seine Gedanken laut ausgesprochen hatte.

»Sir?« Das war Freston. »Ich glaube, ich kann es mir vorstellen!«

»Ein Lichtstrahl. Sprechen Sie!«

»Ähh ... Sir, bevor ich für Sie arbeitete, war ich Nachrichtenoffizier auf der *Churchill*. Der Käpt'n hatte einen eigenen Code, in dem er seine Befehle übermittelt bekam. In dem Safe des Schiffs befand sich noch eine Kopie, die dem Ersten Offizier oder demjenigen, der den Befehlshabenden im Ernstfall ersetzte, übergeben wurde.«

»Weiter. Warum, verdammt noch mal, hat die *Caligula* – oder Mason – einen Code, den wir nicht haben? Wir sind doch das Flaggschiff.«

»Richtig, Sir. Aber wir führen keinen Planetenzerstörer mit uns.«

Natürlich. Das Imperium gab nur ungern zu, daß es über Waffen verfügte, die einen ganzen Planeten vernichten konnten. Aber so war es. Planetenzerstörer wurden *niemals* eingesetzt, nicht einmal auf dem Höhepunkt der Tahn-Kriege.

Diese Entscheidung hatte für den Imperator nichts mit Moral zu tun. Massenmörder sind miese Politiker, pflegte er zu sagen. Jedenfalls *war* das bisher immer eine seiner Grundüberzeugungen gewesen. Offensichtlich, so dachte Sten grimmig, hatte der Ewige Imperator seine Einstellung jetzt geändert. Vielleicht war es für ihn auch niemals wirklich eine moralische Frage gewesen. Aber es war ganz sicher eine moralische Frage für Sten.

»Antwortet die *Caligula*?« fragte Sten.

»Negativ, Sir.«

»Kommandant, ist eines der Einsatzschiffe startbereit?«

»Selbstverständlich.«

»Ich brauche ein Schiff. Ausgerüstet mit einer Kali. Und den besten Piloten der *Victory*. Abflug, sobald ich im Einsatzschiff-Hangar ankomme.«

Kilgour war schon auf den Beinen und marschierte Richtung Schott.

»Alex! Ich will, daß du hier auf der Kommandobrücke bleibst. Ich werde vom Einsatzschiff aus Funkkontakt aufnehmen, aber ich will, daß die Verbindung über die *Victory* läuft.«

»Dafür brauchst du mich ja wohl nicht.«

»Und ich brauche ein virtuelles Bild, das echt genug wirkt, um irgendwelchen Analysen standzuhalten.«

»In Ordnung. Hab' verstanden. Hau schon ab, alter Knabe.«

Sten rannte los, zum Hangar der *Victory.*

Das Einsatzschiff jagte aus der Hangarschleuse der *Victory* und ging noch gefährlich nah am Mutterschiff auf vollen AM_2-Schub.

»Wie lange bis zum Kontakt?«

La Ciotat mußte dafür nicht auf den Bildschirm schauen.

»Dreiundfünfzig ... Einundfünfzig Minuten, Sir.«

»Gut.« Sten saß auf dem Platz des Waffenoffiziers und paßte den Kontrollhelm seiner Kopfgröße an.

»Jetzt die Aufgabe. Die *Caligula* fliegt nach Jochi zurück. Sie soll einen Planetenzerstörer abwerfen.«

La Ciotat, deren ganzer Stolz ihr undurchdringliches Pokerface war, konnte ihre Erregung diesmal nicht verbergen. »Wieso ... Meutert Admiral Mason, oder was –«

»Das müssen Sie nicht wissen. Ich möchte, daß Sie direkt auf die *Caligula* zufliegen und daß Ihr Funker mit der *Victory* in Verbindung bleibt. Wenn wir uns der *Caligula* bis auf ... fünf Minuten genähert haben, geben Sie mir Bescheid. Irgendwelche Probleme mit diesen Anweisungen?«

»Nein, Sir.«

»Sorgen Sie dafür, daß uns die Zerstörer nicht erwischen. Ich bin ziemlich sicher, daß sie Befehl kriegen, uns aufzuhalten.«

»Darüber machen wir uns erst mal gar keine Sorgen, Sir.«

Sten lächelte beinahe. Es hörte sich so an, als sei La Ciotat wirklich scheißgefährlich.

»*Caligula,* hier spricht die *Victory.* Admiral Mason, hier spricht Sten, over.«

»Immer noch keine Antwort.«

»*Caligula*, hier spricht Sten, over. Schalten Sie mich auf Kanal Sechs. Dies ist ein Befehl, over.«

»Noch sieben Minuten, Sir.«

»Verflucht noch mal ...«

Plötzlich erhellte sich der Bildschirm des Einsatzschiffs, und Sten sah Masons Gesicht.

Mason sah jetzt – jedenfalls hoffte das Sten – eine Computersimulation, ein virtuelles Abbild Stens auf der Kommandobrücke der *Victory*. Der Admiral würde somit nicht damit rechnen, daß Sten so schnell reagiert hatte und sich in Wirklichkeit bereits an Bord eines Einsatzschiffs in wenigen Minuten Entfernung von der *Caligula* befand.

»Admiral Mason, ich glaube, ich kenne Ihren Auftrag«, begann Sten das Gespräch.

»Ich habe Order, meine dienstlichen Anweisungen mit niemandem zu diskutieren.«

»Diskutieren interessiert mich nicht, Mason. Wir sind hier nicht in einem Debattierklub. Ich weiß, daß Sie Jochi vernichten sollen.

Das können Sie einfach nicht machen.«

»Ich habe meine Befehle, Sir.«

»Haben Sie sie überprüft? Mason, wollen Sie wirklich der erste Mann seit – zum Teufel, wer weiß schon wie lange? – sein, der einen Planeten einfach auslöscht? Nicht alle da unten sind Spinner, Mason.«

Die Gestalt auf dem Bildschirm erwiderte nichts.

»Ich sehe keinen Grund, dieses Gespräch fortzusetzen«, sagte Mason schließlich mechanisch.

»Mason ... bleiben Sie noch einen Moment dran ...«

Sten schaltete sein Mikrophon ab und zog sich den Kontrollhelm über den Kopf. »Miss La Ciotat, ich feuere jetzt die Kali ab.«

»Jawohl, Sir. Bei vollem Schub erfolgt Kontakt in ... eins Komma drei Minuten ... Schiffskontakt jetzt in zwei Minuten.«

Sten berührte die rote Taste auf der Waffenkonsole – die einzige körperliche Arbeit, die er ausführen mußte.

Der riesige Torpedo wurde aus einer Röhre abgefeuert, die die Wirbelsäule des Einsatzschiffs darstellte. Er war zwanzig Meter lang und trug einen Gefechtskopf mit der tödlichen Vernichtungskraft von sechzig Megatonnen.

Der Torpedo raste aus der Röhre, und Sten dirigierte ihn mit dem Helm auf die sich schnell nähernde, winzige Formation – die *Caligula* und ihre Begleitschiffe – zu, wobei er auf Viertel vor zwölf hielt.

Er öffnete die Augen, und der geisterhafte Mason sah ihn vom Bildschirm aus an.

»Das ist mein letzter Versuch, Admiral Mason. Sie wissen, daß Sie für einen Wahnsinnigen arbeiten. Wir haben gerade gehört, daß ... daß der Imperator Mahoney erschießen ließ.«

Masons Augen zuckten, dann wurde er wieder zum Automaten.

Sten machte noch einen Versuch – obwohl er wußte, daß es zwecklos war. »Mann, möchten Sie Ihren Namen wirklich bis in alle Zeiten besudeln? Mason, der Planetenkiller?«

Plötzlich schien Mason beinahe zu lächeln. »Sten, das ist eben der Unterschied zwischen uns. Du denkst, du hast eine Art gottähnliches Recht, darüber zu urteilen, welchen Befehlen andere Menschen gehorchen sollten und welchen nicht. Das ist aufrührerisches Benehmen, das weißt du ebensogut wie ich. Vielleicht ist Mahoney genau deshalb exekutiert worden. Schon mal daran gedacht? Ich folge hier direkten Imperialen Anweisungen, Mister. Nein, Sten, ich werde mich nicht zum Verräter machen. Mason, Ende.«

Der Bildschirm erlosch.

Sten schloß die Augen und wurde selbst zur Kali. Er ging auf volle Beschleunigung.

»Näher ... näher ...«, hörte er wie von ferne La Ciotat. »Sie sind entdeckt worden ... Sie haben einen Verteidigungsschirm durchbrochen ... Ich habe einen Foxabschuß auf dem Schirm ... näher ... kann nicht mehr aufgehalten werden ... näher ... Zielkontakt ... Ziel getroffen ...«

Stens Welt war nur noch ein einziger großer Feuerball.

Er zog den Kontrollhelm herunter und sah auf dem Bildschirm, daß die *Caligula* nicht mehr existierte. Ein kurzes Anzeichen einer Explosion – und dann nichts mehr. Es war, als starrte man auf dem Bildschirm in ein großes schwarzes Loch. Er fragte sich, ob die Kali auch den Planetenzerstörer zur Explosion gebracht hatte.

Er vermutete, daß die Zerstörer der *Caligula* weiterhin versuchen würden, ihn zu beschießen, falls einer von ihnen überlebt hatte, doch der Bildschirm blieb dunkel.

Es war ihm gleichgültig. Sie abzuschütteln war La Ciotats Aufgabe.

»Das war's, Miss«, sagte er müde. »Zurück zur *Victory*« Mason war so gestorben, wie er gelebt hatte – in treuer Erfüllung seiner Dienstanweisungen.

Das war Sten scheißegal.

Aber mehr als dreitausend Menschen waren mit ihm gestorben, und Sten bezweifelte, daß es jemals ein Denkmal für sie geben würde, hier draußen, in der Dunkelheit und Stille des interstellaren Raums.

Kapitel 44

Sten kam sich immer noch vor wie ferngesteuert. An Bord der *Victory* war er sogleich auf die Kommandobrücke gegangen und hatte wie betäubt den Befehl gegeben, die Brücke gegen die Mannschaftsquartiere abzuschotten.

»Jetzt geht's uns an den Kragen, alter Knabe«, sagte Kilgour. Er sprach sehr leise, doch seine Stimme holte Sten in die Realität zurück.

Er blickte seinen Freund an. Das runde Gesicht des Schotten war so ruhig, als gehe es darum, die Arrangements für das Abendessen zu besprechen.

Sten sah sich auf der Kommandobrücke der *Victory* um, die plötzlich regelrecht überfüllt war.

Da war Otho mit einem Trupp Bhor. Die drahtigen Gestalten der Gurkhas, angeführt von Lalbahadur Thapa. Und viele andere.

Gesichter, an die er sich erinnerte – auch wenn er zu seiner Schande die dazugehörigen Namen vergessen hatte.

Und da war Cind.

Sie hatte den gleichen Ausdruck auf dem Gesicht wie alle anderen. Erwartungsvoll. Sie warteten auf seine Entscheidung.

Sten wischte sich etwas Nasses aus den Augen.

Sie hielten zu ihm – alle hielten zu ihm.

Sten sehnte sich danach, Cind in die Arme zu nehmen. Er wollte getröstet und beruhigt werden.

Er wollte besänftigende Lügen hören – alles wird gut.

Dann warf ihn die volle Wucht der Erkenntnis, was er gerade getan hatte, fast um.

Sten war jetzt ein Gesetzloser.

Durch seine Tat hatte er zugleich alle diese treuen Seelen mit sich in den Abgrund gezogen.

Bald würde der Imperator von Stens Verrat erfahren und seine Meute auf ihn hetzen.

Sten mußte fliehen. Sie alle mußten fliehen.

Er begann zu sprechen. Er kannte Dutzende von Verstecken. Er mußte sich nur entscheiden und die Koordinaten bekanntgeben.

Er hielt inne.

Es gab keinen Platz, der sicher war. Irgendwann würden die Helfer des Imperators sie doch aufspüren.

Noch einmal sah Sten in die loyalen Gesichter. Vielleicht gab es auch noch andere.

Er dachte an Sr. Ecu. Und an seinen Vorschlag.

Was nützte das?

Er wünschte sich, Mahoney wäre hier. Ian hätte gewußt, was zu tun war. Er hätte gesagt: Hör auf mit dem Gejammer, Junge. Du bist gesund. Du hast eine Freundin. Du hast diesen häßlichen Schotten Alex Kilgour. Und viele andere Freunde, die zu dir halten. Und du hast ein verdammt gutes Kriegsschiff. Das Schiff des Imperators.

In diesem Moment gab Jemedar Lalbahadur seiner Truppe eine geflüsterte Anweisung. Alle standen kerzengerade.

Der förmliche Salut der Gurkhas, mit erhobenen Kukris.

»Wir erwarten Ihren Befehl, Sir.«

Sten traf eine Entscheidung.

Wenn er weglief, würde ihn der Imperator finden.

Also mußte er den Imperator zuerst erwischen.

Sten gab die entsprechenden Befehle.

GOLDMANN

Der phantastische Verlag

Die Sten-Chroniken – der Welterfolg von
Allan Cole und Chris Bunch, den Schöpfern der
»Fernen Königreiche«.

Stern der Rebellen 25000

Kreuzfeuer 25001

Das Tahn-Kommando 25002

Division der Verlorenen 25003

Goldmann · Der Taschenbuch-Verlag

GOLDMANN

Der phantastische Verlag

Es war einmal vor langer Zeit in einer weit, weit entfernten Galaxis. Der Kampf gegen das Imperium geht weiter – mit waghalsigen Abenteuern, atemberaubender Spannung und den legendären Helden aus Krieg der Sterne.

Die Star-Wars-Saga 1–3 23743

**X-Wing –
Angriff auf Coruscant** 43158

Lando Calrissian 23684

Sturm über Tatooine 43599

Goldmann · Der Taschenbuch-Verlag

GOLDMANN

Der phantastische Verlag

Es war einmal vor langer Zeit in einer weit, weit entfernten Galaxis. Die Star-Wars-Weltbestseller von Timothy Zahn – große Abenteuer um den heldenhaften Kampf der letzten Rebellen gegen das übermächtige Imperium.

Erben des Imperiums   41334

Die dunkle Seite der Macht   42183

Das letzte Kommando   42415

Goldmann · Der Taschenbuch-Verlag

GOLDMANN

Der phantastische Verlag

Eine Raumstation im Zentrum des Sonnensystems. Babylon 5 – die atemberaubend packenden Romane zur Science-fiction-Kultserie.

Tödliche Gedanken   25013

Im Kreuzfeuer   25014

Blutschwur   25015

Goldmann · Der Taschenbuch-Verlag

GOLDMANN

Der phantastische Verlag

Literatur für das nächste Jahrtausend. Romane, wie sie rasanter, origineller und herausfordernder nicht sein können. Autoren, die das Bild der modernen Science-fiction für immer verändern werden.

Snow Crash   23686

Diamond Age   41585

Schattenklänge   23695

Satori City   23691

Goldmann · Der Taschenbuch-Verlag

GOLDMANN

Das Gesamtverzeichnis aller lieferbaren Titel erhalten Sie im Buchhandel oder direkt beim Verlag.

Taschenbuch-Bestseller zu Taschenbuchpreisen
– Monat für Monat interessante und fesselnde Titel –

∗

Literatur deutschsprachiger und internationaler Autoren

∗

Unterhaltung, Thriller, Historische Romane
und Anthologien

∗

Aktuelle Sachbücher, Ratgeber, Handbücher
und Nachschlagewerke

∗

Esoterik, Persönliches Wachstum und
Ganzheitliches Heilen

∗

Krimis, Science-Fiction und Fantasy-Literatur

∗

Klassiker mit Anmerkungen, Autoreneditionen
und Werkausgaben

∗

Kalender, Kriminalhörspielkassetten und
Popbiographien

Die ganze Welt des Taschenbuchs

Goldmann Verlag · Neumarkter Str. 18 · 81673 München

Bitte senden Sie mir das neue kostenlose Gesamtverzeichnis

Name: _____

Straße: _____

PLZ/Ort: _____